EL ALIENISTA

LA TRAMA

EL ALIENISTA

Caleb Carr

Prólogo de Paco Cabezas

Traducción de Antoni Puigròs

Barcelona • Madrid • Bogotá • Buenos Aires • Caracas • México D.F. • Miami • Montevideo • Santiago de Chile

Título original: *The Alienist. A novel*
Traducción: Antoni Puigrós
1.ª edición: octubre, 2017

© Caleb Carr, 1994
© Paco Cabezas por el prólogo, 2017
© 2017, Sipan Barcelona Network S.L.
    Travessera de Gràcia, 47-49. 08021 Barcelona
    Sipan Barcelona Network S.L. es una empresa
    del grupo Penguin Random House Grupo Editorial, S. A. U.

Printed in Spain
ISBN: 978-84-666-6243-7
DL B 18635-2017

Impreso por Unigraf S.L.
Avda. Cámara de la Industria n.º 38,
Pol. Ind. Arroyomolinos n.º 1
28938 - Móstoles, Madrid

Prólogo a la presente edición
por Paco Cabezas

Prepárate para viajar en el tiempo.

El destino: Nueva York, 1896.

Si dependiese de mí estas dos frases compondrían el prólogo más corto de la historia.

Por dos razones: una es el extremo agotamiento, y la otra es el inmenso respeto que le tengo al autor, Caleb Carr. No sé en qué estarían pensando los editores de este magnífico libro que descansa en tus manos para pedirme, precisamente a mí, que escribiese estas palabras. Debe de ser por el hecho de que ahora mismo me encuentro dirigiendo la serie *El alienista*, dando carne y vida a esta historia tras la cámara, con un increíble elenco, cientos de extras vestidos de época hasta en el mínimo detalle (peinados, sombreros, zapatos, instrumental de cirugía... hasta los helados que comen los personajes están verificados por un historiador), y todo en un estudio construido en Budapest que reproduce milímetro a milímetro la gran y podrida manzana de finales del siglo XIX. De ahí, como decía, el extremo cansancio.

Y, por otro lado, el respeto hacia Caleb Carr. Para mí, el titánico esfuerzo de este escritor, empujando cual Sísifo una piedra inmensa a lo largo y ancho de Manhattan, lo convierte en un verdadero héroe. El amor hacia sus personajes, hacia Laszlo, Sarah, Moore, Stevie... es lo que me ayuda a levantarme cada día a las cinco de la mañana, después de haber dormido apenas cuatro horas, pensando en cómo rodar una escena en la morgue con el cadáver de un niño o cómo rodar una persecución por los tejados de la ciudad, y, perdóname el *spoiler* pero se me hace muy difícil hablar de esta novela sin desvelar lo que me fascina de ella. Así que déjame advertírtelo una última vez: si quieres viajar en el tiempo, ahora mismo, sin saber en absoluto hacia qué oscuros rincones del alma te va llevar esta travesía, no sigas leyendo este prólogo y zambúllete en la lectura de *El alienista*. Debo de ser el único autor de un prólogo que le pide a gritos al lector que deje de leerlo...

¿Sigues ahí? En ese caso déjame contarte lo que significa para mí ser un contador de historias. Para mí, que no creo en los genios ni en los artistas, el buen contador de historias es un artesano. No sé lo que significa la palabra artista (a menos que hablemos de Lola Flores) y hace tiempo que dejé de creer en el concepto del arte en sí. Para mí, el arte decidió prostituirse hace mucho y vive en un pisito en la Rambla de Barcelona, retirado y tranquilo. En lo que sí creo es en el trabajo y en las historias bien contadas. En las historias como un bálsamo para soportar los absurdos y brutales vaivenes de la vida, que te dejan con cara de tonto, sin entender nada.

La vida no tiene actos, no tiene desenlace ni estructura dramática, ni siquiera cómica, la muy puñetera. La vida nos duele: se te muere un hermano o de repente lees la noticia de alguien que asesina y abusa de un niño o en un instante —¡crash!—, ya no estamos aquí, dejamos de ser, corte a negro, ni siquiera un maldito fundido.

Y tratamos de buscarle un sentido a esa catarata de cosas que nos pasan, o, más que un sentido, convertir ese ruido en una melodía, la furia y el ruido en algo bello.

Y eso es lo que hace tan bien Caleb Carr: convertir el horror en belleza, dotar a la muerte de sentido, de música, acompañarnos en este viaje espeluznante que es la vida y encontrar la luz en los lugares más oscuros.

No te equivoques, *El alienista* es un libro muy oscuro, es un libro violento, triste, brutal, pero también bello. Se parece más a una composición de Wagner o a un tema de The Pixies, operístico, apasionado y a veces incómodo. Y es que, como decía Radio Futura (y prometo parar con las referencias pop): «Hay cosas en la noche que es mejor no ver.» O igual sí.

El alienista explora temas que te van a perturbar, que probablemente activen zonas de tu cerebro que no quieras explorar... La prostitución infantil, asesinatos en serie, cuerpos destrozados, deseos oscuros insatisfechos... Hay cosas en este libro que me recuerdan a la primera serie que rodé, *Penny Dreadful*. Tanto aquellos personajes como estos son esclavos de sus propios deseos y conforman una extraña familia que necesita expresarse más allá de los corsés que les imponen, las rígidas costumbres de una sociedad opresiva en la que andan enmarañados. Y, curiosamente, solo a través de esta aventura, de esta busqueda extraña y clandestina, conseguirán revelar quiénes son en realidad.

Si hay aún esperanza para el arte —vayamos un momento a su pisito de Las Ramblas y llamemos al telefonillo a ver si está— es a través de la provocación. *El alienista* es una novela provocativa para los tiempos políticamente correctos en que vivimos. Hay temas de los que preferiríamos no hablar, lugares que preferiríamos no visitar, y la narración de Caleb Carr es tan minuciosa que realmente te trasladas a prostíbulos infantiles, te ves yendo de la mano de un adolescente travestido, subiendo a una de las habitaciones del Golden Rule. ¿Quiere Caleb Carr ponernos en la piel del monstruo? Porque no olvidemos que vivimos rodeados de monstruos, monstruos que hacen cosas terribles, y Laszlo Kreizler cree que puede acercarse a ese monstruo, comprenderlo, estudiarlo sin mancharse las manos de sangre. Pero el acercamiento científico solo sirve para teorizar en una pizarra; la vida real te mancha.

Te estoy empezando a aburrir, así que voy a ir al grano: lee este libro hasta el final.

Este libro habla de muchas cosas, pero después de reflexionar durante estos meses de rodaje creo que he encontrado la razón por la que me fascina. *El alienista* habla de la pérdida de la inocencia. De la inocencia de Nueva York como metrópoli y la de estos niños de la calle que han crecido demasiado rápido. La terrible inocencia de un mundo de «adultos infantilizados» que cenan en Delmonico's mientras la gente muere de hambre en las calles, o van a una subasta para la prevención de la crueldad de los huérfanos mientras estos mismos niños sirven la comida.

No es muy diferente el Nueva York de 1896 del mundo en que vivimos ahora. Sigue habiendo pobres muy pobres y ricos muy ricos, y todos seguimos contemplándonos en el mismo espejito sin mirar demasiado a los lados, no vaya a ser que nos hagamos daño. El ruido nos abruma. La furia nos confunde.

Es por eso por lo que te pido que devores este libro, que llegues hasta el final. Cuando lo hagas, habrás cambiado, habrás despertado en ti un nuevo sentido que no conocías. Reclínate y escucha a tu alrededor, quizá descubras, al igual que Laszlo Kreizler, que los hechos que nos rodean están conectados, que hay un orden dentro del caos. Que debajo del ruido, si escuchas con atención, puede esconderse una melodía.

Prepárate para viajar en el tiempo.

El destino: Nueva York, 1896.

Este libro está dedicado a

**ELLEN BLAIN, MEGHANN HALDEMAN,
ETHAN RANDALL, JACK EVANS
y EUGENE BYRD**

*Quienes quieran ser jóvenes cuando sean viejos,
deberán ser viejos cuando sean jóvenes.*

JOHN RAY, 1670

NOTA

Antes del siglo XX, a las personas que padecían una enfermedad mental se las consideraba «alienadas», apartadas no sólo del resto de la sociedad sino de su auténtica naturaleza. Por tanto, a los expertos que estudiaban las patologías mentales se les denominaba «alienistas».

AGRADECIMIENTOS

Cuando llevaba a cabo las investigaciones preliminares para este libro, se me ocurrió pensar que el fenómeno que ahora llamamos asesinatos en serie se había venido dando desde que los seres humanos nos agrupamos para formar sociedades.

Esta opinión de simple aficionado obtuvo la confirmación, junto con cauces de investigación más profunda, por parte del doctor David Abrahamsen, uno de los principales expertos de Estados Unidos sobre el tema de la violencia en general y de los asesinatos en serie en particular.

Deseo agradecerle el tiempo que dedicó a comentar el proyecto.

Quiero expresar también mi agradecimiento al personal de los Archivos Harvard, de la Biblioteca Pública de Nueva York, de la Sociedad Histórica de Nueva York, del Museo Norteamericano de Historia Natural y de la Sociedad de Bibliotecas de Nueva York, pues todos ellos me prestaron su inestimable colaboración.

A John Coston, que en las primeras etapas me sugirió importantes vías de investigación y me dedicó su tiempo para intercambiar ideas, le estoy particularmente agradecido.

Muchos autores, a través de sus escritos sobre los asesinatos y los asesinos en serie, han contribuido sin saberlo a este relato. De todos ellos hay algunos a quienes no puedo dejar de expresar mi agradecimiento: a Colin Wilson, por sus exhaustivas historias sobre el crimen; a Janet Colaizzi, por su brillante estudio de la locura homicida desde 1800; a Harold Schechter, por su análisis del desgraciadamente famoso Albert Fish (cuya famosa nota a la madre de Grace Budd inspiró el documento similar de John Beecham); a Joel Norris, por su tratado justamente famoso sobre los asesinos en serie; a Robert K. Ressler, por sus memorias de una vida dedicada a apresar a tales individuos; y, una vez más, al doctor Abrahamsen, por sus estudios sin parangón sobre David Berkowitz y Jack el Destripador.

Tim Haldeman proporcionó al manuscrito el beneficio de la visión de un auténtico experto. He valorado sus incisivos comentarios casi tanto como valoro su amistad.

Como siempre, Suzanne Gluck y Ann Godoff me guiaron desde la absurda idea inicial hasta el proyecto acabado, con entrega, habilidad y afecto. Creo sinceramente que todos los escritores deberían tener agentes y editores así.

La habilidad, diligencia y buen humor de Susan Jensen a menudo ayudaron a mantener al lobo lejos de la puerta, y se lo agradezco.

Irene Webb supervisó en la otra costa, con un encanto y una pericia consumados, el destino de esta narración, por lo que estoy en deuda con ella.

A Scott Rudin me gustaría darle las gracias por su temprana y espectacular profesión de fe.

A través de su propia percepción psicológica, Tom Pivinski contribuyó a convertir las pesadillas en prosa. Ha sido como un puntal.

James Chace, David Fromkin y Rob Cowley me proporcionaron la amistad y los consejos tan necesarios para un proyecto como éste. Me siento orgulloso de considerarlos mis camaradas.

Estoy especialmente agradecido a mis compañeros del Grupo de los Cuatro en La Tourette: Martin Signore, Debbie Deuble y Yong Yoon.

Para finalizar, me gustaría dar las gracias a mi familia, en particular a mis primos Maria y William von Hartz.

PRIMERA PARTE

PERCEPCIÓN

Mientras una parte de lo que percibimos penetra a través de nuestros sentidos a partir del objeto que tenemos ante nosotros, otra parte (y tal vez ésta sea la mayor) surge siempre de nuestra propia mente.

WILLIAM JAMES
Principios de psicología

Estos pensamientos de sangre,
¿qué es lo que les habrá dado vida?

FRANCESCO PIAVE
del *Macbeth* de Verdi

1

Theodore está en la tumba.

Las palabras, mientras las escribo, tienen tan poco sentido como la visión de su ataúd descendiendo al interior del suelo arenoso, cerca de Sagamore Hill, el lugar que más amó sobre la tierra. Mientras yo permanecía allí de pie esta tarde, bajo el frío viento que soplaba del estrecho de Long Island, me dije: «Sin duda es una broma. Seguro que de golpe abrirá la tapa, nos cegará con su ridícula sonrisa y nos perforará los tímpanos con su risa estridente como un ladrido. Entonces exclamará que hay trabajo por hacer —"¡Hay que poner manos a la obra!"— y todos nos movilizaremos en la tarea de proteger una ignorada especie de salamandras acuáticas contra los destrozos de un gigante industrial depredador, empeñado en montar una pestilente fábrica sobre el terreno de cría de los pequeños reptiles.» No era yo el único que albergaba semejantes fantasías. Todo el mundo en el funeral esperaba algo por el estilo; estaba escrito en sus rostros. Todas las noticias indicaban que la mayor parte del país, y gran parte del mundo, compartía este sentimiento. La idea de que Theodore Roosevelt nos hubiera dejado era... inaceptable.

La verdad es que se había ido apagando desde hacía más tiempo del que nos gustaría admitir; en realidad, desde que murió su hijo Quentin en los últimos días de la «Gran Masacre». Cecil Spring-Rice había comentado en una ocasión, con su mejor mezcla de afecto y socarronería británicos, que Roosevelt había concluido su vida «alrededor de los seis años». Y Herm Hagedorn advirtió que después de que derribaran de los cielos a Quentin en el verano de 1918, «el muchacho que había dentro de Theodore había muerto». Esta noche he cenado con Laszlo Kreizler en Delmonico's, y le he mencionado el comentario de Hagedorn. Durante los dos platos que aún me quedaban por comer, me he visto obsequiado con una larga y apasionada explicación de por qué la muerte de Quentin había significado algo más que una simple pena desgarradora para Theodore: también había despertado en él un profundo sentimiento de culpabilidad. Se sentía culpable por haber inculcado en sus hijos su filosofía sobre «la vida activa», lo cual a menudo les había llevado a exponerse deliberadamente al peligro, conscientes de que eso complacería a su querido padre. El dolor casi siempre había sido insoportable para Theodore, y yo siempre me había dado cuenta de ello: cada vez que tenía que enfrentarse a la muerte de alguien próximo a él parecía como si no fuera capaz de sobrevivir a aquella adversidad. Pero hasta esta noche, mientras escuchaba a Kreizler, no he comprendido hasta qué punto la inseguridad moral había sido también insoportable para nuestro vigésimo sexto presidente, el cual a veces se veía a sí mismo como la Justicia personificada.

Kreizler... Él no había querido asistir al funeral, aunque a Edith Roosevelt le habría gustado verle. Ella siempre se había mostrado realmente objetiva hacia el hombre al que apodaba «el enigma», el brillante doctor cuyos estudios sobre la mente humana habían inquietado tan profundamente a tanta gente durante los últimos cuarenta años. Kreizler le había escrito una nota a Edith explicándole que no le gustaba la idea de un mundo sin Theodore y que, dado que ya tenía sesenta y cuatro años y había pasado su vida mirando de frente a la fea realidad, pensaba que ahora podía permitírselo e ignorar el hecho de la muerte de su amigo. Edith me ha dicho hoy que leer la nota de Kreizler la había conmovido hasta las lágrimas porque había comprendido que la cordialidad y el entusiasmo sin límites de Theodore (los cuales habían repelido a tantos cínicos e incluso a veces —estoy obligado a decirlo en interés de la integridad periodística— hasta a sus amigos les había resultado difícil tolerar) habían sido lo bastante fuertes como para enternecer a un hombre cuyo distanciamiento de la sociedad humana parecía intolerable a casi todo el mundo.

Algunos de los muchachos del *Times* querían que yo asistiera a una cena conmemorativa esta noche, pero me ha parecido mucho más adecuada una tranquila velada con Kreizler. No hemos levantado nuestras copas por nostalgia de una infancia compartida, pues en realidad Laszlo y Theodore no se conocieron hasta entrar en Harvard. No, Kreizler y yo hemos dirigido nuestros corazones a la primavera de 1896 —¡hace ya casi un cuarto de siglo!— y a una serie de acontecimientos que aún parecen demasiado extraños para haber ocurrido incluso en esta ciudad. Al finalizar los postres y probar el Madeira (cuán enternecedor celebrar una cena conmemorativa en Delmonico's, el querido Del's, ahora camino de la desaparición, como el resto de nosotros, pero en aquel entonces el bullicioso escenario de algunos de nuestros encuentros más importantes), los dos estábamos riendo y meneando nuestras cabezas, asombrados de que hubiésemos podido pasar la dura prueba salvando el pellejo y al mismo tiempo tristes —como he podido ver en el rostro de Kreizler y sentir en mi propio pecho— al pensar en aquellos que no lo consiguieron.

No hay una forma sencilla de describirlo. Podría decir que, mirándolo retrospectivamente, parece que las vidas de nosotros tres, y las de muchos otros, se vieron arrastradas inevitable y fatídicamente hacia aquella experiencia, pero entonces estaría introduciendo el tema del determinismo psicológico y cuestionando el libre albedrío del ser humano; en otras palabras, reabriría el acertijo filosófico que aparecía y desaparecía incontrolablemente en aquel angustioso proceso, como la única melodía tarareable de una ópera difícil. O podría decir que en el transcurso de aquellos meses, Roosevelt, Kreizler y yo, ayudados por algunas de las mejores personas que he conocido en mi vida, partimos en pos de un monstruoso asesino y terminamos enfrentándonos a una criatura asustada; pero esto sería deliberadamente vago, excesivamente cargado con esa «ambigüedad» que parece fascinar a los novelistas de hoy en día y que últimamente me ha mantenido lejos de las librerías y de los cinematógrafos. No, sólo hay una forma de conseguirlo, y es explicando todo lo ocurrido, retrocediendo a aquella primera noche espantosa y a aquel primer cadáver mutilado; o incluso más atrás, a nuestra época con el profesor James en Harvard... Sí, rastrearlo todo hasta el principio y exponerlo ante el público: ésta es la forma correcta.

Aunque puede que al público no le guste. En realidad fue la preocupación por cómo reaccionaría la opinión pública lo que nos obligó a mantener nuestro secreto durante tantos años. La mayoría de las notas necrológicas sobre Theodore ni siquiera han hecho referencia al acontecimiento. En el repaso de sus logros como presidente de la Junta de Comisarios de la Policía de la Ciudad de Nueva York entre los años 1895 y 1897, sólo el *Herald* —que apenas se lee en la actualidad— menciona, como si de algún modo le incomodara: «Y, por supuesto, están los espantosos homicidios de 1896, que tanta consternación produjeron en la ciudad.» Sin embargo, Theodore nunca exigió reconocimiento alguno por la solución de aquel enigma. La verdad es que, a pesar de sus propias dudas, era un hombre lo bastante liberal como para poner la investigación en manos de un hombre capaz de solucionar aquel rompecabezas. En privado siempre reconoció que ese hombre era Kreizler.

Pero en público difícilmente habría podido hacerlo. Theodore sabía que el pueblo norteamericano no estaba preparado para creerle, ni siquiera para escuchar los detalles de la declaración. Me pregunto si lo estará ahora. Kreizler lo pone en duda. Le he dicho que tengo intención de escribir la historia, y me ha respondido con una de sus risitas sardónicas, diciéndome que sólo conseguiré asustar y repeler a la gente, nada más. En realidad el país, me ha comentado esta noche, no ha cambiado gran cosa desde 1896, a pesar de la gente como Theodore, Jake Riis, Lincoln Steffens, y muchos otros hombres y mujeres de su misma clase. Todos estamos huyendo aún, según Kreizler: en nuestros momentos más íntimos, los norteamericanos huimos tan veloces y asustados como lo hacíamos entonces, escapando de la oscuridad que sabemos yace detrás de tantos hogares aparentemente tranquilos, lejos de las pesadillas que continúan inyectándose en la mente de las criaturas a través de personas a las que la naturaleza les dicta que deberían amar y en las que deberían confiar, huyendo cada vez más veloces y en mayor número hacia esas pociones, polvos, predicadores y filosofías que prometen desterrar tales miedos y pesadillas, y que a cambio sólo piden una devoción de esclavos... ¿Estará Kreizler en lo cierto?

Pero estoy pecando de ambigüedad. Así que empecemos por el principio.

2

Unos espantosos golpes en la puerta de la casa de mi abuela, en el 19 de Washington Square, obligaron primero a la doncella y luego a mi abuela a asomarse a la puerta de sus dormitorios a las dos de la madrugada del 3 de marzo de 1896. Yo estaba tumbado en la cama en ese estado que ya no es de borracho, pero que tampoco es de sobrio, habitualmente amortiguado por el sueño, consciente de que quien llamaba a la puerta probablemente quería tratar algún asunto conmigo y no con mi abuela... Me sumergí bajo la almohada enfundada en hilo, con la esperanza de que finalmente desistiera y se largara.

—¡Señora Moore! —oí que llamaba la doncella—. Están armando un terrible alboroto... ¿Quiere que vaya a ver?

—Por supuesto que no —replicó mi abuela, con voz cortante y seria—. Despierta a mi nieto, Harriet. Seguramente se ha olvidado de pagar alguna deuda de juego.

Entonces oí pasos que se dirigían a mi habitación y decidí que sería mejor prepararme. Desde la ruptura de mi compromiso con la señorita Julia Pratt, de Washington, unos dos años atrás, vivía con mi abuela, y durante todo ese tiempo la anciana se había vuelto cada vez más escéptica acerca de cómo pasaba yo mis horas libres. Yo le había explicado repetidamente que, como reportero de información policial para el *New York Times*, se me requería para visitar muchos de los distritos y locales menos recomendables de la ciudad; pero ella recordaba demasiado bien mi juventud para aceptar una historia sin duda tan rebuscada. El estado en que habitualmente llegaba a casa por las noches reforzaba sus sospechas de que era mi disposición de ánimo, y no las obligaciones profesionales, lo que me arrastraba cada noche a los salones de baile y a las mesas de juego del Tenderloin. Así que comprendí, después de haber escuchado la observación sobre el juego que acababa de hacerle a Harriet, que en aquellos momentos era crucial proyectar la imagen de un hombre sobrio con serias preocupaciones. Me embutí en un quimono negro, me alisé el corto cabello para que me cayera sobre la frente y abrí altaneramente la puerta en el instante en que la doncella iba a llamar.

—Ah, Harriet —dije tranquilamente, una mano metida dentro de la bata—. No es preciso que se alarme. Estaba revisando unas notas para mi artículo y he descubierto que necesitaba cierto material de la oficina. Sin duda es el muchacho que me lo trae ahora.

—¿John? —retumbó la voz de mi abuela mientras Harriet asentía confusa—. ¿Eres tú?

—No, abuela —contesté, bajando al trote por la mullida alfombra persa que cubría las escaleras—. Soy el doctor Holmes.

El doctor H. H. Holmes era un asesino abominablemente sádico y un estafador que en aquellos momentos aguardaba a que le colgaran en Filadelfia. La posibilidad de que pudiera escapar antes de acudir a su cita con el verdugo y que viajara hasta Nueva York para liquidar a mi abuela era, por algún motivo inexplicable, la gran pesadilla de aquella mujer. Me acerqué a la puerta de su dormitorio y estampé un beso en su mejilla, que ella aceptó sin una sonrisa, aunque complacida.

—No seas insolente, John. Es tu cualidad menos atractiva. Y no creas que tus modales encantadores van a conseguir que me sienta menos molesta. —Los golpes en la puerta arreciaron de nuevo, y seguidamente se oyó la voz de un muchacho gritando mi nombre. El fruncimiento de cejas de mi abuela se hizo más profundo—. ¿Quién demonios es ése y qué demonios quiere?

—Creo que es el chico de la oficina —dije, manteniendo la mentira, pero impaciente por conocer la identidad del muchacho que con tanta furia se ensañaba con la puerta.

—¿De la oficina? —inquirió mi abuela, sin creer una sola palabra—. Muy bien, pues ve a abrir.

Proseguí veloz aunque con cuidado hasta el final de la escalera, donde me di cuenta de que en realidad conocía la voz que me había estado llamando, aunque no podía identificarla con precisión. Tampoco me tranquilizaba el hecho de que fuera la voz de un muchacho, pues los ladrones y asesinos más feroces que me había encontrado en el Nueva York de 1896 eran simples mozalbetes.

—¡Señor Moore! —volvió a suplicar el muchacho, añadiendo a su llamada varias saludables patadas a la puerta—. ¡Tengo que hablar con el señor John Schuyler Moore!

Me detuve en medio del suelo de mármol blanco y negro del vestíbulo.

—¿Quién le busca? —inquirí, apoyando una mano en el pomo de la puerta.

—¡Soy yo, señor! ¡Stevie, señor!

Respiré con un leve suspiro de alivio y abrí la pesada puerta de madera. Fuera, de pie bajo la tenue luz de la lámpara de gas que colgaba del techo —la única de la casa que mi abuela se había negado a cambiar por una bombilla eléctrica—, estaba Stevie Taggert, *El Steveporra*, como se le conocía. En sus primeros once años, Stevie había llegado a ser el azote de quince comisarías de policía, pero luego se había reformado y ahora era el cochero y chico de los recados de mi amigo el eminente médico y alienista doctor Laszlo Kreizler. Stevie estaba apoyado en una de las blancas columnas de delante de la puerta y trataba de recuperar el aliento. Era evidente que algo había aterrorizado al muchacho.

—¡Stevie! —exclamé al ver que su larga mata de pelo lacio y castaño estaba empapada de sudor—. ¿Qué ha sucedido?

Al mirar por encima de él vi la pequeña calesa canadiense de Kreizler. La capota negra del carruaje estaba bajada, y del vehículo tiraba un caballo castrado, también negro, llamado Frederick. Al igual que Stevie, el animal estaba empapado en sudor, que ascendía como vapor bajo el aire temprano de marzo.

—¿Está contigo el doctor Kreizler?

—El doctor ha dicho que me acompañe —contestó Stevie apresuradamente, ya recuperado el aliento—. ¡Ahora mismo!

—Pero ¿adónde? Son las dos de la madrugada...

—¡Ahora mismo!

Era obvio que Stevie no estaba en condiciones de explicarse, así que le dije que aguardara a que me vistiese. Mientras lo hacía, mi abuela me gritó a través de la puerta de mi dormitorio que lo que «ese peculiar doctor Kreizler» y yo nos propusiésemos hacer a las dos de la madrugada, seguro que no era nada respetable. Procuré no hacerle caso, volví a salir a la calle y subí al interior del carruaje mientras me arrebujaba con el abrigo de *tweed*.

Aún no había tenido tiempo de sentarme cuando Stevie fustigó a Frederick con su largo látigo. Al caer hacia atrás sobre el asiento forrado de piel color castaño pensé en reprender al muchacho, pero de nuevo me sorprendió la mirada de terror que vi en su rostro. Me sujeté mientras el carruaje se tambaleaba a una velocidad peligrosa sobre los adoquines de Washington Square. El traqueteo y los botes sólo cesaron en parte cuando doblamos por el pavimento de losas largas y anchas que cubría Broadway. Nos dirigíamos al centro, al centro y al este, al barrio de Manhattan donde Laszlo Kreizler ejercía su profesión, y donde a medida que uno se iba internando en el Lower East Side la vida se hacía más barata y sórdida.

Por un momento pensé que tal vez le hubiese ocurrido algo a Laszlo. Sin duda esto habría justificado el modo irritante con que Stevie azotaba y conducía a Frederick, un animal al que yo sabía que Stevie acostumbraba a tratar con absoluta amabilidad. Kreizler era el primer ser humano que había conseguido de Stevie algo que no fuese un mordisco o un puñetazo, y ciertamente la única razón de que aquel mozalbete no estuviera todavía en esa institución de Randalls Island tan eufemísticamente conocida como «El refugio de los muchachos». Además de ser, tal como le había descrito la policía, «ladrón, carterista, borracho, adicto a la nicotina, señuelo (es decir, miembro de una banda que atraía incautos al sitio donde se jugaba y se apostaba) y una amenaza congénitamente destructiva», y todo esto a la tierna edad de diez años, Stevie había atacado y herido gravemente a uno de los guardianes de Randalls Island, asegurando que éste había intentado abusar de él. («Abusar», en el lenguaje periodístico de hace un cuarto de siglo, significaba invariablemente un intento de violación.) Teniendo en cuenta que el guardián tenía esposa e hijos, se había cuestionado la honestidad del muchacho, y finalmente su estado mental..., momento en que había hecho su aparición Kreizler, uno de los mejores expertos de aquel entonces en psiquiatría legal. Respecto a la cordura de Stevie, Kreizler expuso durante el juicio un retrato maestro de la vida del muchacho en las calles desde que tenía tres años, cuando fue abandonado por su madre, la cual prefirió el vicio del opio al cuidado del pequeño, para convertirse finalmente en la amante de un chino que le proporcionaba la droga. El juez se quedó impresionado por el alegato de Kreizler, y se mostró escéptico respecto al testimonio del guardián herido, aunque sólo consintió en liberar a Stevie cuando Kreizler se ofreció a hacerse cargo del muchacho y a garantizar su conducta en el futuro. En aquel entonces yo pensé que Laszlo era un loco, pero no cabía duda de que en solamente un año Stevie se había convertido en un muchacho muy distinto. Y, como casi todos los que trabajaban para Laszlo, el chico era absolutamente fiel a su patrón, a pesar de aquel peculiar distanciamiento emocional de Kreizler, que resultaba tan desconcertante para muchos de los que le conocían.

—¡Stevie! —le llamé por encima del estrépito de las ruedas del carruaje al golpear los gastados bordes de las losas de granito—. ¿Dónde está el doctor Kreizler? ¿Se encuentra bien?

—¡En el Instituto! —contestó Stevie, con sus ojos azules muy abiertos.

El trabajo de Laszlo se desarrollaba en el Instituto Kreizler para Niños, una mezcla de escuela y de centro de investigación que él había fundado en la década de los ochenta. Me disponía a preguntarle qué hacía allí a esas horas, pero me tragué la pregunta cuando nos internamos en el todavía concurrido cruce de Broadway con Houston Street. En aquel lugar, se había comentado sabiamente una vez, podía dispararse un arma en cualquier dirección sin herir a un solo hombre honesto. Stevie se limitó a enviar volando a la seguridad de la acera a borrachos, trileros, morfinómanos y cocainómanos, prostitutas, marinos puteros o simples vagabundos. Desde aquel santuario, la mayoría nos acribillaron a maldiciones.

—¿Entonces nos dirigimos al Instituto? —pregunté, pero Stevie tiró bruscamente de las riendas y guió al caballo hacia la izquierda, por Spring Street, interrumpiendo los negocios que se llevaban a cabo frente a varios cafés concierto: casas de citas donde unas prostitutas, que se hacían pasar por bailarinas, acordaban algún encuentro de última hora en las pensiones del barrio con los pobres desgraciados que generalmente eran de fuera de la ciudad. Desde Spring, Stevie se dirigió por Delancey Street —que estaba en plenas obras de ensanchamiento para absorber todo el tráfico que entraría por el nuevo puente de Williamsburg, cuya construcción se había iniciado recientemente— y luego pasó veloz ante varios teatros ya cerrados. En cada travesía que pasábamos percibía el eco de los desesperados lamentos de los tugurios: asquerosos agujeros en los que se vendía licor barato mezclado con cualquier cosa, desde bencina a alcanfor, por cinco centavos la copa, sobre un sucio tablero que pretendía pasar por mostrador. Stevie no redujo la marcha: al parecer nos dirigíamos al mismo borde de la isla.

Hice un último intento de comunicación:

—¿No vamos al Instituto?

Stevie negó con la cabeza, y luego hizo restallar el largo látigo de nuevo. Me encogí de hombros, recostándome en el asiento y sujetándome a los lados del carruaje, mientras me preguntaba qué podía haber asustado tanto a aquel muchacho, que en su corta existencia ya había presenciado muchos de los horrores que Nueva York podía ofrecerle.

Delancey Street nos llevó más allá de unos tenderetes donde se vendía fruta y prendas de vestir, ahora cerrados, y uno de los peores guetos de casas de pisos y chabolas del Lower East Side: el barrio próximo a los muelles, justo por encima de Corlears Hook. Un vasto y triste mar de pequeñas chabolas y de nuevos edificios de apartamentos de ínfima calidad se extendía a ambos lados. La zona era un hervidero de culturas e idiomas de inmigrantes, aunque predominaba el irlandés en el sur de Delancey y el húngaro más al norte, cerca de Houston Street. De vez en cuando era visible una iglesia, de una u otra confesión, entre hileras y más hileras de viviendas miserables que incluso en aquella fría mañana estaban adornadas con los tendederos repletos de ropa lavada. Algunas prendas de vestir, y también algunas sábanas, tiesas por el frío, se mecían rígidamente al viento, formando ángulos que rozaban lo antinatural. Sin embargo, lo cierto era que en un lugar como aquél —donde las almas furtivas se escurrían desde portales oscuros hasta los negros callejones envueltas en poco más que unos harapos y arrastrando los pies desnudos sobre el estiércol congelado de caballo, los orines y el hollín que cubrían las calles— casi nada podía calificarse ciertamente de antinatural. Estábamos en un barrio que sabía muy poco de leyes, tanto de las dictadas por el hombre como de otro tipo; un barrio que sólo proporcionaba dicha a visitantes y a vecinos cuando se les permitía ver que se quedaba atrás al escapar de allí.

Casi al final de Delancey Street, los olores del mar y el agua fresca, junto al hedor de los desperdicios que quienes vivían cerca de los muelles se limitaban a verter cada día por el borde de Manhattan, se mezclaban para producir el característico olor nauseabundo de lo que llamábamos East River. Pronto se elevó ante nosotros una estructura enorme: la rampa de aproximación al naciente puente de Williamsburg.

Sin detenernos, y a punto de provocarme un desmayo, Stevie enfiló la calzada cubierta de tablones, con lo que el traqueteo de los cascos del caballo y las ruedas del carruaje resultó mucho más ensordecedor que al correr sobre piedra.

Un complicado laberinto de puntales de hierro debajo de la rampa nos elevó varios metros hacia el aire de la noche. Mientras me preguntaba cuál podría ser nuestro destino —ya que las torres del puente no estaban en absoluto finalizadas, y aún se necesitarían algunos años para abrir el paso de aquella construcción—, de pronto empecé a distinguir al frente lo que parecían los muros de un gran templo chino. Aquella peculiar construcción compuesta por enormes bloques de granito y coronada por dos atalayas de poca altura, cada una rodeada por una delicada pasarela de acero, era el anclaje del puente por el lado de Manhattan, la estructura que finalmente sujetaría un conjunto de los extremos de los enormes cables de acero en suspensión que aguantarían la parte central del puente. De todos modos, la impresión de que se trataba de un templo no estaba del todo fuera de lugar: al igual que el puente de Brooklyn, cuyos arcos góticos se perfilaban contra el cielo nocturno hacia el sur, aquel nuevo paso sobre el río era un lugar donde la vida de muchos trabajadores se sacrificaría a la fe de la ingeniería, que en los últimos quince años había producido tantas maravillas por todo Manhattan. Lo que yo no sabía era que el sacrificio de sangre que había tenido lugar en lo alto del anclaje occidental del puente de Williamsburg, aquella noche en particular, era de naturaleza muy distinta.

Cerca de la entrada a las atalayas, en lo alto del anclaje, de pie bajo la mortecina luz de unas cuantas bombillas eléctricas, y empuñando linternas, había varios policías con la pequeña insignia de bronce que les identificaba como pertenecientes a la comisaría del Distrito Trece, ante la que acabábamos de pasar por Delancey Street. Con ellos había un sargento del Distrito Quince, lo cual me pareció muy extraño: en los dos años que llevaba cubriendo la información delictiva para el *Times*, por no mencionar toda mi infancia pasada en Nueva

York, había comprobado que cada comisaría de distrito de la ciudad defendía celosamente su territorio. (De hecho, a mediados de siglo las distintas facciones de policías habían llegado a luchar abiertamente unas contra otras.) Algo importante habría pasado para que los hombres de la Trece hubieran recurrido a uno de la Quince.

Finalmente, Stevie frenó al caballo cerca del grupo de gabanes azules, saltó al suelo y sujetó del bocado al jadeante caballo, conduciéndolo a un lateral de la rampa, cerca de una enorme pila de materiales de construcción y herramientas. El muchacho examinó con su habitual recelo a los policías. El sargento de la comisaría del Distrito Quince, un irlandés alto, cuya cara pálida se destacaba únicamente porque no lucía el poblado bigote tan común en los de su profesión, avanzó hacia Stevie y lo examinó con sonrisa intimidatoria.

—Tú eres el pequeño Stevie Taggert, ¿verdad? —preguntó, con marcado acento irlandés—. Supongo que el comisario no me habrá llamado hasta aquí para que te dé un tirón de orejas, ¿eh, basurita?

Bajé del coche y me acerqué a Stevie, quien lanzó una hosca mirada al sargento.

—No hagas caso, Stevie —le dije, tan comprensivo como pude—. A veces la estupidez no está reñida con el casco de un pisacalles... —El muchacho me sonrió brevemente—. ¿Pero te importaría decirme qué es lo que estoy haciendo aquí?

Stevie señaló con la cabeza la atalaya norte, y seguidamente sacó un cigarrillo de uno de los bolsillos.

—Allí arriba. El doctor ha dicho que suba usted.

Empecé a dirigirme a la entrada del muro de granito, pero Stevie se quedó junto al caballo.

—¿No vienes conmigo?

El muchacho se estremeció y volvió la cabeza para encender el cigarrillo.

—Ya lo he visto una vez, y no pienso volver a verlo. Cuando esté listo para regresar a casa, señor Moore, me encontrará aquí. Instrucciones del doctor.

Sentí que mi aprensión iba en aumento al dar media vuelta y dirigirme a la entrada, donde el brazo del sargento de la policía me interrumpió el paso.

—¿Y quién es usted para que el joven Steveporra haga de cochero a horas tan poco recomendables? Éste es el escenario de un crimen, ¿sabe? —Le proporcioné mi nombre y mi profesión, y entonces me sonrió, mostrándome un impresionante diente de oro—. Ah, un caballero de la prensa. ¡Y nada menos que del *Times*! Bien, señor Moore, yo también acabo de llegar. Una llamada urgente. Al parecer no había otro oficial en quien pudieran confiar. Mi nombre es Flynn, señor, y no vaya etiquetándome de simple pisacalles. Soy sargento. Vamos, subiremos juntos. Y tú anda con cuidado, Stevie, o de lo contrario volverás a Randalls Island más veloz que un escupitajo.

Stevie se volvió hacia su caballo.

—¡Vete a la porra! —murmuró, aunque lo bastante fuerte para que el sargento lo oyera.

Flynn se volvió con una mirada de odio mortal, pero al acordarse de mi presencia se contuvo.

—Este muchacho es incorregible, señor Moore. No acierto a entender qué hace un hombre como usted en su compañía, a menos que lo necesite como contacto con el mundo del hampa. Vayamos arriba, señor. Y tenga cuidado, esto está más negro que el carbón.

Y así era. Dando traspiés y chocando por todos lados subí un tosco tramo de escaleras, al final de las cuales divisé el perfil de otro pisacalles. El policía, de la comisaría del Distrito Trece, se volvió al oír que nos acercábamos y luego llamó a alguien:

—Es Flynn, señor. Está aquí.

Salimos de las escaleras a una pequeña estancia llena de caballetes, planchas de madera, cubetas con remaches y trozos de metal y tubos. Unos amplios ventanales facilitaban una vista completa del horizonte en ambas direcciones: la ciudad a nuestras espaldas, y al frente el río y las atalayas del puente parcialmente construidas. Una puerta conducía a la pasarela que circundaba la torre. Junto a la puerta había un sargento detective, un tipo de ojos rasgados y barba llamado Patrick Connor, a quien conocía de mis visitas a la Jefatura de Policía en Mulberry Street. A su lado y mirando hacia el río, con las manos cruzadas en la espalda y balanceándose sobre las puntas de los pies, había una figura que me era mucho más familiar: Theodore.

—Sargento Flynn —dijo Roosevelt, sin volverse—. Me temo que es un asunto bastante desagradable el que ha motivado nuestra llamada. Muy desagradable.

Mi inquietud se agudizó de repente cuando Theodore volvió el rostro hacia nosotros. No había nada fuera de lo normal en su aspecto: llevaba un traje a cuadros bastante caro y ligeramente elegante, como los que acostumbraba a vestir en aquel entonces; unas gafas que eran, al igual que los ojos que había detrás, demasiado pequeñas para su cabeza recia y cuadrada; el poblado bigote, tieso bajo la ancha nariz. No obstante, su rostro me parecía excesivamente extraño. Y entonces me di cuenta: los dientes. Sus armoniosos dientes, que por lo general mantenía apretados, en aquellos momentos eran visibles. Las mandíbulas estaban fuertemente cerradas, al parecer por una intensa rabia, o pena. Algo le había afectado terriblemente.

Su desaliento pareció agravarse cuando me vio.

—Pero... ¡Moore! ¿Qué rayos haces aquí?

—Yo también me alegro de verte, Roosevelt —logré formular a través de mi nerviosismo, tendiéndole la mano.

Me la estrechó, aunque esta vez no me dislocó el brazo.

—¿Qué...? Oh, lo siento, Moore... Yo también me alegro de verte, por supuesto. Pero ¿quién te ha dicho...?

—¿Decirme el qué? El muchacho de Kreizler me ha secuestrado y me ha traído aquí. Obedeciendo sus órdenes, y sin apenas una palabra de explicación.

—Kreizler... —murmuró Theodore con tono grave, mirando por la ventana con expresión confusa, casi temerosa, nada habitual en él—. Sí, Kreizler ha estado aquí...

—¿Estado? ¿Quieres decir que ya se ha ido?

—Antes de que yo llegara. Ha dejado una nota. Y un informe. —Theodore me mostró un trozo de papel que sostenía en la mano izquierda—. Uno preliminar, en cualquier caso. Él ha sido el primer médico al que han encontrado. Aunque de poco ha servido...

—Roosevelt... —dije, apoyando mi mano en su hombro—. ¿Qué ha sucedido?

—Le aseguro, comisario, que a mí también me gustaría saberlo —intervino el sargento Flynn, con una obsequiosidad tan exagerada que resultaba repelente—. Hemos estado muy ocupados en la Quince, y he venido tan pronto...

—De acuerdo —dijo Theodore, armándose de valor—. ¿Cómo están sus estómagos, caballeros?

Yo no dije nada, y Flynn hizo una broma sobre el número de espectáculos horribles que había presenciado en su vida. Pero los ojos de Theodore eran todo dureza. Señaló la puerta que daba a la pasarela exterior. El sargento detective Connor se apartó a un lado, y Flynn fue el primero en dirigirse a la salida.

A pesar de la aprensión, mi primer pensamiento al salir fue que el panorama que se divisaba desde la pasarela era más impresionante incluso que a través de las ventanas de la atalaya. Al otro lado del agua estaba Williamsburg, antiguamente una pacífica aldea campesina, que en la actualidad se había convertido con gran rapidez en una bulliciosa parte de la metrópoli destinada a transformarse oficialmente, al cabo de pocos meses, en el Gran Nueva York. Hacia el sur, una vez más el puente de Brooklyn; a lo lejos, hacia el sudoeste, las nuevas torres de Printing House Square, y a nuestros pies, las agitadas y oscuras aguas del río...

Y entonces lo vi.

3

Resulta extraño lo mucho que tardó mi mente en captar la imagen. O tal vez no. Había tanto que ver y tan anormal, tan fuera de lugar, tan... distorsionado. Era imposible captarlo todo rápidamente.

Sobre la pasarela se hallaba el cadáver de una persona joven. Y digo persona porque, aunque los atributos físicos eran los de un muchacho adolescente, las ropas (poco más que una blusa a la que le faltaba una manga) y el maquillaje facial eran de muchacha. O mejor aún, de una mujer, y una mujer de dudosa reputación, por cierto. La desgraciada criatura tenía las muñecas atadas a la espalda, y las piernas dobladas en una posición arrodillada, presionándole la cara contra el acero de la pasarela. No había señales de ropa interior ni de zapatos, sólo un calcetín colgando patéticamente de uno de los pies. Pero lo que le habían hecho al cuerpo...

El rostro no parecía haber sufrido golpes, no tenía hematomas —la pintura y los polvos seguían intactos—, pero allí donde antes habían estado los ojos, ahora había tan sólo unas cuencas ensangrentadas y cavernosas. Una confusa masa de carne le salía de la boca. Un ancho tajo le cruzaba la garganta, aunque había poca sangre cerca de la abertura. Grandes cortes se entrecruzaban en el abdomen, revelando la masa de los órganos internos. Y la mano derecha aparecía casi cercenada. En la ingle había otra herida abierta que explicaba lo de la boca: le habían cortado los genitales y se los habían embutido entre las mandíbulas. También le habían extirpado el trasero con lo que parecía... Sólo podría definirlo como a golpes de escoplo.

En el par de minutos que necesité para advertir todos estos detalles, el panorama que me rodeaba se desvaneció en un mar de inescrutable negrura, y lo que pensé que era el rumor del avance de un barco resultó ser mi propia sangre al pasar por los oídos. Al darme cuenta de pronto de que me estaba mareando, me volví para agarrarme a la barandilla de la pasarela y saqué la cabeza por encima del agua.

—¡Comisario! —llamó Connor, saliendo de la atalaya, pero fue Theodore quien dio un rápido salto y primero estuvo junto a mí.

—Tranquilo, John —oí que me decía, mientras me sujetaba con su delgada pero fuerte constitución de boxeador—. Respira hondo.

Mientras seguía sus instrucciones, oí un silbido bajo y prolongado de Flynn, que seguía examinando el cadáver.

—Vaya, vaya —murmuró señalando el cadáver, sin que pareciera excesivamente afectado—. Alguien ha acabado contigo, ¿eh?, joven Georgio alias Gloria. Estás hecho una verdadera piltrafa.

—¿Entonces conocía a este chiquillo, Flynn? —preguntó Theodore, apoyándose contra la pared de la pasarela.

Mi cabeza recuperó la sensación de estabilidad.

—Por supuesto, comisario. —A través de la débil oscuridad pareció como si Flynn sonriera—. Aunque éste no era ningún chiquillo, si hay que juzgar la infancia por la conducta. Se apellidaba Santorelli. Debía de tener unos... trece años o por ahí. Al principio se llamaba Georgio, pero desde que entró a trabajar en el Salón Paresis, esto se hacía llamar Gloria.

—¿Esto? —inquirí, secándome el sudor frío de la frente con la manga del abrigo—. ¿Por qué lo llama «esto»?

La sonrisa de Flynn se convirtió en una mueca.

—¿Y cómo lo llamaría usted, señor Moore? No era un macho, a juzgar por su grotesca indumentaria... pero Dios tampoco lo creó hembra. Para mí todos los de esta ralea son neutros.

Las manos de Theodore se apoyaron enérgicamente en las caderas, los dedos curvándose hasta convertirse en puños: ya se había formado una opinión de Flynn.

—No me interesa su análisis filosófico de la situación, sargento... En cualquier caso era un chiquillo, y el chiquillo ha sido asesinado.

Flynn rió entre dientes y volvió a mirar al muchacho.

—No discutamos por «esto», señor.

—¡Sargento! —La voz de Theodore, siempre demasiado áspera y chillona para su aspecto, sonó algo más áspera que lo habitual al gritarle a Flynn, quien se puso firmes—. No quiero oírle ni una palabra más, como no sea para contestar a mis preguntas. ¿Entendido?

Flynn asintió, pero el cínico y burlón resentimiento que todos los oficiales veteranos del departamento sentían por el comisario que en sólo un año había puesto firmes a la Jefatura de Policía y a toda la cadena de mandos departamentales, se hizo evidente en la ligera curvatura del labio superior. A Theodore no podía pasarle desapercibido.

—Bien —dijo Roosevelt, haciendo chasquear los dientes de aquel modo suyo tan peculiar, cortando cada palabra que salía de su boca—. Dice usted que el muchacho se llamaba Georgio Santorelli, y que trabajaba en el Salón Paresis... Ése es el local de Biff Ellison en Cooper Square, ¿no es así?

—Efectivamente, comisario.

—¿Y dónde supone que puede estar el señor Ellison en este mismo momento?

—¿En este...? Bueno, en el Salón, señor.

—Entonces vaya allí y dígale que quiero verle en Mulberry Street mañana por la mañana.

Por vez primera, Flynn pareció preocupado.

—¿Mañana...? Le ruego me disculpe, comisario, pero el señor Ellison no es de esos hombres que se tomen en serio esa clase de órdenes.

—Entonces arréstelo —exclamó Theodore, volviéndole la espalda y mirando hacia Williamsburg.

—¿Arrestarlo? Mire, comisario, si arrestáramos a cada dueño de un bar o de una casa de citas que ofrece a muchachos que se prostituyen, sólo porque a uno de ellos le han dado una paliza o lo han asesinado, nunca...

—¿Se puede saber cuál es la verdadera razón de su resistencia? —preguntó Theodore, y los inquietos puños empezaron a flexionársele en la espalda, mientras avanzaba hasta poner sus gafas frente a la cara de Flynn—. ¿Acaso el señor Ellison es una de sus principales fuentes de ingresos?

Los ojos de Flynn se abrieron como platos, pero logró erguirse altivamente mientras fingía verse herido en su orgullo.

—Señor Roosevelt, llevo quince años en el cuerpo, y creo saber cómo funciona esta ciudad. No se puede ir por ahí acosando a un hombre como al señor Ellison sólo porque esa pequeña basura de inmigrante ha recibido finalmente lo que se estaba buscando.

Esto era el colmo, y yo lo sabía... Y fue una suerte para Roosevelt que yo lo supiera, porque de no haber saltado en el momento justo para sujetarle los brazos, habría golpeado a Flynn hasta hacerle papilla. No obstante, me costó Dios y ayuda inmovilizar aquellos fuertes brazos.

—No, Roosevelt, no —le susurré al oído—. Esto es precisamente lo que quieren los tipos como éste. Como ataques a uno de uniforme pedirán tu cabeza, y entonces el alcalde no podrá hacer nada para evitarlo.

Roosevelt respiraba entrecortadamente y Flynn volvía a sonreír, y ni el sargento detective Connor ni el cabo de ronda hicieron ningún gesto para intervenir físicamente. Sabían muy bien que en aquellos momentos estaban en una posición precaria ante la fuerte oleada de reformas municipales que recorría Nueva York tras los descubrimientos que la Comisión Lenox había realizado un año antes sobre la corrupción que imperaba en el cuerpo de la policía (Roosevelt era un claro exponente de esta reforma) y el poder tal vez mayor de esa misma corrupción, una corrupción que imperaba desde que el cuerpo existía y que en aquellos momentos aguardaba tranquilamente su ocasión, esperando a que la opinión pública se cansara de la moda pasajera de la reforma y todo volviera a sus cauces.

—Sólo le queda una sencilla elección, Flynn —logró formular Roosevelt con una dignidad extraordinariamente inalterable para un hombre dominado por la ira—. O Ellison en mi despacho, o su placa sobre mi escritorio. Mañana por la mañana.

Flynn abandonó huraño la pelea.

—Como quiera, «comisario».

Luego giró sobre sus talones y se dirigió hacia los peldaños de la atalaya murmurando algo sobre un «maldito muchacho de la alta sociedad jugando a ser policía». Entonces apareció uno de los agentes que estaban de guardia abajo, para anunciar que había llegado el furgón del juzgado de investigación y que estaban a punto para trasladar el cadáver. Roosevelt le dijo que aguardaran unos minutos y seguidamente despidió también a Connor y al policía de patrulla. Nos habíamos quedado solos en la pasarela, exceptuando los horribles restos de lo que había sido, aparentemente, otro de los muchos jóvenes desesperadamente problemáticos que cada año salían de aquel oscuro océano de viviendas miserables que se extendían hacia el oeste a nuestros pies. Obligados a utilizar cualquier medio de subsistencia para sobrevivir por su cuenta —y el de Georgio Santorelli habría sido de los más básicos—, aquellos muchachos dependían absolutamente de sí mismos como nadie que no esté familiarizado con los guetos de Nueva York en 1896 es capaz de imaginar.

—Kreizler estima que al muchacho lo mataron a primera hora de esta noche —comentó Theodore, mirando la hoja de papel que tenía en la mano—. Algo relacionado con la temperatura del cuerpo... De modo que es posible que el asesino esté todavía en la zona. Tengo a mis hombres rastreándola. Añade unos cuantos detalles médicos, y luego este mensaje.

Me tendió el papel, y en él vi la apresurada letra de Kreizler, que había anotado en mayúsculas: «ROOSEVELT: SE HAN

COMETIDO GRAVES ERRORES. ESTARÉ DISPONIBLE POR LA MAÑANA, O DURANTE EL ALMUERZO. TENEMOS QUE EMPEZAR... HAY UN CALENDARIO QUE SEGUIR.» Por un momento, intenté entender su significado.

—Resulta bastante irritante cuando se pone tan críptico —fue la conclusión a la que pude llegar.

Theodore consiguió reír entre dientes.

—Sí, yo he pensado lo mismo. Pero creo que ahora lo entiendo. Ha sido al examinar el cadáver. Moore, ¿tienes idea de cuántos asesinatos se cometen cada año en Nueva York?

—La verdad es que no... —Lancé al cadáver otra mirada de curiosidad, pero volví bruscamente la cabeza al ver la forma cruel en que su cara se comprimía contra la pasarela de metal, de modo que la mandíbula inferior se desplazaba en un ángulo grotesco de la superior, y los agujeros negros y rojos donde antes habían estado los ojos—. Si tuviera que hacer una suposición, diría que cientos. Tal vez mil o dos mil.

—Yo diría lo mismo —contestó Roosevelt—. Pero también estaría haciendo suposiciones, ya que ni siquiera prestamos atención a la mayoría de ellos. Bueno, la policía pone todo de su parte, si la víctima es alguien respetable y rico. Pero a un muchacho como éste, un inmigrante que se dedica al comercio de la carne... Me da vergüenza decirlo, Moore, pero no hay precedentes en investigaciones de casos así, como habrás podido ver por la actitud de Flynn. —Sus manos volvieron a apoyarse en las caderas—. Pero ya me estoy hartando de esto. En estos asquerosos barrios los maridos y las esposas se matan unos a otros, los borrachos y los drogadictos asesinan a personas decentes y trabajadoras, montones de prostitutas son brutalmente asesinadas o se suicidan, y la gente de fuera contempla la mayoría de estas cosas como si se tratara de un espectáculo tétricamente divertido. Eso es tremendo. Pero cuando las víctimas son chiquillos como éste y la reacción general no difiere mucho de la de Flynn... Te juro que tengo la sensación de estar en guerra con mi propia gente, porque este año ya hemos tenido tres casos como éste y no ha salido ni un murmullo de las comisarías ni de los detectives de la policía.

—¿Tres? —pregunté—. Yo sólo estaba enterado de lo de la chica del Draper's.

Shang Draper dirigía un famoso burdel en la Sexta Avenida y la calle Veinticuatro, donde los clientes podían comprar los favores de criaturas (mayormente muchachas, pero también algún que otro muchacho) cuyas edades oscilaban entre los nueve y los catorce años. En enero habían encontrado a una chiquilla de diez años, asesinada a golpes en una de las pequeñas habitaciones del burdel, delimitadas únicamente por paneles.

—Sí, y si te enteraste de eso fue porque Draper se había retrasado con el pago de comisiones —dijo Roosevelt.

La amarga batalla contra la corrupción emprendida por el alcalde del momento, el coronel William L. Strong, y ayudantes como Roosevelt, había sido valerosa, pero no habían conseguido erradicar la más antigua y lucrativa de las actividades de la policía: la obtención de sobornos por parte de los que regentaban salones, cafés concierto, garitos, fumaderos de opio y otros antros del vicio.

—Alguien del Distrito Dieciséis, todavía no sé quién, filtró parte de esa historia a la prensa para apretar un poco las tuercas. Pero las otras dos víctimas eran muchachos como éste, a los que se encontró en la calle, y por tanto inútiles para extorsionar a sus alcahuetes. De modo que la noticia no se difundió...

Su voz se desvaneció entre el chapoteo del agua a nuestros pies y el continuo rumor de la brisa del río.

—¿Estaban los dos como éste? —pregunté, observando cómo Roosevelt miraba el cadáver.

—Más o menos. Un corte en la garganta. Y ambos habían sido festín de las ratas o de los pájaros, como éste. No eran una visión muy agradable.

—¿Ratas o pájaros?

—Los ojos... —contestó Roosevelt—. El sargento detective Connor lo atribuye a las ratas, o a los carroñeros. Pero lo demás...

No se había publicado nada en la prensa sobre aquellos

dos asesinatos, aunque la cosa no tenía nada de extraordinario. Tal como Roosevelt había dicho, los asesinatos que parecían no tener solución y que se perpetraban entre los pobres o los marginados, apenas aparecían en los informes de la policía, y desde luego no se investigaban; y cuando las víctimas pertenecían a segmentos de la sociedad cuya existencia por lo general no se reconocía, entonces las posibilidades de que su muerte saliera en los periódicos eran prácticamente nulas. Por un momento me pregunté qué harían mis editores del *Times* si les sugería publicar un reportaje sobre un muchachito que se ganaba la vida pintándose como una prostituta y vendiendo su cuerpo a hombres maduros (la mayoría de ellos aparentemente respetables), al que habían apuñalado horriblemente en un oscuro rincón de la ciudad. Sin duda tendría suerte si conseguía que no me despidieran; aunque lo más probable es que me internaran en el manicomio de Bloomingdale.

—Hace años que no hablo con Kreizler —murmuró Roosevelt—. Aunque me envió una carta muy amable cuando... —Por un momento sus palabras se hicieron ininteligibles—. Es decir, en los momentos difíciles.

Comprendí qué quería decir. Theodore se refería a la muerte de su primera esposa, Alice, que había fallecido en 1884, al dar a luz a su hija, a la que habían puesto el nombre de ella. La pérdida de Theodore ese día había sido doblemente dolorosa, ya que la madre de él falleció pocas horas después de que lo hiciera su esposa. Theodore se había enfrentado a la tragedia como era habitual en él, sellando el recuerdo sacrosanto de su mujer para nunca más volver a mencionarla.

Ahora intentó animarse y se volvió hacia mí.

—Sin embargo, el bueno del doctor debe de haberte llamado aquí por algún motivo.

—Pues que me condene si lo entiendo —repliqué, encogiéndome de hombros.

—Sí —dijo Theodore con otra afectuosa risita—. Inescrutable como un chino cualquiera, nuestro amigo Kreizler... Tal vez, al igual que él, yo haya permanecido demasiado tiempo estos últimos meses entre hechos extraños y atroces. Pero creo adivinar su propósito. Mira, Moore, he tenido que ignorar todos los asesinatos como éste porque en el departamento no hay ningún interés en investigarlos. Y aunque lo hubiera, ninguno de nuestros detectives está preparado para sacar nada en limpio de semejante carnicería. Pero este muchacho, este revoltijo horrible y sanguinolento... La justicia no puede seguir ciega por más tiempo. Tengo un plan, y creo que Kreizler tiene otro... Y pienso que tú eres el encargado de ponernos a los dos en contacto.

—¿Yo?

—¿Por qué no? Tal como hiciste en Harvard, cuando todos nos conocimos.

—Pero... ¿y qué es lo que tendría que hacer?

—Traer a Kreizler mañana a mi despacho. A última hora de la mañana, tal como dice en la nota. Intercambiaremos ideas y veremos qué se puede hacer. Pero ten cuidado, procura ser discreto... Por lo que se refiere a los demás, será una reunión de viejos amigos.

—Maldita sea, Roosevelt, ¿qué es lo que será una reunión de viejos amigos?

Pero se había perdido en el embeleso de la elaboración de un plan. Ignoró mi pregunta, respiró hondo, hinchó el pecho, y pareció mucho más satisfecho de lo que había parecido hasta ese momento.

—Acción, Moore... ¡Tenemos que responder con la acción!

Y entonces me agarró de los hombros y me abrazó con fuerza, habiendo recuperado por completo todo su entusiasmo y su seguridad moral. En cuanto a mi propia seguridad, de cualquier tipo, aguardé en vano a que llegara. Todo cuanto supe fue que me veía arrastrado hacia algo que implicaba a dos de los hombres más apasionadamente decididos que yo había conocido en mi vida... Y este pensamiento no me tranquilizó lo más mínimo mientras bajaba la escalera hacia el carruaje de Kreizler, dejando el cadáver del pobre Santorelli solo en aquella atalaya, bajo el helado cielo que todavía no aparecía manchado por el más mínimo indicio del amanecer.

4

Con la mañana llegó la fría y cortante lluvia de marzo. Me levanté temprano y descubrí que Harriet me había preparado, misericordiosamente, un desayuno a base de café cargado, tostadas y fruta (que ella, debido a su experiencia en una familia en la que abundaban los borrachos, creía esencial para alguien que a menudo empinaba el codo). Me instalé en el rincón favorito de mi abuela, el cual estaba protegido por vidrieras y daba al aún dormido jardín de rosas del patio trasero, decidido a tragarme la edición matutina del *Times* antes de telefonear al Instituto Kreizler. Con la lluvia golpeteando en el tejado de cobre y las paredes de cristal a mi alrededor, inhalé la fragancia de las pocas plantas y flores que mi abuela mantenía vivas todo el año y cogí el periódico, tratando de volver a establecer contacto con un mundo que, a la luz de los acontecimientos de la noche anterior, parecía de pronto inquietantemente revuelto.

«España está furiosa», me enteré. La cuestión del apoyo norteamericano a los nacionalistas rebeldes de Cuba (el Congreso de Estados Unidos estaba considerando otorgarles el estatuto de plena beligerancia, con lo cual reconocería efectivamente su causa) seguía provocando muchos quebraderos de cabeza al corrupto e inestable régimen de Madrid. El cadavérico Boss Tom Platt, antiguo cerebro rector republicano de Nueva York, recibía los ataques del *Times* por intentar prostituir la inminente reorganización de la ciudad en el Gran Nueva York —que incluiría Brooklyn y Staten Island, además de Queens, Bronx y Manhattan— para sus oscuros propósitos. Las próximas convenciones demócrata y republicana prometían centrarse en torno a la cuestión del bimetalismo, o si el sólido patrón oro de Estados Unidos debía verse manchado o no por la introducción del cambio basado en la plata. Trescientos once negros americanos se habían embarcado rumbo a Liberia. Y los italianos estaban furiosos porque sus tropas habían sido derrotadas por las tribus abisinias al otro lado del continente negro.

Por trascendental que esto pudiera ser, tenía muy poco interés para un hombre con mi estado de ánimo. Así que me dediqué a cuestiones más ligeras. En el Proctor's Theatre había unos elefantes que montaban en bicicleta; un grupo de faquires hindúes actuaban en el museo Hubert de la calle Catorce; Max Alvary hacía un brillante Tristán en la Academia de la Música; y Lillian Russell era *La diosa de la verdad* en el Abbey's. Eleanora Duse «no era la Bernhardt» en *La dama de las camelias*. Y Otis Skinner, en *Hamlet*, ofrecía con demasiada facilidad y frecuencia su propensión a la lagrimita fácil. *El prisionero de Zenda* llevaba cuatro semanas en el Lyceum. Yo la había visto ya dos veces, y por un momento pensé en verla de nuevo aquella noche. Era una gran válvula de escape para las preocupaciones de un día normal (por no mencionar las sombrías visiones de una noche extraordinaria): castillos con fosos llenos de agua, combates a espada, una intriga distraída, y mujeres pasmadas que se desmayaban...

Sin embargo, mientras pensaba en la obra, mis ojos recorrían otras noticias. Un hombre de la calle Nueve que estaba borracho había cortado el cuello a su hermano, después se había vuelto a emborrachar y había disparado contra su madre; aún no había pistas sobre el cruel asesinato del artista Max Eglau en la Institución para la Mejora de la Enseñanza de los Sordomudos; un hombre llamado John Mackin, que había matado a su mujer y a su suegra y luego había intentado poner fin a su vida seccionándose el cuello, se había recuperado de la herida, pero ahora intentaba morir de inanición. Las autoridades habían intentado convencer a Mackin para que comiera, enseñándole el terrible instrumento de alimentación forzosa que de lo contrario utilizarían para mantenerle vivo para el verdugo...

Lancé el periódico a un lado. Después de tomar un último trago del café azucarado y un trozo de melocotón traído desde Georgia, redoblé mi resolución de acercarme a la taquilla del Lyceum. Me dirigía a mi habitación para vestirme cuando el teléfono soltó un sonoro timbrazo, y oí que mi abuela exclamaba «¡Oh, Dios!» en su salita de la mañana. El timbre del teléfono siempre le provocaba esta reacción, aunque nunca hacía la menor sugerencia para eliminarlo, o por lo menos para amortiguar su sonido.

Harriet salió de la cocina, su cara suave, de mediana edad, salpicada con pompas de jabón.

—El teléfono, señor —anunció, secándose las manos—. Le llama el doctor Kreizler.

Me ceñí la bata china y me dirigí a la pequeña caja de madera que colgaba cerca de la cocina. Descolgué el pesado auricular negro y me lo puse en la oreja al tiempo que colocaba mi otra mano en el micrófono fijo.

—¿Sí? —pregunté—. ¿Eres tú, Laszlo?

—Ah, veo que ya estás despierto —le oí decir—. Perfecto.

El sonido llegaba apagado, pero el tono era enérgico, como siempre. Sus palabras traían la cadencia de un acento europeo: Kreizler había emigrado a Estados Unidos de pequeño, cuando su padre alemán —un próspero editor y republicano de 1848— y su madre húngara habían huido de la persecución monárquica para iniciar una existencia en cierto modo de famosos exiliados políticos en Nueva York.

—¿A qué hora nos espera Roosevelt? —preguntó, sin pensar por un momento que Theodore hubiese podido rehusar su sugerencia.

—¡Antes de almorzar! —contesté, elevando el tono como si quisiera contrarrestar la debilidad de su voz.

—¿Por qué diablos gritas? —inquirió Kreizler—. Antes

del almuerzo, ¿eh? Estupendo. Entonces tenemos tiempo. ¿Has visto el periódico? La noticia sobre ese hombre, Wolff...

—No.

—Pues léela mientras te vistes.

Me quedé mirando mi bata.

—¿Cómo sabes que no me he...?

—Lo tienen en el hospital Bellevue. Como tendré que evaluarlo, aprovecharemos para formularle algunas preguntas adicionales, por si está relacionado con nuestro asunto. Luego iremos a Mulberry Street, una breve parada en el Instituto y almuerzo en Del's. He pensado en pichón o en salchichas de palomo. Con la salsa pebrada de Ranhofer y trufas es insuperable.

—Pero...

—Cyrus y yo iremos directamente desde casa. Tendrás que coger un cabriolé. La cita es a las nueve y media... Procura no llegar tarde, ¿de acuerdo? No debemos perder ni un minuto en este asunto.

Y a continuación colgó. Regresé al balconcito, cogí el *Times* y lo hojeé. La noticia aparecía en la página ocho.

La noche anterior, Henry Wolff había estado bebiendo en el apartamento de su vecino, Conrad Rudesheimer. La hija de éste, de cinco años, había entrado en la habitación, y Wolff había hecho ciertos comentarios que Rudesheimer había considerado poco adecuados para los oídos de una niña... El padre había protestado. Entonces Wolff había sacado un arma y había disparado a la niña en la cabeza, matándola, emprendiendo luego la huida. Horas más tarde lo habían capturado, mientras deambulaba sin rumbo cerca del East River. Volví a dejar el periódico, momentáneamente sorprendido por la sensación premonitoria de que los acontecimientos de la noche anterior sobre el puente habían sido sólo el comienzo.

De nuevo en el pasillo, me di de bruces con mi abuela, su cabello blanco perfectamente arreglado, su vestido gris y negro impecablemente limpio, y sus ojos grises, que yo había heredado, resplandecientes.

—¡John! —exclamó sorprendida, como si otros diez hombres se hospedaran en la casa—. ¿Quién demonios llamaba por teléfono?

—El doctor Kreizler, abuela —respondí, subiendo ya las escaleras.

—¿El doctor Kreizler? —inquirió levantando la voz—. Bien, querido. ¡Por un día ya he tenido bastante de este doctor Kreizler! —Y cuando cerré la puerta para empezar a arreglarme, aún pude oír que decía—: Si quieres conocer mi opinión, este hombre es terriblemente peculiar. Y ese tal Holmes también es doctor. —Y siguió con esa vena mientras me lavaba, me afeitaba y me lavaba los dientes.

Por molesto que esto fuera, para un hombre que aún tenía fresco el recuerdo de haber perdido lo que suponía era su última oportunidad de conseguir una felicidad doméstica, aquello era mejor que un solitario apartamento en un edificio repleto de hombres que se habían resignado a una vida solitaria.

Salí por la puerta principal después de coger una gorra gris y un paraguas negro y me dirigí a paso rápido hacia la Sexta Avenida. La lluvia caía con mucha más fuerza ahora, y había empezado a soplar un viento particularmente fuerte. Cuando llegué a la avenida, el viento cambió de pronto de dirección al arrastrarse por debajo de las vías de la línea del tren elevado, que circulaba por ambos lados de la calle justo encima de las aceras. El viento hizo presión bajo el paraguas y me lo dobló hacia fuera, como a otra gente que se apresuraba por debajo de las vías. Y el efecto combinado del viento, la lluvia y el frío logró que el habitual bullicio de la hora punta se convirtiera en un auténtico caos. Cuando conseguí encontrar un coche y me dirigía a él luchando con el engorroso e inútil paraguas, una alegre pareja me cortó el paso, apartándome sin grandes miramientos, y se montó veloz en mi cabriolé. Maldije su progenie al tiempo que agitaba el inútil paraguas en su dirección, provocando un grito de susto en la mujer y una mirada recelosa en el hombre mientras me preguntaba si estaba loco. Considerando mi destino, aquella pregunta me provocó un estallido de risa que me hizo mucho más fácil la húmeda espera de otro coche. Cuando uno dobló por la esquina de Washington Place, no esperé a que se detuviera sino que salté a su interior, cerré la portezuela casi sobre mis rodillas y le grité al conductor que me llevara al Pabellón de los Locos en el Bellevue, una dirección que a ningún conductor le apetece oír. La expresión de desaliento que apareció en su rostro al partir me provocó otra risita, de modo que cuando enfilamos por la calle Catorce ya ni siquiera sentía el húmedo *tweed* contra mis piernas.

Con la perversidad de un típico cochero de Nueva York, mi conductor —el cuello de su impermeable vuelto hacia arriba y el sombrero de copa protegido por una delgada funda de goma— decidió abrirse paso por el distrito comercial de la Sexta Avenida a partir de la calle Catorce, antes de girar a la izquierda. Habíamos pasado lentamente ante la mayor parte de los grandes almacenes —O'Neill's, Adams & Company, Simpson-Crawford— cuando golpeé con el puño el techo del coche y le recordé a mi cochero que necesitaba llegar al Bellevue aquella misma mañana. Con un rudo tirón giramos por la calle Veintitrés y luego nos internamos en medio del tráfico absolutamente sin regular de aquella calle con la Quinta Avenida y Broadway. Después de pasar ante la achatada mole del Fifth Avenue Hotel, donde Boss Platt tenía su cuartel general, y donde probablemente en aquel mismo momento estaba dando los últimos toques al esquema del Gran Nueva York, giramos por el extremo oriental de Madison Square Park hacia la calle Veintiséis, luego cambiamos de dirección, ante las galerías y torres italianizantes del Madison Square Garden, para seguir una vez más hacia el este. Los edificios del Bellevue, cuadrados, solemnes, de ladrillo rojo, aparecieron en el horizonte, y al cabo de pocos minutos cruzamos la Primera Avenida y nos detuvimos detrás de una gran ambulancia negra, en los terrenos del hospital que daban a la calle Veintiséis, cerca de la entrada del Pabellón de los Locos. Pagué al cochero y me dirigí al interior.

El Pabellón era un solo edificio, largo y rectangular. Un vestíbulo pequeño y poco acogedor saludaba a los visitantes y a los internos, y más allá de éste, a través de la primera de otras muchas puertas metálicas, había un ancho corredor que bajaba por el centro del edificio. Veinticuatro «habitaciones» —celdas en realidad— se abrían a este corredor, y separando estas celdas en dos salas, para hombres y para mujeres, en la mitad del corredor había otras dos puertas correderas forradas de acero. El Pabellón se utilizaba para observación y evaluación, mayormente de personas que habían cometido actos violentos. Una vez que se había determinado su cordura (o la ausencia de ésta) y se recibían los informes oficiales, los internos eran trasladados a otras instituciones, incluso menos acogedoras.

Tan pronto como entré en el vestíbulo, oí los habituales gritos y aullidos —algunos eran protestas coherentes, otros simplemente alaridos de locura y desesperación— procedentes de las celdas que había al otro lado. En el mismo instante divisé a Kreizler. Es curioso con qué fuerza la visión de él siempre la había asociado, mentalmente, con aquellos sonidos. Como de costumbre, su traje y su abrigo eran negros y, como de costumbre también, estaba leyendo las noticias musicales del *Times*. Sus negros ojos, muy parecidos a los de un pájaro enorme, recorrían el periódico como si cambiaran de un titular al otro con movimientos bruscos y rápidos. Sostenía el periódico con la mano derecha, mientras el brazo izquierdo, subdesarrollado a causa de una lesión cuando era niño, permanecía pegado al cuerpo. La mano izquierda asomaba de vez en cuando para dar un pequeño tirón a su recortado bigote y al pequeño indicio de barba que sobresalía en el labio inferior. Su negro cabello, peinado hacia atrás y demasiado largo para la moda de la época, estaba húmedo, pues siempre iba sin sombrero. Todo esto, junto con el bamboleo que imprimía a su cabeza al leer, le daba una imagen de halcón hambriento e inquieto, decidido a obtener compensación del fastidioso mundo que le rodeaba.

De pie cerca de Kreizler estaba el gigantesco Cyrus Montrose, criado, cochero ocasional, eficiente guardaespaldas y amigo íntimo de Laszlo. Como la mayoría de los empleados de Kreizler, Cyrus era un ex paciente. A pesar de su aspecto y de sus modales controlados, Cyrus me ponía algo nervioso. Aquella mañana vestía unos pantalones grises y una chaqueta marrón ajustada, y su cara ancha y negra ni siquiera pareció registrar mi presencia. Pero al acercarme, dio un golpecito en el brazo de Kreizler y señaló hacia mí.

—Ah, Moore —exclamó Kreizler, sacando con la mano izquierda un reloj con cadena de bolsillo del chaleco al tiempo que me tendía sonriente la derecha—. Espléndido.

—Laszlo —le contesté, estrechándole la mano—. Cyrus —añadí, con una inclinación de cabeza que apenas obtuvo respuesta.

Kreizler me señaló el periódico al tiempo que comprobaba la hora.

—Estoy algo molesto con tus jefes. Ayer noche asistí a una brillante representación de *Pagliacci* en el Metropolitan, con Melba y Ancona, y de lo único que habla el *Times* es del Tristán de Alvary. —Se interrumpió para estudiar mi cara—. Pareces cansado, John.

—No sé por qué razón. Deambular por ahí en un carruaje sin capota a las tantas de la noche suele ser muy relajante. ¿Te importaría decirme qué pinto yo aquí?

—Un momento. —Kreizler se volvió a un vigilante vestido de uniforme azul oscuro y gorra de plato que permanecía sentado en una silla de madera allí cerca—. ¿Fuller? Ya estamos listos.

—Sí, doctor —contestó el hombre, cogiendo un enorme llavero que colgaba de su cintura y dirigiéndose a la puerta del corredor central.

Kreizler y yo le seguimos. Cyrus se quedó atrás, como una figura de cera.

—Has leído el artículo, ¿eh? —me preguntó Kreizler mientras el vigilante abría la puerta que daba a la primera sala.

Al abrir, los gritos y aullidos de las celdas se hicieron tan ensordecedores como inquietantes. Había poca luz en aquel corredor sin ventanas, sólo la que podían ofrecer unas pocas bombillas eléctricas muy gastadas. Algunas mirillas de las impresionantes puertas metálicas permanecían abiertas.

—Sí —respondí al fin, bastante intranquilo—. Lo he leído. Y entiendo la posible relación... Pero ¿para qué me necesitas?

Antes de que Kreizler pudiera contestar, el rostro de una mujer apareció de pronto en la primera puerta de la derecha. A pesar de llevar el cabello recogido iba despeinada, y la expresión de su cara ancha y gastada era de violenta indignación. Pero la expresión cambió en un segundo, al ver quién era el visitante.

—¡Doctor Kreizler! —le llamó, con un jadeo ronco, pero apasionado.

Este grito disparó una reacción en cadena que creció a gran velocidad. El nombre de Kreizler se extendió por el corredor de celda en celda, de interna a interna, a través de las paredes y las puertas de hierro de la sala de las mujeres a la de los hombres. Yo ya había presenciado aquello otras veces en distintas instituciones, pero siempre me resultaba sorprendente: las palabras eran como chorros de agua sobre carbones encendidos que se llevaban los chisporroteos del calor y dejaban tan sólo los suspiros del vapor, tal vez una momentánea pero efectiva disminución del fuego que ardía en lo más hondo.

La causa de un fenómeno tan singular era muy sencilla. Kreizler era conocido entre los pacientes —así como en los ámbitos criminales, médicos y legales de Nueva York— como el hombre cuyo testimonio en los tribunales o en una audiencia sobre salud mental podía determinar —más que cualquier otro alienista del momento— si a una persona se la debía enviar a la cárcel, a las dependencias en cierto modo menos horrorosas de una institución mental, o si podía regresar a la calle. Por tanto, en el momento en que se le descubría en un lugar como el Pabellón de los Locos, las habituales exclamaciones de locura daban paso a un misterioso intento de comunicación coherente por parte de la mayoría de los internos. Sólo los no iniciados o los enfermos sin remisión continuaban con su delirio. Y aun así, el efecto de aquella repentina disminución del sonido no era del todo tranquilizadora. De hecho, en cierto modo era peor para los nervios pues sabíamos que el intento de establecer el orden era forzado, y que las oleadas de angustia pronto volverían de nuevo como ascuas encendidas, protestando ante la transitoria supresión del chorro de agua.

La reacción de Kreizler ante el comportamiento de los internos no fue menos desconcertante, pues imaginaba qué experiencias en su vida y en su carrera habrían implantado en él la habilidad de cruzar un lugar así y contemplar aquellas actuaciones desesperadas (todas salpicadas por frases contenidas aunque apasionadas de «¡Doctor Kreizler, necesito hablar con usted!», o «¡Doctor Kreizler, yo no soy como esos otros!») sin rendirse a las lágrimas, a la revulsión o al desespero. A medida que avanzaba con pasos mesurados por el pasillo, las cejas se iban juntando sobre sus centelleantes ojos, que giraban veloces de un lado al otro, de celda en celda, con una mirada de comprensiva amonestación: como si aquellas personas fueran chiquillos sin hogar. En ningún momento se permitió dirigirse a ninguno de los internos, pero su negativa no fue en absoluto cruel, todo lo contrario: hablar con cualquiera de ellos habría significado tan sólo potenciar las esperanzas de aquel desgraciado, quizás erróneamente, a la vez que hubiera frustrado las de los demás. Cualquiera de los internos allí presentes que hubiera estado en manicomios o en cárceles con anterioridad, o que hubiese permanecido en observación durante un largo período en Bellevue, sabía que aquélla era la costumbre de Kreizler, y efectuaba sus súplicas más desesperadas con los ojos, consciente de que Kreizler sólo lo reconocería con la vista.

Pasamos por las puertas correderas a la sala de los hombres, y seguimos al vigilante Fuller hasta la última celda de la izquierda. Allí se situó a un lado y abrió la pequeña ventana de observación en la puerta fuertemente asegurada.

—¡Wolff! —le llamó—. Tienes visita. Asunto oficial, así que compórtate.

Kreizler se situó frente a la ventanilla para atisbar el interior, mientras yo observaba por encima de su hombro. Dentro de la pequeña celda, de paredes desnudas, había un hombre sentado en un tosco catre, bajo el que se veía un orinal abollado. Unos gruesos barrotes cubrían la única ventana de la celda, y la hiedra de fuera oscurecía la poca luz exterior que pretendía entrar. Una jarra metálica para agua y una bandeja con un trozo de pan y un cuenco con restos de gachas de avena descansaban en el suelo cerca del hombre, que mantenía la cabeza entre las manos. Sólo llevaba una camiseta y unos calzoncillos de lana, sin cinturón ni tirantes (el suicidio era la gran preocupación de aquellas instituciones). Unos gruesos grilletes le ceñían tanto las muñecas como los tobillos. Al alzar la cara, pocos segundos después de que lo llamara Fuller, reveló un par de ojos enrojecidos que me recordaron algunas de mis peores mañanas. Y su rostro profundamente arrugado, sin afeitar, mostró una expresión de resignada indiferencia.

—Señor Wolff —le llamó Kreizler, observando cuidadosamente al hombre—. ¿Se encuentra usted sobrio?

—¿Quién no lo estaría después de una noche en este lugar? —contestó el hombre, arrastrando confusamente las palabras.

Kreizler cerró la pequeña puerta de hierro que cubría la ventanilla y se volvió a Fuller.

—¿Lo han drogado?

Incómodo, Fuller se encogió de hombros.

—Estaba delirando cuando lo trajeron, doctor Kreizler. Según el vigilante, parecía mucho peor que si estuviera simplemente borracho, así que lo llenaron de cloral.

Kreizler suspiró, profundamente irritado. El hidrato de cloral era una de las sustancias que le amargaban la existencia: un compuesto de sabor amargo y color neutro, algo cáustico, que reducía los latidos del corazón haciendo que el sujeto se calmara extraordinariamente. Cuando se utilizaba como en muchos bares, ponía al que lo ingería en estado casi comatoso, convirtiéndolo en presa fácil para el robo o el secuestro. La comunidad médica insistía, sin embargo, en que el cloral no producía adicción (Kreizler lo rebatía violentamente), y a veinticinco centavos la dosis era una alternativa más barata y conveniente que encadenar a un interno o ponerle un arnés de cuero. Por consiguiente se utilizaba a la ligera, sobre todo en los que padecían trastornos mentales, o simplemente en individuos violentos. Pero en los veinticinco años que habían transcurrido desde su introducción, su uso se había extendido entre la gente, que en aquel entonces no sólo podía comprar libremente cloral sino también morfina, opio, cáñamo índico u otra sustancia parecida en cualquier farmacia. Muchos miles de personas habían destruido su vida entregándose voluntariamente al polvo de cloral que «libra de las preocupaciones y de las penas, y proporciona un sueño saludable», como destacaba uno los fabricantes. La muerte por sobredosis se había vuelto muy común; cada vez eran más los suicidios que se relacionaban con el uso del cloral, y aún así los médicos de aquella época seguían insistiendo ciegamente en su inmunidad y provecho.

—¿Cuántos granos? —preguntó Kreizler, cambiando irritación por hastío, consciente de que la administración de la droga no era trabajo ni responsabilidad de Fuller.

—Empezaron con veinte —contestó el vigilante, tímidamente—. Yo ya se lo dije, señor. Les dije que le habían citado para la evaluación y que se enfadaría, pero... En fin, ya sabe, señor.

—Sí —contestó Kreizler en voz baja—, ya sé. —Con lo cual ya éramos tres... Y lo que sabíamos era que al enterarse el vigilante del Pabellón de la elección de Kreizler y de las probables objeciones de éste, casi con toda certeza había doblado la dosis de cloral y reducido significativamente la capacidad de Wolff para participar en el tipo de evaluación que a Kreizler le gustaba hacer, la cual incluía muchas preguntas de sondeo que en condiciones ideales debían formularse a individuos que no se hallaran bajo los efectos de alguna droga o del alcohol. Éste era el sentimiento general hacia Kreizler entre sus colegas, sobre todo entre los más veteranos.

—Bien —anunció mi amigo después de estudiar unos instantes el asunto—. No hay nada que hacer... Aquí estamos, Moore, y el tiempo apremia. —Inmediatamente pensé en la extraña referencia al «calendario» en la nota de Kreizler a Roosevelt la noche anterior, pero no dije nada mientras él descorría los cerrojos de la pesada puerta y tiraba con fuerza de ella—. Señor Wolff —le advirtió Kreizler—, tenemos que hablar.

Durante la hora siguiente, yo permanecí sentado mientras Kreizler examinaba a aquel hombre confuso y desorientado, que se mantenía firme —hasta donde el cloral se lo permitía— en la idea de que si realmente había disparado a la cabeza de la pequeña Louisa Rudesheimer con su pistola (y nosotros le aseguramos que lo había hecho) entonces debía estar loco, y por lo tanto había que mandarlo a un manicomio, o a lo sumo a la institución para convictos dementes en Mattewan, en vez de a la cárcel o al patíbulo. Kreizler tomó cuidadosa nota de su actitud, pero por el momento no discutió el caso en sí sino que formuló una larga lista de preguntas, al parecer no relacionadas con el hecho, sobre el pasado de Wolff, su familia, sus amigos y su infancia. Las preguntas eran abiertamente personales, y en cualquier situación normal habrían parecido atrevidas e incluso ofensivas; y el hecho de que la reacción de Wolff ante las preguntas de Kreizler fuera menos violenta de lo que habría sido la de cualquier otro hombre era un claro indicio de que lo habían drogado. Pero la ausencia de rabia también indicaba una falta de precisión y de franqueza en las respuestas, de modo que la entrevista parecía destinada a un prematuro final.

Pero ni siquiera la calma inducida de Wolff se pudo mantener cuando Kreizler le preguntó finalmente por Louisa Rudesheimer. ¿Había abrigado algún sentimiento de tipo sexual hacia la niña?, inquirió Laszlo, con una brusquedad que yo no había percibido a menudo en conversaciones de este tipo. ¿Había otras criaturas en el edificio hacia las que albergara tales sentimientos? ¿Tenía novia? ¿Frecuentaba los burdeles? ¿Se sentía atraído sexualmente por jovencitos? ¿Por qué había disparado a la niña, en vez de apuñalarla? Al principio Wolff pareció desconcertado ante todas estas preguntas y apeló a Fuller, el vigilante, preguntándole si debía responder o no. Fuller le contestó, con cierto regocijo lascivo, que debía responder, y Wolff así lo hizo durante un rato. Pero al cabo de media hora se puso en pie tambaleante, hizo sonar los grilletes y juró que ningún hombre podía obligarle a participar en un interrogatorio tan obsceno. Declaró desafiante que prefería vérselas con el verdugo, ante lo cual Kreizler se levantó y le miró fijamente a los ojos.

—Me temo que en el estado de Nueva York la silla eléctrica va ganando terreno a la horca, señor Wolff —le dijo sin levantar la voz—. Aunque sospecho que, basándonos en las respuestas que ha dado a mis preguntas, lo va a comprobar usted mismo. Que Dios se apiade de usted, señor.

Al dirigirse Kreizler hacia la puerta, Fuller se apresuró a abrirla. Yo lancé un último vistazo a Wolff antes de seguir a mi amigo. El aspecto de aquel hombre había pasado de la indignación a un profundo temor, pero estaba demasiado débil para hacer otra cosa que no fuera murmurar protestas patéticas sobre lo que consideraba era su locura. Luego se derrumbó nuevamente sobre el catre.

Kreizler y yo regresamos por el corredor central del Pabellón mientras Fuller volvía a cerrar la puerta de la celda de Wolff. La mudas súplicas de los demás pacientes empezaron de nuevo, pero pronto nos alejamos de allí. Una vez en el vestíbulo, los gritos y aullidos volvieron a hacerse más estridentes a nuestras espaldas.

—Creo que podemos descartarle, Moore —dijo Kreizler en tono tranquilo y cansino mientras se ponía los guantes que Cyrus le había ofrecido—. Por muy drogado que esté, Wolff se ha revelado violento, sin duda, y resentido con los niños. Y borracho también. Pero no es un loco, ni creo que esté relacionado con el asunto que ahora nos preocupa.

—Ah, por cierto —dije, aprovechando la oportunidad—, ya que hablas del asunto...

—Ellos lo quieren loco, por supuesto —murmuró Laszlo, como si no me hubiese oído—. Los médicos de aquí, los periódicos, los jueces; les gustaría pensar que sólo un loco es capaz de dispararle a una niña de cinco años un tiro a la cabeza. Crea ciertas... dificultades, si nos vemos obligados a aceptar que nuestra sociedad puede producir hombres cuerdos que cometen actos como éstos. —Lanzó un suspiro y cogió el paraguas que le tendía Cyrus—. Sí, supongo que este caso supondrá un largo día o dos en los tribunales...

Salimos del Pabellón y yo busqué refugio bajo el paraguas de Kreizler, y luego subimos a la calesa, que ahora llevaba la capota alzada. Sabía lo que se me avecinaba: un monólogo que sería como una especie de catarsis para Kreizler, una reafirmación de algunos de sus principios profesionales más básicos, encaminado a aliviarle de la enorme responsabilidad de contribuir a enviar a un hombre a la muerte... Kreizler estaba abiertamente en contra de que se ejecutara a criminales, ni siquiera a los despiadados asesinos como Wolff; pero no iba a permitir que esto interfiriera en su juicio o en su determinación de si se trataba de auténtica locura, lo cual le dejaba un margen relativamente pequeño, si se comparaba con muchos de sus colegas. Cuando Cyrus saltó al asiento del cochero y la calesa se alejó de Bellevue, la diatriba de Kreizler empezó a tratar temas que yo ya le había escuchado muchas veces: de cómo una amplia definición de locura podía hacer que la sociedad en su conjunto se sintiera mejor pero que no hiciera nada por la ciencia de la mente, y en cambio redujera las posibilidades de que aquellos que padecían auténticos trastornos mentales recibieran un cuidado y un tratamiento adecuados. Era una especie de discurso insistente: Kreizler parecía alejar cada vez más la imagen de Wolff en la silla eléctrica... Y a medida que iba exponiendo su teoría, me di cuenta de que no había ninguna posibilidad de que yo consiguiera alguna información sólida sobre lo que realmente estaba pasando, ni por qué me habían convocado.

Miré con cierta frustración hacia los edificios que íbamos pasando y dejé que mis ojos se posaran en Cyrus, pensando por un momento que, dado que ya había escuchado aquello en más de una ocasión, tal vez obtuviera cierta compasión por su parte. Pero debería haber adivinado que no sería así... Al igual que Stevie Taggert, Cyrus había tenido una vida difícil antes de ponerse a trabajar para Laszlo, y ahora era absolutamente fiel a mi amigo. De muchacho, en Nueva York, Cyrus había visto cómo destrozaban literalmente a sus padres durante los motines de los reclutamientos de 1863, cuando hordas furiosas de hombres y mujeres, la mayoría emigrantes recién llegados que expresaban su negativa a combatir por la causa de la Unión y la emancipación de los esclavos, atrapaban a cualquier negro que encontraban —incluyendo a los niños pequeños— y los despedazaban, los quemaban vivos, los emplumaban, o les aplicaban cualquier tortura que sus mentes del Viejo Mundo fueran capaces de concebir. Después de la muerte de sus padres, a Cyrus, un músico de gran talento y con una espléndida voz de bajo, lo acogió un tío suyo alcahuete, que le entrenó para ser «profesor», es decir, pianista en un burdel que facilitaba jóvenes negras a hombres blancos ricos. Pero su pesadilla juvenil le había hecho bastante reacio a tolerar los abusos de los clientes del establecimiento. Una noche de 1887 se había enfrentado a un policía borracho que había ido a cobrar su comisión, que a su entender incluía algunos golpes con el revés de la mano e insultos como «perra negra». Cyrus se fue tranquilamente a la cocina, cogió un largo cuchillo de descarnar, y despachó al policía al Paraíso especialmente reservado a los miembros caídos del Departamento de Policía de Nueva York.

Una vez más, Kreizler había intervenido en el caso. Con una teoría que él denominaba «asociación explosiva», había revelado al juez la génesis de las acciones de Cyrus: durante los pocos minutos en que se produjo el asesinato, aseguró Laszlo, Cyrus había regresado mentalmente a la noche en que murieran sus padres, y el manantial de furia que había mantenido tapado desde el incidente, había estallado entonces, arrollando al prepotente policía. Cyrus no estaba loco, había anunciado Kreizler, tan sólo había respondido a la situación de la única forma que podía hacerlo un hombre con su historial. El juez se había quedado impresionado con los argumentos de Kreizler pero, dado el estado de ánimo de la opinión pública, no podía dejar suelto a Cyrus... Sugirió el internamiento en el Manicomio de la Ciudad de Nueva York o en Blackwells Island; pero Kreizler declaró que emplearlo en su Instituto contribuiría en mayor medida a su rehabilitación. El juez, ansioso por verse libre de aquel caso, consintió. El asunto no contribuyó a mitigar la fama de rebelde que Kreizler tenía entre el público y los colegas de profesión, ciertamente tampoco contribuyó a que a los habituales visitantes de la casa de Laszlo les apeteciera quedarse a solas con Cyrus en la cocina. Pero sin duda le aseguró la lealtad de éste.

La lluvia siguió cayendo mientras avanzábamos al trote por el Bowery, la única calle importante de Nueva York que nunca había conocido la presencia de una iglesia, que yo supiera. Salones, cafés concierto y pensiones de mala muerte desfilaban veloces ante nosotros, y cuando pasamos por Cooper Square divisé el enorme letrero luminoso y las ventanas con las cortinas corridas del Salón Paresis que dirigía Biff Ellison, donde Georgio Santorelli había centrado sus patéticas actividades. Seguimos avanzando a través de más páramos de viviendas miserables, en donde el habitual ajetreo de sus aceras sólo había disminuido ligeramente por la lluvia. Cuando doblamos por Bleecker Street y nos acercamos a la Jefatura de Policía, Kreizler me preguntó de pronto:

—¿Viste el cadáver?

—¿Que si lo vi? —inquirí con cierta irritación, aunque aliviado de que al fin se tocara el tema—. Todavía lo veo si cierro un momento los ojos... Por cierto, ¿de quién partió la idea de levantar a todos los de casa y obligarme a ir hasta allí? Yo no puedo informar de estas cosas, y tú lo sabes... Lo único que se consiguió fue asustar a mi abuela, y eso no tiene nada de gracioso.

—Lo siento, John. Pero era preciso que vieras a qué nos estamos enfrentando.

—¡Yo no me estoy enfrentando a nada! —volví a protestar—. Yo sólo soy un periodista, recuérdalo... Un periodista con una historia horripilante que no puede contar.

—No te haces justicia, Moore —replicó Kreizler—. Eres una auténtica enciclopedia de información privilegiada..., aunque es posible que no te hayas dado cuenta.

—¡Laszlo! —Mi voz subió de tono—. ¿Qué diablos...?

Pero no pude seguir. Al doblar por Mulberry Street oí unas voces que me llamaban, y al volver la vista vi a Link Steffens y a Jake Riis corriendo hacia la calesa.

5

«Cuanto más cerca de la iglesia, más cerca de Dios.» Así era como un gracioso del hampa había explicado su decisión de instalar su base de operaciones delictivas a unas pocas manzanas de la Jefatura de Policía. Tal afirmación podrían haberla formulado más de una docena de personajes parecidos pues la frontera norte de Mulberry Street con Bleecker (la jefatura estaba en el número 300) marcaba el corazón de una jungla de viviendas miserables, burdeles, cafés concierto y garitos. Un grupo de chicas que trabajaban en una casa de mala nota de Bleecker Street, justo enfrente del 300 de Mulberry, se lo pasaban en grande durante sus momentos de ocio sentándose a las ventanas de persianas verdes de la casa y observando a través de unos prismáticos de ópera las actividades de la jefatura y luego ofreciendo sus comentarios a los agentes de policía que pasaban. Tal era la atmósfera carnavalesca que imperaba en aquel lugar. O acaso cabría decir que se trataba de un circo... y más brutal que los de Roma, pues varias veces al día las víctimas sangrantes de un crimen, o los heridos autores del mismo, se veían arrastrados al interior de aquella construcción indescriptible, y con apariencia de hotel, que albergaba el ajetreado cerebro del brazo armado de la ley en Nueva York, dejando sobre el pavimento de la calle un recuerdo pegajoso y siniestro de la naturaleza letal de aquel edificio.

Al otro lado de Mulberry Street, en el número 303, se encontraba el cuartel general no oficial de los periodistas especializados en asuntos policiales: una simple escalinata de entrada al edificio, en donde mis colegas y yo pasábamos la mayor parte de nuestro tiempo a la espera de alguna posible noticia. Así que no era de extrañar que Riis y Steffens hubiesen estado aguardando mi llegada. Los gestos ansiosos de Riis y la jubilosa sonrisa que dominaba los demacrados y atractivos rasgos de Steffens indicaban que algo sabroso se estaba cociendo.

—Vaya, vaya —exclamó Steffens, levantando su paraguas al tiempo que saltaba sobre el estribo del carruaje de Kreizler—. Los misteriosos invitados llegan juntos... Buenos días, doctor Kreizler... Es un placer verle, señor.

—Steffens —contestó Kreizler con una inclinación de cabeza que no era precisamente de simpatía.

Riis se acercó resoplando detrás de Steffens, pues el grueso cuerpo del danés era menos flexible que el de su joven compañero.

—Doctor —dijo a modo de saludo, a lo que Kreizler se limitó a asentir.

Era indudable que Riis no le caía bien. Los trabajos precursores del danés revelando los males de la vida en los edificios de apartamentos —en especial en su colección de ensayos y fotografías titulada *Cómo vive la otra mitad*— no cambiaba el hecho de que fuera un escandaloso moralista y una especie de fanático, en opinión de Kreizler. Y debo admitir que a menudo yo compartía su opinión.

—Moore —añadió Riis—, Roosevelt acaba de echarnos de su despacho diciendo que os esperaba a los dos para una importante consulta... ¡Me temo que algo extraño se está tramando ahí dentro!

—No le hagas caso —añadió Steffens, riendo de nuevo—. Se siente herido en su orgullo. Parece que ha habido otro asesinato que, debido a las creencias personales de nuestro amigo Riis, nunca se publicará en las páginas del *Evening Sun*. Me temo que todos le hemos avergonzado con nuestras bromas.

—¡Steffens, como me sigas...! —Riis lanzó su formidable puño escandinavo hacia Steffens al tiempo que seguía jadeando y saltando para mantenerse a la altura del carruaje, que aún no se había detenido. Cuando Cyrus frenó el caballo delante de la jefatura, Steffens saltó al suelo.

—Vamos, Jake, no amenaces —le dijo alegremente a su compañero—. Sólo es una broma.

—¿De qué diablos estáis hablando? —pregunté mientras Kreizler, tratando de ignorar la escena, bajaba del carruaje.

—Oye, tú, ahora no te hagas el tonto —replicó Steffens—. Has visto el cadáver, y el doctor Kreizler también... Hasta ahí lo sabemos. Pero, por desgracia, desde que Jake decidió negar la realidad de los dos muchachos que se prostituían y las casas para las que trabajaban, no le está permitido informar sobre el caso.

Riis volvió a resoplar, y su enorme rostro enrojeció todavía más.

—Steffens, te voy a enseñar...

—Y como sabemos que tus editores no van a publicar semejante basura, John —prosiguió Steffens—, me temo que sólo queda el *Post*... ¿Qué le parece, doctor Kreizler? ¿Le importaría dar los detalles al único periódico de la ciudad que los publicará?

La boca de Kreizler se curvó en una breve sonrisa que no era amable ni divertida, sino más bien desaprobatoria.

—¿El único, Steffens? ¿Qué me dice del *World*, o del *Journal*?

—Oh, debería haber sido más preciso... El único periódico respetable de la ciudad que los publicará.

Kreizler se limitó a recorrer con su mirada de arriba abajo la larguirucha figura del periodista.

—Respetable... —repitió, sacudiendo la cabeza, y empezó a subir los peldaños de la entrada.

—¡Diga lo que quiera, doctor —le gritó Steffens, sonriendo aún—, pero de nosotros recibirá un trato más justo que de Hearst o de Pulitzer! —Kreizler no hizo caso del comentario—. Sabemos que ha examinado al asesino esta mañana —insistió Steffens—. ¿Querría al menos comentar este punto?

Ya en la entrada, Kreizler se detuvo y se volvió.

—El hombre al que he examinado es un asesino, en efecto, pero no tiene nada que ver con el caso Santorelli.

—¿De veras? Bueno, tal vez debiera informar de esto al sargento detective Connor para que lo sepa. En toda la mañana no ha dejado de decirnos que Wolff se puso como loco disparando a la niña, y que luego salió por ahí en busca de otra víctima.

—¿Qué? —La cara de Kreizler reflejó una auténtica expresión de alarma—. No, no... Él no debe... ¡Es absolutamente vital que no haga esto!

Laszlo entró en el edificio al tiempo que Steffens se empeñaba en un último intento por conseguir que hablara. Al ver que se le escapaba la presa, mi colega del *Evening Post* apoyó su mano libre en la cadera y su sonrisa se curvó un poco más.

—¿Sabes una cosa, John? La actitud de este hombre no le hará ganar muchos admiradores.

—No creo que sea ésta su intención —repliqué, empezando a subir los peldaños. Steffens me sujetó del brazo.

—¿No puedes explicarnos nada, John? No es típico de Roosevelt mantenernos a Jake y a mí fuera de los asuntos de la policía. Pero hombre, si nosotros somos más miembros de la Junta de Comisarios que todos esos estúpidos que se sientan con él...

En esto tenía razón: a menudo Roosevelt consultaba a Riis y a Steffens sobre cuestiones de política. Sin embargo, lo único que pude hacer fue encogerme de hombros.

—Si supiera algo te lo diría, Link. A mí también me han mantenido en la luna.

—¡Pero el cadáver, Moore! —intervino Riis—. Nos han llegado rumores de algo perverso... Falsos, sin duda.

Pensando sólo un segundo en el cadáver sobre el anclaje del puente, susurré:

—Por muy descarnados que sean esos rumores, muchachos, ni siquiera se acercarán a describir la realidad —repliqué. Me di media vuelta y subí los peldaños de la entrada.

Antes de que se cerrara la puerta a mis espaldas, Riis y

Steffens ya volvían a estar enzarzados, Steffens lanzando sarcásticas observaciones a su amigo, y éste, irritado, tratando de hacerle callar. Pero Link tenía razón, aunque se hubiera expresado con cierta malevolencia. La tozuda insistencia de Riis en negar la existencia de la prostitución homosexual había significado que otro de los grandes periódicos de la ciudad nunca conociera todos los detalles de un brutal asesinato. Y el reportaje habría tenido una mayor trascendencia viniendo de Riis que de Steffens, ya que mientras la mayor parte del trabajo de Link como miembro del Movimiento Progresista aún tenía que llegar, hacía mucho tiempo que la voz de Riis era toda una autoridad, el hombre cuyas airadas diatribas habían provocado la destrucción de Mulberry Bend (el auténtico núcleo del barrio bajo más famoso de Nueva York: Five Points), junto con la destrucción de otras innumerables zonas pestilentes. Sin embargo, Jake Riis no podía reconocer en todo su significado el asesinato de Santorelli: a pesar de todos los horrores que había presenciado, no podía aceptar las circunstancias de semejante crimen. Y al cruzar las enormes puertas verdes de la jefatura me pregunté, tal como me había preguntado un millar de veces durante las reuniones de la redacción en el *Times*, cuántos miembros de la prensa —por no mencionar a los políticos o a la opinión pública— se limitaban a considerar que la deliberada ignorancia del mal implicaba su inexistencia.

Allí dentro encontré a Kreizler de pie junto al ascensor, discutiendo acaloradamente con Connor, el detective que se hallaba presente en el escenario del crimen la noche anterior. Ya me disponía a reunirme con ellos cuando uno de los personajes más agradables de la jefatura me agarró del brazo y me condujo hacia una escalera: era Sara Howard, una vieja amiga.

—No te metas en esto, John —me advirtió con el tono de prudente sabiduría con que a menudo subrayaba sus afirmaciones—. Tu amigo está dando a Connor una reprimenda, y no hay duda de que se la merece... Además, el presidente te quiere arriba, sin el doctor Kreizler.

—Sara —exclamé feliz—. Me alegro de verte. He pasado la noche y la mañana entre locos. Necesito oír la voz de alguien que esté cuerdo.

El gusto de Sara en el vestir se inclinaba por los diseños sencillos en tonos verdes a juego con sus ojos, y el que llevaba ese día, sin mucho polisón y con el mínimo de encajes, resaltaba enormemente su cuerpo alto y atlético. Su rostro no tenía nada de extraordinario, pero el juego de sus ojos y de su boca, que oscilaba entre travieso y melancólico, era un regalo para la vista. A principios de los años setenta, cuando yo estaba en la adolescencia, su familia se trasladó a vivir cerca de nuestra casa en Gramercy Park, y desde entonces había contemplado cómo ella, en sus años infantiles, convertía aquel decoroso barrio en su sala de juegos particular. El tiempo no la había cambiado gran cosa, excepto para hacerla tan pensativa (y a veces tan melancólica) como exaltada... Y una noche en que estaba algo más que borracho, poco después de romper mi compromiso con Julia Pratt, cuando había decidido que todas las mujeres que la sociedad consideraba bellas eran en realidad unos demonios, le pedí a Sara que se casara conmigo. Su respuesta consistió en llevarme con un coche al Hudson y tirarme al río.

—Pues hoy no vas a oír muchas voces cuerdas en este edificio —me dijo Sara mientras subíamos las escaleras—. Teddy... Es decir, el presidente... ¿No te suena extraño llamarle así, John? —Y en efecto, lo era. Pero cuando Roosevelt se encontraba en la jefatura, que estaba regida por una junta de cuatro comisarios de la que él era el jefe, se le distinguía de los otros tres con el título de «presidente». Muy pocos de nosotros podíamos suponer en aquel entonces que en un futuro no muy lejano ostentaría un título idéntico—. Bueno, pues ha montado uno de sus clásicos jaleos con el caso Santorelli. No ha parado de entrar y salir todo tipo de gente.

En aquel preciso momento, la voz de Theodore resonó por uno de los pasillos del primer piso.

—¡Y no se moleste en meter a sus amigos de Tammany

en todo esto, Kelly! La asociación política Tammany es una monstruosa creación demócrata, y esto es una reforma de la administración republicana... No conseguirá favores por aquí dando palmaditas en la espalda. ¡Le aconsejo que coopere!

La única respuesta a esto fue la risita ahogada de un par de voces al final de la escalera, que poco a poco se iban acercando a nosotros. Al cabo de unos segundos, Sara y yo nos encontramos frente a frente con la enorme figura de Biff Ellison, vestido con colores chillones y bañado en colonia, así como con la más bajita de su jefe, mejor vestido y menos aromatizado, el hampón Paul Kelly.

La época en que los asuntos del hampa del bajo Manhattan se repartían entre unas cuantas docenas de bandas callejeras que iban por libre se había acabado en términos generales a finales de 1896, y quienes se habían adueñado de los negocios y de su consolidación eran unos grupos más amplios aunque igualmente peligrosos, pero mucho más eficientes en su enfoque. Los Eastman, llamados así por su pintoresco jefe, Monk Eastman, controlaban todo el territorio al este del Bowery, entre la calle Catorce y Chatham Square; en el West Side estaban los Hudson Duster, apreciados por muchos de los intelectuales y artistas de Nueva York (en gran parte porque al parecer todos compartían un insaciable apetito por la cocaína), que dirigían los asuntos al sur de la calle Trece y el oeste de Broadway; la zona de aquella parte de la ciudad, más arriba de la calle Catorce, pertenecía a los Mallet Murphy's Gophers, un grupo de criaturas irlandesas de lo más bajo, cuya evolución le habría costado mucho explicar incluso al señor Darwin; y entre estos tres virtuales ejércitos, en el ojo del huracán de la delincuencia, a tan sólo unas manzanas de la Jefatura de Policía, estaba Paul Kelly y sus Five Pointers, que gobernaban entre Broadway y el Bowery, y entre la calle Catorce y el Ayuntamiento.

La banda de Kelly había adoptado el nombre del barrio más peligroso de la ciudad en un intento por inspirar temor, aunque en realidad en sus negocios eran menos anárquicos que las clásicas bandas que en la generación anterior habían dominado Five Points (los Why, los Gorilas, los Conejos Muertos y otras por el estilo), restos de las cuales todavía deambulaban por su antiguo barrio como fantasmas violentos e insatisfechos. El propio Kelly era un reflejo de este cambio de estilo: su elegancia en el vestir iba acompañada de un lenguaje y unos modales refinados. También poseía un conocimiento completo en arte y en política: sus gustos artísticos tendían hacia lo moderno, mientras que en política se inclinaban hacia el socialismo. Pero Kelly también conocía a sus clientes, y el «buen gusto» no era un término idóneo para el Salón de Baile New Brighton, el cuartel general de los Five Pointers en Great Jones Street. El New Brighton, regentado por un peculiar gigante conocido como *Cómetelos* Jack McManus, era un extravagante cúmulo de espejos, arañas de cristal, barandillas de bronce y «bailarinas» ligeras de ropa, un palacio del mal gusto sin parangón siquiera en el Tenderloin, un distrito que, antes de la ascensión de Kelly, había sido el centro indiscutible de la opulencia del hampa.

Por otro lado, James T. Biff Ellison representaba el tipo más tradicional de matón neoyorquino. Había iniciado su carrera como gorila en un salón de poca monta, y se había ganado cierta notoriedad al propinar una paliza a un policía hasta dejarlo casi muerto. Aunque aspiraba al refinamiento de su jefe, el intento de Ellison —ignorante, sexualmente depravado y drogadicto como era— resultaba grotescamente ostentoso. Kelly tenía lugartenientes asesinos cuyas acciones eran infames e incluso temerarias, pero ninguno se habría atrevido, como Ellison, a abrir el Salón Paresis, uno de los tres o cuatro locales en Nueva York que abiertamente —o mejor, ostentosamente— abastecían aquel segmento de la sociedad cuya existencia Jake Riis se negaba a admitir con tanta frecuencia.

—Vaya, vaya —exclamó Kelly, amigablemente, y la aguja de su corbata centelleó al acercarse—. Pero si es el señor Moore del *Times*... junto con una de las nuevas y encantadoras señoritas del Departamento de Policía —añadió, y, cogiendo la mano de Sara, inclinó su rostro cincelado de bribón irlandés y se la besó—. No hay duda de que últimamente resulta más agradable venir a la jefatura cuando a uno le obligan. —Su sonrisa, mientras observaba fijamente a Sara, era mundana y segura, nada de lo cual pudo evitar que de pronto el aire de la escalera se cargara de amenaza.

—Señor Kelly —contestó Sara con una enérgica inclinación de cabeza, aunque pude ver que estaba algo nerviosa—. Es una lástima que su encanto no esté en consonancia con las compañías que elige.

Kelly rió con ganas, pero Ellison, cuya altura superaba a la de Sara y a la mía, se creció todavía más, al tiempo que su gruesa cara y sus ojos de hurón se ensombrecían.

—Será mejor que vigile sus palabras, señorita... Hay un largo paseo desde jefatura hasta Gramercy Park. Pueden ocurrirle muchas cosas desagradables a una señorita que camina sola...

—Eres un auténtico conejo, ¿eh, Ellison? —inquirí, aunque aquel tipo podía partirme sin esfuerzo por la mitad—. ¿Qué ocurre? ¿Te has quedado sin muchachitos a los que apalizar y ahora necesitas meterte con mujeres?

La cara de Ellison se puso totalmente roja.

—Oye, miserable chupatintas de mierda... Seguro que Gloria era un problema, un nido de problemas, pero no por ello me la iba a cargar con una paliza, y me cepillaré a cualquiera que...

—¡Eh, eh, Biff! —El tono de Kelly sonó amable, pero su amenaza era inconfundible: «¡Déjalo estar!»—. No hay motivo para ponerse así. —Luego se volvió hacia mí—. Biff no tiene nada que ver con la muerte del muchacho, Moore... Y yo tampoco deseo que mi nombre se vea involucrado en esto.

—Cuesta mucho creerlo, Kelly —repliqué—. Ayer vi el cadáver y no hay duda de que es digno de Biff. —En realidad ni siquiera Ellison habría hecho nunca algo tan horrible, pero no había motivos para reconocerlo ante aquellos dos—. Era sólo un chaval.

Kelly soltó una risita mientras bajaba un par de peldaños de la escalera.

—Sí, un chaval que jugaba a un juego peligroso. Vamos, Moore, chavales como él mueren cada día en esta ciudad. ¿A qué viene tanto interés? ¿Acaso es un bastardo de Morgan o de Frick?

—¿Cree que éste es el único motivo para que se investigue el caso? —inquirió Sara, en cierto modo molesta pues no llevaba mucho tiempo trabajando en jefatura.

—Mi querida joven —replicó Kelly—, tanto el señor Moore como yo sabemos que éste es el único motivo. Pero si lo quieren a su modo: ¡Roosevelt, el abogado de los oprimidos! —Kelly siguió bajando la escalera, y Ellison me empujó para seguirle. Pero luego, un poco más abajo, ambos se detuvieron. Kelly se volvió, y por primera vez su voz mostró indicios de preocupación—: Pero se lo advierto, Moore... No quiero ver mi nombre relacionado con esto.

—No se preocupe, Kelly. Mis editores nunca van a publicar esta historia.

De nuevo me sonrió.

—Una decisión muy inteligente por su parte, también. Ocurren cosas realmente importantes en el mundo, Moore. ¿Para qué perder el tiempo con bagatelas?

Dicho esto se despidieron, y Sara y yo nos tranquilizamos. Puede que Kelly perteneciera a una nueva generación de gángsteres, pero no por eso dejaba de ser uno de ellos, y nuestro encuentro había sido verdaderamente inquietante.

—¿Sabías que mi amiga Emily Cort fue una noche a los barrios bajos para conocer a Paul Kelly? —preguntó Sara, pensativa, mientras reanudábamos la ascensión por la escalera—. Le pareció un hombre de lo más encantador. Claro que Emily ha sido siempre muy casquivana. —Entonces me cogió del brazo—. Por cierto, John, ¿cómo te has atrevido a llamarle conejo al señor Ellison? A mí me parece más un mono.

—En el lenguaje que él suele utilizar, un conejo es un cliente molesto.

—Oh, tengo que acordarme de anotarlo. Quiero que mis conocimientos de la clase criminal sean lo más completos posible.

No pude evitar una sonrisa.

—Sara, con todas las profesiones que actualmente se les abren a las mujeres, ¿por qué insistes en ésta? Con lo lista que eres, podrías llegar a científica, a doctora, incluso a...

—Y tú también, John —replicó secamente—. Sólo que no te apetece serlo. Y ya que estamos de confidencias, te diré que a mí tampoco... Sinceramente, a veces eres el más estúpido de los hombres. Sabes muy bien qué es lo que quiero.

—Como también lo sabían todos los amigos de Sara: quería ser la primera mujer policía de la ciudad.

—Pero vamos a ver, Sara, ¿acaso te hallas cerca de tu objetivo? A fin de cuentas no eres más que una secretaria.

Me sonrió amablemente, aunque con el mismo toque de dureza de antes tras la sonrisa.

—Sí, John... Pero ya estoy en el edificio, ¿no? Hace diez años, esto habría sido imposible.

Asentí encogiéndome de hombros, consciente de que era inútil discutir con ella, y luego miré a mi alrededor por el pasillo del primer piso, en un intento por encontrar alguna cara conocida. Pero los detectives y agentes que entraban y salían de los distintos despachos eran todos nuevos para mí.

—¡Vaya, hombre! —exclamé en voz baja—. Hoy no reconozco a nadie por aquí.

—Sí, vamos de mal en peor. El mes pasado perdimos a doce. Todos prefieren dimitir o retirarse antes que exponerse a una investigación.

—Pero Theodore no pudo sustituir a todo el cuerpo con pipiolos. —Éste era el término con que se referían a los nuevos agentes.

—Es lo que todo el mundo dice. Pero si hay que elegir entre corrupción e inexperiencia, ya sabes qué camino escogerá él. —Sara me dio un fuerte empujón en la espalda—. Bueno, deja ya de perder el tiempo, John. Él quiere verte enseguida.

Nos abrimos paso entre agentes de uniforme y casco y «simples detectives» (policías vestidos de civil), hasta que llegamos al final del pasillo.

—Luego quiero que me expliques exactamente por qué no suelen publicarse en la prensa casos como éste —añadió Sara, y seguidamente llamó a la puerta del despacho de Theodore, la abrió, y siguió empujándome hasta que hube entrado—. El señor Moore, comisario —anunció, cerrando la puerta y dejándome dentro.

Como escritor y lector compulsivo que era, a Theodore le gustaban los grandes escritorios, y su despacho en la jefatura estaba presidido por uno, a cuyo alrededor se apiñaban desordenadamente algunos sillones. Aparte de un alto reloj sobre la repisa de la chimenea, y de un brillante teléfono de bronce en una mesita auxiliar, en el despacho sólo se veían pilas de libros y de papeles, algunas de las cuales se alzaban desde el suelo hasta la mitad de la altura del despacho. Las cortinas de las ventanas que daban a Mulberry Street estaban medio corridas, y Theodore se encontraba ante ellas, vestido con un traje gris muy conservador.

—Ah, John, magnífico —me saludó y, apresurándose a pasar al otro lado del escritorio, me destrozó la mano—. ¿Está Kreizler abajo?

—Sí. ¿Querías verme a solas?

Theodore se paseó por el despacho, con una mezcla de seriedad y de alegre anticipación.

—¿Cómo está de ánimos? ¿Cómo crees que responderá? Es un tipo tan impetuoso... Quiero asegurarme de que adopto el plan de acción adecuado con él.

Me encogí de hombros.

—Él está bien, supongo... Hemos ido al Bellevue a ver a ese tipo, a Wolff, el que pegó un tiro a una niña, y estaba de un humor de perros al salir. Pero se le ha pasado durante el trayecto..., por lo que he oído. Sin embargo, Roosevelt, dado que no tengo ni idea de para qué lo necesitas...

Justo en ese momento se produjo otra llamada apresurada y ligera en la puerta, y seguidamente reapareció Sara.

Tras ella iba Kreizler... Era evidente que habían estado hablando, y mientras su conversación se apagaba ya dentro del despacho, vi que Laszlo la estudiaba intensamente. En aquel entonces, esto no me pareció especialmente significativo; la mayor parte de la gente reaccionaba así al encontrarse con una mujer trabajando en jefatura.

Theodore se interpuso entre ellos como una exhalación.

—¡Kreizler! —exclamó estentóreamente—. Encantado de verte, doctor, no sabes cuánto me alegro.

—Roosevelt —le saludó Kreizler, con una sonrisa sinceramente afectuosa—. Ha pasado mucho tiempo...

—¡Demasiado, demasiado! ¿Quieres que nos sentemos y hablemos, o prefieres que despeje el despacho para que podamos disfrutar de la revancha?

Se refería a su primer encuentro en Harvard, que estaba relacionado con un combate de boxeo. Y mientras todos reíamos y nos sentábamos, y el hielo se rompía armoniosamente, mis pensamientos retrocedieron hasta aquellos días.

Aunque yo conocía a Theodore desde muchos años antes de que llegara a Harvard en 1876, nunca había sido muy amigo suyo. Aparte de niño enfermizo, era estudioso y en general aplicado; en tanto yo como mi hermano pequeño pasamos la mayor parte de nuestra infancia asegurándonos de que reinaba la anarquía en las calles de nuestro barrio de Gramercy Park... Los amigos de mis padres acostumbraban a llamarnos a mi hermano y a mí «Los cabecillas», y se rumoreaba que era una gran desgracia para una familia contar en su seno con dos ovejas negras como nosotros. En realidad no había nada diabólico ni malicioso en lo que hacíamos, sino en el hecho de que para hacerlo eligiéramos la compañía de una pequeña banda de chiquillos cuyas casas estaban en los callejones traseros y los portales del distrito de la Compañía del Gas, al este del nuestro. No se les consideraba adecuados compañeros de juegos en nuestra formal parcela de sociedad tipo Knickerbocker, donde la clase era lo que más contaba, y ningún adulto estaba preparado para tolerar a niños con ideas propias. Un alejamiento de varios años en la escuela preparatoria no sirvió para enfriar mis tendencias; en realidad era tan grande la alarma general que había despertado mi conducta cuando cumplí diecisiete años, que poco faltó para que rechazaran mi solicitud de admisión en Harvard. Pero la riqueza de mi padre inclinó la balanza supuestamente a mi favor y partí para la embrutecedora aldea de Cambridge, donde un par de años de vida universitaria no contribuyeron a que me sintiera inclinado a aceptar a un joven aplicado como Theodore cuando llegó.

Pero en el otoño de 1877, durante mi último año y el segundo de Theodore, todo esto empezó a cambiar. Obligado a trabajar bajo la pesada carga de un idilio difícil y de un padre gravemente enfermo, Theodore empezó a evolucionar, dejando de ser un joven de miras bastante estrechas para convertirse en un hombre más tolerante y accesible. Nunca llegó a ser un tipo mundano, desde luego, pero en cada uno de nosotros llegamos a descubrir dimensiones filosóficas que nos permitieron pasar juntos muchas veladas, bebiendo y conversando. No tardamos en efectuar algunas incursiones en la sociedad de Boston, tanto en la alta como en la baja, y sobre estos fundamentos empezó a desarrollarse una sólida amistad.

Mientras tanto, otro amigo mío de la infancia, Laszlo Kreizler, que había realizado sus estudios en el Columbia Medical College a una velocidad sin precedentes, abandonó un trabajo de ayudante auxiliar en el manicomio de Blackwells Island para asistir al nuevo curso de psicología que el doctor William James impartía en Harvard. Este profesor, sociable y con pinta de terrier, que iba a conseguir la fama como filósofo, había creado recientemente el primer laboratorio de psicología de Estados Unidos en unas pequeñas aulas en Lawrence Hall. También enseñaba anatomía comparada para estudiantes universitarios no graduados, y en el otoño de 1877, cuando me enteré de que James era un profesor divertido y comprensivo por lo que se refería a las notas, me matriculé en su asignatura. El primer día me encontré sentado al lado de Theodore, que mantenía su interés por todos los temas relacionados con la vida salvaje, un interés que le había consumido desde su infancia. Aunque Roosevelt entablaba a menudo animadas discusiones con James sobre algún aspecto insignificante de la vida animal, no tardó en sentirse cautivado, al igual que todos nosotros, por el aún joven profesor, el cual acostumbraba a tumbarse en el suelo cuando la participación de sus alumnos languidecía, declarando que la enseñanza era «un proceso mutuo».

Las relaciones de Kreizler con James eran mucho más complejas. Aunque Laszlo respetaba enormemente las obras de James y sentía un afecto cada vez mayor por el hombre como tal (en realidad era imposible no sentirlo), en cambio no aceptaba las famosas teorías de James sobre el libre albedrío, que constituían la piedra angular de la filosofía de nuestro profesor. James había sido un muchacho sensible y enfermizo, y en más de una ocasión, durante su juventud, había pensado en suicidarse; pero había vencido su tendencia gracias a la lectura de las obras del filósofo francés Renouvier, quien enseñaba que mediante la fuerza de voluntad un hombre era capaz de superar todas las dolencias psíquicas, e incluso muchas de las físicas. «¡Mi primer acto de libre albedrío consistirá en creer en el libre albedrío!», había sido su precoz grito de batalla: una actitud que seguía dominando su pensamiento en 1877. Esta filosofía estaba destinada a chocar con la naciente fe de Kreizler en lo que denominaba «contexto»: la teoría de que las acciones de cada hombre se ven en gran medida influidas por sus primeras experiencias, y que no se puede analizar o alterar el comportamiento humano sin conocer tales experiencias. En las aulas de laboratorio de Lawrence Hall, repletas de aparatos para analizar y diseccionar los sistemas nerviosos de los animales y las reacciones de los humanos, James y Kreizler habían discutido sobre cómo se formaban los modelos de conducta humanos y si alguno de nosotros era o no lo bastante libre para determinar qué vida llevaría como adulto. Estos encuentros se volvieron progresivamente más acalorados —por no calificarlos de tema de chismorreo dentro del campus—, hasta que por fin, una noche, a principios del segundo semestre, ambos decidieron debatir en la sala de conferencias de la universidad la pregunta «¿Es el libre albedrío un fenómeno psicológico?».

Estaba presente la mayor parte del alumnado, y aunque Kreizler argumentaba bien, la audiencia estaba decidida a rechazar sus afirmaciones. Además, en aquel entonces el sentido del humor de James estaba mucho más desarrollado que el de Kreizler, y los chicos de Harvard disfrutaron con las frecuentes bromas de su profesor a expensas de Kreizler. Por otro lado, las referencias de Laszlo a filósofos del pesimismo como el alemán Schopenhauer, así como su confianza en las teorías evolucionistas de Charles Darwin y Herbert Spencer explicando que la supervivencia era el objetivo mental del hombre tanto como su desarrollo físico, provocaron frecuentes y prolongadas protestas por parte de los universitarios. Confieso que incluso yo me sentía dividido entre la lealtad a un amigo cuyas creencias siempre me habían inquietado, y el entusiasmo por un hombre y una filosofía que parecían ofrecer la promesa de ilimitadas posibilidades no sólo para mi propio futuro sino para el de toda la humanidad. Theodore —que aún no conocía a Kreizler y que, como James, había sobrevivido a muchas y muy graves enfermedades en la infancia gracias a lo que él consideraba como pura fuerza de voluntad— no se sentía turbado por ninguno de mis escrúpulos, así que vitoreó acaloradamente la inevitable victoria final de James.

Después del debate me fui a cenar con Kreizler a una taberna que había frente al Charles, frecuentada por la gente de Harvard. Cuando estábamos a medio cenar entró Theodore con un grupo de amigos y, al verme con Kreizler, me pidió que los presentara. Hizo algunos comentarios sin mala intención aunque agudos sobre «la mojiganga mística concerniente a la psique humana» de Laszlo, y sobre cómo era todo consecuencia de sus antecedentes europeos. Pero fue demasiado lejos cuando hizo una broma sobre la «sangre gitana», pues la madre de Laszlo era húngara, y éste lo tomó como una gran ofensa. Kreizler le lanzó un desafío por cuestiones de honor, y Theodore lo aceptó complacido, sugiriendo una combate de boxeo. Yo sabía que Laszlo hubiese preferido el florete —con su brazo izquierdo malo tenía muy pocas posibilidades en el ring—, pero aceptó de conformidad con el *code duello* que concedía a Theodore, como parte desafiada, la elección de las armas.

En honor a Roosevelt hay que decir que cuando los dos se desnudaron de cintura para arriba en el Gimnasio Hemenway (al que pudimos entrar a una hora tan intempestiva gracias a las llaves que yo le había ganado a un guardián en una partida de póquer a comienzos de curso), y vio el brazo de Kreizler, le ofreció la posibilidad de elegir otra arma que no fueran los puños. Pero Kreizler era terco y orgulloso, y aunque estaba predestinado a la derrota —por segunda vez aquella misma noche—, ofreció un combate mejor de lo que cabía esperar. Su valor impresionó a todos los presentes y, como era lógico, se ganó la sincera admiración de Roosevelt. Todos volvimos a la taberna y bebimos hasta altas horas de la madrugada. Y aunque la amistad entre Theodore y Laszlo nunca llegaría a ser muy íntima, había nacido entre ellos un vínculo muy especial que abriría la mente de Roosevelt —aunque sólo fuera una rendija— a las teorías y opiniones de Kreizler.

Esa apertura era en gran parte la razón de que en aquellos momentos estuviésemos reunidos en el despacho de Theodore, y mientras recordábamos los viejos tiempos en Cambridge, nuestro asunto más inmediato quedó momentáneamente olvidado. La conversación pronto se extendió al pasado más reciente, con Roosevelt formulando, sinceramente interesado, algunas preguntas sobre los trabajos de Kreizler, tanto con los chicos en su Instituto como con los locos asesinos, y Laszlo diciendo que había seguido con gran interés la carrera de Theodore como miembro de la cámara en Albany y como comisario del servicio civil en Washington. Fue una agradable conversación entre viejos amigos que tenían mucho interés en ponerse al día, y durante la mayor parte del tiempo yo me contenté con permanecer sentado y escuchar, disfrutando del cambio de ambiente en comparación con el de la noche anterior y el de aquella mañana.

Pero la conversación derivó inevitablemente hacia el asesinato de Santorelli, y una sensación de mal augurio y de tristeza se fue filtrando poco a poco en el aposento, disipando los agradables recuerdos con la misma crueldad con que el salvaje desconocido había liquidado al muchacho en la atalaya del puente.

6

—Tengo tu informe, Kreizler —dijo Roosevelt, cogiendo el documento de encima de su escritorio—. Y el del
forense. No te sorprenderá saber que no nos ofrece ninguna
cosa nueva.

Kreizler asintió con repugnancia ante un hecho que le resultaba familiar.

—A cualquier carnicero o vendedor de medicamentos
patentados se le puede nombrar forense, Roosevelt. Es
casi tan fácil como convertirse en director de un manicomio.

—Sí, así es. En cualquier caso, tu informe parece indicar...

—No indica todo lo que he averiguado —le interrumpió
Kreizler con cautela—. De hecho, no cubre algunos de los
puntos más importantes...

—¿Y eso? —Theodore le miró sorprendido, y los quevedos que llevaba en la oficina se le cayeron de la nariz—.
¿Qué quieres decir?

—Que en jefatura hay muchos ojos paseándose por los
informes, comisario. —Kreizler hacía todo lo posible para
ser diplomático, lo cual, en este caso, era un esfuerzo sincero—. No deseaba correr el riesgo de que ciertos detalles
fueran de dominio público. Aún no.

Theodore guardó silencio, entrecerrando los ojos pensativo.

—En él has escrito que se han cometido terribles errores... —dijo al fin con voz queda.

Kreizler se levantó de su asiento y se acercó a la ventana, apartando la cortina sólo unos centímetros.

—En primer lugar, Roosevelt, tienes que prometerme que a personas como el sargento detective Connor —pronunció el rango con sincera repugnancia— no se les informará de nada de todo esto... El hombre se ha pasado la mañana divulgando una información falsa a la prensa, información que muy bien podría acabar costando más vidas.

El entrecejo de Theodore, normalmente marcado por arrugas, se arrugó todavía más.

—¡Por todos los diablos! Si eso es cierto, doctor, haré que ese hombre...

Kreizler le interrumpió alzando una mano.

—Basta con que me prometas esto, Roosevelt.

—Tienes mi palabra. Pero al menos infórmame de lo que ha dicho Connor.

Kreizler empezó a pasear por el despacho antes de responder.

—Ha insinuado a varios periodistas que este hombre, Wolff, era el responsable del asesinato de Santorelli.

—¿Y tú crees que no es así?

—Por supuesto. Tanto los pensamientos como las acciones de Wolff son absolutamente impremeditados y asistemáticos para que sea él. A pesar de que esté completamente desprovisto de contención emocional y no sienta aversión por la violencia.

—¿Le considerarías un... psicópata? —A Roosevelt la terminología le resultaba poco familiar, y Kreizler enarcó una ceja—. He leído algunos de tus escritos más recientes —añadió Theodore, algo inseguro—, aunque debo confesarte que no sé hasta qué punto los he entendido.

Kreizler asintió con una sonrisa breve y enigmática.

—¿Me preguntas si Wolff es un psicópata? Existe una inferioridad constitucional psicopática, de eso no cabe duda. Pero en cuanto a las consecuencias de etiquetarle como psicópata... Si has leído aunque sólo sea una parte de esta literatura, Roosevelt, sabrás que eso depende de qué opiniones aceptemos.

Roosevelt asintió, frotándose la barbilla con una de sus toscas manos. Yo no sabía entonces, aunque lo averiguaría en las semanas siguientes, que uno de los puntos más significativos de controversia entre Kreizler y muchos de sus colegas —una batalla que se había desarrollado sobre todo en las páginas del *American Journal of Insanity*, una revista trimestral publicada por la organización nacional de directores de manicomios— era el tema de qué constituía un auténtico homicida lunático. El psicólogo alemán Emil Kraepelin había incluido recientemente en la amplia clasificación de «personalidades psicópatas» a hombres y mujeres cuyos actos de violencia salvaje traicionaban los peculiares modelos del pensamiento moral, pero cuya capacidad intelectual se reconocía como saludable. Tal clasificación era generalmente aceptada entre los profesionales. La cuestión que se debatía era si tales psicópatas podían considerarse auténticos enfermos mentales. La mayoría de los médicos contestaban afirmativamente, y aunque todavía no podían identificar con precisión la absoluta naturaleza y las causas de la enfermedad, pensaban que tal descubrimiento era sólo cuestión de tiempo. Por otro lado, Kreizler opinaba que tales psicópatas eran producto de unas experiencias y un ambiente extremos durante la infancia, y que no les afectaba ningún tipo de patología. Juzgadas en su contexto, las acciones de tales pacientes podían entenderse e incluso predecirse (a diferencia de las de los auténticos locos). Éste era claramente el diagnóstico al que él había llegado con respecto a Henry Wolff.

—¿Entonces lo declararás apto para someterse a un juicio? —inquirió Roosevelt.

—Así es. —El rostro de Kreizler se ensombreció perceptiblemente, y se miró las manos mientras las juntaba—. Y, lo que es más importante, apuesto a que mucho antes de que empiece el proceso tendremos pruebas de que él no está relacionado con el caso Santorelli. Pruebas bastante desagradables...

A mí me resultaba cada vez más difícil permanecer en silencio.

—¿Eso significa...? —pregunté.

Kreizler dejó caer las manos a los costados mientras regresaba a la ventana.

—Más cadáveres, me temo. Sobre todo si se intenta relacionar a Wolff con Santorelli. Sí... —La voz de Kreizler se hizo más lejana—. Se sentirá provocado al ver que le roban de este modo lo que ha hecho...

—¿Quién?

Pero Laszlo no pareció escucharme.

—¿Se acuerda alguien —prosiguió en el mismo tono de distanciamiento— de un interesante caso que tuvo lugar hará unos tres años, también relacionado con el asesinato de unos niños? Me temo que fue durante el momento culminante de tus batallas en Washington, Roosevelt, así que es probable que no te enterases. Y tú, Moore, creo que en esa época estabas metido en una polémica bastante acalorada con el *Washington Post*, que pedía en bandeja la cabeza de Roosevelt.

—El *Post*... —suspiré con disgusto—. Estaban con la mierda hasta el cuello con todos los nominados ilegalmente por el gobierno...

—Sí, sí —replicó Kreizler, levantando su débil brazo izquierdo para interrumpirme—. No hay duda de que la tuya era la posición honorable. Y también la más leal... Aunque tus editores no parecían tan entusiastas en su apoyo.

—Pero al final me dieron la razón... —dije, hinchando ligeramente el pecho—. Aunque me costó mi puesto de trabajo —añadí, volviendo a relajarme.

—Bueno, bueno, deja de recriminártelo ahora, Moore. Como iba diciendo, hará unos tres años, un rayo impactó en la torre de un depósito de agua sobre un gran bloque de viviendas de Suffolk Street, justo al norte de Delancey. La torre era la estructura más alta de todo el barrio, y lo acontecido era del todo explicable, si bien algo inusual... Sin embargo, cuando los inquilinos del edificio y los bomberos llegaron al tejado, algunos se inclinaron por pensar que se trataba de un hecho providencial pues en el interior del depósito hallaron los cadáveres de un par de criaturas. Hermano y hermana. Les habían cortado el cuello. Dio la casualidad de que yo conocía a la familia. Se trataba de unos judíos austriacos. Los niños eran preciosos, facciones delicadas, enormes ojos castaños... Y también problemáticos. Una vergüenza para la familia. Robaban, mentían, agredían a otros niños..., incontrolables. La verdad es que hubo pocos lamentos en el barrio por su muerte. Cuando los hallaron, sus cuerpos se encontraban en avanzado estado de descomposición. El muchacho había caído dentro del agua desde la plataforma interior en donde lo habían abandonado. Estaba terriblemente hinchado. La chica se veía algo más intacta debido a que había permanecido en sitio seco, pero cualquier prueba que se hubiese podido obtener del hallazgo fue destruida por otro forense incompetente. Nunca llegué a ver otra cosa aparte de los informes oficiales, pero en ellos noté un curioso detalle. —Se señaló la cara con la mano izquierda—. A los dos les faltaban los ojos.

Un fuerte escalofrío me recorrió el cuerpo al acordarme no sólo de Santorelli sino de los otros dos asesinatos que Roosevelt me había mencionado la noche anterior. Me volví hacia él y vi que había establecido la misma relación: mientras su cuerpo permanecía completamente inmóvil, sus ojos se abrieron desmesuradamente de aprensión. Pero los dos procuramos luchar contra aquel sentimiento.

—Esto no es nada fuera de lo común —declaró Roosevelt—. Sobre todo si los cadáveres habían permanecido al aire libre durante algún tiempo. Y si les habían cortado el cuello, debía haber sangre suficiente para atraer a los carroñeros.

—Es posible —dijo Kreizler, asintiendo prudentemente mientras proseguía su paseo—. Pero el depósito del agua estaba cerrado, precisamente para mantener alejados a carroñeros y a todo tipo de alimañas.

—Comprendo —murmuró Roosevelt, desconcertado—. ¿Y se publicaron todos estos detalles?

—Así es —contestó Kreizler—. En el *World*, creo.

—Sin embargo —protesté—, no existe ninguna torre de agua ni edificio que pueda verse absolutamente libre de ciertos animales. Me refiero a las ratas.

—Cierto, John —admitió Kreizler—. Y ante la ausencia de otros detalles me vi obligado a aceptar esta explicación. Sin embargo, el hecho de que incluso las ratas de Nueva York hubieran roído cuidadosamente sólo los ojos de los cadáveres, era un inquietante misterio que traté de ignorar y que siguió sin analizar. Hasta anoche. —Kreizler volvió a iniciar sus paseos por el despacho—. Nada más ver el estado en que se encontraba el cuerpo de Santorelli, efectué un examen de las órbitas oculares en el cráneo... Trabajar bajo la iluminación de unas antorchas no es lo que se dice ideal, pero aun así encontré lo que andaba buscando. En el hueso malar, así como en el borde supraorbital, había una serie de muescas delgadas, y en el ala mayor del esfenoides, en la base de las cavidades, varios pequeños cortes. Todo consecuencia del filo cortante y la punta de un cuchillo, yo diría que de los que utilizan los cazadores. Mi hipótesis sería que si desenterráramos los cadáveres de las dos víctimas de 1893 e hiciéramos la misma comprobación, obtendríamos los mismos resultados. En otras palabras, caballeros, que los ojos los había arrancado la mano del hombre.

Mi aprensión iba en aumento, así que busqué torpemente una réplica:

—Pero... ¿y lo que dijo el sargento Connor?

—Moore. —El tono de Kreizler fue terminante—. Si vamos a continuar discutiendo este asunto, debemos prescindir absolutamente de la opinión de hombres como el sargento Connor.

Roosevelt se removió inquieto en su sillón. Por su expresión vi que había agotado todos los argumentos para evitar poner a Kreizler en antecedentes de todo.

—Doctor, siento tener que informarte —anunció, agarrándose a los brazos del sillón— que en los últimos tres meses se han producido otros dos asesinatos que coinciden también con... las «pautas» que has descrito.

La declaración interrumpió bruscamente los paseos de Kreizler.

—¿Cómo? —exclamó con apremio, pero sin levantar la voz—. ¿Dónde...? ¿Dónde se encontraron esos cadáveres?

—No estoy muy seguro.

—¿Y eran chicos que ejercían la prostitución?

—Sí, eso creo.

—¿Sólo lo crees? ¡Tiene que haber informes, Roosevelt! ¿Nunca se le ha ocurrido a nadie de este departamento establecer correlaciones? ¿Ni siquiera a ti?

Los informes ya estaban allí. Por ellos averiguamos que los cuerpos de los otros dos chicos —los cuales, efectivamente, ejercían la prostitución— se habían encontrado a las pocas horas de su muerte, según estimaban los forenses. Tal como Roosevelt me había informado la noche anterior, no había en ellos tantas mutilaciones como en el caso Santorelli; sin embargo, esto parecía cuestión de cantidad y no de calidad, pues las similitudes entre aquellos casos superaban las pequeñas diferencias. El primer muchacho, un inmigrante africano de doce años al que no se le conocía más nombre que el de «Millie», había sido hallado encadenado a la popa de un transbordador que iba a Ellis Island; y al segundo, un chico de diez años llamado Aaron Morton, lo habían encontrado colgado por los pies en el puente de Brooklyn. Según los informes, los dos estaban casi desnudos, a ambos les habían hecho un corte en el cuello además de otras heridas y, una vez más, a los dos les faltaban los ojos. Cuando Laszlo finalizó la lectura de los informes, murmuró para sí este último hecho varias veces, perdido en sus reflexiones.

—Creo que ya empiezo a entender tu sugerencia, Kreizler —musitó en voz alta Theodore, a quien nunca le había gustado quedarse fuera de cualquier discusión intelectual, ni siquiera aunque se desarrollara en un terreno que le resultara completamente desconocido—. Un asesino cometió esta atrocidad hace tres años y apareció publicado. Ahora otro hombre similar, que leyó aquella historia, se ha sentido tentado a imitarlo. —Pareció satisfecho con su extrapolación—. ¿Es eso correcto, doctor? No sería la primera vez que un artículo publicado en alguno de nuestros periódicos produce semejante efecto.

Pero Kreizler se limitó a sentarse y a darse golpecitos con un dedo sobre los labios fruncidos, manifestando claramente con su expresión que todo el asunto resultaba mucho más complicado de lo que había supuesto.

Por mi parte, busqué alguna forma de alcanzar una conclusión distinta.

—¿Y qué pasa con lo demás? —pregunté—. La... la desaparición de órganos, y el hecho de que les cortaran la carne de... En fin, de lo demás. En los casos anteriores no ocurrió nada de eso.

—No —contestó Kreizler, pensativo—. Pero creo que existe una explicación para esta diferencia; ahora eso no debe preocuparnos. El vínculo son los ojos, la clave, la forma en que... Apostaría cualquier cosa a que lo son... —De nuevo su voz se extinguió.

—Muy bien —exclamé, alzando las manos—. De modo que alguien mató a esos dos chiquillos hace tres años, y ahora tenemos a un lunático imitador al que también le gusta mutilar cadáveres antes de entregárnoslos. Bueno, ¿qué podemos hacer?

—Casi nada de lo que acabas de decir es cierto, John —replicó Kreizler, tranquilamente—. No estoy muy seguro de que sea un lunático. Ni me siento inclinado a creer que le guste lo que hace, en el sentido que tú lo entiendes o has querido dar a entender. Pero lo más importante, y en esto también disiento de ti, Roosevelt, es que estoy totalmente seguro de que no se trata de un imitador, sino del mismo hombre...

Y allí estaba la afirmación que tanto Roosevelt como yo habíamos temido. Yo llevaba algún tiempo trabajando como reportero policial, desde que me habían retirado abruptamente de la esfera de Washington como consecuencia de la ya mencionada defensa de Roosevelt durante sus batallas con el sistema de organización en el Servicio Civil. Incluso había cubierto la información de algunos famosos casos de asesinato en el extranjero. Así que conocía la existencia de asesinos como el que describía Kreizler, pero esto no hacía que fuera más fácil oír que uno andaba suelto. En cuanto a Roosevelt —que pese a ser luchador por naturaleza comprendía muy poco los detalles íntimos del comportamiento criminal—, aquélla era una noción todavía más difícil de tragar.

—Pero... ¡Tres años! —exclamó Theodore, horrorizado—. Te aseguro, Kreizler, que de existir ese hombre no habría podido eludir la justicia durante tanto tiempo.

—No es tan difícil eludir aquello que no te persigue —replicó Kreizler—. Y aunque la policía se hubiese tomado cierto interés, habría sido inútil porque no tendrían ni idea de qué es lo que motiva al asesino.

—¿Y tú sí? —La pregunta de Roosevelt sonó esperanzada.

—No del todo. Dispongo de las primeras piezas..., pero debemos hallar el resto. Sólo cuando entendamos realmente qué es lo que le impulsa a cometer esto tendremos una pequeña posibilidad de solucionar el caso.

—Pero ¿qué es lo que puede impulsar a un hombre a hacer estas cosas? —preguntó Roosevelt, incómodamente confuso—. A fin de cuentas, Santorelli no tenía dinero. Hemos investigado a la familia, pero al parecer estuvieron en casa toda la noche. A menos que fuera durante una discusión de tipo personal con algún otro, entonces...

—Dudo que se viera implicado en ninguna discusión —replicó Laszlo—. Incluso es probable que el muchacho nunca hubiese visto a su asesino hasta anoche.

—¿Sugieres que ese tipo va matando chiquillos a los que ni siquiera conoce?

—Es posible... Para él lo importante no es conocerlos, sino lo que representan.

—¿Y qué es lo que representan? —pregunté.

—Eso es lo que hay que determinar.

Roosevelt seguía tanteando cuidadosamente el terreno.

—¿Tienes alguna prueba que apoye esta teoría?

—Ninguna de ésas a las que te refieres. Sólo dispongo de toda una vida estudiando tipos así. Y de la intuición que esto me ha dado.

—Pero... —Cuando Roosevelt tomó el relevo de pasear arriba y abajo por el despacho, Kreizler pareció más relajado, como si la parte más difícil de su trabajo ya estuviera hecha. Theodore iba golpeando insistentemente un puño contra la palma de la otra mano—. Escucha, Kreizler, es cierto que me crié, como todos vosotros, en el seno de un hogar privilegiado. Pero desde que me hice cargo de este trabajo me propuse familiarizarme con los bajos fondos de esta ciudad, y he presenciado muchas cosas. No necesito que nadie me diga que la depravación y la falta de humanidad han adquirido en Nueva York dimensiones jamás conocidas en ninguna otra ciudad del mundo. Pero, incluso aquí..., ¿qué espantosa pesadilla puede empujar a un hombre a hacer una cosa así?

—No busques las causas en esta ciudad —contestó Kreizler, arrastrando la palabras, esforzándose por ser claro—. Ni en circunstancias recientes ni en acontecimientos recientes. La criatura que buscáis fue creada hace mucho tiempo. Tal vez en su infancia... Sin duda cuando era pequeño. Y no necesariamente aquí.

Por un instante, Theodore fue incapaz de decir nada; su rostro era una abierta exhibición de sentimientos en conflicto. La conversación le había inquietado profundamente, en la misma forma que discusiones similares le inquietaban desde que hablara con Kreizler por primera vez. Sin embargo, Theodore sabía que la conversación conduciría a aquello; lo sabía e incluso había contado con ello —empecé a darme cuenta— desde el instante en que me pidió que llevara a Laszlo a su oficina. Su semblante mostraba también satisfacción pues lo que para cada detective de su departamento era un océano prohibido e inexplorable, para el experimentado Kreizler aparecía repleto de corrientes y de rumbos a seguir. Las teorías de Laszlo ofrecían a Theodore un medio de solucionar lo que se le había asegurado era un misterio insoluble, y de este modo proporcionar justicia a una de aquellas muertes (o al parecer a más de una) que nadie había investigado en el Departamento de Policía. Pero nada de todo esto explicaba qué pintaba yo allí.

—John —dijo de pronto Theodore, sin mirarme—, Kelly y Ellison han estado aquí.

—Lo sé. Sara y yo nos hemos topado con ellos en la escalera.

—¿Qué? —Theodore se colocó los quevedos sobre la nariz—. ¿Ha habido algún problema? Kelly es un malvado, sobre todo cuando hay una mujer de por medio.

—Bueno, yo no lo calificaría de un encuentro agradable... —contesté—. Pero Sara se ha mantenido firme como un policía.

Theodore respiró aliviado.

—Gracias a Dios. Aunque, en confianza, a veces todavía me pregunto si ha sido una sabia elección.

Se refería a su decisión de contratar a Sara, quien, junto con otra secretaria del departamento, era una de las dos primeras mujeres que trabajaban para el cuerpo de la policía de la ciudad de Nueva York. Roosevelt había tenido que soportar muchas bromas y críticas por aquellas contrataciones, tanto en la prensa como fuera de ella, pero estaba harto de cómo se trataba a las mujeres en la sociedad norteamericana, y decidido a darles una oportunidad.

—Kelly ha amenazado con provocar graves disturbios entre las comunidades de emigrantes si intento relacionarlos a él y a Ellison con este caso —prosiguió Theodore—. En realidad afirma que puede fomentar la agitación difundiendo la idea de que el Departamento de Policía consiente que se masacre impunemente a los pobres muchachos extranjeros.

Kreizler asintió.

—No sería difícil, dado que es básicamente cierto. —Roosevelt miró severamente a Kreizler un momento, pero luego suavizó la expresión, consciente de que tenía razón—. Dime una cosa, Moore —prosiguió Laszlo—, ¿tú qué opinas de Ellison? ¿Hay alguna posibilidad de que esté involucrado en esto?

—¿Biff? —Me recosté en el asiento, estiré las piernas y reflexioné sobre la pregunta—. No hay duda de que es uno de los peores canallas de la ciudad. La mayoría de los gángsteres que mandan ahora poseen algún tipo de destello humano, por muy escondido que esté. Hasta Monk Eastman tiene gatos y pájaros. Pero Biff... Por lo que sé, nada le conmueve. La crueldad es su único pasatiempo, lo único que parece proporcionarle algo de placer. Y si no hubiese visto aquel cadáver, si ésta sólo fuera una pregunta hipotética sobre el asesinato de un muchacho que trabajaba en el Salón Paresis, no dudaría en afirmar que es sospechoso. ¿Motivos? Tendríamos unos cuantos, el más probable mantener en cintura a los muchachos y asegurarse de que le pagan toda la cuota. Pero hay una cosa en esto que no encaja... El estilo. Biff es un hombre de estilete, no sé si entendéis lo que quiero decir. Él mata en silencio, limpiamente, y nunca se ha encontrado a nadie del montón de gente a la que supuestamente se ha cargado. Es todo ostentación en su indumentaria, pero no en su trabajo. Así que no le creo involucrado en esto, aunque me gustaría. No es su estilo, sencillamente.

Alcé la vista y descubrí que Laszlo me miraba desconcertado.

—John, esto es lo más inteligente que te he oído decir en la vida... —declaró finalmente—. Y pensar que te preguntas por qué te hemos traído aquí... —Se volvió hacia Theodore—. Roosevelt, debo pedirte que Moore sea mi ayudante. Su conocimiento de las actividades delictivas de la ciudad y de los locales en donde se desarrollan tales actividades hace que su colaboración resulta inestimable.

—¿Tu ayudante? —repetí, pero ninguno de los dos me prestaba ya atención. Theodore parecía totalmente absorto y complacido con la observación de Kreizler.

—Entonces, ¿quieres tomar parte en la investigación? —preguntó—. Intuía que aceptarías.

—¿Tomar parte en la investigación? —inquirí, atónito—. Roosevelt, ¿has perdido tu juicio holandés? ¿Un alienista? ¿Un psicólogo? Ya te has creado un enemigo en cada oficial veterano del cuerpo, y por si fuera poco en la mitad de la Junta de Comisarios. En buena parte de los garitos de la ciudad ya se hacen apuestas a que antes del día de la Independencia te habrán despedido. Si se extiende la noticia de que has metido en esto a alguien como Kreizler..., bueno, sería preferible que contrataras a un brujo africano.

Laszlo soltó una carcajada.

—Probablemente es así como me consideran la mayoría de nuestros respetables ciudadanos. Moore tiene razón, Roosevelt... El proyecto tendría que llevarse a cabo en absoluto secreto.

Roosevelt asintió.

—Soy consciente de las realidades de la situación, caballeros. Se hará en secreto.

—Y luego está la cuestión de... —prosiguió Kreizler, procurando nuevamente ser diplomático— las condiciones...

—¿Te refieres al salario? —preguntó Roosevelt—. Dado que trabajarías como asesor, naturalmente...

—No es eso lo que tenía en mente. Y tampoco sería como asesor. Por Dios, Roosevelt, los detectives de tu cuerpo ni siquiera han sido capaces de intuir la pista relacionada con la extirpación de los ojos... ¡Tres asesinatos en tres meses, y el aspecto más vital se atribuye a la ratas! ¡A saber qué otros errores no habrán cometido! En cuanto a relacionar estos casos con los de hace tres años, suponiendo que tal relación exista, sospecho que todos nosotros moriríamos de viejos en nuestra cama antes de que lo consiguieran, tanto si se les «asesorara» como si no. No, trabajar con ellos no serviría para nada. Lo que tengo pensado es en una especie de... ayuda auxiliar.

Roosevelt, siempre pragmático, estaba dispuesto a escuchar.

—Adelante —le animó.

—Dame dos o tres buenos detectives que aprecien sinceramente los métodos modernos, hombres que no tengan intereses en la vieja guardia del departamento, que nunca hayan sido leales a Byrnes... —(Thomas Byrnes, el venerado creador de la División de Detectives y antiguo jefe de ésta, era un hombre sombrío que había amasado una gran fortuna durante los años en ejercicio, y que se había retirado, no casualmente, al ser nombrado Roosevelt para la junta)—. Montaremos una oficina fuera de la jefatura, aunque no demasiado lejos. Elige un contacto en quien confíes... Repito, alguien nuevo, alguien joven. Danos toda la información que poseas mientras no tengas que revelar la operación. —Laszlo volvió a sentarse, consciente de la naturaleza absolutamente sin precedentes de su proposición—. Concédenos todo esto y creo que podremos tener alguna posibilidad.

Roosevelt se apoyó contra el escritorio y se meció suavemente en su sillón, observando a Kreizler.

—Si esto llegara a descubrirse me costaría el cargo —dijo, sin que se le viera realmente preocupado—. Me pregunto si eres consciente, doctor, de hasta qué punto tus trabajos asustan e irritan a la gente que dirige esta ciudad, tanto en el mundo de la política como de los negocios. El comentario de Moore sobre el brujo africano en realidad no era una broma.

—Y te aseguro que no lo he considerado como tal. Pero si eres sincero en tus deseos de poner fin a lo que está sucediendo —la súplica de Kreizler estaba cargada de seriedad—, entonces no tienes más remedio que aceptar.

Todavía estaba asombrado de lo que oía, y pensé que sin duda había llegado el momento en que Roosevelt dejaría de coquetear con la idea y la desecharía definitivamente. Pero me equivocaba. Volvió a estrellar su puño contra la palma de la otra mano y dijo:

—Por todos los diablos, doctor, conozco a un par de detectives que encajan perfectamente en tu proyecto. Pero dime, ¿cómo empezó a interesarte todo esto?

—Si he de decirte la verdad —repuso Kreizler, señalando hacia mí—, debo agradecérselo a Moore... Lo que encendió la chispa fue algo que me envió hace mucho tiempo.

—¿Algo que yo te envié? —Por un instante mi propia vanidad me hizo olvidar los temores ante su peligrosa proposición.

Laszlo se acercó a la ventana y descorrió completamente la cortina para poder mirar al exterior.

—Recordarás, John, que hace unos años estabas en Londres cuando los asesinatos de Jack el Destripador.

—Claro que lo recuerdo —repliqué con un gruñido.

Aquéllas no habían sido unas de mis vacaciones más agradables: tres meses en Londres en 1888, cuando un vampiro sediento de sangre abordaba al azar a prostitutas en el East End y las destripaba.

—Yo te pedí información y recortes de la prensa local. Me complaciste con amabilidad e incluiste en un sobre grande algunas de las declaraciones efectuadas por el joven Forbes Winslow.

Recuperé el recuerdo de la época. Forbes Winslow —con el mismo nombre de su padre, que había sido un eminente alienista británico y uno de los primeros que habían influido en Kreizler— había conseguido, en la década de los ochenta, entrar como inspector en un manicomio aprovechándose de los éxitos de su padre. En mi opinión, el joven Winslow era un estúpido vanidoso, pero cuando empezaron los asesinatos de Jack el Destripador era lo suficientemente conocido como para poder infiltrarse en la investigación; de hecho, aseguraba que su intervención había logrado que los asesinatos (que todavía no se han resuelto a la hora de escribir esto) se interrumpieran definitivamente.

—No me digas que fue Winslow quien te señaló el camino —dije, asombrado.

—Sólo indirectamente. En uno de sus absurdos tratados sobre Jack el Destripador se refería a un determinado sospechoso en el caso, diciendo que si hubiese creado un «hombre imaginario» —así era como lo describía él, un «hombre imaginario»— que encajara en los rasgos del asesino, no podría haber ideado uno mejor... En fin, como es lógico, se probó la inocencia del sospechoso que él había elegido. Pero la expresión se me quedó grabada en la mente. —Kreizler se volvió hacia nosotros—. No sabemos nada de la persona que buscamos, y es poco probable que alguna vez encontremos testigos que sepan algo más que nosotros. En el mejor de los casos, las pruebas circunstanciales serán escasas pues a fin de cuentas lleva años practicando, con lo cual habrá tenido tiempo más que sobrado para perfeccionar su técnica. Lo que debemos hacer, la única cosa que podemos hacer... es trazar un retrato imaginario de la persona que «podría» cometer estos actos. Si conseguimos este retrato, la importancia de cualquier pequeña prueba que obtengamos se verá espectacularmente ampliada. Podremos reducir el pajar en donde se esconde la aguja a poco más que... un montón de paja, si así lo queréis.

—Yo no, muchas gracias —repliqué, pues mi nerviosismo iba en aumento. Aquél era precisamente el tipo de conversación que podía disparar la mente de Roosevelt, y Kreizler lo sabía. Acción, planes, una campaña... No era justo pedirle a Theodore que tomara una decisión razonable cuando tenía que enfrentarse a aquella especie de cebo emocional. Me levanté y estiré los brazos en lo que confié fuese una postura de superioridad—. Oídme, vosotros dos... —empecé a decir, pero Laszlo simplemente me tocó en el brazo, me dirigió una de aquellas miradas suyas que resultaban absolutamente irritantes, y me dijo:

—Siéntate un momento, Moore... —A pesar de mi desconcierto, no pude hacer otra cosa que seguir sus instrucciones—. Hay una cosa más que deberíais saber. He dicho que siguiendo las condiciones que he perfilado tal vez hubiera alguna posibilidad de éxito... De lo que no hay duda es de que no disponemos de nada más. Los años de práctica de nuestra presa no han sido en vano. Recordad que los cuerpos de los dos niños metidos en el depósito de agua se descubrieron por pura casualidad. No sabemos nada de él, ni siquiera sabemos si se trata de un hombre... No son tan extraordinarios los casos de mujeres que han matado a sus propios hijos y a los de otras. Casos realmente excepcionales de manía puerperal, o lo que ahora se denomina psicosis posparto. Aunque tenemos una pista importante para ser optimistas.

La mirada de Theodore se iluminó.

—¿El chico Santorelli? —Aprendía con rapidez.

Kreizler asintió.

—Para ser más exactos, el cadáver de Santorelli. Su localización, y la de los otros dos. El asesino podría haber seguido ocultando a sus víctimas para siempre... Sólo Dios sabe a cuántos habrá matado en estos tres años. Sin embargo, ahora nos ha proporcionado una declaración abierta sobre sus actividades... No muy diferente, Moore, a las cartas que Jack el Destripador escribió a distintos agentes de Londres durante sus asesinatos. Algunos fragmentos de nuestro asesino, enterrados, atrofiados, pero no muertos aún, se están cansando de estas matanzas. Y en estos tres cuerpos podemos leer, con la misma claridad que si fueran palabras, su llamada indirecta para que lo encontremos. Y para que lo hagamos rápidamente... pues sospecho que el calendario de sus asesinatos es muy estricto. Por supuesto, también habrá que aprender a descifrar este calendario.

—¿Crees que podrás solucionarlo rápidamente, doctor? —preguntó Theodore—. Una investigación como la que describes no puede prolongarse indefinidamente. ¡Necesitamos resultados!

Kreizler se encogió de hombros, al parecer impasible ante el tono de urgencia de Roosevelt.

—Yo he expresado mi sincera opinión. Dispondremos de una posibilidad de lucha, nada más... y nada menos. —Kreizler apoyó una mano sobre el escritorio—. ¿Y bien, Roosevelt?

Podría parecer extraño que yo no siguiera protestando, pero lo que ocurrió fue lo siguiente: la explicación de Kreizler de que su actual enfoque de acción había sido inspirado por un documento que yo le había enviado años atrás, y viniendo, como venía, después de compartir nuestros recuerdos en Harvard y el creciente entusiasmo de Theodore por su plan, de pronto me hizo ver claro que lo que estaba ocurriendo en aquel despacho era sólo en parte resultado de la muerte de Georgio Santorelli. Toda la serie de causas parecía extenderse mucho más atrás, a nuestra infancia y a nuestra posterior existencia, tanto individual como compartida. Rara vez había experimentado con tanta intensidad la verdad de la fe de Kreiz-ler en que las respuestas que uno da a las preguntas cruciales de la vida nunca son realmente espontáneas sino la personifi-cación de años de experiencia contextual, de creación de mo-delos en la vida de cada uno que finalmente crecen hasta do-minar nuestra conducta. ¿Poseía Theodore —cuyo credo de respuesta activa a todos los desafíos le había conducido a su-perar la enfermedad física en su juventud y duras pruebas po-líticas y personales en su edad adulta— auténtica libertad para rechazar la oferta de Kreizler? Y si la aceptaba, ¿era yo libre entonces para decir que no a aquellos dos amigos, con los cua-les había vivido tantas aventuras y que ahora decían que mis actividades y mis conocimientos no relacionados con mi ca-rrera —los cuales a menudo habían sido rechazados por casi todos aquellos a quienes conocía— resultarían vitales para atrapar a un brutal asesino? El profesor James habría dicho que sí, que cualquier ser humano posee la libertad, en cualquier momento, para perseguir o rechazar cualquier cosa; y puede que eso fuera cierto, objetivamente. Pero, como a Kreizler le gustaba decir (y el profesor James finalmente se esforzaba en negar), no se podía objetivar lo subjetivo, no se podía genera-lizar lo específico. Lo que el hombre, o un hombre determi-nado, podía haber elegido, era algo discutible. Theodore y yo éramos los hombres que estábamos allí en aquel momento.

De este modo, en aquella deprimente mañana de marzo, Kreizler y yo nos convertimos en detectives, pues los tres sa-bíamos que no nos quedaba otro remedio. Como ya he di-cho, esta certeza se basaba en el absoluto conocimiento del carácter y el pasado de cada uno de nosotros. Sin embargo, en aquel momento inicial había otra persona en Nueva York que intuía correctamente nuestras deliberaciones, y su con-clusión, sin que nunca nos hubieran presentado siquiera. Sólo mirándolo retrospectivamente puedo ver ahora que aquella persona se había tomado un gran interés por nues-tras actividades aquella mañana, y que eligió el momento en que Kreizler y yo abandonamos la Jefatura de Policía para entregar un ambiguo pero inquietante mensaje.

Laszlo y yo regresamos a su casa, apresurándonos en medio de una nueva embestida de la lluvia que nos soltaba un cielo cada vez más amenazador. De inmediato fui consciente de un hedor peculiar, un hedor muy distinto a los habituales olores a estiércol de caballo y a basura que predominaban en la ciudad.

—Kreizler —dije, husmeando mientras él se sentaba a mi lado—, ¿acaso alguien ha...?

Interrumpí mi pregunta al ver que los negros ojos de Laszlo se fijaban en un apartado rincón del suelo de la calesa. Siguiendo su mirada descubrí un trapo blanco apelotonado y muy sucio, que removí con mi paraguas.

—Una mezcla de olores muy diversos —murmuró Kreizler—. Sangre y excrementos humanos, si no me equivoco.

Solté un gruñido y me tapé la nariz con la mano izquierda al darme cuenta de que tenía razón.

—Una broma pesada de algún muchacho del barrio —comenté, recogiendo el trapo con la punta del paraguas—. Los carruajes y los sombreros de copa son un blanco perfecto.

Al lanzar el trapo por la ventanilla, de éste cayó una bola de papel impreso, muy manchado, que rodó por el suelo de la calesa. Solté otro gruñido y traté infructuosamente de ensartar el papel con mi paraguas. Con mis intentos, el papel empezó a desplegarse y pude atisbar un fragmento del texto.

—Vaya... —dije sorprendido—. Me parece que esto es algo de tu especialidad, Kreizler. «La relación de la higiene y la dieta en la formación de las vías neurales en la infancia...»

Con sorprendente brusquedad, Kreizler me quitó el paraguas de la mano, ensartó con él el trozo de papel, y lanzó ambas cosas por la ventanilla.

—¡Kreizler! ¡Por todos...! —Salté a la calle, recuperé el paraguas, lo separé del repugnante trozo de papel y volví a subir a la calesa—. Este paraguas no es nada barato. ¡Deberías saberlo!

Al mirar a Kreizler, descubrí una sombra de auténtica aprensión en su cara, pero de pronto pareció alejarla de sí, y cuando habló ya lo hizo en un tono decididamente despreocupado.

—Lo siento, Moore, pero resulta que este autor me es bastante conocido. Su estilo es tan pobre como sus reflexiones. Y ahora no es momento para distracciones... Nos queda mucho por hacer. —Se inclinó hacia delante y llamó a Cyrus, con lo cual la cabeza del grandullón asomó por debajo de la capota del coche—. Al Instituto, y luego a almorzar —le ordenó Laszlo—. Y procura ir un poco rápido, si te es posible... Necesitamos algo de aire puro aquí dentro.

A estas alturas era obvio que la persona que había dejado el trapo manchado en la calesa no era un chiquillo. A juzgar por el breve fragmento que había leído y la reacción de Kreizler, la monografía de la que habían arrancado la hoja era casi con toda seguridad uno de los ensayos del propio Laszlo. Pensé que el responsable de aquella acción era uno de los muchos críticos de Kreizler —ya fuera en el Departamento de Policía o entre el público en general—, y no le di más vueltas al asunto. Sin embargo, en las semanas que siguieron resultaría terriblemente clara la absoluta importancia del incidente.

7

Estábamos ansiosos por empezar a organizar nuestras fuerzas para la investigación, y los retrasos que experimentábamos, aunque breves, resultaban frustrantes. Cuando Theodore se enteró del interés especulativo que los periodistas y los agentes de policía habían mostrado por la visita de Kreizler a la jefatura, comprendió que había cometido un error concertando allí la entrevista, y nos dijo que necesitaba un par de días para lograr que las aguas volvieran a sus cauces. Kreizler y yo utilizamos el tiempo para resolver algunos asuntos relacionados con nuestras ocupaciones «civiles». Yo tuve que convencer a mis editores para que me concedieran una excedencia, objetivo que resultó más fácil gracias a una oportuna llamada telefónica por parte de Roosevelt, que explicó que me necesitaban para una importante labor policial. Sin embargo, sólo se me permitió abandonar las oficinas de la editorial del *Times*, en la calle Treinta y dos con Broadway, cuando prometí que si de la investigación salía un reportaje adecuado para su publicación, no se lo llevaría a otro diario o revista, independientemente del dinero que me pudieran ofrecer. Con mi mejor expresión de seriedad les aseguré a mis jefes que de todos modos la historia no les interesaría, y seguidamente me alejé por Broadway en una típica mañana de marzo en la ciudad de Nueva York: a cero grados a las once de la mañana, y con vientos de ochenta kilómetros por hora recorriendo las calles. Había quedado en encontrarme con Kreizler en el Instituto y pensé en ir andando pues sentía una enorme sensación de libertad al no tener que dar cuentas a mis editores durante un período de tiempo indefinido. Pero el auténtico frío de Nueva York —el que congelaba la orina de los caballos en los pequeños charcos que se formaban por la calle— vencía finalmente incluso a los mejores espíritus. Ante el Fifth Avenue Hotel decidí coger un coche, deteniéndome tan sólo para ver cómo Boss Platt salía de un carruaje y se desvanecía en el interior del hotel, y sus movimientos envarados y poco naturales no contribuyeron gran cosa a confirmar, a quien mirara, que el político seguía realmente vivo.

Para Kreizler, especulé ya dentro del coche, conseguir la excedencia no sería tan sencillo como lo había sido para mí. Las dos docenas aproximadas de chiquillos que tenía en el Instituto dependían de su presencia y de su consejo, pues habían llegado a él de hogares (o de la calle) en donde se les ignoraba habitualmente, se les castigaba regularmente o se les golpeaba activamente. La verdad es que al principio no comprendía por qué se había propuesto dedicarse a otra vocación, aunque sólo fuera temporalmente, si era tan enorme la necesidad que en el Instituto tenían de su mano firme. Pero luego informó que pensaba pasar allí dos mañanas y una noche por semana, y que durante ese tiempo quería dejar la investigación en mis manos. No era el tipo de responsabilidad que había imaginado, y yo mismo me quedé sorprendido al ver que la idea me producía una sensación de impaciencia en lugar de inquietud.

Poco después de que mi coche pasara por Chatham Square y girara por East Broadway, bajé ante los números 185-187: el Instituto Kreizler. Al detenerme en la acera vi que la calesa de Laszlo también estaba allí, y alcé los ojos hacia las ventanas del Instituto para ver si él se asomaba en mi busca, pero no vi rostro alguno.

En 1885 Kreizler había comprado el Instituto con su propio dinero —dos edificios de cuatro plantas, ladrillo rojo y ribetes negros— y luego había remodelado los interiores para formar una sola unidad. Los gastos de mantenimiento se cubrían mediante los honorarios que cobraba a los clientes más ricos, y con los considerables ingresos que obtenía por su trabajo como experto asesor legal. Las habitaciones de los chicos estaban en el piso superior del Instituto, y las aulas y salones de recreo en el tercero. En el segundo había las salas de consulta y de examen, así como el laboratorio psicológico, en donde Kreizler efectuaba pruebas a los niños sobre su capacidad de percepción, reacción, asociación, memoria, y demás funciones psíquicas, que tanto fascinaban a la comunidad de alienistas. La planta baja estaba reservada a su aborrecible teatro de operaciones, donde efectuaba las ocasionales disecciones cerebrales y autopsias.

Mi coche se había detenido cerca de los negros escalones de hierro que conducían a la entrada, en el número 185, y Cyrus Montrose estaba en lo alto, la cabeza cubierta por un bombín, su enorme figura envuelta en un no menos enorme gabán y las anchas aletas de la nariz absorbiendo el intenso frío.

—Buenas, Cyrus —le saludé con una forzada sonrisa mientras subía los escalones, esperando infructuosamente que mi voz no sonara tan intranquila como ocurría siempre que mi mirada coincidía con la suya de tiburón—. ¿Está aquí el doctor Kreizler?

—Éste es su coche, señor Moore —contestó Cyrus en un tono que me hizo sentir como uno de los mayores idiotas de la ciudad. Pero aún así le sonreí abiertamente.

—Supongo que te habrás enterado de que el doctor y yo vamos a trabajar juntos una temporada.

Cyrus asintió con una sonrisa que me habría parecido burlona si no hubiera sabido qué podía esperar de él.

—Eso he oído, señor.

—¡Bien! —Aparté mi chaqueta y me di unas palmadas en el chaleco—. Supongo que le encontraré... ¡Buenas tardes, Cyrus!

No obtuve respuesta del hombre cuando entré en el edificio, pero tampoco es que me la mereciera. No había motivo para que los dos nos comportáramos como unos idiotas.

El pequeño vestíbulo del Instituto y el pasillo central —blanco con revestimientos de madera oscura— estaban atestados con los habituales padres, madres y niños, todos apiñados en dos bancos largos y bajos, a la espera de ver a Kreizler. Casi todas las mañanas de finales de invierno y comienzos de la primavera, Kreizler realizaba personalmente las entrevistas para determinar a quién se admitiría en el Instituto el otoño siguiente. Los solicitantes iban desde las más ricas familias del noreste a los más pobres inmigrantes y campesinos, pero todos ellos tenían algo en común: los niños con problemas —o que los causaban— cuya conducta era en cierto modo excepcional e inexplicable. Aquello no dejaba de ser serio, por supuesto, pero no cambiaba el hecho de que esas mañanas el Instituto pareciera un zoológico. Nada más entrar en aquel pasillo, lo más probable era ser objeto de una zancadilla, un escupitajo, un insulto, o cualquier otro maltrato, en especial por parte de aquellos chiquillos cuya única deficiencia mental consistía en haber sido malcriados, y cuyos padres sin duda hubieran podido ahorrarse el viaje al despacho de Kreizler.

Mientras avanzaba hacia la puerta de la consulta de Kreizler, divisé la mirada de uno de estos presuntos alborotadores, un chico gordo de ojos malévolos. Una mujer morena y con la cara muy arrugada, de unos cincuenta años, envuelta en un chal y murmurando algo que me pareció era húngaro, paseaba arriba y abajo por delante de la sala de consulta. Tuve que esquivarla a ella y a las peligrosas piernas del niño gordo para poder acercarme y llamar a la puerta. Inmediatamente me llegó la respuesta de mi amigo:

—¡Adelante! —gritó.

Al entrar, la mujer que paseaba me miró con evidente preocupación.

Después del vestíbulo bastante inocuo, la sala de consulta de Laszlo era el primer sitio que sus posibles pacientes (a los que siempre se refería como sus «alumnos», e insistía para que sus empleados hicieran lo mismo a fin de evitar que los niños fueran conscientes de su situación y su condición) veían al entrar en contacto con el espacio y la experiencia que suponía el Instituto Kreizler. Así que Laszlo había procurado que los muebles no fueran intimidatorios. Había cuadros de animales que reflejaban su buen gusto y que entretenían y tranquilizaban a las criaturas, lo mismo que la presencia de juguetes —bolas atadas a un cono, sencillos bloques de construcción, muñecas, o soldaditos de plomo—, que en realidad utilizaba para efectuar las pruebas preliminares sobre agilidad, tiempo de reacción y disposición emocional. La presencia de instrumentos médicos era mínima, pues la mayoría estaban en la sala de exploraciones que había al fondo. Era allí donde Kreizler solía realizar las primeras series de exámenes físicos, en el supuesto de que el caso le interesara. Estos exámenes estaban diseñados para determinar si las dificultades del niño derivaban de causas secundarias (es decir, una disfunción corporal que afectara el estado de ánimo y la conducta) o de anormalidades primarias, con resultado de desorden mental o emocional. Si un niño no mostraba pruebas de disfunción secundaria, y Kreizler pensaba que podía ayudar en el caso (en otras palabras, si no había indicios de una enfermedad o una lesión cerebral irreparable), se «enrolaba» a la criatura: viviría casi todo el tiempo en el Instituto y regresaría a casa sólo los días de fiesta, y eso sólo si Kreizler consideraba que tales contactos no ofrecían peligro. Laszlo coincidía en gran medida con las teorías de su amigo y colega el doctor Adolf Meyer, a quien a menudo citaba con esta frase: «El proceso degenerativo en los niños tiene su principal estímulo en un entorno familiar igualmente defectuoso.» El objetivo principal del Instituto consistía en proporcionar a los niños con problemas un nuevo contexto ambiental. Después de esto estaba la piedra angular del esfuerzo apasionado de Laszlo por descubrir si lo que él denominaba el «molde original» de la psique humana podía reconstruirse o no, y volver a determinar por tanto el destino al que nos consignan los accidentes de nacimiento.

Kreizler se hallaba sentado ante una mesa bastante recargada, escribiendo bajo la luz de una pequeña lámpara estilo Tiffany con pantalla de cristal dorado y verde mate. Mientras aguardaba a que levantara la vista, me acerqué a una pequeña librería que había cerca del escritorio y saqué uno de mis ejemplares favoritos: *Carrera y muerte del ladrón y loco asesino Samuel Green*. El caso, ocurrido en 1822, era uno de los que Laszlo citaba a menudo a los padres de sus «alumnos», pues el ignominioso Green había sido, en palabras de Kreizler, «un producto del látigo» —lo habían apalizado durante toda su infancia—, y en el momento de su captura había reconocido que sus crímenes contra la sociedad eran una forma de venganza. La atracción que yo sentía por el libro estaba motivada por su cubierta, en la que aparecía «El final del loco Green», en la horca de Boston. Siempre me sentía atraído por la mirada enloquecida de Green en la foto, y volvía a estar absorto en ella cuando Kreizler, sin volverse de su escritorio, me tendió unos papeles.

—Mira esto, Moore. Nuestro primer éxito, por pequeño que sea.

Dejé el libro a un lado y, al coger los papeles, descubrí que eran unos formularios y documentos referentes a un cementerio, y a dos tumbas en particular. Había una nota sobre la exhumación de unos cadáveres y un escrito casi ilegible firmado por un tal Abraham Zweig...

Me distraje ante la inconfundible sensación de que alguien me estaba observando. Al volverme vi a una niña de unos doce años, con una cara redonda y bonita, y expresión algo asustada, como si se sintiera acosada. Había cogido el libro que yo había dejado. Su mirada pasó de mí a la portada, al tiempo que sus dedos terminaban de abrochar los botones superiores de su vestido, sencillo pero limpio. Leyó el corto epígrafe que explicaba el grabado, y al parecer llegó a algunas desagradables conclusiones pues su expresión se hizo más temerosa y miró a Kreizler a la vez que se apartaba de mí.

Entonces Laszlo la vio.

—Ah, Berthe. ¿Lista para salir?

La chiquilla señaló indecisa el libro. Luego me apuntó con el dedo y preguntó:

—Entonces... ¿yo también estoy loca, doctor Kreizler? ¿Va a llevarme este hombre a uno de esos sitios?

—¿Qué? —inquirió Kreizler, quitándole el libro y lanzándome una mirada reprobatoria—. ¿Loca? ¡No seas ridícula! Sólo tenemos buenas noticias. —Laszlo le hablaba como a cualquier adulto, directa, contundentemente, pero con el tono que reservaba a los pequeños: paciente, amable, a veces indulgente—. Ven, acércate... —La niña se aproximó y Kreizler la ayudó a sentarse en sus rodillas—. Tú eres una jovencita sana, y muy inteligente. —La muchacha enrojeció y se echó a reír, silenciosa y feliz—. Tus dificultades nacen de una serie de pequeñas cosas que crecen en tu nariz y en los oídos. A diferencia de ti, a estas cosas les gusta el hecho de que tu casa sea condenadamente fría. —Le dio unos golpecitos en la cabeza siguiendo el ritmo de las sílabas de las últimas palabras—. Vas a ir a ver a un médico, que es amigo mío, y él te extirpará estas cosas que crecen ahí dentro. Y todo esto lo hará mientras disfrutas de un sueño placentero. En cuanto a este hombre... —Volvió a dejar a Berthe en el suelo—, es un amigo mío. El señor Moore. Salúdale.

La chiquilla hizo una leve reverencia, pero no dijo nada. Yo se la devolví.

—Encantado de conocerte, Berthe.

La niña volvió a soltar una risita.

—Ya basta de risitas —dijo Kreizler en tono desaprobatorio—. Vete a buscar a tu madre y lo arreglaremos todo.

La niña corrió hacia la puerta y Kreizler golpeó con cierto entusiasmo los documentos que yo sostenía en la mano.

—Trabajo rápido, ¿eh, Moore? No hace ni una hora que han llegado.

—¿Quiénes? —pregunté desconcertado—. ¿Qué?

—¡Los niños Zweig! —replicó en voz baja—. Los de la torre del depósito de agua... ¡Tengo sus restos abajo!

Era una idea tan espantosa y tan reñida con el resto de las

actividades del Instituto ese día que no pude evitar un escalofrío. Sin embargo, antes de que pudiera preguntarle por qué diablos había hecho una cosa así, la pequeña Berthe trajo a su madre —la mujer del chal— al consultorio. La mujer intercambió con Kreizler unas palabras en húngaro, pero los conocimientos que él tenía de este idioma eran muy limitados (su padre alemán no deseaba que sus hijos hablaran la lengua de su madre), de modo que la conversación prosiguió en nuestro idioma.

—¡Tiene usted que hacerme caso, señora Rajk! —exclamó Kreizler, exasperado.

—Pero doctor —protestó la mujer, retorciéndose las manos—, mire usted, a veces ella lo entiende bien, pero otras se porta como un demonio, atormentándonos a todos...

—Señora Rajk, no sé muy bien de cuántas maneras diferentes se lo voy a poder explicar —replicó Kreizler, haciendo otro intento por mantener la calma, mientras se sacaba el reloj de plata del bolsillo del chaleco y le echaba un vistazo—. O en cuántos idiomas. La hinchazón a veces no es tan pronunciada... ¿Lo entiende usted? —Se señaló su propio oído, la nariz y la garganta—. En tales ocasiones, su hija no sufre dolor, y no sólo puede oír y hablar sino respirar fácilmente, de modo que se muestra dispuesta y atenta... Pero la mayor parte del tiempo las vegetaciones de la faringe y de la cavidad nasal posterior, es decir, de la garganta y de la nariz, cubren las trompas de Eustaquio, conectadas a sus oídos, con lo cual generalmente hacen que su esfuerzo sea difícil, si no imposible. El hecho de que su piso esté lleno de corrientes de aire agrava su estado. —Kreizler apoyó ambas manos en los hombros de la chiquilla, quien volvió a sonreírle feliz—. En resumen, ella no hace nada de todo esto deliberadamente para atormentarla a usted o a su maestro... ¿Lo entiende? —Se inclinó sobre el rostro de la madre y la examinó de cerca con sus ojos de halcón—. No, es evidente que no... Bueno, basta con que acepte mi diagnóstico de que no hay nada malo en su mente ni en su espíritu. Llévela al St. Luke's. El doctor Osborne realiza regularmente estas operaciones, y creo que podré persuadirle para que rebaje sus honorarios. El próximo otoño... —alborotó el cabello de la niña, que le miró agradecida—, Berthe estará recuperada, y completamente dispuesta a destacar en la escuela. ¿No es así, señorita?

La niña no contestó, pero soltó otra risita. La madre intentó protestar una vez más antes de que Kreizler la cogiera del brazo y la condujera por el vestíbulo hasta la puerta de salida.

—Mire, señora Rajk, ya basta. El hecho de que usted no lo entienda no significa que no exista. ¡Llévela al doctor Osborne! Voy a consultar con él, y si me entero de que no me ha hecho caso me enfadaré de veras. —Cerró la puerta tras ellas, volvió a cruzar el vestíbulo y de inmediato se vio asediado por las restantes familias. Después de anunciar a gritos que habría un breve descanso en las entrevistas, Kreizler retrocedió de nuevo hasta su sala de consulta y cerró de golpe la puerta.

—La mayor dificultad para convencer a la gente de que hay que atender mejor a la salud mental de los niños —murmuró mientras regresaba al escritorio y empezaba a ordenar los papeles— reside en que creen, y cada vez con mayor asiduidad, que cualquier pequeño problema de sus hijos esconde una enfermedad más grave. En fin... —Bajó la tapa del escritorio y la cerró con llave y luego se volvió hacia mí—. Bien, Moore. Vayamos abajo. Los hombres de Roosevelt ya habrán llegado. Le he dicho a Cyrus que los hiciera entrar directamente por la planta baja.

—¿Vas a entrevistarlos allí? —pregunté, mientras cruzábamos por la sala de exploraciones y escapábamos de las familias que aguardaban en el pasillo por una puerta posterior que daba al patio del Instituto.

—En realidad no voy a entrevistarlos en absoluto —me contestó Kreizler, al tiempo que un viento frío nos azotaba con fuerza—. Dejaré que esta labor la hagan los Zweig... Yo sólo examinaré los resultados. Y recuerda una cosa, Moore, ni una palabra de lo que estamos haciendo, al menos hasta que no esté seguro de si estos hombres nos interesan.

Había empezado a nevar ligeramente, y varios de los jóvenes pacientes de Kreizler —vestidos con el sencillo uniforme gris y azul del Instituto para evitar que los distintos orígenes económicos de los chiquillos crearan fricciones entre ellos— habían salido al patio para jugar con los copos de nieve que caían. Cuando vieron a Kreizler, todos corrieron a saludarle, alegres pero respetuosos. Laszlo les sonrió y les hizo algunas preguntas sobre sus maestros y sus estudios. Un par de alumnos, de los más atrevidos, proporcionaron unas cuantas respuestas francas sobre el aspecto o el olor corporal de tal o cual profesor y Kreizler les amonestó, aunque no con dureza. Al disponernos a entrar en la planta baja, oí que el alegre griterío volvía a resonar contra las paredes del patio, y pensé que hasta hacía poco muchos de aquellos chiquillos vivían en las calles, a muy pocos pasos de correr el mismo destino que Georgio Santorelli. Cada vez con mayor frecuencia, mi mente contemplaba todas las cosas en relación con el caso.

Un pasillo oscuro y húmedo nos condujo al teatro de operaciones, una sala muy larga que se mantenía seca y caldeada merced a un calentador a gas que siseaba en un rincón. A lo largo de las paredes, lisas y encaladas, había unos armarios blancos, con puertas de cristal, que contenían unos instrumentos horribles y relucientes. Encima de los armarios, sobre unos estantes también blancos, había una colección de modelos deprimentes: reproducciones en yeso, pintadas con realismo, de cabezas humanas o de simios, a las que habían retirado parte del cráneo para mostrar la posición del cerebro, y expresando todavía en su rostro las agonías de la muerte. Compartiendo el espacio en los estantes, había una colección de cerebros auténticos, pertenecientes a una gran variedad de criaturas, metidos en tarros llenos de formol. El resto de la pared se hallaba ocupado por láminas representando los sistemas nerviosos tanto de seres humanos como de animales. En el centro de la sala había dos mesas de acero para operaciones, con canales para conducir los fluidos corporales hasta el centro en la parte de los pies, donde se vaciaban en un recipiente metálico que había en el suelo. En cada mesa había una silueta de dimensiones toscamente humanas, cubierta por una sábana esterilizada. De ambas emanaba un fuerte olor a animal en descomposición.

De pie junto a las mesas había dos hombres, vestidos con trajes de lana: el más alto llevaba uno a cuadros, discreto pero a la moda; el del más bajo era negro. Sus caras estaban casi totalmente ensombrecidas por el frío resplandor de las lámparas eléctricas que, entre ellos y nosotros, colgaban encima de las mesas de operaciones.

—Caballeros... —les saludó Laszlo, acercándose directamente—. Soy el doctor Kreizler. Confío en que no hayan tenido que esperar mucho rato.

—En absoluto, doctor —contestó el más alto, estrechándole la mano.

Y mientras se inclinaba en la zona luminosa alrededor de la mesa, pude ver que sus rasgos semíticos eran bastante atractivos: nariz recta, ojos firmes y castaños, y una fuerte cabeza de cabello rizado. El más bajo, en comparación, tenía ojos pequeños, cara regordeta bañada en sudor, y cabello que empezaba a clarear. Ambos parecían tener unos treinta y pocos años.

—Soy el sargento Marcus Isaacson —añadió el más alto—, y éste es mi hermano, Lucius.

El más bajo pareció molesto al tenderle la mano.

—Sargento detective Lucius Isaacson, doctor —replicó, y luego, enderezándose, murmuró a través de la comisura de la boca—: No vuelvas a hacerlo. Prometiste que no lo harías.

Marcus Isaacson puso los ojos en blanco, luego intentó sonreírnos a la vez que también hablaba con la boca ladeada:

—¿Qué pasa? ¿Qué he hecho?

—Presentarme como su hermano —susurró Lucius Isaacson con tono de apremio.

—Caballeros —les dijo Kreizler, algo sorprendido ante la disputa—. Permitan que les presente a mi amigo, John Schuyler Moore. —Estreché la mano a los dos, al tiempo que Kreizler proseguía—: El comisario Roosevelt me ha ha-

— 115 —

blado encarecidamente de su competencia, y opina que pueden proporcionarme algo de ayuda en cierta investigación que estoy llevando a cabo. Se han especializado en dos áreas que me interesan particularmente...

—Sí —dijo Marcus—, ciencia criminal y medicina forense.

—En primer lugar me gustaría saber...

—Si lo que le intriga son nuestros nombres —le interrumpió Marcus—, debe saber que cuando nuestros padres llegaron a América les preocupaba enormemente que sus hijos se vieran sometidos a la discriminación antijudía que existía en las escuelas.

—En cierto modo fuimos afortunados —añadió Lucius—, pues a nuestra hermana le pusieron de nombre Cordelia.

—Como ve —prosiguió Marcus—, aprendían inglés estudiando a Shakespeare. Cuando yo nací, acababan de empezar *Julio César*. Un año después, al llegar mi hermano, aún seguían con esa obra. Pero cuando nació mi hermana, dos años después, habían progresado y leían *El rey Lear*...

—No lo pongo en duda, caballeros —le interrumpió Kreizler, algo inquieto, obsequiándolos con toda una exhibición de cejas arqueadas y miradas de ave rapaz—. Pero por muy interesante que esto sea, lo que quería preguntarles es cómo llegaron a sus especializaciones y qué fue lo que les llevó a ingresar en la policía.

Lucius suspiró, alzando los ojos al cielo.

—A nadie le interesa saber cómo conseguimos nuestros nombres, Marcus —murmuró—. Ya te lo había advertido.

La cara de Marcus enrojeció ligeramente de rabia, luego se volvió a Kreizler con premeditada seriedad, consciente de que la entrevista no discurría por buen camino.

—Mire, doctor, de nuevo fueron nuestros padres, aunque comprendo que tal vez la explicación no le parezca interesante... Mi madre quería que yo fuese abogado, y mi hermano, el sargento detective aquí presente, tenía que ser médico. Pero esto no funcionó. Empezamos a leer a Wilkie

Collins cuando éramos pequeños, y para cuando ingresamos en la universidad ya habíamos decidido que queríamos ser detectives.

—La abogacía y la medicina nos fueron muy útiles al principio —prosiguió Lucius—, pero luego lo dejamos e hicimos algunos trabajos para los Pinkerton. Hasta que el comisario Roosevelt se hizo cargo del departamento no se nos presentó la oportunidad de ingresar en la policía. Imagino que habrá oído comentarios de que sus prácticas de contratación no son muy... ortodoxas.

Yo sabía a qué se refería, y más tarde se lo expliqué a Laszlo. Además de investigar a casi todos los agentes y detectives del Departamento de Policía, y de este modo obligar a muchos a dimitir, Roosevelt se había empeñado en hacer contrataciones algo inverosímiles, en un esfuerzo por romper la hegemonía que la camarilla encabezada por Thomas Byrnes y otros jefes de distrito, como *Porras* Williams y *Big Bill* Devery, ejercían sobre el cuerpo. Theodore estaba especialmente interesado en incorporar judíos, a los que consideraba excepcionalmente honestos y valerosos, refiriéndose a ellos como «guerreros macabeos de la justicia». Al parecer los hermanos Isaacson eran un ejemplo de este esfuerzo, aunque la palabra «guerreros» no fue la primera que vino a mi mente al conocerlos.

—Supongo que desea nuestra ayuda en esta exhumación, ¿no? —aventuró Lucius esperanzado, señalando las dos mesas, y deseoso de abandonar el tema de sus antecedentes.

Kreizler le miró fijamente.

—¿Cómo sabe que se trata de una exhumación?

—Por el olor, doctor. Es muy distinto. Y la posición de los cuerpos indica un entierro formal, no un abandono al azar.

A Kreizler se le iluminó un poco el semblante.

—Sí, sargento detective, ha supuesto usted bien.

Entonces se acercó a las mesas y retiró las sábanas, con lo cual el hedor se vio complementado con la visión ciertamente desagradable de dos pequeños esqueletos, uno metido dentro de un traje negro bastante podrido y otro en un vestido blanco igualmente deshecho. Algunos de los huesos aún estaban unidos, pero la mayoría se habían separado, y había fragmentos de cabellos y de uñas, junto con restos de tierra por todo el cuerpo. Me armé de valor e intenté no apartar la vista; aquel tipo de cosas iba a marcar mi destino durante algún tiempo, e imaginé que sería mejor acostumbrarme a ello. Pero las espantosas muecas de los dos cráneos hablaban elocuentemente del modo poco natural en que habían muerto las dos criaturas, y me resultó difícil seguir contemplándolas.

En cambio, las caras de los hermanos Isaacson parecían fascinadas al aproximarse a las mesas y escuchar la explicación de Laszlo.

—Hermano y hermana. Benjamin y Sofia Zweig. Asesinados. Los cuerpos se encontraron...

—En el depósito de una torre de distribución de agua —dijo Marcus—. Hace tres años. El caso todavía está abierto oficialmente.

Esto también complació a Kreizler.

—Acérquense —les dijo, señalando una mesita blanca en un rincón en la que había apilados recortes y documentos—. Aquí encontrarán la información que he conseguido reunir respecto al caso. Me gustaría que los dos la revisaran y que estudiaran los cuerpos. El asunto es algo urgente, de modo que sólo disponen de esta tarde. Estaré en Delmonico's a las once y media de esta noche. Nos encontraremos allí y, a cambio de su información, me complacerá invitarles a una excelente cena.

El entusiasmo de Marcus Isaacson dio paso a un comentario que rezumaba curiosidad:

—La cena no es necesaria, doctor, si se trata de un asunto oficial. Aunque apreciamos la invitación.

Laszlo asintió sonriendo ligeramente, divertido ante la estratagema de Marcus para sonsacarle.

—Bueno, nos veremos a las once y media.

Dicho esto los Isaacson empezaron con los materiales

que tenían ante sí, apenas conscientes de que Kreizler y yo nos despedíamos. Subimos por la escalera interior, y mientras yo recogía mi abrigo en la sala de consulta, Laszlo siguió con su expresión intrigada.

—No hay duda de que son excéntricos —comentó al dirigirnos a la puerta principal—. Pero me da la sensación de que conocen su trabajo. Ya veremos. Ah, por cierto, Moore, ¿tienes un traje limpio para esta noche?

—¿Para esta noche? —inquirí, mientras me calaba la gorra, después de haberme puesto los guantes.

—Para la ópera. El candidato de Roosevelt para hacer de contacto entre nuestra investigación y su oficina tiene que presentarse en mi casa a las siete.

—¿Y quién es?

—Ni idea... —dijo Laszlo, encogiéndose de hombros—. Pero, sea quien sea, el papel del contacto será crucial. He pensado en llevarle a la ópera y ver cómo reacciona. Es una excelente prueba para comprobar el carácter de cualquiera, y Dios sabe cuándo volveremos a tener la oportunidad de asistir a una representación. Utilizaremos mi palco en el Metropolitan. Maurel canta a Rigoletto. Será idóneo para nuestros propósitos.

—Debería serlo —comenté alegremente—. Y ya que hablamos de propósitos, ¿quién representa el papel de la hija del jorobado?

Kreizler apartó la vista con expresión de leve disgusto.

—Por Dios, Moore, algún día me gustaría conocer los detalles de tu infancia. Esta irrefrenable manía sexual...

—Yo sólo he preguntado quién representa el papel de la hija del jorobado.

—¡Está bien, está bien! Ni más ni menos que Frances Saville, la de las piernas, como dirías tú.

—En tal caso tengo traje de etiqueta, desde luego —dije saltando ya los peldaños en dirección al coche. Por lo que a mí se refería, podían coger a Nellie Melba, a Lillian Nordica y al resto de las cuatro voces estelares medio atractivas del Metropolitan y, tal como diría Stevie Taggert, que se fueran a la porra... A mí que me dieran una chica realmente hermosa, con una voz aceptable, y sería el miembro más dócil de la audiencia—. Estaré en tu casa a las siete.

—Espléndido —contestó Kreizler, haciendo una mueca—. Espero con ansiedad el momento. ¡Cyrus! Lleva al señor Moore a Washington Square.

Me pasé el rápido trayecto a través de la ciudad considerando lo inusual y agradable que resultaría iniciar la investigación de un asesinato acudiendo a la ópera y luego cenando en Delmonico's. Por desgracia, tales invitaciones no podrían calificarse de inicio, pues al llegar a casa me encontré en los peldaños de la entrada con una Sara Howard muy alterada.

8

Sara no hizo caso a mi saludo.

—Éste es el carruaje del doctor Kreizler, ¿no es verdad? —preguntó—. Y éste es su cochero. ¿Podemos llevárnoslos?

—¿Llevárnoslos adónde? —pregunté, alzando la vista para ver a mi abuela que miraba ansiosa a través de la ventana de la sala de estar—. Sara, ¿qué sucede?

—El sargento Connor y otro agente, Casey, han ido a hablar con los padres del joven Santorelli esta mañana. Al volver han dicho que no han averiguado nada, pero había sangre en el puño de la camisa de Connor. Ha ocurrido algo, estoy segura, y quiero averiguar qué es. —Hablaba sin mirarme a la cara, tal vez porque sabía cuál iba a ser mi reacción.

—Una labor poco apropiada para una secretaria, ¿no te parece? —pregunté. Sara no contestó, pero la mirada de amarga decepción que apareció en su rostro fue tan evidente que no pude hacer otra cosa que abrir la portezuela de la calesa—. ¿Qué dices, Cyrus? ¿Alguna objeción a llevarnos a la señorita Howard y a mí a hacer un recado?

Cyrus se encogió de hombros.

—No, señor, siempre que esté de regreso en el Instituto a la hora en que acaben las entrevistas.

—Por supuesto. Sube, Sara, y te presento al señor Cyrus Montrose.

En un segundo, el aspecto de Sara pasó de la ferocidad a la euforia: un cambio nada extraordinario en ella.

—Hay momentos, John —me dijo al subir a la calesa—, en que pienso que me he equivocado contigo todos estos años. —Estrechó nerviosa la mano de Cyrus y luego se sentó, echando una manta sobre sus piernas y las mías cuando me hube acomodado. Luego de dar a Cyrus unas señas de Mott Street, palmoteó de entusiasmo al ponerse en marcha la calesa.

No había muchas mujeres que se hubiesen aventurado de tan buena gana en una de las peores zonas del Lower East Side. Pero el espíritu aventurero de Sara nunca se había visto atemperado por la prudencia. Además, ya tenía experiencias en aquella zona: poco después de graduarse en la universidad, su padre consideró que su educación sin duda podía ser más equilibrada mediante una experiencia de la vida en otros sitios que no fueran Rhinecliff (donde se hallaba la hacienda campestre de los Howard) y Gramercy Park. De modo que ella se había puesto una blusa blanca almidonada, una gastada falda negra y un sombrero de paja bastante ridículo, y había pasado el verano ayudando a una enfermera que visitaba el Distrito Diez. Durante aquellos meses había visto muchas cosas: de hecho, todo cuanto el Lower East Side podía ofrecer a cualquiera. Sin embargo, nada de todo esto era peor que lo que nos esperaba ese día.

Los Santorelli vivían en unos apartamentos al fondo de unos bloques, pocas manzanas por debajo de Canal Street. Estos apartamentos habían sido declarados ilegales en 1894, pero había aparecido una antigua cláusula en virtud de la cual se permitía seguir en pie a los existentes a cambio de unas mejoras mínimas. Si aquellos miserables bloques de apartamentos que daban a la calle ya eran oscuros, insalubres y amenazadores, los pequeños edificios que crecían al fondo —en un sitio destinado a patio para proporcionar algo más de aire y de luz al bloque— eran increíblemente peores. Por el aspecto de la fachada del edificio ante el que nos detuvimos ese día, nos encontrábamos ante un típico ejemplo: enormes bidones de ceniza y desperdicios se amontonaban a cada lado de los escalones empapados de orines de la entrada al edificio, en los cuales había un grupo de hombres sucios y cubiertos de harapos, cada uno de ellos absolutamente imposible de diferenciar de cualquier otro. Estaban bebiendo y riendo, pero se interrumpieron bruscamente al ver la calesa y a Cyrus. Sara y yo bajamos y nos detuvimos en la acera.

—No te alejes demasiado, Cyrus —le dije, tratando de disimular mi nerviosismo.

—No, señor... —me contestó, agarrando con fuerza la empuñadura de su látigo, y con la otra mano removió en el bolsillo del gabán—. Quizá debería llevarse esto, señor Moore. —Sacó entonces unos nudillos de bronce.

—No creo que haga falta —dije mientras estudiaba el arma, pero luego dejé de fingir—. Además, no sabría cómo utilizarlos.

—Date prisa, John —me apremió Sara, y seguidamente empezamos a subir los escalones de la entrada.

—¡Oye! —Uno de los haraganes me agarró del brazo—. ¿Sabes que hay un moreno conduciendo tu coche de caballos?

—¿De veras? —contesté, guiando a Sara a través del casi visible hedor que planeaba por encima de aquellos hombres.

—¡Negro como boca de lobo! —aseguró otro de los hombres, al parecer asombrado.

—Extraordinario —repliqué, al tiempo que Sara entraba en el edificio. Antes de poderla seguir, el primero de los hombres volvió a agarrarme.

—No serás otro poli, ¿verdad? —me preguntó amenazador.

—Claro que no —contesté—. Odio a los polis.

El tipo asintió, pero no dijo nada, por lo que consideré que me autorizaba a pasar.

Para llegar a la parte posterior del edificio había que atravesar el pasillo completamente a oscuras que partía desde la fachada: siempre una experiencia inquietante. Con Sara en cabeza, avanzamos tanteando las sucias paredes, tratando infructuosamente de ajustar la vista a la falta de luz. Me sobresalté cuando Sara tropezó con algo, y mucho más aún cuando aquella cosa empezó a berrear.

—¡Dios del cielo, John! —exclamó Sara—. ¡Es un bebé!

Seguía sin poder ver absolutamente nada pero, al acercarme, el olor confirmó que se trataba de un bebé; la pobre criatura debía de estar cubierta con sus propios excrementos.

—Tenemos que ayudarle —dijo Sara, y yo pensé en los hombres de la entrada.

Sin embargo, al volverme a mirar hacia la entrada del edificio, los vi recortándose contra la nieve que caía en el exterior, balanceando unos palos al tiempo que nos vigilaban, y de vez en cuando se reían de un modo bastante desagradable. No cabía esperar ayuda de aquella gente, así que intenté abrir puertas en el pasillo. Al final encontré una que cedió, y tiré de Sara para que entrara.

Allí dentro sólo había un hombre y una mujer ancianos, unos traperos que únicamente aceptaron hacerse cargo del bebé cuando les ofrecimos medio dólar. Nos dijeron que el pequeño pertenecía a una pareja que vivía al otro lado del pasillo y que estaba fuera, como solía estar día y noche, inyectándose morfina y bebiendo en un tugurio que había al doblar la esquina. El anciano nos aseguró que darían algo de comer al bebé y que lo limpiarían, ante lo cual Sara les dio otro dólar. Ninguno de los dos nos hacíamos muchas ilusiones respecto al bien que a la larga le haría a aquella criatura que la limpiaran y la alimentaran (imagino que alguien pensará que simplemente pretendíamos tranquilizar nuestras conciencias), pero se trataba simplemente de uno de esos momentos tan habituales en Nueva York en que uno se enfrenta a todo un madito cúmulo de opciones.

Finalmente llegamos a la puerta posterior. El callejón que unía el bloque de delante con los edificios de detrás estaba inundado con más bidones y cubos atestados de basuras y defecaciones, con lo cual el hedor era indescriptible. Sara se tapó la nariz y la boca con un pañuelo y me indicó que yo hiciese lo mismo. Luego corrimos hacia el pasillo central del edificio trasero. En la planta baja había cuatro apartamentos en los que parecían vivir un millar de personas. Traté de identificar todos los idiomas que allí se hablaban, pero me perdí después de contar ocho. Un apestoso grupo de alemanes con sus jarras de cerveza había acampado en la escalera y se apartó gruñendo cuando subimos. Era evidente, incluso en aquella penumbra, que la escalera estaba cubierta con casi dos dedos de algo extremadamente pegajoso que preferí no identificar. Sin embargo, a los alemanes parecía tenerles sin cuidado.

El apartamento de los Santorelli estaba en el primer piso, al fondo: el lugar más oscuro de todo el edificio. Cuando llamamos, una mujer pequeña y horriblemente delgada, de ojos hundidos, acudió a abrir la puerta, hablando en siciliano. Yo sólo sabía el italiano que había aprendido en la ópera, pero Sara tenía más conocimientos —nuevamente gracias a su época como enfermera— y se comunicó con bastante facilidad. La señora Santorelli no se alarmó en absoluto al ver a Sara (en realidad parecía como si la hubiese estado esperando), pero manifestó gran preocupación ante mi presencia, preguntando temerosa si yo era otro policía o un periodista. Sara estuvo rápida de reflejos y dijo que yo era su ayudante. La señora Santorelli me miró desconcertada, pero finalmente nos dejó pasar.

—Sara, ¿conoces a esta mujer? —pregunté mientras entrábamos.

—No, pero parece como si ella sí me conociera. Qué extraño.

El apartamento estaba compuesto de dos habitaciones sin ninguna ventana, sólo unas pequeñas rendijas que recientemente habían abierto en las paredes para cumplir con las nuevas regulaciones sobre la ventilación en los bloques de pisos. Los Santorelli habían alquilado una de las dos habitaciones a otra familia siciliana, lo cual implicaba que seis personas —los padres de Georgio junto con los cuatro hermanos y hermanas— vivían en un espacio de unos dos metros y medio por cinco. No había nada colgando de las paredes desnudas, cubiertas de hollín, y en dos esquinas se veían unos grandes cubos que servían de sanitarios. La familia también poseía un hornillo de petróleo, del tipo más económico que a menudo se utilizaba para dar un acabado a tales edificios.

En un rincón, tendido en un catre viejo y manchado, envuelto en todas las mantas que tenían, estaba la causa de la gran agitación de la señora Santorelli: su marido. La cara de éste aparecía cortada, amoratada, hinchada, y su frente estaba empapada en sudor. A su lado había un trapo manchado de sangre e, incongruentemente, un fajo de varios cientos de dólares. La señora Santorelli cogió el fajo, se lo enseñó a Sara, y luego la empujó hacia su marido, con las lágrimas resbalándole por la cara.

Pronto averiguamos que la señora Santorelli creía que Sara era la enfermera. Una hora antes había enviado a sus cuatro hijos en busca de una. Rápida nuevamente de reflejos, Sara se sentó en el catre y empezó a examinar a Santorelli, descubriendo enseguida que tenía una fractura en un brazo. Además, gran parte del torso aparecía cubierto de hematomas.

—John —me dijo Sara con firmeza—, envía a Cyrus en busca de vendas, desinfectante y algo de morfina. Dile también que necesitamos una tabla de madera limpia para entablillar.

Inmediatamente salí por aquella puerta, crucé entre los alemanes, recorrí el callejón y el pasillo y bajé a la acera, gritándole el encargo a Cyrus, quien partió veloz con la calesa. Cuando volví a pasar entre los hombres de la entrada, uno de ellos me puso la mano en el pecho.

—Eh, un momento —me dijo—. ¿A qué viene todo esto?

—El señor Santorelli —contesté—. Está gravemente herido.

El hombre escupió con fuerza a la calle.

—Malditos polis. Odio a esos malditos macarronis, pero te digo una cosa, ¡odio todavía más a los polis!

Este tema repetitivo parecía una vez más la señal de que podía proseguir mi camino. De regreso en el apartamento, vi que Sara había puesto agua a hervir y estaba lavando las heridas de Santorelli. La esposa movía continuamente las manos mientras hablaba, y de vez en cuando se echaba a llorar.

—Han sido seis hombres, John —me explicó Sara, después de escuchar unos minutos.

—¿Seis? —repetí—. Creía que habías dicho que eran dos.

Sara señaló el catre con un movimiento de la cabeza.

—Acércate y ayúdame; de lo contrario ella puede sospechar. —Al sentarme me resultó difícil saber qué olía peor, si el colchón o Santorelli, aunque nada de esto parecía preocuparle a Sara—. Connor y Casey han estado aquí, esto es indudable... Con otros dos hombres y dos curas.

—¿Curas? —pregunté, al tiempo que preparaba una compresa caliente—. ¿Cómo diablos...?

—Uno católico, al parecer. El otro no. Ella no puede ser más precisa sobre el segundo. Los curas han traído el dinero. Han dicho a los Santorelli que utilicen una parte para enterrar a Georgio. El resto es una... gratificación. Según parece, para que mantengan la boca cerrada. Les han dicho que no permitan que nadie exhume el cuerpo de Georgio, ni siquiera la policía, y que no hablen con nadie del asunto... Sobre todo con los periodistas.

—¡Curas! —exclamé de nuevo, frotando sin mucho entusiasmo una de las magulladuras de Santorelli—. ¿Y qué aspecto tenían?

Sara lo preguntó, y luego me tradujo la respuesta.

—El católico era bajito, con largas patillas canosas... El otro, más delgado, llevaba gafas.

—¿Para qué diablos iban a estar interesados dos curas en esto? —pregunté—. ¿Y para qué querrían que interviniera la policía? ¿No dices que Connor y Casey estaban presentes en la conversación?

—Eso parece.

—Entonces no hay duda de que ellos están involucrados... Bien, Theodore se alegrará de saberlo. Apuesto a que habrá otras dos vacantes en la división de detectives... Y los otros dos hombres, ¿quiénes eran?

De nuevo Sara formuló la pregunta a la señora Santorelli, quien farfulló una respuesta que Sara no pareció comprender. Repitió entonces la pregunta, pero obtuvo idéntica respuesta.

—No entiendo este dialecto tan bien como creía —murmuró Sara—. Asegura que los otros dos no eran policías, pero luego dice que sí lo eran. No...

Sara se interrumpió y todos nos volvimos hacia la puerta cuando alguien llamó con fuerza. La señora Santorelli se apartó de ella asustada, y yo no me apresuré a intervenir, pero Sara me dijo:

—Vamos, John, no seas estúpido. Probablemente debe de ser Cyrus.

Me acerqué a la puerta y abrí. Fuera, en el pasillo, había uno de los hombres de los peldaños de la entrada. Me tendía un paquete.

—Las medicinas —me dijo sonriendo—. En este edificio no permitimos la entrada a los negros.

—Ah —exclamé, aceptando el paquete—. Entiendo. Gracias.

Se lo entregué a Sara y volví a sentarme en la cama. En aquellos momentos Santorelli estaba medio inconsciente y Sara le administró un poco de morfina, pues pretendía ponerle el brazo en su sitio, algo que había aprendido en su época de visitas como ayudante de enfermera. La fractura no era grave, me dijo, pero aun así produjo un crujido horripilante al ajustar los huesos. Entre su debilidad y los efectos de la droga, Santorelli no pareció sentir nada. En cambio su mujer dejó escapar un pequeño chillido mezclado con una especie de plegaria. Yo empecé a aplicar desinfectante sobre las demás heridas, mientras Sara proseguía su charla con la señora Santorelli.

—Parece que su marido se indignó —me dijo Sara al final—. Lanzó el dinero a la cara de los curas y exigió que la policía encontrara al asesino de su hijo. En este momento, los curas se fueron y...

—Ya, y... —Sabía muy bien cómo reaccionaban los policías irlandeses ante la falta de cooperación de la gente de habla no inglesa. Un buen ejemplo de su técnica estaba tendido a mi lado.

Sara sacudió la cabeza.

—Es todo muy extraño —suspiró, empezando a aplicar gasas sobre algunos de los cortes y magulladuras más graves—. Santorelli ha estado a punto de conseguir que se lo carguen... y sin embargo hacía cuatro años que no veía a su hijo. El muchacho había estado viviendo en la calle.

La confianza de la señora Santorelli había ido creciendo ante los cuidados de Sara hacia su esposo, y una vez que empezó a contarnos la historia de su hijo Georgio habría sido difícil interrumpirla. Sara y yo seguimos atendiendo las heridas de Santorelli como si fueran el único foco de nuestra atención, pero nuestros pensamientos se centraban mucho más en la peculiar historia que nos estaba contando.

Georgio era un muchacho tímido en su infancia, pero bastante listo y decidido a asistir a la escuela pública de Hester Street y conseguir buenas notas. Sin embargo, al haber empezado a los siete años, había tenido algunos problemas con algunos de los muchachos de la escuela. Al parecer los mayores habían persuadido a Georgio para que realizara ciertos actos de tipo sexual, que la señora Santorelli prefería no detallar. Sin embargo, Sara le presionó al respecto, presintiendo que tal información podía ser importante, y descubrimos que en ellos se incluía sodomía, tanto en las variantes anal como oral. Fue un maestro quien descubrió tal conducta e informó a los padres. Por muy amplio e indulgente que sea el concepto latino de la masculinidad, el padre de Georgio casi perdió la cabeza y empezó a golpear a su hijo a intervalos regulares. La señora Santorelli nos demostró cómo su marido ataba a Georgio a la puerta de entrada y luego le zurraba en el trasero con un ancho cinto, que la señora también nos enseñó. Era un utensilio cruel, y en manos de Santorelli parece que producía tales daños que a veces Georgio no asistía a la escuela simplemente porque no podía sentarse.

Sin embargo lo curioso era que en vez de volverse más dócil, cada vez que recibía una paliza se volvía más obstinado. Al cabo de varios meses de castigo, su conducta se volvió rebelde: empezó a pasar algunas noches seguidas sin ir a dormir al piso de la familia..., y también dejó de asistir a la escuela. Entonces, un día, sus padres le divisaron por una calle al oeste de Washington Square, maquillado igual que una mujer y anunciándose como cualquier pendón. Santorelli se plantó frente al muchacho y le dijo que si alguna vez volvía a casa le mataría. Georgio le replicó con duros insultos, y cuando su padre se disponía a pegarle, en aquel preciso momento se interpuso otro hombre —probablemente el alcahuete de Georgio— y advirtió a los Santorelli que desaparecieran de allí. Ésta fue la última vez que habían visto a su hijo, hasta el momento de ver su cuerpo mutilado en el depósito de cadáveres.

La historia había traído varias preguntas a mi mente, y también a la de Sara. Pero nunca llegaríamos a formularlas. Justo cuando envolvíamos otra vez a Santorelli con las sucias y gastadas mantas en que le habíamos encontrado, sonaron unos fuertes golpes en la puerta, y yo, pensando que sería alguno de los hombres de la entrada, la abrí. En menos de un segundo, un par de matones enormes y con bombín entraron por la fuerza en el apartamento. La sola visión de aquellos hombres puso histérica a la señora Santorelli.

—¿Quiénes sois vosotros? —inquirió uno de los matones.

Sara logró reunir el valor suficiente para decirles que era enfermera, pero la explicación de que yo era su ayudante, que tan admirablemente había funcionado con una mujer desesperada que apenas hablaba inglés, no sirvió de nada con aquellos dos tipos.

—Su ayudante, ¿eh? —inquirió el matón, a la vez que ambos se acercaban a mí. Sara y yo nos deslizamos lentamente hacia la puerta del piso—. ¡Menudo carruaje hay ahí fuera para un simple ayudante!

—Bueno, comparto su opinión... —dije con una sonrisa

y, cogiendo a Sara de la mano, salimos corriendo escalera abajo.

Afortunadamente la muchacha estaba en excelentes condiciones físicas, pues a pesar de la falda era mucho más veloz que nuestros perseguidores. De todos modos, esto no sirvió de gran ayuda al llegar al pasillo del edificio del frente y encontrarnos con que los hombres de la entrada nos bloqueaban el paso. Éstos se disponían a avanzar hacia nosotros y, con actitud amenazadora, empezaron a golpearse la palma de la mano con los palos.

—John —murmuró Sara—, ¿crees de veras que intentan atraparnos? —Recuerdo que su voz me sonó condenadamente tranquila, lo cual, dadas las circunstancias, me resultó extremadamente irritante.

—¡Pues claro que intentan atraparnos, mujer! —exclamé, respirando con fuerza—. ¡Tú y tus juegos de detective vais a conseguir que nos maten a palos! ¡Cyrus! —Hice bocina con las manos y grité hacia la puerta de la entrada al ver que los hombres avanzaban lentamente hacia nosotros—. ¡Cyrus! —Desalentado, dejé caer los brazos a los lados—. ¿Dónde diablos se habrá metido ese hombre?

Sin decir palabra, Sara se limitó a coger con fuerza su bolso. Y cuando los dos matones del bombín aparecieron en la entrada del pasillo a nuestras espaldas, dueños al parecer de nuestros destinos, metió la mano en el bolso.

—No te preocupes, John. No dejaré que te ocurra nada —dijo confiadamente al tiempo que sacaba un Colt 45 modelo del ejército, con cañón de once centímetros y empuñadura de nácar. Sara era una auténtica entusiasta de las armas de fuego, pero aun así yo no estaba muy tranquilo.

—¡Oh, Dios mío! —exclamé, cada vez más asustado—. Sara, no puedes disparar en un pasillo a oscuras. No sabes a quién podrías herir...

—¿Acaso se te ocurre una idea mejor? —inquirió, mirando a su alrededor, dándose cuenta de que yo tenía razón y sintiéndose alarmada por primera vez.

—Bueno, yo...

Pero ya era demasiado tarde: los hombres de la entrada corrían gritando hacia nosotros. Agarré a Sara y la cubrí con mi cuerpo, confiando en que no me disparase al estómago durante la batalla que se avecinaba.

Nadie puede imaginar mi sorpresa cuando vi que el ataque no se materializaba. Recibimos momentáneamente la embestida de los hombres con los palos, pero sólo fue en el instante en que pasaron por nuestro lado. Sin dejar de chillar, cayeron con insólita ferocidad sobre los dos matones que había a nuestras espaldas. Dada la diferencia entre los bandos, aquello no fue precisamente una contienda: oímos unos segundos de griterío, gruñidos y golpes, y luego el pasillo se llenó de jadeos y unos pocos gemidos. Sara y yo salimos a la corta escalera de la entrada y corrimos hacia la calesa, donde Cyrus nos estaba esperando.

—¡Cyrus! —exclamé—. ¿No te has dado cuenta de que podían habernos matado ahí dentro?

—No me pareció muy probable, señor Moore —me contestó tranquilamente—, teniendo en cuenta lo que esos hombres decían antes de entrar.

—¿Y qué es lo que decían, si se puede saber? —inquirí, todavía poco satisfecho con su actitud.

Antes de que pudiera responder, los cuerpos de los dos matones salieron volando por la puerta del bloque de apartamentos, golpeando contra el duro suelo cubierto de nieve. Sus bombines no tardaron en seguirles. Los dos tipos estaban inconscientes y en un estado general que hacía que el señor Santorelli pareciera la imagen misma de la salud. Nuestros amigos aparecieron triunfantes con los palos, aunque unos cuantos habían sufrido algún golpe también. El que antes había hablado conmigo miró hacia nosotros, expulsando enormes nubes de vapor helado al jadear.

—Puede que odie a los macarronis —exclamó sonriendo—, pero que me condene si no odio todavía más a los polis.

—Sí, esto era lo que estaban diciendo —murmuró Cyrus.

Me volví a mirar los matones caídos en el suelo.

—¿Polis? —le pregunté al hombre de la entrada.

—Ex polis —me contestó, acercándose—. Solían hacer la ronda por este barrio. Deben tener muchas agallas para atreverse a volver a un edificio como éste. —Asentí, mirando los cuerpos inconscientes que tenía ante mí, sobre la acera, y luego hice una señal de agradecimiento al hombre—. Señoría... —dijo, señalándose la boca—, éste es un trabajo que produce mucha sed.

Saqué unas cuantas monedas y se las lancé. No consiguió coger el dinero en el aire, y sus compañeros se tiraron al suelo a recoger las monedas. No tardaron en enzarzarse en una pelea. Sara y yo subimos a la calesa y, en unos pocos minutos, Cyrus ya nos llevaba por Broadway, en dirección norte.

Sara estaba exultante ahora que nos hallábamos a salvo, y casi saltaba de un lado a otro del coche, recordando con arrobamiento cada momento peligroso de nuestra expedición. Sonreí, satisfecho de que ella hubiera podido tener un momento de auténtica acción, pero mi mente se hallaba centrada en otra cosa. Estaba repasando lo que la señora Santorelli había dicho, y trataba de analizarlo tal como lo haría Kreizler. Había algo en la historia del joven Georgio que me recordaba lo que Laszlo me había contado de los niños hallados en la torre del agua; algo muy importante, aunque no conseguía captar lo que era... Y de pronto caí en la cuenta: era la conducta. Kreizler había descrito a dos chiquillos problemáticos, una vergüenza para su familia... Y ahora acababa de conocer la existencia de otro joven así. Los tres, según la hipótesis de Kreizler, habían encontrado su final a manos del mismo hombre. ¿Sería la aparente similitud de carácter un factor de su muerte, o simple coincidencia? Podía ser esto último, aunque no creía que Kreizler lo considerara así...

Perdido en tales pensamientos, apenas oí a Sara formulándome una pregunta bastante sorprendente. Pero cuando me la repitió, lo insólito de la idea resultó claro incluso para mi mente distraída. Sin embargo, ese día habíamos pasado ya por bastantes dificultades y no me vi con ánimo para decepcionarla.

9

Llegué a casa de Kreizler, en el 283 Este de la calle Diecisiete, con unos minutos de adelanto, vestido de etiqueta y
con capa corta, y no muy seguro de la conspiración en la que
había entrado con Sara: una conspiración que, para bien o
para mal, ahora iba a concluir. La nieve había alcanzado varios centímetros de espesor, formando una silenciosa y agradable capa sobre los arbustos y la verja de hierro de la plaza
Stuyvesant, frente a la calle donde estaba la casa de Laszlo.
Abrí la pequeña verja del también pequeño patio delantero,
avancé hacia la puerta de entrada y llamé suavemente con el
picaporte de bronce. Las vidrieras del salón, en el piso de
arriba, estaban entreabiertas, y pude escuchar a Cyrus al
piano interpretando *Pari siamo* de *Rigoletto*. Kreizler se estaba calentando ya los oídos para la velada.

La puerta se abrió, dejándome cara a cara con la tímida y
uniformada figura de Mary Palmer, doncella y ama de llaves
de Laszlo. Mary completaba la lista de ex pacientes que habían entrado al servicio de Kreizler, y los visitantes que conocían su historia se sentían también algo inquietos. La familia de Mary, una mujer de cuerpo espléndido y rostro
fascinante, de ojos azules, la había considerado siempre
idiota de nacimiento. No podía hablar coherentemente y
juntaba palabras y sílabas en una mezcla ininteligible, de
modo que nunca se le había enseñado a leer ni a escribir. Su
madre y su padre, este último un respetado maestro de escuela en Brooklyn, le habían enseñado a desempeñar labo-

res caseras propias de una criada, y parecían cuidar de ella adecuadamente. Sin embargo, un día de 1884, cuando tenía diecisiete años, había encadenado a su padre a la cama de bronce aprovechando que el resto de la familia estaba fuera, y había prendido fuego a la casa. El padre tuvo una muerte horrible, y dado que no había causas aparentes para la agresión, Mary fue internada, en contra de su voluntad, en el manicomio de Blackwells Island.

Allí fue donde Kreizler la descubrió, ya que de vez en cuando pasaba consulta en la isla donde había encontrado su primer empleo. Laszlo se sorprendió ante el hecho de que Mary no evidenciara la mayoría de los síntomas de la demencia precoz —si es que evidenciaba alguno—, la única condición que, en su opinión, constituía auténtica locura. (Actualmente el término ha sido sustituido, con absoluta justicia según Laszlo, por el de «esquizofrenia», creado por el doctor Eugene Bleuler. Según tengo entendido, la palabra expresa una incapacidad patológica, ya sea para reconocer o para interactuar con la realidad del entorno.) Kreizler intentó comunicarse con la muchacha, y pronto descubrió que ella padecía la clásica afasia motora, complicada con agrafia. Era capaz de comprender las palabras e idear frases con claridad, pero aquellas partes de su mente que controlaban el habla y la escritura estaban gravemente dañadas. Como la gran mayoría de tales desgraciados, Mary era amargamente consciente de su dificultad, pero carecía de la habilidad necesaria para explicar esto (u otras cosas) a los demás. Kreizler consiguió comunicarse con ella formulando preguntas a las que Mary podía contestar con respuestas muy simples —a menudo sólo con un «sí» o con un «no»— y le enseñó la escritura rudimentaria que era capaz de aprender. Semanas de trabajo le llevaron a una nueva y asombrosa comprensión de la historia de Mary: al parecer, su padre la había estado violando durante años antes del asesinato, pero ella, como es lógico, había sido incapaz de explicárselo a nadie.

Kreizler había exigido una revisión del caso, y al final Mary quedó en libertad. Después de esto, la muchacha logró hacerle entender a Laszlo que sería una ama de llaves ideal. Consciente de que de lo contrario las posibilidades de que la muchacha tuviera una vida independiente eran muy escasas, Kreizler se hizo cargo de ella y ahora Mary no sólo se ocupaba del mantenimiento de la casa sino que la cuidaba celosamente. Su presencia, sumada a las de Cyrus Montrose y Stevie Taggert, contribuía a inquietar mi ánimo cada vez que visitaba la elegante casa de la calle Diecisiete. A pesar de la colección de arte clásico y contemporáneo que llenaba la vivienda, así como del mobiliario de estilo francés y del gran piano en el que Cyrus tocaba continuamente excelente música, al entrar allí nunca podía evitar la impresión de que me hallaba rodeado de ladrones y asesinos, cada uno con una magnífica explicación para sus actos, aunque ninguno de ellos dispuesto al parecer a tolerar a nadie una conducta que pudiera cuestionarse.

—Hola, Mary —la saludé, entregándole mi capa. Ella respondió con una pequeña reverencia sobre una rodilla, mirando al suelo—. Vengo temprano. ¿Está vestido ya el doctor Kreizler?

—No, señor —me contestó, con evidente esfuerzo. Su rostro se cubrió con la mezcla de alivio y frustración que le eran característicos cuando las palabras le salían correctamente: alivio por haberlo conseguido con éxito, y frustración por no ser capaz de decir nada más. Extendió hacia la escalera un brazo enfundado en fruncido lino azul, y luego se dirigió hacia una percha cercana y colgó mi capa.

—Bueno, pues, en este caso tomaré una copa y me deleitaré con el canto excepcional de Cyrus —le dije.

Subí los peldaños de dos en dos, sintiéndome algo comprimido dentro de mis ropas de etiqueta, y entré en el salón. Cyrus me saludó con una inclinación de cabeza y siguió cantando, mientras yo cogía ansioso de encima de la repisa de mármol de la caliente chimenea una caja de plata donde se guardaban los cigarrillos. Saqué uno de los aromáticos cigarrillos elaborados con una mezcla de tabaco negro de Virginia y ruso, cogí una cerilla de la cajita de plata más pequeña que había sobre la repisa y lo encendí.

Kreizler bajó trotando las escaleras del piso superior, con un frac de etiqueta impecablemente cortado.

—¿No hay señales del hombre de Roosevelt? —preguntó justo en el instante en que Mary aparecía con una bandeja de plata. En ella había unos ciento cincuenta gramos de caviar Sevruga, tostadas finísimas, una botella de vodka casi helado y varias copas pequeñas y empañadas: una costumbre admirable que Kreizler había adoptado después de su viaje a San Petersburgo.

—Ninguna —contesté, apagando el cigarrillo y atacando ávidamente la bandeja.

—Bien, de todos los implicados quiero puntualidad —anunció, comprobando la hora—. De modo que si no está aquí...

En ese momento sonó un par de veces el picaporte de la entrada, y el ruido de alguien entrando en la casa se filtró hasta arriba.

—Al menos ésta es una buena señal —asintió Kreizler—. Cyrus, algo menos lúgubre, por favor. *Di provenza il mar...*

Cyrus siguió sus instrucciones, iniciando suavemente la amable tonada de Verdi. Mientras engullía con avidez mi caviar, Mary volvió a entrar. Su aspecto era algo inseguro, incluso levemente alterado, y trató infructuosamente de anunciar a nuestro invitado. Mientras retrocedía, después de hacer otra pequeña reverencia inclinándose sobre una rodilla, una figura surgió de la oscura escalera y entró en el salón: era Sara.

—Buenas noches, doctor Kreizler —saludó, y los pliegues de su vestido de noche, verde esmeralda con tonos azules pavo real, emitieron pequeños susurros al entrar en la estancia.

Kreizler se sorprendió ligeramente.

—¡Señorita Howard! —exclamó, sus ojos relucientes de satisfacción, pero su voz algo perpleja—. Es una agradable sorpresa. ¿Nos ha traído a nuestro contacto? —Se produjo un largo silencio, en el que Kreizler miró de Sara a mí, y de nuevo a Sara. Su expresión se mantuvo invariable cuando empezó a asentir—. Oh, ya veo. Usted es nuestro contacto... ¿no es así?

Por un instante, Sara pareció insegura de sí misma.

—No me gustaría que pensara que he estado importunando al comisario para que me metiera en esto. Lo hemos discutido a fondo.

—Yo estaba allí también —me apresuré a intervenir, aunque algo inseguro—. Y cuando escuches la historia de lo que nos ha pasado esta tarde, Kreizler, no tendrás la menor duda de que Sara es la persona idónea para el trabajo.

—Aparte de que es lo más práctico, doctor —añadió Sara—. Nadie se va a extrañar de mis actividades cuando esté por Mulberry Street, y mis ausencias tampoco serán motivo de curiosidad. No hay muchas personas en jefatura que puedan decir lo mismo. Poseo suficientes conocimientos en criminología, y tengo acceso a lugares y personas que tal vez usted y John no... Como hemos visto esta tarde.

—Parece que hoy me he perdido muchas cosas —replicó Kreizler, en un tono lleno de ambigüedad.

—Y por último... —prosiguió Sara, titubeando ante la frialdad de Laszlo—, en caso de que surjan problemas... —Rápidamente, del enorme manguito que llevaba en la mano izquierda, sacó un pequeño Colt Derringer Número Uno y apuntó hacia la chimenea—. Verá que soy mucho mejor tiradora que John.

Retrocedí veloz, apartándome del arma, provocando la risa de Kreizler. Sara debió pensar que se reía de ella pues se molestó un poco.

—Le aseguro que hablo en serio, doctor. Mi padre era un experto tirador. Mi madre, en cambio, era una inválida. Y como no tenía hermanos, me convertí en compañera de mi padre por lo que se refiere a la caza y al tiro al pichón.

Todo esto era absolutamente cierto. Stephen Hamilton Howard había llevado una vida de auténtico terrateniente en su hacienda cerca de Rhinebeck, y había enseñado a su única hija a cabalgar, disparar, jugar y beber con cualquier caballero del valle del Hudson, lo cual significaba que Sara podía hacer bien cualquiera de estas cosas, y a grandes dosis. Señaló la pequeña pistola que tenía en la mano.

—La mayoría de la gente piensa que la Derringer es un arma poco potente, pero ésta tiene una bala del calibre cuarenta y uno, capaz de hacer saltar a su hombre del piano por la ventana que hay a sus espaldas.

Kreizler se volvió hacia Cyrus, para ver si el hombre exteriorizaba algún signo de alarma. Pero no se produjo ninguna nota falsa en la fluida interpretación de *Di provenza il mar*. Laszlo tomó buena nota.

—No es que prefiera este tipo de arma —concluyó Sara, devolviéndola al interior del manguito—, pero... —aspiró profundamente, dilatando la pálida piel que asomaba por encima del escote de su vestido— como vamos a la ópera... —Se acarició el precioso collar de esmeraldas y sonrió por primera vez. «La Sara de siempre», pensé, y luego engullí de un trago una copa de vodka.

Durante la larga pausa que se produjo, Kreizler y Sara se miraron fijamente a los ojos. Luego Laszlo apartó la mirada, recuperando su habitual buen humor.

—Así es —dijo, cogiendo un poco de caviar y una copa de vodka, y se lo tendió a Sara—. Y si no nos damos un poco de prisa, nos perderemos el *Questa o quello*. Cyrus, ¿quieres ver si Stevie tiene el birlocho a punto? —Entonces, cuando Cyrus se disponía a bajar las escaleras, Kreizler le llamó—: Eh, Cyrus..., te presento a la señorita Howard.

—Sí, señor —contestó Cyrus—. Ya nos conocemos.

—Ah. ¿Entonces no te sorprende saber que va a trabajar con nosotros?

—No, señor. —Cyrus hizo una leve inclinación de cabeza hacia Sara—. Señorita Howard...

Ella le sonrió, y entonces Cyrus desapareció por las escaleras.

—Así que Cyrus también está involucrado —murmuró Kreizler mientras Sara se tomaba el vodka de un trago, aunque con elegancia—. Confieso que habéis despertado mi curiosidad. De camino a la parte alta de la ciudad ya me contaréis lo de esa misteriosa expedición a... ¿Adónde?

—A ver a los Santorelli —contesté, cogiendo un último bocado de caviar—. Y hemos conseguido abundante información.

—¿Los Santore...? —Kreizler pareció sinceramente impresionado, y de repente mucho más serio—. Pero ¿dónde? ¿Cómo? Debéis contármelo todo. Todo... ¡La clave estará en los detalles!

Sara y Laszlo pasaron ante mí en dirección a la escalera, charlando como si llevaran mucho tiempo deseando este encuentro. Respiré profundamente aliviado pues no sabía cómo iba a reaccionar Kreizler ante la proposición de Sara, y luego me puse otro cigarrillo en la boca. Sin embargo, antes de que pudiera encenderlo, volví a sentirme momentáneamente inquieto, esta vez ante la inesperada visión del rostro de Mary Palmer, que atisbé por una rendija de la puerta del comedor al pasar. Sus enormes y bonitos ojos miraban recelosamente a Sara, y parecía estar temblando.

—Es probable que las cosas sean algo inusuales por aquí, Mary —le susurré a la muchacha, tranquilizador—. Al menos en un previsible futuro.

Ella no pareció escucharme, pero emitió un pequeño sonido y luego se alejó presurosa de la puerta.

Fuera, la nieve seguía cayendo. El mayor de los dos carruajes de Kreizler, un birlocho color borgoña con acabados negros, nos estaba esperando. Stevie Taggert había enganchado a Frederick y a otro caballo a juego. Sara, que se había puesto la capucha de la capa, avanzó por el patio y aceptó la ayuda de Cyrus para subir al coche. Kreizler me retuvo en la puerta de la casa.

—Una mujer extraordinaria, Moore —me susurró flemático.

Yo asentí.

—Y será mejor que no te enfrentes a ella —respondí—. Sus nervios están tan tensos como las cuerdas de un piano.

—Sí, salta a la vista... El padre, ése del que ha hablado... ¿ya falleció?

—En un accidente de caza, hará unos tres años. Los dos

estaban muy unidos... De hecho, poco después ella pasó algún tiempo en un sanatorio. —No sabía muy bien si revelar aquello pero, dada nuestra situación, me pareció aconsejable—. Hubo gente que dijo que se trataba de un intento de suicidio, pero ella lo niega. Con vehemencia. Así que tal vez éste sea un tema del que prefieras mantenerte alejado.

Kreizler asintió y se puso los guantes, observando mientras tanto a Sara.

—Una mujer con semejante temperamento —comentó mientras nos dirigíamos al carruaje— no parece destinada a conseguir la felicidad en una sociedad como la nuestra. Pero sus aptitudes son obvias.

Subimos al birlocho y Sara empezó a relatar apasionadamente los detalles de nuestra entrevista con la señora Santorelli. A medida que avanzábamos por las calles amortiguadas por la nieve al sur de Gramercy Park, en dirección a Broadway, Kreizler escuchó sin hacer ningún comentario, y sus inquietas manos fueron la única prueba de su excitación. Pero cuando llegamos a Herald Square, donde los ruidos del ajetreo humano se hicieron mucho más fuertes en torno a la estación del tren elevado, formuló numerosas preguntas sobre detalles que pusieron a prueba nuestra memoria. La curiosidad de Laszlo se había disparado ante la extraña historia de aquellos dos ex policías y los dos curas que acompañaban a los detectives de Roosevelt, pero mostró un interés mucho mayor (como yo ya había imaginado) por la conducta sexual de Georgio y su carácter en general.

—Uno de los principales medios para descubrir a nuestra presa es conocer a sus víctimas... —comentó Kreizler, y cuando nos deteníamos bajo los globos eléctricos que iluminaban el toldo de la puerta cochera del Metropolitan Opera House, nos preguntó a Sara y a mí qué idea nos habíamos formado del muchacho. Tanto ella como yo necesitábamos reflexionar un poco al respecto, de modo que permanecimos pensativos y en silencio mientras Stevie se alejaba con el coche y Cyrus nos acompañaba a través de las puertas de entrada.

Para la vieja guardia de la sociedad de Nueva York, el Metropolitan era «esa cervecería amarilla del centro». Esta expresión despectiva se debía obviamente a la forma de caja del edificio estilo renacimiento temprano y al color de los ladrillos utilizados en su construcción. Pero la actitud que había detrás del comentario estaba salpicada por la historia advenediza del Metropolitan. El teatro, inaugurado en 1883, ocupaba la manzana delimitada por Broadway, la Séptima Avenida y las calles Treinta y nueve y Cuarenta, y había sido financiado por setenta y cinco de los más famosos nuevos ricos (y de peor mala fama) de Nueva York: nombres como Morgan, Gould, Whitney, Vanderbilt, ninguno de ellos considerado bastante aceptable socialmente por los viejos clanes de Knickerbocker como para venderles un palco en la venerable Academia de la Música de la calle Catorce. En respuesta a esta denigrante aunque muy aparente evaluación de su valía, los fundadores del Metropolitan habían solicitado no una ni dos filas de palcos en su nuevo teatro, sino tres. Y las batallas sociales que se libraban en ellos desde entonces, durante y después de las actuaciones, eran tan encarnizadas como cualquiera de las que se desataban en el centro de la ciudad. Sin embargo, a pesar de todas aquellas maledicencias, los empresarios que dirigían el Metropolitan, Henry Abbey y Maurice Grau, habían reunido algunos de los talentos operísticos más importantes del mundo. Y una velada en la «cervecería amarilla» se había convertido rápidamente, en 1896, en un acontecimiento musical que ningún teatro o compañía del mundo podía superar.

Al entrar en el vestíbulo relativamente pequeño, que no tenía la opulencia de ninguno de sus análogos europeos, fuimos el centro de las habituales miradas de diversas almas tolerantes que no se sentían muy dichosas al ver a Kreizler en compañía de un hombre negro. La mayoría, sin embargo, habían visto a Cyrus con anterioridad y soportaban su presencia con tediosa familiaridad. Subimos con paso rápido la estrecha y angulosa escalera, y fuimos de los últimos en entrar en el auditorio. El palco de Kreizler estaba a mano izquierda, en la segunda fila de palcos de la «Herradura de diamantes» (como se conocía a los palcos), y cruzamos presurosos el salón forrado de terciopelo rojo hasta nuestros asientos. Mientras nos instalábamos, las luces empezaron a apagarse gradualmente, y yo saqué unos pequeños prismáticos plegables justo a tiempo para echar un vistazo a los palcos de delante y en torno a nosotros, en busca de caras conocidas. Obtuve una fugaz visión de Theodore y del alcalde Strong manteniendo lo que parecía una seria conversación en el palco del primero, y luego dirigí mis ojos hacia el mismo centro de la herradura, al palco 35, donde aquel formidable pulpo financiero de nariz maligna —J. Pierpont Morgan— permanecía sentado entre las sombras. Con él había varias señoras, pero antes de poder averiguar quiénes eran, el teatro se quedó a oscuras.

Victor Maurel, el gran barítono y actor gascón para quien Verdi había compuesto algunos de sus fragmentos más memorables, se hallaba en rara forma esa noche, aunque me temo que quienes nos encontrábamos en el palco de Kreizler —con la posible excepción de Cyrus— estábamos demasiado preocupados por otros asuntos para apreciar del todo la representación. Durante el primer entreacto, nuestra conversación pasó rápidamente de la música al caso Santorelli... Sara se sorprendió ante el hecho de que las palizas que Georgio recibía de su padre en realidad parecían aumentar el deseo del muchacho de continuar con sus irregularidades de tipo sexual. Kreizler también destacó esa ironía, diciendo que sólo con que Santorelli hubiese sido capaz de hablar con su hijo y explorar las raíces de su peculiar conducta, habría podido cambiarla. Pero al utilizar la violencia había convertido el asunto en una batalla, una batalla en la que la auténtica supervivencia psíquica de Georgio iba asociada, en la mente del muchacho, a los actos que su padre desaprobaba. Durante todo el acto segundo, Sara y yo nos devanamos los sesos tratando de entender ese concepto, pero durante el segundo entreacto empezamos a captarlo, empezamos a entender que un muchacho que se ganaba la vida permitiendo que le utilizaran en el peor de los aspectos posibles, haciendo esto se estaba afirmando a sí mismo, según su punto de vista.

Lo mismo podría haberse afirmado, con toda probabilidad, de los hermanos Zweig, observó Kreizler, corroborando mi suposición de que no atribuía a la coincidencia la similitud entre aquellas dos víctimas y Georgio Santorelli. Laszlo prosiguió diciendo que no debíamos exagerar la importancia de esta nueva información: ahora teníamos los inicios de una pauta, algo con lo que construir el retrato general de qué cualidades inspiraban la violencia en nuestro asesino. Y debíamos este conocimiento a la determinación de Sara de visitar a los Santorelli, así como a su habilidad para lograr que la señora confiara en ella. Laszlo expresó su agradecimiento de un modo extraño, aunque sincero, y al ver la expresión satisfecha que apareció en el rostro de Sara, pensé que habían valido la pena todas las duras pruebas que habíamos pasado ese día.

En otras palabras, que el ambiente era bastante agradable cuando, en el mismo entreacto, Theodore entró en el palco con el alcalde Strong. En un segundo, la atmósfera del pequeño reservado se transformó. A pesar de tener el rango de «coronel» y de su reputación como reformista, William L. Strong era muy parecido a cualquier otro hombre de negocios de Nueva York, rico y de mediana edad, lo que quiere decir que no tenía en gran estima a Kreizler. Strong no dijo nada en respuesta a nuestros saludos; se limitó a sentarse en uno de los asientos libres del palco y aguardó a que las luces se apagaran. Curiosamente, a Theodore le tocó explicar que Strong tenía algo importante que decirnos. En el Metropolitan, hablar durante la representación no se consideraba una barbaridad —de hecho, algunos de los asuntos más notables de la ciudad, tanto privados como de negocios, se trataban en momentos así—, pero ni Kreizler ni yo compartíamos esa falta de respeto hacia los esfuerzos que se llevaban a cabo sobre el escenario. En otras palabras, que no constituíamos una amistosa audiencia cuando Strong empezó su discurso durante la lúgubre obertura del acto tercero.

—Doctor —dijo el alcalde, sin mirarlo—. El comisario Roosevelt me ha asegurado que su reciente visita a la Jefatura de Policía fue puramente social. Confío en que eso sea cierto. —Kreizler no contestó, lo cual molestó ligeramente a Strong—. Me sorprende, sin embargo, verle asistir a la ópera con un empleado del departamento. —Miró con bastante rudeza en dirección a Sara.

—Si le interesa echar un vistazo a «todo» mi calendario social, alcalde —replicó Sara, desafiante—, puedo facilitarle la tarea.

Theodore se llevó las manos a la cabeza, en completo silencio, pero con vigor, y la irritación de Strong fue en aumento, aunque no se dio por enterado del comentario de Sara.

—Doctor, tal vez no sepa que estamos comprometidos en una gran cruzada para erradicar la corrupción y la degradación de nuestra ciudad... —Kreizler siguió en silencio, con la atención puesta en Victor Maurel y Frances Saville mientras cantaban a dúo—. En esta batalla tenemos muchos enemigos —prosiguió Strong—, y si descubrieran algún medio para ponernos en apuros o desacreditarnos, lo utilizarían. ¿Le parece que hablo con claridad, señor?

—¿Claridad, señor? —preguntó Kreizler, finalmente, aunque sin mirar a Strong—. Con descortesía sin duda, pero con claridad... —Se encogió de hombros.

Strong se levantó.

—Entonces permita que le sea franco. Si estuviera usted relacionado de algún modo con el Departamento de Policía, doctor, eso constituiría un medio ideal para que nuestros enemigos nos desacreditaran. A la gente decente no le gusta su trabajo, señor, por sus abominables opiniones sobre la familia norteamericana y por sus obscenas indagaciones en la mente de los niños norteamericanos. Tales asuntos son competencia de los padres y de los consejeros espirituales. Yo de usted limitaría mi trabajo a los hospitales para lunáticos, que es para lo que sirve. En cualquier caso, a nadie relacionado con esta administración le gusta semejante basura. Tenga la amabilidad de recordarlo... —El alcalde se volvió, disponiéndose a salir, pero entonces se detuvo y se volvió un momento hacia Sara—. En cuanto a usted, señorita, será mejor que recuerde que la contratación de mujeres para trabajar en la jefatura es un experimento, y que a menudo los experimentos fracasan...

Dicho esto, Strong desapareció. Theodore se demoró sólo lo necesario para susurrar que tal vez no fuera prudente que en el futuro se nos viera juntos a los tres en lugares públicos, dicho lo cual salió en pos del alcalde. El incidente fue indignante, aunque previsible: sin duda aquella noche había muchas personas entre el público que, de habérseles dado la oportunidad, habrían dicho cosas muy parecidas sobre Kreizler. Puesto que tanto Laszlo como Cyrus y yo ya las habíamos escuchado con anterioridad, no nos lo tomamos tan a pecho como Sara, que era novata en este tipo de intolerancia. Durante gran parte de la representación pareció dispuesta a saltarle la tapa de los sesos a Strong con su Derringer, pero el dúo final de Maurel y Saville fue tan espléndidamente desgarrador que incluso la irritada Sara se olvidó del mundo real. Cuando las luces se encendieron por última vez, todos nos levantamos gritando bravos y vivas, obteniendo a cambio un breve saludo con la mano por parte de Maurel. Sin embargo, tan pronto como Sara divisó a Theodore y a Strong en su palco, la indignación renació en ella con más virulencia.

—Sinceramente, doctor, ¿cómo ha podido tolerar una cosa así? —inquirió mientras nos dirigíamos a la salida—. ¡Este hombre es un imbécil!

—Como pronto averiguará, Sara —dijo Kreizler con tono tranquilo—, uno no puede permitirse el lujo de hacer caso de tales afirmaciones. No obstante, hay un aspecto en el interés del alcalde que me preocupa.

Ni siquiera necesité pensar en ello pues la idea se me había ocurrido cuando Strong estaba hablando.

—¿Los dos curas? —pregunté.

Laszlo asintió.

—En efecto, Moore. Esos dos curas problemáticos... Me pregunto quién dispondría que tales «consejeros espirituales» acompañaran a los detectives esta tarde. Por el momento, sin embargo, esto debe seguir siendo un misterio. —Comprobó la hora en su reloj de plata—. Bien, tenemos que llegar puntuales. Confío en que nuestros invitados hagan lo mismo.

—¿Invitados? —preguntó Sara—. Pero ¿adónde vamos?

—A cenar —contestó Kreizler, sencillamente—. Y a lo que espero sea la más reveladora de las entrevistas.

10

Pienso que a la gente de hoy le resulta difícil hacerse a la idea de que una familia, trabajando en varios restaurantes, pudiera cambiar los hábitos alimenticios de todo un país. Pero éstos fueron los logros de los Delmonico en Estados Unidos en el siglo pasado. Antes de que en 1823 abrieran su primera cafetería en William Street, sirviendo a las comunidades financieras y comerciales del Bajo Manhattan, la comida norteamericana podía describirse como cosas hervidas o fritas cuyo propósito era potenciar el duro trabajo y apaciguar los efectos del alcohol... por lo general del alcohol de mala calidad. Aunque los Delmonico eran suizos, habían traído la cocina francesa a Estados Unidos, y cada generación de la familia había refinado y ampliado aquella experiencia. Desde el primer momento hubo en su menú docenas de platos, tan deliciosos como saludables y, teniendo en cuenta la elaborada preparación que exigían, a precios razonables. Su carta de vinos era tan amplia y excelente como la de cualquier restaurante de París. Su éxito fue tan grande que al cabo de unas décadas ya tenían dos restaurantes en el centro y otro en la zona alta de la ciudad. De modo que, durante la guerra civil, los viajeros de otras partes del país que comían en Delmonico's y luego se llevaban a sus hogares la nueva experiencia, exigían a los dueños de los restaurantes de allí que les ofrecieran no sólo un entorno agradable sino también comida que fuera a la vez nutritiva y preparada por manos expertas. Las ansias de una comida de primera clase se habían convertido en una especie de fiebre nacional en las últimas décadas del siglo..., y Delmonico's era el responsable.

Pero la buena comida y el buen vino eran sólo una parte de los motivos del éxito de Delmonico's: el igualitarismo profesado por la familia también había atraído clientela. En el restaurante de la parte alta de la ciudad, en la calle Veintiséis y la Quinta Avenida, uno podía encontrarse cualquier noche tanto a Diamond Jim Brady y Lillian Russell como a la señora Vanderbilt y las demás matronas de la alta sociedad neoyorkina. Ni siquiera a gente como Paul Kelly se les negaba la entrada. Pero quizá lo más sorprendente no fuera que a todo el mundo se le permitiera la entrada, sino que todo el mundo estuviese obligado a esperar el mismo rato para conseguir una mesa: no se admitían reservas (salvo para grupos en los comedores privados), y tampoco demostraban favoritismos de ninguna clase. La espera a veces resultaba fastidiosa, pero encontrarse en la cola detrás de alguien como la señora Vanderbilt, que graznaba y daba pataditas en el suelo por «semejante trato», podía ser muy entretenido.

La noche de nuestra entrevista con los hermanos Isaacson, Laszlo había tomado la precaución de reservar una sala privada, consciente de que nuestra conversación podía turbar profundamente a cualquiera que estuviera cerca de nosotros en el comedor principal. Nos aproximamos a la larga manzana del restaurante por el lado de Broadway, donde estaba el café, y luego doblamos por la calle Treinta y seis, deteniéndonos ante la entrada. A Cyrus y a Stevie se les despidió para el resto de la velada pues últimamente llevaban muchas noches acostándose tarde. Después de cenar ya cogeríamos un carruaje para regresar a casa. Subimos los peldaños de la entrada y penetramos en el interior, e inmediatamente acudió a saludarnos el joven Charlie Delmonico.

En 1896 ya habían muerto casi todos los miembros de la generación más vieja de la familia, y Charlie había renunciado a su carrera en Wall Street para hacerse cargo del negocio. No podía estar mejor dotado para aquel cometido:

afable, pulcro, y siempre discreto, atendía a todos los detalles sin que una mirada de preocupación empañara sus enormes ojos o desordenara su siempre cuidada barba.

—¡Doctor Kreizler! —exclamó al acercarse, estrechándonos la mano y sonriendo con delicadeza—. Y el señor Moore... Es siempre un placer, caballeros, sobre todo cuando vienen juntos. Y también la señorita Howard. Hace tiempo que no la veía. Me alegro de que haya vuelto... —Éste era el modo que tenía Charlie de decirle a Sara que comprendía lo mucho que habría sufrido por la pérdida de su padre—. Sus otros invitados, doctor, ya han llegado. Están esperando arriba. —Y siguió hablando mientras depositábamos nuestras capas en guardarropía—. Recuerdo que una vez me dijo que ni el color aceituna ni el carmesí contribuían a una buena digestión, así que les he reservado el salón azul... ¿Le parece satisfactorio?

—Tan considerado como siempre, Charles —contestó Kreizler—. Muchísimas gracias.

—Pueden subir cuando quieran —añadió Charlie—. Como siempre, Ranhohofer está a su disposición.

—¡Ajá! —exclamé ante la referencia al excelente jefe de cocina de Delmonico's—. Confío en que esté dispuesto para nuestro juicio más severo.

Charlie volvió a sonreír, aquella misma curva suave en su boca.

—Creo que ha preparado algo realmente notable. Síganme, caballeros.

Acompañamos a Charlie por entre paredes cubiertas de espejos, muebles de caoba y techos con pinturas al fresco en el salón comedor principal y luego en el salón azul del primer piso. Los hermanos Isaacson esperaban sentados, con expresión de ligera perplejidad, en una mesa pequeña pero elegantemente preparada. Su confusión fue en aumento cuando vieron a Sara, a la que conocían de la jefatura. Pero ella soslayó astutamente sus preguntas, diciendo que alguien debía tomar notas para el comisario Roosevelt, que se interesaba personalmente por el caso.

—¿Él? —preguntó Marcus Isaacson, y sus oscuros ojos se abrieron desmesuradamente aprensivos a cada lado de la pronunciada nariz—. ¿Esto no será...? No será una especie de prueba, ¿verdad? Sé que todo el mundo en el departamento se teme una investigación, pero... En fin, un caso de hace tres años, la verdad es que no me parece justo que se nos juzgue por...

—No es que no apreciemos que el caso siga abierto aún —se apresuró a intervenir Lucius, secándose con el pañuelo unas gotas de sudor que perlaban su frente, en el preciso momento en que los camareros llegaban con unas bandejas de ostras y unas copas de jerez y de bíter.

—Tranquilícense ustedes —les dijo Kreizler—. No se trata de ninguna investigación. Si se hallan aquí es precisamente porque se sabe que no están asociados con esos elementos del cuerpo que han provocado las actuales controversias. —Al oír esto, los dos hermanos hicieron una larga aspiración y atacaron el jerez—. Tengo entendido que el inspector Byrnes no los consideraba entre sus favoritos.

Los dos hermanos se miraron, y Lucius hizo una indicación a Marcus, que fue quien contestó.

—No, señor. Byrnes creía en unos métodos que eran... Bueno, digamos que anticuados. Mi madre... Es decir, el sargento detective Isaacson y yo estudiamos en el extranjero, lo cual despertaba grandes sospechas en el inspector. Esto y nuestra... ascendencia.

Kreizler asintió. No era ningún secreto lo que la vieja guardia del departamento sentía por los judíos.

—Bien, caballeros —dijo Laszlo—, supongo que nos informarán de lo que han averiguado hoy.

Después de discutir un momento sobre quién sería el primero en informar, los Isaacson decidieron que lo haría Lucius.

—Como ya sabe, doctor, es limitada la cantidad de cosas que se pueden averiguar en unos cuerpos que se encuentran en un estado de descomposición tan avanzado. Aun así, creo que hemos descubierto unos cuantos hechos que se les pasaron por alto al forense y a los detectives que realizaron la investigación. Para empezar, la causa del fallecimiento... Disculpe, señorita Howard, pero... ¿no piensa usted tomar notas?

Sara sonrió.

—Mentalmente. Luego ya lo pasaré al papel.

Esta respuesta no satisfizo a Lucius, quien miró nervioso a Sara antes de proseguir.

—Sí, bien... La causa del fallecimiento.

Los camareros reaparecieron para retirar la bandejas de las ostras y sustituirlas por sopa de tortuga verde *au clair*. Lucius volvió a secarse la ancha frente y probó la sopa mientras los camareros abrían una botella de amontillado.

—Hummm... Deliciosa —decidió, y pareció como si la comida le tranquilizara—. Como decía, los informes de la policía y del forense indican que las heridas en la garganta fueron las causantes de la muerte. La incisión habitual en las arterias carótida, etcétera... La interpretación más obvia, si se encuentra un cadáver con un corte en la garganta. Pero casi de inmediato he advertido que había grandes lesiones en las estructuras de la laringe, sobre todo en el hueso hioides, que en ambos casos aparece fracturado. Esto, por supuesto, indica estrangulamiento.

—No lo entiendo —dije—. ¿Para qué iba el asesino a degollarlos, si ya los había estrangulado?

—Avidez de sangre —respondió Marcus, fríamente, y siguió tomando la sopa.

—Sí, avidez de sangre —asintió Lucius—. Probablemente le preocupaba mantener limpias sus ropas para no llamar la atención durante su huida. Pero necesitaba ver la sangre..., o puede que olerla. Algunos asesinos aseguran que es el olor, más que la visión, lo que les satisface.

Por fortuna yo ya había finalizado mi sopa, pues semejante comentario no contribuyó a alegrarme el estómago. Me volví a mirar a Sara, que seguía comiendo con gran serenidad. Kreizler estaba observando a Lucius con enorme fascinación.

—Así que su hipótesis es la de estrangulamiento... Excelente. ¿Y qué más?

—Está el asunto de los ojos —añadió Lucius, apartándose hacia atrás para que el camarero pudiera retirar el cuenco de la sopa—. He encontrado algunos fallos en el informe al respecto.

En aquel preciso momento nos sirvieron unas *aiguillettes* de róbalo sobre un fondo de salsa Mornay... realmente sabrosas. El amontillado fue sustituido por un Hochheimer.

—Disculpe, doctor —intervino Marcus, suavemente—. Pero permítame decirle que es una comida extraordinaria. Nunca había probado nada igual.

—Me complace, sargento detective —contestó Kreizler—. Pero aún falta mucho por venir. Y ahora, ¿qué decía de los ojos?

—En efecto —dijo Lucius—. El informe de la policía menciona que unos pájaros, o unas ratas, les comieron los ojos. Y el forense corroboró tal afirmación, lo cual resulta bastante curioso... Aunque los cadáveres hubiesen estado al aire libre, en lugar de encerrados en un depósito de agua, ¿por qué los carroñeros iban a comerse sólo los ojos? Sin embargo, lo que más me ha intrigado de semejante teoría es que las marcas del cuchillo son bastante evidentes.

Kreizler, Sara y yo dejamos de masticar e intercambiamos miradas.

—¿Marcas de cuchillo? —preguntó Kreizler en voz baja—. No se menciona nada de eso en ninguno de los informes.

—Sí, lo sé —exclamó Julius con tono jovial; la conversación, aunque repugnante, parecía relajarle, y el vino también—. En realidad es extraño. Pero allí había... unas muescas muy delgadas en el hueso malar y en el borde supraorbital, junto con algunos cortes adicionales en el esfenoides.

Eran prácticamente las mismas palabras que Kreizler había utilizado cuando se refirió al cadáver de Georgio Santorelli.

— 154 —

—En un primer vistazo —prosiguió Lucius—, uno podría pensar que los diversos cortes no están relacionados, que son señales de distintos pinchazos de un cuchillo. Pero a mí me ha parecido que sí están relacionados, así que he intentado un experimento. Cerca de su Instituto, doctor, hay una tienda de cuchillos bastante buena, en la cual venden también cuchillos de monte. He ido allí y, pensando que probablemente habían utilizado esta arma, he comprado tres ejemplares de este tipo de cuchillo, de veintitrés, veinticinco y veintiocho centímetros de hoja, respectivamente. —Metió la mano en el bolsillo de la chaqueta—. El más largo ha resultado el mejor.

Dicho esto, dejó caer en el centro de la mesa un reluciente cuchillo de grandes proporciones. El mango era de asta de ciervo, el protector de bronce, y la hoja de acero aparecía grabada con la silueta de un ciervo entre matorrales.

—El cuchillo de monte de Arkansas —explicó Marcus—. No está claro si fue Jim Bowie o su hermano quien hizo el diseño original, allá a comienzos de la década de los treinta, pero lo que sí está claro es que ahora casi todos los fabrica una de las empresas Sheffield, en Inglaterra, para exportarlos a nuestros estados del Oeste. Puede utilizarse para cazar, pero básicamente es un cuchillo de pelea. Para la lucha cuerpo a cuerpo.

—¿Puede utilizarse también...? —inquirí, acordándome de Georgio Santorelli—. En fin..., ¿puede utilizarse como instrumento para trinchar y cortar? Quiero decir, ¿sería lo bastante resistente y con un filo suficientemente fino?

—Por supuesto —contestó Marcus—. El filo depende de la calidad del acero, y en un cuchillo de este tamaño, sobre todo si está fabricado por Sheffield, tiende a ser de gran calidad, de un acero muy duro. —Entonces se interrumpió y me miró con la misma recelosa perplejidad que había exteriorizado por la tarde—. ¿Por qué lo pregunta?

—Parece bastante caro —dijo Sara, tratando deliberadamente de cambiar de tema—. ¿Lo es?

—Desde luego —contestó Marcus—. Aunque duradero. Uno de éstos duraría tantos años como los que tiene usted.

Kreizler estaba examinando el cuchillo. «Éste es el que él utiliza», parecía decir su mirada.

—Las marcas del esfenoides —prosiguió Lucius— se llevaron a cabo en el mismo momento en que el filo cortante melló el hueso malar y el borde supraorbital. Es perfectamente lógico, teniendo en cuenta que manipulaba una zona tan reducida como es la cuenca del ojo en un cráneo infantil, y con un instrumento tan grande. No obstante, y precisamente por esto, el trabajo fue sin duda muy hábil, dado que los destrozos podían haber sido mucho mayores. Ahora bien... —Tomó un largo sorbo de vino—. Si desean saber qué estaba haciendo, o por qué, aquí tan sólo podemos hacer especulaciones. Tal vez estaba vendiendo partes del cuerpo a colegios médicos o a estudiantes de anatomía. Aunque, en este caso, probablemente se habría llevado algo más que los ojos. Resulta algo confuso.

Ninguno de nosotros podía añadir nada al respecto. Todos nos quedamos mirando el cuchillo, yo mismo con temor a tocarlo siquiera, mientras los camareros volvían a hacer acto de presencia con un costillar de cordero *à la Colbert* y unas botellas de Château Lagrange.

—Admirable —comentó Kreizler, quien al final se volvió hacia Lucius, cuya cara empezaba a enrojecer a consecuencia del vino—. Un trabajo realmente espléndido, sargento detective.

—Oh, esto no es todo —replicó Lucius, dedicándose a su cordero.

—Mastica despacio —le susurró Marcus—. Acuérdate de tu estómago.

Lucius no le hizo caso.

—Esto no es todo... —repitió—. Había otras fracturas interesantes en los huesos frontal y parietal, en lo alto del cráneo. Pero dejaré que esto lo explique mi herma..., el sargento detective Isaacson. —Lucius nos miró sonriente—. El placer de esta comida es demasiado grande para seguir hablando.

Marcus le miró fijamente, a la vez que sacudía la cabeza.

—Mañana vas a estar enfermo —murmuró—. Luego me echarás a mí la culpa, pero ya te lo he advertido.

—Sargento detective... —dijo Kreizler, recostándose en el respaldo, con una copa de Lagrange—, tendrá que disponer de una considerable información, si desea superar aquí a su... «colega».

—Bueno, tengo algo interesante, y quizá pueda decirnos algo sustancial. La dirección de las fracturas que mi hermano ha encontrado procedía de arriba; directamente de encima. Sin embargo, en un asalto, que es lo que sin duda fue, se espera que existan distintos ángulos de ataque, ya sea por similitud de estatura o por dificultades de aproximación debido a la pelea. Pero la naturaleza de las heridas indica que el asaltante no sólo disponía de un absoluto control físico de sus víctimas sino que además era lo bastante alto para golpear directamente hacia abajo con toda su fuerza y con algún tipo de instrumento contundente... Es posible que con sus puños, aunque tenemos nuestras dudas.

Permitimos a Marcus unos instantes de silencio para que pudiera comer, pero al hacer su aparición una suculenta tortuga de Maryland sustituyendo al cordero, del que Lucius casi tuvo que desprenderse a la fuerza, le apremiamos para que prosiguiera.

—Veamos. Trataré de hacer la explicación lo más sencilla posible... Si tomamos las respectivas estaturas de los dos niños, y luego consideramos el aspecto de las fracturas de los cráneos que acabo de describir, podemos empezar a especular sobre la estatura del atacante. —Se volvió hacia Lucius—. ¿Cuál fue nuestra suposición? Aproximadamente un metro ochenta y siete, ¿no? —Lucius asintió, y Marcus prosiguió—: Desconozco qué conocimientos tienen ustedes sobre antropometría, el sistema Bertillon para identificación y clasificación...

—¡Oh! —exclamó Sara—. ¿Está usted versado en él? Estaba ansiosa por conocer a alguien que lo estuviera.

Marcus la miró sorprendido.

—¿Conoce los trabajos de Bertillon, señorita Howard?

Cuando vio que Sara asentía impaciente, Kreizler la interrumpió:

—Debo confesar mi ignorancia, sargento detective. He oído el nombre, pero poco más.

De modo que mientras hacíamos los honores a la tortuga, repasamos los logros de Alphonse Bertillon, un francés misántropo y pedante que había revolucionado la ciencia de la identificación criminal en los años ochenta. Bertillon, un irrelevante empleado al que se le había encargado de los archivos que el Departamento de Policía de París llevaba de los criminales famosos, había descubierto que si se tomaban catorce medidas de cualquier cuerpo humano —estatura, pie, mano, nariz, oreja, etcétera, etcétera—, las posibilidades de que dos personas compartieran los mismos resultados era de más de 286 millones contra uno. A pesar de la enorme resistencia por parte de sus superiores, Bertillon había empezado a registrar las medidas de conocidos criminales y luego a clasificar los resultados por categorías, preparando a todo un equipo de medidores y fotógrafos en el proceso. Y cuando utilizó la información que había recogido para solucionar algunos de los casos más famosos que habían desafiado la capacidad de los detectives de París, se convirtió en una celebridad internacional.

El sistema Bertillon se adoptó muy pronto en toda Europa, más tarde en Londres, y sólo recientemente en Nueva York. Durante su mandato como jefe de la División de Detectives, Thomas Byrnes había rechazado la antropometría, con sus medidas exactas y sus cuidadosas fotografías, arguyendo que exigían demasiado esfuerzo intelectual a sus hombres..., lo cual sin duda era una suposición acertada. Luego, Byrnes había creado también la Rogues Gallery, una sala llena de fotografías de los criminales más famosos de Estados Unidos: se sentía orgulloso de su creación, y consideraba que ya era suficiente para los fines de identificación. Por último, Byrnes había establecido sus propios principios sobre detección, y no estaba dispuesto a que ningún francés se los tirara por el suelo. Sin embargo, con la marcha de

Byrnes del cuerpo, la antropometría había encontrado cada vez más defensores, uno de los cuales era evidente que estaba sentado a nuestra mesa esa noche.

—El fallo principal del sistema Bertillon —dijo Marcus—, aparte de que depende de unos expertos medidores, reside en que sólo puede aplicarse a un sospechoso cuyas medidas coincidan con las de otro sospechoso o un criminal convicto que ya aparezca en sus archivos.

Después de haber degustado una copa de sorbete Elsinore, Marcus se dispuso a sacar un cigarrillo del bolsillo, sin duda creyendo que la comida había finalizado. De modo que se quedó agradablemente sorprendido al ver que dejaban ante él un plato de pato marino servido con puré de maíz y *gelée* de grosellas, y acompañado por una copa de espléndido Chambertin.

—Disculpe la pregunta, doctor —dijo Lucius, en permanente perplejidad—, pero, ¿tiene realmente un final esta cena, o vamos a seguir hasta el desayuno?

—Mientras posean ustedes información que sea útil, sargentos detectives, los platos seguirán llegando.

—Bien, entonces... —Marcus probó un bocado de pato y cerró los ojos elogiosamente—. Será mejor proseguir con cosas interesantes... Bien, como iba diciendo, el sistema Bertillon no ofrece pruebas palpables de que se haya cometido un crimen; no sitúa a un hombre en el escenario del crimen, pero nos ayuda a reducir la lista de criminales conocidos que pueden ser responsables... Nosotros apostamos por el hecho de que el hombre que mató a los hermanos Zweig debe de estar en torno al metro ochenta y siete. Esto nos facilitaría relativamente pocos candidatos, incluso en los archivos de la policía de Nueva York, lo cual no deja de ser un punto de arranque bastante ventajoso. Y la mejor noticia es que, con tantas ciudades como han adoptado el sistema, podríamos efectuar una comprobación a escala nacional... O incluso en Europa, si queremos.

—¿Y si el hombre carece de antecedentes criminales? —preguntó Kreizler.

—Entonces, como ya he dicho, no estaremos de suerte —contestó Marcus, encogiéndose de hombros. Kreizler le miró decepcionado, y Marcus, con los ojos puestos en su plato e imagino que preguntándose si la comida dejaría de aparecer cuando llegáramos a un callejón sin salida, carraspeó—. Es decir, no estaremos de suerte por lo que a los métodos oficiales del departamento se refiere. No obstante, yo estudio otras técnicas que tal vez al final resulten útiles en esto.

Lucius le miró inquieto.

—Marcus —murmuró—, todavía no estoy seguro. No está aceptado todavía...

Marcus replicó tranquilo, pero con presteza:

—No en los tribunales, pero aún así es válido para la investigación. Ya lo hemos discutido.

—Caballeros... —intervino Kreizler—. ¿Les importaría compartir su secreto?

Lucius bebió nervioso su Chambertin.

—Todavía se trata de algo teórico, doctor, y en ningún lugar del mundo se acepta como prueba legal. Aunque... —Miró a Marcus, al parecer preocupado por el hecho de que su hermano le privara de los postres—. Oh, está bien. Adelante.

—Se llama dactiloscopia —dijo Marcus en tono confidencial.

—Ah —intervine—. Se refiere a las huellas dactilares.

—Sí —contestó Marcus—. Éste es el término coloquial.

—No quisiera que se ofendiera, sargento detective—dijo Sara—, pero la dactiloscopia ha sido rechazada por todos los departamentos de policía de todo el mundo. Además, su base científica nunca se ha podido probar, y en realidad no se ha solucionado ningún caso mediante su utilización.

—No lo tomo como ofensa, señorita Howard, y confío en que usted tampoco se lo tome como tal si le digo que se equivoca. La base científica ya se ha probado, y se han solucionado algunos casos utilizando esa técnica... Aunque no en una parte del mundo de la que probablemente haya oído usted hablar.

—Moore —les interrumpió Kreizler con voz algo cortante—, empiezo a comprender cómo debes sentirte... Una vez más, caballeros, señorita, debo admitir que me he perdido.

Sara empezó a explicar el tema a Laszlo, pero después de este último comentario sarcástico me vi obligado a intervenir y tomar la iniciativa. La dactiloscopia, o las huellas digitales (expliqué en lo que confiaba fuera un tono condescendiente), constituía un método de identificación de los seres humanos, criminales incluidos, del que hacía décadas que se estaba discutiendo. La premisa científica consistía en que las huellas dactilares no cambian durante la vida de una persona, si bien había grandes antropólogos y médicos que todavía no aceptaban este hecho a pesar de las abrumadoras pruebas aportadas y de las ocasionales demostraciones prácticas. En Argentina, por ejemplo —un sitio del que, según aseguraba Marcus Isaacson, poca gente en Estados Unidos y en Europa se acordaba—, las huellas dactilares habían proporcionado la primera prueba práctica cuando un oficial de la policía de Buenos Aires, llamado Vucetich, había utilizado el método para solucionar un caso de asesinato relacionado con una brutal paliza perpetrada contra dos niños pequeños.

—Con esto intuyo que existe una desviación general del sistema Bertillon —dijo Kreizler, mientras los camareros aparecían con unos *petits aspics de foie gras*.

—Todavía no —replicó Marcus—. Es una batalla que aún se está llevando a cabo... Aunque la fiabilidad de las huellas ya se ha demostrado, aún existe una gran resistencia.

—Lo más importante a tener en cuenta —añadió Sara..., y qué satisfacción producía el verla instruir ahora a Kreizler— es que las huellas dactilares pueden demostrar quién ha estado en un lugar determinado. Son idóneas para nuestra... —Se interrumpió, tratando de calmarse—. Son de un gran potencial.

—¿Y de qué modo se toman las huellas? —preguntó Kreizler.

—Existen tres métodos básicos —contestó Marcus—.

En primer lugar están, obviamente, las huellas visibles: una mano que haya tocado pintura, sangre, tinta, cualquier cosa por el estilo, y que luego toque otra cosa. Luego están las huellas en relieve, que se dejan cuando alguien toca masilla, yeso, escayola húmeda y cosas por el estilo. Por último están las huellas latentes, las más difíciles. Si coge usted la copa que tiene delante, doctor, sus dedos dejarán en el cristal unos residuos de sudoración y de grasa corporal con el dibujo de las huellas dactilares. Si yo sospecho que puede usted haber tocado la copa... —Marcus sacó del bolsillo dos pequeños frascos, uno con polvos blancogrisáceos y otro con una sustancia negra, de consistencia similar—, la rociaré con polvo de aluminio —levantó el frasco gris— o con carbón finamente pulverizado —levantó el frasco negro—. La elección dependerá del color de fondo del objeto. El blanco resalta sobre los objetos oscuros, y el negro sobre los claros. Ambos serían adecuados para su copa. A continuación la grasa y el sudor absorberán los polvos, dejando una perfecta imagen de la huella.

—Fantástico —murmuró Kreizler—. Pero, si ya se ha aceptado científicamente que las huellas digitales de un ser humano nunca varían, ¿por qué todavía no se ha admitido esto como prueba legal en los tribunales?

—A la gente no le gustan los cambios, ni siquiera cuando implican un progreso. —Marcus dejó los frascos sobre la mesa y sonrió—. Pero estoy seguro de que usted ya sabe eso, ¿no, doctor Kreizler?

Éste asintió con un movimiento de cabeza para corroborar el comentario. Luego dejó el plato a un lado y volvió a recostarse en la silla.

—Le agradezco sus instructivas palabras —le dijo—, pero tengo la sensación, sargento detective, de que ocultan algún propósito más específico.

Marcus se volvió de nuevo a Lucius, pero éste se limitó a encogerse de hombros con resignación. Entonces Marcus sacó algo plano y delgado del bolsillo interior de su chaqueta.

—Aunque hoy en día un forense diera por casualidad con algo como esto —dijo—, serían muy pocas las probabilidades de que lo notara, o de que le intrigara, así que hace tres años serían más pocas aún. —Dejó caer el papel, de hecho una fotografía, sobre la mesa frente a nosotros, y las cabezas de los tres se juntaron para examinarla. Era un detalle de algo, de unos objetos blancos. Huesos, no tardé en averiguar, aunque no podía ser más específico.

—¿Dedos? —preguntó Sara, alzando la voz.

—Dedos —contestó Kreizler.

—Para ser más exactos —dijo Marcus—, los dedos de la mano izquierda de Sofia Zweig. Observen la uña en el extremo del pulgar, la que se puede ver en su totalidad. —Sacó una lupa del bolsillo y nos la tendió. Luego volvió a sentarse y mordisqueó su *foie gras*.

—Parece amoratada... —musitó Kreizler, mientras Sara le cogía la lupa—. Al menos hay una decoloración de algún tipo.

Marcus se volvió hacia Sara.

—¿Señorita Howard?

Sara se colocó la lupa frente a la cara y acercó la fotografía. Sus ojos se fruncieron para enfocar mejor, y luego, ante el descubrimiento, se abrieron desmesuradamente.

—Me parece que veo...

—¿Qué es lo que ves? —pregunté, impaciente como un niño de cuatro años.

Al mirar Laszlo por encima del hombro de Sara, su expresión se volvió aún más atónita y asombrada que la de ella.

—¡Dios del cielo! No querrá decir...

—¿Qué, qué, qué? —inquirí, y Sara me tendió finalmente la lupa y la fotografía. Siguiendo las instrucciones, examiné la uña en el extremo del pulgar. Sin la lupa parecía una decoloración, tal como había dicho Kreizler. Bajo la lente de aumento, era indudable que había la marca de lo que identifiqué como una huella digital impresa mediante alguna sustancia oscura. Me quedé atónito.

—Ha sido una casualidad realmente afortunada —comentó Marcus—. Aunque se trata de una huella parcial, es suficiente para su identificación. Por alguna extraña razón, ha logrado sobrevivir tanto a las manipulaciones del forense como a las del empleado de la funeraria. Por cierto, la sustancia es sangre. Probablemente de la chiquilla, o de su hermano. La huella, sin embargo, es demasiado grande para ser de ellos. El ataúd ha conservado la mancha extremadamente bien, y ahora poseemos un registro permanente de la huella.

Kreizler alzó una mirada que hubiera podido calificarse de radiante.

—¡Mi querido sargento detective, esto es casi tan impresionante como inesperado!

Marcus desvió la mirada, sonriendo tímidamente, mientras Lucius intervenía en un tono casi de preocupación:

—Por favor, doctor, recuerde que esto no sirve de nada legalmente, ni tiene valor forense. Es una pista y puede utilizarse con fines de investigación, nada más.

—Y nada más necesito, sargento detective. Excepto tal vez... —Laszlo dio dos palmadas, y los camareros volvieron a aparecer— los postres, que se merecen con creces, caballeros.

Los camareros se llevaron los últimos platos de la cena y regresaron con unas peras Alliance maceradas en vino, rebozadas, espolvoreadas de azúcar y servidas sobre un fondo de mermelada de albaricoque. Pensé que Lucius sufriría un ataque al verlas. Kreizler no apartaba los ojos de los dos hermanos.

—Ha sido un trabajo realmente loable. Pero me temo, caballeros, que lo han realizado bajo unas premisas ligeramente... falsas. Por todo lo cual, les pido disculpas.

Entonces, mientras consumíamos las peras y unas deliciosas lionesas que siguieron, les explicamos a los hermanos Isaacson cuáles eran nuestras actividades. Nada quedó sin contar: el estado del cadáver de Georgio Santorelli, los problemas con Flynn y Connor, nuestra reunión con Roosevelt, y la charla de Sara con la señora Santorelli, todo lo cual se explicó con detalle. Nadie trató de edulcorar la situación. La persona que estábamos persiguiendo, dijo Kreizler, nos apremiaba, quizás inconscientemente, para que la encontráramos. Pero sus pensamientos conscientes estaban obsesionados por la violencia, y si nos acercábamos demasiado esa violencia podría salpicarnos. Este aviso provocó una pequeño silencio en Marcus y Lucius, lo mismo que la idea de que nuestra tarea iba a llevarse en secreto y que todos los agentes de la ciudad la desaprobarían si llegaban a enterarse. Pero la reacción más destacada de los dos hombres ante la perspectiva fue de entusiasmo. Cualquier buen detective habría experimentado lo mismo pues era una ocasión única en la vida: probar nuevas técnicas, actuar fuera de las asfixiantes presiones de la burocracia del departamento, y hacerse un nombre si la misión concluía con éxito.

Y debo admitir que, después de la comida que acabábamos de consumir y del vino que la había acompañado, semejante conclusión parecía en cierto modo inevitable. Fueran cuales fuesen las reservas que Kreizler, Sara y yo hubiésemos tenido respecto al peculiar estilo personal de los Isaacson, su trabajo excedía con creces nuestras previsiones: en el espacio de un día habíamos conseguido hacernos una idea general de la estatura física de nuestro asesino y del arma elegida por él, así como una imagen permanente de uno de sus atributos físicos que al final podría resultar su perdición. Si a todo esto añadíamos los frutos de la iniciativa de Sara —una impresión inicial de lo que las víctimas del asesino tenían en común—, el éxito, para un hombre en mi estado de embriaguez, estaba al alcance de la mano.

No obstante tenía la impresión de que mi parte en aquella etapa del trabajo había sido demasiado irrelevante. No había aportado ninguna contribución inaugural, excepto escoltar a Sara a primera hora de aquella tarde. Y mientras casi acarreábamos a Lucius Isaacson hasta un coche, mucho después de que el reloj de Delmonico's hubiese dado las dos, repasé mi mente bastante confusa en busca de una forma de equilibrar aquella situación. La solución que encontré era igualmente confusa: después de conseguirles un cabriolé a Sara y a Kreizler y desearles buenas noches (él iba a dejarla en Gramercy Park), me encaminé hacia el sur, rumbo al Salón Paresis.

11

Consciente de que debería estar alerta cuando llegara al Salón, decidí caminar el kilómetro y medio que aproximadamente me separaba de Cooper Square, y dejé que el aire frío me despejara un poco. Broadway estaba casi desierto, a excepción de los ocasionales grupos de jóvenes de uniforme blanco que cargaban la nieve a paladas en grandes carretones. Aquél era el ejército privado del coronel Waring, el genio de la limpieza callejera que había limpiado Providence, la capital de Rhode Island, y al que luego se había traído a Nueva York para que realizara el mismo milagro. No cabía duda de que los chicos de Waring eran eficientes —la cantidad de nieve, excrementos de caballo y basura en general que cubría las calles había menguado considerablemente desde su llegada—, pero al parecer sus uniformes les habían llevado al convencimiento de que eran algo así como guardianes del orden. De vez en cuando algún chico de apenas catorce años, ataviado con el uniforme y el casco blancos, descubría a un modesto ciudadano en el momento de arrojar basura descuidadamente en plena calle y trataba de arrestarlo. Era inútil intentar convencer a aquellos fanáticos de que carecían de semejante autoridad, así que los incidentes eran continuos. A veces terminaban violentamente, algo de lo que aquellos muchachos se sentían orgullosos, y que me hizo pasar con cautela por su lado. Pero mi forma de andar debió de traicionarme, ya que al pasar ante un grupo de vigilantes que enarbolaban palas y escobas, me miraron con recelo, dejando claro que si mi intención era ensuciar la calle, sería mejor que me largara a otra ciudad.

Cuando llegué a Cooper Square, me sentía bastante despejado y ligeramente helado. Al pasar frente a la enorme mole marrón del Cooper Union empecé a pensar en la generosa copa de coñac que pensaba tomarme en el Salón Paresis. De pronto apareció un carretón con el letrero de GENOVESE & HIJOS - CARPINTERÍA METÁLICA - BROOKLYN, N.Y., doblando por el extremo norte de la plaza tras un caballo gris cuya expresión parecía indicar que, en una noche como aquélla, prefería estar en cualquier sitio antes que en la calle. El carretón se detuvo bruscamente y cuatro energúmenos, con gorros de minero, saltaron de la parte trasera y entraron apresuradamente en el parque de Cooper Square. No tardaron en reaparecer arrastrando consigo a dos individuos vestidos elegantemente.

—¡Maricones de mierda! —gritó uno de los energúmenos, pegando al primero de los hombres en plena cara con algo que parecía un trozo de cañería. La sangre brotó instantáneamente de la nariz y la boca del hombre, salpicando sus ropas y la nieve—. ¡Largaros de las calles, si queréis daros por el culo!

Dos de los embajadores de Brooklyn sujetaban al segundo hombre, que parecía mayor que el primero, mientras un tercero le acercaba la cara hasta casi rozarle.

—Te gusta joder con muchachitos, ¿eh?

—Lo siento, pero no eres mi tipo —replicó el hombre, con una altanería que me hizo pensar que aquello ya le había sucedido otras veces—. A mí me gustan los jovencitos que se bañan. —Esto le costó tres fuertes puñetazos en el estómago, que le hicieron doblarse sobre sí mismo y vomitar en el suelo helado.

Fue uno de esos momentos en que hay que pensar con rapidez: podía saltar sobre ellos y conseguir que me rompieran la cabeza, o podía...

—¡Eh! —llamé a los matones, que volvieron hacia mí sus miradas encendidas—. Tened cuidado, muchachos... Se acercan media docena de polis, jurando que será mejor que ningún macarroni de Brooklyn se atreva a armar camorra en el Distrito Quince.

—Con que sí, ¿eh? —exclamó el matón que parecía el jefe, retrocediendo hacia el carretón—. ¿Y por dónde vienen?

—¡Recto por Broadway! —grité, señalando con el pulgar a mis espaldas.

—¡Vamos, muchachos! —gritó el matón—. ¡Haremos un poco de papilla irlandesa!

Esto provocó chillidos y hurras en los otros tres, mientras se apiñaban en el carretón. Me preguntaron si quería acompañarles, pero partieron hacia Broadway sin esperar respuesta.

Me acerqué a los dos heridos, aunque sólo pude preguntarles «¿Necesitan...?» pues echaron a correr a toda prisa, el mayor apretándose las costillas y moviéndose con dificultad. Me di cuenta de que cuando los matones vieran que no había ningún policía, probablemente regresarían en mi busca, así que aceleré el paso y crucé el Bowery bajo las vías del tren elevado de la Tercera Avenida y me dirigí al local de Biff Ellison.

El letrero luminoso del Salón Paresis aún permanecía brillantemente encendido a eso de las tres de la madrugada. El local había tomado su nombre de un medicamento que se anunciaba en los retretes de los lupanares, prometiendo protección y alivio para las enfermedades sociales más graves. Los escaparates del Salón se hallaban protegidos por cortinas, y los honestos ciudadanos del vecindario estaban agradecidos por ello. Tras la concurrida entrada —alrededor de la que había un amplio surtido de hombres y muchachitos afeminados, todos ellos ofreciéndose a los clientes que entraban y salían— había una larga barra de bronce y una considerable cantidad de mesitas de madera redondas y sillas endebles, de las que se rompían con facilidad en las peleas, y que se reponían luego con la misma facilidad. Al fondo del profundo local de techo elevado se había construido un tosco escenario donde más muchachos y hombres ataviados con atuendos femeninos se movían al son de una música animada, aunque discordante, que interpretaban un piano, un clarinete y un violín.

El objetivo primordial del Salón Paresis era facilitar la cosas entre los clientes y los distintos tipos de prostitutas que trabajan allí. En este segundo grupo cabía de todo, desde jovencitos como Georgio Santorelli a homosexuales que no querían vestirse con ropas femeninas y competir con las mujeres de verdad, que deambulaban por allí con la esperanza de que alguna de aquellas almas redescubriera su heterosexualidad para su propio beneficio. La mayoría de los arreglos que se concertaban en el Salón se llevaban a cabo en las pensiones baratas de los alrededores, aunque en el primer piso había aproximadamente una docena de habitaciones en donde los chicos que complacían particularmente a Ellison podían recibir a sus clientes.

Pero lo que más distinguía al Salón, y a otros pocos locales más de la ciudad, era la absoluta falta de discreción con que habitualmente se llevaban a cabo los tratos homosexuales. Liberados de la necesidad de mostrarse cautelosos, los clientes de Ellison deambulaban ruidosamente por allí y gastaban a manos llenas, con lo que el local obtenía grandes beneficios. No obstante, ni la cantidad ni el carácter inusual de sus operaciones evitaba que en el fondo fuera como cualquier otro lupanar: sórdido, lleno de humo y completamente desalentador.

No llevaba allí ni medio minuto cuando sentí un brazo pequeño pero fuerte alrededor del pecho, y una fría hoja de metal en la garganta. Un repentino olor a lilas me advirtió de la presencia de Ellison cerca de mí, a mis espaldas; así que supuse que la hoja de metal era el arma que daba nombre a uno de los compinches de Biff: *Navaja* Riley... Era un pequeño matón, enjuto y peligroso, salido del barrio Hell's Kitchen, la Cocina del Infierno, que habitualmente se dedicaba a robar cajas de caudales, pero que de vez en cuando trabajaba para Ellison, con quien compartía los mismos gustos sexuales.

—Creía que Kelly y yo habíamos sido bastante claros el otro día, Moore —tronó Ellison, a quien aún no podía ver—. Te advertí que no intentaras relacionarme con el caso Santorelli. ¿Qué haces por aquí? ¿Eres valiente o estás loco?

—Ni una cosa ni otra, Biff —contesté tan claramente como me permitía el miedo enorme, pues Riley era famoso por su afición a pinchar a la gente—. Sólo quería que supieras que te hice un buen servicio.

Ellison se echó a reír.

—¿Tú, chupatintas? ¿Qué has hecho tú por mí, si puede saberse? —preguntó, pasando por mi lado para situarse delante, con su ridículo traje a cuadros y su bombín apestando a colonia. Entre los rollizos dedos sostenía un largo y delgado cigarro.

—Le dije al comisario que no tenías nada que ver con el asunto —jadeé.

Se acercó a mí y, al abrir los gruesos labios, dejó escapar una vaharada de whisky barato.

—¿De veras? —inquirió, y sus ojillos centellearon—. ¿Y le convenciste?

—Claro.

—¡Oh! ¿Y cómo?

—Muy sencillo. Le dije que ése no era tu estilo.

Ellison tuvo que hacer una pausa mientras el amasijo de células que, en su caso, le hacían las veces de cerebro meditaban sobre lo que acaba de decirle. Luego sonrió.

—Oye, tienes razón, Moore... ¡No es mi estilo! En fin, ya sabes... Déjalo estar, Navaja.

Al oír esto, los empleados y clientes que se habían reunido a nuestro alrededor para ver si había derramamiento de sangre, se dispersaron decepcionados. Me volví hacia la enjuta figura de *Navaja* Riley y vi que plegaba su arma favorita, se la metía en el bolsillo y luego se alisaba el abrillantado bigote. A continuación apoyó las manos en las caderas, dispuesto para la pelea, pero yo me limité a enderezar mi corbatín blanco y me sacudí los puños de la camisa.

—Prueba la leche, Riley —le dije—. He oído decir que es buena para crecer...

Riley volvió a meter la mano en el bolsillo, pero Ellison se echó a reír y le detuvo con un efusivo abrazo.

—Vamos, ya está bien, Navaja. Deja que se haga el gracioso; no hace ningún daño. —Luego se volvió a mí y me pasó un brazo por el cuello—. Vamos, Moore, te invito a una copa. Y de paso me cuentas por qué de repente te has convertido en mi amiguete.

Nos dirigimos a la barra y, a través del enorme espejo que cubría la pared, entre las interminables botellas de licor barato, pude observar el triste comercio que se ejercía en el Salón.

Consciente de a quién y a qué me enfrentaba, abandoné la idea tan anhelada de tomar un coñac (pues probablemente fuese cualquier combinación de alcanfor, bencina, polvos de cocaína e hidrato de cloral) y pedí una cerveza. Es posible que la bazofia que me sirvieron hubiera sido cerveza en algún momento de su existencia. Mientras tomaba un trago, uno de los cantantes que actuaba en el escenario del fondo del local empezó a gimotear:

Hay un nombre que nunca se pronuncia,
y un corazón de madre medio destrozado,
simplemente de casa alguien se ha ido,
así de sencillo...

Ellison pidió un vaso de whisky. Luego, cuando uno de los muchachos que se prostituían le dio una palmada en el trasero, se volvió y pellizcó rudamente la mejilla al jovencito.

—¿Y bien, Moore? —inquirió, sin dejar de mirar fijamente los maquillados ojos del muchacho—. ¿A qué se debe tu visita? No me digas que has venido a catar la mercancía que ofrecemos por aquí.

—No, esta noche no, Biff —contesté—. Lo que había pensado es que, ya que te he ayudado con la poli, tal vez querrías compartir un poco de información... Ya sabes, echarme una mano con el reportaje, ese tipo de cosas.

Ellison me miró de arriba abajo mientras el jovencito desaparecía en medio de la ruidosa multitud.

—¿Desde cuándo el todopoderoso *New York Times* publica reportajes de este tipo? Y por cierto, ¿adónde has ido esta noche? ¿A un funeral?

—A la ópera —repliqué—. Y el *Times* no es el único periódico de la ciudad.

—¿De veras? —No parecía muy convencido—. Bueno, la verdad es que no sé gran cosa, Moore. Gloria solía ser muy legal. De veras... Incluso le dejaba una de las habitaciones de arriba. Pero de pronto se volvió... problemática. Empezó a exigir mayor tajada y a convencer a las otras chicas para que también la pidieran. De modo que hará un par de noches le dije: «Gloria, como sigas así ya puedes largarte de aquí con tu bonito culo.» Entonces ella me dijo que se comportaría como es debido, pero yo ya no me fiaba. Tenía pensando librarme de ella, no en el sentido literal de la palabra, por supuesto, sino tan sólo darle la patada y dejarla que hiciera la calle un par de semanas, a ver si esto le gustaba. Pero entonces... ocurrió eso. —Tomó un trago de whisky y luego dio una chupada a su cigarro—. La golfilla se lo estaba buscando, Moore.

Esperé un momento para ver si Ellison proseguía, pero su atención ya se había distraído con dos jovencitos ataviados con medias y liguero que se insultaban junto a la pista de baile. No tardaron en hacer su aparición las navajas. Ellison rió entre dientes y luego les ofreció su consejo:

—¡Eh, zorras! ¡Como os rajéis no seréis buenas para nadie!

—Biff —insistí—. ¿No puedes contarme nada?

—Eso es todo —me contestó—. Y ahora, ¿qué te parece si te largas de aquí antes de que surjan problemas?

—¿Por qué? ¿Es que escondes algo? ¿Arriba tal vez?

—No, no escondo nada —contestó irritado—. Sólo que no me gustan los periodistas en mi local. Y a mis clientes tampoco. Algunos son hombres respetables, ¿sabes? Tienen familia y una posición que proteger.

—Entonces tal vez me permitas echar un vistazo a la habitación que Geor..., que Gloria utilizaba. Sólo para asegurarme de que vas de buena fe.

Ellison suspiró, recostándose en la barra.

—No me provoques, Moore.

—Cinco minutos... —insistí.

—Cinco minutos —aceptó tras pensarlo un momento—. Pero no hables con nadie. La tercera puerta a la izquierda, al final de la escalera. —Empecé a alejarme—. ¡Eh! —Al volverme me tendió la cerveza—. No abuses de mi hospitalidad, amiguete.

Acepté la cerveza y me abrí paso entre el gentío, hacia la escalera que había al fondo del Salón. Varios jovencitos y hombres ya maduros se me acercaron al ver mi traje de etiqueta y olisquear dinero. Me hicieron todo tipo de proposiciones, y algunos incluso deslizaron sus manos por mi pecho y mis muslos. Pero yo sujeté con fuerza el billetero y seguí avanzando hacia la escalera, tratando de apartar de mi mente las repelentes proposiciones con que me acribillaban. Al pasar junto al escenario, el lánguido cantante —un tipo de mediana edad, obeso, con toneladas de polvos faciales, lápiz de labios y sombrero de copa— repetía el estribillo:

> *Sí, todavía perdura un recuerdo,*
> *hay un padre al que no se olvida...,*
> *¡y una foto que de cara a la pared han vuelto!*

No había luz en la escalera, pero el resplandor que se filtraba del local me permitía ver por dónde iba. La vieja y descolorida pintura de las paredes se estaba desconchando, y al poner el pie en el primer peldaño oí un gruñido a mis espaldas. Al volverme hacia un oscuro rincón que había al otro lado de la entrada divisé el confuso perfil de un joven, la cara contra la pared, mientras, un hombre ya mayor empujaba contra la espalda desnuda del muchacho. Con un estremecimiento que me hizo dar un brinco, enderecé la cabeza y me apresuré escaleras arriba, deteniéndome tan sólo al llegar al desierto pasillo del primer piso para tomar un trago de cerveza.

Algo más tranquilo, aunque empezaba a cuestionarme la cordura de mi iniciativa, busqué la tercera puerta a la izquierda. Era ligera, de madera, como todas las que había en el pasillo. Agarré el pomo, pero luego pensé en llamar. Me sorprendí al oír la voz de un muchacho:

—¿Quién es?

Abrí la puerta poco a poco. En la habitación no había nada, excepto una vieja cama y una mesita de noche. La pintura de las paredes era de un rojo que se había vuelto marrón y que se estaba desconchando en las esquinas. Había una pequeña ventana que daba a la sencilla pared de ladrillo del edificio de al lado, separada por un callejón de unos tres metros de ancho.

En la cama estaba sentado un muchacho de cabello pajizo, tal vez de unos quince años, con el rostro tan maquillado como Georgio Santorelli. Lucía sólo una blusa con encaje en los puños y el cuello, y unas mallas de teatro. La pintura se le había corrido en torno a los ojos: había estado llorando.

—En este momento no estoy trabajando —me advirtió, esforzándose por adoptar una voz de falsete—. Vuelve dentro de una hora si quieres.

—Da lo mismo. Yo no...

—¡He dicho que no estoy trabajando! —gritó el jovencito, abandonando por completo el tono de afectación—. ¡Lárgate! ¿No ves que estoy desconsolado?

Entonces estalló en sollozos, cubriéndose la cara, y yo me quedé al lado de la puerta, advirtiendo de pronto que hacía mucho calor allí dentro. Observé unos instantes al muchacho, y luego se me ocurrió una idea.

—¿Conocías a Gloria?

El muchacho sorbió por la nariz y se secó cuidadosamente los ojos.

—Sí, la conocía. Oh, mi cara... Por favor, vete.

—No, no entiendes. Estoy tratando de averiguar quién le... quién la mató.

El muchacho alzó la vista y me miró con ojos lastimeros.

—¿Eres poli?

—No, periodista.

—¿Periodista? —De nuevo bajó la vista al suelo, volvió a secarse los ojos y rió burlonamente—. Bueno, pues tengo una buena historia para ti. —Miró con tristeza por la ventana—. El que encontraron en el puente... no podía ser Gloria.

—¿Que no era Gloria? —El calor de la habitación me daba sed, así que tomé otro trago largo de cerveza—. ¿Cómo lo sabes?

—Lo sé porque Gloria nunca salió de esta habitación.

—¿Nunca...? —Se me ocurrió que llevaba levantado demasiado tiempo y que había bebido demasiado: tenía dificultades en seguir el razonamiento del muchacho—. ¿Qué significa eso?

—Te diré lo que significa. Esa noche yo estaba en el pasillo con un cliente, fuera de mi habitación. Vi que Gloria entraba aquí sola. Estuve ahí fuera durante una buena hora, y esta puerta nunca se abrió. Supuse que estaría durmiendo. Mi cliente se fue después de invitarme a un par de tragos: el tipo no quería pagar lo que vale Sally. Ésa soy yo, ¿sabes? Sally es cara y él no tenía lo que hace falta, así que me quedé aquí otra media hora, esperando por si alguien más se presentaba. No me sentía de humor para rondar por el local. Y entonces aparece de pronto una de las chicas chillando, diciendo que un poli acababa de decirle que habían encontrado a Gloria muerta en el sur de la ciudad. Entré aquí enseguida y, en efecto, había desaparecido. Pero ella nunca había salido.

—Bueno... —Me esforcé por imaginar lo ocurrido—. La ventana, entonces. —Al cruzar hacia ella di un traspiés: la verdad era que necesitaba dormir un poco. La ventana chirrió cuando la abrí, y al asomar la cabeza el aire no era tan frío como necesitaba.

—¿La ventana? —oí que preguntaba Sally—. ¿Cómo? ¿Volando? Aquí cae en picado, y Gloria no tenía escalera, ni cuerda, ni nada... Además, le pregunté a una de las chicas que trabajan frente al callejón si había visto salir a Gloria, y me aseguró que no.

La pared desde la ventana hasta el callejón caía a plomo, y parecía una vía de escape poco probable. En cuanto a la azotea, estaba dos pisos más arriba, a lo largo de una pared de ladrillos que no ofrecía puntos de apoyo, y tampoco había ninguna escalera de incendios. Volví a meter la cabeza y cerré la ventana.

—Entonces... —farfullé—. Entonces...

De pronto me desplomé en la cama. Sally dejó escapar un chillido, y luego otro al volverse hacia la puerta. Siguiendo con dificultad la dirección de su mirada, vi a Ellison, a *Navaja* Riley y a un par de sus favoritos en el umbral. Riley había sacado su marca de fábrica y se la pasaba arriba y abajo por la palma de la mano. A pesar del estado en que se encontraba mi mente, supe de inmediato que habían puesto cloral en mi cerveza. Gran cantidad de cloral.

—Te advertí que no hablaras con nadie, Moore —me dijo Ellison, y luego se volvió hacia sus jovencitos—. Bien, chicas, da gusto mirarle, ¿verdad? ¿Quién quiere divertirse un rato con el periodista?

Dos de los maquillados jovencitos saltaron sobre la cama y empezaron a tirar de mis ropas. Logré incorporarme a medias y apoyarme en los codos antes de que Riley se acercara veloz y me largara un puñetazo en la mandíbula. Caí de nuevo sobre al cama y recuerdo que oí al cantante de abajo atacando: «Tú me has hecho lo que ahora soy..., espero que estés satisfecho.» Luego los dos jovencitos empezaron a disputarse mi cartera y a despojarme de los pantalones, mientras Riley se disponía a atarme las manos.

No tardé en perder el conocimiento, pero justo antes de perderlo vi fugazmente a Stevie Taggert saltando al interior de la habitación como un lobezno, blandiendo un largo palo de madera del que sobresalían unos clavos herrumbrosos.

12

El sueño provocado por la droga estuvo poblado por extrañas criaturas, medio humanas y medio animales, que volaban, escalaban y se deslizaban por la alta pared de ladrillo, mientras yo observaba desesperado, incapaz de volver a la realidad... Al llegar a este punto, el paisaje primitivo en torno a la pared se veía sacudido por un terremoto que parecía expresarse a través de la voz de Kreizler, después de lo cual las criaturas de mi sueño se hacían más numerosas, y la necesidad de volver a la realidad resultaba más desesperada. Cuando por fin recuperé la conciencia no tenía ni idea de dónde me encontraba. Pensé que había estado durmiendo muchas horas porque tenía la cabeza bastante despejada, pero la amplia y aireada habitación en la que me encontraba me resultaba del todo desconocida. Amueblada irregularmente con una combinación de escritorios de oficina y elegantes piezas de estilo italiano, parecía no obstante una estancia absurda, idónea para otro sueño. Las ventanas arqueadas, de estilo neogótico, rodeaban aquel espacio dándole el aspecto de un monasterio, pero las espaciosas dimensiones eran más parecidas a una de aquellas fábricas de Broadway donde se explotaba a los obreros. Ansioso por inspeccionar más detenidamente el lugar, intenté levantarme, pero volví a caer con un ligero desvanecimiento. Como no parecía haber nadie por allí a quien llamar pidiendo ayuda, me vi obligado a refrenarme y estudiar el extraño entorno mientras permanecía tendido de espaldas.

Estaba acostado en una especie de diván de principios de siglo. Su tapizado, verde y plateado, hacía juego con el de varias sillas, así como con un sofá y un confidente que había cerca. Sobre una larga mesa de comedor, de caoba con incrustaciones, había un candelabro de plata, y junto a él una máquina de escribir Remington. Esta incongruencia encontraba eco en los cuadros que colgaban de la pared. Desde mi diván veía un óleo de Florencia ostentosamente enmarcado y a su lado un enorme plano de Manhattan en el que habían clavado varias agujas rematadas con una banderita roja. En la pared opuesta había una gran pizarra sin escribir, y debajo de esta mancha negra se hallaban la mayor parte de los cinco escritorios, que formaban una especie de círculo siguiendo el perímetro externo de la habitación. Del techo colgaban unos grandes ventiladores, y el centro del suelo aparecía cubierto con dos enormes alfombras persas, de complicados dibujos sobre un fondo verde oscuro.

Aquélla no era la vivienda de ninguna persona cuerda, e indudablemente no se trataba de ninguna oficina. Una alucinación, empecé a pensar... Pero entonces atisbé a través de la ventana que tenía justo delante y vi dos elementos que me resultaron familiares: la parte superior de los grandes almacenes McCreery, con su elegante techo abuhardillado y las ventanas de arco con sus verjas de hierro colado, y a la izquierda la parte también superior del hotel St. Denis. Sabía que ambas instituciones ocupaban esquinas opuestas en la calle Once, en el lado oeste de Broadway.

—Entonces debo de estar... al otro lado de la calle —murmuré, justo cuando los ruidos empezaban a llegar a mis oídos desde fuera: el rítmico golpeteo de los cascos de caballos y el roce metálico de las ruedas del tranvía sobre las vías. Entonces sonó con estruendo una campana. Me volví hacia la izquierda tan rápido como me permitió mi estado, y por otra ventana vi algo que reconocí como el campanario de Grace Church, en la calle Diez, tan próximo que casi parecía que pudiera tocarlo con la mano.

Finalmente oí voces humanas, y utilicé todas mis fuerzas para sentarme en el diván. Tenía muchas preguntas que hacer, pero me quedé mudo ante la imagen de media docena de operarios, de los que no reconocí a ninguno, arrastrando al interior de la estancia primero una mesa de billar con patas recargadamente esculpidas, y luego un pequeño piano de cola, sobre una pequeña plataforma con ruedas. Mientras discutían y se maldecían, uno de ellos advirtió que me había incorporado.

—¡Eh! —exclamó sonriente—. ¡Mirad esto! ¡El señor Moore se ha despertado! ¿Como se encuentra, señor Moore? —Los demás sonrieron, tocándose la punta de la gorra, al parecer sin esperar que les correspondiera.

Hablar me resultó más difícil de lo que había imaginado, y sólo conseguí preguntar:

—¿Dónde estoy? ¿Quiénes son ustedes?

—Unos imbéciles es lo que somos —contestó el mismo hombre—. Montados sobre el techo del ascensor con esta mesa de billar... Es la única forma de subirla. Una condenada manera de hacer malabarismos, pero es el doctor quien paga, y él dice que hay que subirla.

—¿Kreizler? —pregunté.

—El mismo —contestó el hombre.

Entonces me distrajo una ligera molestia de estómago.

—Estoy hambriento —dije.

—Tienes que estarlo forzosamente —replicó una voz de mujer desde algún lugar al fondo de la estancia—. Dos noches y un día sin comer nada producen su efecto, John. —De entre las sombras apareció Sara con un sencillo vestido de color azul marino que no le estorbaba los movimientos. Llevaba una bandeja con un cuenco humeante—. Prueba un poco de caldo y pan, esto te dará fuerzas.

—¡Sara! —exclamé con cierta dificultad mientras se sentaba en el diván y colocaba la bandeja en mi regazo—. ¿Dónde estoy?

Pero su atención se distrajo cuando los operarios, al ver que se había sentado a mi lado, empezaron a cuchichear y a reír en tono conspiratorio. Sara habló tranquilamente, sin mirarlos:

—El señor Jonas y sus hombres, que desconocen nuestra labor y saben que no soy una sirvienta, al parecer piensan que mi condición aquí es algo así como la querida del grupo. —Empezó a darme cucharadas del salado y delicioso caldo de gallina—. Lo más sorprendente es que todos ellos tienen esposa...

Interrumpí los agradables sorbos el tiempo necesario para insistir:

—Pero, Sara, ¿dónde estamos?

—En casa, John. O al menos en lo que será nuestra casa mientras dure esta investigación.

—¿Cerca de Grace Church y frente a McCreery? ¿Esto es nuestra casa?

—Nuestro cuartel general —contestó, y vi que el término le hacía mucha gracia; luego su expresión se hizo más seria—. Y hablando del cuartel general, tengo que volver a Mulberry Street e informar a Theodore. Ya ha quedado instalada la línea telefónica, y él estaba preocupado con esto. —Se volvió hacia el fondo de la habitación—. ¡Cyrus! ¿Puedes venir y ayudar al señor Moore?

Cyrus se acercó, con la camisa a rayas azules y blancas arremangada y unos tirantes sobre su ancho pecho. Me miró con más preocupación que simpatía, claramente reacio a asumir la tarea de darme de comer a cucharadas.

—No hace falta —dije, cogiéndole la cuchara a Sara—. Yo mismo puedo hacerlo mucho mejor. Pero, Sara, todavía no me has dicho...

—Cyrus lo sabe todo —me contestó, cogiendo un abrigo del recargado perchero de roble que había junto a la puerta—. Voy con retraso. Termínate el caldo, John. ¡Señor Jonas! —Desapareció por la puerta—. ¡Necesito el ascensor!

Al ver que, en efecto, era capaz de comer por mí mismo, Cyrus pareció tranquilizarse considerablemente, y acercó una de las delicadas sillas con la tapicería plateada y verde.

—Tiene usted mucho mejor aspecto, señor.

—Estoy vivo —contesté—. Y algo más importante aún, estoy en Nueva York. Tenía el convencimiento de que me despertaría en Sudamérica, o en algún barco pirata. Cuéntame, Cyrus... Mi último recuerdo es de Stevie. ¿Fue él...?

—Sí, señor —dijo Cyrus con voz serena—. En confianza, últimamente, desde que vio el cadáver en el puente, le cuesta dormir. Esa noche había salido a rondar por el barrio, cuando le vio a usted bajar por Broadway. Dijo que parecía..., que su paso era algo inseguro, señor, de modo que le siguió. Sólo para asegurarse de que no le pasaba nada. Cuando vio que entraba en el Salón Paresis, decidió aguardar allí fuera. Comprensible. Pero luego un policía le vio y le acusó de ejercer la actividad habitual de ese sitio. Stevie lo negó, y le dijo al poli que le estaba esperando a usted. El agente no le creyó, de modo que Stevie entró en el Salón. No pretendía rescatarle a usted sino tan sólo escapar... Pero, tal como sucedieron las cosas, lo uno se convirtió en lo otro. El poli no detuvo a nadie, lógicamente, pero se aseguró de que usted salía conservando el pellejo.

—Ya entiendo. ¿Y cómo conseguí...? Dime, ¿dónde diablos estamos, Cyrus?

—En el ochocientos ocho de Broadway, señor Moore. En el último piso, que viene a ser el sexto. El doctor lo ha alquilado como base de operaciones para la investigación. No demasiado cerca de Mulberry Street, a fin de pasar desapercibidos, pero lo bastante cerca para que un coche pueda llevarnos allí en pocos minutos. Si hay mucha circulación, el tranvía también servirá.

—¿Y qué pasa con todo este... mobiliario o lo que sea?

—El doctor y la señorita Howard salieron a comprar muebles ayer, por Brooklyn. Fueron a una tienda de material de oficina. Pero el doctor dijo que si no podía vivir un solo día con este tipo de cosas, mucho menos podría durante una larga temporada. Así que sólo compraron los escritorios y luego se fueron a una subasta en la Quinta Avenida. Allí se subastaba el mobiliario de la marquesa de Luigi Carcano de Italia, y compraron una buena parte.

—Y que lo digas —murmuré, al ver que reaparecían dos de los operarios de la casa de mudanzas con un enorme reloj, dos jarrones chinos y varias cortinas de color verde.

—Tan pronto como trajimos la mayor parte de los muebles, el doctor decidió trasladarle de su casa aquí.

—Esto debió de ser el terremoto —murmuré.

—¿Cómo dice?

—Un sueño que he tenido. ¿Por qué aquí?

—Dijo que no podíamos perder más tiempo cuidándole. Le dio un poco más de cloral para que se recuperara fácilmente. Quería que estuviera a punto para ponerse a trabajar en cuanto despertara.

Se produjeron más ruidos al otro lado de la puerta y oí a Kreizler que exclamaba:

—¿De veras? ¡Perfecto! —Entonces entró en tromba en la habitación, seguido por Stevie Taggert y Lucius Isaacson—. ¡Moore! —me llamó—. Al fin estás despierto, ¿eh? —Se acercó y me cogió la muñeca, comprobando el pulso—. ¿Cómo te encuentras?

—No tan mal como esperaba. —Stevie se había sentado en la repisa de una de las ventanas y se entretenía jugando con una navaja de considerables dimensiones—. Quiero darte las gracias por esto, Stevie —le dije, pero él se limitó a sonreír y a mirar por la ventana, con el cabello cayéndole sobre la frente—. Es una deuda que nunca olvidaré. —El muchacho rió nerviosamente, pues nunca sabía qué hacer cuando le daban las gracias.

—Es un milagro que decidiera seguirte, Moore —dijo Kreizler, tirando de mis párpados y examinándome los círculos que había debajo—. Con toda justicia, deberías estar muerto.

—Muchas gracias, Kreizler —repliqué—. En tal caso, supongo que no te interesará saber lo que averigüé.

—¿Y qué podría ser eso? —preguntó, estudiando mi boca con una especie de aparato—. ¿Que a Santorelli nunca se le vio salir del Salón Paresis? ¿Que creían que aún se encontraba en su habitación, de la que no hay ninguna salida auxiliar?

La idea de que había pasado aquella dura prueba para nada resultaba de lo más deprimente.

—¿Cómo te has enterado de esto?

—Al principio pensábamos que era sólo producto del delirio —contestó Lucius Isaacson, acercándose a uno de los escritorios, donde vació el contenido de una bolsa de papel—. Pero usted no paraba de repetirlo, así que Marcus y yo decidimos ir a comprobar la historia con su amiga Sally. Muy interesante... En estos momentos Marcus está trabajando con una posible explicación.

Cyrus cruzó la estancia y entregó un sobre a Lucius.

—El comisario Roosevelt ha enviado esto por mensajero, sargento detective.

Lucius lo abrió presuroso y leyó el mensaje.

—Bien, ya es oficial —comentó inseguro—. A mi hermano y a mí nos han «apartado temporalmente de la División de Detectives por motivos personales». Confío en que mi madre no se entere de esto.

—Excelente —le dijo Kreizler—. De este modo tendrá acceso a los expedientes de jefatura sin estar obligado a aparecer por allí regularmente. Una solución admirable. Tal vez ahora pueda enseñarle aquí a John algunos medios de detección algo más refinados. —Laszlo soltó una risotada, luego bajó la voz al auscultarme el corazón—. No pretendo menospreciar tu esfuerzo, Moore. Fue un trabajo importante. Pero intenta recordar que este asunto no es un juego, sobre todo para mucha gente a la que tenemos que entrevistar. Lo más prudente en tales casos es hacerlo en pareja.

—Estás predicando a los conversos —le contesté.

Kreizler me manoseó y pinchó un poco más. Luego se incorporó.

—¿Cómo va la mandíbula?

No me había acordado del golpe, pero cuando me puse la mano sobre la boca la sentí algo dolorida.

—Ese enano —murmuré—. Poca cosa puede hacer sin la navaja.

—¡Muchacho valiente! —rió Kreizler, dándome una

suave palmada en la espalda—. Ahora termínate el caldo y vístete. Tenemos que hacer una evaluación en el Bellevue, y quiero que los hombres de Jonas terminen aquí. La primera reunión de nuestro grupo será a las cinco.

—¿Una evaluación? —exclamé, poniéndome en pie y temiendo desmayarme de nuevo: pero el caldo realmente me había devuelto las fuerzas—. ¿A quién? —pregunté, advirtiendo que sólo llevaba una camisa de dormir.

—A Harris Markowitz, del setenta y cinco de Forsyth Street —contestó Lucius, acercándose (soy reacio a poner que con paso de pato, aunque ése era su aspecto) con unas cuantas hojas de papel mecanografiado—. Un camisero. Hace un par de días su esposa fue a la comisaría del Distrito Diez asegurando que su marido había envenenado a los dos nietos, Samuel y Sophie Rieter, de doce y dieciséis años, poniéndoles lo que ella denominaba «unos polvos» en la leche.

—¿Veneno? —pregunté—. Pero nuestro hombre no es un envenenador.

—No, que sepamos —contestó Kreizler—. Pero puede que sus actividades sean más variadas de lo que suponemos... Aunque la verdad es que no creo que este tal Markowitz esté más relacionado con nuestro caso de lo que lo estaba Henry Wolff.

—En cambio los niños encajan aparentemente en el patrón de las víctimas —comentó Lucius cauteloso aunque con sarcasmo, y luego se volvió hacia mí—: Los jóvenes Rieter eran inmigrantes recientes... Sus padres los enviaron desde Bohemia para quedarse con los padres de la señora Rieter y buscar trabajo como criados.

—Inmigrantes, es cierto —intervino Kreizler—. Y si esto hubiese ocurrido hace tres años quizá me sintiera más impresionado. Pero los gustos más actuales de nuestro hombre por aquellos que ejercen la prostitución parecen demasiado significativos, lo mismo que las recientes mutilaciones, para fijarnos únicamente en la conexión con los inmigrantes. De todos modos, aunque Markowitz no esté involucrado en nuestro asunto, hay otros motivos para investigar tales casos. Eliminándolos, podremos obtener un claro retrato de lo que «no» es la persona que estamos buscando... Una imagen negativa, si quieren, que al final podríamos reproducir en positiva.

Cyrus me había traído algunas prendas y empecé a vestirme.

—Pero, ¿no levantaremos sospechas si efectuamos tantas evaluaciones a asesinos de muchachos?

—Debemos confiar en la falta de imaginación del Departamento de Policía —dijo Laszlo—. No es tan extraño que me vean realizando este trabajo. Para justificar tu presencia, Moore, dirás que estás haciendo un reportaje. Confío que cuando a alguien de jefatura se le ocurra relacionar toda esta tira de asesinatos, nuestro trabajo ya haya finalizado. —Se volvió a Lucius—. Y ahora, sargento detective, ¿podría repasar los detalles del caso para nuestro desventurado amigo, aquí presente?

—Bien, Markowitz es un tipo bastante listo —dijo Lucius, casi con admiración hacia aquel hombre—. Utilizó una gran cantidad de opio, cuyos residuos en el cuerpo, como ya sabrán, desaparecen a las pocas horas de la muerte. Lo puso en dos vasos de leche, que los nietos solían tomar a la hora de acostarse. Cuando alcanzaron un estado comatoso, Markowitz abrió la espita de gas de su habitación. A la mañana siguiente, al llegar la policía, la casa apestaba a gas, de modo que el detective encargado sacó la conclusión más obvia. Y su hipótesis pareció confirmarse cuando el forense, un hombre bastante profesional en este caso, comprobó que en el contenido de los estómagos no había nada fuera de lo normal. Pero al insistir la esposa en que había tenido lugar el envenenamiento, se me ocurrió una idea. Me acerqué al piso y localicé las sábanas en donde dormían los chicos. Lo más probable era que uno de los dos hubiese vomitado algo durante su estado inconsciente, o con los estertores de la muerte. Si aún no se habían lavado las sábanas ni las mantas, quedarían las manchas. Y, en efecto, allí estaban. Efectuamos los habituales análisis reactivo y de Stas, y así fue como encontramos los restos del opio: en el vómito... Al enfrentarse al hecho, Markowitz confesó.

—¿Y no es adicto a la bebida o a las drogas? —preguntó Kreizler.

—Parece que no —contestó Lucius, encogiéndose de hombros.

—¿Ni esperaba obtener algún beneficio material con la muerte de los muchachos?

—En absoluto.

—¡Bien! Entonces tenemos ahí varios elementos de los que necesitamos: dilatada premeditación, falta de intoxicación y ausencia de motivo obvio. Todos característicos de nuestro asesino. Pero si descubrimos que Markowitz no es en realidad nuestro hombre, como sospecho que no será, entonces nuestra tarea consistirá en determinar por qué no lo es. —Laszlo cogió un trozo de tiza y empezó a dar golpecitos sobre la pizarra, como si con esto tratara de conseguir información—. ¿Qué es lo que le diferencia del asesino de Santorelli? ¿Por qué no mutiló los cadáveres? Cuando averigüemos esto podremos precisar un poco más nuestro retrato imaginario. Luego, a medida que vayamos confeccionando la lista de atributos de nuestro asesino, podremos eliminar de una simple ojeada a más candidatos. Por el momento, sin embargo, disponemos de un campo muy amplio. —Se fue poniendo los guantes—. ¡Stevie! Vas a tener que hacer de cochero. Quiero que Cyrus supervise la instalación del piano. Cyrus, no permitas que hagan una chapuza. Sargento detective, ¿estará usted en el Instituto?

Lucius asintió.

—Los cadáveres no tardarán en llegar.

—¿Cadáveres? —pregunté.

—Los de los dos muchachos a los que asesinaron a principios de este año —contestó Laszlo, dirigiéndose ya hacia la salida—. ¡Rápido, Moore, que llegaremos tarde!

13

Tal como Kreizler había predicho, Harris Markowitz resultó totalmente descartable como sospechoso en nuestro caso. Aparte de ser bajito, gordo y bien entrado en los sesenta —y por tanto muy distinto al tipo físico que los Isaacson habían descrito en Delmonico's—, estaba completamente trastornado. Aseguraba que había matado a sus nietos para salvarlos de lo que consideraba un mundo monstruosamente maligno, y cuyos aspectos más destacados describió en una serie de arranques muy vagos y altamente confusos. Una sistematización tan pobre de pensamientos y creencias que provocaban irrazonables temores, así como la aparente ausencia de preocupación por su propio destino, de la que Markowitz había dado pruebas, a menudo caracterizaban los casos de demencia precoz, me dijo Kreizler cuando salíamos del Bellevue. Pero aunque estaba claro que Markowitz no tenía nada que ver con nuestro asunto, la visita sin embargo había sido muy útil —tal como Laszlo esperaba— para ayudarnos, mediante la comparación, a determinar algunos aspectos de la personalidad de nuestro asesino. Obviamente, nuestro hombre no asesinaba a niños por algún perverso deseo de atender a su bienestar espiritual. La furiosa mutilación de los cuerpos, después de matarlos, simplificaba en gran medida tal conclusión. Y estaba claro que no le era indiferente lo que pudiera ocurrirle como consecuencia de sus actos. Pero sobre todo resultaba evidente, por la abierta exposición de sus hazañas —una exhibición que, tal como

Laszlo había explicado, llevaba implícita una súplica de reconocimiento—, que los asesinatos trastornaban una parte de nuestro hombre. En otras palabras, que en los cadáveres había pruebas no del trastorno mental del asesino, sino de su cordura.

Me debatí con este concepto durante todo el trayecto de regreso al 808 de Broadway. Pero al llegar me distraje ante la primera interpretación que podía hacer, con la mente clara, del sitio que, en palabras de Sara, iba a ser nuestro hogar durante un previsible futuro. Se trataba de un atractivo edificio de ladrillo amarillo que, según me informó Kreizler, había sido diseñado por James Renwick, el arquitecto responsable del edificio neogótico de Grace Church, al otro lado de la calle. Las ventanas del cuartel general que daban al sur miraban directamente al patio de la iglesia, al que cubría la oscura sombra proyectada por el enorme campanario ahusado. Predominaba una sensación absolutamente eclesiástica y serena en este tramo de Broadway, a pesar de hallarnos en el mismo centro de una de las avenidas comerciales más concurridas de la ciudad: además de McCreery, a pocos pasos del 808 había tiendas en donde vendían de todo, desde artículos de lencería a botas y material de fotografía. Pero el único monumento que destacaba entre todo este comercio era un edificio enorme, de hierro forjado, que se levantaba frente a la iglesia al otro lado de la calle Diez. Se trataba de unos grandes almacenes propiedad de A. T. Steward, en aquellos momentos regentados por Hilton, Hughes and Company, y que finalmente obtendrían su gran fama como Wanamaker's.

El ascensor del 808 era una especie de jaula grande, absolutamente nueva, que nos llevó silenciosamente hasta el sexto piso. Allí descubrimos los enormes progresos que se habían hecho durante nuestra ausencia. Las cosas estaban ahora tan ordenadas que en realidad parecía como si las cuestiones humanas se llevaran a cabo en otro sitio, aunque a uno le resultara difícil precisar exactamente de qué tipo. A las cinco en punto, cada uno de nosotros estaba sentado en uno de los cinco escritorios, desde donde podíamos ver claramente a todos los demás y discutir con ellos. Mantuvimos una nerviosa aunque agradable conversación mientras nos distribuíamos, y reinó entre nosotros una auténtica camaradería cuando empezamos a discutir los acontecimientos de los últimos días. Mientras el sol de la tarde descendía sobre el Hudson, proyectando una espléndida luz dorada en las azoteas de la parte occidental de Manhattan y a través de nuestras ventanas neogóticas, me di cuenta de que nos habíamos convertido, y con notable rapidez, en una unidad de trabajo.

Teníamos enemigos, sin duda: Lucius Isaacson informó que al finalizar su examen de los otros dos muchachos asesinados, se habían presentado en el Instituto un par de hombres que aseguraban ser representantes del cementerio de donde se habían exhumado los cadáveres, exigiendo que finalizara el examen. En ese momento Lucius ya había obtenido toda la información que necesitaba, y decidió no presentar batalla. Pero la descripción física que dio de aquellos dos hombres, junto con los hematomas que ofrecían sus caras, coincidía con la de los dos matones que nos habían perseguido a Sara y a mí fuera del piso de los Santorelli. Afortunadamente los dos ex policías no habían reconocido a Lucius como detective (probablemente los habían echado del cuerpo antes de que él ingresara), pero era evidente que, dado que no teníamos idea de quién mandaba a aquellos hombres ni cuál era su objetivo, el Instituto ya no era un sitio seguro para llevar a cabo nuestra labor.

Por lo que se refería al examen que Lucius había realizado, los resultados eran los que esperábamos: en ambos cuerpos aparecían las mismas marcas de cuchillo que habíamos encontrado en Georgio Santorelli y en los hermanos Zweig. Ante esta confirmación, Marcus cogió otras dos agujas de banderita roja y las clavó en el gran plano de Manhattan, una en el puente de Brooklyn y la otra en la estación del trasbordador a Ellis Island. Kreizler anotó las fechas de estos asesinatos —uno de enero y dos de febrero— en el lado derecho de la pizarra, junto con el tres de marzo, día en que había muerto Georgio. Todos sabíamos que en alguno de estos meses y estos días residía una de las muchas pautas que necesitábamos identificar. (Desde un primer momento, Kreizler creyó que al final esta pauta resultaría mucho más compleja que la aparente similitud entre el número del mes y el número del día.)

Marcus Isaacson nos habló de sus esfuerzos, todavía sin recompensa, para establecer el método por el que Gloria había salido de su habitación en el Salón Paresis sin que nadie lo viera. Sara nos informó que ella y Roosevelt habían diseñado un plan para que nuestro grupo pudiera visitar los sitios donde en el futuro se cometiera un asesinato, obra evidente del mismo asesino, antes que lo mancillaran otros detectives o las manos inexpertas de los forenses. El plan representaba un nuevo riesgo para Theodore, pero de momento éste se hallaba completamente a disposición del calendario de Kreizler. Por mi parte, informé de nuestro desplazamiento para ver a Harris Markowitz. Cuando concluyó toda esta exposición, Kreizler se puso en pie ante su escritorio e indicó la gran pizarra, sobre la cual, informó, íbamos a crear a nuestro hombre imaginario: una lista con los datos psíquicos y físicos, referencias coincidentes, revisadas y combinadas hasta que finalizara el trabajo. Por lo tanto, a continuación puso al día aquellos hechos y teorías que ya habíamos discutido o sobre los que habíamos formado alguna hipótesis.

Al finalizar, pareció que en aquel enorme espacio negro había algunas preciosas anotaciones blancas. Sin embargo, Kreizler nos advirtió que algunas de ellas desaparecerían. La utilización de la tiza, dijo, era un indicio de los muchos errores que tanto él como los demás cometeríamos a lo largo de la investigación. Nos encontrábamos en un territorio desconocido, y no debían descorazonarnos los retrasos, las dificultades ni la gran cantidad de material que necesitaríamos dominar mientras tanto. Todos nos quedamos algo confusos ante esta afirmación, pero Kreizler sacó a continuación cuatro pilas idénticas de libros y documentos.

Artículos del amigo de Laszlo, Adolf Meyer, y de otros alienistas; ensayos de filósofos y evolucionistas que iban de Hume y Locke a Spencer y Schopenhauer; monografías del anciano Forbes Winslow, cuyas teorías habían inspirado en un principio la teoría del contexto de Kreizler; y finalmente, con todo el peso y el esplendor de los dos volúmenes, los *Principios de psicología* de nuestro viejo profesor William James... Todo esto cayó sobre nuestro escritorio, produciendo un ruido sonoro, potente. Los Isaacson, Sara y yo intercambiamos miradas de preocupación, sintiéndonos como unos estudiantes acosados en su primer día de clase, que es lo que sin duda éramos. Kreizler expuso cuál era el propósito de que tuviéramos que pasar por semejante prueba.

A partir de este momento, nos dijo, debíamos hacer todos los esfuerzos posibles para librarnos de cualquier concepto preestablecido sobre el comportamiento humano. Teníamos que procurar ver el mundo no a través de nuestros ojos, ni juzgarlo según nuestros valores, sino a través y según los del asesino. Lo que importaba era su experiencia, el contexto de su vida. Cualquier aspecto de su conducta que nos inquietara, desde lo más trivial a lo más horrendo, debíamos intentar explicarlo dando por sentado unos acontecimientos ocurridos en la infancia y que habían conducido a tales resultados. Este proceso de causa y efecto —lo que se conocía por «determinismo psicológico», según averiguaríamos muy pronto— tal vez no siempre nos parecería totalmente lógico, pero sería el más consecuente.

Kreizler hizo hincapié en que nada bueno se obtendría concibiendo a semejante individuo como un monstruo, pues con toda certeza era un hombre (o una mujer), y este hombre, o esta mujer, alguna vez había sido un niño. En primer lugar teníamos que conocer a ese niño, a sus padres, a sus hermanos, todo su mundo. Era inútil hablar sobre la maldad, la barbarie y la locura; ninguno de tales conceptos nos aproximaría más a él. En cambio, si lográbamos captar en nuestra imaginación a la criatura humana, entonces podríamos capturar al hombre.

—Y si esto no es suficiente recompensa —concluyó Kreizler, mirando una tras otra nuestras caras embobadas—, siempre queda la comida.

La comida, averiguaríamos en los días que siguieron, era una de las razones primordiales por las que Laszlo había seleccionado el número 808 de Broadway: allí estábamos a un paso de algunos de los mejores restaurantes de Manhattan. La calle Nueve y University Place proporcionaban cocina francesa en las tradicionales *banquettes* parisienses, tanto en el Café Lafayette como en el pequeño comedor del también pequeño hotel regentado por Louis Martin. Si nos apetecía la comida alemana, podíamos subir por Broadway hasta Union Square y allí entrar en Lüchow's, aquella Meca de los gastrónomos, enorme y forrada de madera oscura. La calle Diez y la Segunda Avenida nos ofrecían sabrosos platos húngaros en el Café Boulevard, y la mejor comida italiana se servía en el comedor del hotel Ganfarone, en el cruce de las calles Ocho y MacDougal. Naturalmente, siempre estaba Delmonico's, un poco más lejos, aunque sin duda valía el paseo. Todos estos centros de gran brillantez culinaria se convertirían en nuestra sala de conferencias informal durante muchos almuerzos y cenas, aunque en muchas ocasiones el siniestro trabajo que nos preocupaba haría difícil concentrarnos en el placer del gusto.

Esto fue especialmente así durante los primeros días, cuando se hizo más difícil escapar de la certeza de que, si bien estábamos trazando nuevas vías en este trabajo y necesitábamos tiempo para estudiar y comprender todos lo elementos psicológicos y criminológicos que necesariamente conformarían la base del éxito final, también trabajábamos contra reloj. Abajo, en las calles, tras nuestras ventanas arqueadas, había docenas de muchachos como Georgio Santorelli que desarrollaban el siempre peligroso comercio carnal sin saber que un peligro nuevo y especialmente violento andaba suelto entre ellos. Era una sensación extraña acudir a una evaluación con Kreizler, o estudiar las notas en el 808 de Broadway, y permanecer hasta altas horas de la madrugada leyendo en casa de mi abuela, intentando forzar la mente para asimilar información a una velocidad a la que (yo como mínimo) no estaba habituado, y que todo el rato una voz me susurrara al oído: «¡Deprisa, o un chico puede morir!» Los primeros días, poco faltó para que enloqueciera: estudiar y volver a estudiar el estado de los distintos cadáveres, así como los sitios en donde los habían encontrado, tratando de hallar pautas en ambos grupos al tiempo que me peleaba con párrafos como éste de Herbert Spencer:

«¿Puede la oscilación de una molécula representarse en conciencia al lado de un *shock* nervioso, y reconocer a ambos como una sola cosa? Ningún esfuerzo nos permite asimilarlo. El que una unidad de sentimiento no tenga nada en común con una unidad de movimiento, resulta más evidente que nunca cuando tratamos de yuxtaponerlas.»

—Dame tu Derringer, Sara —recuerdo que le grité la primera vez que di con esta afirmación—. Voy a pegarme un tiro.

¿Por qué diablos tenía que aprender esas cosas, me pregunté durante aquella primera semana, si lo que quería saber era dónde se ocultaba nuestro asesino? Sin embargo, con el tiempo llegué a comprender el sentido de tales esfuerzos. Tomemos, por ejemplo, aquella nota de Spencer en particular... Al final descubrí que los intentos de gente como Spencer para interpretar las actividades de la mente como los complejos efectos del movimiento físico que se realizaban dentro del organismo humano habían fracasado. Este fracaso había reforzado la tendencia de los alienistas y psicólogos más jóvenes, como Kreizler y Adolf Meyer, a contemplar los orígenes de la conciencia principalmente en términos de experiencias formativas en la infancia, y sólo secundariamente en términos de pura función física. Esto tendría auténtica importancia para comprender que, en nuestro asesino, el paso de la infancia a aquella conducta brutal no había sido el resultado de un proceso físico, al azar, sino más bien el producto de acontecimientos previsibles.

Nuestros estudios no estaban destinados a desprestigiar

ni a denigrar. Si bien el intento de Spencer para explicar los orígenes y la evolución de la actividad mental podía considerarse absolutamente equivocado, no podía discutirse su creencia de que los actos seleccionados racionalmente, según considera casi todo el mundo, en realidad son respuestas peculiares (de nuevo establecidas durante las decisivas experiencias de la infancia) que se han desarrollado con la fuerza suficiente por medio del uso repetido, para vencer a los demás impulsos y reacciones: en otras palabras, que han ganado la batalla mental de la supervivencia. Como es obvio, la persona que buscábamos había desarrollado un conjunto profundamente violento de tales instintos, y nos correspondía a nosotros teorizar sobre qué terrible serie de experiencias habían confirmado tales métodos —en su mente— como la reacción más fiable contra los retos de la vida.

Sí, pronto quedaría claro que necesitábamos conocer todo esto y más, mucho más, si queríamos tener alguna posibilidad de desarrollar a nuestro hombre imaginario. Y a medida que esta verdad penetraba en nosotros empezamos a estudiar y a leer con gran determinación y celeridad, intercambiando reflexiones e ideas a cualquier hora del día o de la noche. Con frecuencia Sara y yo discutíamos acaloradamente sobre filosofía a través de las crepitantes líneas telefónicas a las dos de la madrugada —con gran desespero por parte de mi abuela—, a medida que tanteábamos primero, y captábamos después con mayor profundidad, los grandes conocimientos. El hecho bastante notable de que estábamos logrando una formación extraordinariamente rápida (gran parte de la cual masticamos y tragamos en los primeros diez días, aunque no llegamos a digerirla del todo) se vio oscurecido por la labor práctica y por la atención que debíamos prestar a cualquier pista física o teoría metódica que Marcus y Lucius Isaacson detectaran o planearan. No es que hubiera mucho de esto al principio, ya que no teníamos fácil acceso a ninguno de los escenarios de los crímenes. (Tomemos, por ejemplo, la atalaya del puente de Williamsburg. Cuando Marcus examinó el lugar, ya no había esperanzas de obtener huellas digitales de importancia: el sitio era una construcción al aire libre, maltratada cada día por el tiempo y los obreros.) La certeza de que necesitábamos mucho más de lo que teníamos para esbozar un cuadro detallado de los métodos del asesino sólo contribuía a incrementar la morbosa atmósfera de expectación que impregnaba nuestro cuartel general. Aunque inmersos en nuestro trabajo, todos éramos conscientes de que estábamos esperando que ocurriese algo.

Y ocurrió cuando marzo daba paso a abril. A las dos menos cuarto de la madrugada de un sábado, yo estaba dormitando en mi habitación, en casa de mi abuela, con un ejemplar del segundo volumen de los *Principios* del profesor James apoyado incómodamente sobre mi cara. Aquella tarde había empezado el noble empeño de abordar los pensamientos de James sobre «Las verdades necesarias y los efectos de la experiencia» en el 808 de Broadway, pero me había distraído la llegada de Stevie Taggert, que había arrancado de la última edición del *Herald* una lista de los participantes en las carreras del día siguiente en el nuevo hipódromo Aqueduct, de Long Island, y quería mi consejo sobre las ventajas y desventajas. Últimamente había utilizado a Stevie como recadero con mi corredor de apuestas (sin que Kreizler lo supiera, claro está), y el muchacho se había aficionado al deporte de los reyes. Yo le había aconsejado que no invirtiera su dinero a menos que supiera realmente lo que estaba haciendo, pero con su pasado no había tardado mucho en aprender, y las cosas habían progresado de tal modo que de vez en cuando tenía que alejarme de los análisis de las carreras del día para mantener la mente centrada en el trabajo. En cualquier caso, cuando el teléfono sonó aquella noche yo estaba en medio de un profundo sueño causado por horas de espesa lectura. Di literalmente un salto al oír el primer timbrazo, y el libro de James salió despedido contra la pared de enfrente. El teléfono volvió a sonar cuando me ponía la bata, y lo hizo una vez más antes de que saliera tambaleándome al pasillo para descolgar.

—Pizarra en blanco —murmuré soñoliento, imaginando que quien llamaba era Sara.

Lo era.

—¿Cómo dices? —preguntó.

—Lo que hablábamos esta tarde —contesté, frotándome los ojos—. ¿Es la mente una pizarra en blanco cuando nacemos, o poseemos un conocimiento innato de ciertas cosas? Yo apuesto por la pizarra en blanco.

—John, ¿quieres callar un segundo? —Su voz estaba impregnada de ansiedad—. Ha ocurrido.

Esto me despertó.

—¿Dónde?

—En Castle Garden; en Battery Park. Los Isaacson ya tienen a punto la cámara y el resto del equipo. Tienen que estar allí antes que el resto de nosotros para despedir a los primeros agentes que han llegado al lugar. Theodore ya se encuentra allí, cerciorándose de que todo marcha como es debido. Ya he avisado al doctor Kreizler.

—Perfecto.

—John...

—¿Sí?

—Yo nunca... Soy la única que... ¿Es muy fuerte la impresión?

¿Qué podía decirle? Sólo había aspectos prácticos a considerar.

—Necesitarás sales de amoníaco. Pero procura que no te afecte demasiado. Todos estaremos allí. Pasa a recogerme con un coche; iremos juntos.

Oí que respiraba profundamente.

—De acuerdo, John.

SEGUNDA PARTE

ASOCIACIÓN

El mismo objeto externo puede sugerir cualquiera de las muchas realidades que antiguamente se asociaban con él, pues en las vicisitudes de nuestras experiencias externas estamos constantemente expuestos a encontrar la misma cosa entre distintos compañeros.

WILLIAM JAMES
Principios de psicología

Aquello que yo creía bueno parecía malo a los demás; aquello que me parecía malo, los demás lo aprobaban. Hacia feudos corrí en los que encontrarme, y hallé desaprobación a donde fui.

Si felicidad anhelaba, sólo miseria provoqué; así que pronto me llamaron «Miserable», ya que miseria es todo cuanto poseo.

R. WAGNER
Las Valquirias

14

Cuando Sara llegó con un cabriolé a Washington Square, muchos de sus temores habían dado paso a una férrea determinación. Indiferente a las diversas preguntas que le formulé mientras nos alejábamos sobre el pavimento de granito de Broadway, permanecía erguida en su asiento, con la cabeza tiesa, imperturbablemente concentrada en... ¿qué? Ella no lo diría, y era imposible intuirlo con cierta seguridad. No obstante yo sospechaba que estaba preocupada por el gran objetivo de su vida: probar que una mujer podía ser una agente de la policía competente y eficaz. Visiones como aquella a la que nos dirigíamos esa noche constituirían una parte habitual de los deberes profesionales de Sara si algún día se hacían realidad las esperanzas que tenía en su carrera, y ella era plenamente consciente de eso. La sumisión al tipo de debilidad que se esperaba de su sexo sería por tanto doblemente insoportable e inexcusable, pues conllevaría implicaciones mucho más allá de su habilidad personal para soportar la visión de un salvaje derramamiento de sangre. De modo que mantuvo la mirada fija en el trasero de nuestro esforzado caballo y apenas soltó palabra, utilizando toda la fuerza mental que poseía para asegurarse de que cuando llegara el momento se comportaría tan bien como cualquier detective acostumbrado a ello.

Todo esto contrastaba con mis intentos por mitigar la aprensión mediante una cháchara inútil. Cuando llegamos a Prince Street ya me había cansado de oír mi nerviosa voz, así que en Broome estaba a punto de renunciar a todos mis intentos de comunicación y dedicarme a contemplar las prostitutas que salían con sus clientes de los salones de baile. En una esquina, un marino noruego, tan borracho que la baba le resbalaba por la pechera del uniforme, se hallaba retenido entre dos bailarinas, mientras una tercera le registraba lenta y descaradamente los bolsillos. Aquélla era una imagen bastante habitual, pero esa noche despertó una idea en mi mente.

—Sara —dije cuando cruzábamos Canal Street y traqueteábamos hacia el Ayuntamiento—, ¿has estado alguna vez en el local de Shang Draper?

—No —se apresuró a contestar, y el aliento se le condensó en el aire glacial. Como siempre ocurría en Nueva York, abril había traído un precioso respiro contra el frío riguroso de marzo.

No era un buen comienzo para una conversación, pero aun así continué:

—Bueno, la prostituta corriente que trabaja en un burdel conoce más formas de desplumar a un cliente de las que yo podría enumerar... Y los muchachos que trabajan en sitios como Draper's, o en el Salón Paresis, por lo que viene al caso, son tan astutos como cualquier adulto. ¿Y si nuestro hombre fuera uno de estos clientes? Supongamos que le hayan desplumado demasiadas veces, y que ahora ha salido para saldar cuentas... Siempre fue una teoría en los asesinatos de Jack el Destripador.

Sara arregló la pesada manta que cubría nuestro regazo, aunque aún no se mostró lo que yo llamaría exactamente interesada.

—Podría ser, John. Pero ¿qué te ha hecho pensar en ello ahora?

Me volví hacia ella.

—Esos tres años, entre los Zweig y nuestro primer asesinato el pasado enero... ¿Y si nuestra teoría, la de que hay otros cadáveres que están perfectamente escondidos, fuera equivocada? ¿Y si él no hubiese cometido ningún otro asesinato en Nueva York... simplemente porque no se encontraba aquí?

—¿Que no se encontraba aquí? —El tono de Sara resultó algo más animado—. ¿Quieres decir que se fuera de viaje, que abandonara la ciudad?

—¿Y si se viese obligado a ello? Que sea un marino, por ejemplo. La mitad de los clientes de establecimientos como el de Draper o el de Ellison son marinos. Tendría cierto sentido. Si se tratara de un cliente habitual no levantaría sospecha alguna... Tal vez incluso conociera a los muchachos.

Sara reflexionó sobre mis palabras y asintió.

—No está mal, John. Sin duda esto le permitiría ir y venir sin llamar la atención. Veamos qué piensan los demás cuando... —Su voz se hizo algo más ronca, luego se volvió de nuevo a la calle, inquieta otra vez—. Cuando lleguemos allí...

Nuevamente se hizo el silencio dentro del cabriolé.

Castle Garden se encuentra en el centro de Battery Park, y para llegar allí tuvimos que viajar hasta el inicio de Broadway y luego más allá. Eso implicaba un rápido viaje a través del pastiche de estilos arquitectónicos que formaban los distritos financiero y editorial de Manhattan en aquel entonces. En un primer vistazo, siempre resultaba un poco extraño ver construcciones como el World Building y las doce plantas del National Shoe and Leather Bank elevándose (o al menos así parecía en aquellos tiempos en que aún no se habían construido los rascacielos Woolworth y Singer) por encima de aquellos monumentos victorianos, achaparrados y llenos de adornos, de la vieja Central de Correos y la sede de la Equitable Life Assurance Society. Pero cuanto más se internaba uno en el barrio, más detectaba en todos aquellos edificios una característica común que superaba cualquier variante estilística: la riqueza. Yo había pasado gran parte de mi infancia en aquella zona de Manhattan (mi padre dirigía una empresa de inversiones de cierta importancia), y desde una edad muy temprana me había sorprendido la fantástica actividad que rodeaba la adquisición y conservación del dinero.

Esta actividad podía ser alternativamente seductora o repelente, pero en 1896 era indiscutiblemente la principal razón de ser de Nueva York.

Aquella noche volví a experimentar esa enorme fuerza subterránea, incluso a pesar de que el barrio estaba a oscuras, aletargado a la dos y media de la madrugada. Y cuando pasábamos ante el cementerio de Trinity Church —donde estaba enterrado Alexander Hamilton, padre del sistema económico americano—, sonreí pensativo mientras pensaba: «No hay duda de que es audaz.» Fuera quien fuese nuestra presa, y fuera cual fuese la vorágine personal que le impulsaba, ya no limitaba sus actividades a las zonas menos respetables de la ciudad. Se había aventurado hasta aquella reserva de la gente más rica y selecta, y se atrevía a depositar un cadáver en Battery Park, fácilmente visible desde los despachos de la mayoría de los padres financieros más influyentes de Nueva York. Si nuestro hombre estaba sin duda cuerdo, tal como Kreizler creía apasionadamente, ese último acto expresaba no sólo barbarie sino también audacia, esa audacia tan especial que siempre había provocado una mezcla de horror y de animosa consideración en los nativos de la ciudad.

Nuestro cabriolé nos dejó en Bowling Green, que cruzamos para entrar en Battery Park. La calesa de Kreizler estaba junto a la acera de Battery Place, con Stevie Taggert a bordo, arropado con una enorme manta.

—¡Stevie! —le saludé—. ¿Vigilando por si vienen los chicos de la comisaría?

—Y manteniéndome lejos de aquello —dijo, asintiendo hacia el interior del parque—. Es un espectáculo horrible, señor Moore.

Dentro del parque, unas cuantas farolas nos guiaron a lo largo de un paseo recto hacia los prodigiosos muros de piedra de Castle Garden. Aquella fortaleza —en el pasado un fuerte poderosamente armado cuyo nombre era Castle Clinton— se había construido para proteger a Nueva York durante la guerra de 1812. Después de la contienda había sido transferida a la ciudad y se había transformado en un pabellón cubierto que durante años se utilizó como teatro de la ópera. En 1855 había vuelto a transformarse y se había convertido en la Central de Inmigración. Y antes de que en 1892 Ellis Island le usurpara este papel, más de siete millones de emigrantes habían pasado por aquel viejo fuerte de piedra de Battery Park. Recientemente se había nombrado a algunos funcionarios del Ayuntamiento para que buscaran un nuevo aprovechamiento del lugar, los cuales habían decidido que sus muros albergaran el Acuario de Nueva York. En aquellos momentos se estaba llevando a cabo la remodelación, y antes de que pudiéramos divisar claramente los muros del fuerte contra el cielo nocturno, nos recibieron las señales de obras.

Al pie de aquellos muros encontramos a Marcus Isaacson y Cyrus Montrose, junto a un hombre que llevaba un largo gabán y un sombrero de ala ancha que sujetaba con fuerza entre las manos. El hombre lucía una insignia en el gabán, pero de momento no parecía ejercer ninguna autoridad: estaba sentado sobre una pila de tablas recortadas, manteniendo el pálido rostro sobre un cubo y respirando con dificultad. Marcus intentaba hacerle algunas preguntas, pero aquel tipo estaba sin duda conmocionado. Al acercarnos, tanto Cyrus como Marcus nos saludaron con una inclinación de cabeza.

—¿El vigilante? —pregunté.

—Sí —dijo Marcus con voz enérgica aunque totalmente controlada—. Ha encontrado el cadáver a eso de la una, en la azotea... Al parecer hace su ronda cada hora. —Marcus se inclinó hacia el hombre—. ¿Señor Miller? Voy a subir a la azotea. Tómese su tiempo y vuelva a subir cuando se haya recuperado. Pero no se marche bajo ningún concepto, ¿me ha entendido? —El hombre alzó la vista, sus rasgos oscuros dominados por el horror, y asintió inexpresivamente. Luego volvió a inclinarse presuroso sobre el cubo, pero no vomitó. Marcus se volvió hacia Cyrus—. Asegúrate de que no se escapa, ¿quieres, Cyrus? Necesitamos muchas más respuestas que las que hemos conseguido.

—Descuide, sargento detective —contestó Cyrus, y seguidamente Marcus, Sara y yo cruzamos las mastodónticas puertas negras de Castle Garden.

—Este hombre está destrozado —comentó Marcus, volviendo la cabeza hacia el vigilante—. Todo cuanto hemos conseguido de él es un apasionado juramento de que a las once y cuarto el cadáver no estaba donde se encuentra ahora, y que esas puertas de enfrente tenían el cerrojo puesto. Las puertas de atrás están atadas con cadenas, lo he comprobado. Y no hay señales de manipulación en los candados. Todo esto me recuerda la misma situación que en el Salón Paresis, John. No hay forma de entrar ni de salir, pero aun así alguien lo consigue.

En el interior de los muros de Castle Garden, la remodelación estaba sólo a medio concluir. En el suelo, entre el andamiaje, el yeso y la pintura, había una serie de enormes peceras de cristal, algunas todavía en construcción, otras terminadas pero sin llenar, y otras albergando ya a los ocupantes que les correspondía: distintas especies de peces exóticos, cuyos ojos abiertos y movimientos recatados parecían muy apropiados dado lo que había sucedido esa noche en su nuevo hogar... Destellos plateados y escamas de brillantes colores captaban la luz de unas pocas lámparas de obra que estaban encendidas, acentuando la fantasmagórica impresión de que los peces eran un público aterrorizado que buscaba una forma de salir de aquel lugar de muerte y regresar a las regiones profundas y oscuras donde no se conocían los hombres ni sus métodos brutales.

Subimos por una vieja escalera pegada a uno de los muros del fuerte, y al final salimos sobre la cubierta que se había construido encima de las antiguas murallas para cubrir el anterior patio central. En el centro de la azotea se levantaba una torreta decagonal con dos ventanas en cada cara, las cuales ofrecían una impresionante vista del puerto de Nueva York y de la aún reciente estatua de Bartholdi representando a la Libertad, que se elevaba sobre Bedloe's Island.

Cerca del extremo de la azotea que daba a la parte de los

muelles estaban Roosevelt, Kreizler y Lucius Isaacson. Junto a ellos había una cámara grande y cuadrada sobre un trípode de madera y, tendido frente a la cámara, bañado por la luz de otra lámpara de obras, se encontraba el motivo de nuestra presencia allí. La sangre era visible incluso desde lejos.

La atención de Lucius estaba centrada en el cadáver, pero Kreizler y Roosevelt miraban hacia otro lado y hablaban con gran excitación. Cuando Kreizler nos vio salir de la escalera vino directamente hacia nosotros, seguido de Roosevelt a corta distancia, sacudiendo la cabeza. Marcus se acercó a la cámara, mientras Laszlo se dirigía a Sara y a mí:

—Si tenemos en cuenta el estado del cadáver, hay pocas dudas. Es obra de nuestro hombre.

—El primero en llegar ha sido un agente del Distrito Veintisiete, que estaba haciendo la ronda —añadió Theodore—. Dice que había visto regularmente al muchacho en el Golden Rule, aunque no recuerda ningún nombre.

El Golden Rule Pleasure Club era un burdel de la calle Cuatro Oeste, especializado en muchachos que se prostituían.

Kreizler apoyó las manos en los hombros de Sara.

—No es una visión agradable, Sara.

Ella asintió.

—No esperaba que lo fuera.

Laszlo estudió cuidadosamente sus reacciones.

—Me gustaría que ayudaras al sargento detective en su análisis del cadáver. Él conoce tu experiencia como enfermera. No disponemos de mucho tiempo antes de lleguen los investigadores de la comisaría, y hasta entonces cada uno de nosotros tiene mucho que hacer.

Sara asintió de nuevo, respiró profundamente y avanzó hacia Lucius y el cadáver. Kreizler empezó a hablarme, pero dejé de prestarle atención un momento y seguí unos pasos a Sara mientras ella caminaba hacia el resplandeciente hemisferio de luz eléctrica en la esquina de la azotea.

El cadáver era de un muchacho de piel aceitunada, delicados rasgos semíticos y abundante cabello negro en el lado derecho de la cabeza. En el izquierdo le habían arrancado una larga sección del cuero cabelludo, dejando al descubierto la lisa superficie del cráneo. Aparte de eso, las mutilaciones parecían idénticas a las de Georgio Santorelli (excepto que los cortes en el trasero no se habían repetido): faltaban los ojos, le habían cortado los genitales y se los habían introducido en la boca, en el torso zigzagueaban profundas heridas, tenía las muñecas atadas, le habían cercenado la mano derecha y al parecer se la habían llevado. Tal como decía Kreizler, parecía haber pocas dudas respecto a quién era el responsable. Todo era tan particular como una firma. La misma conmoción que había experimentado en el anclaje del puente de Williamsburg —producida no sólo por la edad de la víctima sino también por la forma cruel en que el cuerpo estaba atado y en cómo lo habían acuclillado contra el suelo— reapareció para robarme el aliento y estremecer todos los huesos de mi cuerpo.

Observé cuidadosamente a Sara sin acercarme, a punto para ayudarla si era necesario, pero no quería que ella se diera cuenta. A medida que captaban la escena, sus ojos se abrieron desmesuradamente, y la cabeza se bamboleó, rápida y ostensiblemente. Pero apretó con fuerza las manos, respiró hondo y luego se detuvo junto a Lucius.

—¿Sargento detective? El doctor Kreizler dice que le ayude.

Lucius alzó la vista, impresionado por la serenidad de Sara, y a continuación se secó la frente con un pañuelo.

—Sí, gracias, señorita Howard. Bien, empecemos con la herida en el cráneo...

Regresé junto a Kreizler y Roosevelt.

—Ésta sí que es una chica valiente —dije, sacudiendo la cabeza, pero ninguno de ellos hizo caso de mi observación.

Kreizler me golpeó en el pecho con un periódico y exclamó con amargura:

—No hay duda de que tu amigo Steffens ha redactado todo un artículo para la edición matutina del *Post*, John. ¿Cómo es posible que sea tan estúpido?

—No hay justificación —admitió Roosevelt, malhumorado—. Sólo puedo creer que Steffens ha considerado que el asunto era legítimamente publicable, dado que no ha revelado tu relación con el caso, doctor. Pero le llamaré a mi despacho a primera hora de la mañana y le aclararé la situación.

En un lugar prominente de la primera plana del *Post* había un artículo anunciando que «destacados oficiales de la policía» creían ahora que los asesinatos de los hermanos Zweig y de Santorelli los había cometido el mismo hombre. El artículo no destacaba tanto la naturaleza aparentemente inusual del asesino como el hecho de que el vínculo con los Zweig demostraba que el «espantoso maníaco» no se sentía atraído exclusivamente por niños que se prostituían. «Ahora resulta evidente —declaraba Steffens con su mejor estilo canallesco— que ningún niño está a salvo.» También había otros detalles sensacionalistas: Santorelli, afirmaba, había sufrido «abusos» antes de morir (en realidad Kreizler no había encontrado pruebas de violación sexual), y en algunos barrios de la ciudad se rumoreaba que los asesinatos eran obra de una criatura sobrenatural... aunque «el tristemente famoso Ellison y sus secuaces» eran «unos sospechosos mucho más probables».

Doblé el periódico y empecé a golpearme suavemente la pierna con él.

—Esto es realmente malo.

—Malo —dijo Kreizler, controlando su rabia—, pero ya está hecho. Y tenemos que contrarrestar su influencia. Moore, ¿existe alguna posibilidad de que puedas persuadir a tus editores para que el *Times* publique un artículo denunciando todas estas especulaciones?

—Desde luego —contesté—, pero delataría mi implicación en las investigaciones. Y lo más probable es que cuando se enterasen pusieran a algún otro a investigar más profundamente... La conexión con los Zweig hará que mucha gente sienta un mayor interés por el tema.

—Yo también sospecho que si intentáramos contraatacar sólo conseguiríamos empeorar las cosas —intervino Theodore—. Hay que advertir a Steffens que no arme alboroto, y confiar en que el artículo pase desapercibido.

—¿Y eso cómo es posible? —saltó Kreizler—. Aunque a todos los habitantes de esta ciudad les pasara desapercibido, existe una persona que lo vería... Y temo su reacción. ¡La temo de veras!

—¿Y crees que nosotros no, doctor? —replicó Theodore—. Yo ya sabía que al final la prensa interferiría... Por eso os apremié en vuestros esfuerzos. No podías esperar que pasaran las semanas sin que alguien mencionara el asunto.

Theodore apoyó las manos en las caderas y Kreizler miró hacia otro lado, incapaz de replicar. Al cabo de unos segundos, Laszlo volvió a hablar, esta vez con más calma:

—Tienes razón, comisario. En vez de discutir, deberíamos aprovechar la ocasión que ahora se nos ofrece. Pero, por el amor de Dios, Roosevelt, si tienes que compartir los asuntos oficiales con Riis y con Steffens, haz de esto una excepción.

—No te preocupes por lo que se refiere a esto, doctor —dijo Roosevelt en tono conciliador—. No es la primera vez que Steffens me fastidia con sus especulaciones, pero será la última.

Kreizler sacudió una vez más la cabeza, disgustado, luego se encogió de hombros.

—Bien, pues... A trabajar.

Nos reunimos con los Isaacson y con Sara. Marcus estaba ocupado tomando fotografías detalladas del cadáver, mientras Lucius continuaba con su examen del muerto, dictando las heridas como una ráfaga de jerga médica y anatómica con voz tranquila y llena de resolución. En realidad era curioso lo poco que desplegaban aquellos detectives las peculiaridades de comportamiento que habitualmente provocaban la sonrisa o la consternación en los observadores: se movían por la azotea con la celeridad de la inspiración cerebral, centrándose en detalles aparentemente insignificantes como perros amaestrados, y encargándose de todo como si fueran ellos, en vez de Roosevelt o Kreizler, quienes dirigían la investigación. Y mientras proseguían sus esfuerzos, todos nosotros, incluido Theodore, les proporcionábamos toda la ayuda que nos era posible: tomando notas o sosteniendo piezas del equipo y luces, y en general procurando que no tuvieran que perder ni un momento la concentración.

Cuando hubo terminado de fotografiar el cadáver, Marcus dejó a Lucius y a Sara que completaran su desagradable trabajo y empezó a «espolvorear» la azotea en busca de huellas digitales, utilizando los pequeños frascos con polvo de aluminio y carbón que nos había enseñado en Delmonico's. Mientras tanto, Roosevelt, Kreizler y yo nos dedicamos a buscar superficies que fueran lo bastante lisas y duras para «contener» tales huellas: pomos de puertas, ventanas, incluso una chimenea de cerámica aparentemente nueva que subía por un lado de la torre decagonal, a tan sólo medio metro de donde yacía el cadáver. Este último sitio fue el que dio resultado, especialmente porque, según explicó Marcus, el vigilante había permitido que el fuego ardiera con bastante generosidad horas antes. En una parte particularmente limpia de la vidriada chimenea, aproximadamente en el sitio donde se habría apoyado alguien de la estatura que Marcus y Lucius habían estimado para nuestro asesino, Marcus aproximó la cara y se mostró muy alterado. Nos pidió a Theodore y a mí que sostuviésemos una pequeña tela encerada para que bloqueara el viento que soplaba desde el puerto. Luego, con una delicada brocha de pelo de camello, extendió polvo de carbón sobre la chimenea y apareció —habría que decir milagrosamente— un conjunto de huellas como de hollín. Su posición coincidía exactamente con el hipotético apoyo de la mano del asesino.

Marcus sacó del bolsillo la foto de la mancha de sangre del pulgar de Sofia Zweig y la apoyó contra la chimenea. Laszlo se aproximó y observó atentamente todo el proceso. Los ojos de Marcus se abrieron con asombro al comparar las huellas, y literalmente se iluminaron cuando se volvió a Kreizler y le dijo con tono contenido:

—Parece que coinciden.

A continuación, él y Kreizler fueron en busca de la cámara, mientras Theodore y yo seguíamos sosteniendo la tela encerada. Marcus tomó varios primeros planos de las huellas, y el destello del flash al encenderse los polvos iluminó toda la azotea, disipándose rápidamente en la negrura que se extendía sobre el puerto.

Después Marcus nos pidió que inspeccionáramos los bordes de la azotea en busca de, según sus propias palabras, «cualquier indicio de alteración o actividad; incluso el más pequeño desconchado, grieta o agujero en la mampostería». Sin duda una construcción que daba al puerto de Nueva York iba a tener montones de desconchados, grietas y agujeros en la mampostería, pero aun así nos pusimos a la tarea, y tanto Roosevelt como Kreizler y yo mismo nos avisábamos cuando localizábamos algo que parecía coincidir con las vagas instrucciones que habíamos recibido. Marcus, cuya atención se centraba en una tosca barandilla que se elevaba en la parte delantera de la azotea, corría a inspeccionar cada uno de nuestros descubrimientos. La mayoría de éstos resultaban falsos, pero en la misma parte posterior de la azotea, en el rincón más oscuro y disimulado de la construcción, Roosevelt encontró algunas marcas que podían contener un inmenso potencial, en opinión de Marcus.

Su siguiente petición fue bastante extraña: después de atarse el extremo de una cuerda a la cintura, rodeó con el resto del rollo una sección de la barandilla de la parte delantera de la azotea y nos entregó el rollo a Roosevelt y a mí, indicándonos que soltáramos cuerda a medida que él fuera bajando por la pared posterior del fuerte. Al preguntarle cuál era el propósito de aquello, Marcus se limitó a contestar que estaba elaborando una teoría sobre el método del asesino para acceder a sitios aparentemente inaccesibles. Tan enorme era la concentración del sargento detective en su trabajo, junto con nuestro deseo de no distraerle, que no exigimos más explicaciones.

A medida que lo bajábamos por la pared, Marcus emitía de tanto en tanto sonidos de descubrimiento y de satisfacción, luego nos pedía que le bajásemos un poco más. Roosevelt y yo volvíamos a batallar con la cuerda. En medio de todo esto, yo aprovechaba la oportunidad para informar a Kreizler (que debido a su brazo malo había preferido no ayudarnos) sobre las ideas respecto a la ocupación y costumbres de nuestro asesino, que se me habían ocurrido durante el trayecto al centro de la ciudad. Se mostró receptivo, aunque precisó:

—Quizá tengas algo de razón por lo que respecta a que sea un cliente habitual de las casas en donde trabajaban estos muchachos, Moore. Pero, en cuanto a que sea un individuo que esté de paso... —Laszlo se acercó a inspeccionar el trabajo de Lucius Isaacson—. Ten en cuenta lo que ha hecho... Ha depositado seis cadáveres, que nosotros sepamos, en lugares cada vez más públicos.

—Esto sugiere que es un hombre familiarizado con la ciudad... —dijo Theodore, con un leve gruñido al soltar un poco más de cuerda.

—Íntimamente familiarizado —puntualizó Lucius, que había oído los comentarios—. No da la sensación de que tuviera prisa en ocasionar estas heridas. Los cortes no son irregulares ni hay desgarrones. Así que lo más probable es que no fuera con premuras de tiempo... Yo sospecho que tanto en éste como en los demás casos sabía perfectamente de cuánto tiempo disponía para hacer su trabajo. Probablemente elija los lugares de acuerdo con esto, lo cual coincidiría con nuestra suposición de que es un hábil planificador. Y el trabajo con los ojos revela una vez más que posee una mano firme, experta, así como unos buenos conocimientos de anatomía.

Kreizler reflexionó unos momentos.

—¿Qué clase de hombres podrían hacer una cosa así, sargento detective?

Lucius se encogió de hombros.

—A mi modo de ver existen varias opciones. Un médico, por supuesto, o al menos alguien con una preparación médica no meramente superficial. Un hábil carnicero, posiblemente... O tal vez un cazador con mucha práctica. Alguien acostumbrado a manipular cadáveres de animales, que sabría no sólo cómo desbastar las partes principales de la carne sino también las fuentes secundarias de alimentación... Los ojos, entrañas, patas, todo lo demás...

—Pero si es tan cuidadoso, ¿por qué comete todas estas atrocidades al aire libre? —preguntó Theodore—. ¿Por qué no lo hace en un sitio más seguro?

—El exhibicionismo —contestó Kreizler, acercándose a donde nos encontrábamos—. La idea de que está en un lugar de acceso público parece significar mucho para él.

—¿El deseo de que le atrapen? —pregunté.

Kreizler asintió.

—Sí, eso parece. En lucha con el deseo de escapar... —Luego se volvió y dirigió la mirada más allá del puerto—. Y hay otros aspectos que estos lugares tienen en común...

Justo en ese momento llegó hasta nosotros un grito de Marcus diciéndonos que tirásemos de él. Gracias a Theodore lo conseguimos con varios tirones largos y esforzados, devolviendo rápidamente a Marcus a la azotea. A las preguntas de Kreizler sobre lo que había averiguado, Marcus contestó que no quería especular hasta que no estuviera lo bastante seguro sobre su teoría, y luego se marchó a efectuar algunas anotaciones.

—¡Doctor Kreizler! —llamó Lucius—. Me gustaría que echara un vistazo a esto.

Kreizler acudió de inmediato junto al cadáver, pero Theodore y yo avanzamos algo más temblorosos, como cualquiera hubiese podido advertir. Incluso Sara, que había empezado tan valerosamente, ahora apartaba los ojos siempre que podía, como si la prolongada exposición al cadáver se cobrara un precio emocional.

—Cuando examinó el cuerpo de Georgio Santorelli, doctor —preguntó Lucius mientras desataba el pequeño trozo de cordel con que habían atado las muñecas al muchacho—, ¿recuerda si descubrió alguna abrasión o desgarradura en esta zona? —Levantó la mano izquierda de la víctima, indicando la base.

—No —se limitó a contestar Kreizler—. Aparte del corte de la mano derecha, no había nada apreciable.

—¿No había heridas ni magulladuras? —insistió Lucius.

—Nada.

—Bueno, pues esto corrobora las hipótesis que ya habíamos formulado. —Lucius dejó caer el brazo muerto, luego se secó la frente—. Éste es un cordel bastante tosco —añadió, señalando primero el trozo de bramante que había en el suelo de la azotea, y luego otra vez la muñeca del muchacho—. Aunque sólo hubiera habido un breve forcejeo, le habría dejado marcas importantes.

Sara miró el cordel y luego a Lucius.

—Entonces... ¿no hubo forcejeo? —Y el tono de la pregunta reflejaba auténtica tristeza, una tristeza que repercutió fuertemente dentro de mi pecho pues la implicación era obvia.

—Me inclino a pensar —prosiguió Lucius con su planteamiento— que el muchacho permitió que lo ataran, y que ni siquiera durante el estrangulamiento hizo el menor intento de luchar contra el asesino. Tal vez no fuera plenamente consciente de lo que sucedía. Deben tener presente que si se hubiese producido un ataque o auténtica resistencia habríamos hallado también cortes, o como mínimo magulladuras en los brazos, ocasionadas cuando el muchacho intentaba defenderse. Pero, una vez más, no hay nada. De modo que... —Lucius alzó la vista hacia nosotros—. Yo diría que ese muchacho conocía al asesino. Es posible que hubieran practicado este tipo de ataduras en otras ocasiones. Con propósitos de tipo... sexual, con toda probabilidad.

Theodore aspiró abruptamente una gran bocanada de aire.

—¡Dios del cielo...!

Al observar a Sara descubrí un destello en las comisuras de los párpados, incipientes lágrimas de las que se liberó con un rápido pestañeo.

—Esto es sólo una teoría, por supuesto —añadió Lucius—. Pero casi aseguraría que el muchacho lo conocía.

Kreizler asintió lentamente, al tiempo que sus ojos se entrecerraban y su voz surgía con suavidad:

—Lo conocía... y confiaba en él.

Al final Lucius se incorporó y se apartó del cadáver.

—Sí —admitió, apagando la lámpara.

De pronto Sara se puso en pie con un movimiento brusco y corrió hacia el extremo de la azotea más apartado de donde estábamos. Los demás nos miramos con expresión inquisitiva, y luego fui tras ella. Me acerqué cautelosamente y la encontré mirando la estatua de la Libertad. Confieso que me quedé sorprendido al ver que no estaba sollozando. Por el contrario, su cuerpo permanecía muy quieto, incluso rígido.

—Por favor, John, no te acerques más —me dijo sin volverse, con un tono de voz que no sonó histérico sino helado—. Preferiría no tener ningún hombre a mi alrededor. Sólo por un momento.

Yo me quedé extrañamente inmóvil.

—Lo siento, Sara... Sólo quería ayudar. Has visto ya demasiado esta noche.

Ella dejó escapar una breve risa de amargura.

—Sí, pero no puedes hacer nada en absoluto por ayudarme... —Guardó silencio. No obstante, yo no me marché. Luego, al final, ella prosiguió—: Y pensar que realmente llegamos a creer que podía tratarse de una mujer...

—¿Llegamos? —inquirí—. Que yo sepa, todavía no lo hemos descartado.

—Vosotros tal vez no. Es lo que cabía esperar. En este terreno, trabajáis con desventaja.

Me volví al notar una presencia a mi lado y me encontré con Kreizler que se acercaba con cautela. Me hizo señas de que guardara silencio mientras Sara seguía hablando.

—Pero puedo asegurarte, John, que esto de ahí detrás es obra de un hombre. Cualquier mujer que hubiese matado a ese muchacho no habría... —Buscaba a tientas las palabras—. Todas estas puñaladas, ataduras y golpes... Nunca lo entenderé. Pero no hay confusión posible una vez... que posees la experiencia. —Soltó una risa torva—. Y esto siempre parece empezar con la confianza... —Hizo una nueva pausa. Kreizler me tocó el brazo y, con un movimiento de cabeza, me indicó que regresara al otro lado de la azotea—. Por favor, déjame sola unos minutos, John —concluyó Sara—. Enseguida estaré bien.

Kreizler y yo nos alejamos en silencio, y cuando llegamos a una distancia en la que Sara no podía oírnos, Laszlo murmuró:

—No hay duda de que tiene razón. Nunca me he encontrado con una manía femenina, ya sea puerperal o de otro tipo, que se pueda comparar a eso. Aunque tal vez me hubiese llevado un tiempo ridículamente largo darme cuenta. Hay que hallar el modo de aprovechar mejor el punto de vista de Sara, John. —Miró inquieto a su alrededor—. Pero primero debemos salir de aquí.

Mientras Sara seguía en el extremo de la azotea, los demás nos pusimos a recoger el equipo de los Isaacson y a borrar todas las huellas de nuestra presencia, sobre todo las pequeñas manchas de polvos de aluminio y de carbón que salpicaban la zona. Y mientras lo hacíamos, Marcus se puso a comentar que la mitad de los seis asesinatos que podíamos asignar con seguridad a nuestro hombre habían ocurrido en las azoteas... Un hecho significativo, ya que en 1896 las azoteas de Nueva York eran rutas alternativas, pero aun así concurridas, de viajes urbanos, sustitutos en las alturas de las aceras de abajo, repletos de sus particulares medios de circulación. Sobre todo en los barrios pobres y superpoblados, una determinada gente a veces realizaba todos sus negocios cotidianos sin bajar siquiera a la calle: no sólo acreedores buscando que les pagaran, sino lampistas y ministros de la Iglesia, vendedores, enfermeras y demás. Los alquileres en aquellos apartamentos a menudo subían en proporción a la cantidad de ejercicio que se requería para llegar a un piso determinado, y de ahí que los residentes más desafortunados fueran los que ocupaban los pisos superiores de los edificios. Los que tenían negocios con los más pobres de los pobres, en vez de afrontar repetidamente las empinadas y a menudo peligrosas escaleras, se limitaban a pasar de un piso superior a otro a través de las azoteas. Es cierto que aún no sabíamos cómo llegaba nuestro hombre a estas azoteas, pero estaba claro que una vez allí se desplazaba con gran habilidad. Por tanto valía la pena explorar la posibilidad de que en algún momento hubiera desempeñado, o aún lo desempeñara, alguno de esos trabajos que obligaban a transitar por las azoteas.

—Sea cual sea su ocupación —anunció Theodore, enrollando la cuerda que habíamos utilizado para bajar a Marcus por la pared—, hace falta una mente fría para planificar este tipo de violencia con tanta precisión y luego llevarla a cabo tan concienzudamente... Sobre todo sabiendo que la posibilidad de que lo cojan no es tan remota.

—Sí —admitió Kreizler—. Casi sugiere un espíritu militar, ¿no te parece, Roosevelt?

—¿Un espíritu qué? —Theodore se volvió hacia Kreizler con una mirada casi de agravio—. ¿Un militar? No es éste el significado que yo le daría, doctor. ¡En absoluto! Me avergonzaría considerar que esto puede ser obra de un soldado.

Laszlo sonrió pícaramente, consciente de que Theodore (que todavía estaba a muchos años de sus proezas en San Juan Hill) contemplaba las artes militares con la misma adoración infantil que desde siempre había experimentado.

—Es posible. —Kreizler le aguijoneó un poco más—. Pero ¿no es esto lo que nos empeñamos en inculcar a los soldados? ¿No les enseñamos a tener una mente fría capaz de planear fríamente la violencia? —Theodore carraspeó con ostentación y se alejó con paso firme de Kreizler, que sonrió más abiertamente—. ¡Tome nota de esto, sargento detective Isaacson! —le gritó Laszlo—. ¡Lo más probable es que tenga algún tipo de experiencia militar!

Theodore giró en redondo, los ojos muy abiertos; pero lo único que consiguió exclamar fue «¡Por todos los...!» antes de que Cyrus apareciera en tromba por la escalera. En la vida le había visto tan asustado.

—¡Doctor! —le llamó—. ¡Creo que será mejor que nos

larguemos! —Cyrus levantó uno de sus enormes brazos y señaló al norte, y los ojos de todos nosotros siguieron la indicación.

En la periferia de Battery Park, la gente se iba concentrando cerca de los distintos puntos de entrada. No era el tipo de gente bien vestida y de modales educados que circulaba por la zona durante el día, sino turbulentas masas de hombres y mujeres andrajosos en los que la marca de la pobreza era visible desde lejos. Algunos llevaban antorchas y a otros les acompañaban chiquillos, los cuales parecían disfrutar plenamente de aquellas incursiones a primeras horas de la mañana. Aunque no había indicios claros de amenaza, tenía todo el aspecto de una multitud enfurecida.

15

Sara se acercó y se detuvo a mi lado.

—John, ¿quién es toda esta gente?

—Bueno —dije, experimentando una preocupación distinta y más vital que la que hubiera sentido en cualquier otro momento aquella noche—, yo diría que la edición matinal del *Post* ya ha empezado a circular.

—¿Qué se supone que quieren? —preguntó Lucius, a quien le sudaba la frente más que nunca a pesar del frío.

—Querrán una explicación, imagino —contestó Kreizler—. Pero ¿cómo se han enterado de que tenían que venir aquí?

—Ha sido un poli del Distrito Veintisiete —explicó Cyrus, todavía asustado pues había sido una multitud muy parecida a la que ahora nos enfrentábamos la que había torturado y asesinado a sus padres—. Estaba ahí abajo con otros dos tipos, explicándoles algo. Luego los dos tipos se metieron entre la gente y se pusieron a contar con bastante labia que sólo matan a los pobres niños extranjeros. Parece que la mayoría de la gente de ahí fuera ha venido del East Side.

—Sin duda era el agente Barclay —dijo Theodore, mostrando en su rostro aquella rabia especial que le inspiraba la traición de sus subordinados—. El policía que ha llegado aquí primero.

—¡Por allí va Miller! —exclamó de pronto Marcus, y al mirar abajo vi al vigilante que huía, sin su sombrero, hacia la estación del transbordador a Bedloe's Island—. Por suerte me he quedado con sus llaves —añadió Marcus—. No daba la impresión de que fuera un hombre dispuesto a quedarse mucho rato por aquí.

En aquel preciso momento empezó a crecer el griterío del grupo más numeroso, que se encontraba justo enfrente de nosotros, perfectamente visible a través de las ramas todavía desnudas de los árboles del parque, hasta alcanzar el crescendo con un par de ponzoñosos alaridos. Percibimos entonces el traqueteo de unos cascos de caballo y las ruedas de un carruaje, y de pronto apareció la calesa de Kreizler, que se acercaba veloz por el paseo central del parque hacia el fuerte. Stevie sostenía el látigo en alto y dirigió con firmeza a Frederick por delante de los muros delanteros del fuerte, hasta las enormes puertas de atrás.

—Bien hecho, Stevie... —murmuré, y me volví a los demás—. Ésta es la mejor salida, a través de las puertas de atrás y por el lado del parque que da al río.

—Pues sugiero que nos larguemos —dijo Marcus—, porque se están acercando.

Con otra andanada de gritos, la multitud de la entrada principal penetró en el parque, ante lo cual los grupos que había a la derecha y a la izquierda también se pusieron en marcha. En aquellos instantes ya no cabía duda de que por las calles adyacentes desembocaba más gente en la zona. La multitud pronto congregaría a varios centenares de personas. Alguien había hecho una excelente labor encendiendo los ánimos.

—¡Maldita sea! —gruñó Theodore, furioso—. ¿Dónde está la ronda nocturna del Veintisiete? ¡Me los voy a zampar a la brasa!

—Una excelente idea para mañana —comentó Kreizler, dirigiéndose a la escalera—. Sin embargo, de momento lo más urgente es escapar.

—¡Pero esto es el escenario de un crimen! —prosiguió Theodore, indignado—. No permitiré que ninguna turba lo destroce. ¡Sean cuales fuesen sus quejas! —Buscó por la azotea, y a continuación cogió un grueso palo de madera cortada—. No deben encontrar a ninguno de vosotros por aquí, doctor... Coge a la señorita Howard y marcharos. Los detectives y yo nos enfrentaremos a esa turba de la entrada.

—¿Nosotros? —La pregunta salió de los labios de Lucius incluso antes de darse cuenta de que la formulaba.

—¡Ánimo! —les contestó Roosevelt, sonriente, cogiendo con firmeza a Lucius del hombro y luego trazando unas cuantas estocadas en el aire de la noche con su palo—. Al fin y al cabo, este fuerte nos defendió del Imperio Británico... ¿Cómo no va a defendernos ahora de una turbamulta del Lower East Side?

Era una de esas ocasiones en que me hubiese gustado darle un sopapo a aquel hombre, pese a que su bravata no carecía de sentido.

A fin de preservar absolutamente la naturaleza de nuestro trabajo, era necesario que nos lleváramos en la calesa todo el equipo de los Isaacson. Después de hacer el camino de vuelta por la escalera y entre las peceras, acomodamos las diversas cajas en el coche y a continuación me volví hacia los dos hermanos para desearles suerte. Marcus parecía inspeccionar el suelo en busca de algo, mientras Lucius comprobaba, con cierta inquietud, el funcionamiento de un revólver de reglamento.

—Es posible que no podáis evitar una pelea —les dije con una sonrisa que esperé fuera tranquilizadora—, pero no permitáis que Roosevelt os meta en una.

Lucius sólo soltó un breve gruñido, pero Marcus sonrió valerosamente y me estrechó la mano.

—Nos veremos en el ochocientos ocho —le dije.

A continuación cerraron las puertas traseras del fuerte y volvieron a colocar las cadenas y los candados. Yo salté al estribo y me agarré del lateral de la calesa —Kreizler y Sara ocupaban ya los dos asientos, y Cyrus iba arriba con Stevie—, y con una sacudida bajamos por un sendero que nos llevó hasta el borde del puerto y luego hacia el norte siguiendo el río. El griterío de la multitud fuera de Castle Garden seguía creciendo, pero cuando pasábamos por un lugar desde donde podían verse las puertas de entrada al fuerte los gritos se interrumpieron bruscamente. Estiré la cabeza para ver a Theodore fuera del oscuro portal, empuñando tranquilamente su palo con una mano y señalando hacia el extremo del parque con la otra. El estúpido amante de la acción había sido incapaz de quedarse allí dentro. Los Isaacson estaban en la puerta tras él, dispuestos a volver a echar el cerrojo a la menor sospecha. Pero esto no parecía necesario: la multitud realmente escuchaba lo que Theodore les estaba diciendo.

Al acercarnos al extremo norte del parque, Stevie ganó velocidad y poco faltó para que nos metiéramos en medio de una falange de unos veinte policías que trotaban hacia Castle Garden. Doblamos bruscamente hacia la izquierda por Battery Place para seguir por los desiertos muelles, y al hacerlo obtuve una breve pero clara visión de una lujosa berlina que se hallaba aparcada en una esquina, desde donde disfrutaba de una espléndida vista de los acontecimientos que se desarrollaban en el fuerte. Una mano con las uñas muy cuidadas y una elegante sortija de plata en el dedo meñique asomó por la puerta de la berlina, seguida por la parte superior del cuerpo de un hombre. Incluso bajo la tenue luz de las farolas distinguí el centelleo de una preciosa aguja de corbata, y a continuación los atractivos rasgos de un moreno irlandés: Paul Kelly. Grité a Kreizler para que mirara, pero avanzábamos con excesiva rapidez para que pudiera echar un vistazo. Sin embargo, cuando le conté lo que había visto, su rostro reveló que ya había sacado sus propias conclusiones.

Así pues, lo de la turba había sido obra de Kelly, probablemente en respuesta a los comentarios de Steffen sobre Biff Ellison en el *Post*. Todo encajaba: Kelly no era conocido precisamente por lanzar amenazas en balde, y enfurecer a aquella gente profundamente irritada por culpa de los asesinatos debía de haber sido un juego de niños para un hombre tan taimado como él. Sin embargo, la jugada había estado a punto de costarle muy cara a nuestro equipo, y de hecho aún temía que pudiera suceder algo. Y mientras seguía agarrado al lateral de la veloz calesa me juré que, si algo les pasaba a Theodore o a los Isaacson, haría personalmente responsable de ello al jefe de los Five Pointers.

Stevie no aflojó la marcha de Frederick en ningún momento durante el trayecto a casa, y nadie le pidió que lo hiciera... Todos nosotros, cada uno por su razón particular, quería alejarse de Castle Garden. Había charcos de lluvia en muchas de las calles toscamente pavimentadas del West Side, y cuando llegamos al 808 de Broadway yo estaba salpicado de barro, frío como un témpano, y dispuesto a dar por finalizada la noche (o la mañana, ya que el amanecer no andaba muy lejos). Pero aún había que subir el equipo y registrar nuestras impresiones sobre el asesinato mientras estaban recientes, de modo que obedientemente nos dispusimos a ello. Cuando el ascensor llegó al sexto piso, Kreizler descubrió que había extraviado la llave y yo le di la mía, toda cubierta de barro. A las cinco y cuarto de la mañana de aquel sábado entramos en nuestro cuartel general, sucios y exhaustos.

Así que mi sorpresa y mi alegría fueron mucho mayores cuando lo primero que percibieron mis sentidos fueron los olores a carne, huevos fritos y café recién hecho. Había una luz encendida en la pequeña cocina del fondo de nuestro piso, y divisé a Mary Palmer —vestida no con su uniforme de lino azul sino con una bonita blusa blanca, una falda a cuadros y un delantal— trajinando por allí con movimientos rápidos y precisos. Solté las cajas que llevaba arrastrando.

—Dios me ha enviado un ángel —exclamé, precipitándome hacia la cocina.

Mary se sobresaltó un poco al ver mi cuerpo embarrado que surgía de entre las sombras, pero sus ojos azules pronto se tranquilizaron y me obsequió con una tenue sonrisa, ofreciéndome un trocito de carne chisporroteante ensartado en el extremo de un largo tenedor de madera, y luego una taza de café.

—Mary, ¿cómo has podido...? —empecé, pero dejé la pregunta a medio formular y me concentré en la deliciosa comida. Mary tenía en marcha una gran producción: gran cantidad de huevos y lo que parecían delgadas lonchas de ternera dentro de unas profundas sartenes de hierro que debía de haber traído de casa de Kreizler. Me hubiese quedado un rato allí, impregnándome de aquel calor y aquellos aromas, pero al darme la vuelta vi a Laszlo de pie a mis espaldas, con los brazos cruzados y una mirada severa en el rostro.

—Bien —exclamó—, supongo que ya sé qué ha sido de mi llave.

Di por sentado que aquella amonestación era en broma.

—Laszlo —dije con la boca llena de carne—, creo que realmente podré sobrevivir...

—¿Querrías excusarnos a Mary y a mí un momento, Moore? —preguntó mi amigo con el mismo tono severo, y por la expresión del rostro de la muchacha comprendí que ella sabía que hablaba completamente en serio, aunque yo no lo creyera así. Sin embargo, en vez de preguntárselo, cogí un par de huevos y un poco más de carne en un plato, agarré mi taza de café y me dirigí a mi escritorio.

Tan pronto como salí de la cocina, oí a Kreizler que empezaba a reprender a Mary en términos nada ambiguos. La pobre muchacha era incapaz de ofrecer otra respuesta que no fuera un ocasional «no» y un breve y silencioso sollozo. Aquello no tenía sentido para mí; en mi opinión, ella no se había limitado a cumplir como criada, y la actitud de Kreizler era inexplicablemente mezquina. Sin embargo, mis pensamientos se vieron distraídos por Cyrus y Stevie, que se inclinaron hambrientos y babeantes sobre mi plato.

—Eh, eh, muchachos —exclamé, cubriendo mi comida con los brazos—. No hace falta llegar a las manos. Hay mucha más en la cocina.

Los dos se precipitaron hacia el fondo, y sólo se contuvieron un poco al encontrarse con Kreizler.

—Comed algo —les dijo Laszlo, con brusquedad—, y luego acompañad a Mary a casa. Rápido.

Stevie y Cyrus murmuraron asintiendo, y luego saltaron sobre la confiada carne y los huevos. Kreizler arrastró una de las sillas verdes de la marquesa Carcano entre el escritorio de Sara y el mío y se dejó caer cansadamente en el asiento.

—¿No quieres comer nada, Sara? —le preguntó Laszlo en voz baja.

Ella mantenía la cabeza apoyada sobre los brazos en su escritorio, pero la incorporó un poco para sonreír y contestar:

—No, gracias, doctor. No podría. Y además no creo que a Mary le gustara mi presencia en la cocina.

Kreizler asintió.

—Un poco duro con la muchacha, ¿no te parece, Kreizler? —le dije con toda la seriedad que me fue posible a través de la boca llena de comida.

Él suspiró y cerró los ojos.

—Te agradeceré que no interfieras en esto, John. Es posible que parezca severo, pero no quiero que Mary sepa nada sobre este caso. —Abrió los ojos y miró hacia la cocina—. Por múltiples motivos.

Hay ocasiones en la vida en que uno tiene la sensación de haber entrado en el teatro equivocado en mitad de una representación. De pronto percibí que entre Laszlo, Mary y Sara parecía funcionar una química muy extraña. No habría podido etiquetarla aunque me hubiesen pagado por ello, pero al sacar una botella de excelente coñac francés del último cajón del escritorio y añadir un poco a mi café todavía humeante, fui cada vez más consciente de que en aquella enorme habitación el aire se había cargado de repente. Esta sensación instintiva se confirmó cuando Mary, Stevie y Cyrus salieron de la cocina y Kreizler les pidió que le devolvieran la llave. Mary se la entregó a regañadientes, y de pronto capté que, al dirigirse a la puerta con los otros dos, lanzaba a Sara una mirada breve e irritada. No cabía duda alguna: existía algo subterráneo en toda aquella actividad.

Pero había temas más importantes que tratar, y cuando Mary, Stevie y Cyrus se hubieron ido, los demás nos dispusimos a intercambiar ideas. Kreizler se acercó a la pizarra, que había dividido en tres zonas generales: INFANCIA a la izquierda, INTERVALO en el centro y ASPECTOS DE LOS CRÍMENES a la derecha. Laszlo fue anotando en las respectivas casillas las teorías que habíamos desarrollado en la azotea de Castle Garden, dejando un pequeño espacio para cada discernimiento sobresaliente que los Isaacson pudieran aportar desde que los habíamos dejado. Entonces Kreizler se apartó de la pizarra para revisar la lista de detalles, y aunque a mi modo de ver ésta ofrecía pruebas de que había sido una noche productiva, él pareció considerarla poco útil. Lanzaba arriba y abajo el trozo de tiza, cambiando el peso de un pie al otro, y finalmente anunció que había otro factor significativo que debíamos anotar: en la esquina superior derecha de la pizarra, bajo el encabezamiento ASPECTOS DE LOS CRÍMENES, escribió la palabra AGUA.

Esto me desconcertó, pero Sara, después de pensar en ello, señaló que cada uno de los asesinatos cometidos desde enero había tenido lugar cerca de una gran cantidad de agua, y que a los Zweig en realidad los habían dejado dentro de un depósito de agua. Cuando pregunté si esto no sería una simple coincidencia, Kreizler dijo que dudaba que un planificador tan escrupuloso como nuestro asesino permitiera tantas coincidencias. Entonces se acercó a su escritorio y, de una pila de libros, sacó un viejo ejemplar encuadernado en piel. Al ver que encendía la lamparita de mesa, me armé de valor esperando alguna cita técnica de alguien como por ejemplo el profesor Mosso de Turín (de quien recientemente había sabido que estaba iniciando investigaciones sobre la medición física de la manifestación de los estados emocionales). Pero lo que Laszlo leyó, con voz tranquila y cansada, fue algo absolutamente distinto:

—«¿Quién es capaz de entender sus propios errores? Límpiame tú de mis pecados secretos.»

Kreizler apagó la lamparita del escritorio. Seguidamente hice un intento a ciegas y supuse que la cita era de la Biblia, ante lo cual Laszlo asintió, observando que nunca cesaría de sorprenderse ante el número de referencias a la limpieza que encontraba en las obras religiosas. Pero se apresuró a añadir que no creía que nuestro hombre padeciera necesariamente manía o demencia religiosa (si bien tales aflicciones habían caracterizado a más asesinos en serie que cualquier otra forma de enfermedad mental); en cambio, había leído la cita para indicar, si bien poéticamente, hasta qué punto el asesino se sentía oprimido por los sentimientos de pecado y de culpa, para los cuales el agua era metafóricamente un antídoto.

La observación pareció afectar la garganta de Sara: con una voz tomada, sin duda impaciente, observó que Kreizler regresaba persistentemente a la idea de que nuestro asesino era consciente de la naturaleza de sus acciones y deseaba que lo apresaran, aunque al mismo tiempo seguía escapando y matando a jovencitos. Si dábamos por supuesto que estaba cuerdo, entonces nos enfrentábamos a la inquietante pregunta de qué posible satisfacción o beneficio obtenía de semejante carnicería. Antes de contestar a esta aguda observación, Laszlo hizo una pausa, buscando cuidadosamente las palabras. Él sabía, lo mismo que yo, que aquélla había sido una noche muy larga y desconcertante para Sara. Y yo también sabía que, después de haber visto uno de aquellos cuerpos, lo último que deseaba era oír un análisis descriptivo del contexto mental del responsable: la tristeza, la rabia y el horror eran demasiado intensos. Pero persistía el hecho de que semejante análisis era obligatorio, sobre todo en aquel momento tan intenso. Y a Sara había que atraerla inmediatamente a la tarea antes que a cualquiera de los demás, objetivo al que Laszlo se aproximó indirectamente formulándole algunas amables preguntas, al parecer sin relación alguna.

Le pidió que imaginara que entraba en un salón grande y algo destartalado en el que resonaba el eco de gente murmurando y hablando repetitivamente para sí, y que aquella gente caía postrada a su alrededor, algunos incluso sollozando. ¿Dónde se encontraba? La respuesta de Sara fue inmediata: en un manicomio. Quizá, replicó Kreizler, pero también podía estar en una iglesia. En el primer caso, la conducta se consideraría de locos; en el segundo, no sólo de cuerdos sino tan respetable como lo pudiera ser cualquier actividad humana. Kreizler prosiguió poniendo otros ejemplos. Si una mujer y sus hijos se veían amenazados con todo tipo de violencia por parte de un grupo de asaltantes, y la única arma de que disponía la madre era algo parecido a un cuchillo de carnicero, ¿consideraría Sara que los esfuerzos necesariamente horribles de la mujer para matar a aquellos hombres eran obra de una loca furiosa? Otro ejemplo: si una madre descubría que su marido golpeaba a sus hijos y mantenía relaciones sexuales con ellos, y en mitad de la noche le cortaba el cuello, ¿calificaría aquello de inaceptable brutalidad? Sara dijo que iba a contestar a aquellas preguntas, aunque consideraba tales casos muy diferentes al que nos enfrentábamos en aquellos momentos. Esto provocó una rápida réplica por parte de Laszlo: la única diferencia, declaró, estribaba en las percepciones de Sara ante los distintos ejemplos. Un adulto protegiendo a un niño, o un niño protegiéndose a sí mismo, era aparentemente un contexto en el que Sara podía justificar incluso la más terrible de las violencias. Pero ¿y si nuestro asesino contemplara sus actuales actos precisamente como este tipo de protección? ¿Podía Sara cambiar lo suficientemente su punto de vista para entender que cada víctima y cada situación que conducían a un asesinato resonaban dentro del asesino como una lejana experiencia de amenaza y de violencia, y lo conducían, por razones que aún no habíamos definido del todo, a tomar violentas medidas en defensa propia?

Sara siguió negándose a aceptar aquello, más por ser reacia a ello que por incapacidad. Por mi parte, me sorprendí al ver que mis propios pensamientos iban exactamente en la línea de los de Kreizler. Tal vez el coñac empujara mi mente más allá de sus habituales limitaciones; en todo caso, empecé a decir que cada cuerpo muerto parecía, a la luz que Laszlo iba proyectando, una especie de espejo. Mi amigo alzó un puño al aire y exclamó satisfecho que, en efecto, los cadáveres eran el reflejo de algún conjunto de experiencias salvajes de importancia decisiva en la evolución mental de nuestro hombre. Si tomábamos el enfoque biológico y nos concentrábamos en la formación que el profesor James denominaba «vías neurales», o por el contrario tomábamos la vertiente filosófica, la cual nos llevaría a una discusión sobre el desarrollo del alma, llegaríamos a una misma conclusión: la idea de un hombre para el que la violencia era no sólo una conducta profundamente arraigada sino el punto de partida de sus experiencias más significativas. Lo que él veía cuando miraba a aquellos muchachitos muertos era sólo una representación de lo que sentía que le habían hecho a él —aunque sólo fuera físicamente— en algún momento lejano de su pasado. Como es lógico, cuando mirábamos aquellos cadáveres, nuestro primer pensamiento era de venganza por los muertos y de protección para las futuras víctimas. Sin embargo, la gran ironía radicaba en que nuestro asesino creía que se estaba proporcionando justamente ambas cosas: venganza para el niño que había sido y protección para el espíritu torturado en que se había convertido.

A pesar del cuidado con que Kreizler intentó explicarle esto a Sara, no consiguió ningún cambio en su actitud. Simplemente, era demasiado pronto para que ella dejara a un lado la experiencia de Castle Garden y regresara a la labor. Sara no dejaba de retorcerse en la silla, moviendo la cabeza y afirmando que todo lo que Kreizler decía era un razonamiento en cierto modo absurdo. Estaba comparando las experiencias emocionales y físicas de la infancia con los peores deseos de sangre de los adultos, afirmaba ella desafiante, cuando tal correlación no existía: los dos fenómenos eran totalmente desproporcionados el uno respecto al otro.

Kreizler le contestó que éste podía parecer el caso, pero únicamente porque era la misma Sara la que había decidido las proporciones, y basándose en el contexto de su propia experiencia. La rabia y las ansias de destrucción no eran los instintos que guiaban su vida, pero ¿y si lo hubieran sido desde mucho antes de adquirir la capacidad de pensar de forma consciente? ¿Qué pasaría si sólo la acción física pudiera satisfacer una rabia tan arraigada? En el caso de nuestro hombre, ni siquiera los brutales asesinatos podían conseguirlo; de haber sido así, todavía seguiría realizando en silencio sus hazañas, ocultando los cadáveres y sin coquetear con la posibilidad de que le descubrieran.

Al ver que todos aquellos puntos sólidamente fundamentados seguían sin hacer mella en nuestra intransigente compañera, aproveché la oportunidad y sugerí que a todos nos convenía dormir un poco. El sol había empezado a arrastrarse por encima de la ciudad durante nuestra discusión, trayendo consigo aquel estado de extrema desorientación que acompaña a la mayoría de las noches de vigilia. Estoy convencido de que Kreizler también sabía que un descanso apaciguaría los ánimos, y por eso formuló una última petición a Sara cuando ésta salía conmigo: que no permitiera que el horror y la rabia la apartaran demasiado del curso de nuestra investigación. Esta noche su papel se había revelado más importante incluso de lo que él había pensado en un principio: nuestro asesino había pasado su infancia entre hombres «y» mujeres, e, independientemente de lo que el resto de nosotros pudiera suponer sobre las mujeres relacionadas con tales experiencias, nuestras teorías nunca llegarían a ser más que un cúmulo defectuoso de suposiciones. Le correspondería a Sara proporcionarnos una perspectiva distinta, crear para nosotros a la mujer o a la serie de mujeres que hubiesen contribuido a fomentar semejante rabia. Sin eso, nunca podríamos tener éxito.

Sara asintió cansadamente ante la idea de su nueva responsabilidad, y comprendí que sería mejor alejarla de Kreizler, que resultaba agotador incluso después de toda una noche de sueño. Abrí la puerta y la guié hasta el ascensor. Mientras bajábamos, el único sonido audible fue el rumor apagado y extrañamente alentador del motor de la maquinaria formando ecos en el oscuro pozo.

En la planta baja nos encontramos con los Isaacson, cuyo regreso no se había retrasado por la chusma de Castle Garden (que se había dispersado poco después de nuestra partida), sino por Theodore, que había insistido en que le acompañaran a uno de sus locales favoritos en el Bowery para tomar un desayuno triunfal a base de bistecs y cerveza. Los dos detectives parecían tan agotados como Sara y como yo, y dado que tenían que subir y entregar sus informes antes de que se les permitiera dormir, no nos entretuvimos hablando. Marcus y yo trazamos un apresurado plan para encontrarnos por la tarde y arriesgarnos a visitar el Golden Rule Pleasure Club. Luego ellos subieron al ascensor, y Sara y yo salimos en busca de un carruaje en el casi desierto Broadway.

No había muchos coches de alquiler desafiando el frío de primera hora de la mañana, aunque afortunadamente los pocos que había estaban concentrados ante el hotel St. Denis, al otro lado de la calle. Ayudé a Sara a subir al cabriolé, pero antes de proporcionar su dirección al cochero alzó la mirada hacia las ventanas todavía iluminadas del sexto piso del número 808.

—Parece como si él nunca parara —comentó con voz queda—. Es como..., como si se jugara algo personal en esto.

—Bueno —dije, bostezando ostensiblemente—, muchas de sus ideas profesionales podrían verse ratificadas según los resultados.

—No —protestó Sara, aunque apaciblemente—. Se trata de otra cosa, de algo más...

Siguiendo su mirada hacia lo alto, a nuestro cuartel general, decidí expresar una preocupación exclusivamente mía:

—Me gustaría saber qué es lo que ha pasado con Mary.

Sara sonrió.

—John, nunca serás el más observador de los hombres por lo que respecta al romanticismo.

—¿Y eso qué quiere decir? —pregunté, sinceramente desconcertado.

—Quiere decir —contestó Sara con cierta indulgencia— que Mary está enamorada de Kreizler. —Y mientras yo me quedaba boquiabierto, ella dio unos golpes en el techo del carruaje—. Cochero, a Gramercy Park. Adiós, John.

Sara aún sonreía cuando el carruaje dio la vuelta y enfiló por Broadway. Un par de cocheros me preguntaron si también quería carruaje, pero después del último descubrimiento negué con la cabeza. Tal vez un paseo andando hasta casa —o deambulando— me ayudara a comprender un poco aquello, pensé. Pero no podía estar más equivocado. Las implicaciones de la declaración de Sara, y la mirada que había en su rostro al decírmelo, eran demasiado extrañas para comprenderlas en unos cuantos minutos, fatigado como estaba. Lo único que consiguió la caminata fue cansarme todavía más, y cuando me desplomé sobre las sábanas en casa de mi abuela, tenía el cuerpo demasiado débil y el espíritu demasiado turbado para despojarme siquiera de mis prendas cubiertas de barro.

16

Un estado de ánimo absolutamente desagradable se apoderó de mí durante el sueño, y me desperté a mediodía para comprobar que mi estado de ánimo había descendido a niveles lamentables. Este talante sombrío se intensificó cuando un mensajero me trajo una nota de Laszlo, escrita aquella mañana. Al parecer, la señora de Edward Hulse, de Long Island, había sido detenida durante la noche por intentar matar a sus hijos con un trinchante. Aunque a la mujer la habían puesto en libertad bajo la custodia de su esposo, habían pedido a Kreizler que evaluara su estado mental, y éste había invitado a Sara a acompañarle. No se pretendía establecer relación alguna entre la señora Hulse y nuestro caso, explicaba Laszlo. En cambio, el interés de Sara (que sin duda se había reavivado después de unas horas de sueño) consistía en reunir pormenores de carácter para la imaginaria mujer que Laszlo le había pedido que creara con vistas a una posterior comprensión de nuestro hombre imaginario. Pero no era esto lo que me producía inquietud; era más bien la forma en que Kreizler lo expresaba, como si los dos hubieran salido a pasar juntos un alegre día en el campo... Mientras estrujaba la nota, les deseé con acritud un día encantador, y creo que a continuación escupí en el lavabo.

Recibí una llamada telefónica de Marcus Isaacson y concertamos nuestro encuentro para las cinco, en la estación del tren elevado en la Tercera Avenida con la calle Cuatro. Luego me vestí y consideré las perspectivas para la tarde, que resultaron ser pocas y de escaso interés. Al salir de la habitación descubrí que mi abuela estaba ofreciendo un almuerzo. El grupo estaba formado por una de sus estúpidas sobrinas, el no menos estúpido marido de la sobrina (que era socio de la empresa de inversiones de mi padre) y uno de mis primos segundos. Los tres invitados me acribillaron a preguntas sobre mi padre, preguntas que yo, que no le veía desde hacía muchos meses, no estaba en disposición de responder. También me formularon algunas educadas preguntas sobre mi madre (de quien sabía que en aquellos momentos viajaba por Europa con un compañero), y amablemente eludieron el tema de mi antigua prometida, Julia Pratt, a quien frecuentaban en sociedad. Toda la conversación estuvo salpicada de sonrisas y risitas hipócritas, y entre todos acabaron por ponerme de total malhumor.

Lo cierto era que habían transcurrido muchos años desde que yo podía hablar amablemente con la mayoría de los miembros de mi familia, por razones que, aunque poderosas, no eran difíciles de explicar. Poco después de que yo terminara mis estudios en Harvard, mi hermano pequeño —cuyo paso a la edad adulta había sido incluso más problemático que el mío— había caído de una embarcación en Boston y se había ahogado. Una autopsia minuciosa había revelado lo que yo le habría podido explicar a cualquiera que me lo hubiera preguntado: que mi hermano era un adicto al alcohol y a la morfina. (Durante sus últimos años se había convertido en un compañero habitual de borracheras del hermano pequeño de Roosevelt, Elliot, cuya vida de alcohólico terminaría también varios años después.) El funeral que siguió estuvo repleto de tributos respetuosos aunque completamente absurdos, todo ello para eludir el tema de la batalla de mi hermano, ya adulto, con sus terribles ataques de melancolía. Había muchas razones para su infelicidad, pero ahora creo —como lo creí entonces— que básicamente era el resultado de haber crecido en un hogar, y en un mundo, donde cualquier expresión emocional se miraba con malos ojos en el mejor de los casos, y en el peor se la asfixiaba. Por desgracia, durante el funeral se me ocurrió expresar semejante opinión, y poco faltó para que me internaran en un manicomio... Mis relaciones con la familia nunca se habían recuperado del todo. Sólo mi abuela, que idolatraba a mi hermano, mostró cierta comprensión ante mi conducta, o cierta voluntad de aceptarme en su casa y en su vida. Los demás me consideraban mentalmente trastornado, como mínimo, y hasta es posible que sumamente peligroso.

Por todas estas razones, la llegada de mis parientes ese día a Washington Square supuso una especie de golpe de gracia, y mi estado de ánimo no podía ser peor cuando salí al helado día de la calle. Me di cuenta de que no tenía ni la más mínima idea de adónde me dirigía y me senté en los peldaños de la entrada, hambriento y muerto de frío, y de pronto consciente de que estaba celoso... Este descubrimiento fue tan sorprendente que mis cansados ojos se abrieron de golpe. De algún modo, mi inconsciente había extraído algunas conclusiones desagradables de los fragmentos de información que había obtenido la noche anterior: si Mary Palmer estaba de hecho enamorada de Kreizler y contemplaba a Sara como una amenaza, y tanto Kreizler como Sara eran conscientes de esto y en consecuencia Kreizler no quería a Mary a su alrededor aunque no tenía reparos en pasar deliciosas tardes primaverales en compañía de Sara... En fin, estaba bastante claro. Era indudable que Sara se sentía fascinada por el enigmático alienista; y, por su parte, el iconoclasta Kreizler, a quien yo sólo le conocía un amor en su vida, se había prendado del carácter fuertemente independiente de Sara. Y no es que en mi interior se hubiese infiltrado algún tipo de celos románticos. Tan sólo en una ocasión había considerado mantener un vínculo sentimental con Sara: durante unas horas de embriaguez, y de eso hacía ya unos años. No, lo que más me molestaba era la idea de sentirme excluido. En una mañana así (o una tarde) un paseo con unos amigos a Long Island sin duda resultaría beneficioso.

Estuve varios minutos debatiéndome sobre si debía llamar o no a una actriz con quien había pasado bastantes días (y más noches aún) desde el final de mi compromiso con Julia Pratt; y luego, sin que pueda explicar cómo, mis pensamientos se dirigieron hacia Mary Palmer. Yo me sentía mal pero ella debía de sentirse peor, si era verdad lo que me había dicho Sara. ¿Por qué no hacer una visita rápida a Stuyvesant Park, me dije, y sacar de paseo a la chica aquella tarde? Quizá Kreizler no lo aprobara, pero Kreizler estaba pasando un día agradable junto a una espléndida muchacha, y por tanto sus quejas no serían válidas. (Hasta tal punto el rencor se había adueñado de mi mente.) Sí, la idea era cada vez más atractiva al pasar ante el nuevo arco que se erguía en el lado norte de Washington Square... Pero ¿adónde llevar exactamente a la chica?

En Broadway me rodeé de varios muchachos vendedores de periódicos y les alivié de parte de su mercancía. Los acontecimientos de la noche anterior en Castle Garden recibían gran atención en las portadas. Al parecer aumentaba la preocupación en los barrios de inmigrantes. Se estaba formando un comité de ciudadanos para acudir al ayuntamiento y expresar su inquietud por los dos asesinatos y, con mayor énfasis aún, por los posibles efectos que éstos tendrían en el orden social. Todo esto suponía muy poco o casi nada para mí en aquel preciso momento, de modo que busqué las páginas de espectáculos. Lo que vi me pareció de poco interés hasta que descubrí un anuncio del teatro de Koster y Bial en la calle Veintitrés. Aparte de cantantes, gimnastas cómicos y un payaso ruso, el programa de Koster y Bial ofrecía la proyección de unas películas cortas, la primera que se hacía en Nueva York, según el anuncio. Me pareció el sitio adecuado, y el teatro sin duda a una distancia conveniente de la casa de Kreizler. Cogí el primer carruaje que vi.

Mary estaba sola en la casa de la calle Diecisiete cuando llegué, y tan deprimida como esperaba encontrarla. Al principio se resistió también a la idea de arriesgarse a salir. Apartó de mí la mirada y negó enérgicamente con la cabeza, señalando las habitaciones como si pretendiera indicar que sus labores domésticas eran demasiado numerosas para considerar siquiera la idea. Pero yo me sentía inspirado por el deseo de alegrar a alguien: le describí con extraordinario entusiasmo el programa de Koster y Bial, y a sus recelosas miradas repliqué que la salida no era más que una forma de darle las gracias por su excelente desayuno a primera hora de la mañana. Más tranquila y obviamente interesada, pronto accedió y se fue en busca del abrigo, así como de un sombrerito negro. Ni un sonido salió de su boca al abandonar la casa, pero sonreía con expresión de satisfacción y agradecimiento.

A pesar de ser una idea que había nacido de unos sentimientos tan dudosos, resultó francamente buena. Ocupamos nuestros asientos en el Koster y Bial, un teatro bastante corriente, de capacidad moderada, justo en el momento en que un grupo de variedades procedente de Londres acababa su actuación. Llegamos a tiempo para ver los payasos rusos, cuyas travesuras hicieron disfrutar a Mary. Los gimnastas cómicos, que hacían agudas observaciones mientras los demás realizaban auténticas proezas físicas, fueron también muy buenos, pero podría muy bien haberme ahorrado a los cantantes franceses y a una bailarina bastante extraña que actuó a continuación. El público estaba animado, y Mary parecía disfrutar tanto observando a la gente como con las actuaciones.

Sin embargo sus ojos no se distrajeron cuando una brillante pantalla blanca bajó sobre el proscenio y el teatro se quedó completamente a oscuras. Entonces, en algún lugar a nuestras espaldas, se encendió una luz, y el pánico casi estalló en las primeras filas al enfrentarnos todos a un muro de mar azul que al parecer se desbordaba dentro del teatro. Como es natural, ninguno de nosotros estaba familiarizado con el fenómeno de las proyecciones de imágenes, una experiencia que en este caso se había visto potenciada por el hecho de haber teñido a mano una película en blanco y negro. Después de que se hubiese restablecido el orden tras la primera proyección —*Olas marinas*—, nos entretuvieron con otros once cortos, entre ellos un par de *Boxeadores de vodevil* y algunas películas menos divertidas del Káiser alemán pasando revista a sus tropas. Sentados en aquel teatro de difícil clasificación, apenas éramos conscientes de que estábamos presenciando la llegada de una nueva forma de comunicación y de entretenimiento que, en manos de profesionales tan modernos como D. W. Griffith, cambiaría drásticamente no tan sólo la ciudad de Nueva York sino el mundo entero. Pero yo estaba más interesado por el hecho de que aquellas imágenes fluctuantes y pintadas nos acercaban brevemente a Mary Palmer y a mí, aliviando la soledad que para mí era transitoria y para ella un aspecto permanente de su existencia.

Mi placidez mental se transformó en inquietante curiosidad cuando volvimos a salir a la calle, debido al entrenamiento que había sufrido en las últimas semanas. Mientras observaba cómo mi complacida y atractiva acompañante disfrutaba de la fría y luminosa tarde, me pregunté: «¿Cómo es posible que esta muchacha matara a su padre?» Era absolutamente consciente de que había pocas cosas tan censurables como que un hombre violara a su propia hija; pero había otras muchachas que habían soportado aquella experiencia sin encadenar al culpable a la cama y luego quemarlo vivo. ¿Qué había empujado a Mary a actuar así? Pronto me di cuenta de que los inicios de una explicación eran muy fáciles de detectar, incluso años después de cometer la acción. Mientras Mary contemplaba los perros y las palomas de Madison Square, o cuando sus ojos azules se veían atraídos por brillantes tesoros como la enorme estatua dorada de Diana desnuda en lo alto de la torre cuadrada del Madison Square Garden, sus labios se movían como si diera expresión a su placer... De repente, las mandíbulas se cerraron con fuerza, su rostro exteriorizó un miedo incoherente, y pareció que en cualquier momento brotarían de su boca humillantes sonidos si intentaba hablar. Me acordé de que a Mary la habían tenido por una idiota en su infancia, y que la mayoría de los niños son cualquier cosa menos idiotas. Además, su madre sólo la había considerado apta para labores domésticas. Por eso, en la época que su padre empezó los abusos sexuales, Mary ya debía sentirse tan frustrada y atormentada que estaría a punto de estallar. Aliviarla de cualquiera de estos prejuicios y miserables experiencias podría haber cambiado por completo su existencia; todos juntos habían tejido un engranaje fatal.

Tal vez la existencia hubiera sido muy similar para nuestro asesino, me dije mientras entrábamos en el Madison Square Garden para tomar una taza de té en el restaurante de la terraza cubierta. En aquellos momentos ya me había dado cuenta de que un compañero excesivamente hablador sólo conseguiría que Mary se sintiera más consciente de su incapacidad para participar verbalmente, así que empecé a comunicarme a través de sonrisas y de gestos, persiguiendo íntimamente con ello lo que parecía una fértil línea de razonamiento psicológico. Mientras Mary bebía su té y estiraba el cuello para captar todas las vistas posibles desde la excelente atalaya que constituía la terraza del Garden, recordé lo que Kreizler me había dicho la noche anterior: que para nuestro asesino, la violencia había tenido su inicio en la infancia. Con toda probabilidad, esto significaba que los adultos le habían dado palizas... Esto encajaría con la teoría de Laszlo de que en aquel hombre funcionaban tanto los instintos de autoprotección como de venganza. Sin embargo, miles de jóvenes sufrían malos tratos de este tipo. ¿Qué había empujado a aquél, al igual que a Mary, a cruzar la frontera al parecer indefinible pero real de la violencia? ¿Habría padecido él también algún tipo de mutilación o deformidad que durante su juventud le convirtiera en objeto de burla y escarnio, no sólo por parte de los adultos sino también de los otros muchachos? Y aparte de soportar todo esto, ¿habría padecido (también como Mary) algún tipo de abuso sexual degradante, ultrajante?

Resultaba extraño que una muchacha tan encantadora como Mary Palmer me hubiese inspirado unas reflexiones tan siniestras; pero, extraño o no, sentía que estaba a punto de dar con algo, y necesitaba acompañar a Mary de regreso a la casa de Kreizler para reunirme a tiempo con Marcus Isaacson y compartir con él mis ideas. Me sentí un poco injusto por poner fin a una salida que al parecer había proporcionado semejante alegría a Mary —cuando llegamos a Stuyvesant Park, estaba absolutamente radiante—, pero ella también tenía obligaciones a las que atender, y pude ver que su mente regresaba veloz a ellas al divisar la calesa de Kreizler frente a la casa de la calle Diecisiete.

Stevie estaba cepillando a Frederick, mientras Kreizler permanecía de pie en la pequeña galería que corría a lo largo de las vidrieras del salón del primer piso, fumando un cigarrillo. Tanto Mary como yo nos armamos de valor al entrar en el pequeño patio delantero, y ambos nos sorprendimos al ver la sincera sonrisa que asomaba en el rostro de Kreizler. Éste sacó el reloj de plata, comprobó la hora y nos saludó con tono alegre:

—¡Seguro que habéis pasado una buena tarde! ¿Ha sido el señor Moore un buen anfitrión, Mary?

Mary asintió sonriente, y luego corrió hacia la puerta. Allí se volvió a mirarme, y después de quitarse el sombrerito negro dijo «gracias» con una enorme sonrisa y tan sólo una leve dificultad. Luego desapareció en el interior de la casa y yo alcé los ojos hacia Kreizler.

—Creo que al final tendremos primavera, John —me dijo, señalando los jardines centrales de Stuyvesant Square con un amplio movimiento de su cigarrillo—. A pesar del frío, los árboles están retoñando.

—Pensaba que aún estarías en Long Island —le contesté.

Se encogió de hombros.

—Allí no había nada interesante para mí. En cambio Sara parecía totalmente fascinada por la actitud de la señora Hulse hacia sus hijos, así que la dejé. Tal vez a ella le resulte útil. Además, esta noche puede regresar en tren. —Aquella actitud me parecía algo extraña, teniendo en cuenta las teorías que ese día había urdido; sin embargo, el comportamiento de Kreizler era del todo normal—. ¿Quieres subir a tomar una copa, John?

—Tengo que encontrarme con Marcus a las cinco... Vamos a echar un vistazo al Golden Rule. ¿Te interesa venir?

—Me interesa muchísimo —contestó—, pero será mejor que no me vean en demasiados sitios relacionados con el caso... Confío que mentalmente toméis muchas notas. Recuerda que la clave estará en los detalles.

—Y hablando de detalles —dije—. Tengo algunas ideas que tal vez puedan ser útiles.

—Excelente. Las comentaremos luego, a la hora de la cena. Telefonéame al Instituto cuando hayáis acabado. Tengo unas cuantas cosas que hacer allí.

Me di media vuelta para marchar, pero mi perplejidad era demasiado grande para dejar asuntos pendientes.

—¿Laszlo? —le llamé, indeciso—. ¿Te molesta que haya sacado de paseo a Mary esta tarde?

De nuevo se limitó a encogerse de hombros.

—¿Lo has comentado con ella? —preguntó.

—No.

—Entonces todo lo contrario. Te lo agradezco. Mary no está lo bastante acostumbrada a enfrentarse a la gente y a nuevas experiencias. Estoy seguro de que repercutirá favorablemente en su estado de ánimo.

Y eso fue todo. Di media vuelta y crucé la verja, dejando a mis espaldas las ligeras sospechas que aquella mañana había tenido sobre el comportamiento de mis amigos. Subí al tren elevado de la Tercera Avenida con la calle Dieciocho y me dirigí al centro de la ciudad, procurando alejar mis pensamientos de los asuntos personales de la demás gente así como del caso. Cuando pasamos por Cooper Square ya lo había conseguido ciertamente, y cuando me encontré con Marcus en la calle Cuatro, ya estaba a punto para prestar absoluta atención a sus teorías más recientes sobre los métodos de nuestro asesino, una exposición que ocupó la mayor parte del tiempo durante nuestra marcha por la ciudad hacia el Golden Rule Pleasure Club.

17

La idea de que nuestro asesino era un experimentado montañero y escalador, me explicó Marcus, se le había ocurrido cuando yo vine con aquella historia del Salón Paresis sobre el muchacho llamado Sally. Pero al intentar encontrar pruebas de semejante actividad en el anclaje del puente de Williamsburg, y luego en el Salón, no había hallado casi nada, de modo que había pensado en abandonar tal hipótesis. Sin embargo, su mente había vuelto a ella ante la velocidad con que el hombre alcanzaba algunos lugares bastante difíciles, ya fuera por ausencia de escaleras u otros medios más convencionales para escalar. No podía haber otra explicación, opinaba Marcus: el asesino tenía que utilizar técnicas avanzadas de escalada para entrar y salir de las ventanas de las habitaciones de sus presuntas víctimas. No había ninguna duda de que el hombre era un experto pues debía cargar con los muchachos al abandonar los edificios, dado que con toda probabilidad ellos no sabían nada de escalada. Todo esto concordaba con la idea, expuesta ya por los Isaacson en Delmonico's, de que el asesino era un hombre fuerte y corpulento. A la vista de estas consideraciones, Marcus había efectuado una investigación más detallada sobre las técnicas de escalada y después había regresado al anclaje del puente y luego al Salón Paresis.

En esta ocasión, su ojo ya más entrenado había descubierto, efectivamente, marcas en las paredes exteriores del local de Ellison, que muy bien podían pertenecer a las botas claveteadas de un escalador, y a las clavijas: unos largos ganchos que los escaladores clavaban en la roca con un martillo para conseguir un apoyo directo para las manos o los pies, y también como soporte para la cuerda. Las marcas apenas eran evidentes, por eso no las había mencionado en nuestras reuniones. Pero, en el borde posterior de la azotea de Castle Garden, Marcus había encontrado fibras pertenecientes sin duda a una cuerda: de ahí la posterior conclusión de que el asesino era un escalador. Las fibras parecían conducir a la barandilla delantera de la azotea, que estaba sólidamente fijada. En este momento Marcus nos había pedido que le bajáramos por la pared trasera del fuerte, donde había encontrado más marcas que coincidían con las que ya había descubierto en el Salón. A partir de este punto, Marcus había empezado a trabajar en una probable secuencia de acontecimientos para el asesinato de Castle Garden.

El asesino, con su última víctima en la espalda, había escalado a la azotea del fuerte utilizando clavijas. (El vigilante no había percibido el ruido del martilleo porque, según había averiguado Marcus, se pasaba la mayor parte del tiempo durmiendo, circunstancia de la que sin duda el asesino estaba enterado.) Una vez en la azotea, nuestro hombre había cometido el asesinato, luego había pasado la cuerda por la barandilla y había efectuado un *rapel* para bajar al suelo. Ésta era una técnica de escalada que se utilizaba para bajar una pared vertical mediante una cuerda que se hacía deslizar por un punto de anclaje situado arriba. Los dos extremos de la cuerda llegaban entonces abajo, de modo que al escalador le bastaba con tirar de uno de ellos para recuperar toda la cuerda. De esta forma el asesino, al ir bajando, había ido retirando las clavijas que antes había utilizado para subir.

Satisfecho con este razonamiento, Marcus había intentado hallar pruebas específicas que apoyaran esto en el Salón Paresis, dado que el asesinato de Santorelli había tenido lugar hacía ya tiempo y era poco probable que hubiera algún policía por los alrededores. Pero entonces se dio cuenta de que en el Salón Paresis el asesino habría bajado desde la azotea, no subiendo desde el callejón, y que probablemente no habría utilizado clavijas (por tanto, las marcas que en un principio había pensado que serían de clavijas debía haberlas producido otro objeto, probablemente algo que no estaba relacionado en absoluto con nuestro caso). Así que Marcus había regresado a Castle Garden poco antes de reunirse conmigo y había proseguido una inspección del terreno, la cual apenas había podido llevar a cabo la noche anterior. (Esto confirmaba mi impresión de que estaba buscando algo, justo antes de nuestra marcha de aquel lugar.) Los pocos policías que aquella tarde habían quedado de guardia en Castle Garden no estaban vigilando la entrada posterior, de modo que Marcus había podido registrar libremente aquella zona.

Al llegar a este punto, mi compañero metió la mano en el bolsillo de la chaqueta y sacó un clavo de acero bastante inofensivo, que había encontrado entre la hierba. El clavo tenía una especie de agujero en la cabeza. Para asegurar las cuerdas, me dijo Marcus. Al llegar a casa había espolvoreado la clavija en busca de huellas y había encontrado unas que coincidían exactamente con las que habíamos fotografiado en la chimenea de cerámica la noche anterior. Al oír esto le di una palmada de admiración en el hombro. Marcus era tan obstinado como cualquier detective de los que yo había conocido durante los años que llevaba cubriendo la información policial, y bastante más inteligente. No era de extrañar que no se llevara bien con la vieja guardia de la División de Detectives.

Durante el resto del paseo, Marcus siguió explicando las implicaciones más importantes de su descubrimiento. Aunque en Norteamérica el montañismo no se había convertido realmente en una forma de recreo popular en 1896, en cambio en Europa era un deporte perfectamente establecido. Durante el siglo pasado, equipos de expertos del continente habían coronado las cumbres de los Alpes y del Cáucaso, y un intrépido alemán incluso se había aventurado a bajar hasta África para conquistar el Kilimanjaro. Casi todos estos grupos, me explicó Marcus, estaban formados por ingleses, suizos y alemanes, ya que en todos estos países tanto el montañismo como la escalada de tipo menos ambicioso eran un entretenimiento al aire libre bastante corriente. Dado que nuestro asesino había demostrado ser un experto, lo más probable era que llevara practicando este deporte desde hacía mucho tiempo, tal vez desde su juventud, y que su familia hubiera emigrado a América desde alguna de aquellas naciones europeas en un pasado no muy lejano. De momento quizás esto no significara gran cosa, pero unido a otros factores que habían surgido durante la investigación, podría resultar altamente interesante. Aquel descubrimiento resultaba francamente esperanzador.

Íbamos a necesitar abundantes reservas de este particular sentimiento durante nuestra visita al Golden Rule Pleasure Club, un pequeño agujero pestilente que no podía haber ostentado un nombre más tristemente irónico. Al menos el Salón Paresis estaba a nivel de la calle y era bastante amplio; en cambio el Golden Rule se hallaba en un sótano húmedo y angosto, dividido en pequeñas «habitaciones» mediante simples paneles, en donde cualquier actividad de la clientela era perceptible entre los allí presentes, si no por la vista, sí por los ruidos. El Golden Rule, regentado por una mujer inmensa y repulsiva llamada Scotch Ann, proporcionaba tan sólo jóvenes afeminados que se maquillaban, hablaban con voz de falsete y se llamaban entre sí con nombres de mujer, dejando para establecimientos como el de Ellison las otras variantes de conducta homosexual masculina. En 1892, el Golden Rule se había hecho famoso debido a la visita que el reverendo Charles Parkhurst —un pastor presbiteriano director de la Sociedad para la Prevención del Crimen— había efectuado al local durante su campaña para descubrir los vínculos entre el bajo mundo delictivo de Nueva York y varios organismos de la administración de la ciudad, en particular el Departamento de Policía. Parkhurst, un tipo corpulento y de noble aspecto, mucho más tolerable que la mayoría de los que preconizaban cruzadas antivicio, había reclutado a un detective privado, Charlie Gardner, para que le guiara en aquella odisea. Charlie, que era un viejo amigo mío, inmediatamente me había invitado a acompañarles en lo que prometía ser una salida nocturna de lo más divertida.

Sin embargo, en 1892 los fuegos de mi juventud habían empezado a enfriarse, lanzándome a una dura campaña para enmendar mis corruptos hábitos. Intrigado por si tal vez no estaría planteándome la idea de una vida estable y pacífica, tanto profesional como doméstica, había centrado mis objetivos en la política de Washington y en Julia Pratt, y no estaba dispuesto a poner en peligro mi posición política, ni sentimental, asociándome con Charlie Gardner, ni siquiera por una noche. De ahí que mi contribución a la aventura del reverendo Parkhurst —que pronto se haría famosa— consistiera en una breve lista de locales y garitos que en mi opinión debía visitar el grupo. Y los visitaron, junto con otros muchos centros infames. La ulterior publicación de los informes de Parkhurst sobre los dominios del vicio en general —y del Golden Rule en particular— lograron que a la sociedad bien pensante se le pusieran los pelos de punta.

Las revelaciones de Parkshurt sobre la vida degenerada que se llevaba en gran parte de Nueva York, y el modo en que muchos de los miembros de la administración de la ciudad se beneficiaban de esta degeneración, habían obligado al senado del estado de Nueva York a crear un comité de investigación sobre la corrupción oficial en la ciudad. El comité, encabezado por Clarence Lexow, había terminado exigiendo «un proceso contra el Departamento de Policía de Nueva York en su conjunto», y muchos de los miembros de la vieja guardia policial experimentaron el aguijonazo de la reforma. Pero, como ya he dicho, la degeneración y la corrupción no son aspectos pasajeros sino rasgos permanentes de la vida neoyorquina; y si bien resulta agradable pensar, cuando se escucha a oradores tan justamente escandalizados como Parkhurst, Lexow, el alcalde Strong, e incluso Theodore, que se está escuchando la voz de la sólida base de la ciudadanía, entrar en un local como el Golden Rule siempre obliga a enfrentarse al hecho de que los instintos y deseos que generan tales antros —instintos que conducirían al ostracismo e incluso a la persecución en otros enclaves de Estados Unidos— tienen al menos tantos discípulos y defensores como los tiene la «sociedad bien pensante».

Por supuesto, los defensores de la sociedad bien pensante y los discípulos de la degeneración a menudo eran los mismos, como pudo comprobar Marcus cuando cruzamos la indescriptible puerta de entrada del Golden Rule aquel sábado por la tarde. Casi al instante nos encontramos frente a frente con un hombre barrigudo, de mediana edad, ataviado con un costoso traje de etiqueta, el cual se tapó la cara al salir del local y luego corrió hacia un lujoso carruaje que le aguardaba en la acera. Tras él salió un muchacho de unos quince o dieciséis años, típicamente acicalado para su trabajo nocturno, y contando dinero con expresión satisfecha. El muchacho le gritó algo al hombre con aquella ronca voz de falsete que, para los no iniciados, resultaba tan extraña e inquietante. Luego pasó con gestos juguetones por nuestro lado, prometiendo toda una noche de diversión si le elegíamos entre todos sus compañeros. Marcus volvió de inmediato la cabeza y se quedó mirando al techo, mientras yo le contestaba diciéndole que no éramos clientes y que queríamos ver a Scotch Ann.

—¡Oh...! —exclamó lánguidamente el muchacho, utilizando su voz natural—. Más polis, supongo. ¡Ann! —Se acercó a una sala más amplia que había hacia el interior del sótano, donde se oían sonoras risotadas—. ¡Hay aquí más «caballeros» por lo del asesinato!

Seguimos al muchacho unos cuantos peldaños, deteniéndonos a la entrada de la sala, dentro de la cual había algunos muebles que en el pasado habían sido muy ostentosos pero que ahora estaban decrépitos, y una gastada alfombra persa en el frío y húmedo suelo. Sobre la alfombra, a cuatro patas y medio desnudo, había un hombre de treinta y algunos años, que se arrastraba por allí y reía mientras varios muchachos, más escasamente vestidos aún, saltaban sobre él.

—El salto de la rana —murmuró Marcus, observándolo con cierto nerviosismo—. ¿No tentaron a Parkhurst con algo parecido cuando estuvo por aquí?

—Esto fue en el local de Hattie Adams, allá en el Tenderloin —contesté—. Parkhurst no se quedó mucho rato en el Golden Rule... Cuando descubrió lo que realmente sucedía aquí, se largó pitando.

Desde la zona de las habitaciones de la parte de atrás apareció Scotch Ann, exageradamente pintada, obviamente bebida, y habiendo superado sus mejores años, si es que alguna vez los había tenido. Un tenue vestido rosa colgaba de su empolvado cuerpo (tan ahuecado sobre sus pechos que en realidad resultaba difícil decir si se trataba realmente de una mujer), y en su rostro la mirada ceñuda, desolada y cansada tan común en los propietarios de casas de mala nota cuando se enfrentaban sin previo aviso con algún representante de la ley.

—No sé qué queréis, muchachos —dijo con voz ronca, destrozada por el alcohol y el tabaco—, pero ya he pagado a dos capitanes del distrito quinientos pavos a cada uno para que me permitan seguir abriendo. Lo cual significa que no me queda nada para los polis de paisano. Y todo cuanto sé sobre el asesinato ya se lo he explicado a un detective que...

—Pues entonces estás de suerte —dijo Marcus, enseñándole su insignia y cogiéndola del brazo para llevarla hasta la puerta de entrada—. Así lo tendrás todo fresco en la memoria. Pero no te preocupes, lo único que queremos es información.

Aliviada en cierto modo de no tener que efectuar un nuevo pago, Scotch Ann les explicó la historia de Fátima, antes Alí ibn-Ghazi, un muchacho sirio de catorce años que había llegado a Estados Unidos hacía sólo un año. La madre de Alí había fallecido a las pocas semanas de llegar la familia a Nueva York, después de coger una grave enfermedad en el gueto sirio cerca de Washington Market. El padre del muchacho, un obrero no cualificado, no había podido encontrar trabajo y se había visto obligado a mendigar, llevando consigo a los hijos para estimular la generosidad de los transeúntes. Y Scotch Ann le había visto por primera vez cuando Alí cumplía con este cometido, en una esquina próxima al Golden Rule. Los delicados rasgos orientales del muchacho lo hacían —según explicó Ann— «idóneo para mi local». Rápidamente llegó a un «acuerdo» con el padre, acuerdo que suponía poco menos que la esclavitud. De este modo había nacido «Fátima». Al oír este absurdo apelativo, sentí que estaba a punto de perder la paciencia con aquella práctica de rebautizar a los jovencitos para poderlos ofrecer a hombres adultos que experimentaban necios escrúpulos respecto de quienes abusaban, o se excitaban con perversiones particularmente ridículas.

—Era una auténtica máquina de hacer dinero —nos dijo Scotch Ann.

Sentí deseos de darle una zurra a aquella mujer, pero Marcus prosiguió con el interrogatorio de manera tranquila y profesional. Ann no podía facilitarnos muchos más detalles sobre Alí, y se inquietó cuando le dijimos que queríamos echar una ojeada a la habitación donde él trabajaba y hacer unas preguntas a los chicos con los que mantenía mejores relaciones.

—Imagino que no serán muchos —comentó Marcus, como sin darle importancia—. Probablemente era un joven difícil...

—¿Fátima? —exclamó Ann, echando atrás la cabeza—. Si lo era, nunca me enteré. Oh, sin duda se hacía la arpía con los clientes. No pueden imaginarse a cuántos les gustan este tipo de cosas... Pero ella nunca se quejaba, y las otras chicas parecían adorarla.

Marcus y yo intercambiamos una mirada breve, desconcertada. La afirmación no encajaba mucho con el modelo que nos habíamos hecho de las víctimas. Mientras seguíamos a Ann por un sucio pasillo, que avanzaba entre las separaciones que hacían las veces de habitación, Marcus, desconcertado por la aparente inconsistencia de aquello, me hizo señas con la cabeza y susurró:

—¿Tú no cuidarías tus modales con alguien a quien te vendieran como esclavo? Esperemos a ver qué dicen las otras chicas... Chicos, quiero decir. —Sacudió la cabeza—. Maldita sea, ya me lo han contagiado.

Pero los demás chicos que trabajaban en el Golden Rule no nos proporcionaron ninguna información que contradijera sustancialmente la de su alcahueta. De pie en el estrecho pasillo, y entrevistando individualmente a una docena de maquillados jovencitos a medida que iban saliendo de sus habitaciones (obligados a escuchar todo el rato los obscenos gruñidos, gemidos y exclamaciones de placer que salían de aquellos cubículos), a Marcus y a mí se nos obsequió continuamente con un retrato de Alí ibn-Ghazi carente de detalles coléricos o turbulentos. Resultaba desconcertante, pero no disponíamos de tiempo para extendernos en el asunto pues se estaba poniendo el sol y necesitábamos examinar el exterior del edificio. Tan pronto como quedó libre la habitación que Alí solía utilizar —la cual daba a un callejón en la parte trasera del club, y de la que salieron furtivamente un par de hombres y un muchacho de aspecto agotado—, entramos en ella, enfrentándonos al ambiente cálido y húmedo y al olor a sudor para comprobar la teoría de Marcus sobre el método que utilizaba el asesino para desplazarse.

Allí al menos encontramos lo que andábamos buscando: una sucia ventana que podía abrirse, por encima de la cual se elevaban cuatro pisos de pared de ladrillo hasta la azotea del edificio. Necesitábamos echar un vistazo a aquella azotea antes de que el sol se pusiera del todo. No obstante, al salir del pequeño cubículo me detuve el tiempo suficiente para preguntarle a un muchacho desocupado de una habitación cercana a qué hora se había marchado Alí del Golden Rule, la noche de su muerte. El jovencito frunció las cejas y batalló ligeramente con la pregunta, al tiempo que se contemplaba en un empañado trozo de espejo.

—Que me condene... Es extraño, ¿verdad? —inquirió en un tono que parecía demasiado hastiado para alguien tan joven—. Ahora que lo menciona, no recuerdo que lo viera salir... —Hizo un gesto con la mano y siguió arreglándose—. Lo más probable es que estuviese ocupado; al fin y al cabo era fin de semana. Alguna de las otras chicas lo vería salir.

Pero la misma pregunta, que planteamos a varias caras pintadas mientras salíamos del club, obtuvo respuestas parecidas. Por consiguiente, la salida de Alí se había efectuado casi con toda seguridad a través de la ventana de su habitación, y luego subiendo por la pared posterior del edificio. Marcus y yo nos apresuramos a salir. Llegamos a la entrada de la planta baja y al pequeño vestíbulo, y luego subimos por una escalera infestada de bichos que serpenteaba hasta una puerta negra como el carbón y salpicada de brea, la cual daba paso a la azotea. Nuestros rápidos movimientos estaban inspirados por algo más que la luz moribunda: ambos sabíamos que estábamos siguiendo los pasos de nuestro asesino con mayor precisión que hasta entonces, y el efecto que esto nos producía era deprimente y estimulante a la vez.

La azotea era como cualquier otra de Nueva York. Repleta de chimeneas, excrementos de pájaros, destartalados cobertizos para trasteros y los extraños restos de colillas que corroboraban la ocasional presencia de gente. Debido a que estábamos a principios de la primavera y aún hacía frío, no había ninguna señal de que allí habitara gente —sillas, mesas, hamacas—, y que aparecerían durante los meses de verano. Como un perro perdiguero, Marcus se encaminó directamente a la parte trasera de la azotea, que hacía una ligera pendiente, y, sin hacer caso de la altura, se asomó al callejón. Luego se quitó la chaqueta, la extendió en el suelo y se tendió boca abajo para poder asomar la cabeza por encima del borde del edificio. A los pocos instantes apareció una amplia sonrisa en su rostro.

—Las mismas marcas —dijo sin volverse—. Todo concuerda. Y aquí... —Sus ojos enfocaron un punto cercano y cogió algo que para mí no era más que una simple mancha de brea—. Fibras de cuerda... Debió de asegurarla en aquella chimenea. —Siguiendo el dedo de Marcus, distinguí una achatada construcción de ladrillo cerca de la parte frontal del edificio—. Esto significa gran cantidad de cuerda, aparte de las demás piezas del equipo. Necesitaría algún tipo de bolsa para transportarlo... Tenemos que mencionarlo cuando preguntemos por ahí.

Después de estudiar la monótona extensión de las demás azoteas de la manzana, le comenté:

—No es probable que subiera por la escalera de este edificio... Es demasiado listo para eso.

—Y está muy acostumbrado a circular por las azoteas —añadió Marcus, poniéndose en pie y recogiendo la chaqueta después de guardar en el bolsillo algunas fibras de cuerda—. Creo que ahora podemos estar bastante seguros de que ha pasado mucho tiempo desplazándose por ellas... Tal vez desempeñando algún oficio.

Asentí.

—De modo que no le sería difícil evaluar cada edificio de la manzana, elegir aquel en donde hubiera menos actividad y utilizar su escalera.

—O no utilizar la escalera —replicó Marcus—. Ten presente que era muy tarde por la noche... Podía escalar las paredes sin que nadie le viera.

Al mirar hacia el oeste observé que la reflectante superficie del río Hudson abandonaba rápidamente el brillante tono rojizo para dar paso al negro. Efectué dos giros completos en medio de aquella semioscuridad, examinando toda la zona bajo un nuevo enfoque.

—Lo controla —murmuré.

Marcus estuvo de acuerdo conmigo.

—Sí —dijo—. Éste es su mundo, aquí arriba. Sea cual fuese el trastorno mental que el doctor Kreizler ve reflejado en los cadáveres, esto es muy distinto. En estas azoteas actúa con absoluta tranquilidad.

Me estremecí al recibir el impacto de la brisa del río.

—La tranquilidad del mismísimo diablo... —murmuré, y me sorprendí al oír que alguien me contestaba.

—El diablo no, señor —dijo una voz débil, asustada, desde algún lugar próximo a la puerta de la escalera—. Un santo.

18

—¿Quién hay ahí? —preguntó Marcus con brusquedad, acercándose cautelosamente hacia la voz—. Sal de ahí o te detengo por interferir en los asuntos de la policía

—¡No, por favor! —exclamó la voz, y desde detrás de la puerta de la escalera salió uno de los muchachos maquillados del Golden Rule, que yo no recordaba haber visto abajo. Se había restregado apresuradamente la pintura de la cara y llevaba una manta en torno a los hombros—. Sólo quiero ayudar... —añadió con voz patética, los ojos castaños parpadeando nerviosos. Advertí anonadado que no debía de tener más de diez años.

Cogí a Marcus del brazo y le obligué a retroceder, mientras hacía señas al muchacho para que se acercara.

—No te preocupes, sabemos que es eso lo que pretendes —dije—. Pero sal aquí fuera. —Incluso bajo la luz cada vez más escasa de la azotea, podía ver que la cara del muchacho, así como la manta con la que se arropaba, aparecían manchadas de hollín y brea—. ¿Has pasado aquí toda la noche? —pregunté.

El muchacho asintió.

—Desde que nos lo dijeron. —Estaba a punto de echarse a llorar—. ¡Se suponía que esto no tenía que ocurrir!

—¿El qué? —pregunté con tono impaciente—. ¿Qué es lo que no tenía que ocurrir? ¿El asesinato?

Al oír aquella palabra, el niño se llevó las pequeñas manos a los oídos y sacudió repetidamente la cabeza.

—Se supone que tenía que ser bueno. Fátima lo dijo. ¡Se suponía que todo iría bien!

Me acerqué a él, le pasé el brazo alrededor de los hombros y lo llevé hasta el bajo murete que separaba la azotea en donde estábamos del edificio de al lado.

—Está bien —le dije—. No pasa nada. No va a ocurrir nada más.

—¡Pero él puede volver! —protestó el muchacho.

—¿Quién?

—¡Él! ¡El santo de Fátima! ¡El que iba a llevársela con él!

Marcus y yo nos miramos instantáneamente: «él».

—Oye —le dije al muchacho con voz tranquila—, ¿qué te parece si empiezas diciéndome cómo te llamas?

—Bueno... —El muchacho sorbió por la nariz—. Abajo me llaman...

—Olvídate ahora de cómo te llaman abajo. —Le mecí ligeramente los hombros con mi brazo—. Sólo quiero saber qué nombre te pusieron al nacer.

El muchacho guardó silencio y sus enormes ojos nos estudiaron con cautela. Debo admitir que la situación era bastante desconcertante también para mí. No se me ocurrió más que sacar un pañuelo y empezar a quitarle la pintura de la cara.

La cosa funcionó.

—Joseph —murmuró.

—Bien, Joseph —dije en tono amistoso—. Yo me llamo Moore. Y éste de aquí es el sargento detective Isaacson. Y ahora... ¿qué te parece si nos lo explicas todo sobre este santo tuyo?

—Oh, no era mío —se apresuró a replicar Joseph—. Era de Fátima.

—¿Te refieres a que era el santo de Alí ibn-Ghazi?

Asintió rápidamente.

—Ella... Él... Fátima... llevaba unas dos semanas diciendo que había conocido a un santo. No como el santo patrón, el de la iglesia... No era de ésos. Era sólo una persona bondadosa, que se iba a llevar a Fátima a vivir con él, lejos de Scotch Ann.

—Entiendo. Supongo que conocías muy bien a Alí, ¿no es verdad?

Otro gesto de asentimiento.

—Era mi mejor amiga en el club. Todas las chicas la querían, por supuesto, pero nosotras éramos amigas especiales.

Ya había limpiado del todo la cara a Joseph, que resultó ser un muchachito realmente atractivo.

—Parece que Alí se llevaba bien con todo el mundo —observé—. Con los clientes también, supongo.

—¿Quién le ha dicho eso? —replicó Joseph, y las palabras le brotaron cada vez más aceleradamente—. Fátima odiaba trabajar aquí. Siempre le hacía creer a Scotch Ann que le gustaba porque no quería volver con su padre. Pero lo odiaba, y cuando estaba a solas con un cliente..., en fin, podía ponerse bastante furiosa. Aunque a algunos clientes... —El muchacho desvió la mirada, claramente turbado.

—Continúa, Joseph —dijo Marcus—. No te preocupes.

—Bueno... —Joseph nos miró primero a uno y luego al otro—. Hay algunos clientes a los que les gusta cuando a ti no te gusta. —Bajó los ojos hasta mirarse los pies—. Algunos hasta pagan más por eso... Scotch Ann siempre pensaba que Fátima estaba fingiendo, para conseguir más dinero. Pero en realidad lo odiaba.

Sentí en el estómago una punzada de repulsión física a la vez que de profunda compasión, y a Marcus la cara le traicionó con una reacción similar. Pero habíamos conseguido un respuesta a nuestra anterior pregunta.

—Ahí lo tenemos —me susurró Marcus—. Latente, pero real... Resentimiento y resistencia. —Luego se dirigió a Joseph—. ¿Sabes si algún cliente se había enfurecido con Fátima?

—Un par de veces —contestó el muchacho—. Pero a la mayoría les gustaba, ya se lo he dicho.

Se produjo un breve silencio, y luego el estruendo del tren elevado de la calle Tres me estremeció, devolviéndome al tema que nos interesaba.

—Y este santo suyo... —dije—. Esto es muy importante, Joseph... ¿Le has visto alguna vez?

—No, señor.

—¿Se reunió Fátima alguna vez con un hombre en la azotea? —preguntó Marcus—. ¿Viste a alguien llevando alguna bolsa grande?

—No, señor —contestó Joseph, algo desconcertado, pero luego se animó, en un intento por complacernos—. Pero el hombre vino más de una vez después de que Fátima lo conociera, eso sí lo sé, y le pidió que nunca dijese quién era.

Marcus esbozó una ligera sonrisa.

—O sea que un cliente.

—¿Y tú nunca imaginaste quién podía ser? —le pregunté.

—No, señor —contestó Joseph—. Fátima me dijo que si mantenía el secreto y era bueno, entonces tal vez algún día ese hombre también me llevaría con él.

Volví a pasarle el brazo por encima de los hombros y le di un apretón, mirando una vez más por las azoteas.

El Golden Rule no nos proporcionó más información significativa esa noche, ni tampoco los demás vecinos del edificio ni de la manzana que interrogamos. Sin embargo, antes de marchar de allí sentí que debía preguntar a Joseph si quería dejar el trabajo en el establecimiento de Scotch Ann: me parecía demasiado joven para aquella profesión —incluso dentro de los patrones habituales de las casas de citas—, y pensé que era una buena ocasión para conseguir que Kreizler lo aceptara como un caso de caridad en el Instituto. Sin embargo, Joseph, huérfano desde los tres años, estaba ya harto de institutos, orfanatos y casas de crianza (por no mencionar los callejones y los vagones vacíos del tren), y aunque yo le dije que el Instituto de Kreizler era «diferente», mi comentario no surtió efecto alguno. El Golden Rule era el único hogar de los que había conocido donde no le habían dado de comer mal ni le habían pegado. Por repulsiva que pudiera ser, Scotch Ann tenía interés en mantener a sus muchachos bastante sanos y sin cicatrices. Este hecho era mucho más importante para Joseph que cualquier cosa que pudiera decirle sobre los males y peligros del lugar. Además, su desconfianza por los hombres que le prometían una vida mejor en otro lugar se había acrecentado después de la historia de Alí ibn-Ghazi y su «santo».

Por triste que pudiera parecerme, la decisión de Joseph era inapelable: en 1896 no había forma de pasar por encima de la voluntad del muchacho y persuadir a algún organismo de la Administración (como los que se han creado recientemente) para que se lo llevara a la fuerza del Golden Rule. Por lo general, en aquel entonces la sociedad norteamericana no reconocía (como en gran parte sigue sin reconocer ahora) que los niños no pueden ser totalmente responsables de sus propios actos y decisiones: la mayoría de los norteamericanos nunca han contemplado la infancia como una etapa independiente y especial del crecimiento, fundamentalmente distinta de la edad adulta y sujeta a sus propias reglas y leyes. En general, a los niños se les veía y se les sigue viendo como a adultos en miniatura y, según las leyes de 1896, si ellos querían entregarse al vicio, esto era asunto suyo... Sólo suyo. Por eso me pareció que no me quedaba sino despedirme de aquel asustado pequeño de diez años, y preguntarme si sería el próximo chiquillo que se cruzaría en el camino de aquel carnicero que frecuentaba las casas de mala nota como el Golden Rule. Pero entonces, justo cuando estaba a punto de abandonar el lugar, se me ocurrió una idea que podía contribuir a la seguridad de Joseph y permitirnos avanzar en nuestra investigación.

—Joseph —le dije, acuclillándome para hablarle frente a la entrada del club—, ¿tienes muchos amigos que trabajen en sitios como éste?

—¿Muchos amigos? —inquirió, apoyando pensativo un dedo sobre los labios—. Bueno, conozco a algunos. ¿Por qué?

—Quiero que les transmitas lo que voy a decirte. El hombre que mató a Fátima ha matado ya a otros chicos que hacen este tipo de trabajo... la mayoría muchachos, aunque no exclusivamente. Por algún motivo que todavía no sabemos, todos procedían de locales como el tuyo. Así que quiero que adviertas a tus amigos que a partir de ahora tengan mucho, muchísimo cuidado con sus clientes.

Joseph reaccionó ante esta apremiante petición, retrocediendo ligeramente y mirando la calle arriba y abajo con expresión temerosa. Pero no echó a correr.

—¿Por qué sólo en sitios como éste? —preguntó.

—Ya te he dicho que no lo sabemos. Pero lo más probable es que vuelva, así que advierte a todos que mantengan los ojos muy abiertos. Buscad a alguien que se enfurezca cuando alguno de vosotros se ponga... —me esforcé en buscar la palabra adecuada— difícil.

—¿Quiere decir chulo? —preguntó Joseph—. Así es como lo llama Scotch Ann: ponerse chulo.

—Exacto. Tal vez por eso eligiera a Fátima. No me preguntes por qué, porque lo ignoro. Pero ten cuidado. Y lo más importante de todo, no vayas con nadie a ningún otro lugar... No abandones el club, por muy amable que te parezca el hombre ni por mucho dinero que te ofrezca. Y lo mismo sirve para tus amigos. ¿Entendido?

—Bien... De acuerdo, señor Moore —contestó Joseph, indeciso—. Pero tal vez... Quizás usted y el sargento detective Isaacson puedan volver de vez en cuando para saber cómo estamos. A los polis que han venido esta mañana no parecía importarles gran cosa. Lo único que han hecho ha sido aconsejar a todo el mundo que tengamos la boca cerrada sobre lo que le ha ocurrido a Fátima.

—Procuraremos venir —contesté, al tiempo que sacaba un lápiz y un trozo de papel del bolsillo de la chaqueta—. Y si alguna vez hay algo que quieras decir a alguien, algo que creas que es importante, puedes venir a esta dirección durante el día, y a esta otra por la noche. —Le di no sólo las señas de nuestro cuartel general sino también las de la casa de la abuela en Washington Square. Por un momento me pregunté qué haría mi abuela si aquel muchacho se presentaba en casa alguna vez. Luego le pedí que me anotara el número de teléfono del Golden Rule—. No acudas a otros policías; cuéntanoslo a nosotros primero, y no les digas a los demás polis que hemos estado aquí.

—No se preocupe —se apresuró a contestar el muchacho—. De todos los polis que he conocido, ustedes dos son los primeros con los que realmente he hablado.

—Tal vez eso se deba a que yo no soy policía —le dije sonriendo.

Él me devolvió la sonrisa y advertí sorprendido que en los rasgos de Joseph estaba viendo la cara de alguien más.

—No tiene aspecto de serlo —contestó el muchacho. Luego juntó las cejas y formuló otra pregunta—: ¿Por qué entonces trata de averiguar quién ha matado a Fátima?

Apoyé una mano sobre la cabeza de Joseph.

—Porque queremos detenerlo. —En aquel preciso momento llegó hasta nosotros la voz grave de Scotch Ann desde la entrada del Golden Rule y, con la barbilla, le señalé hacia allí—. Será mejor que te vayas. Y recuerda lo que te he dicho.

Joseph desapareció en el club con paso rápido, y al incorporarme me encontré con Marcus, que me sonreía.

—Lo has manejado bastante bien —me dijo—. ¿Has pasado mucho tiempo con muchachos?

—Bastante —contesté, sin especificar. No tenía deseos de revelarle lo mucho que los ojos y la sonrisa de Joseph me habían recordado los de mi hermano a su misma edad.

Mientras regresábamos andando, Marcus y yo comentamos el estado actual de las cosas. Seguros ahora de que el hombre a quien buscábamos estaba muy familiarizado con sitios como el Golden Rule y el Salón Paresis, intentamos dilucidar qué tipo de gente, aparte de los clientes, indagaría regularmente por tales madrigueras. Se nos ocurrió que podría ser un periodista, o un investigador social como Jake Riis —un hombre empeñado en descubrir los males de la ciudad y tal vez empujado a grandes locuras de tanto estar expuesto al vicio—, pero casi al instante llegamos a la conclusión de que nadie había desencadenado en la prensa una cruzada contra la prostitución infantil, y menos aún contra la específicamente homosexual. Esto nos llevaba a sospechar de misioneros u otros trabajadores de la Iglesia, una categoría que parecía más prometedora. Al acordarme de lo que Kreizler había dicho sobre la relación entre manías religiosas y asesinos en serie, me pregunté si no estaríamos frente a alguien decidido a transformarse en la mano de un dios encolerizado sobre la Tierra. Kreizler había dicho que no consideraba probable la existencia de una motivación religiosa, pero podía estar equivocado en esto, ya que los misioneros y clérigos viajaban frecuentemente por las azoteas durante sus visitas a las casas. De todas formas, por lo que Joseph nos había contado, al final Marcus y yo desechamos semejante hipótesis. El hombre que había matado a Alí ibn-Ghazi visitaba regularmente el Golden Rule, y estas visitas habían pasado desapercibidas. Un cruzado reformista digno de tal nombre habría hecho todo lo posible para convertirse en el centro de atención.

—Sea quien sea —concluyó Marcus cuando nos acercábamos al número 808 de Broadway—, una cosa es segura: que puede entrar y salir sin que nadie lo advierta. Es indudable que su aspecto debe de ser el de alguien que frecuenta este tipo de locales.

—Exacto —admití—. Lo cual nos conduce de nuevo a los clientes, y eso quiere decir que casi puede ser cualquiera.

—Tu teoría sobre un cliente furioso aún puede funcionar. Aunque no sea un visitante de paso, quizá sea alguien a quien han desplumado demasiadas veces.

—No estoy muy seguro. He conocido hombres a quienes las prostitutas les habían robado: hubieran sido capaces de darles una buena paliza, pero el tipo de mutilaciones que hemos visto... Tendría que estar loco.

—Entonces volvemos a otra de las teorías de Jack el Destripador —señaló Marcus—. Puede que tenga el cerebro deteriorado por culpa de alguna enfermedad que cogiera en un sitio como el Ellison o el Golden Rule.

—No —contesté, colocando las palmas de las manos delante de mí, en un intento por verlo claro mentalmente—. La única constante que hemos podido mantener es que no se trata de ningún loco... No podemos cuestionar esto ahora.

Marcus guardó silencio y luego dijo midiendo sus palabras:

—John... Imagino que te habrás preguntado qué ocurriría si alguno de los supuestos básicos de Kreizler estuviera equivocado.

Solté un suspiro profundo de cansancio.

—Sí, me lo he preguntado.

—¿Y cuál es tu respuesta?

—Que si él estuviese equivocado, entonces fracasaríamos.

—¿Y con eso te das por satisfecho?

Llegamos a la esquina sureste de la calle Once con Broadway, donde los tranvías y carruajes llevaban a todo tipo de juerguistas de fin de semana arriba y abajo por la ciudad. La pregunta de Marcus planeó en el aire de aquel escenario por un momento, haciéndome sentir muy distanciado de los ritmos normales de la vida ciudadana y muy intranquilo respecto al inmediato futuro. ¿De qué iba a servir, de hecho, aquella increíble cantidad de conocimientos que estábamos adquiriendo, si nuestros supuestos estaban equivocados?

—Es un camino muy oscuro, Marcus —dije finalmente, con voz tranquila—. Pero es el único que tenemos.

19

Aquella noche cayeron algunos copos de nieve, y el día de Pascua de Resurrección amaneció con la ciudad cubierta por una ligera capa de polvo blanco. A las nueve de la mañana, el termómetro aún no había superado los cinco grados (lo haría más tarde, aunque sólo por unos minutos), y me sentí realmente tentado de quedarme en la cama. Pero Lucius Isaacson tenía importantes noticias que darnos, o al menos eso dijo por teléfono, de modo que mientras repicaban las campanas de Grace Church y montones de feligreses con las cabezas cubiertas se concentraban tanto frente a la entrada como dentro, volví a encaminarme al cuartel general, que tan sólo seis horas antes había abandonado.

Lucius había entrevistado la noche anterior al padre de Alí ibn-Ghazi, pero no había averiguado casi nada. El hombre se había mostrado decididamente reticente, sobre todo después de que Lucius le enseñase la placa. Al principio éste había considerado que aquella actitud poco cooperadora era el modo habitual de enfrentarse a la policía en los bajos fondos, pero luego el casero de Ibn-Ghazi le había dicho a Lucius que éste había recibido aquella tarde la visita de un pequeño grupo de hombres, entre los que había dos curas. En general la descripción había coincidido con la que nos había facilitado la señora Santorelli, pero luego el casero había advertido que uno de los dos religiosos llevaba el anillo de sello distintivo de la Iglesia episcopaliana. Esto significaba, por muy raro que pudiera parecer, que católicos y protestantes estaban colaborando juntos para conseguir algún objetivo. El casero no resultó de mucha ayuda para determinar cuál era este objetivo, ya que no sabía de qué habían hablado los dos clérigos con Ibn-Ghazi. Pero tan pronto como éstos se fueron, el inquilino le había liquidado hasta el último centavo de una deuda considerable, y en billetes grandes. Lucius nos hubiera dado esta noticia la noche anterior, pero después de abandonar el gueto sirio había estado casi tres horas en el depósito de cadáveres para averiguar si algún forense había inspeccionado el cadáver de Alí, y en tal caso conocer la opinión que le merecía el asunto. Al final se le informó de que ya se habían llevado el cadáver de Alí para enterrarlo, y que la única copia del informe del forense —excepcionalmente breve según el oficial de guardia nocturno en el depósito de cadáveres— se había enviado al despacho del alcalde Strong.

Resultaba imposible saber qué era exactamente lo que pretendían los dos curas, el forense, el alcalde o cualquiera que estuviese involucrado en aquellas actividades, pero como mínimo parecía que intentaban ocultar los hechos. La sensación de que nos enfrentábamos a un reto mayor que la simple detención de nuestro asesino —una sensación que había echado raíces después del asesinato de Georgio Santorelli— empezaba ahora a crecer y a producirnos irritación.

Espoleados por esta circunstancia irritante, nuestro equipo adoptó y mantuvo un ritmo más o menos acelerado durante la semana siguiente. Los Isaacson visitaban y volvían a visitar los lugares de los asesinatos y las casas de citas, y se pasaban horas y horas intentando descubrir nuevas pistas y tratando de obtener más información de alguien que hubiera visto u oído algo de importancia. Pero por lo general chocaban contra el mismo muro de interposición que había silenciado al padre de Alí ibn-Ghazi. Marcus, por ejemplo, estaba ansioso por someter al vigilante de Castle Garden a un interrogatorio mucho más concienzudo que el que había podido llevar a cabo la noche de la muerte de Alí. Pero cuando regresó al antiguo fuerte le dijeron que el vigilante había abandonado su trabajo y se había marchado de la ciudad sin dejar dicho cuál era su nuevo destino. Todos coincidimos en que era lógico suponer que el hombre se habría marchado en compañía de uno de aquellos impresionantes fajos de billetes que los dos curas sin identificar repartían por la ciudad.

Mientras tanto, Kreizler, Sara y yo seguíamos con la labor de dar entidad a nuestro hombre imaginario, utilizando como puntos de referencia a otras personas detenidas por crímenes similares. Por desgracia no escaseaban sino que, muy al contrario, su número había crecido con la llegada del buen tiempo. Al menos un incidente, de un modo bastante raro, había sido inspirado por el tiempo: Kreizler y yo investigamos el caso de un tal William Scarlet, al que habían detenido en su casa por intentar matar con una hachuela a su hija de ocho años. Un policía de patrulla al que habían llamado al lugar de los hechos se había convertido en el siguiente blanco de Scarlet, y todo el vecindario de la calle Treinta y dos con la avenida Madison se había mantenido despierto durante horas a causa de los enloquecidos desvaríos del asaltante. Tanto la hija como el agente habían escapado sin sufrir graves daños, y la única explicación de Scarlet, al ser arrestado, fue que le había enloquecido una fuerte tormenta con aparato eléctrico que aquella noche había caído sobre la ciudad. De un modo bastante sorprendente, Kreizler no halló gran cosa que oponer a esto. En realidad, Scarlet quería muchísimo a su hija y siempre había mostrado un gran respeto por la ley. Aunque Laszlo se inclinaba por considerar los acontecimientos como el resultado de alguna peculiaridad profundamente escondida en el desarrollo mental de Scarlet, la posibilidad de que el ruido de un potente trueno le hubiese hecho perder temporalmente el juicio no quedaba del todo descartada. En cualquier caso, sin duda era un ejemplo de paroxismo violento pasajero, y eso nos resultaba de muy poca utilidad.

Al día siguiente, Kreizler se llevó consigo a Sara para investigar el caso de Nicolo Garolo, un inmigrante que vivía en Park Row, quien había apuñalado gravemente a su cuñada y a la hija de ésta, de tres años, después de que la niña supuestamente afirmara que Garolo había intentado «hacerle daño». Según Laszlo, en este caso «hacerle daño» significaba un ataque de tipo sexual, y el hecho de que los implicados fueran inmigrantes también resultaba curioso. Sin embargo, la relación familiar limitaba de modo fundamental la importancia del crimen para nuestro trabajo, aunque la cuñada de Garolo había facilitado a Sara algún material interesante para la construcción de su imaginaria mujer.

Además de todo esto, dos veces al día había periódicos que revisar para recoger fragmentos de información interesante. Pero éste era un proceso bastante indirecto pues en los días que siguieron al caso de Castle Garden, los periódicos de Nueva York dejaron de publicar, uno tras otro, información sobre los asesinatos de los muchachos que se prostituían. Además, el grupo de ciudadanos que supuestamente se habían organizado para visitar el Ayuntamiento y exigir información no había llegado a materializarse. En resumen, la breve oleada de interés en el caso que se había exteriorizado fuera de los guetos de inmigrantes después del asesinato de Ibn-Ghazi se había extinguido totalmente, dejando a los periódicos sin otra cosa que ofrecer que noticias sobre asesinatos en el resto del país. Nosotros los estudiábamos pacientemente, esforzándonos por conseguir más elementos que pudiéramos utilizar en la elaboración de nuestras teorías.

No era un trabajo muy estimulante, pues aunque Nueva York era el principal centro en cuanto a crímenes violentos —en especial por lo que se refería a los cometidos contra niños—, el resto de Estados Unidos contribuía en gran medida a mantener en alza las estadísticas nacionales. Había por ejemplo el vagabundo de Indiana (que había permanecido internado en un manicomio y a quien recientemente habían liberado después de declararle cuerdo), que había asesinado a los hijos de una mujer que le había contratado para realizar unos trabajos domésticos; o la chica de trece años de Washington, a la que le habían cortado el cuello en Rock

Creek Park sin que nadie pudiera adivinar la causa; o el reverendo de Salt Lake City que había asesinado a siete niñas y había quemado sus restos en un horno. Estudiábamos éstos y otros muchos casos: de hecho, cada día se nos presentaba al menos con un incidente o un crimen que incorporar a nuestro retrato en proceso, para poder efectuar la comparación. Sin duda la mayoría de estos ejemplos implicaban un comportamiento de naturaleza paroxística: estallidos de ira causados por el alcohol o las drogas, que remitirían con el retorno de la sobriedad, o disfunciones cerebrales temporales (como ciertos tipos de ataques epilépticos poco corrientes), que cederían por sí solas. Sin embargo, de vez en cuando surgía un caso en el que concurría una cuidadosa premeditación, y cuando se publicaba la evaluación de los analistas mentales, o aparecían los reportajes sobre los procesos a los acusados, a veces nos proporcionaban algún pequeño descubrimiento.

Hasta los criados de Kreizler contribuían a la búsqueda de una solución, ya fuera mediante el ejemplo o por participación directa. Ya he descrito mis propias especulaciones respecto a Mary Palmer y al posible paralelismo entre su caso y el nuestro. Aquellas reflexiones se sopesaron debidamente y sus aspectos más destacados se anotaron en la gran pizarra, si bien nunca se consultó a la propia Mary al respecto dado que Kreizler seguía insistiendo en que se la informara lo menos posible sobre el caso. Por otro lado, Cyrus había conseguido echar mano a gran parte del material de lectura que Kreizler nos había asignado, y lo devoraba ávidamente. No hacía ningún comentario durante las reuniones, salvo cuando se le preguntaba, pero en tales casos daba pruebas de una gran intuición. Por ejemplo, durante una reunión celebrada a medianoche, cuando todos especulábamos sobre el estado mental y físico de nuestro asesino inmediatamente después de cometer sus crímenes, nos enfrentamos de pronto al hecho de que ninguno de nosotros había quitado nunca la vida a otro ser humano. Por supuesto, todos éramos conscientes de que en la habitación había alguien que sí lo había hecho, pero nadie se atrevía a preguntarle a Cyrus una opinión de su experiencia... Es decir, nadie excepto Kreizler, quien no tuvo ningún reparo en plantear la pregunta lisa y llanamente. Cyrus contestó de la misma forma, confirmando que después de su acto violento no había sido capaz de elaborar ningún plan ni de realizar ningún esfuerzo físico; pero todos nos sorprendimos cuando puntuó esta afirmación con algunas interesantes reflexiones de Cesare Lombroso, el italiano al que a veces se le consideraba el padre de la moderna criminología.

Lombroso había postulado la existencia de un tipo de ser humano «criminal» (en esencia, un retorno al hombre primitivo y salvaje), pero Cyrus afirmó que consideraba semejante teoría poco plausible dada la amplia gama de motivaciones y comportamientos que últimamente había descubierto que podían intervenir en los actos criminales, incluido el suyo. Una cosa bastante interesante era que el doctor H. H. Holmes, el asesino múltiple que aguardaba en Filadelfia a que le colgaran, había afirmado en el transcurso del proceso que se consideraba un representante del tipo criminal de Lombroso. La degeneración tanto mental como moral y física habían sido la causa de sus acciones, aseguraba Holmes, de modo que había que considerar una reducción de sus responsabilidades legales. El debate no le había servido de nada en los tribunales, y después de discutir su caso y el de otros, llegamos a la conclusión de que los actos de nuestro asesino no podían achacarse al retroceso evolutivo más de lo que podrían achacarse los de Holmes. Sencillamente, en ambos individuos la capacidad intelectual de la que habían dado muestras era demasiado significativa.

Y entonces llegó el día en que Stevie Taggert me llevó a reunirme con los Isaacson bajo el puente de Brooklyn. Stevie había continuado haciéndome de «mensajero» de forma regular, y el hecho de llevar a cabo semejante actividad a espaldas de Kreizler había forjado una especie de vínculo entre nosotros que permitía una comunicación más franca. En cualquier caso, una mañana nos llegó aviso de que dos muchachitas que jugaban bajo el arco del puente de Brooklyn que pasa por Rose Street habían descubierto un furgón abandonado, en cuyo compartimiento de carga había un cráneo humano, un brazo y una mano. Aunque el crimen no parecía obra de nuestro asesino a juzgar por el estilo, el hecho de que hubieran abandonado el furgón debajo del puente recordaba la afición que nuestro hombre sentía por el agua y las construcciones próximas a ésta, de modo que pensamos que valía la pena echar un vistazo. Sin embargo, las partes del cuerpo eran de un adulto, y además totalmente inidentificables. Y dado que Marcus no descubrió huellas digitales en el furgón que coincidieran con las de nuestro asesino, él y Lucius dejaron el horrible descubrimiento en manos del jefe forense de la ciudad. Para evitar engorrosas preguntas, yo me fui con la calesa antes de que llegaran los hombres del depósito de cadáveres, y mientras nos dirigíamos al centro, Stevie me formuló una pregunta:

—Señor Moore... Bueno, es sobre el hombre que andan ustedes buscando. El otro día oí decir al doctor Kreizler que a ninguno de los chicos asesinados lo habían... En fin, violado. ¿Es eso cierto, señor?

—Sí, de momento así es, Stevie. ¿Por qué razón lo preguntas?

—Es que me ha hecho pensar en una cosa. ¿Quiere eso decir que el asesino no es un marica?

Me erguí en el asiento ante la franqueza de la pregunta. A veces había que hacer grandes esfuerzos para recordar que Stevie sólo tenía doce años.

—No, Stevie, esto no significa que no sea un... un marica. Pero el hecho de que sus víctimas hagan el trabajo que hacen no significa tampoco que lo sea.

—¿Piensan que quizá sólo odia a los maricas?

—Tal vez haya algo de eso.

Nos abrimos paso entre el tráfico de Houston Street, Stevie debatiéndose con sus razonamientos y al parecer indiferente a las prostitutas, drogadictos, vendedores ambulantes y mendigos que pululaban a nuestro alrededor.

—¿Sabe lo que pienso, señor Moore? Que tal vez sea un marica, y que a la vez odie a los maricas. Como aquel guardián que me lo hizo pasar tan mal en Randalls Island.

—No acabo de entenderte.

—Bueno, ya sabe... En el juzgado, cuando me llevaron allí por romperle la cabeza a aquel tipo, intentaron hacerme pasar por loco diciendo que el tipo tenía mujer e hijos y todo eso... así que ¿cómo podía ser marica? Y en El Refugio, si atrapaba a dos chicos buscándose para eso, bueno, caía sobre ellos. Pero a pesar de todo, yo no era el primer chico con el que lo intentaba... No, señor. Así que pienso que quizá por eso tenía un carácter tan despreciable... En realidad, en el fondo no sabía lo que era. ¿Entiende lo que quiero decirle, señor Moore?

Sí, entendía muy bien lo que me quería decir. En nuestro cuartel general habíamos mantenido largas discusiones respecto a las tendencias sexuales de aquel asesino, y tendríamos muchas más antes de que finalizara nuestro trabajo. Sin embargo, en aquel razonamiento Stevie había estado muy cerca de cristalizar todas las conclusiones a que habíamos llegado.

En realidad nuestros cerebros respectivos funcionaban a todas horas para dar con ideas y teorías que hicieran avanzar la investigación; sin embargo, tal como podía esperarse, nadie trabajaba tan intensamente como Kreizler. De hecho, sus esfuerzos eran tan continuados y a veces tan excesivos que empecé a preocuparme por su salud tanto física como mental. Después de permanecer veinticuatro horas ante su escritorio con una pila de almanaques y una enorme hoja de papel en la que había anotado las cuatro fechas de los asesinatos más recientes (uno de enero, dos de febrero, tres de marzo y tres de abril), tratando de descifrar el misterio de cuándo el asesino volvería a matar, la cara de Laszlo estaba tan pálida y ojerosa que ordené a Cyrus que lo acompañase a casa para que descansara un poco. Recordé la afirmación que había hecho Sara de que Kreizler parecía tener algún reto personal en lo que estábamos haciendo, y aunque deseaba pedirle que me lo explicara con más detalle, temía que semejante conversación reavivara mi tendencia a especular sobre sus relaciones privadas, que no eran asunto mío ni conducían a nada productivo por lo que se refería al caso.

Pero esta discusión se hizo inevitable una mañana, cuando Kreizler —recién llegado después de pasar toda una noche en su Instituto, en donde habían surgido problemas relacionados con una nueva alumna y los padres de ésta— se marchó para efectuar una evaluación de la cordura mental de un hombre que había descuartizado a su mujer sobre un altar construido en casa. Últimamente Laszlo había reunido pruebas que apoyaban la teoría de que nuestros asesinatos eran producto de un extraño ritual durante el cual nuestro asesino —mediante algo parecido a los giros que realizaban los derviches mahometanos— llevaba a cabo unos actos físicos extremos, aunque bastante formales, para obtener algún alivio psíquico. Kreizler basaba su idea en varios hechos: a los muchachos los había estrangulado antes de mutilarlos, lo cual otorgaba al asesino un control absoluto de la situación mientras llevaba a cabo la representación; además, las mutilaciones seguían una pauta extremadamente uniforme, centrada en la extirpación de los ojos; y por último, cada asesinato había ocurrido cerca del agua, y en una estructura cuya función emergía de la misma agua. Se sabía de la existencia de otros asesinos que habían contemplado sus horribles acciones como ritos personales, y Kreizler creía que si lográbamos hablar con bastantes de ellos, aprenderíamos a leer cualquier mensaje que pudieran contener las mutilaciones en sí. Sin embargo, semejante labor era especialmente dura para el sistema nervioso, incluso para un experto alienista como Kreizler. Si a esto añadíamos su estado general de agotamiento debido al exceso de trabajo, la fórmula era ideal para que surgieran dificultades.

La mañana en cuestión, Sara y yo —que llegábamos al número 808 de Broadway justo cuando Kreizler salía— vimos casualmente que Laszlo estaba a punto de desmayarse al subir a la calesa. Se recuperó mediante sales de amoníaco y una risita, pero Cyrus nos dijo que esta vez hacía dos días que Kreizler no disfrutaba de algo parecido a un auténtico sueño.

—Se va a matar como no afloje un poco —comentó Sara cuando se alejó la calesa y entramos en el ascensor—. Trata de compensar con el esfuerzo la falta de pistas y de hechos. Como si así pudiera forzar una respuesta a todo esto.

—Siempre ha sido así —repliqué, meneando la cabeza—. Incluso cuando éramos pequeños, siempre iba detrás de algo, y siempre con la misma terrible seriedad. En aquel entonces resultaba divertido.

—Bueno, ahora ya no es un niño, y debe aprender a cuidar de sí mismo. —Hablaba con dureza, pero su tono fue distinto cuando me preguntó como casualmente y sin mirarme—: ¿Ha habido alguna mujer en su vida, John?

—Hubo su hermana —contesté, consciente de que no era eso lo que ella quería saber—. Solían estar muy unidos, pero luego ella se casó... Con un inglés; un baronet o algo por el estilo.

Sara logró mantener un tono formal, aunque con no poco esfuerzo.

—¿Pero mujeres...? En el sentido romántico, quiero decir.

—Oh, sí. Bueno, estuvo Francis Blake. La conoció en Harvard, y durante un par de años pareció que iban a casarse. A mí nunca me pareció posible. En mi opinión, ella era una arpía, aunque él la encontraba encantadora.

En el rostro de Sara apareció la más burlona de sus sonrisas.

—Puede que a él le recordara a alguien.

—A mí me recordaba una arpía... Oye, Sara, ¿qué quisiste decir con aquello de que tal vez Kreizler tuviera algún reto personal en este asunto? ¿Personal en qué sentido?

—No estoy muy segura, John —me contestó al entrar en el cuartel general y encontrarnos a los Isaacson enzarzados en una acalorada discusión sobre algunos detalles evidentes—. Pero puedo decirte una cosa... —Sara bajó la voz, dando a entender que no quería proseguir la conversación en presencia de los demás—. Se trata de algo más que su reputación, y más incluso que la simple curiosidad científica. Es algo antiguo y complejo. Tu amigo el doctor Kreizler es un hombre muy complejo.

Dicho esto, Sara se dirigió a la cocina para preparar un poco de té, y yo me sumé a la conversación de los Isaacson.

De este modo pasamos la mayor parte de abril, con el tiempo mejorando, pequeños fragmentos de información encajando lenta pero continuamente, y preguntas mutuas cada vez más amplias, sin llegar a formularlas del todo abiertamente. Después ya habría tiempo para explorar tales asuntos, no dejaba de decirme. De momento lo que importaba era el trabajo, la labor que teníamos entre manos, de la que dependían quién sabe cuántas vidas. La clave estaba en el enfoque, en el enfoque y en la preparación, a punto para descubrir lo que pudiera maquinar la mente de aquel hombre al que estábamos buscando. Yo adoptaba tranquilamente esta actitud, percibiendo, después de haber visto a dos de sus víctimas, que ya había contemplado lo peor que él podía ofrecerme.

Pero el incidente que ocurrió a finales de mes nos situó a mis compañeros y a mí frente a un nuevo tipo de horror, un horror nacido no de la sangre sino de las palabras... Un tipo de horror que, a su modo, era tan terrible como cualquiera de los otros a los que nos habíamos enfrentado.

20

Una tarde especialmente agradable de un martes estaba yo sentado ante mi escritorio, inmerso en la lectura de un artículo del *Times* sobre un tal Henry B. Bastian de Rock Island, Illinois, quien días atrás había matado a tres muchachos que trabajaban en su granja, y después de descuartizar los cadáveres había echado los trozos a los cerdos. (Los habitantes del pueblo eran incapaces de imaginar las causas de un crimen semejante; y cuando los agentes de la ley se presentaron para arrestar a Bastian, éste se suicidó, eliminando así cualquier posibilidad de que el mundo descubriera o estudiara sus motivaciones.) Sara estaba llevando a cabo una de sus cada vez más raras visitas a Mulberry Street, y Marcus también se encontraba allí. Éste visitaba con frecuencia la jefatura en horas libres para repasar los archivos de antropometría sin que nadie le molestara, pues Marcus todavía albergaba la esperanza de que nuestro asesino estuviera fichado como un importante criminal. Mientras tanto, Lucius y Kreizler estaban a punto de abandonar el manicomio de la isla de Ward donde habían pasado la tarde estudiando los fenómenos de las personalidades secundarias y de las disfunciones en el hemisferio cerebral, para determinar si alguna de estas patologías podía caracterizar a nuestro asesino.

Kreizler consideraba que tales posibilidades eran muy remotas, por no decir imposibles, básicamente porque los pacientes aquejados de conciencia dual (surgida de algún trauma psíquico o físico) por lo general no parecían capaces de una planificación tan amplia como la que había demostrado poseer nuestro asesino. Pero Laszlo estaba decidido a considerar incluso las teorías más improbables. Además le gustaban estas salidas con Lucius, pues le permitían intercambiar fragmentos de sus extraordinarios conocimientos médicos por incomparables lecciones sobre ciencia criminal. Por eso cuando Kreizler telefoneó alrededor de las seis para decir que él y el sargento detective habían finalizado su investigación, no fue del todo una sorpresa percibir en la voz de Laszlo una mayor viveza que en los últimos días. Y yo le contesté con la misma animación cuando sugirió que nos encontráramos para tomar una copa en Brübacher's Wine Garden de Union Square, donde podríamos cotejar notas sobre las actividades del día.

Pasé otra media hora con los periódicos de la tarde, luego redacté una nota para Sara y Marcus diciéndoles que se reunieran con nosotros en Brübacher's. Después de clavar la nota en la puerta de la entrada, cogí un bastón del elegante paragüero de cerámica que había pertenecido a la marquesa Carcano y salí a la cálida tarde, sintiéndome tan alegre como podría estar cualquier hombre que hubiese pasado el día sumergido en sangre, mutilaciones y homicidios.

El ambiente de Broadway estaba animado, pues las tiendas permanecían abiertas hasta tarde para la venta de los martes. Aún no había anochecido, pero McCreery conservaba todavía el horario de iluminación del invierno: los escaparates, que parecían faros luminosos, ofrecían cierta satisfacción a la posible clientela que circulaba entre la multitud. Los servicios vespertinos habían finalizado en Grace Church, pero aún había unos cuantos feligreses reunidos fuera, sus atuendos ligeros testigos de la tan esperada y ya irreversible llegada de la primavera. Con un golpe de bastón en el suelo doblé hacia el norte, dispuesto a volver a pasar al menos unos minutos entre el mundo de los vivos, y me encaminé hacia uno de los mejores sitios para conseguirlo.

«Papá» Brübacher, un auténtico tabernero *gemütlich*, de

los que siempre se alegraban al ver a un cliente habitual, había montado una de las mejores bodegas donde se despachaba vino y cerveza en Nueva York, y la terraza de su establecimiento, al otro lado de la calle en la parte este de Union Square, era un sitio ideal para ver pasear a la gente por los jardines de la plaza mientras el sol se ocultaba más allá de los límites occidentales de la calle Catorce. Pero ésta no era la principal razón de que los caballeros aficionados a las apuestas, como yo, frecuentáramos el local. Cuando los tranvías habían hecho su aparición en Broadway, a algún anónimo conductor se le había metido en la cabeza que si no se tomaban a toda velocidad las serpenteantes curvas que las vías hacían en torno a Union Square, el vehículo se soltaría del cable. Los demás conductores de la línea habían aceptado esta teoría nunca probada, y muy pronto, al trecho de Broadway correspondiente a lo largo de la plaza se le apodaba «la curva del muerto» por la frecuencia con que confiados peatones y carreteros perdían la vida o alguna extremidad bajo los veloces tranvías. La terraza de Brübacher's proporcionaba una vista excelente de todo este ajetreo, y durante las cálidas tardes y noches, al oír que se aproximaba alguno de aquellos mortíferos inventos, entre los clientes de la bodega se acostumbraba a apostar si había posibilidades de que se produjera un accidente. Tales apuestas a veces podían alcanzar sumas considerables, y el sentimiento de culpabilidad que los espectadores experimentaban cuando se producía una colisión nunca había bastado para suprimir aquel juego. La frecuencia de los accidentes había alcanzado tales proporciones —de ahí la importancia de las apuestas— que Brübacher's se había ganado el sobrenombre de «El Mausoleo», y se había convertido en un centro de paso obligatorio para cualquier visitante de Nueva York que aspirase al título de apostador.

Al cruzar la calle Catorce hacia la pequeña isla embaldosada al este de Union Square, que albergaba la espléndida estatua ecuestre que Henry K. Brown le había hecho al general Washington, empecé a percibir los gritos de costumbre

—«¡Veinte pavos a que la vieja no lo consigue!» «¡A ese tipo sólo le queda una pata; no tiene ninguna posibilidad!»—, procedentes del local de Papá Brübacher. Los gritos de las apuestas me hicieron acelerar el paso, y al llegar salté por encima de la barandilla cubierta de hiedra que bordeaba la terraza y me acerqué a un grupo de viejos amigos. Después de pedir un litro de suave y oscura Würzburguer, que apareció con un copete de espesa crema batida, me demoré sólo el tiempo necesario para abrazar al viejo Brübacher y luego empecé a hacer apuestas compulsivamente.

Cuando Kreizler y Lucius hicieron acto de presencia, poco después de las siete, mis amigos y yo habíamos presenciado el casi-atropello de dos niñeras con sus cochecitos y el roce de un tranvía con un lujoso landó. Cuando estalló una fuerte polémica sobre si este último contacto constituía o no una colisión, me alegré de poder retirarme a un rincón relativamente apartado de la terraza en compañía de Lucius y de Kreizler, que pidieron una botella de Didesheimer. Sin embargo, la conversación en que los encontré enfrascados, repleta de referencias a distintas partes del cerebro y a sus funciones, no resultó muy distraída. El lejano ruido de un tranvía que se acercaba marcó finalmente una nueva ronda de apuestas, y me disponía a apostar todo el contenido de mi billetero a favor de la agilidad de un vendedor ambulante de frutas cuando me encontré frente a frente con Marcus y Sara.

Iba a sugerir que participaran en el juego, pues el carrito del vendedor era lo bastante pesado y el encontronazo parecía una excitante forma de igualar la apuesta, pero cuando me detuve un momento para estudiar sus respectivas expresiones y actitudes —Marcus se acercaba furioso y exaltado, y Sara pálida y aturdida— comprendí que algo extraordinario había sucedido y volví a guardar el dinero.

—¿Qué diablos os ha pasado? —pregunté, dejando la jarra de cerveza sobre la mesa—. Sara, ¿te encuentras bien?

Ella asintió sin mucha convicción y Marcus empezó a inspeccionar febrilmente la terraza, estrujándose las manos con nerviosismo.

—Un teléfono —pidió—. John, ¿dónde hay un teléfono?

—Ahí dentro, junto a la puerta. Dile a Brübacher que eres amigo mío y te dejará...

Pero Marcus se alejaba ya en dirección al restaurante, mientras Kreizler y Lucius, que habían interrumpido su conversación, se levantaban y nos miraban intrigados.

—Sargento detective —llamó Kreizler a Marcus cuando éste pasó por su lado—. ¿Ha habido alguna...?

—Disculpe, doctor —dijo Marcus—, tengo que... Sara tiene algo que debería usted ver. —Marcus avanzó dos pasos hacia el interior del local por la puerta abierta que daba a la terraza y descolgó el teléfono, colocando el pequeño dispositivo cónico sobre una oreja mientras pulsaba frenéticamente la horquilla. Brübacher le miró sorprendido pero, ante una señal que yo le hice, dejó que Marcus prosiguiera.

—¿Operadora? ¡Oiga, operadora! —Marcus empezó a dar patraditas con el pie derecho—. ¡Operadora! Necesito línea con Toronto. Sí, exacto, con Canadá.

—¿Canadá? —repitió Lucius, y sus ojos se abrieron llenos de sorpresa—. Oh, Dios... ¡Alexander Macleod! Entonces esto significa... —Lucius se volvió a Sara, como si de repente comprendiera lo que a ella le pasaba, y seguidamente se reunió con su hermano al teléfono.

Yo acompañé a Sara a la mesa de Kreizler y a continuación ésta, muy lentamente, sacó un sobre del bolso.

—Esto llegó ayer a casa de los Santorelli —anunció en un tono seco, dolorido—. La señora lo ha traído a la Jefatura de Policía esta mañana; como no podía leerlo, ha venido en busca de ayuda. Aunque nadie parecía dispuesto a dársela, ella se ha negado a regresar a casa. Al final me la he encontrado sentada en los peldaños de la entrada y se lo he traducido. O al menos en gran parte. —Depositó la nota en manos de Kreizler y bajó la cabeza—. Ella no ha querido guardársela, y como no hay nadie en Jefatura que pueda hacer algo con la nota, Theodore me ha pedido que la trajera, para ver qué hacía usted con ella, doctor.

Lucius regresó a nuestro lado, y tanto él como yo observamos ansiosos a Kreizler mientras abría el sobre. Cuando Laszlo hubo echado un vistazo al contenido, respiró aceleradamente, pero en silencio y movió la cabeza.

—Bueno —murmuró en un tono que parecía indicar que había estado esperando algo parecido a aquello. Cuando todos nos hubimos sentado, Kreizler procedió a leer lo siguiente, con voz pausada y sin preámbulos (en la transcripción he conservado la ortografía original del autor):

Mi querida señora Santorelli:

No sé si es usted la fuente de las viles MENTIRAS que he leído en los periódicos, o si detrás de todo esto está la policía y los periodistas forman parte de su plan, pero como me imajino que puede ser usted aprovecho esta ocasión para sacarla de su inorancia.

En algunas partes de este mundo, como esas de donde vienen los asquerosos inmigrantes como ustedes, ha menudo se ha descubierto que se come carne humana con regularidad, mientras que otros alimentos son tan escasos que la gente se moriría de hambre si no la comiera. Yo personalmente lo he leído y sé que es cierto. Claro que suelen ser niños lo que comen, pues ellos son más tiernos y saben mejor, sobre todo el culo de un niño pequeño.

Luego esa gente que la come viene aquí a América y va cagando esa mierda de niños por todas partes, lo cual es realmente asqueroso, más asqueroso que un piel roja.

El 18 de febrero vi a su chico pavoneándose por ahí, con cenizas y pintura en la cara. Decidí esperar, y le vi varias veces antes de que una noche me lo llevara de AQUEL LUGAR. Un muchacho insolente, así que ya sabía que debía comérmelo. De modo que fuimos directamente al puente, allí lo até y me lo cargué rápidamente. Le saqué los ojos y el culo y con ellos me alimenté una semana, asados con cebolla y zanahorias.

Pero en ningún momento le jodí, aunque imagino que habría podido hacerlo y a él le habría gustado. Murió sin que yo lo mancillara, y los periódicos deberían saberlo.

—No hay despedida ni firma —finalizó Kreizler, y su voz fue poco más que un suspiro—. Comprensiblemente... —Luego se sentó y se quedó mirando la nota sobre la mesa.

—Dios Todopoderoso... —musité, retrocediendo unos pasos y dejándome caer en una silla.

—Es él, sin duda —dijo Lucius, recogiendo la nota para estudiarla—. Este asunto sobre el... trasero, del que ningún periódico ha informado... —Volvió a dejar la nota y regresó junto a Marcus, que por teléfono todavía gritaba el nombre de Alexander Macleod.

Con mirada inexpresiva, Sara empezó a tantear en el aire a sus espaldas en busca de una silla. Laszlo agarró una y la deslizó detrás de la joven.

—No he podido traducírsela toda a la pobre mujer —le dijo Sara con voz casi inaudible—. Pero le he leído lo más esencial.

—Has hecho bien —la tranquilizó Kreizler, agachándose a su lado para que no pudiera oírle ninguno de los clientes de la terraza—. Es preferible que el asesino esté pendiente de ella a que ella esté pendiente de él, de lo que él esté pensando. Pero la mujer no necesita conocer los detalles... —Después de regresar a su silla, Kreizler dio unos golpecitos con un dedo sobre la nota—. Bien, parece que la ocasión ha puesto en nuestras manos un maravilloso descubrimiento. Sugiero que lo aprovechemos.

—¿Aprovecharlo? —inquirí, todavía algo conmocionado—. Laszlo, ¿cómo puedes...?

Kreizler no me hizo caso y se volvió hacia Lucius.

—¿Sargento detective? ¿Puedo preguntarle con quién intenta contactar su hermano?

—Con Alexander Macleod, el mejor grafólogo de Norteamérica. Marcus estudió con él.

—Excelente —contestó Kreizler—. El sitio ideal para empezar. Con un análisis de estas características podremos entrar en una discusión más general.

—Aguarda un segundo —intervine, tratando de mantener la voz tranquila y de no exteriorizar todo el horror y la revulsión que sentía ante la nota, aunque en cierto modo me sentía asombrado por la actitud de los demás—. Acabamos de averiguar que éste..., esta «persona», no sólo mató al muchacho sino que se lo comió, o al menos una parte... Y ahora, ¿qué esperáis averiguar a través de un maldito experto en escritura?

Sara alzó los ojos, y se obligó a intervenir.

—No, no, John. Ellos tienen razón. Ya sé que es terrible, pero párate un segundo a pensar.

—Así es, Moore —añadió Kreizler—. La pesadilla puede haberse hecho más intensa para nosotros, pero imagínate para el hombre que buscamos... Esta nota demuestra que su desesperación ha alcanzado cotas más altas. De hecho, puede que esté entrando en una fase terminal de emociones autodestructivas...

—¿Qué? Perdona, Kreizler, pero ¿qué estás diciendo? —El corazón seguía latiéndome aceleradamente, y mi voz sonó temblorosa al esforzarme para mantenerla en un susurro—. ¿Todavía vas a insistir en que está cuerdo, en que pretende que lo atrapemos? ¡Por el amor de Dios! ¡Se está comiendo a sus víctimas!

—Esto aún no lo sabemos —dijo Marcus sin levantar la voz aunque con firmeza, apoyado en el vano de la puerta que daba a la terraza, cubriendo con dos dedos el micrófono del teléfono.

—Exacto —declaró Kreizler, poniéndose en pie y volviéndose hacia mí, mientras Marcus empezaba a hablar nuevamente por el teléfono—. Puede que se coma partes de sus víctimas, John, pero también es posible que no. Lo que sin duda es cierto es que nos «dice» que se las come, consciente de que tal afirmación nos escandalizará y nos hará trabajar con mayor ahínco para encontrarle. Ésta es una acción de una persona cuerda. Acuérdate de todo lo que hemos averiguado: si fuera un loco mataría, cocinaría la carne, se la comería, y Dios sabe qué más haría, sin decírselo a nadie... O al menos a nadie que sin duda acudiría inmediatamente a las autoridades con la información. —Kreizler me agarró fuertemente de los brazos—. Piensa en todo lo que nos está dando... No sólo su escritura, sino información. Gran cantidad de información para interpretarla.

—¡Alexander! —volvió a gritar Marcus en aquel preciso momento, aunque esta vez con un tono de mayor satisfacción, y sonrió al proseguir—: Sí, soy Marcus Isaacson. De Nueva York. Tengo un asunto bastante urgente, y necesitaría aclarar un par de detalles... —Dicho esto, Marcus bajó la voz al tiempo que se apoyaba en el rincón junto a la puerta y su hermano se quedaba a su lado, esforzándose por escuchar.

Durante la conversación de Marcus por teléfono, que duró otros quince minutos, la nota permaneció encima de la mesa, tan horrible e inabordable a su manera como lo habían sido los cadáveres que el asesino había desparramado por todo Manhattan. De hecho, en cierto modo era incluso más espantosa pues, por lo que a nosotros se refería, y a pesar de la brutal realidad de sus acciones, el asesino no era más que una amalgama de rasgos. Sin embargo, el hecho de «oír» aquella voz auténtica y especial lo cambiaba todo de golpe. Ya no podría seguir siendo cualquier persona de por allí: él era él, el único cuya mente podía planear aquellas acciones, la única persona capaz de expresar aquellas palabras. Mientras contemplaba a los que apostaban en la terraza y luego a los transeúntes que pasaban por la calle, de pronto sentí que ahora sería mucho más probable que le reconociera si me encontrase con él. Era una nueva e inquietante sensación, una sensación que me resultaba difícil de aceptar; sin embargo, incluso mientras lo intentaba, ya me daba cuenta de que Kreizler tenía razón. Por muy terribles y problemáticos que fueran los pensamientos que dominaran al asesino, aquella nota no podía desecharse simplemente como una serie de desvaríos. Su coherencia era innegable, si bien tan sólo empezaba a vislumbrar hasta qué punto lo era.

En cuanto Marcus regresó del teléfono, cogió la nota, se sentó a la mesa y estudió intensamente el escrito durante cinco minutos. Luego empezó a emitir pequeños sonidos afirmativos, ante lo cual todos nos concentramos expectantes a su alrededor. Kreizler sacó un bloc de notas y una pluma, dispuesto a anotar cualquier cosa que pudiera interesar. Los gritos de los apostantes seguían estallando de vez en cuando, y yo les gritaba a mi vez para que no alborotaran tanto. Aquella petición normalmente habría despertado aullidos de ira y de escarnio, pero mi voz debió de reflejar algo de la gravedad del momento porque mis amigos obedecieron. A continuación, bajo la penumbrosa claridad de aquella hermosa y apacible tarde primaveral, Marcus empezó su exposición, bruscamente pero con claridad.

—En el estudio grafológico existen, de un modo general, dos áreas —explicó, la voz seca por la excitación—. La primera consiste en el examen del documento en su tradicional aspecto legal; es decir, un análisis estrictamente científico dirigido al cotejo y establecimiento de la autoría. La segunda consiste en un grupo de técnicas que son más..., en fin, más especulativas. Casi nadie considera científico este segundo grupo, el cual no tiene mucho peso en los tribunales. Sin embargo, en varias investigaciones nos ha sido muy útil. —Marcus miró a Lucius, quien asintió sin decir nada—. Así que empecemos con lo básico.

Marcus hizo una pausa y pidió una jarra grande de Pilsener para que no se le secara la boca. Luego prosiguió:

—El hombre..., ya que en este caso el arranque de la pluma es indudablemente masculino... El hombre que escribió esta nota posee como mínimo varios años de escolaridad, que son los que precisa esta caligrafía. Y esta escolaridad se desarrolló en Estados Unidos hace quince años como máximo. —No pude evitar una mirada de perplejidad, ante la cual Marcus explicó—: Hay claros indicios de que se le enseñó, firme y regularmente, con el sistema Palmer de caligrafía. Ahora bien, el sistema Palmer se introdujo aquí en 1880, y pronto fue adoptado por las escuelas de todo el país. Siguió siendo lo que podríamos llamar dominante hasta el año pasado, en que empezó a ser sustituido en el Este y en algunas grandes ciudades del Oeste por el método Zaner-Blosser. Suponiendo que la enseñanza primaria de nuestro asesino terminara cuando éste no tenía más de quince años, ahora podría tener cualquier edad no superior a los treinta y uno.

Parecía un razonamiento bastante acertado y, con un leve rasgueo de la pluma, Kreizler anotó todo esto en su bloc, para luego trasladarlo a la gran pizarra del 808 de Broadway.

—Si asumimos que nuestro hombre tendrá ahora unos treinta años —prosiguió Marcus— y que finalizó la escolaridad a los quince años o incluso antes, entonces ha dispuesto de otros quince años para desarrollar tanto su escritura como su personalidad. No parece que éste haya sido un tiempo particularmente agradable para él. En primer lugar, y tal como ya habíamos imaginado, es un mentiroso incorregible. Conoce perfectamente la gramática y la ortografía, pero se desvía mucho de su estilo para hacernos creer que no las conoce. Ved si no aquí, en la parte superior de la nota. Ha escrito «imajino» e «inorancia», y luego ha puesto hache a la preposición «a». Tal vez su idea fuera hacernos creer que es un ignorante, pero se ha despistado... En el párrafo final escribe correctamente «imagino» y la preposición «a», al parecer sin problemas.

—Cabe suponer —musitó Kreizler— que al final de la nota estaba más preocupado por dejar clara su afirmación que por engañarnos.

—Exacto, doctor —dijo Marcus—. De modo que su escritura es extraordinariamente natural. La intencionalidad de las faltas de ortografía se refleja también en su escritura. En los pasajes falsos es mucho más vacilante, menos segura. A los acentos les falta la firmeza que tienen en los demás pasajes. Y su estilo revela lo mismo: «vi a su chico», «ceniza y pintura», etcétera... Pero luego deja escapar una frase como «Murió sin que yo lo mancillara, y los periódicos deberían saberlo». Es del todo contradictorio... Pero si damos por sentado que repasó la carta después de escribirla, falló en ver la contradicción. Esto indica que si bien es un hábil planificador, posee un exagerado concepto de su propia habilidad.

Después de beber otro trago de Pilsener, Marcus encendió un cigarrillo y prosiguió en un tono más relajado:

—Hasta aquí, nos hallamos en un terreno bastante sólido. Todo es absolutamente científico y podría presentarse en los tribunales. Alrededor de los treinta, varios años de instrucción escolar básica, intento deliberado de engañar... Ningún juez lo rechazaría. Sin embargo, a partir de aquí las cosas ya no son tan claras. ¿Existen algunos rasgos de carácter que traicione la escritura? Muchos grafólogos opinan que toda la gente, no sólo los criminales, revelan sus actitudes más elementales durante el acto físico de escribir, independientemente de lo que digan las palabras escritas. Macleod ha realizado muchos experimentos en este terreno y creo que podría ser útil aplicar aquí sus principios.

—¡En mi vida había visto a un hombre gordo moverse así! —exclamó alguien desde el otro extremo de la terraza.

Estaba a punto de volver a pedir silencio pero observé que mis amigos estaban nuevamente atentos a sus asuntos. De modo que Marcus pudo proseguir:

—En primer lugar, la brusquedad de los rasgos y la extrema angulosidad de muchas letras sugieren que se trata de un hombre bastante atormentado. Se encuentra bajo una enorme presión interna y no es capaz de hallar otro desahogo que no sea la rabia. De hecho, el movimiento impulsor de la mano, como de golpe... Miren, ¿lo ven? Es tan pronunciado que cabe suponer una tendencia hacia la violencia física, quizás incluso hacia el sadismo. Pero es más complicado que todo esto, dado que existen otros elementos que contrastan... En el registro más elevado de la escritura, lo que denominamos la «zona superior», pueden ver estos pequeños adornos en el recorrido de la pluma. Por lo general, suelen indicar a un escritor con imaginación. Sin embargo, en las zonas inferiores descubrimos gran confusión como muestra la tendencia a situar el lazo de las letras «g» y «f» en el sitio contrario del palo. No ocurre siempre, pero el hecho de que siga haciéndolo es importante pues aprendió caligrafía y en otros aspectos es muy deliberado y calculador.

—Excelente —admitió Kreizler, aunque advertí que su pluma no anotaba nada—. Pero yo me pregunto, sargento detective: ¿no podrían estos últimos elementos adivinarse a través del contenido de la nota, lo mismo que del análisis inicial, y en cierto modo científico, que ha hecho usted de la escritura?

Marcus asintió sonriente.

—Es posible. Y esto demuestra por qué el llamado arte de interpretar la escritura todavía no es aceptado como ciencia. Pero pienso que ha sido útil incluir las observaciones, ya que éstas al menos corroboran que no existe una marcada diferencia entre el contenido y la escritura de la carta. Si se tratara de un fraude, casi con toda certeza descubriría usted alguna laguna. —Kreizler aceptó la afirmación con un asentimiento de cabeza, aunque siguió sin anotar nada—. En fin, esto es casi todo por lo que respecta a la escritura —concluyó Marcus, y sacó el frasco que contenía polvo de carbón—. Ahora voy a espolvorear los bordes del papel en busca de huellas digitales y después comprobaré si coinciden.

Mientras lo hacía, Lucius, que había estado examinando el sobre, comentó:

—No hay nada especial en el matasellos. La carta se envió desde la Oficina de Correos próxima al Ayuntamiento, pero es probable que nuestro hombre se trasladara expresamente hasta allí. Es lo bastante cuidadoso para pensar que examinaríamos el matasellos. Pero tampoco podemos descartar la posibilidad de que viva cerca del Ayuntamiento.

Marcus había sacado del bolsillo un conjunto de fotos de huellas digitales, y las iba comparando con el ahora manchado borde de la carta.

—Ajá —murmuró—. Unas que concuerdan... —Y al decir esto se esfumó la irreal, pero vacilante esperanza de que la nota fuera falsa.

—Lo cual nos lleva al considerable trabajo de tener que interpretar el contenido —dijo Kreizler, y se sacó el reloj para comprobar la hora: casi las nueve—. Sería preferible tener la mente despejada, pero...

—Sí —dijo Sara, que por fin había recuperado la serenidad—, pero...

Todos sabíamos qué significaba aquel «pero»: nuestro asesino no iba a intercalar en su calendario períodos de descanso para sus perseguidores. Con esta apremiante idea en la mente, nos dispusimos a regresar al 808 de Broadway, donde tendríamos que hacer café. Todos los compromisos que ingenuamente habíamos concertado para aquella noche quedaron implícitamente cancelados.

Cuando abandonábamos la terraza, Laszlo me rozó el brazo, indicándome que quería hablar conmigo en privado.

—Confiaba en estar equivocado, John —me dijo cuando los demás se hubieron adelantado—. Y puede que todavía lo esté, pero... Desde el principio he sospechado que nuestro hombre estaba observando nuestros esfuerzos. Si estoy en lo cierto, lo más probable es que haya seguido a la señora Santorelli hasta Mulberry Street y observado atentamente con quién hablaba. Sara dice que ha traducido la nota a la desgraciada mujer cerca de los peldaños de la entrada al edificio... Si el asesino estaba allí, no puede haberle pasado por alto la conversación. Incluso es posible que haya seguido a Sara hasta aquí; tal vez en este mismo momento nos esté observando... —Me volví a mirar hacia Union Square y las manzanas de edificios que nos rodeaban, pero Kreizler me detuvo de un tirón—. No. No se dejará ver, y no quiero que nadie sospeche nada, en especial Sara. Esto podría afectar su trabajo. Pero tú y yo debemos extremar las precauciones.

—Pero... ¿vigilarnos? ¿Por qué?

—Por vanidad, quizá —contestó Laszlo—. Y también por desesperación.

Me sentía confuso.

—¿Y dices que lo has sospechado todo el tiempo?

Kreizler asintió mientras nos disponíamos a seguir a los demás.

—Desde el primer día, cuando encontramos aquel trapo manchado de sangre en la calesa. La página impresa con que estaba envuelto era...

—Un artículo tuyo —me apresuré a decir—. O al menos eso supuse.

—Sí —contestó Laszlo—. El asesino debía de estar vigilando el anclaje del puente cuando me llamaron para inspeccionar el sitio. Imagino que la página era una forma de indicar que sabía quién era yo. Y también de burlarse de mí.

—Pero ¿cómo puedes estar seguro de que fue el asesino quien la dejó? —pregunté, buscando el modo de evitar la espeluznante conclusión de que habíamos estado, al menos intermitentemente, bajo la mirada escrutadora de un asesino.

—El trapo... —explicó Kreizler—. Aunque manchado y ensangrentado, el tejido tenía un sorprendente parecido con el de la camisa del chico Santorelli... a la cual, como recordarás, le faltaba una manga.

Frente a nosotros, Sara había empezado a mirar inquisitivamente por encima del hombro, apremiando a Laszlo para que se diera prisa.

—Recuérdalo, Moore —me dijo éste—. Ni una palabra a los demás.

Kreizler corrió a reunirse con Sara y yo me quedé solo, echando una última mirada inquieta hacia la oscura extensión del parque de Union Square, al otro lado de la Cuarta Avenida.

Como suele decirse, las apuestas estaban subiendo.

21

—En primer lugar —anunció Kreizler esa noche nada más llegar a nuestro cuartel general y sentarnos ante nuestros escritorios—, creo que finalmente podremos deshacernos de una duda persistente.

En la esquina superior derecha de la pizarra, bajo el encabezamiento «aspectos de los crímenes», había la palabra «solo», con un interrogante al final, interrogante que ahora Laszlo borró. Ya estábamos relativamente seguros de que nuestro asesino no tenía cómplices: pensábamos que ninguna pareja ni grupo de compinches podían colaborar durante un período de años en una conducta como aquélla sin que alguno de ellos se hubiera delatado.

En la fase inicial de la investigación, la única traba a esta teoría era la pregunta de cómo podía un hombre solo salvar las paredes y azoteas de las distintas casas de mala nota y los sitios en donde se habían cometido los asesinatos; sin embargo, Marcus había resuelto ese problema. Por lo tanto, si bien la utilización de la primera persona en la carta no era por sí sola un dato concluyente, cuando se tomaba conjuntamente con otros hechos parecía una prueba definitiva de que aquello era obra de un solo hombre.

Al asentir todos a este razonamiento, Kreizler prosiguió:

—Bien, pues... Pasemos al encabezamiento. ¿Por qué «mi querida» señora Santorelli?

—Podría tratarse de una fórmula a la que está acostumbrado —contestó Marcus—. Sería compatible con su escolaridad.

—¿«Mi» querida? —inquirió Sara—. ¿A un alumno no le habrían enseñado a poner únicamente «querida»?

—Sara tiene razón —dijo Lucius—. Es exageradamente afectuoso e informal. Él sabe que esta carta va a destrozar a la mujer, y disfruta con ello. Está jugando con ella, sádicamente.

—Opino lo mismo —intervino Kreizler, subrayando la palabra «sadismo», que ya se había anotado en el lado derecho de la pizarra.

—Y me gustaría señalar, doctor —añadió Lucius, convencido—, que esto corrobora además sus costumbres de cazador. —Últimamente Lucius se había mostrado firmemente convencido de que los aparentes conocimientos anatómicos de nuestro asesino derivaban de que era un consumado cazador, debido a la naturaleza merodeadora de gran parte de sus actividades—. Ya hemos discutido el aspecto de la avidez de sangre... Pero esta forma de jugar confirma algo más, algo que va más allá del cazador ávido de sangre. Se trata de una mentalidad deportiva.

Laszlo sopesó el razonamiento.

—Su argumentación me parece correcta, sargento detective —dijo, y escribió «deportista» sirviendo de puente entre las áreas «infancia» e «intervalo»—. Pero necesitaré que me convenza algo más —marcó un interrogante después de la palabra—, teniendo en cuenta las condiciones previas y las implicaciones.

Dicho con sencillez, las condiciones previas para que el asesino fuera un deportista era cierta cantidad de tiempo libre en su juventud, para dedicarse a la caza no sólo como medio de supervivencia, sino también por placer. Esto implicaba, a su vez, que tenía unos antecedentes de clase alta urbana (la clase alta urbana era la única que disponía de tiempo libre en aquel entonces, antes de que se implantaran las leyes laborales de la infancia, cuando incluso los padres de la clase media tendían a obligar a sus hijos a trabajar muchas horas), o que se le había criado en una zona rural. Cada una de estas suposiciones habría reducido considerablemente nuestra búsqueda, y Laszlo necesitaba estar completamente seguro de nuestro razonamiento antes de aceptar cualquiera de ellas.

—Pasemos a la afirmación del párrafo inicial —prosiguió Kreizler—. Aparte del marcado énfasis en «mentiras»...

—Esta palabra ha sido repasada varias veces... —le interrumpió Marcus—. Tras ella hay gran cantidad de sentimiento.

—Entonces las mentiras no son un fenómeno nuevo para él —dedujo Sara—. Da la sensación de que está excesivamente familiarizado con la falta de honestidad y la hipocresía.

—Y aun así se escandaliza frente a ellas —dijo Kreizler—. ¿Alguna teoría al respecto?

—Esto lo relaciona con los muchachos —intervine—. En primer lugar, ellos se visten como chicas: una especie de engaño. Además, se prostituyen; es decir, se supone que deben ser sumisos. Sin embargo, sabemos que los que él ha asesinado solían ser problemáticos.

—Bien —aceptó Kreizler, asintiendo—. Así que no le gustan los engaños. Sin embargo, él también es un mentiroso... Necesitamos una explicación para esto.

—Es un hombre culto —dijo Sara, simplemente—. Ha estado expuesto a la falta de honestidad, tal vez se ha visto rodeado por ella, y por eso la odia... Pero ha encontrado un sistema para superarlo.

—Y este tipo de aprendizaje sólo se hace una vez —añadí—. Y lo mismo sucede con la violencia: la vio, no le gustó, pero la aprendió. La ley de la costumbre y el interés, tal como explica el profesor James: nuestras mentes trabajan basándose en el propio interés, en la supervivencia del organismo, y los medios habituales de perseguir este interés se definen durante nuestra infancia y adolescencia.

Lucius había cogido el primer volumen de los *Principios* de James, y lo hojeó en busca de una página.

—«El carácter se modela como el yeso —citó, alzando un dedo en el aire—. Nunca vuelve a ablandarse.»

—¿Incluso aunque...? —preguntó Kreizler, apremiándole a seguir.

—Incluso aunque esos hábitos sean contraproducentes en la edad adulta —contestó Lucius, pasando la página y recorriéndola con el dedo—. Aquí: «El hábito nos condena a entablar la batalla de la vida según los dictados de nuestra propia naturaleza y de nuestra primera elección, y a sacar el mejor partido posible de una tarea que nos complace sólo porque no hay otra para la que estemos capacitados, y ya es demasiado tarde para volver a empezar.»

—Una lectura alentadora, sargento detective —observó Kreizler—, pero necesitamos ejemplos. Hemos dado por sentado que existe una experiencia inicial, o puede que varias, relacionadas con la violencia, tal vez de tipo sexual...

—Laszlo señaló un pequeño recuadro en blanco en la sección de la pizarra bajo el epígrafe «infancia», el cual estaba enmarcado y con un subtítulo: «Violencia moldeadora y/o vejación»—, la cual intuimos basándonos en la comprensión y práctica que él tiene de semejante conducta... Pero ¿y las emociones verdaderamente fuertes centradas en el engaño? ¿Podríamos nosotros hacer lo mismo?

Me encogí de hombros.

—Es obvio que él mismo puede haberse acusado de esto. Injustamente, con toda probabilidad. Tal vez con frecuencia.

—Exacto —contestó Kreizler, anotando la palabra «engaño» y, debajo de ésta, en el lado izquierdo de la pizarra, «estigma del mentiroso».

—Y luego está la situación familiar —añadió Sara—. Hay muchas mentiras en el seno de una familia. El adulterio es probablemente lo primero que se me ocurre, sin embargo...

—Sin embargo esto no va forzosamente unido a la violencia —concluyó Kreizler—, y sospecho que debe ser así. ¿Podría el engaño relacionarse con la violencia, con incidentes violentos que se ocultaron deliberadamente y que eran desconocidos tanto dentro como fuera de la familia?

—Ciertamente —dijo Lucius—. Y sería mucho peor si la «imagen» de la familia fuera todo lo contrario.

Kreizler sonrió con auténtica satisfacción.

—Precisamente... De modo que si tuviéramos a un padre de apariencia respetable, que como mínimo pegara a su mujer y a sus hijos...

La cara de Lucius se contrajo un segundo.

—No me refería necesariamente a un padre. Podría ser cualquiera de la familia.

Laszlo desestimó la idea con un gesto de la mano.

—El padre representa la gran traición.

—¿Y la madre no? —inquirió Sara, con cautela, y en la pregunta había mucho más que el tema que estaban tratando. En aquel momento pareció como si ella tratara de descifrar a Laszlo tanto como al asesino.

—No existen estudios que sugieran esto —contestó Kreizler—. Los recientes hallazgos de Breuer y de Freud sobre la histeria señalan en casi todos los casos el abuso sexual del padre antes de la pubertad.

—Con el debido respeto, doctor Kreizler —protestó Sara—, Breuer y Freud se muestran bastante confusos sobre el significado de sus descubrimientos. Freud empezó dando por sentado que el abuso sexual era la base de todo tipo de histeria, pero parece que recientemente ha alterado este punto de vista y ha decidido que la auténtica causa podría residir en las «fantasías» sobre el abuso.

—En efecto —reconoció Kreizler—. Aún hay muchas cosas que no están muy claras en el trabajo de esos dos hombres. Yo mismo no puedo aceptar su énfasis pertinaz en el sexo..., excluyendo incluso la violencia. Pero míralo desde un punto de vista empírico, Sara. ¿Cuántos hogares has conocido en los que mandara una madre dominante y violenta?

Sara se encogió de hombros.

—Existe más de un tipo de violencia, doctor... Pero ya comentaré más cosas al respecto cuando lleguemos al final de la carta.

Kreizler ya había escrito «padre violento, pero aparentemente respetable» en el lado izquierdo de la pizarra, y parecía dispuesto, ansioso incluso, por proseguir.

—Todo el primer párrafo —dijo, golpeando la nota con un dedo—, a pesar de las deliberadas faltas de ortografía, posee un tono de firmeza.

—Esto es algo que se percibe enseguida —intervino Marcus—. Él ya ha decidido mentalmente que hay un montón de gente que le busca.

—Creo que ya sé adónde quiere ir a parar, doctor —dijo Lucius, volviendo a buscar entre la pila de libros y papeles que tenía sobre el escritorio—. Uno de los artículos que nos dio a leer, ése que usted mismo tradujo... ¡Aquí! —Tiró de unos papeles para sacarlos—. Aquí está... Doctor Krafft-Ebing. Habla de la «monomanía intelectual» y de lo que los alemanes denominan *primäre verrücktheit*, y aboga por sustituir ambos términos por el de «paranoia».

Kreizler asintió, y en la sección «intervalo» anotó «paranoia».

—Sentimientos de persecución, tal vez incluso autoengaños, que han enraizado después de alguna experiencia emocional traumática o de un conjunto de experiencias, pero que no han desembocado en la demencia... Una definición admirablemente resumida por Krafft-Ebing y que aquí parece encajar... Aunque dudo que nuestro hombre se mantenga en un estado de autoengaño, es probable que su conducta sea bastante antisocial, lo cual no significa que estemos buscando a un misántropo. Esto sería demasiado sencillo.

—¿Y no podrían los asesinatos en sí satisfacer este impulso antisocial, dejándole completamente normal el resto del tiempo, es decir, participativo, funcional? —preguntó Sara.

—Puede que incluso demasiado funcional —admitió Kreizler—. Éste no será un hombre que, en opinión de los vecinos, sea capaz de matar criaturas y luego ufanarse de habérselas comido... —Kreizler anotó estas ideas y luego se volvió nuevamente hacia nosotros—. Y así llegamos al segundo párrafo, que resulta todavía más extraordinario.

—Casi de inmediato nos informa de algo —comentó Marcus—: que no ha viajado mucho al extranjero. Ignoro lo que habrá estado leyendo, pero no parece que últimamente el canibalismo se halle muy extendido por Europa. Puede que allí coman cualquier cosa, pero no se comen entre sí. Aunque no se puede estar nunca seguro con los alemanes... —Marcus se interrumpió y miró a Kreizler—. Lo siento, doctor, no pretendía ofenderle.

Lucius se dio una palmada en la frente, pero Kreizler se limitó a sonreír irónicamente. Las idiosincrasias de los Isaacson ya habían dejado de sorprenderle, en todos los aspectos.

—No me ha ofendido, sargento detective. Ciertamente, uno nunca puede estar seguro con los alemanes... Pero si aceptamos que sus viajes se han limitado a Estados Unidos, ¿qué hacemos con su teoría de que la habilidad de este hombre como montañero indica una herencia europea?

Marcus se encogió de hombros.

—La primera generación americana. Sus padres eran inmigrantes.

Sara contuvo la respiración.

—«¡Asquerosos inmigrantes!» —recordó.

El rostro de Kreizler volvió a inundarse de satisfacción.

—Exacto —exclamó, escribiendo «padres inmigrantes» en el lado izquierdo de la pizarra—. Toda la frase destila repugnancia, ¿no les parece? Es un tipo de odio que por lo general tiene unas raíces específicas, por muy oscuras que puedan ser. En este caso, probablemente tuvo una relación difícil con uno o con ambos padres en una etapa muy temprana, relación que finalmente se deterioró hasta el punto de despreciar todo lo referente a ellos, incluso sus propias raíces...

—A pesar de que también son las de él —intervine—. Esto podría explicar parte del salvajismo hacia los muchachos. Una especie de odio hacia sí mismo, como si tratara de limpiar toda la suciedad que le cubre.

—Una frase interesante, John —dijo Kreizler—. Una frase a la que habrá que volver. Pero hay aquí una pregunta más práctica a la que debemos dar respuesta. Teniendo en cuenta sus conocimientos de caza y de montañismo, y ahora la suposición de que no ha viajado al extranjero, ¿podríamos averiguar algo sobre sus antecedentes geográficos?

—Vamos a lo mismo de antes —le contestó Lucius—. O perteneciente a una familia rica de ciudad, o procede del campo.

—¿Sargento detective? —preguntó Kreizler a Marcus—. ¿Alguna región mejor que otra para semejante entrenamiento?

Marcus negó con la cabeza.

—Podría entrenarse en cualquier formación rocosa de importancia. Lo cual implica gran cantidad de lugares en los Estados Unidos.

—Ya —aceptó Kreizler, algo decepcionado—. Esto no nos sirve de gran ayuda. Dejémoslo estar de momento y volvamos al segundo párrafo. El lenguaje que utiliza parece confirmar su teoría, Marcus, respecto a los «adornos de la zona superior» en la escritura. No hay duda de que la suya es una historia llena de imaginación.

—Una imaginación infernal —intervine.

—Cierto, John —confirmó Kreizler—. Excesiva y morbosa, sin duda.

Al oír esto, Lucius hizo chasquear los dedos.

—Un momento —dijo, y de nuevo regresó a sus libros—. Me he acordado de algo...

—Lo siento, Lucius —le interrumpió Sara con una de sus sonrisas levemente torcidas—, pero en esto me he adelantado a ti. —Nos mostró una revista médica que mantenía abierta—. Esto concuerda con la discusión sobre el engaño, doctor —añadió—. En su artículo «Un programa para el estudio de las anomalías mentales en los niños», el doctor Meyer enumera algunos de los signos de advertencia para predecir futuros comportamientos peligrosos... El exceso de imaginación es uno de ellos. —Y entonces leyó un fragmento del artículo que había aparecido en febrero de 1895 en el *Handbook of the Illinois Society for Child-Study*—:

«Normalmente los niños pueden reproducir a voluntad todo tipo de imágenes mentales en la oscuridad. Esto se vuelve anormal cuando estas imágenes mentales se transforman en una obsesión; por ejemplo, cuando no pueden contenerse. Las imágenes que crean temores y sensaciones desagradables son las más idóneas para convertirse en extremadamente fuertes.» —Sara enfatizó la frase final de la cita—: «El exceso de imaginación puede conducir a la invención de mentiras y al irresistible impulso de utilizarlas con los demás.»

—Gracias, Sara —dijo Kreizler, y al anotar en la pizarra «imaginación morbosa» tanto en la sección «infancia» como en la de «aspectos», me dejó sorprendido. Al pedirle una explicación, Laszlo me contestó—: Puede que él escriba esta carta como adulto, John, pero una imaginación tan peculiar no surge a la vida en la madurez. Ha estado siempre con él... Y es indudable que Meyer demuestra tener razón ahí, porque este niño se ha convertido efectivamente en un ser peligroso.

Marcus, pensativo, se estaba dando golpecitos con un lápiz en la palma de la mano.

—¿Existe alguna posibilidad de que este asunto del canibalismo fuera una pesadilla infantil? Él dice que lo ha leído. ¿Es posible que lo leyera entonces? El efecto habría sido mayor.

—Ha formulado usted una pregunta básica —le contestó Laszlo—. ¿Cuál es el sentimiento más fuerte que hay detrás de la imaginación? Me refiero a la imaginación normal, pero también y en especial a la imaginación morbosa.

Sara no lo dudó un momento:

—El miedo.

—¿Miedo a lo que ves o a lo que oyes? —la presionó Laszlo.

—A ambas cosas —contestó Sara—. Pero principalmente a lo que oyes... «Nada es tan terrible en realidad», etcétera, etcétera.

—¿Y no es la lectura una forma de oír? —inquirió Marcus.

—Sí, pero ni siquiera los niños ricos aprenden a leer hasta avanzada la infancia —replicó Kreizler—. Ofrezco esto sólo como teoría, pero supongamos que la historia del canibalismo fuera en aquel entonces lo que es ahora: un cuento destinado a aterrorizar. Sólo que ahora, en vez de ser el aterrorizado, nuestro hombre se ha convertido en el aterrorizador. Y, tal como lo hemos imaginado hasta ahora, ¿no hallaría esto inmensamente satisfactorio, o incluso divertido?

—Pero ¿quién iba a contárselo a él? —preguntó Lucius. Kreizler se encogió de hombros.

—¿Quién suele aterrorizar a los niños con historias así?

—Los adultos que quieren que se porten bien —me apresuré a responder—. Mi padre tenía una historia sobre la cámara de tortura del emperador del Japón que me mantenía despierto por las noches, imaginando todos los detalles...

—¡Espléndido, Moore! A eso iba.

—¿Pero qué pasa con...? —Las palabras de Lucius surgieron algo vacilantes—. ¿Qué pasa con...? Lo siento, pero me temo que todavía no sé cómo expresar ciertas cosas delante de una dama.

—Pues imagine que no hay ninguna —replicó Sara, algo impaciente.

—Bien —prosiguió Lucius, aunque con igual embarazo—, ¿qué pasa con esa fijación en el... trasero?

—Oh, sí —dijo Kreizler—. ¿Creen que forma parte de la historia original, o será un giro inventado por nuestro hombre?

—Hummm... —dudé, pues había pensado en algo, pero al igual que Lucius no sabía cómo expresarlo delante de una mujer—. Bien, lo que... Las referencias no sólo a algo asqueroso sino incluso a..., a la materia fecal.

—La palabra que él utiliza es «mierda» —replicó Sara con contundencia, y pareció como si todos los que estábamos en la habitación, incluido Kreizler, nos eleváramos unos centímetros del suelo durante un par de segundos—. Sinceramente, caballeros —comentó Sara con cierto desdén—, de haber sabido que eran tan pudorosos me habría limitado a mi trabajo de secretaria.

—¿Quién es pudoroso? —exclamé, incapaz de utilizar una de mis fuertes réplicas.

Sara me miró frunciendo las cejas.

—Tú, John Schuyler Moore. En algunas ocasiones has pagado a miembros del sexo femenino para que pasaran algunos momentos íntimos contigo... ¿Debo suponer que eran ajenas a esta clase de lenguaje?

—No —protesté, consciente de que mi cara era un farolillo rojo—. Pero ellas no eran..., no eran...

—¿Qué es lo que no eran? —preguntó Sara con expresión severa.

—No eran... Bueno, no eran unas damas.

Sara se incorporó, apoyó una mano en la cadera y con la otra sacó su Derringer de alguna parte oculta del vestido.

—Quiero advertiros, en este mismo momento —dijo con voz tensa—, que el próximo hombre que utilice la palabra «dama» en este contexto y en mi presencia, va a cagar por un agujero nuevo que le voy a confeccionar en las entrañas. —Dicho esto, dejó la pistola a un lado y se volvió a sentar.

En la estancia se hizo un silencio de ultratumba hasta que Kreizler dijo con voz suave:

—Estabas hablando de las referencias a la mierda, Moore.

Lancé a Sara una mirada bastante dolorida e indignada —que ella, la muy canalla, ignoró completamente— y reanudé la exposición de mi idea.

—Pues... que todo parece relacionado... Las referencias escatológicas y su obsesión por esa parte de la anato... —Sentí como los ojos de Sara horadaban un agujero en el lateral de mi cabeza—. Su obsesión por el culo —concluí, utilizando el tono más desafiante que me fue posible.

—Por supuesto que lo están —admitió Kreizler—. Se relacionan tanto metafórica como anatómicamente. Es todo muy confuso... Y no hay muchos trabajos sobre estos temas. Meyer ha especulado sobre las posibles causas e implicaciones de la incontinencia urinaria nocturna, y cualquiera que trabaje con niños descubre al individuo ocasional cuya fijación reside anormalmente en las heces. Sin embargo, la mayoría de alienistas y psicólogos consideran esto una forma de misofobia, un miedo morboso a la suciedad y a la contaminación, que sin duda es lo que nuestro hombre parece tener. —Kreizler escribió la palabra «misofobia» en el centro de la pizarra, pero luego se apartó, con expresión insatisfecha—. De todos modos, parece como si hubiera algo más, aparte de esto...

—Doctor —dijo Sara—, una vez más tengo que insistir en que amplíe sus conceptos sobre la madre y el padre en este caso. Ya sé que su experiencia con los niños, pasada una cierta edad, es tan amplia como la de cualquiera, pero... ¿se ha visto alguna vez implicado de cerca en el cuidado de una criatura?

—Sólo como médico —contestó Kreizler—. Y raramente. ¿Por qué, Sara?

—Por regla general, no es una etapa de la infancia en la que el hombre figure mucho. ¿Conoce alguno de ustedes a hombres que hayan desempeñado un papel importante en criar niños más pequeños de..., pongamos tres o cuatro años? —Todos negamos con la cabeza, pero sospecho que si alguno hubiera conocido a un hombre así, lo habría negado con tal de mantener la Derringer lejos de sí. Sara se volvió hacia Laszlo—. Doctor, ¿qué actitudes suelen adoptar los niños con una fijación anormal en la defecación?

—O una urgencia excesiva o una resistencia morbosa. Generalmente.

—Urgencia o resistencia, ¿a qué?

—A ir al retrete.

—¿Y cómo han aprendido a ir al retrete? —preguntó Sara, manteniendo la presión sobre Kreizler.

—Se lo han enseñado.

—¿Quién? ¿Hombres, generalmente?

Kreizler tuvo que hacer una pausa. La intención de las preguntas parecía oscura al principio, pero ahora todos podíamos ver adónde se dirigía Sara: si la preocupación ciertamente obsesiva de nuestro asesino por lo que se refería a las heces, el trasero y, en términos generales, a la «porquería» (a fin de cuentas en la nota no había otros temas a los que se refiriese con mayor asiduidad) se le había fijado en la niñez, lo más lógico era que en el proceso estuviera implicada una mujer, o varias: madre, niñera, institutriz...

—Entiendo —dijo Kreizler al fin—. ¿Debo suponer que has observado personalmente este proceso, Sara?

—Esporádicamente —contestó—. Y he oído historias... Las chicas solemos escuchar. Siempre se da por sentado que alguna vez necesitarás el conocimiento. Y el tema puede ser en conjunto sorprendentemente difícil... Turbador, frustrante, a veces incluso violento. No lo habría sacado a relucir de no ser porque las referencias son muy insistentes. ¿No sugiere esto algo fuera de lo habitual?

Laszlo irguió la cabeza.

—Es posible, pero me temo que no puedo considerar concluyentes tales observaciones.

—¿No consideraría siquiera la posibilidad de que una mujer hubiese desempeñado un papel más oscuro que el que usted le otorga? ¿Tal vez la madre, aunque no forzosamente?

—Deseo no cerrar los oídos a cualquier posibilidad —le dijo Kreizler, volviéndose a la pizarra, aunque sin escribir nada—. De todas formas, me da la impresión de que nos hemos desviado demasiado de la órbita de lo puramente razonable.

Sara se recostó en el respaldo, nuevamente decepcionada ante el resultado de sus intentos para que Kreizler viera otra dimensión en la imaginaria historia de nuestro asesino. Debo confesar que yo también me sentía algo confuso: al fin y al cabo había sido Kreizler quien había pedido a Sara que desarrollara tales teorías, consciente de que ninguno de nosotros habría podido hacerlo. Rechazar de tal modo sus ideas parecía como mínimo arbitrario, sobre todo cuando tales ideas sonaban (al menos para un oído entrenado) tan bien razonadas como las hipótesis de él.

—El resentimiento hacia los inmigrantes se repite en el tercer párrafo —prosiguió Kreizler, abriendo nuevos cauces—. Y luego aparece esta referencia a un «piel roja». Aparte de otro intento para hacernos creer que se trata de un iletrado, ¿qué conclusión sacamos de ello?

—La frase en su conjunto parece importante —observó Lucius—. «Más asqueroso que un piel roja.» Está buscando una comparación superlativa, y lo único que se le ocurre es esto.

Marcus estudió la cuestión.

—Si damos por sentado que el resentimiento hacia los inmigrantes se basa en la familia, entonces él no es un indio... Aunque es posible que haya tenido algún tipo de contacto con ellos.

—¿Por qué? —preguntó Kreizler—. El odio hacia otras razas no requiere familiaridad.

—No, pero por lo general una cosa va relacionada con la otra —insistió Marcus—. Y considere la frase en sí misma: es bastante espontánea, como si asociara la asquerosidad con los indios y supusiera que todo el mundo piensa también lo mismo.

Asentí, captando su intención.

—Entonces tiene que ser del Oeste. Por lo general en el Este no se hacen este tipo de comparaciones... No es que seamos más cultos aquí, en absoluto, pero muy poca gente compartiría el punto de referencia. Lo que quiero decir es que si hubiese escrito «más asqueroso que un negro», podríamos suponer que se trataba de alguien del Sur, ¿no?

—O de Mulberry Street —sugirió Lucius en voz baja.

—Cierto —reconocí—. No quiero decir que esta actitud esté confinada. A fin de cuentas, podría ser alguien que hubiera leído demasiadas historias sobre el Salvaje Oeste...

—O alguien con exceso de imaginación —añadió Sara.

—Pero podría servir como orientación general —insistí.

—Bueno, es la deducción más obvia —suspiró Kreizler, irritándome un poco—. Pero alguien dijo alguna vez que no debemos desestimar lo obvio. ¿Qué dice a esto, Marcus? ¿Resulta interesante la idea de haberse criado en la frontera?

Marcus reflexionó antes de responder.

—Tiene sus alicientes. En primer lugar explicaría lo del cuchillo, que es una típica arma de frontera. También nos proporciona la caza, el deporte y lo demás, sin la necesidad de un ambiente de riqueza. Y si bien hay mucho terreno para practicar el montañismo en el Oeste, se halla concentrado en unas zonas muy específicas, lo cual puede sernos de ayuda. Además, por allí también existen gran cantidad de comunidades alemanas y suizas.

—Entonces debemos marcarlo como una posibilidad preferente. —dijo Kreizler, anotándolo en la pizarra—. Aunque por el momento no podemos ir más lejos. Esto nos conduce al siguiente párrafo, donde nuestro hombre va por fin a lo que le interesa. —Kreizler volvió a coger la nota, y empezó a rascarse la nuca lentamente—. El dieciocho de febrero ve al chico Santorelli por primera vez. Después de haber pasado más tiempo del que quisiera admitir revisando calendarios y almanaques, puedo informarles que este año el dieciocho de febrero era el Miércoles de Ceniza.

—Él menciona las cenizas en la cara —intervino Lucius—. Esto significa que el muchacho se dirigía a la iglesia.

—Los Santorelli son católicos —añadió Marcus—. No hay muchas iglesias cerca del Salón Paresis, ni católicas ni de otra religión, pero podemos intentar comprobar la zona fronteriza. Es posible que alguien recuerde haber visto a Georgio. Difícilmente habría pasado desapercibido, sobre todo en una iglesia.

—Y siempre es posible que el asesino le viera por primera vez cerca de una iglesia —dije—. O incluso dentro. Con un poco de suerte, puede que alguien presenciara el encuentro.

—Parece que los dos habéis planeado bastante bien el fin de semana —intervino Kreizler, ante lo que Marcus y yo, conscientes de que habíamos propuesto largas jornadas de trabajo sobre el terreno, nos miramos con expresión ceñuda—. Sin embargo, el término «pavoneándose» me hace dudar de que se encontraran muy cerca de un centro de oración..., sobre todo de uno en donde Georgio acabara de asistir al servicio religioso.

—Sí, más bien sugiere que el muchacho anunciaba su mercancía —dije.

—Sugiere muchas cosas. —Laszlo reflexionó un momento, murmurando la palabra—: Pavoneándose... Tal vez esto encaje con tu idea de que el hombre sufre alguna incapacidad o deformidad, Moore. Hay un matiz de envidia en el término, como si él estuviera excluido de semejante comportamiento.

—Yo sigo sin verlo —replicó Sara—. A mí me suena más... a desdén. Esto podría deberse sencillamente a la profesión de Georgio, aunque no lo creo así. No hay compasión ni simpatía en el tono, sólo aspereza. Y una cierta sensación de familiaridad, como con las mentiras.

—En efecto —admití—. Es ese tono como de sermón que utilizaría un maestro de escuela, que sabe lo que te propones simplemente porque en el pasado él también fue un muchacho.

—¿Queréis decir entonces que si desdeña la exhibición descarada de un comportamiento sexual no es porque le esté vedado entregarse a semejantes actividades sino precisamente porque se entrega a ellas? —Laszlo irguió la cabeza y pareció desconcertado ante la idea—. Es posible. Pero ¿no habrían reprimido tales excentricidades los adultos que han gobernado su vida? ¿Y no nos conduciría esto nuevamente a la idea de la envidia, aunque no existiera deformidad física?

—Aun así —intervino Sara—, al menos en una ocasión el tema tuvo que provocar escándalo para que tales represiones se fijaran.

Laszlo guardó silencio un momento, y luego asintió.

—Sí. Sí. Tienes razón, Sara. —Esto provocó una sonrisa breve aunque satisfecha en el rostro de ella—. Y luego —prosiguió Kreizler—, tanto si desafió esa prohibición como si se sometió a ella, sin duda quedaría sembrada la semilla de futuras dificultades... Eso está bien. —Kreizler efectuó algunas anotaciones apresuradas al respecto en el lado derecho de la pizarra—. Sigamos pues con las cenizas y la pintura.

—Anota los dos términos con excesiva desenvoltura —comentó Lucius—, de modo que para el observador corriente parezca haber cierta incongruencia... Apostaría a que el cura del servicio también lo vería así.

—Como si la ceniza no fuera mejor que la pintura —comentó Marcus—. Además, el tono sigue siendo bastante despreciativo.

—Y esto presenta un problema. —Kreizler se acercó a su escritorio y sacó un calendario encuadernado con una cruz en la tapa—. El dieciocho de febrero vio a Georgio Santorelli por primera vez, y dudo mucho que el encuentro fuera accidental. La especificación sugiere que estaba buscando precisamente a ese tipo de muchacho ese día en particular. Debemos suponer por tanto que el hecho de que fuera Miércoles de Ceniza es significativo. Además, las cenizas en combinación con la pintura parecen potenciar su reacción, la cual esencialmente es de ira. Esto puede sugerir que le ofende que un muchacho que se prostituye presuma de participar en un rito cristiano... Aunque, tal como han observado los sargentos detectives, en su lenguaje no hay indicios de veneración por estos ritos. Todo lo contrario. A estas alturas ya no creo que nos enfrentemos a un hombre que padece de manía religiosa. Las cualidades evangélicas y mesiánicas que tienden a diferenciar tales patologías no aparecen aquí, ni siquiera en su nota. Y si bien debo admitir que mi convicción al respecto se ha visto algo debilitada por el calendario de los asesinatos, opino que los indicios siguen siendo contradictorios. —Kreizler examinó detenidamente el calendario—. Si al menos hubiera algún significado en el día que mató a Georgio...

Todos sabíamos a qué se refería. La reciente investigación que Laszlo había hecho de las fechas de los asesinatos había revelado que todos ellos, menos uno, estaban relacionados con el calendario cristiano: el 1 de enero marcaba la Circuncisión del Señor; el 2 de febrero era la Purificación de la Virgen María o La Candelaria; y Alí ibn-Ghazi había muerto el

Viernes Santo. En algunas festividades religiosas no se había producido ningún asesinato, como es lógico. La Epifanía, por ejemplo, había transcurrido sin ningún incidente, lo mismo que la festividad de las Cinco Llagas de Cristo, el 20 de febrero. Pero si el 3 de marzo, la fecha del asesinato de Santorelli, hubiese tenido alguna connotación cristiana, habríamos tenido la relativa certeza de que en el calendario de nuestro hombre se hallaba implicado algún elemento de tipo religioso. Sin embargo, tal connotación no existía.

—Entonces tal vez debamos regresar a la teoría del ciclo lunar —insinuó Marcus, recuperando una antigua parte de la sabiduría popular sobre la que habíamos estado debatiendo durante mucho tiempo, la cual pretendía que las conductas como la de nuestro asesino se hallaban en cierto modo relacionadas con el crecimiento y la mengua de la luna, convirtiéndolos en auténticos «lunáticos».

—Sigue sin convencerme —dijo Kreizler, rechazándolo con un gesto de la mano y sin apartar la vista del calendario.

—A menudo se ha relacionado a la luna con otros cambios, tanto físicos como de comportamiento —comentó Sara—. Por ejemplo, hay un montón de mujeres que creen firmemente que ésta controla el ciclo menstrual.

—Y los impulsos de nuestro hombre parecen surgir de acuerdo con algún tipo de ciclo —convino Lucius.

—Y así es —admitió Kreizler—. Pero la suposición de esta improbable influencia astrológica en la psicobiología nos apartaría de la naturaleza ritual de los asesinatos. La declaración de canibalismo es un elemento nuevo y sin duda independiente de aquellos rituales, lo admito. Pero la brutalidad ha aumentado considerablemente, de modo que era predecible que llegáramos a esta especie de escalada; aunque la ausencia de esta característica especial en el asesinato de Ibn-Ghazi sugiere que puede haberse aventurado en un ámbito que en realidad no le satisface, sean cuales fuesen las repugnantes afirmaciones de la nota.

La conversación se interrumpió un momento, y durante la interrupción fue tomando cuerpo en mi mente una idea.

—Kreizler —dije, sopesando cuidadosamente mis palabras—, supongamos por un momento que tenemos razón en todo esto. Tú mismo has asegurado que esto parece reforzar todavía más la idea de que hay un elemento religioso en los asesinatos.

Kreizler se volvió hacia mí, con una expresión de cansancio en los ojos.

—Podría interpretarse así.

—Bien, ¿qué me dices de los dos curas, entonces? Ya hemos comentado que la actitud de éstos podría interpretarse como el intento de proteger a alguien. ¿Crees que podría ser uno de ellos?

—¡Ajá! —exclamó Lucius, en voz baja—. ¿Acaso estás pensando en alguien como el reverendo de Salt Lake City?

—En efecto. Un hombre santo que está muy equivocado. Un hombre con una doble vida secreta. Supongamos que sus superiores se han enterado de lo que está haciendo, pero que por algún motivo no logran encontrarlo. Quizá porque se ha escondido... Las posibilidades de escándalo serían enormes. Y teniendo en cuenta el papel que tanto la Iglesia católica como la episcopaliana desempeñan en la vida de la ciudad, los respectivos líderes podrían recurrir fácilmente no sólo al alcalde sino a los hombres más influyentes de la ciudad para que les ayudaran a mantenerlo en secreto; hasta que pudieran solucionarlo en privado, me refiero. —Me recosté en el respaldo, bastante orgulloso de mi razonamiento, pero a la espera de la reacción de Kreizler. Su pertinaz silencio no parecía una buena señal, así que añadí bastante incómodo—: Es sólo una idea.

—¡Una idea condenadamente buena! —juzgó Marcus, dando un golpe de lápiz sobre el escritorio.

—Podría conectar un montón de cosas entre sí —admitió Sara.

Por fin, Kreizler empezó a reaccionar: un lento gesto de asentimiento.

—Podría ser, en efecto —musitó, y anotó «¿cura incógnito?» en el centro de la pizarra—. Los rasgos de los antecedentes y del carácter que hemos descrito podrían encajar en un hombre de la Iglesia como en cualquier otro, y el hecho de que fuera un cura proporcionaría una atractiva alternativa a la manía religiosa. Éstos podrían ser conflictos personales que habría desarrollado de acuerdo con un plan que para él resultaría natural e incluso conveniente. Una investigación más a fondo de estos dos curas sin duda aportaría una mayor claridad al respecto. —Kreizler se volvió hacia nosotros—. Y esto...

—Ya sé, ya sé —dije, alzando una mano—. Los sargentos detectives y yo.

—Qué maravilloso ver que se te anticipan correctamente —comentó Kreizler, riendo.

Mientras Marcus y yo discutíamos el aumento de trabajo de investigación para los días siguientes, Lucius volvió a echar un vistazo a la nota.

—La frase que sigue a continuación —anunció— parece volver a la idea del sadismo... Decide esperar y ver al muchacho varias veces antes de matarlo. Una vez más está jugando con él cuando todo el tiempo es consciente de lo que va a hacer. Es el sádico cazador jugando con su presa.

—Sí, me temo que no hay nada nuevo en la frase, al menos hasta que llegamos al final. —Kreizler golpeó la pizarra con la tiza—. «Aquel lugar»... La única expresión que, aparte de «mentiras», escribe con mayúsculas.

—El odio otra vez —puntualizó Sara—. ¿En especial hacia el Golden Rule, o en general hacia el tipo de comportamiento que allí se practica?

—Puede que hacia ambos —contestó Marcus—. Al fin y al cabo, el Golden Rule abastece a una clientela muy específica: hombres que desean muchachos que se vistan como mujeres.

Kreizler seguía dando golpecitos sobre el recuadro titulado «violencia moldeadora y/o vejación».

—Hemos vuelto al meollo del asunto. Éste no es un hombre que odie a todos los niños, ni que odie a los homosexuales, ni que odie a todos los muchachos que se prostituyen vestidos de mujer. Es un hombre de gustos muy especiales.

—Pero usted sigue considerándolo un homosexual, ¿no es así, doctor? —preguntó Sara.

—Sólo en el sentido que podríamos considerar heterosexual a Jack el Destripador por el hecho de que sus víctimas eran mujeres —contestó Kreizler—. La cuestión es casi irrelevante, y esta nota lo prueba. Puede que sea un homosexual, o tal vez un pedófilo, pero la perversión dominante es el sadismo, y la violencia parece mucho más característica de sus contactos íntimos que lo que puedan ser sus sentimientos sexuales o amorosos. Es posible que ni siquiera sea capaz de distinguir entre violencia y sexo. Lo seguro es que cualquier excitación parece traducirse inmediatamente en violencia. Y esto, estoy convencido, es una pauta que se estableció durante las experiencias moldeadoras originales. Los antagonistas en tales episodios fueron sin duda varones: un hecho mucho más decisivo que cualquier orientación homosexual auténtica a la hora de elegir a sus víctimas.

—Entonces ¿quién cometió aquellos actos del comienzo? —preguntó Lucius—. ¿Fue un hombre, o quizás otro muchacho?

Kreizler se encogió de hombros.

—Una pregunta difícil. Pero de momento sabemos esto: ciertos muchachos inspiran en el asesino una rabia tan intensa que éste ha construido toda su existencia en torno a esta expresión. ¿Qué tipo de muchachos? Tal como ha señalado Moore, aquellos que son, ya sea de hecho o ante los ojos del asesino, un engaño a la vez que unos altaneros.

Sara señaló la carta con un gesto de la cabeza.

—«Un muchacho descarado.»

—Exacto —dijo Kreizler—. Estábamos en lo cierto respecto a esta suposición, y más adelante postulamos que elige la violencia como una forma de expresar esa rabia porque aprendió a hacerlo así en su entorno familiar: con toda probabilidad un padre violento cuyas acciones no son conocidas y por tanto quedan sin castigo. ¿Cuál fue la causa de aquella violencia original, por lo que se refiere a cómo nuestro asesino la entendió? Ya hemos especulado sobre esto también.

—Aguarde —exclamó Sara, como si se hubiese dado cuenta de algo, y alzó los ojos hacia Kreizler—. Esto implica que hemos trazado un círculo completo, ¿no es así, doctor?

—En efecto —contestó Kreizler, trazando una línea de un lado al otro de la pizarra: desde las características del asesino a las de sus víctimas—. Tanto si nuestro hombre era en su niñez un mentiroso sexualmente precoz, como si en general se comportaba tan mal que necesitaba que le aterrorizaran y apalearan, era básicamente muy parecido a los muchachos que ahora está matando.

Esto, tal como suele decirse, era una idea. Si nuestro asesino, al cometer sus crímenes, no sólo trataba de destruir algunos elementos intolerables del mundo que le rodeaba sino también algunas partes fundamentales de sí mismo que simplemente no podía soportar, entonces Kreizler muy bien podía tener razón cuando decía que tal vez estuviera entrando en una fase nueva mucho más autodestructiva. De hecho, desde esa perspectiva, la autodestrucción final parecía casi una certeza. Pero ¿por qué ese hombre tenía que considerar tan insoportables estos aspectos suyos?, le pregunté a Kreizler. Y, si los consideraba así, ¿por qué no los cambiaba, simplemente?

—Tú mismo lo has dicho, Moore —me contestó Laszlo—. Sólo efectuamos este tipo de aprendizaje una vez. O, parafraseando a nuestro antiguo profesor, si el asesino hace todo lo posible para perseguir lo que le desagrada es porque no está dotado para hacer otra cosa, y ya es demasiado tarde para volver a empezar. En los recuerdos del cuarto párrafo, informa de cómo secuestró al muchacho, utilizando un tono bastante imperativo. ¿Hace mención del deseo ahí? No. Asegura que «debía». Debe hacerlo porque ésas son las leyes por las que su mundo, por muy desagradable que sea, siempre ha funcionado. Se ha convertido en lo que el profesor James denomina «un simple bulto andante con hábitos», y abandonar estos hábitos significaría, teme él, renunciar a sí mismo. ¿Se acuerdan de lo que dijimos una vez sobre Georgio Santorelli, de que había llegado a asociar su supervivencia física con las actividades que llevaban a su padre a azotarlo? Nuestro hombre no es muy distinto en este aspecto. Sin duda disfruta tan poco con sus asesinatos como Georgio disfrutaba con su trabajo. Pero para ambos estas actividades eran vitales, y para él aún siguen siendo, a pesar del profundo odio hacia sí mismo que puedan provocar, y que tú ya has detectado en esta nota, Moore.

Debo confesar que no había sido del todo consciente de cuántas observaciones incisivas había hecho aquella noche, pero en aquellos momentos no tenía ninguna dificultad en seguir la elaboración que Laszlo hacía de ellas.

—Él vuelve a este tema hacia el final de la carta —dije—, con la observación de que no ha «mancillado» a Georgio... En realidad esa inmundicia a la que tanto desprecia está en él, forma parte de él.

—Y se transmite a través del acto sexual —añadió Marcus—. De modo que tiene usted razón, doctor. El sexo no es algo que él valore o que disfrute. Su objetivo es la violencia.

—¿Y no cabría que fuera incapaz de mantener relaciones sexuales? —preguntó Sara—. Es decir, teniendo en cuenta el tipo de antecedentes que le suponemos. En uno de los tratados que nos ha facilitado, doctor, hay un estudio del estímulo sexual y las reacciones de ansiedad...

—Pertenece al doctor Peyer, de la universidad de Zurich —especificó Kreizler—. Las observaciones proceden de un estudio más extenso sobre el *coitus interruptus*.

—En efecto —prosiguió Sara—. Las complicaciones parecen más graves cuando se trata de hombres procedentes de hogares difíciles. Y la persistencia de la ansiedad puede desembocar en una importante supresión de la libido, creando impotencia.

—Nuestro hombre es bastante considerado en este aspecto —dijo Marcus, cogiendo la nota y leyéndola—: «En ningún momento le jodí, aunque imagino que habría podido hacerlo.»

—Y así es —admitió Kreizler, escribiendo «impotencia» en el centro de la pizarra sin dudar ni un momento—. El efecto sólo habría magnificado su frustración y su rabia, provocando una carnicería aún mayor. Y esta carnicería surge ahora como nuestro acertijo más difícil. Si estas mutilaciones son efectivamente ritos personales, sin ninguna relación con algún tema religioso definido, aparte del de las fechas, entonces, tanto si se trata de un cura como de un fontanero, son de trascendental importancia para comprender los detalles, ya que serán específicos de él. —Kreizler señaló la nota—. Me temo que este documento nos será de muy poca utilidad siguiendo estos razonamientos. —Se frotó los ojos mientras examinaba su reloj de plata—. Es muy tarde ya. Sugiero que demos por terminada...

—Antes de concluir, doctor —le interrumpió Sara con voz serena pero decidida—, me gustaría que volviéramos a un punto relacionado con los adultos en la vida de este hombre.

Kreizler asintió, aunque con poco entusiasmo.

—La mujer implicada... —suspiró.

—Sí. —Sara se levantó y se acercó a la pizarra, indicando algunas casillas—. Hemos teorizado sobre el hecho de que tenemos a un hombre a quien, cuando era pequeño, se le vejó, avergonzó, culpó y finalmente maltrató. No puedo discutir la teoría de que fuera la mano de un hombre la que administrara los golpes. Pero la naturaleza íntima de muchos de los otros aspectos me sugiere decididamente la presencia bastante siniestra de una mujer. Prestemos atención al tono que utiliza en la carta, que a fin de cuentas va dirigida específicamente a la señora Santorelli. Es un tono defensivo, de fastidio, a veces hasta lastimero, obsesionado por los detalles escatológicos y anatómicos. Es la voz de un muchacho al que regularmente han escudriñado y humillado, al que le han hecho sentir que era una basura, sin la experiencia de una persona o de un sitio en donde refugiarse. Si su carácter se formó realmente durante la infancia, doctor Kreizler, entonces debo insistir en que, en este aspecto, lo más probable es que la madre fuera la culpable.

El rostro de Kreizler exteriorizó su irritación.

—Si así fuera, Sara, ¿no se habría formado un gran resentimiento, y no serían las mujeres las víctimas, como en el caso de Jack el Destripador?

—Yo no discuto su razonamiento respecto a las víctimas —replicó Sara—. Sólo pido una mirada más a fondo en otra dirección.

—Parece como si creyeras que mi planteamiento es de miras estrechas —comentó Kreizler con tono irritado—. Pero te recuerdo que tengo alguna experiencia en estos asuntos.

Sara lo observó un momento, y luego preguntó sosegadamente:

—¿Por qué se resiste con tanto empeño a la idea de que una mujer se halle activamente involucrada en la formación de este hombre?

De repente, Lazlo se puso en pie y dio un manotazo sobre su escritorio.

—¡Porque su papel no puede haber sido activo, maldita sea! —gritó.

Marcus, Lucius y yo nos quedamos paralizados un momento, luego intercambiamos una mirada de inquietud. Aquella sorprendente explosión, aparte de injustificada, ni siquiera parecía tener sentido, considerando las opiniones profesionales de Laszlo. Sin embargo, y a pesar de todo, éste insistió.

—De haber habido una mujer activamente implicada en la vida de este hombre, en cualquier momento, ni siquiera estaríamos aquí... ¡Los crímenes nunca se habrían cometido! —Kreizler intentó recuperar el tono sereno, pero sólo lo consiguió a medias—. Toda la idea es absurda. ¡No hay nada en los estudios especializados que sugiera esto! De modo que me veo obligado a insistir, Sara. Tenemos que suponer un antecedente de pasividad femenina en la formación de este hombre y proseguir con el tema de las mutilaciones. ¡Pero mañana!

Como supongo que ya habrá quedado claro a estas alturas, Sara Howard no era del tipo de mujer que aceptara semejante tono de ningún hombre, ni siquiera de uno al que admiraba y por quien quizá tuviera (al menos en mi opinión) sentimientos más profundos. Sus ojos se transformaron en una rendija muy delgada ante aquella última réplica de Laszlo, y su voz fue puro hielo al contestar:

—Puesto que parece haber decidido sobre este asunto hace ya mucho tiempo, doctor, me parece absurdo que me pidiera que lo investigase. —Yo temía que Sara echara mano de la Derringer, pero optó por su abrigo—. Tal vez pensó que sería una forma distraída de mantenerme ocupada —prosiguió cada vez con mayor irritación—. ¡Pero permitan que les diga que no necesito que ninguno de ustedes me distraiga, me halague o me mime!

Salió dando un portazo. Los Isaacson y yo intercambiamos miradas de preocupación, pero no hacía falta decir nada. Todos sabíamos que Sara tenía razón y que Kreizler, inexplicablemente, se obstinaba en su error.

Mientras éste suspiraba y se dejaba caer en la silla, pareció por un momento que había llegado a esta misma conclusión; pero se limitó a pedirnos que nos fuéramos, asegurando que se encontraba cansado. Luego fijó la mirada en la nota que tenía ante sí. Los demás cogimos nuestras cosas y nos fuimos después de dar las buenas noches a Kreizler. Éste no nos contestó.

Si el incidente no hubiera tenido repercusiones, apenas lo habría mencionado aquí. Lo cierto es que fue el primer momento de auténtica discordia que experimentamos en el 808 de Broadway. Sin embargo, era inevitable que hubiera unos cuantos enfrentamientos más, y sin duda los superaríamos todos muy pronto. Pero aquella dura discusión entre Kreizler y Sara tendría repercusiones, unas repercusiones esclarecedoras que no sólo revelarían gran parte del pasado de Kreizler —desconocido incluso para mí— sino que iluminarían nuestro camino hacia un encuentro cara a cara con uno de los más inquietantes asesinos de la historia reciente de Estados Unidos.

22

Durante la semana siguiente vimos muy poco a Kreizler. Más tarde supimos que había pasado casi todo el tiempo en las cárceles de la ciudad y en varios barrios residenciales, entrevistando a hombres a los que habían arrestado por violencia doméstica, así como a las esposas e hijos que habían sufrido las consecuencias. Sólo apareció por nuestro cuartel general en un par de ocasiones, sin apenas informar de nada pero recogiendo notas y datos con gran determinación, casi con desespero. Nunca llegó a pedir disculpas a Sara, pero, aunque las pocas palabras que intercambiaron fueron en un tono embarazoso y formal, ella pareció dispuesta a perdonarle las duras afirmaciones que había hecho, que se atribuyeron a la implicación cada vez mayor de Kreizler en el caso y al nerviosismo que todos empezábamos a sentir con el cambio de mes. Fuera cual fuese el calendario que utilizaba nuestro asesino, no tardaría en actuar de nuevo si seguía la pauta establecida. En aquel momento la expectación de semejante acontecimiento parecía una explicación más que adecuada para un comportamiento tan poco habitual en Kreizler; pero al final semejante explicación resultó sólo una parte de lo que presionaba con tanta fuerza a mi amigo.

En cuanto a nosotros, Marcus y yo decidimos durante aquellos primeros días de mayo repartirnos las tareas que habíamos planeado la noche en que llegó la nota del asesino. Marcus escudriñaba cada iglesia católica del Lower East Side y de los alrededores en un intento por hallar a alguien que hubiera visto a Georgio Santorelli, mientras yo me encargaba de investigar sobre los dos curas. Sin embargo, después de un fin de semana intentando obtener nuevos datos del propietario del edificio donde vivía el padre de Alí ibn-Ghazi, así como de los que compartían el apartamento con los Santorelli (Sara hizo una vez más de intérprete), quedó claro que por allí se había repartido más dinero para asegurarse el silencio de la gente. De modo que me vi obligado a trasladar mis actividades a las dos comunidades eclesiásticas involucradas. Pensamos que mis credenciales como periodista del *Times* me garantizarían un acceso fácil y rápido, de modo que decidí empezar la investigación por las altas jerarquías, visitando al arzobispo católico de Nueva York, Michael Corrigan, y al obispo episcopaliano de Nueva York, Henry Codman Potter. Ambos vivían en unas casas confortables en la zona de las calles cincuenta, próximas a la avenida Madison, de modo que pensé que podría cubrir las dos visitas en un solo día.

Potter fue el primero. Aunque en aquel entonces no había más de diez mil episcopalianos en Nueva York, algunos pertenecía a las familias más ricas de la ciudad, y la feligresía reflejaba este hecho en las iglesias y capillas lujosamente decoradas, en la extensión de sus fincas y en la fuerte implicación en los asuntos de la ciudad. El obispo Potter —a quien a menudo se le denominaba «primer ciudadano» de Nueva York— personalmente prefería las aldeas pintorescas y sus iglesias rurales al ajetreo, el ruido y la suciedad de Nueva York, pero sabía dónde obtenía la Iglesia su dinero, de modo que hacía todo lo posible para aumentar su rebaño en la ciudad. Todo lo cual quiere decir que Potter era un hombre con grandes proyectos en la cabeza, así que, si bien esperé en su lujosa sala de estar más tiempo del que a él le habría llevado decir misa, cuando por fin apareció me dijo que sólo podía dedicarme diez minutos de su tiempo.

Le pregunté si estaba enterado de que un hombre vestido de clérigo que lucía el sello con la gran cruz roja y la blanca, más pequeña, de la Iglesia episcopaliana, había estado visitando a gente que poseía información sobre los recientes asesinatos de muchachos y les había entregado grandes sumas de dinero para que mantuvieran la boca cerrada. La pregunta no pareció sorprender a Potter, o al menos no lo demostró: frío como un témpano, me dijo que el hombre era sin duda un impostor o un lunático, o ambas cosas a la vez, y que la Iglesia episcopaliana no tenía interés en interferir en ninguno de los cometidos de la policía, y mucho menos en un caso de asesinato. Luego le pregunté si un anillo como el que le había descrito era un artículo fácil de conseguir. Se encogió de hombros, se recostó cómodamente en el respaldo de su asiento, la carne del cuello bamboleándose sobre su almidonado alzacuello blanco y negro, y dijo que no tenía idea de lo fácil que podía resultar apoderarse de un anillo así. Imaginaba que cualquier joyero hábil podía confeccionar uno. Resultaba obvio que no iba a llegar a ningún sitio con aquel hombre, pero de todos modos decidí preguntarle si estaba enterado de la amenaza que en parte había hecho Paul Kelly de provocar disturbios entre las comunidades de inmigrantes en relación al tema de los asesinatos. Potter dijo que apenas sabía nada del señor Kelly, y mucho menos de las amenazas que éste pudiera hacer... Dado que la Iglesia episcopaliana tenía muy pocos miembros entre lo que Potter denominó «ciudadanos recién llegados a la ciudad», muy escasa o nula atención prestaban él y sus subordinados a tales asuntos. Potter finalizó sugiriéndome una visita al arzobispo Corrigan, quien tenía más contacto con tales grupos y barrios. Le dije que el domicilio de Corrigan sería mi siguiente visita, y me marché.

Debo admitir que ya tenía mis sospechas incluso antes de mi encuentro con Potter, pero su falta de interés, tan poco característica de un hombre de iglesia, sólo consiguió potenciarlas. Bastó con que yo me preguntara dónde estaba un poco del sentimiento de preocupación por las víctimas de los crímenes... ¿Dónde estaba el ofrecimiento de si había algo que él pudiera hacer? ¿Dónde estaba el movimiento de cabeza indicando su deseo de que se capturara al malvado asesino, y la fervorosa presión de la papada corroborando este deseo?

Pronto supe que todo esto lo hallaría en la residencia del arzobispo Corrigan, detrás de la magnificencia de la casi acabada catedral de San Patricio en la Quinta Avenida, entre las calles Cincuenta y Cincuenta y uno. La nueva catedral era una prueba indiscutible de que el arquitecto James Renwick únicamente se estaba entrenando cuando diseñó Grace Church, la iglesia de nuestro barrio, al sur de la ciudad. Las enormes torres, arcadas, ventanas con vidrieras emplomadas y puertas de bronce de San Patricio se habían construido a gran escala y a una velocidad jamás vista en Nueva York. Y siguiendo la excelente tradición católica, aquellas considerables obras no se habían pagado mediante las arriesgadas empresas económicas que llenaban las arcas de la Iglesia episcopaliana, sino con las aportaciones de los feligreses, entre los que había una oleada tras otra de irlandeses, italianos y demás inmigrantes católicos, incrementando rápidamente con su número el poder de una religión a la que, durante los primeros tiempos de la República, el populacho miraba con cara de pocos amigos.

El arzobispo Corrigan se mostró mucho más alegre y simpático que Potter. A un hombre que vivía de las aportaciones, pensé al conocerle, no le quedaba otro remedio que ser así. Me llevó a dar una pequeña vuelta por la catedral y me indicó todo el trabajo que quedaba por hacer: había que instalar las estaciones del Vía crucis, se tenía que construir la capilla de la Virgen, y aún faltaba pagar las campanas y rematar las torres. Empecé a pensar que iba a pedirme un donativo, pero pronto descubrí que todo aquello era sólo un preámbulo para visitar la Sociedad Católica de Huérfanos, donde se me iba a demostrar que la Iglesia tenía otra cara. La Sociedad estaba situada al otro lado de la calle Cincuenta y uno, en un edificio de cuatro plantas con un agradable patio delantero y gran cantidad de chiquillos muy bien educados deambulando por allí. Corrigan me dijo que me había llevado allí para que entendiera la profunda entrega de la Iglesia hacia los chiquillos perdidos y abandonados en Nueva York; para él, estos chiquillos eran tan importantes como la gran catedral bajo cuya sombra se levantaba la Sociedad Católica de Huérfanos.

Todo esto estaba muy bien, sólo que de repente me di cuenta de que todavía no le había formulado ni una sola pregunta. Aquel hombre agradable, acogedor y de nobles sentimientos sabía perfectamente por qué estaba yo allí, un hecho que resultó del todo patente cuando empecé a hacerle las mismas preguntas que antes le había formulado a Potter. Corrigan me contestó como si las hubiera ensayado cuidadosamente. Oh, sí, era terriblemente lamentable lo de aquellos muchachos asesinados; horrible. No imaginaba por qué alguien que se hacía pasar por un sacerdote católico iba a querer entrometerse (aunque no se mostró muy afectado ante la sugerencia); por supuesto que iba a hacer averiguaciones, pero no podía asegurarme... etcétera, etcétera. Finalmente le ahorré mayores esfuerzos alegando un compromiso urgente en el centro de la ciudad, llamé a un carruaje y me marché en esa dirección.

Ahora tenía la certeza de que últimamente no había desarrollado lo que el doctor Krafft-Ebing denominaba «paranoia»: nos enfrentábamos a una especie de conspiración, un esfuerzo deliberado para ocultar la realidad de aquellos asesinatos. ¿Y qué razones podían tener aquellos distinguidos caballeros para semejantes esfuerzos —me preguntaba con creciente excitación— si no era protegerse del escándalo que estallaría si el asesino resultara ser uno de los suyos?

Marcus estuvo de acuerdo con este razonamiento, y durante los dos días que siguieron empezamos a hacer de abogado del diablo en un intento por descubrir grietas en la teoría del cura renegado. Sin embargo, nada de lo que se nos ocurrió eliminaba lo fundamental de la hipótesis. Tal vez fuera poco probable que un sacerdote resultara un consumado montañero, pero no imposible. En cuanto a su observación sobre el «piel roja», podía haber tenido alguna experiencia como misionero en el Oeste. Las habilidades como cazador podrían presentar un problema, por cuanto Lucius ya había postulado que el hombre había pasado su vida cazando: pero nuestro cura imaginario muy bien podía haber desarrollado tal habilidad en su infancia. Al fin y al cabo, los sacerdotes no nacían siendo sacerdotes. Tenían padres, familia, y un pasado como todo el mundo. Y esto significaba que todas las especulaciones psicológicas de Kreizler podían encajar con el retrato que Marcus y yo habíamos hecho, lo mismo que con cualquier otro.

Durante el resto de la semana, Marcus y yo buscamos más detalles que apoyaran nuestra teoría. Un cura que poseyera un conocimiento tan íntimo de las azoteas como el que había demostrado nuestro asesino tenía que estar relacionado, casi con toda seguridad, con la labor misionera, pensábamos, y por tanto nos dedicamos a investigar aquellas delegaciones católicas y episcopalianas que trataban con los pobres. Durante esta búsqueda encontramos mucha resistencia y obtuvimos muy poca información. Sin embargo, nuestro entusiasmo no decayó; de hecho, el viernes estábamos tan seguros respecto a nuestra teoría que decidimos explicársela a Sara y a Lucius. Éstos expresaron cierto reconocimiento por nuestros esfuerzos, pero también insistieron en señalar algunas pequeñas contradicciones que tanto Marcus como yo habíamos pasado por alto. ¿Qué ocurría con la teoría de un pasado militar que explicaría la habilidad de nuestro hombre para maquinar cuidadosamente y ejecutar con frialdad los actos de violencia cuando el peligro le rodeaba?, preguntó Lucius. Nosotros le contestamos que tal vez habría servido como capellán en algún destacamento del ejército en el Oeste. Esto no sólo nos proporcionaría la experiencia militar sino también los contactos con los indios y con la frontera. Lucius replicó que no sabía que los capellanes estuvieran entrenados para el combate. Pero, aun así, intervino Sara, si nuestro hombre había servido muchos años en la frontera, y ya sabíamos que no podía tener más de treinta y un años, entonces ¿cuándo había encontrado tiempo para familiarizarse tan íntimamente con la ciudad de

Nueva York? En su infancia, replicamos nosotros. Si esto fuera así, insistió Sara, entonces tendríamos que aceptar, para explicar su experiencia en montañismo y en los deportes en general, que efectivamente procedía de una familia rica. Muy bien, pues que fuera rico, dijimos. Luego estaba el hecho de que católicos y protestantes colaborasen juntos. ¿No sería cada grupo más feliz si en las filas del otro hubiera un clérigo asesino?, preguntó Sara. A esto sólo se nos ocurrió replicar afirmando que tanto ella como Lucius estaban celosos de nuestro trabajo. Ellos se exasperaron un poco, alegando que tan sólo seguían el procedimiento de plantearnos objeciones y contradicciones y para asegurarse de que lo entendíamos, siguieron con el mismo método.

Kreizler se presentó alrededor de las cinco, pero no participó en el debate sino que me llevó urgentemente aparte y me dijo que le acompañara enseguida a la estación Grand Central. El hecho de que yo no hubiera estado en contacto con Laszlo durante bastantes días no había impedido que me preocupara por él, y aquel anuncio repentino y en secreto de que íbamos a tomar un tren no me tranquilizó gran cosa. Le pregunté si necesitaba preparar una bolsa pero me dijo que no, que sólo íbamos a efectuar un corto viaje por la línea que seguía el río Hudson para realizar una entrevista en una institución que se encontraba no muy lejos, subiendo hacia el norte del estado. Había decidido concertar la entrevista para última hora de la tarde, explicó, porque la mayoría de los principales administradores de la institución ya se habrían marchado y podríamos entrar y salir sin llamar mucho la atención. Éstos eran todos los detalles que estaba dispuesto a facilitarme, un hecho que entonces me pareció muy misterioso; sin embargo, sabiendo lo que ahora sé, es del todo comprensible, pues de haberme dicho adónde íbamos y a quién íbamos a ver, yo me había negado a acompañarle, sin duda alguna.

En menos de una hora de tren nos plantamos, desde el centro de Manhattan, en la pequeña aldea del río Hudson a la que un antiguo comerciante holandés había puesto el nombre de la ciudad china de Tsing-sing. Pero tanto para los visitantes como para los prisioneros, el viaje hasta Sing Sing por lo general no tiene nada que ver con el tiempo real, y parece a la vez el más corto y el más largo de los viajes imaginables. Situado junto al agua y con una impresionante vista de los riscos de Tappan Zee al frente, el penal de Sing Sing (originalmente conocido como «Mt. Pleasant») se había inaugurado en 1827 incorporando las más avanzadas técnicas del sistema penitenciario, según decían. Y, efectivamente, en aquellos días en que las prisiones eran pequeñas fábricas en donde los internos fabricaban cualquier cosa, desde peines a muebles, o picaban piedra, los prisioneros parecían estar mejor en muchos aspectos (o, al menos, mejor ocupados) que setenta años después. Es cierto que en las primeras décadas del siglo se les pegaba y atormentaba despiadadamente, pero siempre había sido así, y todavía lo era; muchos afirmarían que el trabajo era preferible a la «penitencia», una condición mayormente ociosa en la que poco había que hacer salvo rumiar sobre los actos que a uno le habían llevado a un lugar tan horrible; sobre esto y sobre los planes de venganza contra los responsables. Pero la fabricación en los penales había terminado con la llegada de las organizaciones obreras, las cuales no toleraban que se bajaran los salarios a consecuencia de la mano de obra barata de los reclusos. Y por este motivo, más que por cualquier otro, en 1896 Sing Sing había degenerado en un horrible lugar sin sentido donde los prisioneros todavía llevaban trajes a rayas, aún obedecían la regla del silencio y todavía marchaban en filas, a pesar de que los lugares de trabajo adonde antes se dirigían ya habían desaparecido.

La espeluznante perspectiva de visitar un sitio tan brutal y desesperado como aquél se vio eclipsada por la auténtica aprensión que experimenté cuando Kreizler me dijo finalmente a quién íbamos a ver.

—He sido un estúpido al no pensar en él —me dijo Laszlo mientras nuestro tren traqueteaba junto al Hudson, ofreciéndonos una encantadora vista de la puesta de sol tras las frondosas y abultadas colinas del oeste—. Claro que han pasado veinte años. Pero en aquel entonces nunca creí que pudiera olvidar a ese individuo. Debería haber atado cabos en cuanto vi los cadáveres.

—Laszlo —le dije con resolución, aunque me complacía que al fin se mostrara comunicativo—, ahora que me has convencido para este desagradable servicio, ¿te importaría ahorrarme todo este misterio? ¿A quién vamos a ver?

—Y lo que más me sorprende es que no pensaras tú en él, Moore —me contestó, evidentemente algo complacido con mi inquietud—. A fin de cuentas, siempre fue uno de tus personajes favoritos.

—¿Quién?

Los negros ojos se miraron fijamente en los míos.

—Jesse Pomeroy.

Con la sola mención del nombre ambos permanecimos sentados en silenciosa aprensión, como si éste sólo pudiera traer horror y pánico en el casi desierto vagón del tren. Y cuando volvimos a hablar, para repasar el caso, lo hicimos en un tono casi de susurro, pues aunque nos habíamos encontrado con asesinos más prolíficos que Jesse Pomeroy durante nuestra existencia, ninguno había sido tan inquietante. En 1872, Pomeroy había llevado a una serie de niños pequeños a lugares apartados cerca del pequeño pueblo de la periferia donde habitaba y los había desnudado, atado y torturado con cuchillos y látigos. Al final lo habían cogido y encerrado; pero su comportamiento había sido tan ejemplar durante el encarcelamiento que cuando su madre —abandonada por su marido desde hacía años— efectuó una emotiva súplica para que concedieran la libertad provisional a Jesse tan sólo dieciséis meses después de que éste empezara su condena, se la concedieron. Casi inmediatamente después de que lo soltaran, cerca de su casa tuvo lugar un nuevo crimen, más horrible todavía: en la playa habían encontrado muerto a un niño de cuatro años al que le habían cortado el cuello y cuyo cuerpo estaba horriblemente mutilado. Jesse era el sospechoso, pero no había pruebas. Sin embargo, varias semanas después, en el sótano de la casa de Pomeroy se descubrió el cadáver de una chiquilla de diez años que había desaparecido y a la que también habían torturado y mutilado. Jesse fue arrestado y volvieron a abrirse todos los casos no resueltos de desaparición de chiquillos en el barrio. Ninguno de ellos estaba directamente relacionado con Pomeroy, pero los cargos contra él por la muerte de la pequeña eran muy sólidos. Lógicamente, los abogados de Jesse solicitaron que su cliente fuera declarado loco. Pero el intento estaba destinado al fracaso desde el primer momento. Al principio se le condenó a morir en la horca, pero dada la edad del asesino se le conmutó la sentencia por cadena perpetua en régimen de aislamiento.

Debo decir que Jesse Pomeroy tenía doce años al inicio de su terrible carrera, y que cuando se le encerró para siempre en una aislada celda de la prisión —en la que todavía habita a la hora de escribir estas líneas— tan sólo tenía catorce.

Kreizler se cruzó en la trayectoria del que la prensa solía llamar «el vicioso de los niños» poco después de que los abogados presentaran la solicitud de que se le declarara no culpable por enajenación, en el verano de 1874. En esa época, tales solicitudes se juzgaban, lo mismo que hoy en día, según la «Norma M'Naghten», llamada así por un desdichado inglés que en 1843 había empezado a sufrir delirios de que el primer ministro Robert Peel quería matarle. M'Naghten había intentado evitar este fin matando él a Peel; aunque fracasó en la consecución de este objetivo, al final consiguió asesinar al secretario del primer ministro. Sin embargo, poco después fue absuelto cuando sus abogados probaron que no entendía la naturaleza errónea de su acción: de este modo las compuertas de la locura se abrían en los tribunales de todo el mundo. Treinta años después, los abogados defensores de Jesse Pomeroy contrataron a un montón de expertos en la mente para que asesoraran a su cliente y, confiaban en ello, lo declararan tan loco como a M'Naghten. Uno de esos expertos era un jovencísimo doctor Laszlo Kreizler, quien, al igual que varios alienistas más, encontró a Pomeroy totalmente cuerdo. El juez del caso finalmente estuvo de acuerdo con este grupo de expertos, pero se tomó la molestia de dejar claro que consideraba la explicación del doctor Kreizler respecto al comportamiento del «vicioso de los niños» particularmente inquietante y hasta obscena.

Semejante afirmación no era sorprendente dado el énfasis de Laszlo en la vida familiar de Pomeroy. Pero mientras nos acercábamos a Sing Sing, comprendí de pronto que era otra parte de la investigación del Kreizler de veinticinco años lo que tenía una significativa importancia respecto al caso que nos interesaba en aquel momento: Pomeroy había nacido con un labio leporino, de niño había contraído unas fiebres que le habían dejado la cara marcada de viruelas y, más terrible aún, uno de los ojos llagado y sin vida. Ni siquiera entonces había parecido algo casual que Pomeroy se tomara especial cuidado en mutilar los ojos de sus víctimas durante sus malévolas incursiones; pero mientras duró el proceso se negó a discutir este aspecto de su comportamiento, impidiendo así que de él se sacaran sólidas conclusiones.

—No lo entiendo, Kreizler —dije cuando nuestro tren se detenía en la estación de Sing Sing—. Has dicho que no había ninguna relación entre Pomeroy y nuestro caso... ¿Por qué venimos aquí entonces?

—Puedes dar las gracias a Adolf Meyer —me contestó Kreizler cuando bajamos del tren y nos abordó un viejo con un sombrero apolillado, que tenía un coche de caballos para alquilar—. Hoy he hablado varias horas por teléfono con él.

—¿Con el doctor Meyer? —inquirí—. ¿Y qué le has contado?

—Todo —contestó Kreizler, sencillamente—. Mi confianza en Meyer es absoluta. Aunque en ciertos aspectos considera que estoy equivocado. Por ejemplo, se ha mostrado absolutamente de acuerdo con Sara por lo que se refiere al papel de una mujer en la formación de nuestro asesino en la infancia. En realidad ha sido eso lo que me ha traído a Pomeroy a la mente, junto con lo de los ojos.

—¿El papel de una mujer? —Habíamos subido ya al carruaje del anciano y nos alejábamos de la estación, rumbo al penal—. ¿A qué te refieres, Kreizler?

—No te preocupes, John —contestó, observando los muros de la prisión mientras la luz disminuía rápidamente a nuestro alrededor—. Lo averiguarás muy pronto, y hay algunas cosas que necesitas saber antes de que entremos ahí. En primer lugar, el vigilante ha accedido a esta visita sólo después de ofrecerle un soborno bastante razonable, y no nos recibirá personalmente cuando lleguemos. Únicamente otro hombre, un guardia llamado Lasky, sabe que estamos aquí y cuál es nuestro objetivo. Él recogerá el dinero y luego nos guiará tanto al entrar como al salir, confiemos en que sin que nadie se dé cuenta. Habla lo menos posible, y no digas nada a Pomeroy.

—¿Por qué no a Pomeroy? Él no es un guardián de la prisión.

—Cierto —replicó Laszlo en el instante que aparecía ante nosotros el bloque principal de la monótona construcción de Sing Sing, el cual albergaba un millar de celdas—. Creo que Jesse puede ayudarnos en el tema de las mutilaciones, pero es lo bastante perverso para no hacerlo si sabe que es eso lo que andamos buscando. De modo que, por múltiples razones, no hagas mención de tu nombre ni de nuestro trabajo, en ningún sentido. —Kreizler bajó el tono de voz al llegar frente a la puerta de entrada a la prisión—. No es necesario que te recuerde los muchos peligros que habitan en este lugar.

23

El bloque principal de Sing Sing se extendía paralelo al Hudson, con varios edificios auxiliares, tiendas y las doscientas celdas de la cárcel de mujeres, que nacía perpendicular al bloque en dirección a la orilla del río. Unas altas chimeneas se elevaban por encima de los distintos edificios y completaban la imagen de una fábrica realmente lóbrega cuya principal producción, en aquel momento de su historia, era la miseria humana. Los reclusos compartían celdas diseñadas para un solo prisionero, y el poco trabajo de mantenimiento que se había hecho en el lugar no compensaba suficientemente el poderoso avance del deterioro. Por todas partes se percibían síntomas de decadencia. Incluso antes de traspasar la puerta de entrada oímos el monótono ruido de pasos formando ecos al desfilar por el patio, y si bien aquel desgraciado ritmo de marcha ya no se acompañaba del restallar del látigo —los latigazos se habían prohibido en 1847—, las amenazadoras porras de madera que empuñaban los guardias no dejaban ninguna duda respecto a los primitivos métodos que se utilizaban para mantener el orden en aquel lugar.

Por fin hizo su aparición el guardia, Lasky, un hombre enorme, mal afeitado y de aspecto sombrío. Después de seguirle por senderos empedrados y por las franjas de césped que bordeaban el patio, entramos en el bloque principal de celdas. En un rincón próximo a la puerta, varios guardias reprendían airadamente a un grupo de prisioneros que llevaban un yugo de hierro, o de madera, que les levantaba los brazos y se los mantenía separados del cuerpo. Los guardias lucían unos uniformes oscuros no más limpios que el de nuestro hombre, Lasky, y cuyo aspecto parecía, en cualquier caso, mucho peor. Al entrar en el bloque propiamente dicho de celdas, un inesperado grito de dolor nos hizo estremecer. Dentro de uno de aquellos pequeños cubículos de metro y medio por dos, unos guardias se ensañaban con un prisionero utilizando una «picana», un artefacto eléctrico que administraba dolorosas descargas. Tanto Kreizler como yo habíamos visto todo aquello con anterioridad, pero eso no conducía a la aceptación. Al seguir avanzando, miré a Laszlo de reojo, y en su rostro vi reflejada mi propia reacción: con un sistema penal como aquél, la sociedad no debía sorprenderse del elevado índice de reincidencia.

A Jesse Pomeroy lo tenían al final de todo, al otro extremo del bloque, por lo que fue necesario pasar ante docenas de celdas llenas de rostros que expresaban las más diversas emociones, desde la congoja más profunda a la rabia más insolente. Como la norma del silencio estaba vigente en todo momento, no distinguimos voces humanas, sólo algún que otro suspiro. Y el eco de nuestros pasos a través de la nave de celdas, combinado con el incesante escrutinio de los prisioneros, pronto se hizo insoportable. Al llegar al final del edificio entramos en un pequeño y húmedo pasillo que llevaba a una pequeña habitación sin ventanas, sólo con pequeñas rendijas en los muros de piedra, cerca del techo. Jesse Pomeroy estaba sentado allí dentro en una especie de extraño compartimiento de madera. Aquella especie de nicho tenía cañerías de agua en el techo, pero, por lo que pude ver, su interior estaba completamente seco. Después de unos pocos segundos intentando descifrarlo, me di cuenta de lo que era: uno de los famosos «baños de agua helada», donde antiguamente se sometía a una ducha helada a presión a los prisioneros que observaban mala conducta. El tratamiento había ocasionado tantas muertes por conmoción que se había prohibido hacía algunas décadas. Sin embargo, al parecer nadie se había preocupado nunca de desmantelar el artefacto; sin duda los guardianes todavía encontraban efectiva la amenaza de semejante tormento.

Pomeroy llevaba un pesado juego de grilletes en las muñecas, y un «collar-casco» apoyado sobre los hombros y alrededor de la cabeza. Este artefacto, un grotesco castigo para presos especialmente conflictivos, era una jaula de hierro de unos sesenta centímetros de altura, y su peso, idéntico al de la cabeza del prisionero, provocaba una continua incomodidad que conducía a muchas de sus víctimas al borde de la locura. Sin embargo, a pesar de los grilletes y del casco, Jesse tenía un libro en la mano y leía tranquilamente. Cuando levantó la vista para mirarnos, tomé buena nota de su piel picada por la viruela, de la horrible desfiguración del labio superior (apenas disimulada por un largo y lacio bigote), y del lechoso y repulsivo ojo izquierdo. Las razones de nuestra visita eran del todo patentes.

—¡Vaya! —exclamó sin levantar la voz, poniéndose en pie. Aunque Jesse estuviera en los treinta y llevara la alta jaula en torno a la cabeza, era lo bastante bajo para ponerse en pie dentro del viejo nicho. Una sonrisa apareció en su fea boca, mostrando la peculiar mezcla de desconfianza, sorpresa y satisfacción de los convictos que recibían alguna visita inesperada—. El doctor Kreizler, si no me equivoco.

Kreizler logró exteriorizar una sonrisa que parecía bastante auténtica.

—Ha pasado mucho tiempo, Jesse. Me sorprende que te acuerdes de mí.

—Oh, lo recuerdo muy bien —contestó Pomeroy con una voz infantil aunque salpicada de amenazas—. Me acuerdo de todos ustedes. —Estudió a Laszlo un segundo, y luego se volvió hacia mí—. Pero a usted nunca lo había visto.

—No —contestó Kreizler, antes de que pudiera hacerlo yo—. No lo conoces. —Entonces se volvió hacia nuestro acompañante, que parecía muy interesado—. Muy bien, Lasky. Puede esperar fuera. —Kreizler le entregó un abultado fajo de billetes.

La cara de Lasky mostró algo parecido a una expresión de satisfacción, aunque se limitó a decir:

—Sí, señor. —Luego se volvió a Pomeroy—. Y tú cuidado, Jesse. Hoy lo has pasado mal, pero aún puedes pasarlo peor.

Pomeroy siguió observando a Kreizler mientras Lasky salía, sin hacer caso de la advertencia.

—Resulta bastante difícil instruirse en este sitio —comentó Jesse cuando la puerta se hubo cerrado. Pero lo estoy intentando. Sospecho que me equivoqué por eso, por no tener instrucción. Estoy aprendiendo español, ¿sabe? —Seguía hablando de un modo muy parecido al jovencito que había sido veinte años atrás.

Laszlo asintió.

—Admirable. Veo que te han puesto un collar.

Jesse se echó a reír.

—Ah... Aseguran que he quemado a un tipo en la cara con un cigarrillo mientras dormía. Dicen que he estado levantado toda la noche, haciendo un artilugio con un alambre para poder llegar a él con la colilla a través de los barrotes. Pero yo le pregunto... —se volvió hacia mí, con el ojo lechoso flotando sin rumbo en su cara—, ¿cree usted que esto es propio de mí? —Dejó escapar una breve risa, complacida y maliciosa, como la de un jovenzuelo.

—¿Debo suponer entonces que ya te has cansado de despellejar vivas a las ratas? —preguntó Kreizler—. Cuando hace unos años vine por aquí, oí decir que pedías a los demás prisioneros que las cogieran para ti.

De nuevo otra risita, ésta casi de vergüenza.

—Ratas... Se retuercen y chillan. Y también te muerden a la primera que te descuidas. —Nos mostró varias cicatrices pequeñas pero desagradables en las manos.

Kreizler asintió.

—¿Sigues tan violento como hace veinte años, Jesse?

—Yo no era violento hace veinte años —contestó Pomeroy, sin perder la sonrisa—. Yo estaba loco... Sólo que ustedes eran demasiado estúpidos para advertirlo, eso es todo. Por cierto, doctor, ¿qué diablos ha venido a hacer aquí?

—Digamos que una evaluación —contestó Kreizler, evasivo—. A veces me gusta estudiar antiguos casos, para medir su evolución. Y dado que tenía unos asuntos en la prisión...

Por vez primera, la voz de Pomeroy sonó terriblemente seria:

—No juegue conmigo, doctor. Incluso con estos grilletes podría sacarle los ojos antes de que Lasky entrara por esta puerta.

El rostro de Kreizler se sonrojó ligeramente pero su tono siguió siendo frío:

—¿Debo entender que considerarías esto otra prueba de tu locura?

Jesse soltó una risa.

—¿Y usted?

—No lo creí así hace veinte años —contestó Kreizler encogiéndose de hombros—. Mutilaste los ojos de los dos niños que mataste, y de varios de los que torturaste. Pero yo no vi locura en ello... En realidad era bastante comprensible.

—¿De veras? —Pomeroy volvió a mostrar su tono irónico—. ¿Y eso?

Kreizler guardó silencio un momento, luego se inclinó hacia delante.

—Aún me falta por conocer a un hombre que haya enloquecido realmente por envidia, Jesse.

Pomeroy se quedó pálido y la mano salió disparada hacia su cara con tal rapidez que golpeó dolorosamente contra los barrotes del casco. Cerró las manos como si se dispusiera a saltar y yo me preparé para defendernos. Pero entonces se echó a reír.

—Deje que le diga una cosa, doctor... Si pagó usted por los estudios que le dieron, entonces le estafaron. ¿Cree usted que por el hecho de tener un ojo inútil iba a ir yo por ahí liquidando a gente con los dos ojos sanos? Es poco probable. Míreme. Soy un compendio de errores de la Madre Naturaleza. ¿Cómo es que nunca corté la boca a alguien, o le agujereé la piel de la cara? —Ahora le había llegado a Jesse el turno de inclinarse hacia delante—. Y si fuera sólo envidia, doctor, ¿cómo es que usted no va por ahí cortando brazos a la gente?

Me volví rápidamente hacia Kreizler y pude ver que no estaba preparado para semejante observación. Pero hacía mucho tiempo que había aprendido a controlar sus reacciones ante cualquier comentario que alguien pudiera hacer, de modo que se limitó a pestañear un par de veces, sin apartar los ojos de Pomeroy. Éste, en cambio, supo interpretar aquel pestañeo pues volvió a sentarse con una sonrisa de satisfacción en los labios.

—Sí, hay que reconocer que es usted un tipo listo —dijo riendo.

—¿Entonces la mutilación de los ojos no tenía ningún significado? —preguntó Kreizler, y ahora, mirando hacia atrás, puedo ver que estaba maniobrando con pies de plomo—. ¿Eran simples actos de violencia al azar?

—No ponga palabras en mi boca, doctor. —La voz de Pomeroy volvió a adquirir un tono de amenaza—. Ya pasamos por esto hace mucho tiempo. Todo cuanto digo es que yo no tenía ningún motivo razonable para hacer lo que hice.

Kreizler irguió la cabeza.

—Es posible. En fin, dado que no pareces dispuesto a revelar qué razón te impulsaba, la conversación carece de sentido. —Laszlo se levantó—. Y como tengo que coger el tren para regresar a Nueva York...

—¡Siéntese! —Aunque la violencia implícita en la orden fue casi palpable, no obstante, Kreizler hizo una demostración exagerada de que no le había impresionado, lo cual inquietó a Pomeroy—. Sólo voy a decírselo una vez —prosiguió con tono apresurado—. Yo estaba loco entonces, pero ahora ya no lo estoy. Lo cual significa que, al pensar en ello ahora, puedo verlo todo con bastante claridad. No había ningún motivo para que hiciera lo que les hice a aquellos chiquillos. Sólo... Sólo que no podía soportarlo, eso es todo. Y tenía que ponerle fin.

Laszlo comprendió que se hallaba muy cerca de conseguir lo que perseguía, de modo que volvió a sentarse. Luego, con voz muy queda, preguntó:

—¿Poner fin a qué, Jesse?

Pomeroy alzó los ojos hacia la pequeña abertura en lo alto del muro de piedra desnuda, a través de la cual podían verse ahora algunas estrellas.

—A las miradas —murmuró en un tono de voz completamente nuevo y desapasionado—. A las miradas. Las miradas todo el tiempo... Tenía que ponerles fin. —De nuevo se volvió hacia nosotros y me pareció ver lágrimas en su ojo sano. Sin embargo, su boca había vuelto a curvarse en una sonrisa—. ¿Sabe que de pequeño solía ir al zoológico? Y cuando iba pensaba que, hicieran lo que hiciesen aquellos animales, la gente los observaba. Los miraba, con aquellas caras estúpidas, sin sentido, los ojos saltones y la boca abierta... Sobre todo los niños, porque eran demasiado estúpidos para saber que no debían hacerlo. Aquellos malditos animales los miraban a su vez, y podías ver que estaban como locos, que Dios me condene. Feroces es la palabra. Sólo querían despedazar a toda aquella gente, librarse de ella. Paseando arriba y abajo, arriba y abajo, pensando en que si pudieran salir, aunque sólo fuera un minuto, les enseñarían lo que puede ocurrir cuando no te dejan en paz ni un momento. Bien, puede que yo no estuviera en una jaula, doctor, pero a pesar de todo, aquellos malditos ojos me rodeaban por todas partes desde que tenía uso de razón. Dígame, doctor, dígame si no es motivo suficiente para volver loco a cualquiera. Y cuando de mayorcito veía a uno de aquellos pequeños bastardos de pie allí, lamiendo su palo de caramelo y con los ojos fijos en mi cara... En fin, lo cierto es que yo no estaba metido en una jaula entonces, de modo no había nada que me impidiera hacer lo que necesitaba hacer.

Pomeroy no hizo ningún movimiento cuando terminó de hablar, y permaneció sentado sin moverse, a la espera de la reacción de Kreizler.

—Has dicho que siempre era así, Jesse —comentó Laszlo—. ¿Hasta dónde te alcanza la memoria, con toda la gente que conociste?

—Con todos, excepto con mi padre —replicó Pomeroy, con una risita triste, casi compasiva—. Debía de estar tan harto de verme que se largó. No es que llegara a conocerle; no lo recuerdo en absoluto... Pero es lo que imagino, basándome en cómo solía actuar mi madre.

Durante una décima de segundo, el rostro de Kreizler volvió a brillar de expectación.

—¿Y cómo actuaba ella?

—¿Que cómo actuaba? ¡Así! —De pronto Jesse se incorporó, sosteniendo su cabeza enjaulada a tan sólo unos centímetros de la cara de Kreizler. Yo me puse en pie, pero Jesse no efectuó ningún otro movimiento de avance—. Dígale a su guardaespaldas que puede sentarse, doctor —añadió, con el ojo bueno fijo en Kreizler—. Sólo le estoy haciendo una demostración. Siempre era así, o al menos así es como a mí me parecía. Vigilándome a cada momento, aunque no podría decir por qué. Por mi propio bien, solía decirme ella, pero no actuaba como si así fuera. —El casco metálico pesaba enormemente sobre el cuello de Jesse, y al final tuvo que enderezar la cabeza—. Sí, seguro que se interesaba por esta vieja cara mía. —Reapareció aquella risa sin vida—. Sin embargo nunca quiso besármela, se lo aseguro. —De pronto algo pareció sorprenderle y guardó silencio, mirando de nuevo hacia la rendija de la pared—. Aquel primer chiquillo al que ataqué..., le obligué a besármela. Al principio no quería, pero después de que... En fin, lo hizo.

Laszlo aguardó unos segundos antes de preguntar:

—¿Y el hombre al que hoy le quemaste la cara?

Jesse lanzó un escupitajo al suelo por entre los barrotes de su casco.

—Ese idiota... ¡La misma historia de siempre! No podía guardar sus ojos para sí. Le advertí un montón de veces que... —Se interrumpió de pronto y se volvió hacia Kreizler, con auténtico miedo en su rostro; luego el miedo se desvaneció con rapidez y reapareció la sonrisa letal—. ¡Bueno! Parece que he cantado de plano, ¿no? Ha hecho usted un buen trabajo, doctor.

Laszlo se levantó.

—Esto no es asunto mío, Jesse.

—Ya... —Pomeroy rió secamente—. Puede que tenga usted razón. En lo que me queda de vida, nunca sabré cómo consiguió hacerme usted hablar. Si llevara sombrero me lo quitaría. Pero dado que no lo llevo...

Con un movimiento rápido, Pomeroy se dobló sobre sí mismo, sacó algo reluciente de una de sus botas y lo empuñó ante sí con gesto amenazador. Se puso de puntillas, con el cuerpo completamente tenso, dispuesto a saltar sobre nosotros.

Retrocedí instintivamente hacia la pared que tenía a mis espaldas, y Kreizler hizo otro tanto, aunque con mayor lentitud. Mientras de la boca de Pomeroy salían unas húmedas risas ahogadas, observé que su arma era un largo trozo de grueso cristal, envuelto en uno de sus extremos con un trapo manchado de sangre.

24

Con mayor rapidez de la que la mayoría de los hombres lo habría logrado, incluso sin estar sujeto con grilletes, Pomeroy dio una patada al taburete donde había permanecido sentado, lo lanzó al otro lado de la habitación y lo encajó debajo del pomo de la puerta, impidiendo que nadie pudiese entrar desde el pasillo.

—No se preocupen —dijo, sin dejar de sonreír—. No deseo haceros ningún corte... Sólo quiero divertirme un poco con el imbécil de ahí fuera. —Se volvió hacia la puerta, volvió a reír, y llamó—: ¡Eh, Lasky! ¿Estás preparado para quedarte sin trabajo? ¡Cuando el director vea lo que voy a hacerles a estos dos muchachos, no te dejará vigilar ni las letrinas!

Lasky replicó con un juramento y empezó a golpear la puerta. Pomeroy mantuvo el cristal a la altura de nuestras gargantas pero no hizo ningún otro gesto amenazador; tan sólo rió cada vez con mayor fuerza a medida que la ira del guardia iba en aumento. No pasó mucho rato antes de que la puerta empezara a soltarse de sus bisagras y cayera el taburete de debajo del pomo. Laszky se abalanzó contra la puerta, que cayó estrepitosamente. Después de varios traspiés, vio que tanto Kreizler como yo estábamos bien, y que Pomeroy iba armado. Rápidamente cogió el taburete del suelo y se lanzó contra Jesse, quien apenas hizo ademán de defenderse.

Durante aquel enfrentamiento, Kreizler no mostró ningún

temor ostensible por nuestra seguridad, pero no dejó de sacudir lentamente la cabeza, como si comprendiera muy bien lo que estaba sucediendo. Lasky no tardó en arrebatar el trozo de vidrio de las manos de Pomeroy, y al instante empezó a golpearle despiadadamente con los puños. Le enfurecía no acertar a Jesse en la cara, y los golpes que impactaban en el cuerpo del prisionero eran cada vez más salvajes. Aunque Pomeroy gritaba de dolor, continuaba riendo; una especie de risa feroz, desenfrenada, pero aun así gozosa, en cierto modo. Yo estaba absolutamente perplejo, paralizado; en cambio Kreizler, después de varios minutos de semejante exhibición, avanzó unos pasos y empezó a tirar de Lasky por los hombros.

—¡Pare! —le gritó—. ¡Pare ya, estúpido! —Seguía tirando de él, pero el corpulento Lasky no prestaba atención a sus esfuerzos—. ¡Pare, Lasky! ¿No se da cuenta? Está haciendo precisamente lo que él desea. ¡Él disfruta con esto!

El guardia seguía golpeándole, y finalmente Kreizler, dominado por una especie de desesperación, utilizó todo el peso de su cuerpo para empujar a Lasky lejos de Pomeroy. Sorprendido y rabioso, Lasky recuperó el equilibrio y lanzó un fuerte golpe lateral hacia la cabeza de Kreizler, quien lo esquivó sin dificultad. Al ver que el guardia pretendía seguir arremetiendo contra él, Kreizler asestó a Lasky varios puñetazos rápidos y seguidos que me recordaron vivamente su honroso enfrentamiento contra Roosevelt casi veinte años atrás. Al ver que Lasky se tambaleaba y caía hacia atrás, Kreizler recuperó el aliento y se quedó de pie a su lado.

—¡Había que pararlo, Lasky! —declaró, en un tono tan apasionado que me hizo correr e interponerme entre él y el abatido guardia, para impedir que mi amigo prosiguiera su ataque. Pomeroy yacía en el suelo, retorciéndose de dolor, tratando de sujetarse las costillas con las manos esposadas, y aun así sin dejar de reír grotescamente. Kreizler se volvió hacia él, jadeando, mientras repetía quedamente:

—Había que pararlo.

A medida que la mente de Lasky se despejaba, sus ojos se clavaron en Kreizler.

—¡Hijo de puta! —Intentó ponerse en pie, pero le fue imposible—. ¡Socorro! —gritó, escupiendo un poco de sangre en el suelo—. ¡Socorro! ¡Guardia en peligro! —Su voz resonó en el corredor—. ¡En la antigua sala de duchas! ¡Ayudadme, maldita sea!

Oí ruido de pasos que corrían hacia nosotros desde lo que parecía el otro extremo del edificio.

—Laszlo, tenemos que largarnos —me apresuré a decirle, consciente que nos hallábamos ante graves dificultades: Lasky no parecía el tipo de hombre dispuesto a renunciar a la venganza, sobre todo si disponía de la ayuda de sus compañeros. Kreizler seguía mirando a Pomeroy, y tuve que tirar de él para sacarlo de la habitación—. ¡Laszlo, maldita sea! Vas a conseguir que nos maten... ¡Venga, echa a correr!

Cuando nos disponíamos a salir por la puerta, Lasky se abalanzó aturdido contra nosotros, pero sólo consiguió caer nuevamente al suelo. En el pasillo del bloque de celdas nos cruzamos con otros cuatro guardias, y me apresuré a decirles que habían surgido problemas entre Lasky y Pomeroy, y que el guardia había sido herido. Al ver que Kreizler y yo estábamos ilesos, los guardias siguieron veloces su camino, mientras yo obligaba a Laszlo a cruzar por entre otro grupo de agentes uniformados que permanecían confusamente agrupados ante la puerta principal. No pasó mucho rato antes de que los guardias del interior supieran la verdad de lo ocurrido, y pronto se oyeron amenazas mientras echaban a correr en nuestra persecución. Afortunadamente el anciano al que habíamos contratado seguía con su carruaje frente a la cárcel, y cuando aparecieron los guardias que nos perseguían ya estábamos a varios centenares de metros del lugar, rumbo a la estación del tren, y rogando —en mi caso, al menos— para que no tuviésemos que esperar mucho rato allí.

El primer tren que apareció pertenecía a una pequeña línea local y tenía programado efectuar una docena de paradas antes de llegar a Grand Central; sin embargo, por grandes que fueran nuestras prisas, aceptamos la larga prolongación de nuestro viaje y subimos a bordo. Los vagones estaban repletos de viajeros de pequeñas aldeas, que sin duda encontraban bastante sorprendente nuestro aspecto; y debo reconocer que si parecíamos la mitad de fugitivos de lo que yo me sentía, estaba justificada la aprensión de aquellas gentes. A fin de tranquilizar su ansiedad, nos dirigimos al último vagón del tren y nos quedamos de pie junto a la puerta que daba a la plataforma de atrás. Mientras observaba cómo los muros y chimeneas de Sing Sing desaparecían tras los negros bosques del valle del Hudson, saqué una pequeña petaca de whisky y nos tomamos unos generosos tragos. Cuando por fin perdimos de vista la prisión, volvimos a respirar de nuevo con normalidad.

—Tendrás que explicarme un montón de cosas —le dije a Laszlo mientras sentíamos el aire cálido que soplaba desde la máquina del tren. Tenía tal sensación de alivio que no pude evitar una sonrisa, aunque hablaba muy en serio al referirme a las explicaciones—. Puedes empezar explicándome por qué hemos venido aquí.

Kreizler tomó otro trago de la petaca, y luego se la quedó mirando.

—Esto es una mezcla realmente explosiva, Moore —exclamó, eludiendo mi petición de explicaciones—. Estoy un poco mareado.

Me puse rígido.

—¡Kreizler...!

—Está bien, ya sé, ya sé, John —replicó, haciéndome señas para que guardara silencio—. Tienes derecho a algunas explicaciones. Pero ¿por dónde empezar? —Suspiró de nuevo y tomó otro trago—. Como ya te dije antes, a primera hora de esta mañana he hablado con Meyer. Le hice un resumen completo de nuestro trabajo hasta la fecha. Luego le hablé de mi... intercambio de palabras con Sara. —Soltó un gruñido, y con expresión avergonzada dio un puntapié a la barandilla de la plataforma—. La verdad es que tengo que pedirle disculpas por aquello.

—Sin duda —repliqué—. ¿Y qué ha dicho Meyer?

—Que la opinión de Sara respecto al papel de una mujer

en la formación de ese hombre le parecía del todo correcta
—contestó Kreizler, todavía algo pesaroso—. De repente he
empezado a discutir con él como hice con Sara. —Después
de beber otro trago, Kreizler murmuró malhumorado—: La
falacia, maldita sea...

—¿La qué? —inquirí, desconcertado.

—Nada —contestó Kreizler, sacudiendo la cabeza—.
Una aberración de mi pensamiento nos ha hecho perder
unos días preciosos. Pero ahora eso carece de importancia.
Lo que importa es que mientras repasaba todo el asunto esta
tarde me di cuenta de que tanto Meyer como Sara tienen razón: hay poderosas pruebas de que una mujer ha desempeñado un nefasto papel en la formación de nuestro asesino. Su
obsesión por lo furtivo, esa clase de sadismo tan peculiar, todos estos factores señalan hacia el tipo de conclusiones que
Sara había esbozado. Como te estaba diciendo, he intentado
discutir con Meyer tal como había hecho con Sara, pero entonces él ha mencionado a Jesse Pomeroy y ha utilizado mis
propias palabras de hace veinte años para contradecir lo que
ahora estaba afirmando. A fin de cuentas, Pomeroy nunca
había conocido a su padre, ni había padecido, que yo sepa,
importantes castigos físicos en su niñez. No obstante, él poseía, y todavía posee, una personalidad en muchos aspectos
similar a la del hombre que andamos buscando. Como ya sabes, Pomeroy estaba firmemente decidido a no hablar de sus
mutilaciones, en la época en que fue capturado. Así que sólo
podía confiar en que el tiempo y el confinamiento solitario
hubieran ablandado su resolución. En esto hemos tenido
suerte.

Asentí, volviendo a pensar en la información de Pomeroy.

—Lo que dijo sobre su madre y los otros chicos, que
siempre le estaban mirando... ¿Piensas que eso fue realmente
crucial?

—Por supuesto —asintió Kreizler, cuyas palabras empezaron a marcar un ritmo característicamente más rápido—.
Y de ahí el énfasis en que la gente que poblaba su mundo no

le quería tocar. ¿Recuerdas lo que ha dicho de que su propia madre se negaba a besarle en la cara? Es muy posible que el único contacto que conociera de pequeño fuera disciplinario, o para atormentarlo. Y a partir de ahí podemos trazar una línea recta hasta su violencia.

—¿Y eso?

—Bueno, Moore, te contestaré con otra afirmación del profesor James. Es un concepto que a menudo explicaba en clase en los viejos tiempos, un concepto que me sacudió como un rayo cuando lo leí por vez primera en sus *Principios*. —Laszlo miró al cielo y se esforzó por recordar la cita con toda exactitud—: «Si todas las cosas frías fueran húmedas y todas las cosas húmedas fueran frías, y si todas las cosas duras pincharan nuestra piel, y ninguna otra cosa lo lograra, ¿diferenciaríamos entonces entre frialdad y humedad, y dureza y pinchazo respectivamente?» Como de costumbre, James no llevaría su idea a una conclusión lógica, al ámbito dinámico del comportamiento. Él discutía sólo de funciones, tales como el gusto o el tacto, aunque según yo he podido comprobar también funciona dinámicamente. Imagínatelo, Moore. Imagina que debido a una desfiguración, a la crueldad o a cualquier otra desgracia, nunca hubieses conocido otro roce humano que no fuera la dureza o incluso la violencia. ¿Cómo te sentirías?

Me encogí de hombros y encendí un cigarrillo.

—Imagino que pésimamente.

—Es posible. Pero con toda probabilidad no pensarías que se trataba de algo extraordinario. Pongámoslo de este modo: si yo pronuncio la palabra «madre», tu mente recorrerá al instante un conjunto de asociaciones inconscientes pero totalmente familiares basadas en la experiencia. Y lo mismo me ocurre a mí. Y los dos conjuntos de asociaciones sin duda serán una mezcla de lo bueno y lo malo, lo mismo que en casi todo el mundo. Pero ¿cuánta gente tendrá un conjunto de asociaciones tan uniformemente negativas como las que sabemos ha tenido Jesse Pomeroy? De hecho, en el caso de Jesse podemos ir más allá del concepto restringido de la madre y pasar a la idea de la humanidad en general. Pronunciemos ante él la palabra «gente», y su mente saltará sólo a imágenes de humillación y de dolor, con tanta naturalidad como si yo te dijera «tren» y tú me contestaras «movimiento».

—¿Es eso lo que querías decir cuando le has gritado a Lasky que Pomeroy disfrutaba con la paliza que le estaba dando?

—Así es. Habrás advertido que Jesse ha provocado deliberadamente todo el suceso. No es difícil imaginar por qué. Toda su infancia se ha visto rodeado de torturadores, y durante los últimos veinte años la única gente con la que de hecho ha estado en contacto han sido tipos como Lasky. Sus experiencias, tanto dentro como fuera de la prisión, le han hecho creer que las interacciones con su propia especie sólo pueden ser de tipo adverso y violento; incluso ha llegado a compararse con un animal del zoológico. Ésta es la realidad. Sabe que, dadas las actuales circunstancias, le van a pegar y a maltratar; lo único que puede hacer es intentar establecer los términos de tales abusos y manipular a los participantes en esas acciones, lo mismo que en el pasado manipuló a los chicos que torturó y asesinó. Es el único tipo de poder o de satisfacción que siempre ha conocido, el único modo de asegurarse la supervivencia psíquica, y por tanto lo utiliza.

Mientras fumaba y me esforzaba por asimilar aquella idea, empecé a pasear por la plataforma.

—¿Pero no hay algo..., en fin, algo dentro de él, de cualquier persona, que se oponga a este tipo de situación? Quiero decir: ¿no sentirá tristeza o desesperación, aunque sea hacia su propia madre? ¿No sentirá, como mínimo, deseos de que le quieran? ¿No nace cada niño con...?

—Cuidado, Moore —me advirtió Kreizler, encendiendo también un cigarrillo—. Estás a punto de sugerir que todos nacemos con unos conceptos de necesidad y de deseo; un pensamiento comprensible, tal vez, si hubiese alguna prueba que lo apoyara. El organismo distingue un sólo impulso desde el principio: la supervivencia. Y... en la mayoría de nosotros este sentimiento va unido a la noción de una madre. Pero si nuestras experiencias fueran terriblemente distintas, si el concepto de madre sugiriera frustración y peligro, en vez de sustento y nutrición, el instinto de supervivencia nos obligaría a estructurar de un modo muy distinto nuestro concepto. Jesse Pomeroy lo experimentó así. Y ahora creo que nuestro asesino también. —Laszlo dio una fuerte chupada a su cigarrillo—. Esto tengo que agradecérselo a Pomeroy. Y también a Meyer. Pero sobre todo a Sara. E intentaré hacerlo.

Kreizler era sincero en esta declaración. En una de las pequeñas estaciones por las que pasamos de regreso a Grand Central, le preguntó al jefe de estación si era posible enviar un telegrama urgente a Nueva York. Éste le dijo que sí, y Kreizler redactó el mensaje, pidiéndole a Sara que se reuniera con nosotros en Delmonico's a las once. Laszlo y yo no tuvimos tiempo para cambiarnos de ropa cuando llegamos a la ciudad, pero Charlie Delmonico nos había visto con peor aspecto en el pasado, y cuando llegamos a Madison Square nos sentimos tan bien acogidos como siempre.

Sara estaba esperando en una mesa del comedor principal que daba al parque, al otro lado de la Quinta Avenida, lo más apartada posible de los demás clientes del restaurante. Primero mostró preocupación por nuestra seguridad —el telegrama la había inquietado— y después, al ver que estábamos ilesos, gran curiosidad por nuestro viaje. Su actitud respecto a Kreizler —incluso antes de que él le ofreciera sus excusas como había prometido— fue totalmente afable, y por tanto extraña: yo no aseguraría que Sara fuera exactamente de esas personas que guardan rencor, pero, una vez que se la pinchaba, habitualmente era muy consciente de quién era el culpable. No obstante, intenté con todas mis fuerzas ignorar aquella extraña química que se establecía entre ellos y centré la atención en el tema que nos incumbía.

Teniendo en cuenta lo que habíamos averiguado con la visita a Pomeroy, dijo Sara, ahora podíamos afirmar con toda seguridad que nuestro hombre era, como Jesse, extremadamente sensible a su apariencia física. Según ella, esto explicaría con creces el odio tan intenso que sentía por los chicos: el hecho de verse perpetuamente burlado y rechazado en sus primeros años produciría sin duda una furia que el tiempo solo no iba a extinguir necesariamente. Kreizler también tendía hacia la teoría de que nuestro hombre era en cierto modo deforme. En cambio yo, aunque algunas semanas atrás había sido el primero en avanzar semejante teoría, ahora les advertí que fueran muy cautelosos en aceptarla. Ya sabíamos que el hombre que estábamos persiguiendo medía en torno al metro ochenta y pico y que podía subir y bajar por las paredes de los edificios mediante una simple cuerda, al tiempo que cargaba con un adolescente: si tenía alguna deformidad, no podía ser en los brazos ni en las piernas, ni en ningún otro sitio, de hecho, como no fuese en la cara, lo cual reducía considerablemente nuestra búsqueda. Kreizler dijo que, teniendo esto en cuenta, estaba en disposición de reducirla todavía más afirmando que la deformidad residía en los ojos del asesino. Éste se había concentrado en los órganos oculares de sus víctimas con mayor cuidado y consistencia incluso que Pomeroy, hecho que Kreizler consideraba más que significativo. En realidad, afirmó, era concluyente.

Durante la comida Kreizler animó a Sara para que finalmente explicara del todo qué tipo de mujer creía que podía haber desempeñado un papel tan siniestro en la vida de nuestro asesino, tal como había planteado la semana anterior. Sara dijo que creía que sólo una madre podía haber provocado un impacto tan profundo como el que se evidenciaba en aquel caso. Una institutriz abusiva o una mujer de la familia podían haber sido horribles para un chiquillo, pero si éste hubiese podido recurrir a su madre natural en busca de protección y consuelo, el efecto se habría reducido espectacularmente. Para Sara era patente que el hombre a quien buscábamos nunca había conocido tal posibilidad, una circunstancia que podía explicarse de bastantes formas; pero la teoría preferida por Sara era que, en primer lugar, la mujer no había deseado criar a aquel niño. La suposición de Sara era que lo había hecho únicamente porque se había quedado embarazada sin querer, o porque el mundo en que vivía no le ofrecía otra opción socialmente aceptable. El resultado final de todo esto era que la mujer había desarrollado un profundo resentimiento hacia el chiquillo que debía criar, motivo por el que Sara creía que había muchas posibilidades de que el asesino fuera o hijo único o que tuviera muy pocos hermanos; criar a un hijo no era una experiencia que aquella madre hubiera deseado repetir muchas veces. Cualquier deformidad física en alguno de los hijos habría incrementado, naturalmente, los sentimientos ya negativos de la madre respecto a aquel hijo, pero Sara no creía que la deformidad bastara para explicar semejante relación. Kreizler coincidió con ella en este punto, añadiendo que, si bien Jesse Pomeroy atribuía a su deformidad todas las dificultades con su madre, ciertamente había también otros factores más profundos.

De todo esto se desprendía una conclusión cada vez más diáfana: era improbable que nos enfrentáramos a gente que disfrutaba de las ventajas de una posición acomodada. En primer lugar, unos padres ricos apenas estaban obligados a soportar a sus hijos si consideraban que eran problemáticos o indeseables. Además, una joven rica de la década de los sesenta (período en el que sospechábamos había nacido nuestro asesino) habría podido dedicarse a otras actividades ajenas a la maternidad, aunque había que admitir que tal decisión habría provocado mayores críticas y comentarios que las que despertaría treinta años después. Claro que un embarazo involuntario podía sucederle a cualquiera, rica o pobre; pero las graves fijaciones sexuales y escatológicas de nuestro asesino habían sugerido a Sara una vigilancia muy estrecha y continuas humillaciones, y éstas a su vez hablaban de una vida compartida en un espacio reducido: el tipo de vida que engendraba la pobreza. Sara se sintió encantada al oír que el doctor Meyer había expresado las mismas ideas durante la conversación que había mantenido por la mañana con Kreizler. Y aún se sintió más encantada cuando Kreizler la felicitó por sus esfuerzos, mientras brindábamos con unas últimas copas de oporto.

Sin embargo, este momento de relajante satisfacción pasó velozmente. Kreizler sacó su pequeño bloc de notas y nos recordó que faltaban tan sólo cinco días para la festividad de la Ascensión, la próxima fecha importante que aparecía en el calendario cristiano. Había llegado el momento, nos dijo, de que la investigación abandonara la línea de simple búsqueda y análisis y de que adoptáramos un mayor compromiso. Habíamos obtenido una idea general bastante buena de cómo era nuestro asesino, y de cómo, dónde y cuándo iba a golpear de nuevo. Por fin estábamos preparados para intentar anticiparnos y prevenir el crimen siguiente. Ante esta afirmación, sentí una repentina oleada de ansiedad en el centro de mi estómago demasiado lleno, y pareció que Sara experimentaba la misma reacción. Pero los dos sabíamos que esta evolución era inevitable; en realidad era por lo que habíamos estado luchando activamente desde el comienzo. De modo que al salir del restaurante reforzamos nuestra resolución y no exteriorizamos ningún tipo de aprensiones.

Una vez fuera noté que Sara me tironeaba del brazo. Me volví, pero vi que ella miraba hacia otro lado, aunque de un modo que indicaba claramente que quería hablar conmigo. Cuando Kreizler se ofreció para compartir un carruaje hasta Gramercy Park, ella declinó la invitación, y tan pronto como él se hubo marchado me llevó hasta los jardines de Madison Square, bajo una farola de gas.

—¿Y bien? —inquirí, observando que estaba algo nerviosa—. Espero que lo que tengas que decirme sea importante, Sara, porque lo de esta tarde ha sido un infierno y estoy reventado.

—Es importante —se apresuró a contestar, sacando del bolso una hoja de papel doblada—. Es decir, creo que lo es... —Frunció las cejas y pareció sopesar algo cuidadosamente antes de enseñarme el papel—. John, ¿hasta qué punto conoces el pasado del doctor Kreizler? Me refiero a su familia...

Me quedé sorprendido ante el tópico.

—¿Su familia? Como cualquiera, imagino. Los visité con frecuencia cuando era pequeño.

—¿Y era... era una familia feliz?

Me encogí de hombros.

—A mí siempre me lo pareció. Y además tenían motivos. Sus padres estaban entre las parejas socialmente más solicitadas de la ciudad. Claro que viéndolos ahora no lo dirías. El padre de Lazlo sufrió un ataque hace unos años, y ahora están prácticamente recluidos. Tienen una casa en la calle Catorce con la Quinta Avenida.

—Sí, lo sé —se apresuró a contestar Sara, sorprendiéndome de nuevo.

—Bien —proseguí—. En aquel entonces siempre organizaban grandes fiestas para presentar lumbreras de toda Europa a la sociedad neoyorquina. Solían ser auténticos espectáculos. A todos nos encantaba asistir. Pero ¿por qué lo preguntas, Sara? ¿A qué viene todo esto?

Ella hizo una pausa, suspiró, y luego me tendió la hoja de papel.

—Durante toda la semana he intentado entender por qué se aferraba de un modo tan obstinado a la idea de que un padre violento y una madre pasiva habían criado a nuestro asesino. De modo que desarrollé una teoría, y luego busqué en los archivos del Distrito Quince para comprobarla. Esto es lo que encontré.

Se trataba de un informe que había redactado un tal O. Bannion, un policía que en septiembre de 1862 —cuando Laszlo era tan sólo un chiquillo de seis años— había investigado cierta trifulca doméstica en casa de Kreizler. El informe amarillento contenía tan sólo unos pocos detalles: hablaba de que el padre de Laszlo, al parecer borracho, había pasado la noche en la cárcel acusado de malos tratos (acusación que habían retirado posteriormente), y un cirujano del distrito había sido conducido al hogar de los Kreizler para curar una grave herida en el brazo izquierdo de un chiquillo.

Aunque no era difícil sacar conclusiones, mi mente se resistía a hacerlo pues conocía a Laszlo de toda la vida, y además siempre había tenido un gran concepto de su familia.

—Pero —musité, doblando distraídamente el papel— si nos dijo que se había caído...

Sara dejó escapar un profundo suspiro.

—Pues parece que no.

Durante un buen rato miré a mi alrededor, aturdido... Los conceptos familiares persistían tenazmente, y su paso podía resultar muy desorientador; por unos momentos, los árboles y edificios de Madison Square me parecieron extrañamente distintos. Luego una imagen de Laszlo cuando era un muchacho centelleó repentinamente en mi cabeza, seguida por otra de su enorme y aparentemente sociable padre y de su vivaracha madre. Y mientras veía estas caras y estas formas, recordé el comentario que Jesse Pomeroy había hecho durante nuestra visita a Sing Sing sobre la cuestión de cortar brazos a la gente. Y de ahí mi mente saltó a otra observación aparentemente sin sentido que el mismo Laszlo había hecho en el tren, cuando regresábamos a casa.

—«La falacia, maldita sea...» —musité.

—¿Qué has dicho, John? —inquirió Sara en voz baja.

Sacudí enérgicamente la cabeza, en un intento por despejarla.

—Algo que Kreizler ha mencionado esta noche. Sobre el mucho tiempo que ha perdido estos últimos días... Cuando mencionó «la falacia» no conseguí captar la referencia, pero ahora...

Sara abrió ligeramente la boca, como si ella también entendiera la respuesta.

—La falacia del psicólogo... —murmuró—. Aparece en los *Principios* de James.

Asentí.

—El momento en que un psicólogo ve cómo su punto de vista se entremezcla con el de su paciente. Esto es lo que le ha tenido paralizado.

Tras un breve silencio bajé la vista hacia el informe, experimentando una repentina sensación de urgencia que me hizo aplazar la casi imposible labor de captar todas las implicaciones del documento.

—Sara, ¿has comentado esto con alguien? —inquirí, y ella negó con un lento gesto de cabeza—. ¿Y saben en jefatura que te has llevado el informe? —Otro gesto de negación con la cabeza—. ¿Pero te das cuenta de lo que supone este documento?

Sara asintió esta vez, y yo la imité. Luego, lenta y deliberadamente, rompí el informe y dejé los trozos sobre la hierba de un parterre.

Encendí una cerilla, prendí fuego a los papeles y dije con firmeza:

—Nadie debe saber nada de esto. Tu curiosidad ya se ha visto satisfecha, y si la actitud de él vuelve a ser excéntrica, sabremos a qué es debido. Pero aparte de esto, nada bueno se conseguiría divulgándolo. ¿Estás de acuerdo?

Sara se agachó a mi lado y asintió.

—Yo ya había tomado esta misma decisión.

Observamos cómo los rozos de papel se convertían en escamas de humeante ceniza mientras deseábamos en silencio que aquella fuera la última vez que necesitáramos hablar del asunto y que el comportamiento de Laszlo nunca volviera a justificar una investigación de su pasado. Pero, tal como se desarrollaron las cosas, la desdichada historia tan esquemáticamente explicada en el informe ahora incinerado volvería a salir a la superficie en un momento posterior de nuestra investigación, provocando con ello una auténtica crisis, que a punto estuvo de resultar fatal.

25

La idea de someter a una estrecha vigilancia a los principales centros de prostitución masculina, durante los días en
que creíamos que nuestro asesino podría volver a actuar, había partido de Lucius Isaacson. Y no puede negarse que iba
a ser una delicada labor. Todos aquellos bares y burdeles
sin duda perderían mucha de su clientela si se enteraban de
que se los estaba vigilando; así que resultaría poco menos que
imposible obtener la colaboración de los propietarios. Por
consiguiente, teníamos que situarnos de modo que pudiéramos pasar desapercibidos, tanto para ellos como para nuestro asesino. Lucius admitió sin rubor que no tenía suficiente
experiencia para planificar una vigilancia segura, de modo
que convocamos al único miembro de nuestro grupo que
pensábamos podría facilitarnos consejos de experto: Stevie
Taggert. Stevie había pasado buena parte de su carrera delictiva robando en casas y pisos, de modo que conocía los sistemas de vigilancia. Imagino que el muchacho sospechó que
se encontraba metido en algún problema cuando entró en
nuestro cuartel general aquel sábado por la tarde y nos encontró a todos sentados en semicírculo y observándolo impacientes. Y dado que Kreizler le había dicho a menudo que
debía tratar de olvidar sus hábitos delictivos, resultó doblemente difícil convencer al desconfiado muchacho para que
hablara de tales asuntos. Sin embargo, una vez convencido
de que realmente necesitábamos su ayuda, Stevie participó
en la reunión con auténtico placer.

Al principio habíamos pensado situar un miembro de nuestro equipo en el exterior de cada uno de los establecimientos que con mayor probabilidad podía visitar: el Salón Paresis, el Golden Rule, el de Shang Draper en el Tenderloin, el Slide de Bleecker Street y el Black and Tan de Frank Stephenson, también en Bleecker, una taberna que ofrecía mujeres y niños blancos a hombres negros y orientales. Pero este plan, nos aseguró Stevie mientras mascaba ruidosamente un palo de regaliz, estaba repleto de fallos. En primer lugar sabíamos que el asesino se desplazaba por las azoteas. Así que tendríamos el éxito más asegurado, y probablemente levantaríamos menos sospechas, si intentábamos cortarle el paso en una de aquellas regiones elevadas. Por otra parte —descontando incluso la oposición física que podíamos encontrar por parte de los vigilantes de las casas en el transcurso de nuestras operaciones— estaba el hecho de que el hombre a quien queríamos atrapar era fuerte y corpulento: fácilmente podría volver las tornas y tomarnos la delantera, dada su familiaridad en desplazarse por las azoteas. Stevie recomendó situar dos agentes en cada azotea, lo cual significaba que no sólo tendríamos que reclutar a tres integrantes más (Cyrus, Roosevelt y el propio Stevie completarían la lista), sino también eliminar uno de los locales. Según Stevie, esto último no representaba ningún problema: le parecía poco probable que el asesino se aventurara en el Tenderloin, una zona ruidosa, muy concurrida e intensamente iluminada que ofrecía muchas probabilidades de que le vieran o lo atraparan. Después de coger despreocupadamente un cigarrillo de la caja que yo tenía en mi escritorio y encenderlo, Stevie dijo que podíamos prescindir por tanto del local de Shang Draper. Y después de lanzar varios anillos de humo al aire, pasó a recomendar que accediéramos a las distintas azoteas implicadas entrando mediante falsos pretextos por los edificios adyacentes. Esto contribuiría a asegurar que al asesino todo le pareciera normal cuando hiciera su aparición, si es que al final se presentaba. Kreizler aprobó el plan, luego quitó el cigarrillo de la boca de Stevie y lo aplastó en el suelo. Decepcionado, el muchacho volvió a su palo de regaliz.

El siguiente tema que tratamos fue cuándo empezar y finalizar nuestra vigilancia. ¿Visitaría el asesino el burdel elegido la víspera de la festividad de la Ascensión, asesinando realmente a su víctima durante las primeras horas del día festivo, o esperaría a la noche siguiente? Sus hábitos sugerían esto último —explicó Kreizler—, quizá porque la rabia que sentía (por los motivos que fueran) se acrecentaba durante las horas del día en las fiestas seleccionadas; probablemente al observar la gente que iba y venía de los servicios religiosos. Fuera cual fuese el detonador, la noche traería una explosión imparable. Como ninguno de nosotros estaba capacitado para discutir este razonamiento, se decidió que nos apostáramos la noche del jueves.

Completado ya el plan, cogí la chaqueta y me encaminé hacia la puerta. Marcus me preguntó adónde me dirigía, y yo le contesté que pensaba ir al Golden Rule para ver a Joseph y proporcionarle los detalles del aspecto del asesino y de cuáles eran sus métodos.

—¿Te parece prudente? —inquirió Lucius con tono preocupado mientras apilaba unos papeles en su escritorio—. Faltan sólo cinco días para poner el plan en marcha, John. No deberíamos hacer nada que complicara las cosas, cambiando la rutina habitual de estos locales.

Sara le miró desconcertada.

—No hay nada malo en facilitarles las cosas a estos muchachos para que eviten el peligro.

—Por supuesto que no —se apresuró a replicar Lucius—. No sugiero que expongamos a nadie a más peligros que los imprescindibles. Sólo que... En fin, que debemos tender esa trampa con sumo cuidado.

—Como siempre, el sargento detective tiene razón —intervino Kreizler, cogiéndome del brazo y acompañándome a la puerta—. Ten cuidado con lo que le cuentas a tu joven amigo, Moore.

—Lo único que pido —insistió Lucius— es que no reveles la probable fecha del próximo ataque. Ni siquiera tenemos la certeza de que vaya a suceder entonces. Pero si es así, y si los muchachos han sido alertados, es muy probable que el asesino presienta algo. Puedes decirle cualquier otra cosa, siempre que lo creas necesario.

—Una propuesta razonable —decidió Kreizler, señalando hacia Lucius, y luego, cuando me disponía a entrar en el ascensor, Laszlo bajó la voz—: Ten presente una cosa, John. Hay muchas probabilidades de que al tiempo que estés ayudando al muchacho con tu advertencia, también estés arriesgando su vida si te ven en su compañía. Evítalo, si es posible.

Después de ir andando al Golden Rule, concerté encontrarme con Joseph en un pequeño salón de billares que había al doblar la esquina. Cuando llegó Joseph, advertí que tenía la cara totalmente colorada después de haberse restregado el maquillaje habitual: un detalle que me conmovió. Recordé que nuestro primer encuentro también había estado marcado por una limpieza parecida del rostro de Joseph, y me sorprendí al pensar que en aquella ocasión tampoco había querido que le viera maquillado. En realidad, cuando trataba conmigo, sus modales no parecían los de un muchacho que se prostituyera sino los de un joven que necesitaba desesperadamente un amigo mayor... a menos que yo padeciera la famosa falacia del profesor James y la visión que tenía del comportamiento del muchacho estuviera influenciada por el hecho de que me recordaba a mi hermano.

Joseph pidió una cerveza pequeña, y lo hizo con la desenvoltura del que ya lo ha hecho otras muchas veces (lo cual excluía mi pretensión de advertirle sobre los peligros del alcohol). Mientras empezábamos a lanzar desenfadadamente algunas bolas de marfil por las bandas de la mesa, le dije a Joseph que tenía nueva información sobre el hombre que había asesinado a Alí ibn-Ghazi, y le pedí que prestara mucha atención, para poder pasar las novedades a sus amigos. Luego me dispuse a proporcionarle una descripción física del asesino.

El tipo era alto, de aproximadamente un metro ochenta y siete, y muy fuerte. Era capaz de levantar sin dificultad a un muchacho como Joseph, o incluso a uno más grande. Sin embargo, a pesar de su estatura y de su fuerza, había algo extraño en él, algo sobre lo que era muy sensible. Probablemente era una parte de su rostro; tal vez los ojos. Quizá los tuviera llagados, con cicatrices, o con algún otro tipo de deformación. Fuera cual fuese el defecto, a él no le gustaba que la gente lo mencionara o que lo mirara. Joseph dijo que nunca había visto a un tipo así, pero que muchos de los clientes del Golden Rule ocultaban su rostro al entrar. Le advertí que en lo sucesivo estuviera atento, y proseguí con el tema de cómo podía vestir el hombre. Nada extravagante, le dije, dado que no querría llamar la atención. Además, lo más probable era no tuviese mucho dinero, lo cual significaba que no podría permitirse el lujo de gastárselo en ropa. Tal como Marcus había advertido a Joseph durante nuestra última visita, quizá llevara consigo una gran bolsa, en cuyo interior acarrearía utensilios que utilizaba para escalar por las paredes, a fin de acceder sin que nadie le viera a las habitaciones de los muchachos que pretendía secuestrar.

Luego vino la parte más difícil: le dije a Joseph que el hombre ponía mucho cuidado en que no le vieran porque con anterioridad había estado en muchos locales como el Golden Rule y era muy fácil que algunos muchachos (o quizá bastantes) pudieran identificarlo. Podía ser incluso alguien a quien conocían y en quien confiaban, alguien que les hubiera ayudado, que tratara de mostrarles cómo construirse una nueva existencia. Un trabajador social o de alguna institución benéfica... Tal vez incluso un cura. Lo más importante, sin embargo, era que no parecía ni se comportaba como alguien capaz de hacer las cosas que estaba haciendo.

Joseph siguió con interés todos esos detalles, enumerándolos con los dedos de las manos, y cuando hube finalizado asintió.

—Entendido, entendido, ya lo he captado. Pero ¿le importaría que le preguntara una cosa, señor Moore?

—Adelante.

—Bien, pues... ¿cómo es que sabe usted todas estas cosas sobre ese individuo?

—A veces yo mismo me siento algo confuso al respecto —dije con una leve sonrisa—. ¿Por qué?

Joseph sonrió también, pero empezó a dar pataditas en el suelo, nervioso.

—Bueno, es que... En fin, un montón de amigos míos no me creen cuando les cuento lo que me dijo usted la última vez. No entienden cómo alguien puede saberlo. Piensan que tal vez me lo estoy inventando. Y luego hay muchos que van por ahí diciendo que ni siquiera es una persona la que lo está haciendo, que es una especie de fantasma o algo así. Esto es lo que dice la gente.

—Sí, ya lo he oído. Pero lo mejor que puedes hacer es ignorar este tipo de habladurías. Hay un hombre detrás de todo esto, te lo aseguro, Joseph. —Me froté las manos—. Bueno, ¿qué tal una partida?

Durante todos aquellos años había oído decir que el juego de los billares (de tres bandas, americano, de cualquier tipo) era más o menos una vía rápida para que un joven se echara a perder. Sin embargo, tal como yo lo veía, una carrera como jugador profesional —una pesadilla para muchas madres y padres de aquella ciudad— habría significado subir varios peldaños para aquel muchacho, así que durante las dos horas que siguieron me dediqué a enseñarle la mayoría de los trucos que conocía. Fue un rato muy agradable, enturbiado tan sólo por el recuerdo ocasional de adónde se dirigiría Joseph cuando nos separásemos. Sin embargo, yo no podía hacer nada al respecto: aquellos muchachos eran dueños de sí mismos.

Casi había oscurecido cuando regresé a nuestro cuartel general, que aún hervía de actividad. Sara estaba hablando con Roosevelt por teléfono, intentando explicarle que no había nadie más en quien pudiésemos confiar para que se encargara del octavo puesto de vigilancia, y que por tanto tendría que venir con nosotros. Normalmente no hubiera sido necesario insistir, pero últimamente se habían multiplicado las dificultades de Theodore en Mulberry Street. Dos de los hombres que se sentaban con él en la Junta de Comisarios, junto con el jefe de la policía, habían decidido ponerse de parte de Boss Platt y de las fuerzas opuestas a la reforma. Roosevelt se sentía más vigilado que nunca por sus enemigos, los cuales esperaban que cometiera algún desliz que justificara su despido. Al final aceptó formar parte del grupo de vigilancia, pese a que se mostraba receloso.

Mientras tanto, Kreizler y los Isaacson se habían enzarzado en otra animada discusión sobre el calendario de nuestro asesino. Lucius consideraba que la única inconsistencia en el plan de aquel hombre —el asesinato de Georgio Santorelli el 3 de marzo— podía explicarse mediante la frase engañosamente mundana «Decidí esperar» de la nota a la señora Santorelli. Era perfectamente posible, argumentaba el más joven de los Isaacson, que el descubrimiento y la selección de la víctima fueran tan cruciales para la satisfacción psíquica del asesino como el acto de asesinar en sí. Kreizler se mostró absolutamente de acuerdo con esta teoría, y añadió que mientras el hombre no experimentara ninguna interferencia con el objetivo que perseguía —asesinar al muchacho—, podía incluso obtener un sádico placer retrasando el momento. Esto significaba que el asesinato de Santorelli podía haberse llevado a cabo para que encajara en el plan global del calendario, dado que la circunstancia mentalmente crítica se había producido el Miércoles de Ceniza.

Sin embargo, Laszlo y los Isaacson no coincidían en la cuestión de si el asesino actuaba en algunas fiestas y no en otras porque sólo se encolerizaba a causa de ciertas historias o acontecimientos religiosos. A Kreizler no le gustaba esa idea pues nos hacía retroceder a la noción de un maníaco religioso, a un hombre obsesiva y demencialmente abismado en los símbolos de la fe cristiana. Laszlo aún se mostraba dispuesto a considerar la posibilidad de que el hombre fuera (o hubiera sido en algún momento de su vida) un sacerdote; pero no lograba ver ninguna razón en el hecho de que, pongamos por caso, el día de Reyes no ofreciera motivos suficientes para matar, y sí, en cambio, la Purificación de la Virgen. Marcus y Lucius insistieron en que tenía que haber alguna razón para que seleccionara algunas fiestas, y Kreizler se mostró de acuerdo, si bien dijo que, sencillamente, aún no había encontrado la clave del contexto en aquel punto especial del acertijo.

Al no haber garantías de que nuestro plan de vigilancia para la festividad de la Ascensión produjera algún resultado, todos buscábamos vías de investigación alternativas durante los días que faltaban. Marcus y yo seguimos diligentemente nuestra teoría del cura, mientras Kreizler, Lucius y Sara se entregaban a una nueva y prometedora actividad: investigar los hospitales mentales de la ciudad y de distintas zonas del país, por telegrama o personalmente, para ver si en alguno de ellos se había tratado a un paciente que coincidiera con el retrato que había surgido en los últimos quince días. A pesar de su firme convicción de que nuestro asesino era un hombre cuerdo, Kreizler confiaba en que las especiales características del hombre hubieran provocado su internamiento en algún momento de su vida: quizá cuando sus gustos ocultos por la sangre se despertaron por vez primera hubiese cometido alguna indiscreción que la gente corriente (por no mencionar al director medio de un hospital mental) considerara un síntoma de algún tipo de locura. Fueran cuales fuesen las circunstancias exactas, por regla general los manicomios llevaban un registro bastante detallado de sus pacientes, y comprobarlos parecía una prudente inversión de tiempo y de energía.

La víspera del día de la Ascensión nos distribuimos las responsabilidades para la noche siguiente: Marcus y Sara, ésta acarreando sus dos pistolas, vigilarían la azotea del Golden Rule; Kreizler y Roosevelt se encargarían del Salón Paresis, en donde la autoridad de Theodore bastaría para mantener a Biff Ellison a raya si surgían problemas; Lucius y Cyrus cubrirían el Black and Tan pues el color de Cyrus proporcionaría una explicación convincente a su presencia si resultaba necesario; y Stevie y yo estaríamos en Bleecker Street, encima del Slide. En el exterior de cada uno de estos establecimientos se apostarían varios golfillos que conocía Stevie, a los cuales, pese a no haberles explicado los detalles de la operación, se les podría enviar en busca de ayuda a los otros puestos, en el caso de que pasara algo en cualquiera de ellos. Roosevelt opinaba que la policía podría desempeñar mejor esa tarea, pero Kreizler se opuso con vehemencia a esa idea. En privado, éste me dijo que sospechaba que cualquier contacto entre los agentes de la ley y el asesino podría finalizar con la repentina muerte de éste, a pesar de las órdenes de Theodore prohibiéndolo. A estas alturas ya habíamos experimentado suficientes interferencias misteriosas para saber que había en juego fuerzas mucho más poderosas que Roosevelt, y que éstas tenían sin duda como objetivo la total eliminación del caso. Era obvio que este resultado podría conseguirse mejor con una pronta liquidación del sospechoso, soslayando así la necesidad de un proceso con toda la publicidad que esto conllevaría. Kreizler estaba decidido a impedirlo, no sólo porque sería espantosamente criminal sino también porque eliminaría cualquier posibilidad de examinar al asesino y de averiguar así cuáles eran sus motivaciones.

Al final resultó que toda nuestra ansiosa expectación por lo que podía ocurrir el día de la Ascensión fue en vano pues la noche transcurrió sin ningún incidente. Todos ocupamos los distintos puestos de vigilancia y pasamos las largas y lentas horas hasta las seis de la mañana batallando con un enemigo tan temible como el aburrimiento. A consecuencia de esto, los días que siguieron estuvieron repletos de más discusiones inútiles sobre por qué el asesino había elegido el Viernes Santo y no el día de la Ascensión. Existía la creciente sensación, que en primer lugar expresó Sara, de que la coincidencia de las fiestas con los asesinatos podía ser simplemente esto, una coincidencia; pero Marcus y yo seguimos firmemente aferrados a la idea de que el calendario de nuestro asesino y el de la fe cristiana estaban relacionados, pues esa teoría potenciaba nuestra hipótesis de que el asesino era un cura aislado o apartado del sacerdocio. Insistimos para que nuestras perspectivas interceptoras se trasladaran a la siguiente festividad importante —Pentecostés, tan sólo once días después de la Ascensión— y para que intentáramos utilizar el intervalo lo mejor posible. Es triste reconocer, sin embargo, que Marcus y yo chocamos contra un muro de piedra por lo que se refiere a la búsqueda de nuestro cura, y empezamos a pensar que toda nuestra teoría podía ser poco más que una pérdida de tiempo bien razonada.

Nuestros compañeros de equipo, por otro lado, lograron ciertos progresos durante la semana anterior a Pentecostés: empezaron a llegar las respuestas a los telegramas y cartas que Sara, Lucius y Kreizler habían enviado a casi todos los manicomios reputados del país. La mayoría de las respuestas eran abiertamente negativas, pero unas pocas ofrecían alguna esperanza, informando que uno o varios hombres que respondían a la constitución física general que Kreizler había descrito, y caracterizados por al menos algunos de los síntomas mentales que él mencionaba, habían estado ingresados entre sus muros en algún momento durante los últimos quince años. Unas pocas instituciones incluso enviaron copias del historial de algunos casos, y aunque al final ninguno de éstos resultó de gran valor, una breve nota con el matasellos de Washington, D.C., provocó una fuerte conmoción una tarde.

Ese día estaba yo casualmente observando a Lucius cruzar la habitación, acarreando un fajo de cartas e informes remitidos por las instituciones mentales, cuando de pronto pareció descubrir algo. Giró bruscamente sobre sus pasos, soltó la pila de papeles y se quedó mirando el escritorio de Kreizler. Sus ojos se abrieron desmesuradamente un momento y casi al instante la frente se le cubrió de sudor. Pero mientras sacaba un pañuelo y empezaba a secársela, su voz surgió tranquila.

—Doctor —le dijo a Laszlo, que estaba de pie junto a la puerta, hablando con Sara—. Esta nota del director del St. Elizabeth... ¿La ha leído?

—Una sola vez —contestó Kreizler, acercándose a Lucius—. No parece muy prometedora.

—Sí, esto es lo que yo he pensado. —Lucius cogió la carta—. La descripción es de lo más vaga. La referencia a «cierto tipo de tic facial», por ejemplo, podría implicar cualquier cosa.

Kreizler se quedó mirando a Lucius.

—Sin embargo, sargento detective...

—Pues... —Lucius trató de ordenar sus ideas—. Bueno, es el matasellos, doctor. Washington. El St. Elizabeth es el principal centro del gobierno federal para el internamiento de desequilibrados mentales, ¿no?

Kreizler guardó silencio un instante, y después sus negros ojos se movieron con su estilo veloz, electrizante.

—Es verdad —murmuró en voz baja, aunque con intensidad—. Pero como no mencionaban el historial de ese hombre, no se me... —Se dio un golpe con los nudillos en la frente—. ¡Estúpido de mí!

Laszlo se abalanzó hacia el teléfono, seguido de Lucius.

—Teniendo en cuenta las leyes de la capital —comentó Lucius—, este caso no sería demasiado inusual.

—Es usted un maestro de la modestia, sargento detective —dijo Kreizler—. ¡En la capital hay varios casos como éste cada «año»!

Sara se acercó a ellos, atraída por la excitación.

—¿Lucius? ¿Qué ocurre? ¿Qué es lo que te ha sorprendido?

—El matasellos —repitió Lucius, golpeando la carta—. En las leyes de Washington existen algunas pequeñas cláusulas bastante fastidiosas relacionadas con la locura y el internamiento involuntario de los pacientes en los manicomios. Si el paciente no ha sido declarado loco en el Distrito de Columbia pero es internado en una institución de Washington, puede solicitar un auto de hábeas corpus... Y existe un uno por ciento de posibilidades de que lo pongan en libertad.

—¿Y por qué dices que son fastidiosas? —pregunté.

—Porque gran parte de los pacientes de esa ciudad —explicó Lucius mientras Kreizler intentaba conseguir línea telefónica con Washington—, en especial los del St. Elizabeth, proceden de otros puntos del país.

—¿Sí? —Ahora le llegó a Marcus el turno de acercarse—. ¿Y eso por qué?

Lucius respiró hondo pues su excitación iba en aumento.

—Porque el St. Elizabeth es el hospital que recibe a los soldados y marinos a los que se les ha considerado no aptos para el servicio militar... debido a algún tipo de trastorno mental.

El paso lento con que Sara, Marcus y yo nos habíamos acercado a Lucius y a Kreizler se convirtió ahora en algo parecido a una estampida.

—Al principio no se nos ocurrió —explicó Lucius, apartándose tímidamente ante nuestro avance—, pues en la carta no se hacía mención del historial de ese hombre. Sólo descripciones de su apariencia y de los síntomas: delirios de persecución y crueldad persistente... Pero si efectivamente sirvió en el ejército y fue enviado al St. Elizabeth... En fin, existe una posibilidad, pequeña pero real, de que sea... —Lucius se interrumpió, al parecer temeroso de pronunciar la palabra «él».

La idea parecía correcta, pero nuestro ánimo esperanzado recibió una ducha fría con la llamada telefónica de Kreizler. Después de tenerle esperando un buen rato, finalmente logró que el director del St. Elizabeth se pusiera al teléfono, pero éste trató con absoluto desprecio la petición de Laszlo para que le facilitara mayor información. Al parecer lo sabía todo sobre el famoso doctor Kreizler, y opinaba lo mismo que muchos directores de manicomios por lo que se refería a mi amigo. Kreizler preguntó si no había otro miembro del personal del hospital que pudiera investigar el asunto, a lo que el director replicó que su personal estaba muy ocupado y que ya había prestado una ayuda «extraordinaria» en este asunto. Si Kreizler quería meter las narices en los archivos del hospital, pues que fuera a Washington y lo hiciera personalmente.

La dificultad estaba en que Kreizler no podía dejarlo todo y salir disparado a la capital. Tampoco podíamos hacerlo ninguno de nosotros pues estábamos a unos pocos días de Pentecostés. No se podía hacer nada como no fuera anotar el viaje a Washington en el primer lugar de la lista de cosas por hacer después de la siguiente noche de vigilia, y luego tragarnos la excitación y concentrarnos pacientemente en el trabajo más inmediato. No obstante, teniendo en cuenta los escasos resultados que habían obtenido nuestros esfuerzos el día de la Ascensión, pensé que semejante concentración sería en cierto modo difícil de lograr.

Sin embargo, cuando llegó el domingo de Pentecostés (la festividad que celebraba el descendimiento del Espíritu Santo sobre los apóstoles), todos regresamos a nuestras moradas nocturnas en las cumbres, y de nuevo esperamos la aparición de nuestro asesino. No puedo asegurar cómo estaban los ánimos en las otras tres azoteas, pero, por lo que a Stevie y a mí se refería, encima del Slide, el aburrimiento no tardó en apoderarse de nosotros. Al ser un domingo por la noche, poco ruido subía formando ecos de Bleecker Street, mientras que los ocasionales gruñidos y siseos del cercano tren elevado de la Sexta Avenida evolucionaban igualmente de la monotonía a algo adormecedor. Al poco rato, todos mis esfuerzos se concentraban en mantenerme despierto. A eso de las doce y media observé que Stevie desplegaba silenciosamente una baraja de cartas y formaba trece montoncitos sobre el suelo embreado frente a él.

—¿Un solitario? —musité.

—El faro judío —contestó, utilizando el término hampón del juego, un sistema particularmente dudoso y complicado de engañar a los incautos que yo nunca había sido capaz de comprender. Ante la posibilidad de llenar este vacío en mi educación como jugador de apuestas, me senté junto a Stevie, quien durante casi una hora intentó explicarme el juego. No logré entender nada, y al final, tan frustrado como aburrido, me levanté y me quedé contemplando la ciudad a nuestro alrededor.

—Es inútil —decidí en voz baja—. Él nunca se presentará... —Me volví para a mirar en dirección a Cornelia Street—. Me pregunto qué estarán haciendo los demás.

El edificio donde estaba el Black and Tan —donde Cyrus y Lucius se hallaban apostados— se encontraba justo al otro lado de la calle, y mirando por encima de la cornisa pude ver la coronilla calva de Lucius reflejándose bajo la luz de la luna. Reí por lo bajo, lo cual atrajo la atención de Stevie.

—Debería llevar sombrero —comentó éste, riendo—. Si nosotros podemos verle, también podrán otros.

—Es verdad —contesté, y luego, mientras la cabeza calva cambiaba de sitio en la azotea, para finalmente desaparecer, le pregunté lleno de perplejidad—: ¿Tú crees que Lucius ha crecido desde que empezamos esta investigación?

—Debe de haberse encaramado sobre la pared divisoria —replicó Stevie, volviendo a sus cartas.

De este modo tan inocuo se anuncian los desastres.

Pasó otro cuarto de hora antes de que una serie de gritos de alarma, que reconocí eran de Lucius, empezaran a oírse al otro lado de Cornelia Street. Y cuando miré hacia allí, la intensidad y el temor que vi en el rostro del sargento detective bastaron para que inmediatamente cogiera del cuello a Stevie y me dirigiera hacia la escalera. Incluso para mi cansado y aburrido cerebro estaba claro que por primera vez habíamos contactado con el asesino.

26

Una vez en la acera, Stevie y yo enviamos al contingente de golfillos que allí esperaban en busca de Kreizler, Roosevelt, Sara y Marcus, y cruzamos corriendo Cornelia Street en dirección al Black and Tan. Al ir a entrar por la puerta del edificio nos encontramos con Frank Stephenson, que salía de su ignominioso burdel alertado por los gritos de Lucius pidiendo auxilio. Como la mayoría de los de su profesión, Stephenson recurría a menudo a los matones, algunos de los cuales estaban de pie a su lado sobre los peldaños, bloqueando la entrada. Sin embargo, yo no estaba de humor para empezar con ellos el habitual juego de amenaza y contraamenaza: le dije simplemente que estábamos en una misión policial, que había un agente de la policía en la azotea y que el presidente de la Junta de Comisarios de la Policía no tardaría en llegar. Esta letanía fue suficiente para conseguir que Stephenson y sus muchachos nos dejaran pasar, y en cuestión de segundos Stevie y yo llegamos a la azotea del edificio. Encontramos a Lucius agachado sobre Cyrus, quien había sufrido un fuerte golpe. Un pequeño charco de sangre brillaba sobre el embreado, bajo la cabeza de Cyrus, al tiempo que sus ojos medio abiertos aparecían espantosamente en blanco en sus cuencas y de su boca salían ansiosos jadeos. Lucius, precavido como siempre, había traído consigo algunas vendas y ahora las envolvía cuidadosamente en torno a la parte superior de la cabeza de Cyrus, en un esfuerzo por estabilizar lo que como mínimo era una conmoción cerebral.

—Ha sido culpa mía —exclamó Lucius, incluso antes de que Stevie o yo le hiciéramos ninguna pregunta. A pesar de la fuerte concentración en lo que estaba haciendo, había profundos remordimientos en su voz—. Tenía dificultades en seguir despierto y he bajado a tomar un café. Ya no me acordaba de que era domingo, así que he tardado más de lo que pensaba en encontrar un sitio abierto. Pero no habré estado fuera más de quince minutos.

—¿Quince minutos? —exclamé, corriendo hacia la parte trasera de la azotea—. ¿Y esto ha sido tiempo suficiente? —Atisbé al interior del callejón de la parte de atrás y no vi señal alguna de actividad.

—No lo sé —contestó Lucius—. Habrá que ver qué opina Marcus.

Éste y Sara llegaron a los pocos minutos, seguidos de cerca por Kreizler y Theodore. Marcus se detuvo un momento para comprobar el estado de Cyrus, e inmediatamente sacó una lupa y una pequeña linterna y se dispuso a inspeccionar distintas partes de la azotea. Después de explicar que quince minutos eran tiempo suficiente para que un hábil escalador subiera y bajara por la pared del edificio, Marcus siguió hurgando por allí hasta que encontró algunas fibras que podían ser —o no— una prueba de la presencia de nuestro asesino. La única forma de estar seguros era averiguar si alguno de los «empleados» de Frank Stephenson había desaparecido. Respaldado por Theodore, Marcus se dirigió abajo, mientras los demás nos quedábamos en torno a Lucius y a Kreizler, que estaban atendiendo la cabeza de Cyrus. Kreizler envió a Stevie a ordenar a los golfillos que fueran en busca de una ambulancia a St. Vincent, el hospital más cercano, aunque no estaba seguro de si sería conveniente mover a un hombre en el estado de Cyrus. Sin embargo, después de hacerle volver en sí con sales de amoníaco, Kreizler comprobó que Cyrus aún notaba sensibilidad en las piernas y que podía moverlas, lo cual le dio cierta seguridad de que el ajetreado viaje al hospital subiendo por la Séptima Avenida, aunque incómodo, no provocaría mayores lesiones. Era evidente la preocupación de Kreizler por Cyrus; aun así, antes de permitirle volver a la semiinconsciencia le deslizó más amoníaco por debajo de la nariz y se apresuró a preguntarle si había conseguido ver a la persona que le había golpeado. Cyrus se limitó a sacudir la cabeza y a gemir lastimosamente, ante lo cual Lucius le dijo a Kreizler que era inútil que siguiera presionándole. La herida en el cráneo indicaba que le habían golpeado por detrás, de modo que lo más probable era que en ningún momento se hubiese dado cuenta de lo que ocurría.

Pasó otra media hora antes de que llegara la ambulancia del St. Vincent, tiempo más que suficiente para que nos enteráramos de que, efectivamente, un chico de catorce años había desaparecido de su cuarto en el Black and Tan. Los detalles eran de los que a estas alturas ya nos resultaban familiarmente sombríos: el muchacho desaparecido era un inmigrante recién llegado de Alemania llamado Ernst Lohmann, a quien nadie había visto abandonar el local, y que estaba trabajando en una habitación que disponía de una ventana que daba al callejón de atrás. Según Stephenson, el muchacho había pedido aquella habitación especialmente para ese día, así que con toda probabilidad el asesino había planeado por adelantado la huida junto con su incauta víctima, aunque era imposible asegurar si con horas o días de anticipación. Antes de bajar le dije a Marcus que el Black and Tan no era particularmente conocido por facilitar jóvenes que se vistieran de mujer, y él preguntó a Stephenson al respecto. Efectivamente, el único muchacho de la casa que reunía tales requisitos era Ernst Lohmann.

Al final aparecieron en la azotea dos auxiliares de ambulancia uniformados y con una camilla, procedentes del St. Vincent. Mientras se llevaban a Cyrus abajo, y luego lo cargaban en la solemne ambulancia negra tirada por un caballo igualmente negro con los ojos inyectados en sangre, comprendí que a partir de aquellos momentos empezaba una terrible espera mortal: no por Cyrus, que aunque estaba gravemente herido era casi seguro que se recuperaría por completo, sino por el joven Ernst Lohmann. Después de que partiera la ambulancia hacia el hospital, con Kreizler y Sara acompañando a Cyrus, Roosevelt se volvió a mirarme y vi que había llegado a la misma conclusión.

—No me importa lo que Kreizler diga, John —dijo Roosevelt, tensando la mandíbula y apretando los puños—. Esto es ahora una carrera contra el tiempo y la barbarie, y pienso utilizar las fuerzas que están a mi mando. —Fui en pos de él mientras corría hacia la Sexta Avenida en busca de un cabriolé—. La comisaría del Distrito Nueve es la más próxima. Desde allí tomaré todas las disposiciones. —Al divisar un carruaje vacío, se fue a por él—. Ya conocemos sus pautas, así que se dirigirá a los muelles. Haré que unos destacamentos lo registren palmo a palmo.

—Espera un momento, Roosevelt. —Logré cogerle del brazo y detenerle cuando se disponía a subir al carruaje—. Comprendo tu estado de ánimo pero, por el amor de Dios, no reveles ninguno de los detalles a tus hombres.

—¿Que no revele...? ¡Dios mío, John! —Sus dientes empezaron a castañetear y sus ojos oscilaron con rabia tras sus gafas—. ¿No te das cuenta de lo que está pasando? ¿No te das cuenta de que en este mismo momento...?

—Lo sé, Roosevelt. Pero no servirá de nada poner en antecedentes a toda la policía. Di sólo que ha habido un secuestro, y que tienes motivos para sospechar que los criminales pretenden abandonar la ciudad en bote o por algún puente. Es la mejor forma de enfocarlo, créeme.

Theodore aspiró con fuerza una enorme bocanada de aire en su amplio pecho y asintió.

—Puede que tengas razón. —Estrelló el puño contra la palma de la otra mano—. ¡Maldito sea este condenado impedimento! Pero haré como tú dices, John... si es que te apartas a un lado y me dejas seguir.

Con un seco chasquido del látigo, el cochero de Roosevelt inició una rápida carrera por la Sexta Avenida, y yo regresé al Black and Tan. Delante ya se había concentrado un pequeño grupo de gente malhumorada, a quien Frank Stephenson explicaba los pormenores de la noche. Técnicamente hablando, el Black and Tan estaba en territorio de los Hudson Dusters, y Stephenson no debía lealtad a Paul Kelly; pero ambos se conocían, y la labor de agitación que llevaba a cabo Stephenson con aquella gente me hizo sospechar que Kelly había previsto la posibilidad de que pudieran secuestrar o matar a alguno de los chicos de Stephenson, y había pagado generosamente a éste para que lo convirtiera en un escándalo. Stephenson hacía hincapié en el hecho de que la policía había estado en el escenario de los hechos y no había tomado ningún tipo de precauciones ni se había tomado interés. La víctima era demasiado pobre, les decía, y tan sólo un extranjero, para merecer la atención de la policía; si la gente de los barrios como el suyo quería evitar aquel tipo de atropellos, no le quedaba otro remedio que tomar las riendas del asunto. Como es lógico, Marcus ya se había identificado como oficial de la policía ante Stephenson, y al ver que la irritación de la gente iba en aumento, y que cada vez eran más las miradas amenazadoras que nos lanzaban, los Isaacson, Stevie y yo decidimos retirarnos a nuestro cuartel general, donde el resto de la noche trataríamos de estar al corriente de los acontecimientos a través del teléfono.

Esto resultó bastante más difícil de lo que pensábamos. No había nadie de nosotros a quien pudiéramos telefonear —Theodore nunca aceptaría una llamada nuestra mientras se encontrara en compañía de algún agente de la policía—, y no era probable que alguien se pusiera en contacto con nuestro cuartel general. A eso de las cuatro recibimos noticias de Kreizler, quien dijo que él y Sara habían dejado a Cyrus cómodamente instalado en una habitación privada del St. Vincent y que pronto regresarían al 808 de Broadway. Pero, aparte de esto, sólo hubo un profundo silencio. Aunque mucho más aliviado después de la llamada de Kreizler, Lucius seguía sintiéndose culpable de lo ocurrido y paseaba frenéticamente de un lado al otro. En realidad, creo que de no haber sido por Marcus nos hubiéramos vuelto locos poco a poco, sentados allí sin nada que hacer. Pero el más alto de los

Isaacson decidió que si no podíamos prestar nuestros cuerpos para la búsqueda, al menos podíamos utilizar nuestras mentes y, señalando el gran plano de Manhattan, sugirió que tratáramos de descubrir adónde iría esta vez el asesino para llevar a cabo su depravado ritual.

De todos modos, aunque no nos hubiese turbado la idea de que los acontecimientos seguían su curso sin que nosotros pudiéramos incidir en ellos, dudo que hubiésemos llegado más lejos en ese empeño. Es cierto que disponíamos de un par de sólidos puntos para empezar: primero, la suposición de que el profundo odio del asesino hacia los inmigrantes había terminado con el abandono de unos cadáveres en Castle Garden y en el transbordador de Ellis Island; segundo, la creencia de que su convicción en la fuerza purificadora del agua le había llevado a seleccionar dos puentes y un depósito de distribución de agua para perpetrar los otros asesinatos. Pero ¿cómo podíamos deducir de estos elementos datos suficientes para determinar qué sitio iba a elegir la próxima vez? Una posibilidad era que recurriera a otro puente, y si dábamos por sentado que se repetiría este hecho, nos quedaba el High Bridge sobre el East River, en el extremo norte de Manhattan (un acueducto que traía el agua del lago Croton a la ciudad), o el cercano puente de Washington, que había sido inaugurado unos años atrás. Pero Marcus había llegado a la conclusión de que el asesino probablemente sabía que sus perseguidores le estaban ganando terreno. Basándonos en el tiempo utilizado para su ataque contra Cyrus, por ejemplo, parecía casi seguro que era él quien nos había estado vigilando desde las primeras horas de la noche, y no al revés. Un hombre que prestaba tanta atención a las actividades de sus enemigos sin duda supondría que confiábamos en su regreso a alguno de sus lugares favoritos e iría a cualquier otra parte. En opinión de Marcus, lo que nos facilitaría la mejor ocasión para averiguar el sitio más probable para el siguiente asesinato era el odio del asesino hacia los emigrantes. Y, siguiendo esta línea de razonamiento, el sargento detective argumentó que el hombre se dirigiría a algún lugar de los muelles donde tenían su sede las compañías navieras que hacinaban en las bodegas de sus buques a montones de aquellos desesperados extranjeros y los traían a América.

Cuando por fin dimos con una respuesta a este mortal acertijo, resultó tan obvia que nos sentimos totalmente avergonzados. A eso de las cuatro y media, justo cuando Kreizler entraba en nuestro cuartel general, Sara telefoneó desde Mulberry Street, adonde había ido para averiguar qué era lo que estaba pasando.

—Han recibido un aviso desde Bedloe's Island —dijo tan pronto como me puse al auricular—. Uno de los vigilantes nocturnos en la estatua de la Libertad... ha encontrado un cadáver. —El corazón me dio un vuelco, y me sentí incapaz de decir nada—. ¡Eh, John! ¿Sigues ahí?

—Sí, Sara, sigo aquí.

—Entonces presta atención, que no puedo hablar mucho rato. Ya hay un grupo de oficiales preparándose para ir allá. El comisario irá con ellos, pero me ha dicho que no deben vernos a nosotros, que hará todo lo posible para que ningún forense examine el cadáver antes de que lo trasladen al depósito, y que procurará que nos dejen pasar para que lo examinemos allí.

—Pero ¿y el escenario del crimen, Sara?

—John, no seas estúpido, por favor. No podemos hacer nada. Ya tuvimos nuestra oportunidad esta noche, y la dejamos escapar... Ahora debemos intentar averiguar lo que podamos, cuando podamos, en el depósito de cadáveres. Mientras tanto... —De pronto oí gritos de fondo en el otro extremo de la línea: una de las voces era de Theodore, otra pertenecía sin duda a Link Steffens, y a las otras no pude identificarlas—. Tengo que colgar, John. Iré tan pronto como sepa algo de la isla. —Y con un chasquido desapareció.

Informé de los detalles a los otros. Necesitamos varios minutos para digerir que no habíamos sido capaces de evitar otro asesinato a pesar de varias semanas de investigación y de varios días de preparativos. Como es lógico, Lucius fue quien peor se lo tomó pues ahora no sólo se consideraba responsable de que a un amigo le hubiesen roto la cabeza, sino de la muerte de un muchacho. Marcus y yo intentamos mostrarnos comprensivos, pero no conseguimos consolarlo. Kreizler, por otra parte, adoptó una actitud realista, y le dijo a Lucius que dado que el asesino había estado observando nuestros esfuerzos, sin duda al final habría hallado un modo de realizar con éxito su ataque, ya fuera aquella noche o cualquier otra. Bastante fortuna era, dijo, que la conmoción de Cyrus hubiese sido nuestro mayor percance: Lucius también podía haber sido atacado en aquella azotea y sufrir algo más que un simple golpe en la cabeza. No había tiempo para autoinculpaciones, concluyó Kreizler: era fundamental que la perspicaz mente de Lucius, junto con su experiencia, no se vieran afectadas por un sentimiento de culpa. Este breve discurso pareció significar muchísimo para Lucius, tanto por el autor como por el contenido, y pronto se halló lo bastante recuperado como para unirse a nuestros esfuerzos a fin de resumir lo que habíamos aprendido esta noche, si es que habíamos aprendido algo.

Cada movimiento del asesino había confirmado nuestras teorías respecto a su naturaleza y a sus métodos. Pero el aspecto más importante de su conducta, por lo que a Kreizler se refería, era la atención que había prestado a nuestros esfuerzos y su ataque a Cyrus. ¿Por qué había elegido llevarse a Ernst Lohmann, si sabía que nosotros estábamos vigilando? Y una vez decidido por este plan tan peligroso, ¿por qué se había limitado a dejar inconsciente a Cyrus, en lugar de matarlo? A fin de cuentas, aquel hombre sabía que si lo atrapaban iría a la horca, y que sólo podían colgarlo una vez. ¿Por qué correr el riesgo de que Cyrus le plantara batalla, viera a su atacante durante la pelea y viviera para contarlo todo? Kreizler no estaba muy seguro de que pudiéramos responder de un modo definitivo a todas estas preguntas, pero al menos estaba claro que el hombre había disfrutado aquella noche con la sensación de haber corrido un gran riesgo. Y, dado que sabía que nos estábamos acercando cada vez más, tal vez dejar a Cyrus vivo fuera una forma de desafiarnos, al mismo tiempo que una súplica desesperada.

Por muy importante que esto fuera, mientras Kreizler hablaba yo no podía evitar que mi mente viajara hacia lo que había ocurrido en Bedloe's Island aquella noche. Debajo de la gran estatua de Bartholdi —que para muchos simbolizaba la libertad, pero que ahora, en mi mente, era un irónico emblema de la esclavitud de nuestro asesino a una mortal obsesión—, otro muchacho había hallado un final terrible e inmerecido. Intenté sofocar la vaga pero poderosa imagen de un muchacho al que nunca había visto, atado y de rodillas debajo de la estatua de la Libertad, confiando plenamente en el hombre que estaba a punto de retorcerle el cuello, y luego experimentando el breve, repentino e insoportable horror de comprender que le había entregado imprudentemente su confianza, y que por su error iba a pagar el más elevado de los precios posibles. Seguidamente, en una rápida sucesión, otras imágenes centellearon por mi mente: primero el cuchillo, aquel terrible instrumento creado para enfrentarse a los peligros de un mundo muy distinto al de Nueva York; a continuación los movimientos, morosos y precisos de aquella hoja a través de la carne, y los tajos poco profundos, miserables, en las extremidades; la sangre, al no ser bombeada ya por el corazón, derramándose sobre la hierba y las piedras mediante pausados y densos riachuelos; y el nauseabundo chirriar y rechinar de la afilada hoja de acero contra las órbitas oculares... En aquello no había nada que se pareciera a la justicia o a la humanidad. Fuera cual fuese el medio con que Ernst Lohmann se ganara la vida, o su equivocación al confiar en un desconocido, el castigo era desmesuradamente severo, el precio abominablemente elevado. Cuando mi atención regresó a la conversación que allí tenía lugar, oí que Kreizler musitaba con un ansia frustrada:

—Algo... Tiene que haber algo nuevo que hayamos averiguado esta noche.

Ni Marcus, ni Lucius, ni yo dijimos nada; pero Stevie,

que nos miraba indeciso, parecía tener algo que decir, y finalmente lo soltó:

—Bueno, hay una cosa, doctor. —Kreizler se volvió expectante hacia él—. Que se está quedando calvo.

Y entonces me acordé de la cabeza que nos había parecido la de Lucius, pero que iba unida a un cuerpo demasiado alto para ser el del sargento detective.

—¡Es cierto! —exclamé—. Le hemos visto... ¡Oh, Stevie! ¡Por un momento lo hemos visto!

—¿Y bien? —inquirió Kreizler—. ¿No habéis visto nada más?

Miré a Stevie, quien se limitó a encogerse de hombros. Evoqué aquel preciso momento, ansioso por descubrir un detalle olvidado, un instante desapercibido en el que claramente había visto, algo… La coronilla de una cabeza calva. Esto era todo cuanto había podido ver.

Kreizler suspiró decepcionado.

—¿Calvo, eh? —preguntó, al tiempo que escribía el dato en la pizarra—. Bueno, eso es más de lo que sabíamos ayer.

—No parece gran cosa —dijo Lucius—, si lo comparamos con la vida del muchacho...

A los pocos minutos, Sara volvió a telefonear por fin. El cuerpo de Ernst Lohmann ya iba camino del depósito de cadáveres del Bellevue. Como es natural, el vigilante que lo había encontrado no había visto nada del asesinato, pero poco antes de descubrir al chico muerto había oído un ruido que podía ser de una lancha a vapor alejándose de la isla. Roosevelt le había dicho a Sara que necesitaría algún tiempo para librarse de los oficiales de la policía que le acompañaban; que si queríamos encontrarnos con él en el Bellevue a las seis y media estaba seguro de que nos permitirían examinar el cadáver sin impedimentos. Esto nos dejaría libre algo más de una hora, así que decidí ir a casa para bañarme y cambiarme de ropa antes de reunirme con los demás en el depósito.

Cuando llegué a Washington Square descubrí que mi abuela, sorprendentemente, todavía estaba durmiendo. En cambio Harriet ya estaba levantada, y se ofreció para prepararme el baño. Mientras subíamos las escaleras, le comenté lo del profundo sueño de mi abuela.

—Oh, sí, señor —dijo Harriet—. Desde que se enteró de la noticia ha estado mucho más tranquila.

—¿La noticia? —inquirí, confuso por el cansancio.

—¿Es que no se ha enterado, señor? La noticia sobre el horrible doctor Holmes... Salió en todos los periódicos ayer. Creo que el *Times* todavía está en la galería, si quiere que se lo...

—No, no —la interrumpí cuando se disponía a bajar—. Ya iré yo. Usted prepáreme el baño, Harriet, y seré su esclavo toda la vida.

—No hace falta, señorito John —contestó, volviendo a subir.

Encontré el *Times* del día anterior en la galería de cobre y cristal, junto al sillón favorito de mi abuela. El reportaje se anunciaba a toda página en la portada: «Holmes impertérrito hasta el final.» En Filadelfia, el famoso «doctor torturador» había muerto en la horca después de confesarse, sin ningún tipo de remordimientos, autor del asesinato de veinte personas, la mayoría mujeres a las que había conquistado y robado. La trampilla había caído a las 10.12 de la mañana, y veinte minutos después lo habían declarado muerto. Como medida suplementaria —el periódico no explicaba contra qué—, después de meterle en el ataúd lo habían llenado de cemento, luego lo habían depositado en una fosa de tres metros en un cementerio anónimo, dentro de la que habían vertido otra tonelada de cemento.

Mi abuela aún no se había despertado cuando volví a salir de casa, en dirección al Bellevue. De hecho, más tarde supe por Harriet que había estado durmiendo hasta pasadas las diez.

27

Tal como acontecieron las cosas, al final la mayor dificultad en la visita al depósito de cadáveres el lunes por la mañana no se debió a ningún enfrentamiento con el personal de la institución. Todos eran demasiado novatos (recientemente habían sustituido a un grupo al que habían despedido por vender cadáveres a los estudiantes de anatomía, a ciento cincuenta dólares cada uno) y poco seguros de su autoridad para enfrentarse a Roosevelt. No, nuestra mayor dificultad consistió simplemente en entrar en el edificio, pues se había concentrado allí otra encolerizada multitud de vecinos del Lower East Side para exigir una explicación de por qué seguían asesinando a sus chicos, y por qué aún no se había detenido a ningún sospechoso. La gente estaba mucho más indignada que la que se había reunido frente a Castle Garden. No se mencionaba para nada la profesión de Ernst Lohmann o su forma de vivir (al parecer no tenía familia a la que pudiéramos localizar): al muchacho se le retrataba como a un inocente, abandonado, a merced del Departamento de Policía, del Gobierno Municipal y de una clase alta a la que no le importaba cómo vivía ni quién era el responsable de su muerte. Esta exposición más sistemática —por no decir política— de la situación de Lohmann y de las comunidades de inmigrantes en general, podía deberse a que había un buen número de alemanes entre la multitud. Pero yo sospechaba que tenía que ver mucho más con la creciente influencia de Paul Kelly, aunque no le vi a él ni a su berlina por ningún lado cerca del depósito de cadáveres cuando nos abrimos paso hacia allí entre la multitud.

Entramos en el deprimente edificio de ladrillo rojo por una puerta trasera de hierro negro; Sara, los Isaacson y yo apiñados en torno a Laszlo para que nadie pudiera ver su cara. Roosevelt se reunió con nosotros en el vestíbulo, y después de despedir a un par de ayudantes que querían saber qué buscábamos nos acompañó directamente a la sala de disección. Era tan intenso el hedor a formol y a descomposición en aquella nauseabunda cámara, que parecía desconchar la amarillenta pintura de las paredes. En cada esquina había mesas con cadáveres tapados, y antiguos y desportillados tarros de especímenes con distintas partes del cuerpo humano, colocados en una serie de estantes combados. En el centro del techo colgaba una enorme lámpara eléctrica y debajo de ésta había una oxidada mesa de operaciones, que, en un lejano pasado, se habría parecido sin duda a las que Laszlo tenía en el anfiteatro del sótano del Instituto. Encima de la mesa se hallaba un cuerpo, cubierto con una sábana húmeda y sucia.

Lucius y Kreizler se acercaron de inmediato a la mesa y Lucius apartó la sábana de un tirón, deseando enfrentarse lo más pronto posible —pensé yo— al muchacho de cuya muerte se sentía plenamente responsable. Marcus le siguió de cerca, pero Sara y yo nos quedamos junto a la puerta pues no queríamos aproximarnos al cadáver si podíamos evitarlo. Kreizler sacó su pequeño bloc de notas y a continuación empezó el recitado habitual: Lucius enumerando las heridas que el muchacho había sufrido, con voz monótona a la vez que —paradójicamente— apasionada.

—Extirpación completa de los genitales por la base... Extirpación de la mano derecha justo por encima de la articulación de la muñeca: tanto el cúbito como el radio perfectamente cercenados... Heridas laterales en la cavidad abdominal, con los consiguientes daños en el intestino delgado... Daños masivos en todo el sistema arterial dentro del tórax, y aparente extirpación del corazón... Extracción del ojo izquierdo, con los consiguientes daños en el hueso malar y en el borde supraorbital de este lado... Extirpación de las secciones del cuero cabelludo que cubren los huesos occipital y parietal del cráneo...

Era sin duda una siniestra enumeración, y yo intentaba no escucharla, pero uno de los últimos datos me llamó la atención.

—Perdona, Lucius —le interrumpí—, pero ¿has dicho que le han extraído el ojo izquierdo?

—Sí —fue su respuesta inmediata.

—¿Sólo el izquierdo?

—Sí —contestó Kreizler—. El derecho está intacto.

Marcus nos miró nervioso.

—Han debido interrumpirle.

—Parece la explicación más razonable —comentó Kreizler—. Probablemente detectó al vigilante que se acercaba. —Luego señaló el centro del cuerpo—. Esto del corazón es nuevo, sargento detective.

Marcus se acercó presuroso a la puerta.

—Comisario Roosevelt —dijo—, ¿podría concedernos otros cuarenta y cinco minutos aquí?

Roosevelt comprobó la hora.

—Será muy justo. El nuevo encargado y su personal suelen llegar a las ocho. ¿Por qué, Isaacson?

—Necesito algunas cosas de mi equipo... Para un experimento.

—¿Un experimento? ¿Qué clase de experimento? —Para Theodore, reconocido naturalista como era, la palabra «experimento» tenía tanta fuerza como la palabra «acción».

—Hay algunos expertos —explicó Marcus— que piensan que, en el momento de la muerte, el ojo humano registra permanentemente la última imagen que ve... Se cree que la imagen puede fotografiarse utilizando el propio ojo a modo de lente. Me gustaría comprobarlo.

Roosevelt consideró unos instantes la propuesta.

—¿Cree que el muchacho puede haber muerto mirando al asesino?

—Existe la posibilidad.

—¿Y la persona que lo examine después podría descubrir que ha hecho usted la prueba?

—No, señor.

—Hummm. Es una idea. De acuerdo. —Theodore asintió abiertamente—. Vaya a buscar su equipo. Pero se lo advierto, sargento detective, a las ocho menos cuarto tenemos que estar fuera de aquí.

Marcus salió disparado hacia la puerta posterior del edificio. Cuando se hubo marchado, Lucius y Kreizler siguieron manoseando y hurgando en el cadáver, y al final me dejé caer al suelo, agotado y desalentado más allá del punto en que las piernas podían sostenerme. Miré hacia Sara con la esperanza de hallar cierta comprensión en su rostro, pero en cambio vi que miraba fijamente el extremo inferior de la mesa de disección.

—Doctor —dijo por fin, con voz queda—, ¿qué es lo que le ocurre al pie?

Laszlo se volvió, miró a Sara, luego siguió la mirada de ella hasta el pie derecho del muchacho muerto, que colgaba por encima del borde de la mesa. Parecía hinchado y mostraba un ángulo extraño en relación con la pierna; pero aquello no era nada comparado con el resto de las heridas del cuerpo, de modo que no resultaba extraño que a Lucius se le hubiera pasado por alto.

Kreizler cogió el pie y lo examinó con atención.

—*Talipes varus* —anunció finalmente—. El muchacho tenía un pie zopo.

Esto atrajo mi interés.

—¿Un pie zopo?

—Sí —contestó Kreizler, dejando caer de nuevo la extremidad.

Supongo que esto era una muestra de hasta qué punto se habían entrenado nuestras mentes en las últimas semanas pues, agotados como estábamos, todavía fuimos capaces de deducir un importante conjunto de implicaciones a partir de una deformidad bastante corriente que había afligido a la última víctima. Empezamos a discutir estas implicaciones con todo detalle y proseguimos hasta que Marcus regresó con su equipo fotográfico y lo dispuso todo para tomar sus fotografías experimentales. Posteriores interrogatorios a quienes habían conocido a Lohmann en el Black and Tan confirmaron nuestras especulaciones, así que quizá valga la pena mencionarlas.

Sara sugirió que tal vez el asesino se hubiera sentido atraído hacia Lohmann debido a una especie de identificación con la condición física del muchacho. Pero si Lohmann se hubiera resentido ante cualquier comentario sobre su deformidad —algo muy posible en un muchacho de su edad y ocupación—, habría reaccionado negativamente ante tales expresiones compasivas. A su vez, esta reacción habría espoleado el odio habitual del asesino contra los muchachos altaneros. Kreizler estuvo de acuerdo con todo esto, y más tarde explicó que la traición inherente al rechazo de Lohmann hacia la compasión del asesino habría despertado en éste un odio nuevo y aun más profundo. Esto respondería perfectamente al hecho de que al muchacho le faltara el corazón: al parecer, el asesino pretendía llevar hasta un nuevo extremo las mutilaciones, pero el vigilante le había interrumpido. Todos sabíamos que esto provocaría nuevos problemas... No nos enfrentábamos a un hombre que reaccionara muy bien ante bruscas interrupciones en sus momentos de intimidad, por nauseabundos que éstos pudieran ser.

En este punto de nuestra conversación, Marcus anunció que estaba listo para llevar a cabo su experimento, ante lo cual Kreizler se alejó unos pasos de la mesa de operaciones para permitir que instalaran cerca del cadáver algunas piezas del equipo que Marcus había traído consigo. Después de pedir que apagáramos la bombilla eléctrica que colgaba del techo, Marcus le dijo a su hermano que levantara lentamente de su cuenca el ojo que le quedaba a Ernst Lohmann. Cuando Lucius lo hubo hecho, Marcus cogió una pequeña lámpara incandescente y la situó detrás del ojo, sobre el cual enfocó la cámara. Después de exponer dos placas sobre esta imagen, activó dos pequeños cables, cuyos extremos se hallaban al descubierto. Conectó estos cables a los nervios del ojo, activó estos últimos y sacó varias placas más. Como paso final, apagó la lámpara incandescente y sacó dos fotografías del ojo sin iluminar, pero todavía activado eléctricamente. Todo aquello me pareció bastante extraño (más tarde averiguaría que el novelista francés Julio Verne había descrito este procedimiento en una de sus extravagantes novelas), pero Marcus estaba absolutamente esperanzado, y cuando volvimos a encender la lámpara del techo comunicó su determinación de regresar inmediatamente al cuarto oscuro.

Habíamos guardado ya todo el equipo de Marcus y nos disponíamos a salir cuando vi a Kreizler observando el rostro de Lohmann, con mucha menos indiferencia que la que había demostrado cuando examinaba el cuerpo. Sin mirar el mutilado cuerpo, me acerqué a Laszlo y apoyé una mano en su hombro.

—El reflejo de una imagen —murmuró Kreizler. Al principio pensé que se refería a alguna parte del procedimiento de Marcus, pero entonces me acordé de la conversación que habíamos mantenido semanas atrás, cuando me comentó que el estado del cuerpo de las víctimas era en realidad un reflejo de la devastación psíquica que perpetuamente corroía a nuestro asesino.

Roosevelt se acercó a mi lado, los ojos fijos también en el cadáver.

—La visión es todavía peor en este lugar —murmuró en voz baja—. Más clínica. Totalmente deshumanizada...

—¿Pero por qué esto? —preguntó Kreizler, a nadie en especial—. ¿Por qué exactamente esto? —Señaló con una mano el cadáver, y comprendí que se refería a las mutilaciones.

—Sólo el diablo lo sabe —contestó Theodore—. Nunca he visto nada parecido, a excepción del ataque de un piel roja.

Laszlo y yo nos quedamos paralizados, y luego nos volvimos silenciosamente hacia él. Nuestras miradas debieron ser bastante intensas pues Theodore se puso inmediatamente a la defensiva.

—¿Se puede saber qué os pasa ahora? —inquirió, ligeramente irritado.

—Roosevelt —inquirió por fin Lazlo, avanzando un paso—, ¿te importaría repetir lo que acabas de decir?

—Se me ha acusado de muchas cosas cuando hablo, pero nunca de murmurar. Creo que he hablado con bastante claridad.

—Sí, sí, así es. —Los Isaacson y Sara se habían acercado, intuyendo algo importante en la excitación que había aparecido en los rasgos antes abatidos de Laszlo—. ¿Pero qué has querido decir exactamente?

—Tan sólo estaba pensando —explicó Roosevelt, todavía un poco a la defensiva— en los únicos actos de violencia como éstos con que me he topado en la vida... Fue cuando tenía el rancho en los Badlands de Dakota. Vi varios cuerpos de hombres blancos a los que habían matado los indios como advertencia para los otros colonos. Los cadáveres estaban horriblemente mutilados, de forma muy parecida a éste, imagino que en un intento por aterrorizarnos a los demás.

—Sí —dijo Laszlo, tanto para sí como para Theodore—. Supongo que eso es lo que uno podría pensar. Pero ¿sería ése realmente el propósito? —Kreizler empezó a pasear en torno a la mesa de operaciones, frotándose lentamente el brazo izquierdo y asintiendo—. Un modelo, él necesita un modelo... Es demasiado consecuente, demasiado meditado, excesivamente... estructurado. Está copiándolo de algo... —Después de consultar la hora en su reloj de plata, Laszlo se volvió hacia Theodore—. Oye, Roosevelt, ¿sabes por casualidad a qué hora abre las puertas el Museo de Historia Natural?

—Por fuerza tengo que saberlo —contestó Theodore con orgullo—pues mi padre fue uno de los fundadores, y yo mismo estoy comprometido en...

—¿A qué hora, Roosevelt?

—A las nueve.

Kreizler asintió.

—Perfecto. Moore, tú vendrás conmigo. En cuanto a los demás... Marcus, vaya a su cuarto oscuro y compruebe si su experimento ha dado algún resultado... Sara, tú y Lucius regresad al cuartel general en Broadway y poneos en contacto con el Ministerio de la Guerra en Washington. Averiguad si conservan los informes de los soldados que han desechado por enfermedad mental. Decidles que sólo estamos interesados en soldados que hayan servido en el Ejército del Oeste. Si no podéis poneros en contacto por teléfono, enviad un telegrama.

—Conozco a algunas personas en el ministerio —intervino Roosevelt—. Si puede seros de alguna ayuda...

—Por supuesto que sí —replicó Laszlo—. Sara, anota los nombres. ¡Vamos, vamos, moveos!

Mientras Sara y los Isaacson se marchaban, llevándose consigo el equipo de Marcus, Kreizler regresó adonde estábamos Roosevelt y yo.

—¿Te has dado cuenta de lo que estamos buscando, Moore?

—Sí —dije—. Pero ¿por qué en el museo?

—Por un amigo mío. Franz Boas. Él podrá decirnos si unas mutilaciones como éstas tienen algún significado cultural entre las tribus indias. Y si éste fuera el caso, Roosevelt, las encarecidas felicitaciones serían para ti. —Kreizler volvió a colocar la sucia sábana encima del cadáver de Ernst Lohmann—. Por desgracia dejé que Stevie se llevara la calesa a casa, lo cual significa que tendremos que coger un carruaje. ¿Podemos dejarte en algún sitio, Roosevelt?

—No —contestó éste—. Prefiero quedarme y borrar vuestras huellas... Habrá un montón de preguntas, teniendo en cuenta esta multitud. Pero os deseo una buena caza, caballeros.

Durante el tiempo que habíamos estado examinando los restos de Lohmann, había crecido la cantidad de gente irritada ante el depósito de cadáveres. Al parecer Sara y los Isaacson habían conseguido pasar sin incidentes entre la multitud pues no vimos rastro de ellos. Tan sólo habíamos logrado cruzar la mitad del trayecto hasta la entrada principal del hospital, con la multitud observándonos desconfiada a cada paso que dábamos, cuando un tipo fornido, de cabeza cuadrada y empuñando el viejo mango de un hacha, nos interceptó el paso. El hombre dirigió una fría mirada de reconocimiento a Kreizler, y al volverme vi que éste también parecía conocerle.

—¡Ah! —exclamó el hombre, desde lo más profundo de su enorme vientre—. ¡De modo que han mandado a buscar al famoso Herr doctor Kreizler! —Su acento era marcadamente alemán.

—Herr Höpner —le contestó Laszlo, en un tono firme pero cauteloso que indicaba que el hombre podía saber muy bien cómo utilizar el mango del hacha que empuñaba—. Mi colega y yo tenemos asuntos urgentes en otro sitio. ¿Tendría la bondad de apartarse?

—¿Y qué hay del muchacho Lohmann, Herr doctor? —Höpner no se movió—. ¿Tiene usted algo que ver con este asunto? —Algunos de los que aguardaban por allí cerca repitieron entre murmullos la pregunta, como un eco.

—No tengo idea de qué me está hablando, Höpner —contestó Kreizler, fríamente—. Apártese, por favor.

—¿Ni idea, eh? —Höpner empezó a golpear el palo de madera contra la palma de la otra mano—. Lo dudo mucho. ¿Conocéis al buen doctor, *meine Freunden*? —preguntó, dirigiéndose a la gente que le rodeaba—. Es el famoso alienista que destruye las familias... ¡El que se lleva a los niños de sus hogares! —Por todos lados se oyó una exclamación de sorpresa—. ¡Exijo saber qué papel desempeña en este asunto, Herr doctor! ¿Ha robado al muchacho Lohmann a sus padres, como a mí me robó a mi hija?

—Ya se lo he dicho —exclamó Laszlo, haciendo rechinar los dientes—. No sé nada de ningún chico llamado Lohmann. Y por lo que se refiere a su hija, Herr Höpner, fue ella misma quien me pidió que la sacara de casa, porque usted no dejaba de pegarle con un palo... Imagino que un palo no muy distinto del que ahora lleva.

La multitud contuvo de golpe la respiración, y los ojos de Höpner se abrieron desmesuradamente.

—¡Lo que un hombre hace con su familia en su casa es algo que sólo a él le interesa! —protestó.

—Su hija opinaba todo lo contrario —dijo Kreizler—. Y ahora, por última vez... *raus mit du!*

Fue una orden para que se apartara, como la que hubiera podido darse a un sirviente o a cualquier subalterno. Pareció como si a Höpner le hubiesen escupido. Levantó el mango del hacha en un intento de abalanzarse contra Kreizler, pero de pronto se detuvo cuando un terrible alboroto se elevó de algún lugar a nuestras espaldas. Al volverme hacia la multitud pude ver la cabeza de un caballo y el techo de un carruaje avanzando hacia nosotros. Y distinguí también una cara que me era conocida: la de *Cómetelos* Jack McManus. Iba colgado del estribo del carruaje, haciendo girar el gigantesco brazo derecho que durante una década le había convertido en una formidable figura de los cuadriláteros, antes de que abandonara la lucha libre para trabajar como matón... para Paul Kelly.

La elegante berlina de Kelly, con sus brillantes lámparas de bronce a cada lado, se abrió paso hacia donde estábamos. El pequeño y nervudo hombre que iba en el asiento del cochero hizo restallar el látigo como advertencia general, y la gente, consciente de quién iba dentro del vehículo, se apartó sin protestar. Jack McManus saltó al suelo en cuanto se detuvieron las ruedas, miró amenazadoramente a la multitud y se enderezó el gorro de minero. Finalmente abrió la portezuela de la berlina.

—¡Les sugiero que suban, caballeros! —dijo una voz burlona desde el interior del carruaje, y el atractivo rostro de Kelly apareció en el hueco de la puerta—. Ya saben lo que es capaz de hacer una multitud enardecida.

28

—¡Ah! ¿Los ven? —Kelly estaba realmente satisfecho mientras se volvía a mirar la multitud durante nuestra agitada huida del Bellevue—. ¡Por una vez estos cerdos han dejado de hincarse de rodillas! ¿Acaso no compensa esto unas cuantas noches de insomnio en el distrito de las mansiones, Moore? —Yo iba sentado al lado de Kreizler, frente a Kelly, en el asiento delantero de la berlina, y cuando el gángster se volvió hacia nosotros, dio un golpe en el suelo con su bastón de puño dorado y volvió a reír—. Esto no durará mucho, por supuesto... Antes de que al chico Lohmann lo hayan enterrado, éstos ya habrán vuelto a meter a sus hijos en fábricas para que los exploten por un dólar a la semana. Hará falta más de un prostituto muerto para que ellos sigan adelante... Pero de momento ésta es una visión espléndida. —Kelly tendió a Kreizler la mano derecha, cuyos dedos estaban abarrotados de sortijas—. ¿Cómo está usted, doctor? Es un auténtico honor.

Laszlo aceptó la mano con mucha cautela.

—Señor Kelly. Por lo que veo, al menos hay alguien a quien esta situación le parece divertida.

—Así es, doctor, así es. ¡Por eso la he organizado! —Ni Kreizler ni yo hicimos ningún comentario ante aquel reconocimiento—. Oh, vamos, caballeros, ¿de veras creen que gente como ésta protestaría por sí sola, sin algo de estímulo? Además, un poco de dinero en los sitios adecuados tampoco hace daño. Y debo añadir que nunca hubiese creído que iba a encontrarme con el eminente doctor Kreizler en una situación como ésta. —Su sorpresa era claramente falsa—. ¿Puedo dejarlos en algún sitio, caballeros?

Me volví hacia Kreizler.

—Eso nos ahorrará tener que buscar carruaje —dije, ante lo que mi amigo asintió; luego me volví hacia Kelly—. Al Museo de Historia Natural. En la Setenta y siete con...

—Ya sé dónde es, Moore. —Kelly golpeó con el bastón en el techo de la berlina y ordenó con tono autoritario—: Jack, dile a Harry que nos lleve a la Setenta y siete con Central Park Oeste. ¡Y rápido! —Pero enseguida recuperó su encanto canalla—. También estoy algo sorprendido de verle a usted aquí, Moore. Pensaba que después de su encontronazo con Biff habría perdido interés en estos asesinatos.

—Haría falta algo más que Ellison para obligarme a perder ese interés —declaré, confiando en que mi voz sonara más desafiante de lo que yo me sentía.

—Oh, puedo darle más, si quiere —replicó Kelly, volviendo su cabeza hacia Jack McManus. El pinchazo de aprensión que sentí en el estómago debió de reflejarse en mi rostro, porque Kelly se echó a reír a carcajadas—. Tranquilícese. Le dije que no le haría daño mientras mantuviera mi nombre fuera de esto, y usted ha cumplido. Me hubiera gustado que Stephens tuviera su mismo sentido común... Y ahora que lo pienso, Moore, no ha escrito gran cosa últimamente, ¿verdad? —Kelly sonrió con sorna.

—Debo recopilar los hechos antes de publicarlos.

—Por supuesto. Y su amigo el doctor ha salido a estirar las piernas, ¿no es así?

Laszlo se removió inquieto en el asiento, pero intervino con voz tranquila:

—Señor Kelly, dado que nos ha ofrecido su carruaje en un momento tan oportuno, ¿le importaría que le hiciese una pregunta?

—Adelante, doctor. Quizá le resulte difícil creerlo, pero siento un profundo respeto por usted. Incluso leí una monografía que escribió hace tiempo. —Kelly soltó una carcajada—. Una buena parte de la monografía, en todo caso.

—Se lo agradezco —contestó Kreizler—. Pero dígame una cosa. Aunque sé muy poco sobre estos asesinatos de que usted habla, siento curiosidad por conocer sus motivos para soliviantar, y tal vez poner en peligro, a gente que no tiene nada que ver con el asunto.

—¿Cree que pongo en peligro a esa gente, doctor?

—Sin duda se habrá dado cuenta de que un comportamiento como el suyo tan sólo puede conducir a disturbios y violencia. Buena parte de esa gente inocente corre el peligro de sufrir alguna herida, e incluso de que la encarcelen.

—Es cierto, Kelly —confirmé—. En una ciudad como Nueva York, lo que usted ha puesto en marcha puede írsele de las manos con sorprendente facilidad.

Kelly pensó en ello unos instantes, aunque sin perder la sonrisa.

—Deje que le pregunte una cosa, Moore... Las carreras de caballos se celebran cada día, pero el espectador medio sólo se interesa por las que apuesta. ¿Por qué razón?

—¿Que por qué razón? —inquirí, algo confuso—. Bueno, porque si no arriesga dinero en ello...

—Exactamente —me interrumpió Kelly, riendo solícito—. Ustedes, caballeros, hablan de esta ciudad, de los disturbios y de todo esto... Pero ¿qué arriesgo yo con ello? ¿Qué me importa a mí si Nueva York arde hasta los cimientos? Cuando todo haya terminado, el que quede en pie querrá una copa y alguien con quien pasar una hora a solas... Y yo estaré aquí para proporcionarle la copa y compañía.

—En tal caso —intervino Kreizler—, no entiendo por qué se interesa por este asunto.

—Porque me pone furioso. —El rostro de Kelly se puso serio por primera vez—. Me pone furioso, doctor. Estos cerdos de ahí atrás se alimentan con toda esa basura que los muchachos de la Quinta Avenida les ofrecen tan pronto como bajan del barco, ¿y qué hacen ellos? Se matan unos a otros intentando comerse cada bocado. Se trata de una apuesta estúpida, de un juego fraudulento, como quieran llamarlo, pero hay una parte de mí a la que no le importaría ver que al menos por algún tiempo funcionan de otra manera. —De pronto recuperó su sonrisa—. O puede que en mi actitud existan razones más profundas, doctor. Es posible que usted hallara algo en el... «contexto» de mi vida que lo explicara, si tuviera acceso a esta clase de información. —Ese comentario me dejó muy sorprendido, y vi que Kreizler tampoco lo esperaba. Había algo verdaderamente intimidatorio en la tosca agilidad intelectual de Kelly: la sensación de que era un hombre que podía suponer una seria amenaza en muchos aspectos—. Pero sean cuales sean los motivos —prosiguió radiante nuestro anfitrión, asomándose fuera del carruaje—, disfruto inmensamente con todo este asunto.

—¿Lo bastante como para complicar una solución? —le presionó Kreizler.

—¡Doctor! —Kelly fingió sorpresa—. Tengo la impresión de que me está insultando. —El gángster abrió la tapa del puño del bastón, revelando un pequeño compartimiento lleno de fino polvo cristalino—. ¿Caballeros? —nos ofreció, aunque tanto Laszlo como yo declinamos el ofrecimiento—. Ayuda a que funcione el sistema a estas espantosas horas del día. —Kelly depositó un poco de cocaína sobre la muñeca y la absorbió con fuerza por la nariz—. No me gustaría parecer un esnifador barato, pero no rindo gran cosa por la mañana. —Se limpió la nariz con un fino pañuelo de seda y cerró la tapa del bastón—. En todo caso, doctor, ignoraba que se hubiera intentado solucionar este caso con seriedad. —Miró fijamente a Kreizler—. ¿Sabe usted algo que yo desconozca?

Ni Kreizler ni yo contestamos a la pregunta, lo cual estimuló a Kelly a criticar sarcásticamente la ausencia de esfuerzos oficiales por solucionar los asesinatos. Finalmente la berlina se detuvo un momento en el lado oeste de Central Park. Laszlo y yo bajamos en el cruce de la calle Setenta y siete con la esperanza de que Kelly se hubiese olvidado del asunto, pero cuando nos dirigíamos a la acera, el gángster asomó la cabeza a nuestras espaldas.

—Bueno, doctor Kreizler, ha sido un placer —le dijo—. Y a usted le digo lo mismo, escribano. Sin embargo, permítanme una última pregunta. ¿De veras creen que los peces gordos les van a permitir llevar a cabo esta pequeña investigación?

A mí me cogió con la guardia baja para contestar, pero era evidente que Kreizler se había preparado para la contingencia.

—Yo sólo puedo responder a esta pregunta con otra, Kelly —le replicó—. ¿Tiene usted intención de dejar que la llevemos a cabo?

Kelly alzó la cabeza y contempló el cielo matutino.

—Si he de decirle la verdad, no había pensado en ello. Pero no creo que debiera... Lo cierto es que estos asesinatos me han sido muy útiles, por así decirlo. De modo que si pretenden poner en peligro esta utilidad... Ah, ¿pero qué es lo que estoy diciendo? Si tenemos en cuenta con quién se enfrentan, tendrán suerte si no acaban en la cárcel. —Levantó el bastón en el aire—. Que tengan un buen día, caballeros. ¡Harry, llévanos de nuevo al New Brighton!

Vimos cómo la berlina se alejaba, con *Cómetelos* Jack McManus todavía colgado del estribo, como un mono malévolo y superdesarrollado, y luego nos volvimos hacia los muros y torreones estilo renacimiento temprano del Museo de Historia Natural.

A pesar de que aún no habían transcurrido tres décadas desde su fundación, el museo ya albergaba una serie de expertos de primera línea y un enorme y raro surtido de piedras, animales disecados e insectos ensartados en agujas. Pero de todos los prestigiosos departamentos que tenían su sede en aquel edificio en forma de castillo, ninguno era tan famoso e iconoclasta como el de antropología. Luego supe que el hombre al que íbamos a ver ese día, Franz Boas, era el principal responsable de dicho departamento.

Tendría aproximadamente la misma edad que Kreizler y

había nacido en Alemania, donde había estudiado psicología experimental antes de pasarse a etnología. De modo que había evidentes razones circunstanciales para que Boas y Kreizler se conocieran desde la emigración del primero a Estados Unidos; pero nada de todo esto era tan importante para su amistad como una acusada similitud de ideas profesionales. Kreizler había arriesgado su reputación con la teoría del contexto, la idea de que la personalidad de un adulto nunca podría entenderse sin conocer primero los hechos de su experiencia individual. En muchos aspectos, la labor antropológica de Boas representaba la aplicación de esta teoría a gran escala, a todas las culturas. Mientras investigaba sobre el terreno con las tribus de indios del noroeste de América, Boas había llegado a la conclusión de que la historia es la fuerza principal que da forma a las culturas, mucho más que la raza o el entorno geográfico, como antes se creía. En otras palabras, los distintos grupos étnicos obraban como lo hacían no porque la biología o el clima les obligaran a ello (había demasiados ejemplos de grupos que contradecían esta teoría para permitir a Boas aceptarla), sino porque les habían enseñado así. Todas las culturas eran igualmente válidas, cuando se contemplaban bajo este prisma; y a algunos de sus muchos críticos, que decían que ciertas culturas obviamente habían progresado más que otras y que por tanto se las podía considerar superiores, Boas replicaba que el «progreso» era un concepto totalmente relativo.

Desde su nombramiento en 1895, Boas había revitalizado totalmente el Departamento de Antropología del Museo de Historia Natural con sus nuevas ideas; y cuando uno pasaba por las salas de exposición del departamento, como hicimos nosotros aquella mañana, una sensación de vitalidad intelectual y excitación le recorría todo el cuerpo. Claro que esta reacción se podía deber tanto a la visión de las feroces caras talladas en la docena de enormes tótems que se alineaban en las paredes, a la gran canoa llena de indios de estuco —reproducidos del natural—, que remaban desesperadamente a través de una imaginaria corriente de agua en el mismo centro de la sala principal, o a las muchas vitrinas con armas, máscaras rituales, indumentaria y otros utensilios que ocupaban el resto del espacio. En cualquier caso, nada más entrar en aquellas salas uno se sentía como alguien que hubiese salido del moderno Manhattan para entrar en algún rincón desconocido del planeta al que los ignorantes como nosotros habríamos calificado inmediatamente de salvaje.

Encontramos a Boas en un atestado despacho situado en uno de los torreones que daban a la calle Setenta y siete. Era un hombre pequeño, de nariz grande y redonda, poblado bigote y escaso cabello. En sus ojos castaños había el mismo fulgor de cruzado que marcaba la mirada de Kreizler, y los dos hombres se estrecharon las manos con el calor y la fuerza que sólo comparten los espíritus afines. Boas se hallaba un tanto agobiado pues estaba preparando una importante expedición al noroeste del Pacífico, patrocinada por el financiero Morris K. Jesup, de modo que tuvimos que exponer sin demora nuestro caso. En cierto modo me quedé sorprendido ante el candor con que Kreizler reveló nuestras investigaciones, y la conmoción que la historia produjo en Boas, a juzgar por la prontitud con que se levantó, nos miró seriamente a los dos, y luego se acercó decidido a cerrar la puerta del despacho.

—Kreizler —dijo con marcado acento alemán y una voz tan autoritaria como la de Laszlo, aunque ligeramente más amable—, ¿te das cuenta de a qué te expones? Si esto llegara a saberse y fracasaras... ¡El riesgo es espantoso! —Boas alzó la manos al cielo y fue en busca de un puro largo y delgado.

—Sí, ya lo sé, Franz —contestó Kreizler—. Pero ¿qué querías que hiciese? Por pobres y desgraciados que sean, no dejan de ser niños. Y los asesinatos se seguirán cometiendo. Además, hay muchas posibilidades de que no fracasemos.

—Puedo entender que un periodista se involucre en esto —se lamentó Boas, mirando hacia mí mientras encendía el puro—. Pero tu trabajo, Kreizler, es importante. La gente ya recela de ti, y muchos de tus colegas también. Si esto terminara mal, te ridiculizarían y te expulsarían.

—Como siempre, no me estás escuchando —replicó Kreizler, condescendiente—. Deberías suponer que ya me he hecho estas consideraciones muchas veces. Y lo cierto es que tanto el señor Moore como yo andamos escasos de tiempo, lo mismo que tú. Así que debo preguntarte, lisa y llanamente: ¿puedes ayudarnos o no?

Boas soltó un bufido y nos miró detenidamente al tiempo que sacudía la cabeza.

—¿Quieres información sobre las tribus de las llanuras? —preguntó—. De acuerdo. Pero una cosa está *streng verboten.* —Boas apuntó con el dedo a Kreizler—. No consentiré que digas que las costumbres tribales de esta gente son las responsables de la conducta de un asesino en esta ciudad.

Laszlo suspiró.

—Franz, por favor...

—Respecto a ti tengo pocas dudas. Pero no sé nada de esa gente con la que estás trabajando. —Boas me miró de nuevo, con una desconfianza más que considerable—. Ya hemos tenido suficientes problemas para cambiar la opinión de la gente respeto a los indios. Así que tienes que prometérmelo, Laszlo.

—Te lo prometo, tanto en nombre de mis colegas como en el mío propio.

Boas soltó un gruñido de desdén.

—Colegas... Está bien. —Con expresión de fastidio, empezó a remover papeles sobre su escritorio—. Mis conocimientos sobre las tribus en cuestión son insuficientes. Pero acabo de contratar a un joven que podrá ayudaros. —Boas se dirigió veloz hacia la puerta y llamó a su secretaria—: ¡Señorita Jenkins! ¿Sabe dónde está el doctor Wissler?

—Abajo, doctor Boas —le respondió—. Están instalando la exposición sobre los pies negros.

—Ah. —Boas regresó a su escritorio—. Bien, esta instalación ya lleva retraso. Tendrás que hablar con él ahí abajo, Kreizler. Y no te sientas decepcionado por su juventud. Ha recorrido un largo camino en pocos años, y ha visto muchísimas cosas. —Boas se acercó a Laszlo y volvió a tenderle la mano—. Es muy parecido a algunos otros distinguidos expertos que he conocido —añadió, suavizando su tono de voz.

Los dos se sonrieron brevemente, pero la cara de Boas volvió a mostrar desconfianza cuando me estrechó la mano. Luego nos acompañó a la puerta de su despacho.

Después de bajar al trote las escaleras volvimos a pasar por la sala donde estaba la enorme canoa y preguntamos a un guardia. Nos señaló otra sala de exhibición, cuya puerta estaba cerrada. Kreizler llamó con los nudillos varias veces, pero no obtuvimos respuesta. Oímos martillazos y voces dentro, y luego unos gritos y alaridos tremendos, como los que habríamos podido escuchar en la frontera del Oeste.

—¡Dios mío! —exclamé—. No irán a poner indios auténticos en la exposición, ¿verdad?

—No seas ridículo, Moore. —Kreizler volvió a llamar a la puerta, que finalmente se abrió.

Frente a nosotros apareció un joven de unos veinticinco años, cabello rizado y bigotito, con cara de querubín y ojos saltones. Vestía chaleco y corbata, y de la boca le salía una pipa muy profesional; pero en la cabeza llevaba un tocado enorme y bastante impresionante, hecho con lo que imaginé serían plumas de águila.

—¿Sí? —preguntó el joven, mostrando una sonrisa cautivadora—. ¿En qué puedo servirles?

—¿Doctor Wissler? —preguntó Kreizler.

—Clark Wissler, en efecto. —De pronto se dio cuenta de que llevaba el tocado guerrero—. Oh, ustedes perdonen —dijo, quitándoselo—. Estamos instalando una exposición y estoy especialmente interesado en este elemento. ¿Usted es...?

—Me llamo Laszlo Kreizler, y éste es...

—¿El doctor Kreizler? —inquirió Wissler, esperanzado, abriendo totalmente la puerta.

—Exacto, y éste es...

—¡Un auténtico placer, esto es lo que es! —Wissler le tendió la mano y estrechó enérgicamente la de Kreizler—.

¡Un honor! Creo que he leído todo lo que ha escrito usted, doctor. Aunque debería escribir más... La psicología necesita más ensayos como los suyos.

Al entrar en la sala, que estaba en un desorden casi total, Wissler siguió de esta vena, interrumpiéndose sólo brevemente para estrechar mi mano. Al parecer también él había estudiado psicología antes de pasarse a la antropología; pero incluso en su actual trabajo se centraba en los aspectos psicológicos de los sistemas de valores de las distintas culturas, tal como se expresaban a través de su mitología, artesanía, estructuras sociales y demás. Esto fue una circunstancia afortunada pues luego de apartarnos de un grupo de trabajadores y situarnos en una esquina desierta de la gran sala para poder informar con seguridad a Wissler sobre nuestro trabajo, éste expresó aún una mayor preocupación que la que había mostrado Boas sobre los potenciales efectos de relacionar unos actos tan abominables como los de nuestro asesino con cualquier cultura india. Sin embargo, cuando Kreizler le hubo dado las mismas seguridades que a Boas, la irrefrenable admiración que Wissler sentía por Laszlo hizo brotar la confianza. A la exhaustiva descripción que le hicimos de las mutilaciones relacionadas con los asesinatos, Wissler reaccionó con un análisis rápido y perspicaz, de ésos que raramente se dan en alguien tan joven.

—Sí, me doy cuenta de por qué ha acudido a nosotros. —Todavía llevaba el tocado de guerra y miró a su alrededor para dejarlo, pero sólo vio escombros de obras—. Lo siento, caballeros, pero... —Volvió a ponerse el tocado en la cabeza—. La verdad es que debo mantener esto limpio hasta que la exposición esté a punto. Bien... Las mutilaciones que ustedes me han descrito, o al menos algunas de ellas, tienen algún parecido con el trato que algunas tribus de las grandes llanuras, en especial los dakota o los sioux, dan a los cadáveres de los enemigos muertos... Sin embargo, existen importantes diferencias.

—Y llegaremos luego a ellas —dijo Kreizler—. Pero ¿qué

me dice de las similitudes? ¿Por qué hacen estas cosas? ¿Y las hacen sólo a los cadáveres?

—Generalmente —contestó Wissler—. A pesar de lo que pueda usted haber leído, los sioux no muestran una marcada propensión a la tortura. Hay algunas mutilaciones rituales, ciertamente, que se aplican a los vivos: un hombre que prueba que su esposa le ha sido infiel, por ejemplo, puede cortarle la nariz para marcarla como adúltera. Pero tales conductas están estrictamente reguladas. No, la mayoría de las horribles cosas que usted ha visto sólo las hacen a enemigos de la tribu que ya están muertos.

—¿Y por qué a ellos?

Wissler volvió a encender la pipa, poniendo gran cuidado en mantener la cerilla lejos de las plumas de águila.

—Los sioux poseen un complejo grupo de mitos concernientes al mundo de la muerte y del espíritu. Nosotros todavía estamos recogiendo datos y ejemplos, tratando de comprender el total entramado de sus creencias. Pero básicamente cada *nagi*, o espíritu de hombre, se halla gravemente afectado no sólo por la forma en que este hombre muere sino también por lo que le pasa a su cuerpo inmediatamente después de morir. Deben saber que antes de embarcarse para el largo viaje a la tierra de los espíritus, el *nagi* permanece cerca del cuerpo durante algún tiempo, preparándose para el viaje, como si dijéramos. Al *nagi* se le permite coger cualquier objeto útil que el hombre poseyera en vida, a fin de ayudarlo en el viaje y enriquecer su vida en el más allá. Pero el *nagi* también adopta cualquier forma que tuviera el cuerpo en el momento de morir. Ahora bien, si un guerrero mata a un enemigo al que admira, no debe mutilarle el cuerpo, pues el enemigo muerto, según la otra parte del mito, debe servir al guerrero en la tierra de los espíritus... ¿y a quién le apetece tener a un criado mutilado? Pero si un guerrero odia verdaderamente a su enemigo y no desea que disfrute de todos los placeres en la tierra de los espíritus, entonces puede infligirle algunas de las cosas que usted me ha contado. La castración, por ejemplo, ya que en la visión que los sioux tienen de la otra vida, los espíritus machos pueden copular con los espíritus hembras sin que éstas queden embarazadas. Como es obvio, cortar los geniales a un hombre muerto significa que éste no podrá disfrutar de este aspecto tan atrayente en la tierra de los espíritus. También allí se celebran juegos y competiciones de fuerza; un *nagi* al que le falte una mano, o algún órgano vital, no podrá desempeñar un buen papel en ellos. Por eso en los campos de batalla hemos presenciado muchos ejemplos de mutilaciones como éstas.

—¿Y también piensan lo mismo respecto a los ojos? —pregunté.

—Los ojos son algo distinto. Mire usted, el viaje del *nagi* al mundo de los espíritus implica una prueba muy peligrosa: tener que cruzar un gran río mítico sobre un tronco muy delgado. Si el *nagi* teme esta prueba, o fracasa en ella, debe regresar a nuestro mundo y deambular por él eternamente, como un fantasma sin rumbo y solitario. Como es lógico, un espíritu que no puede ver no tiene ninguna posibilidad de emprender el gran viaje, y quedará predestinado. Los sioux no se toman esto a la ligera. Hay pocas cosas a las que teman tanto como a deambular perdidos por este mundo después de la muerte.

Kreizler estaba anotándolo todo en su pequeño bloc y empezó a asentir en cuanto hubo registrado este último dato.

—¿Y las diferencias entre las mutilaciones de los sioux y las que le hemos contado?

—Bueno... —Wissler dio una chupada a la pipa y reflexionó—. Hay algunas cuestiones importantes y algunos detalles que hacen que los ejemplos que me han expuesto se aparten de las costumbres de los sioux. Lo más destacado son la extirpación del trasero y la afirmación de canibalismo. Los sioux, al igual que la mayoría de tribus indias, sienten horror al canibalismo. Es una de las cosas que más desprecian entre los blancos.

—¿Los blancos? —pregunté—. Pero nosotros... En fin, seamos justos, nosotros no somos caníbales.

—Generalmente, no —contestó Wissler—. Pero se han dado notables excepciones, de las que los indios están enterados. ¿Se acuerdan del grupo de colonos de Donner, en 1847? Se vieron atrapados y sin comida durante meses en un paso de las montañas cerrado por la nieve. Algunos se devoraron entre sí, dando origen a un montón de historias entre las tribus del Oeste.

—Pero... —sentí la necesidad de seguir protestando—, bueno, uno no puede enjuiciar a toda una cultura por lo que hayan hecho unos pocos...

—Por supuesto que no, Moore —intervino Kreizler—. Recuerda el principio que establecimos respecto a nuestro asesino: debido a sus experiencias pasadas, a sus primeros encuentros con un número relativamente pequeño de gente, ha llegado a ver al mundo en su totalidad de una forma muy distinta. Podríamos calificarlo de actitud errónea, pero teniendo en cuenta su pasado no puede hacer otra cosa. Pues bien, aquí reina el mismo principio.

—Las tribus del Oeste se hallan en contacto con una muestra muy reducida de la sociedad blanca, señor Moore —convino Wissler—. Y además está la falta de comunicación, que agrava estas impresiones originales. Por ejemplo, años atrás, en una ocasión en que el jefe sioux Toro Sentado estaba cenando con unos hombres blancos, se sirvió cerdo. Como él nunca había probado esta carne pero había oído la historia del grupo de Donner, inmediatamente supuso que se trataba de carne de hombre blanco. Ésta es la forma en que a veces las culturas llegan a conocerse mutuamente.

—¿Y qué me dice de las otras diferencias? —preguntó Kreizler.

—Bueno, está el asunto de meterles los genitales en la boca. Esto es algo gratuito, que en cierto modo carecería de sentido para los sioux. Ya se ha emasculado al espíritu del hombre. Meterle los genitales en la boca no serviría a ningún propósito práctico. Pero por encima de todo está el hecho de que esas víctimas sean unos niños, unos chiquillos.

—Oiga, aguarde un momento —repliqué—. Las tribus indias han masacrado criaturas. Eso lo sabemos todos.

—Cierto —admitió Wissler—. Pero no cometerían este tipo de mutilación ritual contra ellos. Al menos no los sioux que se preciaran de serlo. Estas mutilaciones se llevan a cabo contra los enemigos cuando se desea la seguridad de que nunca encuentren la tierra de los espíritus, o de que no puedan disfrutar de ella cuando lleguen allí. Hacer esto a un chiquillo... En fin, sería lo mismo que admitir que consideran al chiquillo como una amenaza, como un igual. Sería una cobardía, y los sioux son muy susceptibles por lo que respecta a la cobardía.

—Permita que le formule esta pregunta, doctor Wissler —dijo Kreizler, dando un vistazo a sus notas—. ¿Sería la conducta que le hemos descrito consecuente con alguien que hubiese presenciado mutilaciones indias, pero que ignorara en gran medida su significado cultural para interpretarlas como algo más que un acto salvaje? Tal vez pensara al imitarlas que la brutalidad de las acciones haría que parecieran obra de indios.

Wissler sopesó la idea y asintió, al tiempo que sacudía el tabaco quemado de la pipa.

—Sí. Más o menos, así es como yo lo interpreto, doctor Kreizler.

Y luego los ojos de Lazlo adquirieron aquella expresión de tenemos que irnos, conseguir un coche y regresar al cuartel general. Alegó asuntos urgentes a Wissler, quien deseaba seguir charlando, y le prometió que pronto volvería a hacerle una visita. Luego se precipitó a la puerta, dejándome que pidiera disculpas más extensamente por la repentina marcha, la cual, no sin sorpresa por mi parte, a Wissler pareció tenerle sin cuidado. Las mentes científicas saltan de un sitio a otro como un sapo enamorado, pero parecen aceptar esa misma conducta en los demás.

Cuando alcancé a Kreizler en la calle, ya había parado un cabriolé y se disponía a subir a él. Convencido de que había muchas posibilidades de que me dejara allí si no me daba prisa, bajé la acera corriendo y salté al interior del carruaje, cerrando la portezuela incluso antes de sentarme.

—¡Cochero! ¡Al ochocientos ocho de Broadway! —le ordenó mi amigo, y luego empezó a sacudir el puño en el aire—. ¿Te das cuenta, Moore? ¿Te das cuenta? ¡Nuestro hombre ha estado allí! ¡Lo presenció! Además define este comportamiento como horrible y asqueroso, «más asqueroso que un piel roja», y aun así se considera a sí mismo sucio. Combate estos sentimientos con rabia y violencia, pero cuando mata sólo consigue hundirse todavía más, a un nivel que él desprecia más aún, hasta lo más hondo, hasta alcanzar el comportamiento más animal que él es capaz de imaginar... Imitando el comportamiento de los indios, pero convirtiéndolo mentalmente en más indio incluso que el de los mismos indios.

—¿Entonces ha estado en la frontera? —Fue todo lo que aquello significaba para mí.

—Ha tenido que estar en la frontera —dijo Laszlo—. O de pequeño o como soldado... Con un poco de suerte, podremos aclarar esto a través de las pesquisas en Washington. Y te aseguro una cosa, John: pudimos equivocarnos anoche, pero hoy estamos más cerca.

29

Podíamos estar más cerca, pero por desgracia no tanto como creía Laszlo. Al llegar a nuestro cuartel general supimos que a pesar de los contactos de Theodore, Sara y Lucius no habían conseguido nada en el Ministerio de la Guerra. Toda la información relacionada con soldados hospitalizados o declarados inútiles para el servicio por problemas de salud mental era secreta y no podía difundirse por teléfono. Todo parecía indicar que un viaje a Washington era doblemente importante; de momento todas las pistas parecían conducirnos lejos de Nueva York, pues tanto si nuestro asesino se había criado de hecho en la frontera con el Oeste como si había servido en las unidades militares que patrullaban aquellas regiones, alguien tendría que ir allí para ver si existía algún rastro que nos proporcionara pruebas.

Pasamos el resto de la mañana estudiando algunos puntos, tanto en el tiempo como en el mapa, donde pudiésemos buscar ese rastro. Al final dimos con dos áreas que lo incluían todo: o nuestro asesino había presenciado en su infancia las brutales campañas contra los sioux que habían conducido y luego seguido a la muerte del general Custer en Little Big Horn en 1876, o había participado como soldado en la brutal represión de los miembros insatisfechos de las tribus sioux que había culminado en la batalla de Wounded Knee Creek en 1890. En cualquier caso, Kreizler estaba ansioso porque alguien efectuara de inmediato el viaje al Oeste, ya que sospechaba —según nos dijo— que la primera vez que el asesino había probado el sabor de la sangre no había sido durante el crimen de los hermanos Zweig. Y si el hombre había cometido efectivamente algún asesinato en el Oeste, ya fuera antes o durante su servicio militar, en algún sitio tendría que haber constancia del caso. Es cierto que un asesinato de este tipo debería haber quedado sin solución, casi con toda seguridad, en la época en que se cometió, y que con toda probabilidad se habría atribuido al saqueo de los indios; pero aun así tendría que haber documentos sobre el caso, ya fuera en Washington o en algún despacho de la Administración, en el Oeste. Y aun en el caso de que semejante asesinato no se hubiera producido, de todos modos necesitábamos enviar agentes allí para seguir cualquier rastro que pudiera descubrirse en la capital. Tan sólo visitando las auténticas localidades involucradas en el caso podríamos descubrir exactamente qué era lo que le había ocurrido a nuestro hombre, y de este modo predecir con toda exactitud sus movimientos en el futuro.

Kreizler planeaba hacer él mismo el viaje a Washington, pero cuando le dije que yo conocía a un buen número de periodistas y empleados del Gobierno en la ciudad —incluido un contacto especialmente bueno en la Oficina de Asuntos Indios del Ministerio del Interior— juzgó conveniente que le acompañara. Esto dejaba al margen a Sara y a los Isaacson, que estaban ansiosos por realizar el viaje al Oeste. Pero alguien tenía que quedarse en Nueva York para coordinar los distintos empeños. Después de mucho discutir, decidimos que Sara era la persona más adecuada para esa labor dado que aún hacía —y se esperaba que siguiera haciendo— ocasionales apariciones por la Jefatura de Policía en Mulberry Street. Aunque amargamente decepcionada por perderse el viaje al Oeste, Sara captó perfectamente cuál era la situación y aceptó su cometido con el mayor ánimo posible.

Por otra parte, Roosevelt era la persona idónea para poner en contacto a los Isaacson con los exploradores de los estados occidentales, y cuando le telefoneamos explicándole el proyecto se mostró fogosamente entusiasmado, amenazando con acompañar él mismo a los dos detectives. Sin embargo le hicimos ver que la prensa le seguía donde fuera, especialmente cuando viajaba al Oeste. Los reportajes sobre sus partidas de caza y las fotos luciendo su traje de ante con flecos garantizaban la venta de los periódicos y revistas en donde se publicaran, de manera que era natural que se formularan preguntas sobre con quién viajaba y por qué motivos. Pero nosotros no podíamos permitirnos este tipo de publicidad. Además, con la batalla de poderes en Mulberry Street sobre la introducción de una nueva y tal vez definitiva fase de la reforma, el principal exponente de ésta en la Jefatura de Policía no podía largarse sin más y desaparecer en las tierras salvajes.

Así que los Isaacson tendrían que marcharse solos. Y llegamos a la conclusión de que si partían inmediatamente, ya estarían en su destino cuando Laszlo y yo dispusiéramos de alguna información útil que telegrafiarles desde Washington. Por tanto, cuando Marcus se presentó en el 808 de Broadway después de revelar las fotografías de su ojo (las cuales resultaron un rotundo fracaso, a pesar de lo que hubiera escrito el señor Julio Verne), se quedó sorprendido al enterarse de que a la mañana siguiente saldría para Deadwood, en Dakota del Sur. Desde allí, él y su hermano seguirían hacia el sur, hasta la reserva y agencia sioux de Pine Ridge, donde empezarían a investigar todos los casos de asesinato con mutilaciones llevados a cabo entre los últimos diez y quince años, y que no se hubiesen solucionado. Mientras tanto, yo utilizaría mis contactos en la Oficina de Asuntos Indios para seguir la misma línea de investigación en Washington. Kreizler, por su lado, presionaría al Ministerio de la Guerra y al hospital St. Elizabeth para conseguir información sobre los soldados del Oeste declarados inútiles por motivos de inestabilidad mental, al tiempo que investigaría más cosas sobre el individuo que se mencionaba en la carta que nos habían escrito desde el St. Elizabeth.

Cuando finalizamos de poner a punto todo esto ya era la última hora de la tarde, y el peso de una noche sin dormir empezaba a dejarse sentir con toda su fuerza sobre nosotros. Por otra parte había que hacer algunos preparativos de orden doméstico, además del equipaje, como es lógico. Decidimos acortar la jornada y nos despedimos, aunque el agotamiento oscureció la solemnidad del momento. La verdad es que no creo que los Isaacson se dieran realmente cuenta de que al levantarse por la mañana iban a coger un tren para cruzar medio continente. Tampoco Kreizler ni yo estábamos en mejor forma. Cuando sólo quedaba Sara, ésta anunció que tenía intención de pasar a recogernos con un coche al día siguiente para acompañarnos a la estación: sin duda la mirada casi de muerto que debió ver en el rostro de cada uno de nosotros debió hacerle dudar de que fuéramos capaces de levantarnos de la cama, y mucho menos de coger un tren.

Justo cuando Kreizler y yo salíamos del 808 de Broadway, apareció Stevie, recuperado después de varias horas de sueño. Nos dijo que había traído la calesa y que estaba dispuesto a acompañarnos al St. Vincent para visitar al compañero herido, que llevaba todo el día solo en la habitación del hospital. Por muy cansados que estuviéramos, ni Laszlo ni yo podíamos negarnos. Al recordar la clase de comida que solían servir en los hospitales de Nueva York, decidimos telefonear a Charlie Delmonico para que nos prepararan un auténtico menú de primera clase que pudiéramos llevar al St. Vincent.

A eso de las seis y media encontramos a Cyrus abundantemente vendado y casi dormido. Pero se mostró encantado con la comida y no se quejó de nada, ni siquiera de que las enfermeras del hospital se quejaran por tener que cuidar de un negro. Kreizler arremetió contra un par de administradores del hospital por este motivo, pero por otro lado pasamos una hora muy agradable en la habitación de Cyrus, cuya ventana ofrecía una excelente panorámica de la Séptima Avenida, de Jackson Square y de la puesta de sol que veía más allá.

Casi había oscurecido cuando salimos a la calle Diez. Le dije a Stevie que cuidaríamos de la calesa unos minutos para que pudiera subir y saludar a Cyrus, y el muchacho corrió ansioso hacia el hospital. Kreizler y yo nos disponíamos a depositar nuestros crujientes huesos sobre el blando tapizado de piel del carruaje cuando una ambulancia entró traqueteante a considerable velocidad y vino a detenerse a nuestro lado. De haber estado menos cansado, me habría dado cuenta de que el rostro del conductor no me era del todo desconocido; tal como estaba, centré toda la atención de que fui capaz en las puertas del vehículo, las cuales se abrieron de golpe para dejar salir a un individuo, que no se parecía en absoluto a un enfermero del hospital y al que reconocí con un repentino estremecimiento de temor.

—¿Cómo diablos...? —murmuré, al tiempo que el hombre me miraba sonriente.

—¡Connor! —exclamó Laszlo, sorprendido.

El antiguo sargento detective sonrió más ampliamente y avanzó unos pasos, amenazante.

—Veo que se acuerdan de mí, ¿eh? Mucho mejor. —De debajo de la chaqueta, algo deshilachada, extrajo un revólver—. Suban a la ambulancia... Los dos.

—¡No sea ridículo! —replicó Laszlo con dureza, a pesar del arma.

Dado que yo tenía una idea más exacta respecto a quién nos enfrentábamos, probé otro plan de acción.

—Aparte esa arma de ahí, Connor. Esto es una locura, no puede...

—¿Una locura, eh? —replicó el otro furioso—. Nada de eso. Sólo estoy cumpliendo con mi nuevo trabajo. He perdido el antiguo, ¿no se acuerdan? De todos modos, me han ordenado que fuera en busca de ustedes... aunque preferiría dejarles muertos aquí mismo, sobre la acera. Así que muévanse.

Resulta extraño cómo el miedo puede desterrar el cansancio. De pronto fui consciente de un nuevo estallido de energía, todo él dirigido a mis pies. Pero era absurdo intentar huir: me daba cuenta de que Connor hablaba en serio al decir que le gustaría dispararnos. Así que tiré de Kreizler, quien no dejó de forcejear y protestar, hasta la parte de atrás de la ambulancia. Al entrar alcé la vista lo bastante para ver que el conductor del vehículo era uno de los hombres que habían intentado atacarnos a Sara y a mí en la vivienda de los Santorelli. Las piezas del rompecabezas empezaban a encajar.

Connor cerró con llave la puerta de la ambulancia, luego subió al pescante junto al otro individuo y salimos con la misma endiablada velocidad que había marcado su llegada, aunque a través de las ventanillas enrejadas de la puerta trasera del vehículo era imposible averiguar exactamente adónde nos dirigíamos.

—Parece que a la parte alta de la ciudad —comenté mientras nos sentíamos sacudidos de un lado al otro del oscuro compartimiento.

—¿Secuestrados? —inquirió Kreizler, manteniendo aquel tono de irritante indiferencia que adoptaba en los momentos de peligro—. ¿Es posible que alguien tenga tan extraño sentido del humor?

—No se trata de una broma —repliqué al tiempo que trataba de forzar la puerta, aunque pronto descubrí que era muy sólida—. Al fin y al cabo la mayoría de los policías sólo se hallan a pocos pasos de ser unos delincuentes. Y yo diría que Connor ha dado esos pasos.

Laszlo estaba absolutamente pasmado.

—Uno no sabe realmente qué decir en una situación así. ¿Tienes alguna horrible confesión que quisieras hacer, Moore? No soy un cura, por supuesto, pero...

—¿Has oído lo que acabo de decirte, Kreizler? ¡No se trata de ninguna broma!

Justo en aquel momento doblamos una curva y fuimos lanzados contra una de las paredes laterales de la ambulancia.

—Vaya... —murmuró Kreizler, poniéndose en pie y comprobando los daños—. Empiezo a entender lo que quieres decir.

Después de otro cuarto de hora de salvaje carrera, por fin

llegamos a nuestro destino. Cualquiera que fuese el barrio donde nos hallábamos, era muy tranquilo, el silencio sólo roto por los gruñidos y las maldiciones de nuestros cocheros. Por fin Connor abrió nuevamente la puerta y salimos a lo que reconocí como la avenida Madison, en el distrito de Murray Hill. En una farola cercana, había un letrero que ponía: «36th Street», y enfrente se alzaba un enorme, pero elegante edificio de piedra caliza, con dos columnas a cada lado de la puerta principal y un largo mirador sobresaliendo hacia la calle.

Kreizler y yo nos miramos a los ojos, con un instantáneo gesto de reconocimiento en la mirada.

—Bueno, bueno... —musitó Kreizler, intrigado, y tal vez incluso algo aturdido.

En cambio yo estuve a punto de desmayarme.

—¿Qué diablos...? —musité—. ¿Por qué querrán...?

—Adelante —dijo Connor señalando la puerta principal, aunque quedándose junto a la ambulancia.

Kreizler volvió a mirarme, se encogió de hombros y empezó a subir los peldaños de la entrada.

—Te sugiero que entres, Moore. No es un hombre que esté acostumbrado a esperar.

Un auténtico mayordomo inglés nos hizo pasar al 219 de la avenida Madison cuyo interior reflejaba la misma extraña combinación que el exterior del edificio de piedra caliza: extraordinaria riqueza y muy buen gusto. Nuestros pies pisaron el suelo de mármol. Una sencilla, pero amplia escalinata blanca parecía conducir a las dependencias superiores de la casa, pero nuestro destino estaba justo al frente. Pasamos ante unos espléndidos cuadros de pintura europea, esculturas y piezas de cerámica —todo elegante y sencillamente distribuido, sin el efecto de acumulación a que tan aficionadas eran las familias como los Vanderbilt—, y seguimos avanzando hacia la parte posterior de la mansión. Allí el mayordomo nos abrió una puerta de paneles que conducía a un salón abovedado, de iluminación escasa.

Las altas paredes estaban forradas con caoba de Santo

Domingo, de una tonalidad casi negra. En realidad a la estancia se la conocía, tanto por parte del servicio de la casa como por las leyendas que corrían por Nueva York, como «la biblioteca negra». Lujosas alfombras cubrían el suelo, y en uno de los laterales había una gran chimenea empotrada. De las paredes colgaban más cuadros europeos, con lujosos marcos dorados, y las librerías aparecían atestadas de espléndidas rarezas encuadernadas en piel, conseguidas en los múltiples viajes al otro lado del Atlántico. Algunos de los encuentros más importantes en la historia de Nueva York —y de hecho de Estados Unidos— se habían llevado a cabo en aquel salón. Y aunque este hecho podía hacer que tanto Kreizler como yo nos preguntáramos, con mayor motivo, qué estábamos haciendo allí, los rostros que se volvieron a mirarnos tan pronto como entramos hicieron que las cosas resultaran mucho más claras.

A un lado de la chimenea, sentado en un canapé, se hallaba el obispo Henry Potter, y en otra pieza idéntica de mobiliario, situada al otro lado de la chimenea, estaba el arzobispo Michael Corrigan. Detrás de cada una de estas personalidades había un clérigo: el de Potter era un hombre alto y delgado, con gafas; el de Corrigan era bajito, rechoncho, con largas patillas canosas. De pie, delante de la chimenea, había un hombre, a quien reconocí como Anthony Comstock, el famoso censor de la Oficina Postal de Estados Unidos. Comstock había pasado veinte años utilizando los poderes que le había concedido el Congreso (bastante cuestionables) para perseguir fanáticamente cualquier negocio que se hiciera con artículos anticonceptivos, abortivos, literatura y fotografías atrevidas, o cualquier otra cosa que encajara en su definición, bastante amplia, de lo «obsceno». El rostro de Comstock era duro, mezquino, lo cual no sorprendía; sin embargo no era tan desconcertante como el del hombre que permanecía de pie a su lado. El ex inspector Thomas Byrnes tenía unas cejas altas y pobladas que se arqueaban sobre unos ojos penetrantes, que lo abarcaban todo; pero por otra parte, el enorme y lacio bigote hacía difícil interpretar su estado de ánimo y sus pensamientos. Al internarnos más en el salón, Byrnes se volvió hacia nosotros y las cejas se le arquearon enigmáticamente; luego volvió la cabeza hacia el enorme escritorio de nogal que había en el centro de la estancia, y mis ojos siguieron su indicación.

Sentado al escritorio, repasando unos papeles y garabateando alguna nota de vez en cuando, había un hombre cuyo poder era mayor que el de cualquier financiero que el mundo hubiese conocido; un hombre cuyos rasgos, por otro lado atractivos, se veían contrarrestados por una nariz cuarteada, hinchada y deformada por el *acné rosacea*. Pero había que tener mucho cuidado para no mirar abiertamente aquella nariz pues lo más probable era que hubiese que pagar por aquella morbosa fascinación mediante las más variadas formas que uno pudiera imaginar.

—¡Ah! —exclamó el señor John Pierpont Morgan alzando la vista de sus papeles y poniéndose en pie—. Acérquense, caballeros, a ver si arreglamos este asunto de una vez.

TERCERA PARTE

VOLUNTAD

La fuente y origen de toda realidad, tanto desde el punto de vista absoluto como desde el práctico, es por lo tanto subjetiva, está en nosotros mismos. Como puros pensadores lógicos, sin reacción emocional, otorgamos realidad a cualquier objeto en el que pensamos, bien sea porque es un auténtico fenómeno, bien porque es objeto de nuestro pensamiento efímero, si no algo más. Pero como pensadores con reacciones emocionales otorgamos lo que nos parece un grado de realidad todavía más alto a cualquier cosa que seleccionamos, y realzamos, y a la que recurrimos POR PROPIA VOLUNTAD.

WILLIAM JAMES
Principios de psicología

Don Giovanni, vos me invitasteis a cenar: aquí me tenéis.

DA PONTE
del *Don Giovanni* de Mozart

30

Avancé apresuradamente hacia un par de sillones lujosamente tapizados que había frente al escritorio de Morgan, al otro lado de la chimenea. En cambio Kreizler se quedó rígidamente quieto, contestando a la dura mirada del financiero con una de las que a él le caracterizaban.

—Antes de tomar asiento en su casa, señor Morgan —le dijo Laszlo—, ¿le puedo preguntar si es su costumbre forzar la asistencia con armas de fuego?

La enorme cabeza de Morgan giró bruscamente para mirar con severidad a Byrnes, quien se limitó a encogerse de hombros con absoluta indiferencia. Los ojos grises del ex policía pestañearon levemente, como si dijeran: «Quien con niños se acuesta, señor Morgan...»

La cabeza del financiero empezó un lento balanceo, ligeramente disgustado.

—Ni es mi costumbre ni son mis instrucciones, doctor Kreizler —dijo, estirando un brazo hacia los sillones—. Le ruego que acepte mis disculpas. Este asunto parece haber provocado fuertes emociones en todos los que han tenido conocimiento de él.

Kreizler gruñó por lo bajo, sólo parcialmente satisfecho, y a continuación los dos tomamos asiento. Morgan volvió a su sillón y brevemente llevó a cabo las presentaciones (salvo la de los dos clérigos que permanecían detrás de los canapés, cuyos nombres nunca llegaría a conocer). Seguidamente hizo una leve inclinación de cabeza a Anthony Comstock, quien trasladó su imponente figura al centro de la estancia. La voz que emergió de aquella figura resultó tan desagradable como su cara.

—Doctor, señor Moore, permítanme que les sea sincero. Estamos enterados de su investigación y, por distintos motivos, queremos que ésta se abandone. Si se negaran a ello, hay ciertos asuntos en los que podríamos presionarles.

—¿Presionarnos? —pregunté, pues la inmediata aversión que sentí por el censor postal me dio suficiente seguridad—. Éste no es un caso moral, señor Comstock.

—Una agresión es una acusación criminal, Moore —se apresuró a intervenir el inspector Byrnes, mirando las atestadas librerías—. Tenemos a un guardia en Sing Sing al que le faltan un par de dientes. Y luego está el asunto de asociarse con unos conocidos gángsteres...

—Vamos, Byrnes —repliqué; el inspector y yo habíamos tenido algunos encontronazos durante mis tiempos en el *Times* y, aunque me ponía bastante nervioso, estaba convencido de que sería una estupidez demostrárselo—. Ni siquiera usted puede calificar de «asociación» a un simple trayecto en coche.

Byrnes no hizo caso a mi comentario.

—Y por último... —prosiguió—, está el mal uso del personal y de los recursos del Departamento de Policía.

—La nuestra no es una investigación oficial —replicó Kreizler, tranquilamente.

Bajo el bigote de Byrnes, pareció nacer una sonrisa.

—Muy astuto, doctor, pero sabemos todo lo referente a su acuerdo con el comisario Roosevelt.

Kreizler no demostró ninguna reacción.

—¿Tiene usted pruebas, inspector?

—No tardaré en tenerlas —contestó Byrnes, sacando un delgado volumen de uno de los estantes.

—Vamos, vamos, caballeros —intervino el arzobispo Corrigan con sus modales afables—. No hay motivos para que adopten posiciones enfrentadas.

—Sí —convino el obispo Potter, sin mucho entusiasmo—. Estoy convencido de que puede llegarse a una solución razonable, una vez que entendamos los mutuos puntos de vista...

Pierpont Morgan no hizo ningún comentario.

—Lo único que sé —anunció Laszlo, sobre todo para nuestro silencioso anfitrión— es que nos han secuestrado a punta de pistola y nos han amenazado con una acusación criminal sólo por querer solucionar un abominable caso de asesinato en el que la policía ha fracasado hasta el momento. —Kreizler sacó la pitillera y, después de extraer uno de los cigarrillos, empezó a golpearlo sonora e irritantemente contra uno de los brazos del sillón—. Pero tal vez haya elementos sutiles en esta incursión, ante los cuales esté ciego.

—Ciego sí está, doctor —replicó Anthony Comstock, con la irritante exacerbación de un fanático—. Pero no hay nada sutil en este asunto. Durante muchos años he intentado suprimir las publicaciones de hombres como usted, y una absurda interpretación de nuestra Primera Enmienda por parte de esos que se denominan servidores públicos lo ha hecho imposible. Pero si ha pensado por un momento que voy a quedarme quieto mientras ustedes intervienen activamente en los asuntos civiles...

Un destello de irritación pasó por la cara de Morgan, y me di cuenta de que el obispo Potter tosía. Como un obediente lacayo —pues Morgan era uno de los principales benefactores de la Iglesia episcopaliana—, Potter avanzó un paso para interrumpir a Comstock.

—El señor Comstock posee la energía y la brusquedad de los justos, doctor Kreizler. Pero me temo que el trabajo de ustedes inquieta la paz espiritual de muchos de los habitantes de nuestra ciudad y socava la fuerza de nuestro tejido social. Al fin y al cabo, la santidad e integridad de la familia, junto con la responsabilidad de cada individuo ante Dios y la ley por su comportamiento, son los dos pilares de nuestra civilización.

—No sabe cuánto lamento esta falta de colaboración por parte de los ciudadanos —replicó Kreizler, cortésmente, y encendió el cigarrillo—. Sin embargo han asesinado a siete criaturas, que sepamos. Tal vez más.

—Pero esto es sin duda un asunto de la policía —declaró el arzobispo Corrigan—. ¿Por qué implicar en el caso una labor tan cuestionable como la que usted lleva a cabo?

—Porque la policía no es capaz de solucionarlo —intervine yo, antes de que Laszlo pudiera contestar. Éstas eran críticas habituales a la labor de mi amigo, pero aun así me producían cierta irritación—. En cambio nosotros sí podemos, utilizando las ideas del doctor Kreizler.

Byrnes dejó escapar una risita casi inaudible mientras el rostro de Comstock enrojecía.

—Yo no creo que ésta sea su auténtica motivación, doctor. Pienso que lo que pretende, en compañía del señor Paul Kelly y de cuantos ateos socialistas pueda usted encontrar, es extender el desorden desacreditando los valores de la familia y de la sociedad norteamericanas.

No debe sorprender que ni Kreizler ni yo nos echáramos a reír de las grotescas afirmaciones del hombrecillo, ni nos levantáramos para sacudirle físicamente, pues hay que recordar que Anthony Comstock, por muy inocuo que pueda parecer su título de «censor postal», desplegaba un enorme poder político y regulador. Antes de finalizar sus cuarenta y cinco años de carrera se jactaría de haber empujado al suicidio a más de una docena de enemigos; y muchos más que habían visto cómo arruinaba su vida y su reputación a consecuencia de sus obsesiones persecutorias. Tanto Laszlo como yo sabíamos que aún no habíamos pasado a formar parte de las fijaciones permanentes de Comstock, aunque actualmente éramos su objetivo; pero si ahora seguíamos presionándole para que nos prestara una atención tan desequilibrada, algún día podría suceder que llegáramos a nuestro puesto habitual de trabajo y descubriéramos que se nos había incoado un proceso federal por alguna falsa violación de la moral pública. Por este motivo no repliqué a su explosión. Kreizler, por su parte, se limitaba a inhalar cansadamente el humo del cigarrillo.

—¿Y por qué íbamos a querer extender semejante desorden? —preguntó Laszlo, finalmente.

—¡Por vanidad, señor! —replicó Comstock—. ¡Para divulgar sus teorías nefastas y ganarse la atención de un público iletrado y sumamente confuso!

—A mí me da la impresión —dijo Morgan, sin levantar la voz, pero con firmeza— que el doctor Kreizler recibe ya más atención del público de la que parece desear, señor Comstock. —Nadie intentó siquiera mostrar si estaba de acuerdo o no con esta afirmación, y Morgan apoyó la cabeza en una de sus grandes manos al dirigirse a Laszlo—. Pero éstas son acusaciones graves, doctor. Si no lo fueran, difícilmente habría pedido que le trajeran a esta reunión. ¿Debo entender por sus palabras que no está usted aliado con el señor Kelly?

—El señor Kelly tiene algunas ideas que no son del todo despreciables —contestó Kreizler, consciente de que este comentario podría molestar a la gente que nos rodeaba—. Pero es básicamente un gángster, y yo no le serviría de nada.

—Me alegro de oírlo. —Morgan pareció sinceramente satisfecho con la respuesta—. ¿Y qué me dice de los otros asuntos, respecto a las implicaciones sociales de su trabajo? Debo admitir que no estoy muy familiarizado con estos temas, pero, como tal vez sabrá, soy capillero mayor de la iglesia de St. George, frente a su casa, en Stuyvesant Park. —Enarcó una de sus cejas, negras como el carbón—. Nunca le he visto entre la congregación, doctor.

—Mis convicciones religiosas son un asunto privado, señor Morgan —replicó Laszlo.

—Pero sin duda se dará cuenta, doctor Kreizler —le interrumpió el arzobispo Corrigan con cautela—, de que las distintas organizaciones eclesiásticas de nuestra ciudad son vitales para el mantenimiento del orden civil, ¿no?

Mientras Corrigan formulaba esta pregunta observé a los dos clérigos, que seguían de pie como estatuas detrás de sus respectivos obispos. Y de pronto me asaltó la sospecha de por qué estábamos en aquella biblioteca, hablando con aquella gente. Este germen de comprensión empezó a crecer tan pronto como centelleó por mi cerebro, pero no dije nada pues el comentarlo sólo habría servido para extender el desacuerdo. Me limité a recostarme en el respaldo y dejé que mis pensamientos pasaran, sintiéndome más cómodo al advertir que Lazlo y yo estábamos en menos peligro del que en un principio había creído.

—«Orden» —replicó Kreizler a la observación de Corrigan— es una palabra bastante abierta a la interpretación, arzobispo... En cuanto a sus preocupaciones, señor Morgan, si lo que le interesa es una introducción respecto a mis trabajos, debo sugerirle que hay vías mucho más sencillas que el secuestro.

—No lo dudo —contestó Morgan, inquieto—. Pero ya que estamos aquí, tal vez quisiera obsequiarme con una respuesta. Estos hombres han venido a solicitar mi ayuda para que ponga fin a su investigación. Me gustaría oír las dos versiones sobre la cuestión, antes de decidir lo que conviene hacer.

Kreizler suspiró exageradamente, pero contestó:

—La teoría sobre el contexto psicológico del individuo que he desarrollado...

—¡Puro determinismo! —declaró Comstock, incapaz de contenerse—. La idea de que la conducta de cada hombre se modela decisivamente en la infancia y en la juventud va en contra de la libertad, de la responsabilidad. ¡Afirmo que es antiamericana!

Ante otra mirada irritada de Morgan, el obispo Potter apoyó una mano tranquilizadora sobre el brazo de Comstock, y el censor postal volvió a caer en un silencio malhumorado.

—Yo nunca he discutido —prosiguió Kreizler, manteniendo los ojos fijos en los de Morgan— la noción de que cada hombre es responsable de sus actos ante la ley, salvo en casos relacionados con una auténtica enfermedad mental. Y si consulta a mis colegas, señor Morgan, descubrirá que mi definición de enfermedad mental resulta bastante más conservadora que la de la mayoría. En cuanto a lo que el señor Comstock llama libertad, un poco alegremente, no voy a discutirlo en tanto que concepto político o legal. Por lo que respecta al debate psicológico que envuelve al concepto de «libre albedrío», esto ya es un asunto bastante más complejo.

—¿Y cuál es su punto de vista respecto a la institución de la familia, doctor? —preguntó Morgan con firmeza aunque sin ningún matiz de censura—. He oído a éstos y a otros muchos hombres buenos hablar de él con gran consternación.

Kreizler se encogió de hombros y apagó el cigarrillo.

—Tengo muy pocas opiniones formadas respecto a la familia como institución social, señor Morgan. Mis estudios se han centrado en la multitud de transgresiones que a menudo se ocultan detrás de la estructura familiar. He intentado exponer estas transgresiones y luchar contra sus efectos en los niños. Y no pienso pedir disculpas por ello.

—¿Pero por qué singularizar las familias en nuestra sociedad? —gimió Comstock—. Sin ninguna duda hay otras regiones en el mundo donde los crímenes son mucho peores...

Morgan se levantó de pronto.

—Muchas gracias, caballeros —les dijo al censor postal y a los hombres de la Iglesia en un tono que prometía severas medidas si continuaban discutiendo—. El inspector Byrnes les acompañará a la salida.

Comstock pareció algo desconcertado, pero era evidente que Potter y Corrigan habían sufrido aquella despedida en otras ocasiones puesto que abandonaron la biblioteca a considerable velocidad. A solas ya con Morgan, me sentí mucho más tranquilo, y pareció que Kreizler también. A pesar del enorme y misterioso poder de aquel hombre (al fin y al cabo un año antes había organizado él solo el rescate del gobierno de Estados Unidos de su ruina financiera), había algo alentador en su indiscutible cultura y su amplitud de miras.

—El señor Comstock es un hombre temeroso de Dios —dijo Morgan, volviendo a sentarse—, pero no hay forma de hablar con él. En cambio usted, doctor... Aunque he comprendido muy poco de lo que me ha dicho, tengo la sensación de que es usted un hombre con el que podría entenderme... —Se estiró la levita, se atusó el bigote y se recostó en el asiento—. En esta ciudad los ánimos son volátiles, caballeros... Sospecho que mucho más volátiles que lo que ustedes imaginan.

Decidí que había llegado el momento de exponer mis anteriores apreciaciones.

—Y precisamente por eso estaban aquí los obispo —anuncié—. Ha habido disturbios en los guetos y en los barrios bajos, pero habrá muchos más. Y a los obispos les preocupa su dinero.

—¿Su dinero? —inquirió Kreizler, confuso.

Me volví a mirarle.

—No están encubriendo al asesino... A ellos nunca les ha preocupado el asesino; es la reacción entre los inmigrantes lo que les asusta... Corrigan teme que se encolericen al oír a Kelly y a sus amigos socialistas; que se encolericen y no se presenten el domingo para aflojar el poco dinero que tienen... Lo que realmente teme Corrigan es no poder terminar su maldita catedral, o no llevar a cabo los demás proyectos secundarios que sin duda ha planeado.

—Pero ¿y Potter? —inquirió Kreizler—. Tú mismo me dijiste que los episcopalianos no tienen a muchos seguidores entre los inmigrantes.

—Es cierto —dije, sonriendo un momento—. No los tienen, pero en cambio tienen algo más beneficioso, y soy un estúpido por no haberme acordado antes. Pero tal vez el señor Morgan tenga a bien explicarte... —Me volví hacia el enorme escritorio de nogal y descubrí que Morgan me miraba incómodo— quién es el arrendador de apartamentos en los barrios bajos más importante de Nueva York.

Kreizler respiró hondo.

—Ya veo... La Iglesia episcopaliana.

—No hay nada ilegal en las operaciones de la Iglesia —se apresuró a intervenir Morgan.

—No —repliqué—, pero se verían en apuros si los moradores de aquellos miserables apartamentos se rebelaran en masa y exigieran mejores viviendas, ¿no es así, señor Morgan?

El financiero miró hacia otro lado, sin contestar.

—Pero sigo sin entenderlo —insistió Kreizler, confuso—. Si Corrigan y Potter temen los efectos de esos crímenes, ¿por qué dificultan la solución?

—Nos han asegurado que la solución es absolutamente imposible —contestó Morgan.

—¿Pero por qué frustrar un intento? —le presionó Kreizler.

—Porque mientras se crea que el caso no tiene solución, caballeros —dijo una voz tranquila a nuestras espaldas—, no se podrá culpar a nadie por no solucionarlo.

De nuevo era Byrnes, que había vuelto a entrar en el salón sin que nos diésemos cuenta. Aquel hombre resultaba verdaderamente enervante.

—A las clases bajas —prosiguió, cogiendo un puro de una caja que había sobre el escritorio de Morgan— hay que hacerles entender que estas cosas pasan. Que no es culpa de nadie. Los muchachos adoptan una conducta delictiva. Los muchachos mueren. ¿Quién los mata? ¿Por qué? Imposible saberlo. Y tampoco hace falta. Por el contrario, se centra la atención del público hacia la lección más básica... —Byrnes encendió una cerilla en la suela del zapato y la acercó al puro, cuyo extremo produjo una intensa llamarada—. Primero que cumplan con la ley y todo lo demás no pasará.

—¡Maldita sea, Byrnes! —exclamé—. Sólo con que nos dejen vía libre, nosotros podremos solucionarlo. Mire, justo anoche, yo mismo...

Kreizler me interrumpió agarrándome con fuerza de la muñeca. Byrnes se acercó lentamente a mi sillón, se inclinó hacia mí y me lanzó una bocanada de humo.

—¿Anoche qué, Moore?

Era imposible no recordar en aquel momento que estaba tratando con un hombre que personalmente había apalizado sin piedad a docenas de sospechosos y a delincuentes de facto, un tipo de interrogatorio que tanto en Nueva York como en el resto del país había llegado a conocerse por el mismo nombre que Byrnes le había puesto: «el tercer grado». Por eso mismo le desafié:

—No intente esta basura violenta conmigo, Byrnes. Usted ya no tiene autoridad. Ni siquiera tiene a sus matones para que le protejan.

Distinguí sus dientes por debajo del bigote.

—¿Le gustaría que hiciese entrar a Connor? —No dije nada, y Byrnes rió por lo bajo—. Siempre ha sido un bocazas, Moore. Periodistas... Pero juguemos a su modo. Dígale aquí al señor Morgan cómo piensa solucionar el caso. Háblele de sus principios de detección. Explíqueselos.

Me volví hacia Morgan.

—Bueno, puede que carezca de sentido para Byrnes, señor, y es posible que también para usted, pero hemos adoptado lo que podría llamarse un procedimiento de investigación a la inversa.

Byrnes soltó una carcajada.

—¡Lo que podría llamarse ir de culo!

Comprendiendo mi error, intenté otro enfoque.

—Es decir, que partiendo de las características más sobresalientes de los asesinatos, así como de los principales rasgos de la personalidad de las víctimas, determinamos qué clase de hombre podría ser el asesino. Luego, utilizando pruebas que de lo contrario carecerían de significado, empezamos a cerrar el cerco.

Sabía que estaba en terreno resbaladizo, y sentí un gran alivio al oír que Kreizler intervenía en este punto.

—Existen varios precedentes, señor Morgan. Esfuerzos similares, aunque mucho más rudimentarios, se llevaron a cabo durante los asesinatos de Jack el Destripador en Londres, hace ocho años. Y en la actualidad la policía francesa está buscando a un Destripador de allí, para lo que utiliza algunas técnicas no muy distintas a las nuestras.

—Que yo sepa, a Jack el Destripador no lo han detenido... —intervino Byrnes—. ¿No es así, doctor?

Kreizler frunció el entrecejo.

—Así es.

—Y la policía francesa, utilizando su batiburrillo antropológico, ¿ha obtenido algunos avances en su caso?

Lazlo volvió a fruncir el entrecejo.

—Muy pocos.

Byrnes se dignó finalmente alzar los ojos del libro que estaba mirando.

—Todo un par de ejemplos, caballeros.

Hubo un momento de silencio durante el cual sentí que nuestra causa estaba perdiendo fuerza. De modo que puse nueva decisión en mis palabras y empecé a decir:

—Permanece el hecho...

—Permanece el hecho —me interrumpió Byrnes, acercándose a nosotros pero hablándole a Morgan— de que se trata de un ejercicio intelectual que no ofrece ninguna esperanza de solucionar el caso. Todo lo que esta gente hace es dar a cada persona que entrevista la esperanza de que es posible una solución. Ya he dicho que esto no sólo es inútil sino peligroso. Lo único que se les debe decir a los inmigrantes es que será mejor que ellos y sus hijos acaten las leyes de esta ciudad. Si no lo hacen, no se podrá responsabilizar a nadie de lo que ocurra. Tal vez esto les resulte difícil de digerir, pero ese idiota de Strong y su vaquero comisario de policía no tardarán en saltar, y entonces podremos reinstaurar las viejas técnicas de «pasar por el tubo». Ya falta poco.

Morgan asintió lentamente, luego miró a Byrnes y a Kreizler.

—Bien, ya ha expresado su opinión, inspector. ¿Le importaría dejarnos solos ahora?

A diferencia de Comstock y de los obispos, a Byrnes le pareció divertida la brusca despedida de Morgan, ya que al abandonar la biblioteca empezó a silbar por lo bajo. Cuando la puerta de paneles se hubo cerrado, Morgan se acercó a la ventana, como si quisiera cerciorarse de que Byrnes abandonaba la casa.

—¿Puedo ofrecerles una copa, caballeros? —preguntó finalmente. Después de que la rehusáramos, nuestro anfitrión sacó un cigarro de la caja que había sobre su escritorio y lo encendió. Luego, lentamente, empezó a pasear por el suelo alfombrado—. He accedido a recibir la delegación que acaba de dejarnos —anunció— por deferencia al obispo Potter y porque no deseo ver cómo se extienden los recientes brotes de disturbios.

—Usted perdone, señor Morgan —le interrumpí, algo sorprendido ante su tono—, pero... ¿ha tratado usted alguna vez este asunto, o alguno de los caballeros que estaban aquí, con el alcalde Strong?

Morgan pasó veloz una mano ante su cara.

—El comentario del inspector Byrnes sobre el coronel Strong es acertado. No tengo ningún interés en tratar con un hombre cuyo poder está limitado por las elecciones. Además, Strong no tiene intención de enfrentarse a asuntos de esta naturaleza. —Morgan reanudó sus fuertes y decididos pasos, y Kreizler guardó silencio. La biblioteca se fue llenando poco a poco con aquel espeso humo de cigarro, y cuando por fin Morgan se detuvo y volvió a hablar, apenas pude distinguirle entre la pardusca neblina.

—Según yo lo veo, caballeros, en realidad aquí hay sólo dos vías a seguir: la suya y la que defiende Byrnes... Necesitamos mantener el orden. Sobre todo ahora.

—¿Por qué ahora? —preguntó Kreizler.

—Tal vez no esté usted en posición de saber, doctor —contestó Morgan, midiendo cuidadosamente las palabras—, que nos hallamos en una encrucijada, tanto en Nueva York como en el resto del país. La ciudad está cambiando. Espectacularmente. No me refiero tan sólo a la población, con el flujo de inmigrantes. Me refiero a la ciudad en sí... Veinte años atrás Nueva York era todavía un puerto importante, fuente principal de nuestros negocios. Hoy en día, con otros puertos disputándonos la preeminencia, el comercio marítimo se ha visto eclipsado por la industria y la banca. La industria, como saben, requiere mano de obra, y otras naciones menos afortunadas se encargan de proporcionarla. Los líderes de los sindicatos obreros afirman que a estos trabajadores se les trata injustamente aquí. Pero tanto si es así como si no, siguen llegando, porque esto es mejor que lo que han dejado atrás. Por su acento veo que es usted de procedencia extranjera, doctor. ¿Ha vivido mucho tiempo en Europa?

—El suficiente para entender lo que quiere decir.

—No estamos obligados a proporcionar una gran vida a todos aquellos que vienen a este país —prosiguió Morgan—. Pero sí obligados a facilitarles la posibilidad de alcanzar esta vida, a través de la disciplina y del duro trabajo. Esta posibilidad es más de lo que poseen en cualquier otro lugar. Y precisamente por eso siguen viniendo.

—Ciertamente —contestó Laszlo, cuya voz empezaba a delatar su impaciencia.

—Pero en el futuro no podríamos ofrecerles esta posibilidad si nuestro desarrollo económico nacional, que actualmente pasa una crisis profunda, se viera retrasado por unas estúpidas ideas políticas nacidas en los guetos de Europa. —Morgan depositó el cigarro en un cenicero, se acercó a la mesita de centro y sirvió tres vasos de lo que resultó ser un whisky excelente. Sin volvernos a preguntar si queríamos, nos tendió los vasos—. Hay que eliminar cualquier acontecimiento que pueda degradarse en beneficio de tales propósitos. Comstock se encontraba aquí precisamente por eso. Él piensa que ideas como las suyas, doctor, se pueden degradar. Si llegara a tener éxito en su investigación, el señor Comstock cree que sus ideas podrían obtener gran credibilidad. De este modo vería que... —Morgan dio una fuerte chupada a su cigarro, y expelió una considerable cantidad de humo—. Ustedes ya se han ganado un amplio espectro de enemigos poderosos.

Kreizler se incorporó con lentitud.

—¿A usted también vamos a contarle entre estos enemigos, señor Morgan?

La pausa que siguió a sus palabras pareció interminable, pues en la respuesta de Morgan residía cualquier posibilidad de éxito. Si él decidía que Potter, Corrigan, Comstock y

Byrnes tenían razón, y que nuestra investigación suponía un cúmulo de amenazas para el estado social de nuestra ciudad, que simplemente consideraba intolerable, ya podíamos hacer las maletas e irnos a casa. Morgan podía ordenar la compra o la venta de cualquier persona o cosa en Nueva York, y la interferencia que ya habíamos experimentado no sería nada comparada con lo que nos esperaba si él decidía oponerse a nosotros. Por el contrario, si daba a entender a las personalidades ricas y poderosas de la ciudad que nuestros esfuerzos iban a ser, si no activamente favorecidos, sí al menos tolerados, podíamos confiar en seguir sin más interferencias que las que nuestros oponentes ya habían intentado.

Al final, Morgan dejó escapar un profundo suspiro.

—No es necesario, caballeros —dijo, apagando su cigarro—. Ya les he dicho que no entiendo todo lo que ustedes acaban de explicarme, tanto por lo que respecta a la psicología como a la identificación criminal. Pero me enorgullezco de conocer a la gente. Y me hace el efecto que ninguno de ustedes alberga en su corazón los peores intereses para la sociedad. —Kreizler y yo asentimos lentamente, disimulando el enorme alivio que nos corría por las venas—. Todavía tendrán que enfrentarse a muchos obstáculos —prosiguió Morgan en un tono más relajado que el que había utilizado antes—. Pienso que a los miembros de la Iglesia que antes estaban aquí se les podrá persuadir para que se mantengan al margen... Pero Byrnes seguirá importunándolos, en un esfuerzo por preservar los métodos y la organización a cuyo establecimiento dedicó tantos años. Y en eso tendrá el apoyo de Comstock.

—Hasta el momento hemos triunfado sobre ellos —contestó Kreizler—. Así que pienso que podremos seguir triunfando.

—Como es lógico, no podré ofrecerles públicamente mi apoyo —añadió Morgan, señalando la puerta de la biblioteca al tiempo que nos precedía hacia allí—. Esto sería extremadamente... complicado. —Al decir esto, teniendo en cuenta su agudeza intelectual y su erudición, Morgan se revelaba como un auténtico hipócrita de Wall Street, de los que en público hablaban de Dios y la familia pero que en privado mantenían su yate lleno de amiguitas y disfrutaban de la consideración de hombres que vivían según reglas parecidas; y era indudable que perdería algo de esta consideración si se descubría que se había aliado con Kreizler—. De todos modos —añadió cuando nos dirigíamos a la puerta de la casa—, dado que un rápido desenlace de este asunto redundaría en el interés general, si en algún momento están necesitados de recursos...

—Gracias, pero no, señor Morgan —contestó Kreizler al salir—. Es preferible que entre nosotros no existan ni siquiera contactos de dinero. Tiene que pensar usted en su posición.

Morgan se reprimió ante la mordacidad del comentario y, murmurando unas precipitadas «buenas noches», cerró la puerta sin estrecharnos las manos.

—Éste ha sido un comentario algo gratuito, ¿no crees, Laszlo? —dije, mientras bajábamos los peldaños de la entrada—. El hombre sólo trataba de ayudar.

—No seas bobo, Moore —replicó Kreizler—. Los hombres como éste sólo son capaces de hacer lo que consideran que redundará en su propio beneficio. Morgan cree que hay más posibilidades de que nosotros hallemos al asesino que de que Byrnes y compañía mantengan indefinidamente adormecida la rabia de la población inmigrante. Y no se equivoca. Te aseguro una cosa, John, casi valdría la pena fracasar, para poder ver simplemente las consecuencias en unos hombres como éstos.

Me sentía demasiado agotado para prestar atención a las diatribas de Laszlo, así que inspeccioné rápidamente la avenida Madison.

—Podemos conseguir un carruaje en el Waldorf —decidí al no descubrir ninguno por allí cerca.

Vimos muy poca actividad por la avenida mientras bajábamos de Murray Hill, y al final Laszlo dejó de despotricar contra la gente que acabábamos de dejar. Mientras seguimos caminando en silencio y profundamente cansados, nuestro encuentro en «la biblioteca negra» empezó a adquirir un aspecto bastante irreal.

—Creo que nunca me había sentido tan fatigado —dije bostezando cuando llegábamos a la calle Treinta y cuatro—. ¿Sabes una cosa Kreizler? Cuando nos encontramos con Morgan, pensé por un segundo que tal vez fuera el asesino.

Laszlo rió con ganas.

—¡Yo también! La deformidad en la cara, Moore... ¡Y la nariz! Esa nariz... La única deformidad posible que nunca se nos ha ocurrido considerar.

—Imagínate si hubiera sido él. Las cosas ya son lo bastante peligrosas tal como están. —Encontramos un carruaje frente al lujoso hotel Waldorf, cuya estructura gemela, el Astoria, precisamente se estaba construyendo en aquel entonces—. Sólo habrían podido empeorar. Morgan tiene razón en esto. Byrnes es un mal enemigo para tenerlo en contra, y Comstock me parece que está majareta perdido.

—Ahora ya pueden amenazarnos cuanto quieran —replicó Kreizler, alegremente, mientras subíamos al coche—. Ya sabemos quiénes son, y por tanto la defensa será mucho más fácil... Además sus ataques van a ser cada vez más difíciles pues en los próximos días nuestros oponentes averiguarán que, misteriosamente —Laszlo hizo ondular los dedos en el aire ante sí—, hemos desaparecido...

31

A la mañana siguiente, a las nueve y media, Sara me esperaba ante la puerta de casa de mi abuela. Aunque había dormido durante más de diez horas, aún me sentía desorientado y absolutamente rendido. Un ejemplar del *Times* que Sara llevaba debajo del brazo me informó que nos hallábamos a 26 de marzo, y el brillante resplandor del sol que me asaltó mientras corría hacia su carruaje anunciaba indiscutiblemente que la primavera seguía su marcha hacia el verano; pero muy bien podía haberme encontrado en Marte (que, según me enteré por la lectura semiinconsciente de la primera plana del periódico, era objeto de estudio por parte de un grupo recién constituido de eminentes astrónomos de Boston, los cuales creían que la «estrella roja de la guerra» estaba habitada por seres humanos). Durante el primer tramo del trayecto hacia la casa de Kreizler, Sara se rió a gusto por el estado ridículo en que yo me encontraba, pero cuando empecé a contarle los detalles de nuestra inesperada visita a casa de Pierpont Morgan, se puso muy seria.

En la calle Diecisiete encontramos a Kreizler sentado en su calesa, con Stevie en el asiento del conductor. Trasladé mi pequeña bolsa de viaje desde el carruaje a la calesa, y luego subí a ella con Sara. Justo en el momento de salir divisé a Mary Palmer de pie en la pequeña galería exterior del salón de Kreizler. Nos estaba observando con expresión ansiosa, y por sus mejillas brillaba lo que de lejos parecía un rastro de lágrimas. Me volví a Laszlo y descubrí que él también se había vuelto hacia atrás para mirarla, y cuando de nuevo miró hacia delante, en su rostro había asomado una sonrisa. Parecía como mínimo una extraña reacción ante la pena de la muchacha. Pensé que tal vez Sara tuviera algo que ver con todo aquello, pero cuando me volví hacia ella vi que miraba deliberadamente hacia Stuyvesant Park, al otro lado de la calle. Irritado de nuevo ante aquella señal de embrollos privados entre mis amigos, e incapaz por el momento de sacar algo en claro de ellos, me limité a recostarme en el respaldo del asiento y dejar que el sol primaveral me acariciara la cara mientras nos dirigíamos hacia el este.

Sin embargo, nuestro trayecto hasta la estación de Grand Central no se había planeado para que yo me relajara mentalmente. En la calle Dieciocho con Irving Place, Stevie se detuvo ante una taberna. Kreizler, cogió su bolsa y la mía y nos dijo a Sara y a mí que le acompañáramos allí dentro. Le obedecimos, aunque yo con algunos gruñidos. Momentos después de entrar en aquel local oscuro y repleto de humo, miré a la calle y vi que otros dos hombres y una mujer, con la cara oculta por el sombrero, subían a la calesa y se alejaban con Stevie. Una vez que hubieron desaparecido de nuestra vista, Kreizler regresó presuroso a la calle, detuvo un coche y luego nos hizo señas a Sara y a mí para que subiéramos. Esta molesta maniobra —nos explicó Laszlo cuando nos dirigíamos nuevamente a la parte alta de la ciudad— estaba destinada a confundir a los agentes que, suponía él, el inspector Byrnes había destinado a seguirnos. Era una previsión inteligente, sin duda, pero tan sólo consiguió que me sintiera más impaciente por subir a nuestro tren, donde confiaba que se me permitiría echar un sueñecito.

No obstante, un misterio más me iba a privar de mi dulce reposo. Sara nos acompañó al interior de la estación cuando llegamos, y luego al andén donde el tren para Washington aguardaba, en medio de una nube de vapor. Kreizler siguió acaparándola con instrucciones de última hora respecto a comunicaciones y qué sé yo, así como con consejos de cómo manejar a Stevie mientras estuviésemos fuera, o de qué hacer con Cyrus una vez que saliera del hospital. Luego sonó el potente pitido de la máquina del tren, seguido por el menos potente del maquinista, indicando que debíamos subir a bordo. Me volví hacia otro lado, temiendo una escena de despedida algo embarazosa por parte de mis compañeros; sin embargo, todo cuanto Kreizler y Sara hicieron fue estrecharse la mano amigablemente, después de lo cual Laszlo pasó veloz ante mí y subió al tren. Yo me quedé allí un momento, con la boca abierta, provocando la risa de Sara.

—Pobre John —exclamó, dándome un fuerte abrazo—. Todavía intentas descifrar las cosas. No te preocupes... Algún día lo verás todo claro. Y no debes preocuparte demasiado de que tu teoría del sacerdote fuera errónea. Pronto se te ocurrirá otra cosa.

Dicho esto me empujó al interior del tren, justo cuando éste empezaba a gruñir y a resollar para salir de la estación.

Kreizler había reservado un compartimiento de primera clase, y luego de instalarnos en él me estiré inmediatamente en el asiento, con la cara hacia la ventanilla, decidido a reprimir con el sueño cualquier curiosidad que pudiera tener sobre el comportamiento de mis amigos. Laszlo sacó *La piedra lunar*, un libro de Wilkie Collins, que Lucius Isaacson le había prestado, y empezó a leer tranquilamente. Más irritado aún, me di la vuelta, me bajé el sombrero sobre la cara, y deliberadamente empecé a roncar incluso antes de que me hubiese dormido.

Estuve inconsciente durante un par de horas y me desperté para ver los abundantes y verdes pastos de Nueva Jersey que pasaban veloces ante la ventanilla. Me estiré del todo y advertí que el malhumor de la mañana había desaparecido finalmente. Estaba hambriento, pero por lo demás me sentía complacido con la vida. Una notita de Kreizler en el asiento de delante me informó que había ido al vagón restaurante a reservar una mesa para el almuerzo, de modo que rápidamente adecenté mi aspecto y me dirigí allí, dispuesto a comerme todo cuanto me pusieran delante.

El resto del viaje fue de maravilla. Las granjas del noreste nunca son tan pintorescas como a finales de marzo y constituyeron un espléndido telón de fondo para una de las mejores comidas que he tomado en un tren. Kreizler seguía de buen humor, y por una vez se mostró dispuesto a hablar de otros temas aparte del caso. Hablamos de las convenciones políticas nacionales que estaban a punto de celebrarse (los republicanos iban a reunirse en St. Louis en junio, mientras que los demócratas lo harían más tarde en Chicago, a finales de verano), y luego sobre un artículo del *Times* que aseguraba que se habían producido disturbios en Harvard Square después de la victoria del equipo de béisbol de nuestra universidad, que lo situaba por encima de Princeton. Durante los postres Kreizler estuvo a punto de ahogarse al descubrir un artículo donde se informaba que Henry Abbey y Maurice Grau, gerentes del Metropolitan Opera House, habían anunciado el fracaso de su compañía y unas deudas que alcanzaban los 400.000 dólares. La compostura de Laszlo se recompuso parcialmente al leer el anexo de que un grupo de «patrocinadores privados» (indudablemente encabezados por nuestro anfitrión de la noche anterior) estaban intentando consolidar la compañía. El primer paso consistiría en una gran gala benéfica con la representación de *Don Giovanni*, el 24 de junio. Kreizler y yo decidimos que aquél era un acontecimiento al que debíamos asistir, independientemente del estado en que se encontrara nuestra investigación en ese momento.

Llegamos a la hermosa Union Station de Washington a última hora de la tarde, y poco después estábamos instalados en un par de cómodas habitaciones en el hotel Willard, un impresionante edificio victoriano de la avenida Pennsylvania con la calle Catorce. A nuestro alrededor, y perfectamente visibles desde las ventanas del tercer piso, estaban los edificios del gobierno de la nación. En pocos minutos habría podido llegar dando un paseo a la Casa Blanca y preguntarle a Grover Cleveland qué se sentía después de tener que renunciar a aquella residencia por segunda vez en la vida. No había vuelto a la capital desde el final simultáneo de mi carrera como cronista político y mi compromiso con Julia

Pratt, y sólo cuando permanecía en mi habitación del Willard, contemplando el hermoso panorama de Washington en una noche primaveral, me di perfecta cuenta de cuán lejos me encontraba de aquella antigua existencia. Fue una especie de melancólico descubrimiento, y no me gustó. Para contraatacarlo, busqué rápidamente un teléfono y me puse en contacto con Hobart Weaver, mi antiguo compañero de juergas, que en aquellos momentos era un funcionario bastante importante en la Oficina de Asuntos Indios. Lo encontré todavía en su despacho, e hicimos planes para vernos aquella misma noche en el comedor del hotel.

Kreizler se unió a nosotros. Hobart era un tipo voluminoso, tontorrón, con gafitas, al que no le interesaba otra cosa que comer y beber sin freno. Si le proporcionaba ambas cosas en abundancia, podría tener la seguridad de que no sólo se mostraría discreto sino totalmente falto de curiosidad por lo que Laszlo y yo andábamos buscando. Nos informó de que, en efecto, la Oficina guardaba registro de los asesinatos que se sabía o se suponía que habían cometido los indios. Le dijimos que estábamos interesados únicamente en los casos sin resolver, aunque al preguntarnos por qué partes del país estábamos interesados, Kreizler sólo pudo contestar que por las regiones fronterizas durante los últimos quince años. Cubrir un espectro tan amplio, nos aseguró Hobart, implicaría tener que hojear un montón de expedientes, una labor que tanto él como yo tendríamos que llevar a cabo subrepticiamente. El jefe de Hobart, el secretario de Interior Michael Hoke Smith, compartía con el presidente Cleveland la antipatía por los periodistas, sobre todo por los fisgones. Pero mientras Hobart embutía decididamente más capón y vino dentro de su rechoncho cuerpo, estaba cada vez más convencido de que podríamos conseguir nuestro objetivo (aunque seguía ignorando por completo cuál era el propósito). Y después de la cena, tan sólo para terminar de cimentar su resolución, me lo llevé a un salón que yo conocía en la zona sureste de la ciudad, donde el espectáculo era de los que podrían calificarse de variedades poco recatadas.

Kreizler y yo desayunamos temprano por la mañana. Confiábamos en que, haciendo duras etapas, los Isaacson llegarían a Deadwood, en Dakota del Sur, la tarde del jueves. Se les había ordenado que pasaran por la oficina de telégrafos de la Western Union en aquella ciudad tan pronto llegaran, para ver si había noticias nuestras. Y la mañana del miércoles, justo después de desayunar, Kreizler les envió el primer telegrama. En él comunicaba a los hermanos que, por razones que más tarde les explicaría, el sacerdocio había sido eliminado como probable profesión de nuestro objetivo. Se les informaría de otras posibilidades tan pronto como las hubiésemos dilucidado. Luego Laszlo se marchó al St. Elizabeth, mientras yo me dirigía paseando de buen humor por F Street hasta el edificio de la Oficina de Patentes, en el cual estaba la mayoría del personal y los archivos del Ministerio del Interior.

La construcción del enorme edificio neoclásico de la Oficina de Patentes se había acabado en 1867, y su disposición general iba a convertirse en la regla para todos los edificios oficiales de la capital: rectangular, hueca, tan monótona por dentro como por fuera. Las dos manzanas entre las calles Siete y Nueve estaban ocupadas por el mismo tipo de edificios, y una vez allí dentro no fue tarea fácil encontrar el despacho de Hobart. Sin embargo, aquella vastedad al final resultó una bendición pues mi presencia no despertó ningún comentario: había centenares de empleados federales deambulando por los pasillos de las cuatro alas del edificio, la mayoría de ellos desconocedores de la identidad y función de cada uno de los otros. Hobart, en absoluto perjudicado por las actividades de la noche anterior, había encontrado un pequeño escritorio para mí en un rincón de una de las salas de archivos, y había metido mano en el primer grupo de carpetas que tendría que investigar: informes de varios puestos fronterizos y de centros administrativos que se remontaban a 1881, relacionados con incidentes violentos entre los colonos y distintas tribus de los sioux.

Durante los dos días siguientes vi muy poco de Washington, aparte de mi pequeño rincón en aquella polvorienta sala de archivos. Como suele ocurrir durante los largos períodos de investigación en un lugar sin ventanas, la realidad pronto empezó a perder su influencia sobre mi mente, y las horripilantes descripciones de masacres, asesinatos y represalias que yo leía con atención adquirieron una intensidad que no habrían tenido si las hubiera leído, pongamos por caso, en uno de los parques de la ciudad. Inevitablemente me distraje con historias que yo sabía no guardaban nada prometedor para nosotros —descripciones de asesinatos que se habían solucionado hacía mucho tiempo, cuyas características más notables no tenían nada que ver con nuestro caso—, pero que resultaban tan morbosamente fascinantes por méritos propios que necesitaba saber cómo habían concluido. Hay que reconocer que había algunas historias que no por predecibles eran menos horrorosas, sobre hombres, mujeres y niños que habían soportado una vida dura y solitaria en tierras indómitas, sólo para morir a sangre fría a manos de los nativos. Estos asesinatos eran generalmente una represalia por tratados que se habían roto, o por otros acuerdos legales cuya negociación y violación no había sido obra de los colonos. Pero afortunadamente tales historias eran pocas. La mayoría de los informes eran actos de venganza por parte de los sioux, graves pero comprensibles si se comparaban con las abominables traiciones de los soldados blancos, de los agentes indios (la Oficina de Asuntos Indios era la agencia más corrupta de un ministerio conocido por su corrupción) y de los traficantes de armas y de whisky, contra los que habían cometido tales actos. Leer aquellas historias me recordó vivamente la preocupación con que Franz Boas y Clark Wissler habían enfocado nuestra investigación: el ciudadano medio de Estados Unidos, profundamente receloso de las tribus indias, desconocía por completo la existencia de archivos como los que yo estaba explorando, y por tanto de la auténtica situación de los asuntos blancos-indios. La mayoría habrían necesitado tan sólo la sugerencia de que había un vínculo entre cualquier grupo de indios y el tipo de comportamiento que nuestro asesino había exhibido para ver confirmadas sus desinformadas opiniones.

A última hora del miércoles, después de terminar mi primera y larga jornada en los sótanos del Ministerio del Interior, Kreizler y yo nos reunimos en su habitación del Willard para comparar notas. El director del St. Elizabeth había resultado ser una persona tan problemática como había parecido por teléfono, y Kreizler se había visto obligado a recurrir a Roosevelt —quien a su vez había pedido a un amigo suyo de la oficina del procurador general que llamara al director— para tener acceso a los archivos del hospital. La gestión le había llevado a Kreizler la mayor parte del día, y aunque había tenido tiempo de conseguir una lista de soldados que habían servido en el ejército del Oeste y posteriormente habían sido enviados al St. Elizabeth debido a una discutible inestabilidad mental, su estado de ánimo cuando nos encontramos era de gran decepción: a pesar de que el hombre que había motivado la carta original del St. Elizabeth había sido efectivamente un soldado, al parecer también había nacido y se había criado en el Este, y nunca había servido más al oeste de Chicago.

—Supongo que por Chicago ya no debe de haber bandas de indios merodeadores, ¿verdad? —pregunté mientras Lazlo estudiaba una hoja en la que se detallaban circunstancias relacionadas con los antecedentes y servicios de aquel hombre.

—No —me contestó Kreizler en voz baja—. Y es una verdadera lástima porque hay otros muchos detalles que recomendarían a este individuo.

—Entonces será mejor que no nos entretengamos con él porque tenemos a varios candidatos. Hasta el momento Hobart y yo hemos encontrado cuatro casos de asesinatos con mutilación en Dakota y en Wyoming. Todos cometidos cuando los sioux y las unidades del ejército estaban en estrecho contacto.

Kreizler dejó con gran esfuerzo la hoja de papel a un lado y alzó la vista.

—¿Había implicado algún chiquillo?

—En dos de los cuatro —contesté—. En el primer caso, dos chiquillas murieron junto con sus padres, y en el segundo una niña y un niño de un orfanato murieron con su abuelo, que era quien cuidaba de ellos. El problema está en que en ambos casos sólo fueron mutilados los adultos.

—¿Se formuló alguna teoría al respecto?

—En los dos casos se dio por sentado que eran incursiones de represalia por parte de grupos de guerreros. Pero hay un detalle interesante en el caso relacionado con el abuelo. Ocurrió a finales de otoño del ochenta y nueve, cerca de Fort Keough, durante el período en que se desmanteló la última gran reserva. Había muchos sioux descontentos por allí, la mayoría seguidores de Toro Sentado y de otro jefe llamado... —repasé rápidamente las notas con un dedo— Nube Roja. Lo cierto es que un pequeño destacamento de caballería dio con la familia asesinada, y el teniente que iba al mando atribuyó en un principio el crimen a algunos de los seguidores más belicosos de Nube Roja. Pero uno de los soldados más veteranos de la compañía dijo que la banda de Nube Roja no había hecho incursiones asesinas en los últimos tiempos, y que el abuelo muerto tenía un historial de continuas rencillas con los agentes de la Oficina y militares de otro fuerte. El Robinson, creo que era. Según parece, el anciano había denunciado a un sargento de caballería del Robinson por tratar de abusar sexualmente de su nieto. Da la coincidencia de que el sargento de la unidad se encontraba en la zona de Fort Keough cuando la familia fue asesinada.

Kreizler no había mostrado mucho interés hasta ese momento, pero estos últimos hechos parecieron intrigarle.

—¿Conocemos el nombre del militar?

—No se incluía en el informe. Hobart piensa investigar un poco mañana en el Ministerio de la Guerra.

—Bien. Pero asegúrate de telegrafiar por la mañana a los sargentos detectives la información que ahora disponemos. Puede que sigan los detalles.

A continuación repasamos los demás casos que yo había seleccionado, pero por varios motivos al final los descartamos todos. Seguidamente nos sumergimos en la pila de nombres que Kreizler había conseguido en el St. Elizabeth, y durante las horas que siguieron logramos descartarlos a todos excepto unos pocos. Finalmente, pasada ya la una de la madrugada, me retiré a mi habitación y me serví un buen vaso de whisky con soda, pero me quedé dormido con la ropa puesta cuando apenas había bebido la mitad.

El jueves por la mañana volvía a estar en mi escritorio del Ministerio del Interior, perdido en más historias de muertes sin resolver en la zona fronteriza. A eso del mediodía, Hobart regresó de su breve viaje al Ministerio de la Guerra, donde había averiguado un hecho decepcionante: el sargento de caballería que figuraba en el caso del asesinato del abuelo tenía cuarenta y cinco años en la época del suceso. Esto hacía que tuviera cincuenta y dos en 1896: demasiado viejo para encajar en el retrato que habíamos bosquejado de nuestro asesino. No obstante, pensé que valía la pena tomar nota de su nombre y de su último paradero conocido (había abierto una tienda de telas en Cincinnati después de retirarse del ejército), por si nuestra hipótesis referente a la edad resultaba equivocada.

—Siento no haber podido traerte mejores noticias —dijo Hobart, cuando le comenté el asunto—. ¿Quieres que almorcemos juntos?

—De acuerdo —contesté—. Recógeme dentro de una hora; creo que ya habré terminado con mil ochocientos noventa y dos.

—Perfecto. —Ya se disponía a alejarse del escritorio, pero de pronto se tocó el bolsillo de la chaqueta y pareció recordar algo—. Ah, John, quería preguntarte una cosa. Esta investigación vuestra está limitada definitivamente a los estados de la frontera, ¿verdad? —Sacó un papel doblado del bolsillo.

—Así es. ¿Por qué?

—Por nada. Se trata sólo de una vieja historia. La descubrí después de que te fueras anoche. —Dejó el papel encima de mi escritorio—. Pero no servirá... Ocurrió en Nueva York. ¿Chuletas?

Cogí el papel y empecé a leerlo.

—¿Cómo dices?

—Para almorzar. ¿Chuletas? Han abierto un restaurante espléndido en la zona. Además tiene buena cerveza.

—Perfecto.

Hobart apresuró el paso para alcanzar a una archivera bastante joven que acababa de pasar por delante de mi escritorio. Desde la escalera cercana oí chillar a la mujer, luego el sonido de una bofetada y una breve exclamación de dolor por parte de Hobart. Sonreí ante el proceder incurable de mi compañero, me recosté en la silla y estudié el documento que acaba de dejarme.

En él se relataba la curiosa historia de un pastor protestante llamado Victor Dury y de su esposa, a los que en 1880 se encontró muertos en su modesta casa de las afueras de New Paltz, en el estado de Nueva York. Según el documento, los cadáveres habían sido «brutal y bárbaramente cortados en pedazos». El reverendo Dury había estado en servicio de misiones en Dakota del Sur, donde al parecer se había forjado enemigos entre las tribus indias; de hecho, la policía de New Paltz había dado por sentado que los asesinatos eran un acto de venganza por parte de algunos indios exaltados, a los que su jefe había enviado al Este con este propósito. Este fragmento «detectivesco» era el resultado de una nota abandonada por los asesinos en el escenario del crimen, en la que explicaban los asesinatos y anunciaban que se llevaban consigo al hijo adolescente de la pareja para que viviera entre los indios como uno de los suyos. Era una historia realmente desoladora, que sin duda nos habría sido de gran utilidad si hubiese ocurrido más al oeste. Dejé a un lado el documento, pero al cabo de pocos minutos volví a cogerlo, preguntándome si no podría ser que estuviésemos equivocados respecto a los antecedentes geográficos del asesino. Al final me metí el papel en el bolsillo y decidí comentar el asunto con Kreizler.

El resto del día sólo me proporcionó dos casos que contribuyeran a una mínima esperanza de poder avanzar en nuestra investigación: el primero estaba relacionado con un grupo de chiquillos y de su maestra, que habían sido masacrados en una escuela aislada durante las horas de clase; el segundo era otra familia de la pradera, la cual había sido víctima de una carnicería después de la violación de un tratado. Consciente de que mis dos hallazgos eran una pobre recompensa para un largo día de trabajo, decidí trasladarme al hotel Willard con la esperanza de que Kreizler hubiese tenido mayor fortuna durante su segundo día de investigación. Pero Laszlo sólo había descubierto unos pocos nombres de soldados que hubiesen servido en el ejército del Oeste en el período de los quince años que estábamos investigando, que hubieran sido confinados en una institución de la capital a causa de un comportamiento violento e inestable y que además padecieran algún tipo de deformación facial. De estos pocos nombres, sólo uno concordaba con la edad que estábamos buscando (en torno a los treinta años). Al sentarnos para cenar en el comedor del hotel, Kreizler me entregó el historial de este hombre y yo le ofrecí el documento que hablaba del asesinato de los Dury.

—Nacido y criado en Ohio —fue mi primer comentario ante el hallazgo de Laszlo—. Tendría que haber pasado mucho tiempo en Nueva York después de que lo soltaran.

—Cierto —admitió Kreizler, y desplegó el papel que le había entregado mientras atacaba distraídamente el plato de crema de cangrejo—. Lo cual nos plantea un problema, ya que no abandonó el St. Elizabeth hasta la primavera del noventa y uno.

—Un estudio rápido de la ciudad —comenté, asintiendo—. Pero es posible.

—Tampoco me siento muy animado por lo que se refiere a la deformidad... Una larga cicatriz sobre la mejilla derecha y los labios.

—Podría ser bastante repulsiva.

—Pero sugiere una herida de guerra, Moore, y esto invalida la angustia en la infancia por...

De pronto Kreizler abrió desmesuradamente los ojos, y

con gesto pausado soltó la cuchara mientras terminaba de leer el papel que le había entregado. Luego desplazó lentamente los ojos hacia mí, e inquirió en un tono de contenida excitación:

—¿Quién te ha dado esto?

—Hobart —me limité a contestar, dejando a un lado el historial del soldado de Ohio—. Lo encontró anoche. ¿Por qué?

Con un rápido movimiento de manos, Kreizler sacó del bolsillo varias hojas dobladas. Las alisó presuroso sobre la mesa y luego me las pasó.

—¿Adviertes algo?

Necesité un par de segundos, pero al fin lo vi. En la parte superior de la primera hoja de papel, que era otro impreso del hospital St. Elizabeth, había un recuadro que ponía LUGAR DE NACIMIENTO.

En aquel espacio habían escrito: «New Paltz, Nueva York.»

32

—¿Es el hombre sobre el que nos escribieron originalmente? —pregunté.

Kreizler asintió con vehemencia.

—Decidí conservar el historial. Generalmente no me
gustan las corazonadas, pero no podía renunciar a ésta. Había demasiados detalles que concordaban: la pobre infancia
en un hogar estrictamente religioso y el hecho de tener un
solo hermano... ¿Recuerdas lo que decía Sara de que tenía
que proceder de una familia reducida porque a la madre no
le gustaba criar hijos?

—Kreizler... —murmuré, tratando de tranquilizarle.

—Y esa exasperante referencia a «un tic facial», que incluso en el informe del hospital aparece explicado con tan
poco detalle como «una intermitente y violenta contracción
de los músculos del ojo y de la cara». Ninguna explicación
sobre el por qué.

—Kreizler...

—Y luego el marcado acento en el sadismo que aparece
en el informe del alienista que lo atendió al ingresar, junto
con los pormenores del incidente que provocó su internamiento...

—¡Kreizler! ¿Quieres hacer el favor de dejarme echar un
vistazo a esto?

Entonces se levantó de repente, dominado por la excitación.

—Sí, sí, por supuesto. Y mientras lo haces voy a la oficina de telégrafos, por si hay algún mensaje de los sargentos. —Volvió a dejar sobre la mesa el documento que yo le había entregado—. ¡Tengo una gran corazonada sobre esto, Moore!

Mientras Kreizler salía presuroso del comedor, empecé a leer cuidadosamente la primera página del informe del hospital.

El cabo John Beecham, admitido en el hospital St. Elizabeth en mayo de 1886, afirmaba en ese entonces haber nacido en New Paltz, una pequeña ciudad justo al oeste del río Hudson, a unos cien kilómetros al norte de Nueva York, que había sido el escenario del asesinato de los Dury. La fecha exacta del nacimiento citaba el 9 de noviembre de 1865. Sus padres aparecían identificados tan sólo como «fallecidos», y tenía otro hermano, ocho años mayor que él.

Estiré el brazo y cogí el documento del Ministerio del Interior que hablaba del asesinato del pastor y de su esposa.

Aquellos crímenes se habían cometido en 1880, y se indicaba que las víctimas tenían un hijo adolescente al que los indios habían secuestrado. Al parecer, un segundo hijo de más edad, Adam Dury, se encontraba en su casa de las afueras de Newton, Massachusetts, en el momento de los asesinatos.

Cogí otra hoja del informe del hospital y repasé las notas que había redactado el alienista que había atendido por primera vez a John Beecham, en un intento por hallar la causa específica del internamiento del cabo. A pesar de la descuidada caligrafía del doctor, pronto di con ella:

«El paciente formaba parte de un cuerpo alistado por el gobernador de Illinois para reprimir los disturbios provocados por las huelgas de la zona de Chicago iniciados el Primero de Mayo (los tumultos de Haymarket, etc.). Durante la incursión del 5 de mayo contra los huelguistas de Chicago Norte, se ordenó a los soldados abrir fuego, y con posterioridad se encontró al paciente apuñalando el cadáver de un huelguista muerto. El teniente M... descubrió en flagrante delito al paciente; éste afirma que M... se las tenía juradas, etc., y que continuamente le "vigilaba"; M... ordenó que relevaran de sus obligaciones al paciente, y el médico del regimiento lo declaró inútil para el servicio.»

Luego seguían los comentarios sobre sadismo y delirios de persecución que Kreizler ya me había comentado. En el resto del historial encontré más informes redactados por otros alienistas durante los cuatro meses de estancia de John Beecham en el St. Elizabeth, y los repasé en busca de más referencias a los padres del paciente. En ningún sitio se mencionaba a la madre, y había muy pocas referencias a su infancia en general; pero una de las evaluaciones finales, redactada justo antes de la liberación de Beecham, contenía el siguiente párrafo:

«El paciente ha solicitado un auto de h.c. (*habeas corpus*) y continúa afirmando que no hay nada erróneo ni criminal en su conducta; el padre era evidentemente un hombre muy devoto, que enfatizaba la importancia de las normas y el castigo para quienes las transgredieran. Recomendamos incrementar las dosis de hidrato de cloral.»

Justo en ese momento, Kreizler regresó con paso apresurado a la mesa, haciendo oscilar la cabeza.

—Nada. Aún no han llegado. —Señaló los papeles que yo sostenía—. ¿Y bien, Moore? ¿Qué has sacado en claro de todo esto?

—Las fechas coinciden —contesté reflexivo—. Además de la localización.

Kreizler dio una palmada y volvió a sentarse.

—Nunca había soñado siquiera con esta posibilidad. ¿Quién lo habría creído? Secuestrado por los indios... Es casi absurdo.

—Puede que lo sea —repliqué—. En estos últimos días no he tenido la sensación de que los indios se llevaran cautivos a muchos niños... Y menos si éstos tenían ya dieciséis años.

—¿Estás seguro de esto?

—No. Pero Clark Wissler probablemente lo sepa. Le telefonearé mañana por la mañana.

—Hazlo —contestó Kreizler, asintiendo, al tiempo que me cogía el documento de Interior y lo volvía a estudiar—. Necesitamos conocer más detalles.

—Yo también he pensado lo mismo. Puedo telefonear a Sara y ponerla en contacto con un amigo mío del *Times*, quien la dejará entrar en el depósito.

—¿El depósito?

—Es donde se guardan los números atrasados... Sara puede buscar la historia; seguro que los periódicos de Nueva York la publicaron.

—Sin duda.

—Mientras tanto, Hobart y yo trataremos de averiguar quién es ese teniente M..., y si todavía sigue en el ejército. Tal vez pueda facilitarnos más detalles.

—Y yo volveré al St. Elizabeth para hablar con alguien que haya conocido personalmente al cabo John Beecham. —Kreizler alzó su copa de vino, sonriente—. Bien, Moore... ¡Nuevas esperanzas!

La expectación y la curiosidad me dificultaron el sueño aquella noche, pero la mañana me trajo la buena noticia de que los Isaacson habían llegado por fin a Deadwood. Kreizler les telegrafió dándoles instrucciones para que no se movieran hasta tener noticias nuestras aquella tarde o por la noche, mientras yo me dirigía al vestíbulo para efectuar mis llamadas a Nueva York. Me llevó algún tiempo comunicar con el Museo de Historia Natural, y localizar a Clark Wissler me resultó aún más difícil. Sin embargo, cuando finalmente su voz apareció al otro lado de la línea, no sólo se mostró servicial sino totalmente entusiasta... en gran parte porque pudo decirme con toda seguridad que la historia descrita en el documento del Ministerio del Interior era una invención. La idea de que cualquier cacique hubiera enviado asesinos hasta New Paltz —y que hubieran alcanzado este destino sin ningún incidente— era bastante ridícula; pero las posteriores afirmaciones de que después de haber cometido los asesinatos habían dejado una nota explicativa, habían secuestrado al hijo adolescente de las víctimas en lugar de matarlo y luego habían regresado cruzando el territorio sin que nadie lo advirtiera, eran demasiado insólitas para tenerlas en consideración. Wissler estaba convencido de que alguien había gastado una broma no demasiado inteligente a las ingenuas autoridades de New Paltz. Le agradecí su ayuda de todo corazón y seguidamente telefoneé al 808 de Broadway.

Sara contestó en un tono cargado de nerviosismo. Al parecer, en las últimas cuarenta y ocho horas una gran variedad de tipos desabridos había mostrado un enorme interés por nuestro cuartel general. La habían seguido casi continuamente, de eso estaba segura; y a pesar de que nunca salía desarmada, aquella vigilancia continua le destrozaba los nervios. Además, el aburrimiento empeoraba las cosas. Dado que tenía tan poco que hacer desde nuestra partida, su mente estaba libre para centrarse todavía más en sus espectrales seguidores. Por este motivo, la sola idea de que iba a tener actividad, aunque sólo fuera buscar en el *Times*, actuó como un tónico para su espíritu, y con placer devoró los detalles de nuestra última teoría. Al preguntarle cuánto pensaba que iba a tardar Cyrus en poder acompañarla por la ciudad, me contestó que, a pesar de que al grandullón ya lo habían dado de alta en el hospital, todavía se encontraba demasiado débil para abandonar su cama en casa de Kreizler.

—No me pasará nada, John —insistió, aunque a sus palabras les faltó parte de su habitual convicción.

—Por supuesto que no —contesté—. Dudo que la mitad de los criminales de Nueva York vayan tan bien armados como tú. O los policías, por lo que se refiere al caso... Aun así, dile a Stevie que te acompañe. A pesar de su talla, es de lo más eficaz en una pelea.

—Sí —dijo Sara, con una risa tranquilizadora—. Ya me ha sido de gran utilidad. Me acompaña a casa cada noche. Y juntos fumamos cigarrillos, aunque no es necesario que esto se lo cuentes al doctor Kreizler. —Por un momento me pregunté por qué insistiría en llamarlo «doctor Kreizler», pero había asuntos más perentorios que tratar.

—Tengo que irme, Sara. Telefonea tan pronto como averigües algo.

—De acuerdo. Y vosotros tened cuidado, John.

Colgué y me fui en busca de Kreizler.

Éste aún estaba en la oficina de telégrafos, terminando de redactar un telegrama que se disponía a enviar a Roosevelt. Ordenando las frases de manera ambigua (y sin firmar el mensaje), Laszlo le pedía a Theodore que se pusiera en contacto con la oficina del alcalde de New Paltz para preguntar si una familia o una persona llamada Beecham había vivido en la ciudad en algún momento de los últimos veinte años; y luego con las autoridades de Newton, Massachusetts, para ver si un tal Adam Dury todavía residía allí. Aunque estábamos ansiosos por averiguar la respuesta a aquellas preguntas, sabíamos que éstas tardarían algún tiempo y que aún nos quedaba mucho trabajo por hacer en el St. Elizabeth y en el Ministerio del Interior. Un poco a pesar nuestro, abandonamos la oficina de telégrafos y salimos a otra espléndida mañana primaveral.

Aunque ese día había otros muchos detalles que atender, me resultó imposible impedir que mi mente regresara a los grandes misterios que rodeaban a John Beecham y a Victor Dury, y estoy seguro de que Kreizler experimentaba lo mismo. Varios interrogantes se hacían particularmente persistentes: si la historia sobre los asesinos indios era de hecho falsa, entonces ¿quién la había urdido? ¿Quién había cometido realmente el asesinato, y qué le había ocurrido al joven Dury? ¿Por qué en los archivos del hospital había tan pocas referencias a los años juveniles de John Beecham y no se mencionaba para nada a su madre? ¿Y dónde se encontraba en aquellos momentos aquel hombre indudablemente trastornado?

El trabajo del día no trajo respuestas a estas preguntas: ni en Interior ni en el Ministerio de la Guerra pudieron facilitar más detalles del asesinato de los Dury ni de la vida de John Beecham antes de su internamiento en el St. Elizabeth. A Kreizler no le fue mejor en el mencionado hospital, al que, me informó aquella noche, no se le requería ni se le otorgaban poderes para que averiguara adónde iba un paciente una vez que se le había concedido la libertad por un auto de *habeas corpus*. Además, ninguno de los pocos miembros del personal auxiliar que estaba en el hospital en la época del internamiento de Beecham recordaba nada del hombre, aparte de sus espasmos faciales. Al parecer su aspecto externo pasaba totalmente desapercibido, un hecho frustrante por lo que se refería a nuestros propósitos, aunque encajaba perfectamente con el supuesto de que nuestro asesino era un hombre que no llamaría la atención, salvo en el momento de sus actos violentos.

La única pieza de información útil que emergió de aquel viernes fue la que Hobart Weaver trajo aquella tarde al Willard. Según los archivos del Ministerio de la Guerra, el teniente que en 1886 había relevado de sus obligaciones a John Beecham era un tal Frederick Miller, desde entonces ascendido a capitán y en aquellos momentos de servicio en Fort Yates, en Dakota del Norte. Laszlo y yo sabíamos que una entrevista con aquel hombre sería de un valor incalculable; aun así, un viaje a Yates llevaría a los hermanos Isaacson en dirección contraria a su destino original, la agencia de Pine Ridge. Pese a ello era la pista más sólida que habíamos sido capaces de desarrollar y, pensándolo bien, valía la pena un desvío. De modo que a las seis y media de aquella tarde enviamos un telegrama a Deadwood indicando a los sargentos detectives que se consiguieran inmediatamente un pasaje para el norte.

En cuanto a los telegramas recibidos, en la oficina de telégrafos había uno de Roosevelt confirmando que, efectivamente, un hombre que vivía en Newton, Massachusetts, se llamaba Adam Dury. Theodore aún no había tenido noticias de New Paltz respecto a nuestra pregunta sobre el hombre o la familia llamada Beecham, pero seguía intentándolo. Kreizler y yo nos quedamos con muy poco que hacer, salvo confiar en que tendríamos más noticias de Roosevelt o de Sara a última hora de la tarde. Después de informar al recepcionista que estaríamos en el bar, nos retiramos al penumbroso local revestido con paneles de madera, buscamos un rincón aislado al final de la barra con apoyabrazos de latón y encargamos un par de cócteles.

—Mientras esperamos, Moore —dijo Kreizler, después de tomar un sorbo de jerez con un licor amargo—, podrías informarme sobre esos disturbios laborales que condujeron al internamiento de John Beecham. Los recuerdo vagamente, pero nada más.

Me encogí de hombros.

—No hay mucho que explicar. El primero de mayo del ochenta y seis, los Caballeros del Trabajo organizaron huelgas en casi todas las ciudades importantes del país. En Chicago, la situación no tardó en írseles de las manos: los huelguistas luchaban contra los esquiroles, la policía apaleaba a los huelguistas, los esquiroles apaleaban a la policía... Un verdadero lío. El cuarto día, una gran multitud de esquiroles se concentró en Haymarket Square, y la policía acudió para poner orden. Alguien, nadie sabe quién, lanzó una bomba contra los policías, matando a unos cuantos. Pudo ser un huelguista, o un anarquista intentando desencadenar los disturbios, o incluso un agente de los dueños de las fábricas para desacreditar a los huelguistas. Lo cierto es que el gobernador tuvo una buena excusa para llamar a la milicia y a algunas tropas federales. Al día siguiente del estallido de la bomba se celebró una reunión de huelguistas en una fábrica textil de los suburbios al norte de la ciudad. Se presentaron las tropas, y su jefe dijo más tarde que había ordenado a los huelguistas que se dispersaran, pero éstos aseguraron que en ningún momento habían oído semejante orden. En cualquier caso, las tropas abrieron fuego y se produjo una escena espantosa.

Kreizler asintió, reflexionando sobre los hechos.

—Chicago... Hay allí una gran concentración de inmigrantes, ¿verdad?

—Así es. Alemanes, escandinavos, polacos, gente de todas partes.

—Sin duda habría muchos entre los huelguistas, ¿no?

—Ya veo adónde quieres ir a parar con esto, Kreizler, pero no tiene por qué significar necesariamente algo. En aquel entonces, en todas las huelgas había involucrados inmigrantes.

Laszlo frunció las cejas.

—Sí, supongo que sí. De todos modos...

Justo en ese momento, un joven botones vestido de uniforme rojo con botones dorados entró en el bar, llamándome por el nombre. Me levanté y fui hacia él, quien me dijo que me reclamaban en recepción. Kreizler me siguió hasta allí, y el recepcionista me tendió un teléfono. Tan pronto contesté, oí la voz exaltada de Sara.

—John, ¿eres tú?

—Sí, Sara. Dime.

—Será mejor que te sientes. Es posible que hayamos dado con algo.

—No necesito sentarme. ¿De qué se trata?

—He encontrado en el *Times* la historia del asesinato de los Dury. Durante casi una semana se publicaron artículos, y luego pequeñas noticias. Casi todo cuanto quieras saber sobre la familia apareció en esos artículos.

—Aguarda —dije—. Cuéntaselo a Kreizler, para que pueda tomar notas.

Laszlo colocó su pequeño bloc sobre el mostrador de recepción, irritando con ello al encargado, y luego se acercó el auricular del teléfono. Ésta es la historia que él escuchó, y que yo seguí a través de sus anotaciones:

El padre del reverendo Victor Dury había sido un hugonote que había abandonado Francia durante la primera mitad del siglo pasado para evitar la persecución religiosa (los hugonotes eran protestantes, mientras que la mayoría de sus compatriotas eran católicos). Se fue a Suiza, pero allí la familia no tuvo suerte, por lo que su hijo mayor, Victor, ministro de la Iglesia reformista, decidió probar fortuna en América. Dury, que llegó a mediados de siglo, se instaló en New Paltz, una ciudad que los protestantes holandeses habían fundado en el siglo XVIII, y que luego se convirtió en el hogar de muchos inmigrantes franceses hugonotes. Allí Dury había iniciado un pequeño movimiento evangélico, fundado por los habitantes de la ciudad, y al cabo de un año se trasladó con su esposa y su hijo pequeño a Minnesota para extender la fe protestante entre los sioux (hay que decir que aún no se había empujado a los indios al oeste, hacia los Dakota). Dury no estaba muy dotado como misionero: era duro y altivo, y sus coloridas descripciones de la ira de Dios cayendo sobre los impíos y los transgresores contribuían muy poco a que los sioux se dejaran impresionar con las ventajas de la vida cristiana. El grupo de New Paltz, que financiaba su labor, había estado a punto de hacerle regresar cuando estalló la gran revuelta sioux de 1862: uno de los conflictos entre blancos e indios más sangrientos de la historia.

La familia Dury escapó por los pelos del espantoso destino que sufrieron muchos de sus compañeros blancos en Minnesota. Sin embargo, la experiencia proporcionó al reverendo una idea que a su parecer le aseguraría la continuidad de su misión. Consiguió una cámara de daguerrotipo y se fue a tomar fotografías de los blancos masacrados. Y en 1864, cuando regresó a New Paltz, se hizo famoso —si bien tristemente famoso— por mostrar aquellas fotografías a los ciudadanos más acomodados de la ciudad. Fue un intento flagrante de asustar a aquella gente de orden y bien alimentada para que contribuyera con más fondos, pero le salió el tiro por la culata: las fotografías de aquellos cuerpos masacrados y mutilados eran tan horribles, y tan febril la actitud de Dury mientras les mostraba las fotos, que empezó a ponerse en duda la cordura del reverendo. Éste se convirtió en una especie de paria social, incapaz de ostentar un cargo religioso, y al final se vio obligado a trabajar como cuidador en una iglesia reformada holandesa. La llegada imprevista de un segundo hijo en 1865 sólo consiguió empeorar las cosas, y al final la familia se vio obligada a trasladarse a una diminuta casita en las afueras de la ciudad.

Conociendo la penosa historia y la conducta de Dury, tal como la conocían, y no estando mejor informados sobre las costumbres indias de lo que lo estaban las comunidades blancas de tipo medio en Estados Unidos del este, los ciudadanos de New Paltz no dudaron nunca de que el asesinato de los Dury en 1880 se había debido al resentimiento que éste había engendrado entre los sioux de Minnesota durante su estancia entre ellos, casi dos décadas atrás. Al mismo tiempo corrieron rumores sobre la mala relación entre los Dury y su hijo mayor, Adam, quien varios años antes de los asesinatos se había trasladado a Massachusetts para convertirse en granjero. No tardó en comentarse también que tal vez Adam se había infiltrado en el estado de Nueva York para acabar con sus padres —aunque nunca se dijo públicamente el motivo—, si bien la policía se limitó a considerar los comentarios como simples habladurías. Y como nunca se encontraron huellas de Japheth, el joven Dury, la idea de que había sido secuestrado para convertirlo en guerrero indio encajó perfectamente con lo que a los ciudadanos de New Paltz se les había enseñado a esperar de los salvajes que habitaban los territorios del oeste.

De este modo finalizaba la historia de la familia Dury; sin embargo, las investigaciones de Sara no se habían limitado a esta historia. Al recordar que en su infancia había conocido a varias personas de New Paltz (aunque la ciudad estaba, según ella, «en el lado equivocado del río»), después de leer el *Times* efectuó algunas visitas sociales para ver si alguno de aquellos conocidos sabía algo sobre los asesinatos. El único conocido que encontró en casa no sabía nada. Pero Sara le pidió que le hiciera una descripción general de la vida cotidiana en New Paltz, y tropezó con un hecho bastante inquietante: que New Paltz se encuentra al pie de los montes Shawangunk, una cadena de montañas bastante conocida por sus enormes e impresionantes formaciones rocosas. Casi temiendo la respuesta que iba a obtener, Sara preguntó seguidamente si había algunos ciudadanos que se dedicaran a escalar aquellas formaciones como pasatiempo. Le dijeron que sí, que era un deporte bastante popular... Sobre todo entre los residentes que hacía poco habían llegado de Europa.

Tanto Kreizler como yo nos quedamos bastante asombrados ante este último descubrimiento y necesitábamos algo de tiempo para digerir toda aquella historia. Después de indicar a Sara que volveríamos a llamar más tarde, regresamos al bar del hotel para reflexionar sobre los acontecimientos.

—¿Y bien? —preguntó Kreizler en un tono algo nervioso, mientras nos servían otra ronda de cócteles—. ¿A qué conclusión has llegado?

Respiré profundamente.

—Empecemos por los hechos. El mayor de los muchachos Dury presenció algunas de las más horribles atrocidades imaginables, antes de que fuera lo bastante crecido como para entenderlas.

—Sí. Y su padre era un cura, o al menos un pastor... El calendario religioso, Moore. Su hogar tenía que regularse según este calendario.

—Parece que el padre era también un hombre muy severo, por no decir bastante peculiar; aunque respetable de puertas afuera, al menos al principio.

Kreizler iba marcando sus pensamientos con un dedo sobre la barra.

—Así que... podemos suponer unas pautas de violencia doméstica, que empezaron muy pronto y siguieron regularmente durante años. Esto despierta en él unos deseos de venganza que se acrecientan sin interrupción.

—Sí —convine—. No nos faltan ejemplos. Pero Adam es mayor de lo que calculábamos.

Kreizler asintió.

—Mientras que el más joven, Japheth, tendría la misma edad que Beecham. Ahora bien, si fue él quien cometió los asesinatos, después inventó la nota, desapareció y adoptó un nombre distinto...

—Pero no fue él quien presenció las masacres y las mutilaciones... —protesté—. Japheth aún no había nacido.

Kreizler golpeó con el puño sobre la barra.

—Cierto. Él no habría pasado por la experiencia de la frontera.

Dejé que los hechos se combinaran de distintas formas en mi cabeza, para dar con una nueva interpretación. Pero fracasé. Al cabo de unos cuantos minutos, lo único que se me ocurrió decir fue:

—Aún no sabemos nada sobre la madre.

—No... —Kreizler golpeó con los nudillos sobre la barra—. Pero eran pobres y vivían en un espacio reducido. Y esto habría sido especialmente cierto durante la época de Minnesota, que sería la etapa más intensa en la vida del hijo mayor.

—En efecto. Sólo con que fuera más joven...

Laszlo suspiró y sacudió la cabeza.

—Un montón de preguntas... Y sospecho que las respuestas se encuentran sólo en Newton, Massachusetts.

—Entonces habrá que ir allí para averiguarlo.

—Tal vez. —Kreizler bebió nerviosamente —. Confieso que me siento perdido, Moore. No soy un detective profesional. ¿Qué debemos hacer? ¿Quedarnos aquí para intentar obtener más información sobre Beecham y seguir cualquier nueva pista que podamos descubrir, o irnos a Newton? ¿Cómo puede saber uno cuándo ha llegado la hora de dejar de analizar todas las posibilidades y decidir un rumbo?

Reflexioné un momento.

—No podemos saberlo —concluí finalmente—. No tenemos experiencia. Sin embargo... —Me levanté y me dirigí hacia la oficina de telégrafos.

—¡Moore! —me llamó Kreizler, siguiéndome—. ¿Adónde diablos vas?

Necesité sólo cinco minutos para condensar los aspectos clave de la investigación de Sara en un telegrama, que mandé a la oficina de telégrafos de Fort Yates, en Dakota del Norte. El mensaje concluía con una única petición: ACONSEJAD RUMBO A SEGUIR.

Pasamos el resto de la velada en el comedor del Willard,

hasta que el personal nos informó que tenían que irse a casa. Dado que acostarnos estaba totalmente fuera de lugar, decidimos dar un paseo por los alrededores de la Casa Blanca, fumando e imaginando cualquier posible cambio en la historia que habíamos oído aquella noche, a la vez que buscábamos una forma de relacionarla con el cabo John Beecham. Seguir la pista de Dury llevaría tiempo, esto era cada vez más obvio, y aunque ninguno de los dos se atrevía a reconocerlo, sabíamos que si perdíamos ese tiempo lo más probable sería que cuando el asesino efectuara el siguiente intento no estuviéramos mejor preparados para impedírselo de lo que lo estábamos en Pentecostés. Teníamos que decidir entre dos posibilidades de acción, las dos llenas de riesgos. Mientras deambulábamos sin rumbo por la noche de Washington, Kreizler y yo nos sentíamos realmente paralizados.

Fue una suerte que a nuestro regreso al Willard el recepcionista tuviera un telegrama para nosotros. Procedía de Fort Yates, y debían de haberlo enviado segundos después de que los Isaacson llegaran a ese destino. Aunque breve, no había dudas en el tono: LA PISTA ES SÓLIDA. SÍGANLA.

33

El anuncio del amanecer nos pilló en un tren que nos llevaba a Nueva York, donde pasaríamos por el número 808 de Broadway antes de seguir hasta Newton, en Massachusetts. Habría sido imposible hacer algo constructivo en Washington —ni siquiera dormir— una vez que vimos confirmada nuestra decisión de seguir la pista a Dury; por otro lado, el viaje en tren al norte satisfaría al menos las ansias de acción y nos permitiría descansar tranquilamente durante unas horas. Al menos éstas eran mis esperanzas cuando subí a bordo; pero no llevaba mucho rato dormitando en el oscuro compartimiento cuando una profunda sensación de inquietud me trastornó. Encendí una cerilla para intentar determinar si había alguna base racional para mi miedo y vi a Kreizler, sentado frente a mí, mirando por la ventanilla del compartimiento hacia el oscuro paisaje que pasaba veloz.

—Laszlo —le llamé inquieto, estudiando sus ojos bajo la luz anaranjada de la cerilla—. ¿Qué sucede? ¿Ocurre algo?

Kreizler se frotaba los labios con el nudillo del índice de la mano izquierda.

—La morbosa imaginación —murmuró.

De pronto solté un bufido cuando el fósforo me quemó los dedos. Dejé que la llama cayera al suelo y se extinguiera, y murmuré hacia la renacida oscuridad.

—¿Qué imaginación? ¿De qué estás hablando?

—«Yo personalmente lo he leído y sé que es cierto» —murmuró, citando la carta de nuestro asesino—. El tema del canibalismo... Habíamos dado la explicación de que se trataba de una imaginación morbosa, impresionable.

—¿Y?

—Las fotos, John... —contestó Laszlo, y aunque no podía ver su rostro en el compartimiento, su voz seguía siendo tensa—. Las fotografías de los colonos masacrados. Hemos dado por sentado que nuestro hombre había estado en la frontera en algún momento de su vida, que sólo la experiencia personal podía proporcionarle un modelo para sus actuales asesinatos abominables.

—¿Quieres decir que las fotos de Victor Dury podían servir a tales propósitos?

—No para todo el mundo. Pero sí para este hombre, dada la impresionabilidad creada por una infancia de violencia y temores. Acuérdate de la explicación que dimos respecto al canibalismo... Que era algo que había leído, o tal vez oído, probablemente de pequeño. Una horripilante historia que dejó una impresión perdurable. ¿No producirían unas fotos un efecto mucho más intenso en una persona que se caracteriza por una imaginación obsesiva y morbosa?

—Es posible, desde luego. ¿Estás pensando en el hermano desaparecido?

—Sí. En Japheth Dury.

—¿Pero por qué iba alguien a enseñar estas cosas a un niño?

—«Más asqueroso que un piel roja...» —contestó Kreizler, distraído.

—¿Cómo dices?

—No estoy seguro, John. Puede que diera casualmente con ellas. O tal vez se utilizaran como instrumento disciplinario. Más respuestas que hallaremos en Newton, espero.

Pensé un momento en el asunto, luego percibí que mi cabeza oscilaba hacia atrás, hacia el asiento donde me hallaba tendido.

—Bueno —dije finalmente, cediendo al peso de la cabeza—, si no descansas un poco, no estarás en condiciones de hablar con nadie. Ni en Newton ni en ninguna otra parte.

—Lo sé —dijo Kreizler; luego sentí que se removía en el asiento—. Pero el pensamiento no me deja...

La siguiente cosa que recuerdo fue que estábamos en la estación Grand Central. Los portazos y los golpes de los bultos contra las paredes de nuestro compartimiento me habían despertado bruscamente. Sin un aspecto mejor después de la agitada noche, Kreizler y yo bajamos del tren y salimos de la estación a una mañana encapotada y triste. Puesto que Sara no estaría aún en el cuartel general, decidimos detenernos en nuestras respectivas casas y reunirnos en el 808 cuando pareciéramos algo más humanos. Yo me concedí otras dos horas de sueño y un espléndido baño en Washington Square, y después desayuné con mi abuela. La tranquilidad mental que afortunadamente se había instalado en ella después de la ejecución del doctor H. H. Holmes, empezaba a desaparecer: durante el desayuno advertí que repasaba nerviosamente las últimas páginas del *Times* en busca de la siguiente amenaza mortal con la que preocuparse durante las horas nocturnas. Me tomé la libertad de señalarle lo inútil de tal empeño, a lo cual me replicó con bastante sequedad que no era su intención aceptar consejos de alguien que consideraba apropiado suicidarse públicamente, no en una ciudad sino en dos, dejándose ver con «ese doctor Kreizler».

Harriet me preparó una bolsa con ropa limpia para el viaje a Newton, y a las nueve en punto me encontraba en el ascensor del 808 de Broadway, atiborrado de café y francamente animoso. Ahora que había vuelto, parecía como si hubiese estado lejos del cuartel general más de cuatro días, y ansiaba ver de nuevo a Sara con desinhibido entusiasmo. Al llegar al sexto piso me la encontré en íntima conversación con Kreizler. Sin embargo, decidido a ignorar por completo lo que pudiera haber entre ellos, me abalancé sobre Sara y la abracé con fuerza, haciéndole dar vueltas.

—¡Eh, John! —protestó Sara, sonriendo—. Me tiene sin cuidado que estemos en primavera... ¡Ya sabes lo que ocurrió la última vez que te propasaste!

—¡Oh, no! —exclamé, soltándola en el acto—. Con un

baño en el río ya es suficiente. Bueno, ¿te ha puesto Lazlo al corriente?

—Sí —contestó Sara, arreglándose el moño que llevaba en la nuca, y con los ojos verdes centelleantes—. Los dos os lleváis la parte más divertida, pero acabo de decirle al doctor Kreizler que si pensáis que voy a quedarme aquí sentada un minuto más, mientras vosotros salís de estampida hacia otra aventura, estáis muy equivocados.

Me sentí más animado.

—¿Vas a venir a Newton?

—He dicho que quería aventura —replicó, abanicándome la nariz con una hoja de papel—, y verme encerrada en un tren en vuestra compañía me temo que no colmaría mis deseos. No, el doctor Kreizler dice que alguien tiene que ir a New Paltz.

—Hace unos minutos ha telefoneado Roosevelt —me informó Lazlo—. Al parecer el apellido Beecham está inscrito en varios registros de la ciudad.

—Vaya —dije yo—. Entonces esto quiere decir que Japheth Dury no se transformó en John Beecham...

Kreizler se encogió de hombros.

—De lo único que podemos estar seguros es de que se trata de una complicación más. Y que hay que investigarlo. Sin embargo, tú y yo tenemos que ir a Newton lo antes posible, y con los detectives fuera, la única que queda es Sara. Al fin y al cabo se trata de su tierra... Ella creció en la región y seguro que sabrá cómo congraciarse con las autoridades locales.

—¡Oh, sin duda! —exclamé—. ¿Y qué me dices de coordinar aquí las cosas?

—Es una labor que hemos sobrestimado —replicó Sara—. Dejemos que se encargue Stevie, al menos hasta que Cyrus pueda abandonar la cama. Además, yo no estaré fuera más de un día.

Le lancé una mirada lujuriosa.

—¿Y cuál es mi contribución en este plan?

Sara giró bruscamente, apartándose.

—Eres un cerdo, John. Además, el doctor Kreizler ya ha dado su aprobación.

—Entiendo —dije—. Bueno, pues... Eso es todo, supongo. Mi opinión importa un comino.

Y así fue cómo Stevie Taggert quedó con las manos libres para saquear los cigarrillos de nuestro cuartel general. Cuando al mediodía lo dejamos encargado del lugar, me dio la impresión de que sería capaz de fumarse la tapicería de las sillas de la marquesa Carcano si no encontraba nada mejor... Stevie prestó cuidadosa atención a las instrucciones de Laszlo sobre cómo contactar con nosotros mientras estuviésemos fuera, pero cuando estas instrucciones se convirtieron en un discurso de advertencia sobre los males de la adicción a la nicotina, pareció como si el muchacho ensordeciera de pronto. Apenas habíamos entrado en el ascensor cuando Laszlo, Sara y yo oímos ruidos de cajones y armarios que se abrían y cerraban. Kreizler se limitó a suspirar, consciente de que por el momento tenía cosas más importantes a las que atender. Pero yo sabía que en cuanto nuestro caso quedara resuelto, en la casa de la calle Diecisiete se oirían muchos sermones sobre la vida sana.

Los tres nos detuvimos brevemente en Gramercy Park para que Sara pudiera recoger algunas cosas (en caso de que su visita a New Paltz se prolongara más de lo que imaginábamos), y después ideamos otro pequeño subterfugio con las mismas trampas que habíamos utilizado antes de nuestro viaje a Washington. Luego regresamos a la estación Grand Central. Sara salió presurosa a comprar un billete para la línea del Hudson, mientras Kreizler y yo comprábamos los nuestros en la ventanilla para la línea de New Haven. Al igual que el lunes, las despedidas fueron breves y poco efusivas entre Kreizler y Sara: empezaba a creer que me había equivocado con ellos, lo mismo que con el cura renegado responsable de los asesinatos. Nuestro tren para Boston salió a la hora, y antes de que pasara mucho rato cruzamos por la parte oriental del condado de Westchester y entramos en Connecticut.

En líneas generales, la diferencia entre nuestro viaje a Washington a principios de semana y aquel a Boston el sábado por la tarde era la misma que había entre los dos paisajes que habíamos cruzado y los tipos de gentes que habitaban aquellas regiones. El sábado habían desaparecido el verdor y los ondulantes campos de Nueva Jersey y de Maryland: a nuestro alrededor sólo había la tortuosa campiña de Connecticut y de Massachusetts, arrastrándose hacia el estrecho de Long Island y más allá hacia el mar, trayéndome a la memoria la dura existencia que había hecho de los granjeros y mercaderes de Nueva Inglaterra una gente tan ruin y pendenciera. Pero no hacía falta una indicación tan indirecta para saber cómo era la vida en aquella región del país: sentados a nuestro alrededor teníamos a los ejemplares humanos. Kreizler no había comprado billetes de primera, un error cuya gravedad se hizo del todo patente cuando el tren alcanzó la máxima velocidad y nuestros compañeros de viaje elevaron sus rudas y quejumbrosas letanías para superar el traqueteo de los vagones. Durante horas, Kreizler y yo soportamos conversaciones a grito pelado sobre pesca, política local y la vergonzosa situación económica de Estados Unidos. No obstante, a pesar del alboroto logramos idear un plan estratégico para abordar a Adam Dury cuando lo encontráramos, si es que lo encontrábamos.

Bajamos en la estación Back Bay de Boston, en cuya salida había un grupo de cocheros con carruajes para alquilar. Un hombre del grupo, un tipo alto y flaco, de ojillos maliciosos, avanzó un paso al ver que nos acercábamos con las bolsas.

—¿A Newton? —le preguntó Laszlo.

El hombre irguió la cabeza y sacó el labio inferior.

—Unos buenos quince kilómetros —decidió—. No podré regresar antes de la medianoche.

—Entonces doble usted el precio —contestó Laszlo, autoritario, depositando su bolsa en el asiento delantero del birlocho bastante desvencijado de aquel hombre.

Aunque el cochero pareció algo decepcionado al perder

la posibilidad de regatear el precio del viaje, respondió a la oferta de Laszlo con rapidez, saltando al pescante y agarrando el látigo. Me apresuré a montar y partimos inmediatamente, acompañados por las quejas de los demás cocheros que no entendían cómo aquel estúpido viajero era capaz de ofrecer el doble de la tarifa de ida por un viaje a Newton. Después, durante un rato, todo fue silencio.

Una complicada puesta de sol que prometía lluvia se extendió hacia la región oriental de Massachusetts, mientras las afueras de Boston daban paso, kilómetro tras kilómetro, a una rocosa tierra de granjas. No llegamos a Newton hasta bastante después de anochecer, momento en que el cochero se ofreció a llevarnos a una posada que según dijo era la mejor de la ciudad. Tanto Kreizler como yo sabíamos que esto significaba que lo más probable era que el negocio fuera regentado por algún miembro de la familia de aquel hombre, pero estábamos cansados, hambrientos y en tierra desconocida, así que poco podíamos hacer, como no fuera aceptar. Mientras avanzábamos por las impracticables y curiosas calles de Newton, una comunidad tan pintoresca y monótona como cabía esperar en Nueva Inglaterra, empecé a notar la turbadora y familiar sensación de estar atrapado por estrechos callejones y estrechas mentalidades, una especie de ansiedad que a menudo me había consumido durante mi estancia en Harvard. «La mejor posada de Newton» no contribuyó a aliviar en nada mi inquietud. Se trataba de un edificio de tablas de madera medio sueltas, con un mobiliario hecho de restos y un menú a base de cosas hervidas. El único momento de alegría tuvo lugar cuando el posadero (un primo segundo del cochero) dijo que podía darnos las señas de la granja de Adam Dury. Al oír que necesitábamos un vehículo para el viaje por la mañana, el cochero que nos había traído se ofreció a pasar allí la noche y prestarnos el servicio. Después de ultimar los detalles nos retiramos a nuestras oscuras habitaciones de techo bajo, con camas pequeñas y estrechas, para que el estómago hiciera lo que pudiera para digerir el cordero hervido con patatas de la cena.

Nos levantamos temprano e intentamos infructuosamente sortear la oferta de desayuno que nos hizo el posadero, consistente en café y tortas de masa harinosa y dura. El cielo se había despejado, evidentemente sin derramar ni una gota de lluvia, y delante de la posada nos esperaba el birlocho, con nuestro cochero a bordo y preparado para partir. Durante la casi media hora de viaje hacia el norte apenas vimos indicios de actividad humana; luego apareció ante nosotros un rebaño de vacas lecheras que pastaban en un prado salpicado de hoyos y de rocas, tras el que se elevaba un pequeño grupo de construcciones, en medio de un robledal. Al aproximarnos a los edificios —una casa y dos graneros— descubrí la silueta de un hombre metido hasta las rodillas en el estiércol del corral, intentando herrar un caballo viejo y cansado.

El hombre, advertí enseguida, tenía poco cabello, y la calva le brillaba bajo el sol de la mañana.

34

A juzgar por el estado ruinoso de los graneros, cercas y carretas, y por la ausencia de cualquier ayudante o de animales de apariencia particularmente sana, Adam Dury no obtenía grandes beneficios de su pequeño negocio de vacas lecheras. Pocas personas vivían tan cerca de las tristes realidades de la vida como los granjeros pobres, y el ambiente en tales sitios era inevitablemente sobrio. La excitación que experimentamos Kreizler y yo al posar nuestros ojos en aquel hombre al que habíamos encontrado por fin tras tantos kilómetros de viaje, se vio aplacada al instante al advertir cuáles eran sus circunstancias. Y después de bajar del birlocho y ordenarle al cochero que aguardara, nos acercamos a él con cautela.

—Usted perdone... ¿Señor Dury? —pregunté, mientras el individuo seguía luchando con la pata izquierda del viejo caballo.

El animal, de color castaño y cubierto de moscas, con el pellejo descarnado en algunos puntos donde cabría un dedo, no parecía interesado en facilitar la tarea a su amo.

—Sí —contestó el hombre secamente, sin mostrarnos otra cosa que la parte posterior de su cabeza calva.

—¿El señor Adam Dury? —volví a preguntar, tratando de inducirle a que se diera la vuelta.

—Ustedes deben saberlo, si han venido a verme —contestó Dury, dejando caer por fin, con un gruñido, la pata del animal. Luego se irguió, alcanzando una estatura superior al metro ochenta, y entre irritado y afectuoso dio una palmada al cuello del caballo—. Éste piensa que a fin de cuentas se morirá antes que yo —murmuró, todavía de cara al caballo—, así que para qué mostrarse colaborador. Pero los dos tenemos todavía muchos años de esto por delante, viejo... —Finalmente se volvió, revelando una cabeza con la piel tan tensa que parecía un cráneo color carne. Unos dientes grandes y amarillentos le llenaban la boca, y los ojos en forma de almendra eran de un azul sin vida. Tenía los brazos poderosamente desarrollados y los dedos de las manos parecieron notablemente gruesos y alargados al limpiárselos sobre los gastados pantalones de faenar. Nos estudió detenidamente, con una mueca que no era amistosa pero tampoco hostil—. ¿Y bien? ¿En qué puedo servirles, caballeros?

Puse en marcha directamente —y con bastante desenvoltura, si se me permite decirlo— el pequeño subterfugio que Laszlo y yo habíamos planeado en el tren hacia Boston.

—Él es el doctor Laszlo Kreizler —dije—, y yo me llamo John Schuyler Moore. Soy periodista del *New York Times*. —Busqué mi billetero y le mostré una identificación profesional—. Reportero de asuntos policiales, en realidad. Mis editores me han encargado que investigue algunos de los casos más... Bueno, para ir al grano, algunos de los casos más asombrosos de las últimas décadas que hayan quedado sin solucionar.

Dury asintió, aunque con cierta desconfianza.

—¿Han venido a preguntarme por mis padres?

—Así es —contesté—. Sin duda habrá usted oído hablar de las recientes investigaciones que se llevan a cabo en el Departamento de Policía de Nueva York.

La estrecha rendija de los ojos de Dury se volvió todavía más estrecha.

—El caso no fue competencia de ellos.

—Es cierto. Pero mis editores están preocupados por el hecho de que tantos casos famosos en el estado de Nueva York no se hayan solucionado ni se hayan seguido investigando. Hemos decidido revisar algunos y averiguar qué ha sucedido en los años transcurridos desde que tuvieron lugar. ¿Le importaría repasar con nosotros los hechos básicos de la muerte de sus padres?

Todos los rasgos de la cara de Dury parecieron cambiar y volver a asentarse en una especie de oleada, como si un estremecimiento de dolor le hubiese recorrido velozmente. Cuando volvió a hablar, el tono de desconfianza había desaparecido de su voz para dar paso al de pena y resignación.

—¿Quién puede estar ahora interesado en esto? Han pasado más de quince años...

Intenté un gesto de simpatía, al tiempo que de indignación moral.

—¿Acaso el tiempo justifica no haber hallado la solución, señor Dury? Y usted no está solo, recuérdelo... Hay otra gente que ha visto asesinatos que se quedaban sin resolver y sin vengar, y a la que le gustaría saber por qué.

Dury sopesó la cuestión, y luego negó con la cabeza.

—Esto es asunto suyo. Yo no deseo hablar de ello.

Empezó a alejarse. Pero conociendo como conocía a la gente de Nueva Inglaterra, ya había intuido esta reacción.

—Claro que habría una gratificación... —anuncié con calma.

Esto le atrapó: se detuvo y se volvió para mirarme.

—¿Una gratificación?

Le ofrecí un sonrisa amistosa.

—Una gratificación por la consulta —dije—. Nada del otro mundo, comprenda. Digamos... ¿cien dólares?

Consciente de que semejante cantidad significaría de hecho muchísimo para un hombre en apuros, no me sorprendió que los ojos de almendra de Dury dieran un salto.

—¿Cien dólares? —repitió con abierta incredulidad—. ¿Por hablar?

—En efecto, señor —respondí, sacando el dinero de mi cartera.

Tras pensarlo un segundo, Dury aceptó el dinero. Luego volvió junto a su caballo, le golpeó en la grupa y lo envió a pacer a unas manchas de hierba que crecían cerca del borde del patio.

—Hablaremos en el granero —dijo—. Tengo un trabajo que hacer, y no puedo descuidarlo por... —se alejó varios pasos de nosotros a través del océano de estiércol— historias de fantasmas.

Kreizler y yo le seguimos, mucho más aliviados ante el aparente éxito del soborno. Pero nos volvimos a sentir preocupados cuando Dury se volvió al llegar a la puerta del granero y dijo:

—Un momento. ¿Ha dicho que este hombre es doctor? ¿Qué interés tiene en esto?

—Yo hago un estudio del comportamiento criminal, señor Dury —contestó Laszlo, tranquilizador—, así como de los métodos de la policía. El señor Moore me ha pedido que le proporcione asesoramiento de experto en su artículo.

Dury aceptó la explicación, pero no pareció que le hiciera mucha gracia el acento de Kreizler.

—¿Es usted alemán o suizo?

—Mi padre era alemán, pero yo me he criado en este país.

Dury no pareció muy satisfecho con la explicación de Kreizler, y entró en el granero sin hacer ningún comentario.

En el interior de aquella destartalada construcción, el hedor del estiércol era mucho más intenso, suavizado tan sólo por el aroma dulzón del heno, visible en el altillo encima de nosotros. En el pasado, las desnudas paredes de madera habían estado blanqueadas, pero la mayor parte de la pintura había saltado hasta descubrir toscamente la veteada madera. A través del metro y medio del boquete de la puerta se veía un ruidoso gallinero. Por todos lados había arreos, guadañas, palas, picos, almádenas y cubos, colgando de las paredes y del bajo techo, o tirados por el suelo de tierra. Dury se acercó directamente a un viejo esparcidor de abono, cuyo eje aparecía apoyado sobre una pila de piedras. Nuestro anfitrión cogió un mazo y, golpeando contra la rueda que estaba de cara a nosotros, al final la sacó de su encaje. Luego Dury resopló con cierta contrariedad y empezó a manipular el extremo del eje.

—De acuerdo —dijo, cogiendo un cubo de espesa grasa, sin mirarnos en ningún momento—. Hagan sus preguntas.

Kreizler me indicó con un gesto que tal vez fuera mejor que me hiciese cargo de la entrevista.

—Hemos leído las historias que los periódicos publicaron en aquel entonces —empecé—. ¿Podría usted decirnos...?

—¡Historias de los periódicos! —gruñó Dury—. Entonces supongo que habrán leído que los muy estúpidos sospecharon de mí durante un tiempo.

—Hemos leído que fueron rumores —repliqué—. Pero la policía dijo que nunca...

—¿Que nunca lo creyó? ¡No poco! Enviaron a sus hombres hasta aquí y nos fastidiaron a mi mujer y a mí durante tres días.

—¿Está usted casado, señor Dury? —preguntó Kreizler, sin levantar la voz.

Dury miró un segundo a Laszlo, de nuevo con expresión de resentimiento.

—Lo estoy. Hace diecinueve años, aunque no creo sea asunto suyo.

—¿Hijos? —inquirió Kreizler, con el mismo tono de cautela.

—No —contestó secamente—. Nosotros... Es decir, mi esposa... Yo... No, no tenemos hijos.

—Sin embargo —intervine—, tengo entendido que su esposa testificó que estaba usted aquí cuando tuvo lugar el terrible suceso.

—Esto no significó gran cosa para aquellos idiotas —contestó Dury—. El testimonio de una esposa sirve de muy poco en los tribunales. Tuve que pedirle a un vecino, un hombre que vive a más de quince kilómetros de aquí, que viniera para corroborar que estábamos juntos arrancando un tocón de árbol el mismo día que mis padres fueron asesinados.

—¿Sabe usted por qué fue tan difícil convencer a la policía? —preguntó Kreizler.

Dury dio un golpe en el suelo con el mazo.

—Estoy seguro de que también habrá leído esto, «doctor»... No es un secreto. Durante muchos años hubo mala sangre entre mis padres y yo.

Con una mano hice señas a Kreizler.

—Sí, hemos leído algo sobre esto —dije, tratando de sonsacarle más detalles—. Pero las declaraciones de la policía son muy vagas y confusas, y es difícil sacar alguna conclusión. Lo cual me parece curioso, teniendo en cuenta que esto era vital para la investigación. ¿Podría aclarárnoslo un poco?

Después de izar la rueda del esparcidor de estiércol sobre un banco, Dury empezó a aporrearla de nuevo.

—Mis padres eran gente dura, señor Moore. Tenían que serlo para hacer el viaje a este país y sobrevivir a la vida que escogieron. Pero aunque ahora puedo decirlo, tales explicaciones escapan a un muchachito que sólo... —Pareció como si una ráfaga de apasionado lenguaje fuera a escapar de la boca de aquel hombre, pero la reprimió con evidente esfuerzo—. Que sólo oye una fría voz, y que sólo siente una dura correa.

—¿Entonces le pegaban? —inquirí, pensando en las primeras especulaciones que Kreizler y yo habíamos formulado al leer en Washington la historia del asesinato de los Dury.

—No me estaba refiriendo a mí, señor Moore —contestó Dury—. Aunque Dios sabe que ni mi padre ni mi madre rehuían castigarme cuando me portaba mal. Pero no fue eso lo que provocó nuestro... distanciamiento. —Por un momento se quedó mirando una ventana pequeña y sucia, y luego volvió a martillear sobre la rueda—. Yo tenía un hermano... Japheth.

Kreizler asintió cuando yo dije:

—Sí, hemos leído algo sobre él. Una tragedia. Lo lamentamos.

—¿Lo lamentan? Sí, supongo que sí. Pero le diré una cosa, señor Moore... Hicieran lo que hiciesen aquellos salvajes con mi hermano, no fue más trágico que lo que habría tenido que soportar en manos de sus propios padres.

—¿Tan crueles fueron?

Dury se encogió de hombros.

—Tal vez algunos no los considerarían así. Pero yo así los veía, y aún los veo... Bueno, él era un chico extraño en algunos aspectos, y la forma en que mis padres reaccionaron ante su conducta tal vez parezca... natural a alguien de fuera. Pero no lo era. No, señor. Había maldad en todo, en algo... —La atención de Dury se distrajo un momento, y luego sacudió la cabeza—. Lo siento. Ustedes querían saber sobre el caso.

Pasé la siguiente media hora formulándole a Dury algunas preguntas obvias sobre lo que había ocurrido aquel día de 1880, pidiéndole que aclarara algunos detalles sobre los que en realidad no teníamos dudas, como treta para disimular lo que verdaderamente nos interesaba. Luego, preguntándole por qué unos indios iban a querer asesinar a sus padres, logré conducirle a una explicación más detallada de cómo era la vida en su hogar durante los años en que residieron en Minnesota. A partir de ahí no fue muy difícil extender la conversación a una historia más general sobre el comportamiento de la familia. Mientras Dury lo relataba, Laszlo sacó disimuladamente su pequeño bloc y, en silencio, empezó a anotar un resumen de lo acontecido.

Aunque había nacido en New Paltz en 1856, los primeros recuerdos de Adam Dury empezaban a los cuatro años, cuando la familia se había vuelto a establecer en Fort Ridgey, Minnesota, un puesto militar dentro de la agencia sioux más al sur. Los Dury vivían en una cabaña de troncos de una sola habitación, a poco más de un kilómetro y medio del fuerte. La residencia ofrecía al joven Adam una excelente atalaya para observar la relación que mantenían sus padres. Como ya sabíamos, su padre era un hombre estrictamente religioso, y no hacía ningún esfuerzo por edulcorar los sermones que daba a los sioux curiosos que acudían a escucharle. Sin embargo, Kreizler y yo nos sorprendimos al enterarnos de que, a pesar de su rigidez vocacional, el reverendo Dury no había sido especialmente cruel ni violento con su hijo mayor; todo lo contrario, Adam dijo que sus primeros recuerdos con su padre eran felices. Es cierto que el reverendo podía impartir dolorosos castigos cuando hacía falta, pero por lo general era la señora Dury la que se encargaba de tal cometido.

Al hablar de su madre, la expresión de Adam Dury se hizo más sombría y su voz más insegura, como si hasta su recuerdo albergara una tremenda fuerza amenazante. La señora Dury, fría y estricta, al parecer no había ofrecido gran cosa a su hijo en afecto ni cuidados; de hecho, al escuchar la descripción que él hacía de su madre, no pude evitar pensar en Jesse Pomeroy.

—Por mucho que me doliera verme rechazado por ella —dijo Dury, mientras intentaba encajar nuevamente la rueda reparada en el esparcidor de estiércol—, pienso que su actitud distante hería todavía más a mi padre pues no era una auténtica esposa para él. Ella realizaba todas las tareas domésticas y mantenía la casa muy limpia, a pesar de lo precario de nuestra situación. Pero cuando se vive en el reducido espacio de una habitación, caballeros, no se puede evitar ser consciente de los aspectos más... íntimos del matrimonio de los padres. O de la ausencia de éstos.

—¿Se refiere a que no estaban muy unidos? —pregunté.

—Me refiero a que no sé por qué ella se casó con mi padre —contestó Dury con aspereza, haciendo que el eje y la rueda que tenía ante sí soportaran el peso de su tristeza y de su rabia—. Ella apenas podía tolerar la más leve de sus caricias, y mucho menos sus..., sus intentos por formar una familia. Mi padre quería tener hijos. Tenía la idea, un sueño en realidad, de enviar a sus hijos e hijas a las tierras salvajes del Oeste para propagar y llevar a cabo su obra. Pero mi madre... Cada intento suponía una dura prueba para ella. Algunos los padecía, pero a otros se resistía. Sinceramente, no comprendo por qué se casó. Excepto cuando él predicaba... A su manera, mi padre era un gran orador, y mi madre asistía a casi todos los servicios que él celebraba. Curiosamente, disfrutaba con esa parte de la vida de él.

—¿Y después de su regreso de Minnesota?

Dury sacudió la cabeza amargamente.

—Después de volver de Minnesota las cosas se deterioraron por completo. Cuando mi padre perdió su puesto, perdió al mismo tiempo el único contacto humano que le unía a mi madre. En los años que siguieron, raramente hablaban entre sí, y nunca se acariciaban, al menos que yo recuerde. —Alzó la vista hacia la sucia ventana—. Excepto una vez...

Se interrumpió unos segundos y, para animarle a seguir, murmuré:

—¿Japheth...?

Dury asintió, emergiendo lentamente de su triste ensoñación.

—Yo solía dormir fuera, cuando el tiempo lo permitía. Cerca de las montañas... Los montes Shawangunks. Mi padre había aprendido el deporte del montañismo en Suiza, con su propio padre, y los Shawangunks eran el sitio ideal para seguir practicándolo, así como para enseñarme a mí las técnicas de escalada. Aunque yo nunca fui muy bueno en esto, siempre iba con él porque eran momentos felices... lejos de casa y de aquella mujer.

Si las palabras hubieran sido explosivos, no creo que su onda expansiva hubiese impactado tan fuerte en Kreizler y en mí. El débil brazo izquierdo de Laszlo salió disparado y su mano agarró mi hombro con sorprendente fuerza. Dury no vio nada de esto y, ajeno al efecto que sus palabras producían en nosotros, siguió hablando:

—Pero en los meses más fríos tenía que dormir en la cabaña, a menos que quisiera morir de frío. Recuerdo una noche de febrero en que mi padre... Tal vez hubiera estado bebiendo, aunque raramente lo hacía. Pero, sobrio o no, empezó por fin a rebelarse contra la conducta inhumana de mi madre. Le habló de los deberes de una esposa, de las necesidades de un marido, y empezó a sujetarla. En fin, mi madre chilló protestando, como es lógico, gritándole que actuaba como los salvajes que habíamos dejado en Minnesota. Pero a mi padre no había quien lo parara aquella noche... A pesar del frío, escapé de casa por una ventana y dormí en un viejo granero que pertenecía a un vecino nuestro. Incluso desde allí podía oír los gritos y sollozos de mi madre. —Una vez más, Dury pareció perder toda conciencia de su actual entorno y habló en un tono desapasionado, casi sin vida—. Me gustaría poder decir que aquellos gritos me horrorizaron, pero no fue así. De hecho recuerdo con claridad que animaba a mi padre a seguir... —Su mente volvió al presente y, en cierto modo turbado, recogió el martillo y de nuevo empezó a golpear la rueda—. Sin duda los he escandalizado, caballeros... De ser así, les pido disculpas.

—No, no —me apresuré a replicar—. Tan sólo nos ha ayudado a comprender mejor las circunstancias, no se preocupe.

Dury lanzó a Laszlo otra mirada rápida, escéptica.

—¿Y usted, doctor? ¿Lo comprende también? No parece que tenga mucho que decir.

Kreizler siguió muy tranquilo ante el escrutinio de Dury. Yo sabía que había muy pocas posibilidades de que un campesino como aquél pudiera poner nervioso a un veterano como mi amigo, acostumbrado a los manicomios.

—Estaba demasiado absorto para hacer comentarios —contestó Laszlo—. Permítame que le diga, señor Dury, que se expresa usted muy bien.

Dury soltó una carcajada, divertido.

—¿Para ser un granjero, quiere decir? Sí, esto es obra de mi madre. Cada noche nos obligaba a repasar las lecciones de la escuela durante horas. Antes de cumplir los cinco años, yo ya era capaz de leer y escribir.

Kreizler ladeó la cabeza, con reconocimiento.

—Muy meritorio.

—Mis nudillos no opinan lo mismo —replicó Dury—. Mi madre solía darme en ellos con una regla como... Pero yo no soy el objeto de su visita. Ustedes quieren saber qué fue de mi hermano, ¿no es así?

—Efectivamente —dije yo—. Pero antes cuéntenos... ¿Qué clase de chico era? Ha comentado que era extraño. ¿Extraño en qué sentido?

—¿Japheth? —Después de haber ajustado la rueda al eje del esparcidor, Dury se incorporó y cogió un grueso palo—. ¿En qué sentido no lo era? Supongo que no cabe esperar otra cosa de un hijo nacido de la rabia y no deseado por sus padres. Para mi madre, él era el símbolo de la brutalidad y el deseo de mi padre, y para éste... Para mi padre, por mucho que deseara tener más hijos, Japheth siempre fue el símbolo de su degradación, de aquella terrible noche en que el deseo le había convertido en un animal. —Dury derribó la pila de piedras de debajo del eje del esparcidor con el largo palo, y la máquina cayó con estrépito sobre el suelo de tierra y rodó unos pocos pasos. Satisfecho con su trabajo, cogió una pala y siguió hablando—. El mundo está lleno de peligros para un chiquillo abandonado a su suerte. Intenté prestar a Japheth toda la ayuda que me fue posible, pero cuando fue lo bastante crecido como para que ambos llegáramos a ser verdaderos amigos, a mí me habían enviado a trabajar a una granja cercana y lo veía muy poco. Sabía que estaba sufriendo todo lo que yo ya había sufrido en aquella casa; incluso más todavía. Me hubiera gustado prestarle más ayuda.

—¿Alguna vez le comentó él lo que estaba ocurriendo? —inquirí.

—No, pero me di cuenta —dijo Dury, mientras empezaba a recoger con la pala el estiércol de algunos compartimientos del ganado y lo echaba en el esparcidor—. Los domingos intentaba estar con él y le decía que, independientemente de lo ocurriera en casa, había muchas más cosas en la vida con las que disfrutar. Le enseñé cómo escalar las montañas, y pasábamos días y noches enteros allí. Pero en el fondo... en el fondo no creo que nadie pudiera neutralizar la influencia de mi madre.

—¿Era una mujer... violenta?

Dury negó con la cabeza, y su tono de voz pareció sensato y honesto cuando siguió hablando.

—No creo que Japheth sufriera más que yo, en este sentido. Los ocasionales correazos en la espalda por parte de mi padre y nada más... No, entonces creía, y sigo creyéndolo ahora, que los métodos de mi madre eran más... tortuosos. —Dury dejó a un lado la pala, se sentó sobre una de las piedras grandes en donde se había apoyado el esparcidor y sacó una bolsa de tabaco y una pipa—. Creo que en cierto modo fui más afortunado que Japheth porque los sentimientos de mi madre hacia mí siempre adoptaron la forma de una total indiferencia. Pero con Japheth... A ella no le bastaba con privarle del cariño. Tenía que oponerse a cualquier cosa que él hiciera, a cualquier intento, por insignificante que fuera. Incluso cuando él era un niño pequeño, antes incluso de que tuviera conciencia o cualquier clase de control sobre sí mismo, ella le recriminaba por todo cuanto hacía.

Kreizler se inclinó hacia Dury y le ofreció una cerilla, que el otro aceptó a regañadientes.

—¿A qué se refiere con «todo cuanto hacía»?

—Usted es médico, doctor —contestó Dury—. Pienso que ya se lo puede imaginar. —Dio varias chupadas para encender bien la pipa, sacudió la cabeza y gruñó rabioso—. ¡La maldita zorra! Duras palabras, imagino, para que un hombre las aplique a su madre muerta. Pero si la hubieran ustedes visto, caballeros... Encima de él, siempre encima. Y cuando Japheth se quejaba, o lloraba, o se encolerizaba por ello, mi madre le decía cosas despreciables, de las que nunca la hubiese creído capaz. —Dury se levantó y siguió manejando la pala—. Que él no era hijo suyo. Que era un niño piel roja... Que unos salvajes asquerosos, devoradores de hombres, le habían abandonado dentro de un fardo ante nuestra puerta. Mi pobre hermano casi llegó a creérselo.

Las piezas iban encajando en su sitio a medida que pasaban los minutos, y cada vez me resultaba más difícil controlar una profunda y exaltada sensación de triunfo, de descubrimiento. Casi deseé que Dury finalizara con su historia para poder correr afuera y gritar a los cielos que, pese a toda aquella maldita oposición, Kreizler y yo íbamos a atrapar a nuestro hombre. Pero sabía que el autocontrol era ahora más importante que nunca, e intenté seguir el ejemplo de serenidad de que Kreizler daba muestras.

—¿Y qué ocurrió cuando su hermano hubo crecido un poco? —inquirió Laszlo—. Es decir, cuando fue lo bastante mayor para...

Con una salvaje y terrorífica brusquedad, incomprensiblemente, Adam Dury soltó un alarido y lanzó la pala contra la pared del fondo del granero. Las gallinas del corral de al lado se pusieron a cloquear asustadas. Al oírlas, Dury se arrancó la pipa de la boca e intentó recuperar el control sobre sí mismo. Kreizler y yo no hicimos ningún movimiento, aunque yo era consciente de que mis ojos se habían abierto desmesuradamente ante la sorpresa.

—«Caballeros», pienso que deberíamos ser honestos unos con otros —siseó Dury.

Kreizler no dijo nada, y mi voz se quebró gravemente al preguntar:

—¿Honestos, señor Dury? Le aseguro que...

—¡Maldita sea! —exclamó éste, dando una patada en el suelo. Luego aguardó unos segundos hasta que fue capaz de hablar más serenamente—. ¿No le parece que he hablado con sinceridad todo el rato? ¿Acaso piensan que porque soy granjero también soy estúpido? ¡Sé muy bien lo que han venido a buscar aquí!

Me disponía a seguir protestando, pero entonces Kreizler me tocó el brazo.

—El señor Dury ha sido excepcionalmente franco con nosotros, Moore. Creo que le debemos la misma cortesía. —Dury asintió, y su respiración se hizo más regular cuando Kreizler prosiguió—. Sí, señor Dury, creemos que hay muchas probabilidades de que fuera su hermano quien asesinara a sus padres.

Un sonido digno de conmiseración, medio sollozo y medio jadeo, salió de la boca de aquel hombre.

—¿Y está vivo? —preguntó, sin muestra ya de rabia en la voz.

Kreizler asintió con movimientos lentos, y Dury alzó impotente los brazos.

—Pero ¿qué importancia tiene esto ahora? Hace ya mucho tiempo... Todo se ha acabado, ha concluido. Si mi hermano sigue con vida, nunca se ha puesto en contacto conmigo. Así que, ¿qué importancia tiene?

—¿Entonces usted ya lo sospechaba? —inquirió Kreizler, evitando contestar a la pregunta de Dury. Sacó una petaca de whisky y se la tendió.

Dury echó un trago, sin mostrar por Kreizler el resentimiento que antes había exteriorizado. Yo había pensado que su actitud estaba motivada por el acento de Laszlo, pero entonces comprendí que se debía a la sospecha de que aquella visita —por parte de lo que él debía de considerar un médico bastante extraño— podía llegar al punto al que había llegado.

—Sí —contestó Dury al fin—. Acuérdese, doctor, que de pequeño viví entre los sioux. Yo tuve algunos amigos en sus aldeas, y fui testigo de la insurrección del sesenta y dos. Sabía que la explicación sobre el asesinato de mis padres que finalmente aceptó la policía era casi con toda seguridad una mentira. Y más aún, sabía cómo era... mi hermano.

—¿Sabía que era capaz de un acto semejante? —preguntó Kreizler con suavidad. En aquellos momentos estaba maniobrando con cautela, tal como lo había hecho con Jesse Pomeroy. Su voz seguía siendo amable, pero sus preguntas resultaban cada vez más incisivas—. ¿Cómo, señor Dury? ¿Cómo es que lo sabía?

Sentí un ramalazo de auténtica simpatía al ver que una lágrima resbalaba por la mejilla de Dury.

—Cuando Japheth tendría... nueve o diez años —explicó con voz queda, después de tomar otro trago de la petaca— pasamos unos días en los Shawangunks, cazando y poniendo trampas para la caza más pequeña: ardillas, zarigüeyas, mapaches y cosas así... Le enseñé a disparar, pero no estaba muy dotado para eso. Japheth era un trampero nato. Se pasaba todo un día buscando la guarida o el nido de un animal, y luego esperaba horas y horas, a solas en la oscuridad, para poner en marcha su plan. Era todo un talento. Pero un día en que cazábamos por separado y yo había seguido las huellas de un lince, al regresar al campamento oí un grito extraño, terrible. Un lamento. Agudo y débil, pero espantoso. Nada más entrar en el campamento divisé a Japheth. En una de sus trampas había caído una zarigüeya y la estaba... Descuartizaba al animal cuando éste aún estaba con vida. Corrí hacia allí, metí una bala en la cabeza de aquella pobre criatura y aparté a mi hermano a un lado. Vi una especie de brillo diabólico en sus ojos, pero después de recriminarlo a gritos, empezó a llorar y me pareció que lo lamentaba de verdad. Pensé que se trataba de un incidente aislado, una de esas cosas que hace un chiquillo sin darse cuenta y que no la volverá a hacer después de que se le haya reprendido. —Dury empezó a hurgar en la pipa, que se le había apagado.

Kreizler le ofreció otra cerilla.

—Pero no fue así... —le incitó a seguir.

—No —contestó Dury—. Lo volvió a hacer varias veces durante los años siguientes. Es decir, varias veces que yo sepa. A él no le interesaban los animales grandes, como las vacas o los caballos de las granjas de los alrededores. Siempre eran..., siempre eran las criaturas más pequeñas las que parecían despertar eso en él. Yo seguía intentando frenarle, pero entonces...

Se le extinguió la voz y se sentó con la mirada fija en el suelo, al parecer incapaz de seguir. Sin embargo, Kreizler le apremió con suavidad:

—Entonces ocurrió algo todavía peor.

Dury dio una chupada a la pipa y asintió.

—Pero yo no le responsabilicé de lo ocurrido, doctor. Y pienso que estará usted de acuerdo en que hice bien. —Cerró una mano y se golpeó el muslo con el puño—. Pero mi madre, maldita sea, lo tomó como otro ejemplo de la conducta diabólica de Japheth. Aseguraba que lo había llevado siempre dentro de sí... ¡Como si un chico pudiera!

—Me parece que tendrá que ser usted más explícito, señor Dury —le dije.

Éste asintió impulsivamente y luego tomó un último trago de whisky, antes de devolver la petaca a Kreizler.

—Sí, sí, lo siento. Déjeme pensar... Esto debió de ser durante el verano de... Aquello ocurrió poco después de que yo me mudara. En el verano del setenta y cinco, debió ser. Japheth tenía once años. En la granja donde yo trabajaba habían contratado hacía poco a un tipo nuevo; tendría unos pocos años más que yo. Un tipo encantador, según todas las apariencias, que se entendía muy bien con los chiquillos. Llegamos a ser buenos amigos, y al final le invité a una partida de caza. Se tomó un gran interés por Japheth, y mi hermano también le cogió afecto... Tanto es así que el tipo nos acompañó en otras salidas. Japheth y él siempre se dedicaban a las trampas, mientras yo cazaba piezas mayores. Le expliqué a ese... a esa cosa que yo pensaba que era un hombre que había que convencer a mi hermano para que dejara de atormentar a los animales que cazaba. El tipo pareció entender muy bien la situación. Yo confiaba en él, ¿comprenden? Creía que iba a cuidar de mi hermano. —Un golpe sordo se oyó en la parte exterior de la pared del granero—. Pero él traicionó mi confianza —dijo Dury, poniéndose en pie—. De la peor manera que un hombre puede hacerlo. —Abrió entonces la sucia ventana y asomó la cabeza al exterior—: ¡Eh, tú! ¡Vete de aquí! ¡Largo! —Volvió a meter la cabeza—. Caballo estúpido. Se cubre de cardos para ir a esa pequeña zona de trébol que crece detrás del granero, pero no veo la forma... Lo siento, caballeros. Sea como fuera, una noche, al llegar al campamento, me encontré a Japheth medio desnudo y llorando, sangrando por el... Bueno, sangrando. Aquel monstruo con quien le había dejado había desaparecido. Nunca volví a verle.

Desde el exterior del granero llegaron los mismos golpes amortiguados de antes, obligando a Dury a coger una fusta larga y delgada y a encaminarse hacia la puerta.

—Si me disculpan un momento, caballeros.

—Señor Dury —le llamó Kreizler, y nuestro anfitrión se detuvo, volviéndose desde la puerta del granero—. Ese tipo, el de la granja... ¿Se acuerda de cómo se llamaba?

—Por supuesto, doctor —contestó Dury—. El sentimiento de culpa me lo grabó para siempre en la memoria. Beecham... George Beecham. Ustedes disculpen.

Aquel nombre me sacudió con más fuerza que cualquier detalle de la información que hasta el momento Dury nos había revelado, e hizo que gran parte de la alegría triunfal que yo estaba experimentando se transformara en confusión.

—¿«George» Beecham? —susurré—. Pero, Kreizler, si Japheth Dury es en realidad...

Con un gesto apremiante, mi amigo alzó un dedo al aire exigiendo silencio.

—Ahórrate las preguntas, Moore, y recuerda una cosa. Tenemos que evitar, en la medida de lo posible, que este hombre conozca nuestro verdadero objetivo. Ya sabemos casi todo cuanto necesitábamos saber. Ahora, invéntate una excusa y marchémonos.

—Todo cuanto necesitábamos... Bueno, puede que tú sepas todo cuanto necesitabas saber, pero a mí aún me queda un montón de preguntas. ¿Y por qué no tiene que saber...?

—¿Qué bien puede hacerle? —me interrumpió Kreizler con acritud—. Este hombre ya ha sufrido y padecido por este asunto durante años. ¿Qué sentido tendría decirle que su hermano no sólo es responsable de la muerte de sus padres sino también de media docena de criaturas?

Esto me obligó a reflexionar. Si efectivamente Japheth Dury estaba vivo, pero nunca se había puesto en contacto con su hermano Adam, entonces no había forma de que aquel atormentado granjero pudiera ayudarnos en la investigación. Y hablarle de nuestras sospechas, antes incluso de que éstas se hubiesen verificado, parecería el colmo de la crueldad mental. Por todas estas razones, cuando Dury regresó de castigar a su caballo, seguí las instrucciones de Kreizler y urdí una historia sobre un tren que regresaba a Nueva York y unas cosas urgentes que había que solucionar, recurriendo a todas las excusas habituales que había utilizado un millón de veces en mi profesión para salir de situaciones igualmente difíciles.

—Pero antes de que se vayan tienen que decirme una cosa, con sinceridad —dijo Dury mientras nos acompañaba hacia el birlocho—. Esa historia de que van a escribir un artículo sobre casos sin solucionar... ¿Hay algo de verdad en esto o simplemente van a reabrir este caso y especular sobre la intervención de mi hermano, utilizando la información que yo les he dado?

—Puedo asegurarle, señor Dury —contesté, y la verdad me permitió hablar con convicción—, que no aparecerá ningún artículo sobre su hermano en los periódicos. Lo que usted nos ha contado nos permitirá averiguar por qué fallaron los policías que investigaron el caso, nada más. Lo vamos a tratar tal como usted nos lo ha explicado, como algo estrictamente confidencial.

Dury me obsequió con un fuerte apretón de manos.

—Muchas gracias, señor.

—Su hermano sufrió muchísimo —dijo Kreizler, estrechando también la mano a Dury—. Y sospecho que si aún sigue con vida, su sufrimiento habrá continuado durante estos años transcurridos desde el asesinato de sus padres. Pero no nos incumbe a nosotros juzgarle, o aprovecharnos de su miseria. —La tensa piel del rostro de Dury se tensó aún más al intentar reprimir sus intensas emociones—. Sólo querría hacerle un par de preguntas más, si no le importa...

—Adelante, doctor —dijo Dury.

Kreizler hizo una inclinación de cabeza, agradecido.

—Es sobre su padre. Muchos pastores reformistas no suelen dar mucha importancia a las festividades religiosas... ¿Me equivoco si pienso que él hacía todo lo contrario?

—No se equivoca —dijo Dury—. Las festividades estaban entre las ocasiones jubilosas de nuestro hogar. Mi madre protestaba, desde luego. Sacaba su Biblia y explicaba por qué abundaban tales celebraciones entre los papistas y qué castigos podían esperar quienes las conmemorasen. Pero mi padre insistía; de hecho él pronunciaba algunos de sus mejores sermones con motivo de las fiestas. Pero no veo qué...

Los negros ojos de Kreizler se animaron abiertamente y levantó una mano hacia él.

—Es una cuestión sin importancia, ya lo sé, pero sentía curiosidad. —Al subir al birlocho, pareció como si de pronto hubiese recordado algo—. Ah, otro detalle. —Dury lo miró con expectación mientras yo me sentaba junto a Kreizler en el interior del carruaje—. Su hermano, Japheth, ¿en qué momento sufrió ese..., ese problema de la cara?

—¿Los espasmos? —inquirió Dury, nuevamente confuso ante la pregunta—. Que yo recuerde, siempre los padeció. Tal vez no cuando era muy pequeño, pero sí al poco tiempo y durante el resto de su vida... Bueno, durante todo el tiempo en que yo le traté.

—¿Y los padecía constantemente?

—Sí. —Dury pareció buscar en sus recuerdos, y luego sonrió—. Excepto en las montañas, claro está, cuando estaba cazando... Entonces aquellos ojos suyos parecían tan tranquilos como las aguas de un estanque.

Yo no estaba muy seguro de cuántas revelaciones más podría oír sin perder el control, pero Kreizler procedía con total serenidad.

—Un muchacho digno de compasión, pero notable en muchos aspectos... ¿No tendría una foto suya, por casualidad?

—Japheth siempre se negó a que le fotografiaran, doctor... Es comprensible.

—Sí, sí, claro... Bien, adiós, señor Dury.

Cuando finalmente nos alejamos de la pequeña granja, me volví para observar cómo Adam Dury movía sus largas y poderosas piernas para regresar al granero, sus enormes botas hundiéndose profundamente aún en el lodo y los desechos que rodeaban la construcción. Y entonces, justo antes de desaparecer en el interior, se detuvo de pronto, volviéndose con brusquedad hacia el camino.

—Kreizler —dije—, ¿mencionó Sara si en el periódico, al hablar de la historia de la familia, aparecía algo sobre el tic de Japheth Dury?

—No, que yo recuerde —respondió Kreizler, sin volverse—. ¿Por qué lo preguntas?

—Porque por la expresión de Adam Dury en estos momentos, yo diría que no se mencionó en absoluto, y que él acaba de darse cuenta. Va a pasar un mal rato intentando adivinar cómo lo hemos averiguado. —Aunque mi entusiasmo todavía iba en aumento, traté de mantenerlo bajo control mientras me volvía hacia mi amigo—. ¡Dime que ya lo tenemos, Kreizler! Hay un montón de cosas que ha explicado este hombre que aún me tienen confuso pero, por favor, dime que ya tenemos la solución.

Kreizler se permitió una sonrisa, y alzó apasionadamente su puño derecho.

—Tenemos todas las piezas para conseguirlo, John... De eso estoy seguro. Puede que aún no todas, y quizá no ordenadas de forma correcta, pero desde luego tenemos la mayoría. ¡Cochero! ¡Llévenos directamente a la estación de Back Bay! Si mal no recuerdo, a las seis y cinco sale un tren para Nueva York. ¡Tenemos que cogerlo!

Durante varios kilómetros casi todo fueron expresiones apenas coherentes de triunfo y de alivio, y aún habría saboreado más aquella sensación de haber sabido cuán breve iba a ser. Sin embargo, aproximadamente una hora después de rebasar el punto que marcaba la mitad del trayecto de regreso a la estación de Back Bay, se oyó a lo lejos un ruido no muy distinto al chasquido seco y agudo de una rama al quebrarse, marcando el fin de nuestro alborozo. Recuerdo con claridad que al chasquido le siguió de inmediato una especie de ruido seco y siseante, y luego algo penetró en el caballo que tiraba de nuestro birlocho, provocando un surtidor de sangre en el cuello del animal y derribándolo al suelo, repentinamente muerto. Antes de que el cochero, Kreizler o yo pudiéramos reaccionar, se produjo otro agudo chasquido y otro siseo, y entonces algo arrancó un par de centímetros de carne del brazo derecho de Laszlo.

35

Con un grito breve y una larga maldición, Kreizler rodó por el suelo del birlocho. Consciente de que todavía seguíamos gravemente expuestos al peligro, le obligué a saltar del carruaje y después nos arrastramos a la parte de atrás, donde permanecimos pegados al suelo. En cambio nuestro cochero salió al descubierto para examinar su caballo muerto. Insté al hombre para que se tumbara en el suelo, pero la evidente pérdida de futuros ingresos le hacía ciego a la seguridad del momento, de modo que siguió presentando un blanco perfecto; es decir, hasta que se oyó otra detonación y una bala se acercó silbando hasta incrustarse en el suelo, junto a sus pies. El conductor alzó la vista y al comprender de pronto el peligro en que se encontraba, empezó a correr hacia un espeso bosque situado a unos cincuenta metros detrás de nosotros, en el lado contrario del camino, donde había un grupo de árboles que parecían dar cobijo a nuestro asaltante.

Kreizler, que seguía echando chispas y lanzando juramentos, se sacó la chaqueta y me dio instrucciones para que le atendiera la herida. Ésta era más aparatosa que grave —la bala sólo había rozado el músculo de la parte superior del brazo—, y lo más importante era detener la hemorragia. Conseguí hacer un torniquete con el cinturón justo por encima de la herida sangrante, y luego lo tensé. Arranqué la manga de la camisa de Laszlo e hice con ella una venda, y pronto dejó de brotar el flujo carmesí. Pero cuando una bala chocó contra la rueda del birlocho, astillando uno de los radios, pensé que pronto podíamos tener que atender otras heridas.

—¿Dónde está ése? —preguntó Kreizler, escrutando los árboles.

—He visto humo justo a la izquierda del abedul blanco —dije, señalándolo—. Me gustaría saber quién es.

—Me temo que tenemos un amplio abanico de posibilidades para escoger —replicó Kreizler, tensándose un poco el vendaje y soltando un gruñido—. Nuestros adversarios de Nueva York serían la elección más obvia. La autoridad y la influencia de Comstock son de ámbito nacional.

—Unos asesinos de largo alcance no me parece el estilo de Comstock. Ni de Byrnes, por lo que hace al caso. ¿Qué tal Dury?

—¿Dury?

—Quizás este descubrimiento de los espasmos le haya hecho cambiar de actitud. Tal vez piense que vamos a cruzarnos en su camino.

—¿Tú crees que tiene realmente pinta de asesino, a pesar de su tono violento al hablar? —inquirió Kreizler, doblando el brazo y poniéndolo en cabestrillo—. Además, ha dado a entender que es un buen tirador, a diferencia de ese tipo.

Esto me dio una idea.

—¿Y qué me dices de... él, de nuestro asesino? Puede habernos seguido desde Nueva York. Y si es Japheth Dury, recuerda que su hermano ha dicho que nunca llegó a ser muy bueno disparando.

Kreizler consideró la posibilidad mientras seguía examinando el grupo de árboles, y luego negó con la cabeza.

—Eres demasiado fantasioso, Moore. ¿Por qué iba a seguirnos hasta aquí?

—Porque sabía adónde nos dirigíamos. Él sabe dónde vive su hermano, y que una entrevista con Adam podría ayudarnos a seguirle la pista.

Lazlo siguió negando con la cabeza.

—Es demasiado fantástico. Se trata de Comstock, estoy seguro.

De pronto otro disparo cortó el aire, y una bala arrancó astillas del lateral del carruaje.

—Ha mejorado la puntería —dije en respuesta a la bala—. Será mejor que discutamos esto más tarde. —Me volví a observar el bosque que teníamos a nuestras espaldas—. Parece que el cochero ha podido llegar sano y salvo hasta los árboles. ¿Crees que podrás correr, con este brazo?

Kreizler soltó un gruñido.

—¡Me costará lo mismo que permanecer aquí tendido, maldita sea!

Le agarré de la chaqueta.

—Cuando llegues a campo abierto —dije—, procura no correr en línea recta. —Dimos media vuelta y nos arrastramos al otro extremo del carruaje—. Avanza con movimientos irregulares. Tú ve delante, y yo te seguiré en caso de que tengas problemas.

—Tengo la inquietante sensación —dijo Kreizler, examinando los cincuenta metros de espacio abierto— de que en este caso lo más probable es que esos problemas sean permanentes. —Esta idea pareció sacudir a mi amigo, que sacó su reloj de bolsillo y me lo tendió—. Escucha, John... En caso de que... En fin, quiero que des esto a...

Sonreí y rechacé el reloj.

—Eres un redomado sentimental, como siempre había sospechado. Ya se lo darás a ella en persona. ¡Vamos, en marcha!

En el noreste, cuando lo que se apuesta es la vida, cincuenta metros de terreno despejado pueden parecer mucho más difíciles de recorrer de lo que uno imagina. Cada pequeño agujero de roedor, cada surco, charco, raíz y piedra entre el carruaje y el bosque se convirtió en un obstáculo casi insalvable, mi acelerado corazón robando cualquier rastro de la usual agilidad a mis piernas y a mis pies. Supongo que nos llevó algo menos de un minuto cruzar aquellos cincuenta metros hasta la seguridad y, aunque aparentemente estábamos amenazados por un solo tirador, quien tampoco parecía un experto en puntería, pareció como si nos halláramos en medio de una auténtica batalla. El aire en torno a mi cabeza parecía cobrar vida con las balas, aunque no creo que aquel tipo llegara a efectuar más de tres o cuatro disparos. Sin embargo, al completar mi huida, con las ramas golpeándome en la cara a medida que me iba internando en la oscuridad del bosque, estuve más cerca que nunca de la incontinencia.

Encontré a Kreizler apoyado contra un enorme abeto. El vendaje y el torniquete se le habían aflojado, y un nuevo flujo de sangre le resbalaba por el brazo. Después de tensarle otra vez los vendajes le puse la chaqueta sobre los hombros porque daba la sensación de que estaba cogiendo frío y perdiendo color.

—Seguiremos paralelos al camino hasta ver algo de tráfico —dije en voz baja—. No nos encontramos lejos de Brookline, y desde allí podremos conseguir que alguien nos lleve a la estación.

Incorporé a Laszlo y le ayudé a ponerse en marcha entre los tupidos árboles, manteniendo los ojos en el camino para no perderlo de vista en ningún momento. Cuando divisamos los edificios de Brookline, consideré que estábamos lo bastante seguros para salir de entre los árboles y avanzar a paso más rápido. Poco después apareció un carro del hielo y el carretero se apeó para preguntarnos qué había ocurrido. Me inventé una historia sobre un accidente con el carruaje y le pedí al hombre si podía acercarnos a la estación de Back Bay. Esto fue un golpe de suerte doblemente afortunado pues con algunos trozos de hielo de la carga del carretero alivié el dolor del brazo de Kreizler.

Cuando la estación Back Bay apareció ante nosotros ya eran casi las cinco y media, y el sol de la tarde empezaba a adquirir una tonalidad ámbar. Le pedí al carretero que nos dejara cerca de un pequeño grupo de tortuosos pinos, a unos doscientos metros de la estación, y después de bajar y de darle las gracias por su ayuda y por el hielo, que casi había contenido por completo el flujo de sangre del brazo de Kreizler, empujé a éste hacia la sombras oscuras de las verdes y frondosas ramas.

—Soy un amante de la naturaleza como el que más, Moore —dijo Kreizler, confuso—, pero ahora no me parece el mejor momento. ¿Por qué no vamos a la estación?

—Si el que había allí era uno de los hombres de Comstock y de Byrnes —le contesté, eligiendo un lugar entre las hojas de pino que ofrecía una buena vista de la estación—, probablemente imaginará que éste va a ser el próximo destino que elijamos. Puede estarnos esperando.

—Oh —exclamó Laszlo—, ya comprendo tu intención. —Se agachó sobre el lecho de hojas de pino y se dispuso a recomponer el vendaje—. Así que esperaremos aquí y abordaremos el tren cuando llegue sin ser vistos.

—Exacto.

Kreizler sacó su reloj de plata.

—Aún falta casi media hora.

Le miré de reojo con sarcasmo y sonreí brevemente.

—Tiempo más que suficiente para que me expliques tu gesto de colegial con el reloj, allí abajo.

Kreizler se apresuró a mirar hacia otro lado, y no me sorprendió ver hasta qué punto parecía turbarle mi comentario.

—¿Hay alguna posibilidad de que olvides el incidente? —preguntó, devolviéndome con desgana la sonrisa.

—Ninguna.

—Ya me lo imaginaba —dijo incómodo.

Me senté a su lado.

—¿Y bien? —inquirí—. ¿Piensas casarte con la chica o no?

Laszlo se encogió ligeramente de hombros.

—Lo he... lo he estado considerando.

Incliné la cabeza y no pude contener una sonrisa.

—Dios mío, el matrimonio... ¿Se lo has pedido? —Laszlo negó con un movimiento de cabeza—. Tal vez debieras esperar a que acabe la investigación. Sin duda ella te lo agradecería.

Kreizler me miró desconcertado.

—¿Por qué?

—Bueno, ella ya habrá demostrado lo que quería, no sé si me entiendes... Le será más fácil aceptar las ataduras.

—¿Demostrar lo que quería? —preguntó Kreizler—. ¿Demostrar qué?

—Laszlo... —le reconvine suavemente—. Por si no te has dado cuenta, todo este asunto significa mucho para Sara.

—¿Sara? —repitió mi amigo, desconcertado, y por el tono de su pregunta me di cuenta perfectamente de hasta qué punto había estado equivocado desde el primer momento.

—¡Oh! —gemí—. ¿No es Sara?

Kreizler me miró unos instantes, luego se inclinó hacia atrás, abrió la boca y dejó escapar una risa profunda, como nunca le había oído en mi vida, una risa profunda e irritantemente prolongada.

—Kreizler —le dije con pesar—. Por favor, confío en que tú... —Pero él siguió con la risa, de modo que la irritación empezó a delatarse en mi voz—. ¡Kreizler! ¡Kreizler! Está bien, me he comportado como un imbécil. ¿Quieres hacer el favor de dejar de reír?

Pero no lo hizo. Al cabo de un buen rato de risas, finalmente empezó a tranquilizarse, pero sólo porque la risa le estaba produciendo algo de dolor en el brazo. Se lo sostuvo con la otra mano y siguió riendo ahogadamente, las lágrimas asomando a sus ojos—. Lo siento, Moore —dijo por fin—, pero lo que debes de haber estado pensando... —Y a continuación le asaltó otro ataque de risa dolorosa.

—Bueno, ¿y qué diablos iba a pensar? Has pasado mucho tiempo a solas con ella. Tú mismo dijiste...

—¡Pero Sara no está interesada en el matrimonio! —replicó Kreizler, recuperando el control—. No siente ningún interés por los hombres... Se ha construido una vida en torno a la idea de que una mujer puede vivir una existencia independiente y satisfactoria. Deberías saberlo.

—Bueno, ya se me había pasado por la cabeza —mentí, tratando de salvar algún vestigio de dignidad—. Pero por la forma en que te estabas comportando me pareció que... En fin, no sé qué me pareció.

—En una de las primeras conversaciones que mantuvimos —explicó Kreizler—, Sara me dijo que no quería complicaciones, que todo tenía que limitarse a lo estrictamente profesional. —Laszlo me escrutó, frunciendo los labios—. Debe de haber sido muy difícil para ti —añadió con una risita.

—Lo ha sido —repliqué altanero.

—Bastaba con que lo hubieras preguntado.

—¡Sara no era la única que trataba de ser profesional! —protesté, dando una patada en el suelo—. Aunque ahora veo que no debía haberme preocupado sin ningún... —De pronto me interrumpí, bajando nuevamente el volumen de mi voz—. Aguarda un segundo... Sólo un segundo. Si no se trata de Sara, ¿entonces quién diablos...? —Me volví lentamente hacia Lazlo, quien a su vez se volvió lentamente hacia el suelo: la explicación era inconfundible en su rostro—. ¡Oh, Dios mío! —exclamé—. ¿Es Mary, verdad?

Kreizler miró hacia la estación, y luego hacia donde aparecería el tren, como si buscara algo que le salvara de aquel interrogatorio.

—Se trata de una situación bastante complicada, John —dijo finalmente—. Te pido que hagas un esfuerzo por entenderlo y que lo respetes.

Me limité a permanecer sentado en silencio, demasiado aturdido para hacer ningún comentario, mientras Laszlo procedía a explicarme aquella «complicada situación». Era indudable que había aspectos del asunto que le turbaban profundamente. Al fin y al cabo, al principio Mary había sido paciente suya, y siempre existía el peligro de que lo que ella creía que era afecto hacia él en realidad fuera gratitud; o peor aún, respeto. Por este motivo —me explicó Laszlo, midiendo sus palabras—, había tratado con todas sus fuerzas de no alentarla, ni permitirse emociones recíprocas al advertir por vez primera y con claridad —de eso hacía casi un año— lo que ella sentía. Al mismo tiempo se mostraba ansioso para que yo comprendiera que en muchos aspectos era natural lo mucho que había aumentado la atracción que desde el principio había existido entre él y Mary.

Cuando Kreizler había empezado a trabajar con Mary,

analfabeta y al parecer incapaz de comprender, pronto se dio cuenta de que no podría comunicarse con ella hasta que no fuera capaz de establecer un vínculo de confianza. Y edificó este vínculo revelándole a ella lo que ahora denominaba ambiguamente su propia «historia personal». Ignorante de que en realidad yo sabía más cosas sobre su historia personal que las que él me había contado, Kreizler no se dio cuenta de hasta qué punto entendía sus palabras. Supuse que muy probablemente Mary había sido la primera persona que había oído de labios de Laszlo la historia de la relación aparentemente violenta entre éste y su padre, y esta difícil revelación sin duda había engendrado la confianza entre ambos, pero también algo más: aunque Laszlo sólo pretendía estimular a Mary para que le contara su historia explicándole la suya propia, en realidad plantaba la semilla de una especie de intimidad nada usual; intimidad que había sobrevivido durante el tiempo en que Mary había trabajado para él, haciendo la existencia en la calle Diecisiete más interesante, por no decir turbadora, de lo que lo había sido hasta entonces. Cuando por fin Kreizler ya no pudo negar que el sentimiento de Mary hacia él iba más allá de la simple gratitud y que él experimentaba una atracción similar hacia ella, entró en un largo período de autoanálisis, intentando determinar si lo que sentía no era en el fondo una especie de sentimiento de compasión por aquella criatura desdichada y solitaria a la que había dado cobijo bajo su propio techo. De lo único que se alegraba era de que no hubiese ocurrido varios días antes de que la investigación estallara en nuestras vidas. El caso le había obligado a aplazar la resolución de su difícil situación personal, pero también le había ayudado a clarificar la forma que tal resolución debía tomar. Cuando quedó claro que no sólo éramos los miembros del equipo los que estábamos en peligro sino también sus sirvientes, Kreizler experimentó un deseo de proteger a Mary que iba mucho más allá de las habituales obligaciones de un benefactor. En ese punto decidió que a ella se la debía informar lo menos posible sobre el caso, y que no debía tomar parte en su seguimiento. Convencido de que sus enemigos podrían llegar a él a través de la gente a la que quería, Laszlo confió en salvaguardar a Mary asegurándose de que, ante la posibilidad de que algún extraño hallara el modo de comunicarse con ella, Mary no dispusiera de ningún tipo de información que pudiera transmitir. Hasta la mañana de nuestra partida a Washington, Kreizler no decidió que había llegado la hora de que la relación entre él y Mary «evolucionara», la curiosa expresión que utilizó. Kreizler la informó de su decisión, y ella le vio partir con lágrimas en los ojos, temerosa de que algo pudiera ocurrirle mientras se encontraba fuera, pues esto les impediría convertirse en algo más que simple amo y criada.

Cuando Kreizler finalizaba su historia, oí a lo lejos, en dirección este, el primer pitido del tren que se dirigía hacia Nueva York. Aunque todavía anonadado, empecé a repasar mentalmente los acontecimientos de las últimas semanas, en un intento por determinar en qué momento me había equivocado en la interpretación de los hechos.

—Ha sido por Sara —dije finalmente—. Desde el primer momento ella se ha comportado como si... En fin, no sé cómo se ha comportado, pero ha sido de un modo bastante extraño... ¿Lo sabe ella?

—Estoy seguro de que sí —contestó Kreizler—, aunque nunca se lo he dicho. Sara parece contemplar todo lo que la rodea como si fuera un caso en el que probar sus habilidades como detective. Pienso que este pequeño acertijo ha debido de resultarle bastante entretenido.

—Entretenido —repetí, refunfuñando—. Y yo pensaba que era amor... Seguro que sabía que yo iba por un camino equivocado... Es el tipo de cosa que ella es capaz de hacer, dejarme ir por ahí pensando... En fin, espera a que volvamos. Le enseñaré lo que ocurre cuando se juega de este modo con John Schuyler...

Me interrumpí cuando el tren que iba a Nueva York apareció a un par de kilómetros a nuestra izquierda, avanzando aún a gran velocidad hacia la estación.

—Continuaremos con esta charla a bordo —dije, ayudando a Kreizler a levantarse—. ¡Puedes estar seguro de que la reanudaremos!

Después de aguardar a que el tren se detuviera jadeante frente a la estación, Kreizler y yo iniciamos un rápido trote a través de un campo lleno de piedras y de surcos ondulantes, hacia el último vagón del tren. Subimos a la plataforma y luego nos deslizamos subrepticiamente al interior, donde acomodé a Laszlo en uno de los últimos asientos del vagón. Aún no había indicios del revisor, y utilizamos los pocos minutos que faltaban para la salida para arreglar el vendaje de Kreizler y nuestro aspecto en general. Yo me volvía constantemente a mirar al andén, tratando de descubrir a alguien cuyo comportamiento lo delatara como un asesino, pero las únicas personas que vi fueron una mujer ya mayor, de aspecto acaudalado, que se apoyaba en un bastón, y su enfermera, una mujer robusta y de expresión contrariada.

—Parece que vamos a tener un respiro —dije, poniéndome de pie en medio del pasillo—. Voy a echar un vistazo a...

La voz se me quedó helada cuando dirigí los ojos hacia la puerta de atrás. En la plataforma del vagón habían aparecido como por arte de magia dos tipos corpulentos, y aunque centraban su atención en algún lugar fuera del tren —al parecer discutían con un oficial de la estación—, pude ver lo suficiente de ellos para reconocer a los dos matones que nos habían perseguido a Sara y a mí fuera del apartamento de los Santorelli.

—¿Qué sucede, Moore? —inquirió Kreizler al ver mi expresión—. ¿Ocurre algo?

Consciente de que Lazlo no iba a ser de gran ayuda en cualquier posible confrontación, dado el estado en que se encontraba, intenté sonreír y luego negué con la cabeza.

—Nada —me apresuré a contestar—. Nada en absoluto. No seas aprensivo, Kreizler.

Los dos nos volvimos al oír que la anciana y su enfermera entraban por la puerta delantera del vagón. Aunque el estómago se me había revuelto con un miedo repentino, mi mente funcionaba bastante bien.

—No pasa nada —le contesté a Laszlo, y me acerqué a las recién llegadas.

—Ustedes disculpen —dije, sonriendo y haciendo todo lo posible para resultar encantador—. ¿Me permite que la ayude a instalarse, señora?

—Por supuesto —contestó la anciana en el tono de quien está familiarizado con que le sirvan en todo—. ¡Mi maldita enfermera es una completa inútil!

—Oh, seguro que no —contesté, echándole el ojo al bastón en que se apoyaba la mujer, el cual tenía un afilado pomo de plata en forma de cisne. Sujeté del brazo a la mujer y la guié hasta su asiento—. Pero siempre hay límites —dije, sorprendido ante el peso y la torpeza de la anciana—, incluso para la capacidad de una enfermera. —Ésta me dedicó una sonrisa, momento que aproveché para cogerle el bastón a la anciana—. Si usted me permite sostenerle esto, señora, creo que podremos... ¡Ahí! —Con un fuerte gemido, el asiento recibió a su ocupante, la cual dejó escapar un sonoro suspiro.

—¡Oh! —exclamó la anciana—. Oh, sí, esto está mejor. Muchas gracias, señor. Es usted un auténtico caballero.

Volví a sonreírle.

—Ha sido un placer —contesté, alejándome.

Al pasar junto a Kreizler, éste me dirigió una mirada atónita.

—Moore, ¿qué diablos...?

Le indiqué que guardara silencio, y acto seguido me aproximé a la puerta trasera del vagón, manteniendo la cara a un lado para que no se me pudiera ver desde el exterior. Lo dos hombres aún seguían discutiendo con el oficial de la estación, aunque no podía asegurar por qué motivo. Sin embargo, cuando bajé la vista vi que uno de los dos matones sostenía la funda de un rifle.

«Éste tendrá que ser el primero», me dije.

Pero antes de hacer ningún movimiento, aguardé a que el tren empezara a alejarse de la estación.

Cuando por fin llegó ese momento, oí que los dos hombres lanzaban unos insultos finales, bastante vulgares, al empleado de la compañía ferroviaria: en cuestión de segundos entrarían en el vagón. Respiré hondo y seguidamente abrí la puerta, con rapidez y sin hacer ruido.

Fue una suerte que hubiera pasado muchas temporadas siguiendo las duras pruebas y tribulaciones de los Giants, el equipo de béisbol de Nueva York. Por las tardes, en Central Park, había llegado a desarrollar un aceptable dominio con el bate, que en aquellos momentos puse en práctica con el bastón de la anciana, golpeando la nuca y la espalda del matón que sostenía el rifle. El tipo soltó un grito, pero antes de que pudiera llevarse la mano a la nuca, lo empujé por encima de la barandilla de la plataforma. Aunque el tren aún avanzaba con bastante lentitud, había muy pocas probabilidades de que el hombre pudiera volver a subir. Pero aún tenía que enfrentarme al segundo matón, quien al girar hacia mí exclamó:

—¿Qué diablos...?

Sospechando que su primer instinto sería abalanzarse sobre mi cuello, me agaché y le hundí el cisne de plata en la ingle. El hombre se dobló sobre sí mismo sólo un instante y, cuando volvió a erguirse, pareció más furioso que dolorido por el golpe. Me lanzó entonces un puñetazo, que me pasó junto a la cabeza al ladearme sobre la barandilla para esquivarlo. El tren estaba cobrando velocidad, advertí al dirigir una rápida y vertiginosa mirada hacia abajo. Con torpeza incluso para un hombre de su corpulencia, el matón dio un traspiés al fallar el golpe. Al intentar recuperar el equilibrio le crucé la mejilla con el pomo en forma de cisne, aunque el movimiento fue tan torpe que apenas pude evitar que se revolviera contra mí. A continuación, levanté el bastón con ambas manos, pero mi contrario, anticipando el golpe, alzó los fornidos brazos para protegerse la cabeza. Luego sonrió maliciosamente y avanzó hacia mí.

—Ahora vas a ver, mierda asquerosa —gruñó, abalanzándose de pronto sobre mi cuello.

Sólo disponía de una vía de ataque: levanté el bastón hacia su garganta y con un gesto brusco disparé el extremo contra la nuez. El individuo lanzó un repentino grito de ahogo y quedó paralizado. Solté rápidamente el bastón, me agarré del techo de la plataforma, me icé hacia arriba y le di un fuerte golpe al matón con los dos pies. El impacto lo lanzó también por encima de la barandilla a una cuneta junto a las vías. Allí rodó hasta detenerse, con las manos todavía en la garganta.

Me deslicé sobre la plataforma y respiré entre fuertes jadeos. Luego alcé la vista y vi a Kreizler cruzando la puerta.

—¡Moore! —exclamó, agachándose a mi lado—. ¿Te encuentras bien? —Yo asentí, todavía jadeante, y Laszlo miró a lo lejos, a mis espaldas—. No hay duda de que tu estado parece mejor que el de esos dos... De todos modos, si estás en condiciones de andar, te sugiero que entres. La mujer se ha puesto histérica. Cree que le has robado el bastón y amenaza con hacer subir a las autoridades la próxima parada.

Cuando mi pulso empezó por fin a calmarse, me compuse la indumentaria, recogí el bastón y entré en el vagón. Avancé por el pasillo con paso algo inseguro y me acerqué a la anciana.

La mujer aceptó el bastón sin decir palabra, pero cuando regresaba a mi asiento oí que soltaba un chillido y que gritaba:

—¡No...! ¡Llévesela de aquí! ¡Está manchado de sangre!

Con un bufido, me dejé caer en el asiento junto a Kreizler, quien me ofreció su petaca de whisky.

—Supongo que no tendrías alguna deuda de juego con esos tipos... —comentó.

Negué con la cabeza y eché un trago.

—No. —Respiré hondo—. Eran muchachos de Connor... No podría decirte más.

—¿Crees que realmente tenían intención de liquidarnos, o sólo querían asustarnos?

Me encogí de hombros.

—Dudo que algún día lleguemos a saberlo, y por ahora preferiría no hablar de eso. Además, estábamos en medio de una interesante charla, antes de que se entrometieran.

El revisor no tardó en aparecer, y mientras le comprábamos dos billetes a Nueva York me dispuse a preguntar a Laszlo sobre el tema de Mary Palmer, no porque tuviera dificultades en creerle —nadie que conociera a la muchacha dudaría de su palabra—, sino porque esto me calmaría los nervios y al mismo tiempo dejaría a Kreizler absoluta y placenteramente desarmado. Todos los peligros a que nos habíamos enfrentado ese día, y de hecho todo el horror de nuestra investigación en general, perdieron en cierto modo su importancia mientras Laszlo revelaba casi imperceptiblemente sus esperanzas personales en el futuro. Se trató de una conversación poco habitual en él, y difícil en muchos aspectos; pero nunca había visto a aquel hombre comportarse o hablar de un modo tan humano como lo hizo durante aquel viaje en tren.

Y nunca más volvería a verle con aquella actitud.

36

Nuestro tren, que pertenecía a la red local, hizo el trayecto con abominable lentitud, así que los primeros albores del amanecer empezaban a asomar por el cielo del este cuando llegamos a la estación Grand Central. Después de acordar que la extensa elaboración de los datos que nos había facilitado Adam Dury podía esperar hasta la tarde, Kreizler y yo cogimos sendos carruajes y nos dirigimos a nuestras respectivos hogares para dormir un poco. Todo parecía tranquilo en casa de mi abuela cuando llegué a Washington Square, y confié en poder dormir en una cama antes de que empezaran las actividades de la mañana. Pero cuando me estaba desvistiendo después de haber subido las escaleras sin hacer ni un solo ruido, sonaron unos golpes casi imperceptibles en la puerta. Antes de que pudiera contestar, la cabeza de Harriet asomó al interior del dormitorio.

—Oh, señorito John, señor —exclamó, claramente trastornada—. Gracias sean dadas al cielo. —Entró por completo en mi alcoba, tirando de la bata en torno al cuerpo—. Es la señorita Howard, señorito. Llamó ayer a última hora de la tarde, y también por la noche.

—¿Sara? —pregunté alarmado al ver la cara de Harriet, habitualmente sonriente—. ¿Le ha pasado algo?

—Está en casa del doctor Kreizler. Dijo que la encontraría allí. Ha habido alguna especie de... En fin, no sé, señorito, ella no me explicó gran cosa. Pero algo terrible ha sucedido; eso puedo asegurarlo por el tono de su voz.

Volví a meter apresuradamente los pies en los zapatos.

—¿En casa del doctor Kreizler? —inquirí, el corazón empezándome a latir con fuerza—. ¿Qué diablos estará haciendo allí?

Harriet se retorció las manos, nerviosa.

—Eso no me lo dijo, señorito. Pero dése prisa, por favor. Ha telefoneado una docena de veces, por lo menos.

Volví a salir a la calle, como una exhalación. Consciente de que a aquellas horas el carruaje más próximo lo encontraría en la Sexta Avenida, me dirigí hacia el oeste con el paso más rápido de que fui capaz y no me detuve hasta subir a un cabriolé que encontré aparcado bajo las vías del tren elevado. Le di al cochero la dirección de Kreizler y le advertí que se trataba de un asunto urgente. Inmediatamente agarró el látigo y se puso en marcha. Mientras nos dirigíamos a la parte alta de la ciudad —yo me hallaba inmerso en una especie de aturdimiento temeroso, demasiado cansado y perplejo para captar el aviso de Harriet—, empecé a sentir alguna salpicadura ocasional contra mi cara, y me asomé fuera del carruaje para estudiar el cielo. Unas densas nubes rodaban sobre la ciudad, interceptando la luz del día y mojando las calles con una llovizna continua.

Mi cochero no aflojó la marcha en ningún momento hasta Stuyvesant Square y, en un tiempo considerablemente corto, estaba en la acera, frente a la casa de Kreizler. Pagué generosamente al cochero sin exigirle el cambio, ante lo cual me anunció que me esperaría junto a la esquina, sospechando sin duda que yo pronto iba a necesitar una nueva carrera y no queriendo perderse a un cliente tan generoso a una hora tan intempestiva de la mañana. Avancé con cautela, pero con paso rápido hasta la puerta de la casa, que Sara me abrió al instante.

Parecía ilesa, y me alegré de poderle dar un fuerte abrazo.

—¡Gracias a Dios! —exclamé—. Por el tono de Harriet temí que... —De pronto me aparté al ver a un hombre de pie a su lado: el cabello entrecano, distinguido, vistiendo una levita y acarreando un maletín de fuelle. Volví a mirar a Sara y advertí que su rostro estaba dominado por una fatigada tristeza.

—Te presento al doctor Osborne, John —dijo Sara con voz queda—. Es uno de los colegas del doctor Kreizler. Vive cerca.

—¿Cómo está usted? —me saludó el doctor Osborne, aunque sin esperar respuesta—. Bien, señorita Howard, confío en haberme expresado con claridad... Al muchacho no hay que moverlo ni molestarlo bajo ningún pretexto. Las próximas veinticuatro horas van a ser cruciales.

Sara asintió con expresión cansada.

—Sí, doctor. Y gracias por todas sus atenciones. De no haber estado aquí...

—Hubiera deseado poder hacer más... —replicó Osborne. Luego se puso la chistera, me saludó con una inclinación de cabeza y se fue.

Sara me condujo al interior de la casa.

—¿Qué diablos ha sucedido? —inquirí, siguiéndola escaleras arriba—. ¿Dónde ésta Kreizler? ¿Y qué es eso de un muchacho herido? ¿Acaso Stevie ha sufrido un accidente?

—¡Chisss, John! —me contestó Sara en voz baja, aunque autoritaria—. Hay que mantener la tranquilidad en esta casa. —Luego reanudó la ascensión a la sala de estar—. El doctor Kreizler se ha ido.

—¿Ido? —repetí como un eco—. ¿Adónde?

Al entrar en la sala, Sara fue a encender una lámpara, pero luego hizo un gesto de rechazo con la mano y decidió no encenderla. Se sentó en el sofá y sacó un cigarrillo de la caja que había en la mesita de al lado.

—Siéntate, John... —me ordenó, y la resignación, pena y rabia que contenían aquellas dos palabras me aconsejaron obedecer de inmediato. Le ofrecí la llama de un fósforo para que encendiera el cigarrillo y esperé a que prosiguiera—. El doctor Kreizler está en el depósito de cadáveres —dijo finalmente, después de exhalar una bocanada de humo.

Me apresuré a inhalar.

—¿El depósito de cadáveres? Sara, ¿qué es lo que ocurre? ¿Qué ha sucedido? ¿Se encuentra bien Stevie?

Sara asintió.

—Se repondrá. Está arriba con Cyrus. Ahora tenemos dos cabezas rotas de las que cuidar.

—¿Cabezas rotas? —repetí como un loro—. ¿Cómo es...? —Sentí una oleada de náuseas en el estómago mientras me volvía a mirar por la sala y el pasillo de al lado—. Aguarda un segundo. ¿Por qué estás tú aquí, y por qué te encargas de hacer entrar y salir a la gente? ¿Dónde se encuentra Mary?

Sara se limitó a frotarse los ojos, lentamente, y luego dio otra chupada al cigarrillo. Cuando volvió a hablar, su voz sonó extrañamente débil.

—Connor estuvo aquí el sábado por la noche. Con dos de sus matones. —Se intensificaron las náuseas en mi estómago—. Al parecer os habían perdido la pista a ti y al doctor Kreizler. Debieron recibir una fuerte reprimenda de sus superiores, a juzgar por cómo se comportaron. —Sara se levantó con lentitud, se acercó a las vidrieras y las abrió, tan sólo una rendija—. Se metieron en la casa por la fuerza y encerraron a Mary en la cocina. Cyrus estaba en la cama, de modo que sólo quedaba Stevie. Le preguntaron dónde os hallabais vosotros, pero... Bueno, ya conoces a Stevie. Se negó a decírselo.

Asentí.

—Iros a la porra —murmuré por lo bajo.

—Sí —contestó Sara—. Así que... empezaron a pegarle. Además de la cabeza, tiene un par de costillas rotas y su cara es un amasijo. Pero es su cabeza lo que... En fin, está vivo, aunque todavía no sabemos en qué estado quedará. Mañana lo sabremos con mayor certeza. Cyrus intentó levantarse de la cama y ayudar, pero se cayó en el pasillo de arriba y volvió a golpearse en la cabeza.

Aunque temía preguntarlo, tuve que hacerlo.

—¿Y Mary?

Sara dejó caer los brazos con resignación.

—Debió de oír los gritos de Stevie. No imagino qué otra cosa pudo empujarla a actuar de una manera tan... temeraria. Cogió un cuchillo y logró salir de la cocina. No sé qué pensó que podía hacer, pero... El cuchillo acabó en el costado de Connor, y Mary al pie de las escaleras, con el cuello... —La voz de Sara se quebró.

—Roto... —concluí por ella, con un suspiro horrorizado—. ¿Está muerta?

Sara carraspeó, y luego continuó hablando:

—Stevie consiguió llegar al teléfono y llamó al doctor Osborne. Yo vine anoche, en cuanto llegué de New Paltz, y todo estaba... En fin, ya se habían hecho cargo de todo. Stevie logró decir que había sido un accidente, que Connor no pretendía hacerlo, pero cuando Mary le apuñaló, él giró en redondo y...

Durante unos interminables segundos se me empañó la vista. Todo a mi alrededor se difuminó en una especie de confusa neblina gris. Luego percibí un sonido que ya había detectado en el puente de Williamsburg la noche en que asesinaron a Georgio Santorelli: el fuerte rumor de mi propia sangre al agitarse. La cabeza empezó a darme vueltas, y cuando alcé las manos para sujetármela, advertí que tenía las mejillas húmedas. El tipo de recuerdos que suelen acompañar las noticias de una tragedia como aquélla —rápidos, inconexos, y en algunos casos absurdos— centellearon por mi mente, y cuando volví a escuchar mi propia voz no supe realmente de quién procedía.

—No es posible... —estaba diciendo—. No, no lo es. La coincidencia, esto no tiene... Sara, Laszlo acababa de explicarme...

—Sí, ya me lo ha contado.

Me levanté, con una extraña sensación de inestabilidad y me acerqué a la ventana, deteniéndome junto a Sara. Las oscuras nubes en el cielo del amanecer seguían impidiendo que el día se instalara definitivamente sobre la ciudad.

—Los muy hijos de perra —musité—. Estos asquerosos hijos de... ¿Han detenido a Connor?

Sara lanzó la colilla por la ventana, al tiempo que negaba con la cabeza.

—Theodore está en ello ahora, con varios detectives. Están buscando en los hospitales y en todos los sitios que Connor suele frecuentar. De todos modos, imagino que no van a encontrarle. Sigue siendo un misterio cómo supieron que vosotros dos habíais ido a Boston, aunque lo más probable es que interrogaran a los expendedores de billetes en la estación Grand Central. —Sara apoyó una mano en mi hombro mientras seguía mirando por la ventana—. ¿Sabes una cosa? —murmuró—. Desde el primer momento que entré en esta casa, Mary temió que ocurriera algo que apartara a Kreizler de su lado. Intenté hacerle entender que ese algo no iba a ser yo. Pero en ningún momento abandonó sus temores. —Sara dio media vuelta y cruzó la habitación para volver a sentarse—. Tal vez fuera más inteligente que cualquiera de nosotros.

Apoyé una mano sobre la frente.

—No es posible... —musité otra vez, aunque en un nivel más profundo sabía que muy bien podía serlo en realidad, teniendo en cuenta con quién nos enfrentábamos, y que sería preferible que me ajustara cuanto antes a la parte real de aquella pesadilla—. Kreizler —dije, esforzándome por imprimir cierto volumen a mi voz—, ¿está en el depósito de cadáveres?

—Sí —contestó Sara, cogiendo otro cigarrillo—. Fui incapaz de decirle lo que había ocurrido... Fue el doctor Osborne quien se encargó de ponerle al corriente. Aseguró que tenía mucha práctica.

Me arranqué con rabia otro ramalazo de remordimiento y, tensando el puño, me encaminé hacia la escalera.

—Tengo que ir allí.

Sara me sujetó del brazo.

—John, ten cuidado.

—Lo tendré —dije con firmeza.

—No. Quiero decir que lo tengas de verdad. Con él. Si no me equivoco, los efectos de esto van a ser mucho peores de lo que podamos imaginar. No te interpongas en su camino.

Intenté sonreírle, apoyando una mano en las suyas.

Luego me puse en movimiento, bajé las escaleras y salí a la calle.

Mi cochero seguía aún en la esquina, y cuando salí saltó inteligentemente a su cabriolé. Le dije que me llevara rápido al Bellevue, y salimos inmediatamente... La lluvia empezaba a arreciar, impulsada por un fuerte viento procedente del este, y al desembocar en la Primera Avenida me quité el sombrero para protegerme la cara de las salpicaduras que caían del toldo del carruaje. No recuerdo que tuviera ningún pensamiento en concreto durante el trayecto: sólo había imágenes de Mary Palmer, la silenciosa y bonita muchacha de espléndidos ojos azules. En cuestión de pocas horas había pasado de ser la doncella de la casa a ser la futura esposa de mi querido amigo, y luego a no ser nada. No había lógica en lo ocurrido, no tenía ningún sentido, y menos aún intentar hallárselo. Me limité a permanecer allí sentado, dejando que las imágenes flotaran ante mí.

Cuando llegué al depósito de cadáveres encontré a Laszlo fuera, al lado de la gran puerta de hierro de la parte trasera, la que habíamos utilizado para entrar en el edificio cuando examinamos el cadáver de Ernst Lohmann. Estaba apoyado contra el muro del edificio, los ojos muy abiertos, vacíos y negros como los boquetes que nuestro asesino había dejado en la cara de sus víctimas. La lluvia caía en cascada de lo alto de un canalón que había en el borde del tejado, empapándole. Intenté apartarlo de allí, pero su cuerpo estaba rígido, inmutable.

—Laszlo —le dije en voz baja—. Vamos, sube al coche.

Tironeé de él varias veces sin conseguir nada. Luego, cuando al fin habló, lo hizo con voz ronca, monocorde:

—No pienso dejarla.

—Muy bien —asentí—. Entonces metámonos en el umbral. Te estás quedando empapado.

Sus ojos sólo se movieron para mirar la ropa, y luego me siguió con paso vacilante hasta el mínimo refugio que suponía el umbral. Permanecimos allí un buen rato, hasta que por fin me habló de nuevo con aquel tono de voz sin vida:

—Tú conociste a mi padre. ¿Sabes...?

Le miré, el corazón a punto de estallar al ver el dolor que había en su cara, y luego asentí:

—Sí, Laszlo, lo sé...

—No. ¿Sabes lo que mi padre solía decirme cuando yo era un muchacho?

—No. ¿Qué te decía?

—Que... —La voz aún era terriblemente ronca, como si le costara un gran esfuerzo proyectarla, pero las palabras iban surgiendo cada vez más veloces—. Que yo no sabía tanto como creía... Que creía saber cómo debía comportarse la gente, que me creía mejor persona de lo que era. Pero que un día me daría cuenta de que no era así. Que hasta entonces yo no sería más que un impostor.

Una vez más no pude hallar el modo de decirle a Laszlo lo mucho que comprendía, a raíz del descubrimiento de Sara, lo que quería decir. Así que me limité a apoyar una mano sobre su hombro herido, al tiempo que él empezaba a arreglarse la ropa con expresión ausente.

—Tengo que efectuar algunos preparativos. El de la funeraria no tardará en llegar. Luego tengo que volver a casa. Stevie y Cyrus...

—Sara cuida de ellos.

Su voz adquirió de pronto un tono duro, casi violento:

—¡Soy yo quien tiene que cuidar de ellos, John! —Sacudió el puño ante sí—. Tengo que ser yo. Yo llevé a esa gente a mi casa. Yo era el responsable de su seguridad. Y míralos ahora... ¡Míralos! Dos a punto de morir, y una... una... —Abrió la boca y miró hacia la puerta de hierro, como si a través de ella pudiera ver la mesa oxidada sobre la que ahora yacía la muchacha en quien había depositado sus esperanzas para una nueva vida.

Le sujeté con fuerza.

—Theodore ha salido en busca de...

—Ya no estoy interesado en lo que el comisario pueda hacer —se apresuró a replicar Kreizler, con acritud—. Ni en las actividades de nadie en ese departamento. —Se interrumpió y luego, dando un respingo al mover el brazo derecho, apartó mi mano de su hombro y se volvió a mirar hacia otro lado—. Todo se ha terminado, John. Este maldito y sangriento asunto, esta... investigación. Se ha acabado.

Me sentía como si se me hubiesen agotado las palabras. Laszlo parecía perfectamente decidido.

—Kreizler —dije finalmente—, espera un par de días antes de...

—¿Antes de qué? —replicó con presteza—. ¿Antes de que alguno de vosotros caiga muerto también?

—Tú no eres responsable de...

—¡No me digas que no soy responsable de lo ocurrido! —exclamó furioso—. ¡Yo soy el único responsable! Ha sido mi propia vanidad, tal como dijo Comstock. Me he cegado intentando demostrar mi punto de vista, indiferente a cualquier peligro que esto pudiera implicar. ¿Y qué querían ellos? ¿Comstock? ¿Connor? ¿Byrnes? ¿Esos hombres del tren? Querían que renunciara. Pero yo no les hacía caso porque consideraba que lo que estaba haciendo era muy importante. Creía saber lo que estaba haciendo. Hemos estado persiguiendo a un asesino, John, pero el auténtico peligro no es él. ¡El auténtico peligro soy yo! —Siseó de pronto, apretando los dientes—. Bien, pues ya he visto bastante. Si el peligro soy yo, entonces me apartaré del caso. Dejemos que ese hombre siga matando, si es eso lo que ellos quieren. Él es una parte de su orden, de su precioso orden social... ¡Sin tales criaturas carecerían de chivos expiatorios para justificar su propia brutalidad! ¿Quién soy yo para interferir?

—Kreizler... —dije, más preocupado todavía, pues no había dudas ahora de que estaba decidido—. Escucha lo que estás diciendo; de nuevo vas contra todo...

—¡No! —replicó—. ¡Me voy, simplemente! Regreso a mi Instituto y a mi casa muerta y vacía, para olvidarme de este caso. Intentaré que Stevie y Cyrus se curen y nunca más tengan que enfrentarse a unos agresores desconocidos por culpa de mis fantasiosos proyectos. Y esta maldita sociedad que ellos han construido para sí puede seguir su rumbo y... ¡pudrirse!

Retrocedí un par de pasos, consciente en alguna parte de mí mismo de que era inútil discutir con él, aunque al mismo tiempo me sentía aguijoneado por su actitud.

—Está bien. Si tu solución va a ser autocompadecerte...

Giró con fuerza el brazo izquierdo para pegarme, pero falló por un amplio margen.

—¡Maldito seas, Moore! —exclamó lleno de rabia, respirando con contracciones cortas y rápidas—. ¡Maldito seas tú, y malditos sean ellos! —Agarró la puerta de hierro y la abrió, pero se detuvo para recuperar el control de la respiración. Con los ojos nuevamente muy abiertos por el horror, miró hacia el oscuro y sombrío pasillo que tenía ante sí—. Y maldito sea yo también —añadió en voz baja; las contracciones de su pecho habían desaparecido al fin—. Voy a entrar, y te agradecería que te marcharas. Haré que retiren mis cosas del número ochocientos ocho. Yo..., lo siento, John... —Entró en el depósito de cadáveres y la puerta de hierro se cerró con estrépito a sus espaldas.

Permanecí allí de pie, con la ropa mojada adhiriéndose a mi cuerpo. Alcé los ojos hacia los edificios de ladrillo que se erguían indiferentes a mi alrededor, y luego al cielo. Seguían concentrándose más nubes impulsadas por el viento del este, que estaba arreciando. Entonces, con un movimiento repentino, me agaché, arranqué un puñado de hierba y tierra del suelo y las lancé contra la negra puerta.

—¡Malditos seáis todos! —grité, sosteniendo en alto el puño. Pero no hallé alivio en la maldición. Dejé que la mano bajara lentamente, me restregué la lluvia de la cara y regresé tambaleante al carruaje.

37

Puesto que no quería ver a nadie ni hablar con nadie al abandonar el depósito de cadáveres, ordené al cochero que me llevara al 808 de Broadway. El edificio estaba bastante tranquilo, y el único ruido que noté al entrar en nuestro centro de operaciones fue el embate de la lluvia en el círculo de ventanas neogóticas que tenía a mi alrededor. Me desplomé sobre uno de los divanes de la marquesa Carcano y me quedé mirando la enorme pizarra llena de anotaciones, al tiempo que mi estado de ánimo se hundía cada vez más. Por fortuna, el dolor y la desesperación se vieron superados finalmente por el agotamiento, de modo que me quedé dormido durante la mayor parte de aquel día sombrío. Pero a eso de las cinco me despertaron unos fuertes golpes en la puerta de la entrada. Me aproximé con paso vacilante, y al abrir apareció ante mí un muchacho empapado de la Western Union, el cual depositó en mi mano un sobre. Saqué de su interior el mensaje y lo leí, moviendo los labios como un idiota:

CAPITÁN MILLER, FORT YATES, CONFIRMA CABO JOHN BEECHAM TENÍA ESPASMOS FACIALES. LLEVABA CUCHILLO PARECIDO. SE SABE ESCALABA MONTAÑAS EN RATOS LIBRES. INSTRUCCIONES.

Cuando finalicé de leer el telegrama por tercera vez, me di cuenta de que el repartidor me estaba diciendo algo, y le miré sin comprender.

—¿Cómo dices?

—¿Respuesta, señor? —repitió el muchacho, impaciente—. ¿Quiere mandar alguna respuesta?

—¡Oh! —Lo pensé un momento, intentando decidir cuál sería la mejor contestación a la vista de los acontecimientos de la mañana—. Oh..., sí.

—Tendrá que escribirlo en algo seco —dijo el muchacho—. Mis impresos están empapados.

Me acerqué a mi escritorio, cogí un trozo de papel y esbocé una breve nota: REGRESAD EN EL TREN MÁS RÁPIDO. A LA PRIMERA OPORTUNIDAD. El repartidor me informó del precio del envío; saqué dinero del bolsillo y se lo entregué sin contarlo. La actitud del muchacho mejoró al instante, por lo que imaginé que le había dado una excelente propina. Luego se metió en el ascensor y se fue.

Parecía absurdo que los Isaacson permanecieran en Dakota del Norte puesto que nuestra investigación estaba a punto de concluir. De hecho, si Kreizler estaba decidido a abandonar el juego, era inútil que cualquiera de nosotros hiciera algo, excepto recoger los bártulos y volver a nuestros medios de vida habituales. Todo cuanto Sara, los Isaacson y yo sabíamos sobre nuestro asesino se lo debíamos a la tutela de Laszlo, y mientras contemplaba Broadway barrida por la lluvia, con los transeúntes haciendo todo lo posible por esquivar los coches y las carretas de reparto mientras intentaban escapar del aguacero, no veía cómo podíamos alcanzar el éxito sin la permanente dirección de Kreizler.

Acababa de reconciliarme conmigo mismo después de semejante pensamiento cuando de pronto oí una llave que giraba en la puerta de entrada. Sara entró animada, con el paraguas y unos paquetes de comestibles en la mano, y ni su porte ni sus movimientos se parecían en nada a los de aquella mañana. Se movía y hablaba con animación, incluso alegremente, como si nada hubiese ocurrido.

—¡Está diluviando, John! —anunció, sacudiendo el paraguas antes de depositarlo en al paragüero de porcelana. Se quitó el chal y llevó los paquetes a la pequeña cocina—. Apenas se puede cruzar a pie la calle Catorce, y te juegas la vida si quieres conseguir un carruaje.

Volví a mirar por la ventana.

—Por lo menos limpiará las calles —dije.

—¿Quieres comer algo? —me preguntó desde al cocina—. Voy a hacer café, y he comprado algo de comida... Pero habrá que preparar los emparedados.

—¿Emparedados? —pregunté, sin mucho entusiasmo—. ¿Y no podemos salir a comer algo por ahí?

—¿Salir? —inquirió Sara, abandonando la cocina y acercándose. No podemos salir; tenemos que... —Se interrumpió al ver el telegrama de los Isaacson. Lo cogió con cautela—. ¿Y esto de quién es?

—De Marcus y Lucius —contesté—. Han obtenido confirmación sobre Beecham.

—¡Esto es fantástico, John! —exclamó Sara, eufórica—. Entonces ya podemos...

—Les he mandado contestación —la interrumpí, molesto por su actitud—. Les he dicho que vuelvan tan pronto como les sea posible.

—Sí, es lo mejor. No creo que haya allí muchas más cosas que averiguar, y en cambio aquí los necesitamos.

—¿Para qué?

—Hay mucho trabajo por hacer —contestó Sara, sencillamente.

Me sentí abatido al comprender que mi preocupación por su actitud era bien fundada.

—Sara, esta mañana Kreizler me ha dicho que...

—Lo sé. También me lo ha dicho a mí. ¿Y qué?

—¿Cómo y qué? Pues que la investigación se ha acabado. ¿Cómo crees que podríamos a seguir sin él?

Sara se encogió de hombros.

—Como lo hacíamos con él. Escúchame, John. —Me empujó por los hombros hasta mi escritorio y me hizo sentar en él—. Sé lo que estás pensando, pero te equivocas. Ahora ya somos lo bastante buenos aunque no le tengamos a él. Podemos terminarlo nosotros.

Mi cabeza había empezado a decir que no antes de que Sara concluyera su exposición.

—Seamos serios, Sara... Carecemos de entrenamiento, y no tenemos la experiencia...

—No necesitamos más de lo que tenemos, John —me contestó con firmeza—. Acuérdate de lo que el propio Kreizler nos ha enseñado... El contexto. Para resolver este caso no necesitamos saberlo todo sobre psicología, sobre alienismo o sobre la historia de todos los casos similares. Lo único que necesitamos conocer es a ese hombre, a este caso en particular... Y ahora ya lo conocemos. De hecho, cuando juntemos todo lo que hemos averiguado esta última semana, seguro que le conoceremos tan bien como se conoce a sí mismo; puede que incluso mejor. El doctor Kreizler era importante, pero ahora se ha ido y no lo necesitamos. No puedes abandonar. No debes.

Había verdades innegables en lo que estaba diciendo, y necesité un minuto para digerirlas. Pero luego mi cabeza siguió negando.

—Oye, ya sé lo que esta oportunidad significa para ti. Sé cuánto te ayudaría a convencer al departamento...

Me interrumpí al instante cuando me lanzó un buen golpe en el hombro con su puño izquierdo.

—¡Maldito seas! ¡No me insultes! ¿Piensas honestamente que estoy haciendo esto para aprovechar la ocasión? Lo hago porque quiero volver a dormir a pierna suelta algún día. ¿O es que tus viajecitos arriba y abajo por la costa este te han hecho olvidar? —Se abalanzó al escritorio de Marcus y cogió algunas de las fotografías—. ¿Recuerdas esto, John? —Bajé la vista, consciente de lo que tenía en las manos: fotos de los distintos escenarios de los crímenes—. ¿Crees de veras que podrás pasar tranquilo muchas horas si te retiras ahora? ¿Qué ocurrirá cuando el próximo muchacho muera asesinado? ¿Cómo te sentirás entonces?

—Sara —protesté, elevando la voz para que estuviera a la altura de la suya—. ¡No me refiero a lo que preferiría, sino a lo que considero práctico!

—¿Y qué hay de práctico en abandonar? —replicó gritando—. Kreizler lo hace únicamente porque se siente obligado a ello... Le han herido, le han herido con la máxima gravedad que se puede herir a una persona, y éste es su único modo de hallar una respuesta. Pero se trata de él, John. ¡Nosotros podemos continuar! ¡Tenemos que continuar!

Sara dejó caer los brazos a los lados y respiró hondo varias veces. Luego se alisó el vestido, cruzó la habitación y señaló la parte derecha de la pizarra.

—A mi parecer —dijo serenamente—, disponemos de tres semanas para prepararnos. No podemos perder ni un minuto.

—¿Tres semanas? —inquirí—. ¿Por qué tres?

Sara se dirigió al escritorio de Kreizler y cogió el grueso ejemplar con la cruz en la cubierta.

—El calendario cristiano —dijo, levantándolo—. ¿Me equivoco si pienso que habéis averiguado por qué lo está siguiendo?

Me encogí de hombros.

—Bueno, es posible que lo sepamos. Victor Dury era un pastor protestante, de modo que el..., el... —intenté hallar una expresión, y finalmente me quedé con una que me sonó como algo que Kreizler hubiera podido decir—, los ritmos del hogar de los Dury, el ciclo de su vida familiar, habrían coincidido naturalmente con este calendario.

La boca de Sara se curvó hacia arriba.

—¿Lo ves, John? No estabas del todo equivocado cuando decías que había un cura involucrado.

—Y hay otra cosa... —añadí, acordándome de las preguntas que Kreizler había formulado a Adam Dury cuando estábamos a punto de abandonar la granja—. El reverendo era muy aficionado a las festividades; al parecer le ofrecían la posibilidad de dar unos excelentes sermones bastante apocalípticos. Pero era su esposa... —Tamborileé con un dedo sobre el escritorio, considerando la idea; luego, comprendiendo la importancia de aquello, miré a Sara—. Era su esposa el principal torturador de Japheth, según el hermano de éste... La que amenazaba a los muchachos con los fuegos del infierno si celebraban las fiestas.

Sara adoptó una expresión, muy satisfecha.

—¿Te acuerdas de lo que dijimos sobre el odio del asesino hacia el engaño y la hipocresía? Bien, si su padre predicaba una cosa en sus sermones, y luego en casa...

—Sí —murmuré—. Ya me he dado cuenta.

Sara regresó con paso lento a la pizarra, y a continuación hizo algo que me dejó bastante perplejo: cogió un trozo de tiza y, sin vacilar, anotó en el lado izquierdo la información que acababa de darle. Su letra no era tan clara ni profesional como la de Kreizler, pero a pesar de todo parecía como si su sitio fuera aquél.

—Él está reaccionando según un ciclo de crisis emocionales que han existido toda su vida —puntualizó Sara, con seguridad, volviendo a dejar la tiza—. A veces estas crisis son tan graves que se siente obligado a matar... Y la que va a sufrir dentro de tres semanas será la peor de todas.

—Si tú lo dices... Pero no recuerdo que haya ninguna fiesta importante a finales de junio.

—No es importante para todo el mundo —dijo Sara, abriendo el calendario—. Pero sí para él.

Me tendió el libro, señalándome una página en particular, y bajé la vista para leer la anotación: domingo, 24 de junio, festividad de San Juan Bautista. Abrí totalmente los ojos.

—Muchas de las Iglesias ya no la celebran en la actualidad —dijo Sara con voz tranquila—. Sin embargo...

—San Juan Bautista... —musité—. ¡Agua!

Sara asintió.

—Agua.

—Beecham —murmuré, haciendo una conexión que, si bien era una remota posibilidad, no obstante resultaba obvia—: «John» Beecham...

—¿A qué te refieres? —inquirió Sara—. El único Beecham de quien he hallado referencias en New Paltz se llamaba George.

En ese momento me tocó a mí ir a la pizarra y coger la tiza. Mientras la deslizaba por la casilla titulada VIOLENCIA MOLDEADORA Y/O VEJACIÓN, fui explicando frenéticamente:

—Cuando Japheth Dury tenía once años fue atacado..., violado, por un hombre que trabajaba con su hermano. Un hombre al que consideraba su amigo, en quien confiaba. Este hombre se llamaba «George» Beecham. —Un sonido breve, intenso, brotó de Sara mientras con una mano se tapaba la boca—. Ahora bien, si Japheth Dury adoptó el apellido Beecham después de los asesinatos para empezar una nueva existencia...

—¡Claro! —exclamó Sara—. ¡Se convirtió en el atormentador!

Asentí con vehemencia.

—¿Y por qué adoptó el nombre de John, es decir, de Juan?

—¡Por el Bautista! ¡El purificador!

Solté una breve risa y escribí tales conclusiones en los sitios adecuados de la pizarra.

—Es sólo una conjetura, pero...

—John —me reprendió Sara, jovialmente—. Toda esta pizarra es una pura conjetura. Pero funciona. —Dejé la tiza y me volví hacia Sara, que estaba radiante—. ¿Te das cuenta ahora, verdad? —inquirió—. Tenemos que hacerlo, John... ¡Tenemos que seguir adelante!

Y eso es lo que hicimos.

Así empezaron los veinte días más extraordinarios y difíciles de mi vida. Al darnos cuenta de que los Isaacson no regresarían a Nueva York antes de la noche del miércoles, Sara y yo nos pusimos a la tarea de distribuir, interpretar y anotar toda la información que habíamos reunido durante la semana anterior, a fin de que los sargentos detectives pudieran asimilarla rápidamente a su regreso. La mayor parte de los días que siguieron los pasamos juntos en el número 808 de Broadway, repasando los hechos y —en un nivel menos obvio, más inconsciente— reconstruyendo la atmósfera y el espíritu de nuestro cuartel general para asegurarnos de que la ausencia de Kreizler no nos incapacitaría. Todos los indicios y recuerdos evidentes de la presencia de Laszlo se apartaron a un lado o se eliminaron, y retiramos su escritorio a un rincón para formar con los demás un semicírculo más pequeño, o mejor, más apretado, según me pareció. Ni Sara ni yo nos sentimos especialmente felices haciendo esto, pero tampoco intentamos ponernos triste ni sentimentales. La clave estaba en centrarse, como siempre: mientras mantuviésemos la vista fija en los dos objetivos gemelos de evitar otro asesinato y capturar a nuestro asesino, seríamos capaces de superar los más dolorosos y desconcertantes momentos de transición.

No es que simplemente borráramos a Kreizler de nuestra mente; por el contrario, Sara y yo hablamos de él en varias ocasiones, esforzándonos por comprender sencillamente qué sesgos y peculiaridades habría adoptado su mente después de la muerte de Mary. Como es lógico, estas conversaciones implicaban cierta discusión sobre el pasado de Laszlo, y reflexionar sobre la desgraciada realidad de la infancia de Kreizler mientras hablaba con Sara disipó el resto de rabia que sentía de que mi amigo hubiese abandonado la investigación, hasta el punto de que el jueves por la mañana, sin decírselo a Sara, regresé a casa de Kreizler.

Hice la visita para ver cómo evolucionaban Stevie y Cyrus, pero sobre todo para suavizar las aristas que pudieran quedar de nuestra separación en el Bellevue. Por fortuna mi viejo amigo también estaba ansioso por arreglar las cosas, aunque seguía decidido a no reanudar la investigación. Habló serenamente de la muerte de Mary, lo que me permitió darme cuenta de cuánto había lastimado su espíritu lo sucedido. Pero lo que sobre todo le impedía volver a la investigación era la pérdida de la confianza en sí mismo. Por segunda vez en su vida, que yo recuerde (la primera había ocurrido la semana anterior a la visita a Jesse Pomeroy), Laszlo parecía dudar realmente de su propio juicio. Y a pesar de que yo no podía estar de acuerdo con él en esta acusación, lo cierto es que tampoco podía culparle por ello. Cada ser humano debe hallar su propia forma de enfrentarse a una pérdida tan grande, y lo único que debe hacer un verdadero amigo es facilitarle la posibilidad de elegir. Por eso acabé por estrecharle la mano y acepté su determinación de retirarse de nuestro trabajo, a pesar de que me doliera profundamente. Nos despedimos y volví a preguntarme si seríamos capaces de seguir adelante sin él. De todos modos, apenas hube abandonado el patio delantero de su casa, mis pensamientos ya volvían a centrarse en el caso.

El viaje de Sara a New Paltz —me enteré durante aquellos tres días, antes de que volvieran los Isaacson— había confirmado muchas de nuestras hipótesis respecto a los años de infancia del asesino. Había podido encontrar a varios condiscípulos de Japheth Dury, los cuales habían confesado —con bastante pesar, había que reconocérselo— que el muchacho había padecido muchas burlas a causa de sus violentos espasmos faciales. Durante sus años en la escuela (efectivamente, tal como Marcus había imaginado, en la de New Paltz enseñaban el sistema de caligrafía Palmer en aquel entonces), así como en las ocasiones que había acompañado a sus padres a la ciudad, Japheth se había visto asaltado frecuentemente por pandillas de chiquillos que jugaban a ver quién imitaba mejor el tic del muchacho. Éste no era un tic corriente, habían asegurado a Sara los ahora adultos ciudadanos de New Paltz: era una contracción tan violenta que los ojos y la boca de Japheth se tensaban hasta casi un lateral de la cabeza, como si padeciera un terrible dolor y estuviese a punto de estallar en violentos sollozos. Al parecer —y curiosamente— nunca devolvía el golpe cuando los chicos de New Paltz le atacaban, ni sacaba la lengua a nadie que se burlara de él; por el contrario, seguía silenciosamente su camino, de modo que al cabo de unos años los niños de la ciudad empezaron a aburrirse y dejaron de atormentarle. Sin embargo, aquellos pocos años habían bastado para emponzoñar el espíritu de Japheth, al sumarse a toda una existencia junto a alguien que nunca se cansaba de acosarle: su propia madre.

Sara no se jactaba excesivamente de hasta qué punto había sido capaz de predecir el carácter de aquella madre, aunque Dios sabe que tenía razones sobradas para hacerlo. Sus entrevistados en New Paltz sólo le habían proporcionado una descripción muy vaga de la señora Dury, pero Sara había intuido lo bastante en aquellas vaguedades para sentirse animada. A la madre de Japheth se la recordaba muy bien en la ciudad por la celosa defensa de la labor misionera de su marido, pero sobre todo por su actitud severa y fría. De hecho, entre las matronas de New Paltz circulaba la opinión generalizada de que los espasmos faciales de Japheth Dury eran el resultado del continuo acoso de la madre (lo cual demostraba que la sabiduría popular a veces conseguía el nivel de la percepción psicológica). Por muy alentador que esto fuera, a Sara no le había producido en absoluto tanta satisfacción como el relato de Adam Dury. Casi todas las hipótesis de Sara —desde el hecho de que la madre de nuestro asesino hubiese tenido hijos en contra de su voluntad, pasando por su desprecio hacia el cuidado de éstos, hasta el acoso escatológico a su hijo desde muy temprana edad— se habían visto corroboradas por lo que Laszlo y yo habíamos escuchado en el establo de Adam Dury, quien incluso nos había informado de que su madre a menudo trataba a Japheth de «asqueroso piel roja»... Así que, efectivamente, una mujer había desempeñado un «siniestro papel» en la vida de nuestro asesino; y aunque la mano del reverendo podía haber sido la que en realidad administraba los azotes en el hogar, la conducta de la señora Dury parecía representar otro tipo de castigo para sus dos hijos, un castigo incluso más duro. De hecho, Sara y yo estábamos convencidos de que si alguno de los dos progenitores de Japheth había sido la víctima «primera» o «intencionada» de su ira asesina, casi con toda seguridad habría sido su madre.

En resumen, ahora parecía seguro que nos enfrentábamos a un hombre cuya extraordinaria amargura hacia la mujer que más había influido en su vida le había llevado a esquivar la compañía de las mujeres en general. Esto nos dejaba con la pregunta de por qué había elegido matar muchachos que se vestían y se comportaban como mujeres, y no a mujeres de verdad. Al buscar una respuesta a esta cuestión, Sara y yo nos encontramos de nuevo con la primera teoría, en la que todas las víctimas poseían unos rasgos de carácter no muy distintos a los del propio asesino. Imaginábamos que la odiosa relación entre Japheth Dury y su madre se habría convertido también en odio hacia sí mismo, pues ¿qué muchacho despreciado por su madre no iba a poner en duda su propia valía? De este modo, la cólera de Japheth tenía rasgos sexuales entrecruzados, convirtiéndole en una especie de híbrido, de cruzamiento, y la única válvula de escape que había encontrado esta cólera era destruyendo a muchachos que, con su conducta, encarnaban una idéntica ambigüedad.

El paso final en el proceso de juntar las pistas que Sara y yo habíamos reunido últimamente consistió en dar cuerpo a la transformación de nuestro asesino para dejar de ser Japheth Dury y convertirse en John Beecham. Sara había averiguado muy pocas cosas en New Paltz sobre George Beecham —que había residido en la ciudad tan sólo un año, y que únicamente aparecía en los registros por haber votado en las elecciones al Congreso en 1874—, pero aun así estábamos bastante seguros de por qué Japheth había elegido aquel nombre. Desde el inicio de nuestra investigación había quedado claro para todos nosotros que nos enfrentábamos a una personalidad de tipo sádico, en la que todas sus acciones traicionaban un obsesivo deseo de cambiar su papel en la vida, pasando de víctima a verdugo. Era perversamente lógico que, para iniciar y simbolizar su transformación, alterara su nombre por el del hombre que una vez le había traicionado y violado; y era igualmente lógico que conservara el nombre cuando empezó a asesinar chiquillos que aparentemente confiaban en él del mismo modo que él había confiado en George Beecham. Existía la clara sensación de que, cuidadoso como sin duda era el asesino en cultivar esta confianza, despreciaba a sus víctimas por ser lo bastante estúpidas como para entregársele. Una vez más esperaba erradicar un elemento intolerable de su propia personalidad erradicando las imágenes reflejadas en un espejo del muchachito que había sido en el pasado.

Y así era como Japheth Dury se había convertido en John Beecham, el cual, según los informes de los médicos del hospital St. Elizabeth, era muy sensible a cualquier tipo de escrutinio, y también albergaba fuertes sensaciones (si no absolutos delirios) de persecución. Era poco probable que tales rasgos de personalidad hubiesen mejorado después de salir del St. Elizabeth a finales del verano de 1886, dado que esta liberación se había obtenido mediante la utilización de fórmulas técnicamente legales y en contra de la voluntad de los médicos. Y si John Beecham era en efecto nuestro asesino, entonces sus recelos, su hostilidad y violencia tan sólo habrían empeorado con los años. Sara y yo llegamos a la conclusión de que para que Beecham hubiese adquirido la absoluta familiaridad con Nueva York que sin duda poseía, posiblemente se habría trasladado a la ciudad tan pronto como salió del St. Elizabeth, y se habría quedado allí desde entonces. Había motivos para confiar en tal suposición pues probablemente habría contactado con un buen montón de gente en el transcurso de aquellos años, convirtiéndose en un personaje familiar en algún barrio o ambiente laboral. No sabíamos exactamente cómo era su aspecto, pero partiendo de las características físicas que habíamos teorizado en las semanas anteriores y que habíamos retocado utilizando como modelo a Adam Dury, creíamos poder confeccionar una descripción que, unida al nombre de John Beecham, podría hacer bastante fácil su identificación. Evidentemente no teníamos ninguna garantía de que siguiera utilizando el nombre de John Beecham, pero tanto Sara como yo creíamos que, dado lo que aquel nombre significaba para él, lo habría continuado utilizando y lo seguiría haciendo hasta que lo detuvieran.

Esto era casi todo respecto a las hipótesis que pudimos hacer mientras esperábamos el retorno de los Isaacson. Sin embargo llegó la tarde del miércoles sin que tuviéramos noticia alguna de los sargentos detectives, de modo que Sara y yo decidimos emprender otra ingrata tarea: convencer a Theodore para que nos permitiera seguir con la investigación a pesar del abandono de Kreizler. Ambos sospechábamos que esto no iba a ser fácil. Sólo el gran respeto que Roosevelt sentía por Kreizler le había permitido considerar la idea en un primer momento (esto y su propensión a las soluciones heterodoxas). Los primeros días de la semana se había dedicado a la búsqueda de Connor y a seguir la batalla que tenía lugar en la Jefatura de Policía entre las fuerzas reformistas y las corruptas, de modo que la tarde del miércoles seguía ignorando los cambios que se habían producido en nuestra investigación. Sin embargo, totalmente consciente de que al final se enteraría de lo ocurrido, ya fuera por Kreizler o por los Isaacson, decidimos informarle nosotros mismos.

Deseosos de evitar entre los periodistas y detectives de la jefatura una nueva oleada de especulaciones potencialmente peligrosa, decidimos visitar a Roosevelt en su propia casa. Hacía poco que él y su esposa Edith habían alquilado una casa en el 689 de la avenida Madison, propiedad de Bamie, la hermana de Theodore. Era una vivienda cómoda y bien amueblada, aunque inadecuada para contener las travesuras de los cinco hijos de Roosevelt. (En justicia, debo recordar que la misma Casa Blanca no tardaría en dar pruebas de que también era inadecuada.) Sara y yo sabíamos que Theodore solía hacer todo lo posible para cenar en casa con su prole, así que abordamos un coche para ir a la avenida Madison con la calle Sesenta y tres y, al ponerse el sol, subíamos los peldaños de la entrada al número 689.

Antes de que nos diera tiempo de llamar a la puerta, llegó hasta nosotros desde el interior una gran algarabía infantil. Finalmente nos abrió la puerta Kermit, el segundo hijo de Theodore, que en aquel entonces tendría unos seis años. Lucía la tradicional camisa blanca, pantalones bombachos y el característico cabello largo de un muchacho de su edad en aquella época, pero con la mano derecha empuñaba amenazador lo que imaginé debía de ser el cuerno de un rinoceronte africano, montado sobre una sólida base. La expresión de su cara era de absoluto desafío.

—Hola, Kermit —le saludé, sonriendo—. ¿Está tu padre en casa?

—¡Nadie pasará! —vociferó el chiquillo, amenazador, mirándome a los ojos.

Perdí la sonrisa.

—¿Cómo dices?

—¡Nadie pasará! —repitió—. ¡Yo, Horacio, guardaré este puente!

Sara soltó una risita, y yo asentí en señal de haber comprendido.

—Ah, sí, Horacio en el puente. Bien, Horacio, si no te importa...

Di un par de pasos al interior de la casa. Kermit levantó el cuerno de rinoceronte y lo lanzó con sorprendente fuerza sobre los dedos de mi pie derecho. Dejé escapar un agudo grito de dolor, que hizo reír a Sara con más fuerza, mientras Kermit vociferaba:

—¡Nadie pasará!

Justo en ese momento, desde algún lugar de la casa, llegó la voz amable, pero firme de Edith Roosevelt:

—¡Kermit! ¿Qué sucede?

Los ojos de Kermit se agrandaron temerosos. Dio media vuelta y echó a correr hacia la escalera gritando:

—¡Retirada! ¡Retirada!

Cuando el dolor del pie empezó a decrecer, observé a una chiquilla de cuatro años, de aspecto bastante serio, que se aproximaba. Era Ethel, la hija pequeña de Theodore. Acarreaba un libro enorme, repleto de coloridas ilustraciones de animales, y caminaba con un evidente propósito. Sin embargo, cuando nos vio a Sara y a mí, y a Kermit desapareciendo escaleras arriba, se detuvo y señaló con un dedo hacia su hermano:

—Horacio en el puente —murmuró, poniendo los ojos en blanco y sacudiendo la cabeza. Luego volvió a inclinarla sobre el libro y prosiguió su avance por el vestíbulo.

De repente se abrió una puerta a muestra derecha y apareció una doncella regordeta y con uniforme, claramente aterrorizada... (Había pocos sirvientes en casa de los Roosevelt: el padre de éste, un gran filántropo, había regalado la mayor parte de la fortuna familiar, y Theodore sostenía a los suyos principalmente con sus escritos y su escaso sueldo.) La doncella pareció no advertir nuestra presencia cuando se abalanzó detrás de la puerta en busca de refugio.

—¡No! —le chilló a alguien a quien yo no conseguía ver—. ¡No, señorito Ed! ¡No pienso hacerlo!

La puerta del vestíbulo por la que había aparecido la doncella se abrió de nuevo, dando paso a un muchacho vestido con un serio traje gris y con unas gafas muy parecidas a las de Theodore. Era Ted, el hijo mayor, cuya pertenencia a la familia quedaba ampliamente demostrada no sólo por su apariencia sino por el intimidatorio búho listado que se posaba en su hombro, así como por la rata muerta que con la mano enguantada sostenía por la cola.

—Patsy, cómo puedes ser tan ridícula —le dijo Ted a la doncella—. Si no le enseñamos cuáles son sus verdaderas presas, nunca podremos devolverlo al bosque. Lo único que tienes que hacer es sostener la rata sobre su pico... —Ted se interrumpió al darse cuenta de que había dos visitas en la puerta—. Oh —exclamó, los ojos centelleantes detrás de las gafas—. Buenas tardes, señor Moore.

—Buenas tardes, Ted —contesté, rehuyendo al búho.

El muchacho se volvió a Sara.

—Y usted es la señorita Howard, ¿verdad? La he visto en el despacho de mi padre.

—Le felicito, señorito Roosevelt —dijo Sara—. Parece que tiene usted buena memoria para los detalles. Imprescindible para un científico.

Ted sonrió tímidamente ante el comentario, pero de pronto recordó la rata que sostenía en la mano.

—Señor Moore —se apresuró a decirme con renovado entusiasmo—, ¿podría sostener esta rata así, por la cola, a sólo unos centímetros del pico de Pompey? No está acostumbrado a ver la presa y a veces se asusta. Hasta ahora ha vivido a base de tiras de carne cruda... Es que necesito una mano libre para asegurarme de que no sale volando.

Alguien menos acostumbrado a la vida en el hogar de los Roosevelt se hubiera podido negar a tal petición, pero como yo había asistido a muchas de estas escenas me limité a suspirar, cogí la rata por la cola y la coloqué tal como Ted me había indicado. De modo bastante pintoresco, el búho giró un par de veces la cabeza, luego levantó sus grandes alas y las agitó como si se sintiera confuso. Ted sin embargo, lo tenía firmemente sujeto de las garras con su mano enguantada, y empezó a ulular y a chillar para calmar al pájaro. Al final Pompey giró su cuello extraordinariamente flexible hasta que el pico apuntó hacia el techo, agarró la rata por la cabeza y se la tragó, con cola y todo, en sólo media docena de horribles engullidas.

Ted sonrió abiertamente.

—¡Buen muchacho, Pompey! Esto es mejor que un aburrido filete, ¿verdad? Ahora lo que tienes que hacer es aprender a cazarlas tú solito, y luego podrás regresar con tus amiguetes. —Ted se volvió hacia mí—. Lo encontramos en el tronco hueco de un árbol en Central Park. A su madre la habían matado de un tiro, y todas las crías estaban muertas menos ésta.

—¡Atención abajo! —se oyó un grito repentino en lo alto de las escaleras, ante lo cual Ted hizo una mueca de impaciencia y se apresuró a salir del vestíbulo con su búho. La doncella intentó seguirle, pero se quedó paralizada al ver la enorme masa blanca que bajaba disparada sobre la barandilla de la escalera. Incapaz de decidir por qué camino escapar, la doncella se acuclilló finalmente en el suelo, cubriéndose la cabeza al tiempo que soltaba un chillido, evitando por un estrecho margen lo que pudo haber sido una desagradable colisión con la señorita Alice Roosevelt, de doce años de edad. Después de saltar de la barandilla sobre la alfombra, con una habilidad que sólo se obtenía con la práctica, Alice se levantó riendo, se acomodó el vestido blanco con bastantes adornos, y apuntó con su dedo acusador a la doncella.

—¡Patsy, eres una boba! —se burló—. Te he dicho muchas veces que no debes quedarte quieta. ¡Tienes que escoger una dirección y correr! —Alice giró aquel rostro delicado y bonito, que en unos pocos años causaría tantos estragos entre los solteros de Washington como una guadaña en un campo de trigo, nos sonrió a Sara y a mí y nos hizo una ligera reverencia—. Hola, señor Moore —me saludó con el aplomo de una niña consciente, incluso a sus doce años, del poder de sus encantos—. ¿Y ésta es realmente la señorita Howard? —inquirió, más excitada y candorosa—. ¿Es la mujer que trabaja en jefatura?

—En efecto —contesté—. Sara, te presento a Alice Lee Roosevelt.

—¿Qué tal, Alice? —la saludó Sara, tendiéndole la mano.

Alice era la personificación de la seguridad cuando estrechó la mano de Sara y contestó:

—Sé que hay un montón de gente que piensa que es escandaloso que las mujeres trabajen en jefatura, señorita Howard, pero yo considero que es magnífico. —Le tendió un pequeño saquito, cuyas cintas llevaba atadas a la muñeca—. ¿Le gustaría ver mi serpiente? —inquirió, y antes de que la sorprendida Sara pudiera responder, Alice ya había sacado una culebra no venenosa, de casi medio metro de longitud, que no dejaba de retorcerse.

—¡Alice! —se oyó de nuevo la voz de Edith, y esta vez al volverme vi que avanzaba cimbreante por el vestíbulo, hacia nosotros—. Alice —repitió, con el tono amable, pero autoritario que solía utilizar con ella, la única niña de la casa que no era suya—. Querida, ¿no te parece que debemos permitir a los recién llegados que se quiten los abrigos y tomen asiento antes de presentarles a los reptiles? Hola, señorita Howard. John. —Edith posó una mano en la frente de Alice—. Sabes que dependo de ti por lo que se refiere a un comportamiento civilizado en esta casa.

Alice sonrió a Edith y luego se volvió a Sara, introduciendo de nuevo la culebra en el saquito.

—Lo siento, señorita Howard. ¿Quiere entrar en la salita y sentarse? Tengo tantas preguntas que quisiera hacerle...

—Y a mí me encantará responderlas, pero en otro momento —contestó Sara, amigablemente—. Necesitamos hablar con tu padre unos minutos.

—Ya imagino para qué, Sara —contestó Roosevelt, saliendo de su estudio—. Ya has visto que los niños son la auténtica autoridad en esta casa. Sería mejor que hablaras con ellos.

Al oír la voz de su padre, los chiquillos que ya habíamos visto reaparecieron y le rodearon, cada uno gritándole las novedades del día, en un intento por obtener su consejo o aprobación. Sara y yo observamos la escena junto a Edith, quien simplemente balanceó la cabeza y suspiró, incapaz de comprender muy bien (como le ocurría a cualquier conocido de la familia) el milagro de la relación de su marido con los hijos.

—Bueno —nos dijo Edith finalmente, sin dejar de contemplar a su familia—, será mejor que tengáis asuntos realmente apremiantes, si queréis vencer el poder de este vestíbulo. —Luego se volvió hacia nosotros, y la comprensión era evidente en sus ojos brillantes, bastante exóticos—. Aunque tengo entendido que últimamente todos vuestros asuntos son apremiantes. —Yo asentí, y a continuación Edith dio unas fuertes palmadas—. ¡Muy bien, mi terrible tribu! Ahora que sin duda habéis despertado a Archie de su siesta, ¿qué os parece si os laváis para cenar?

Archie, de sólo dos años, era el más pequeño de la familia. El joven Quentin, cuya muerte en 1918 tendría efectos tan desastrosos en la salud emocional y física de Theodore, aún no había nacido en 1896.

—Y no quiero ningún invitado que no sea humano esta noche —añadió Edith—. Esto va por ti, Ted. Pompey estará muy feliz en la cocina.

Ted sonrió pícaramente.

—En cambio estoy seguro de que Patsy no.

Los chiquillos se dispersaron de mala gana aunque sin protestar, mientras Sara y yo seguíamos a Theodore a su estudio repleto de libros. Varias obras en proceso aparecían sobre distintos escritorios y mesas en aquella amplia habitación, junto a numerosos libros de consulta abiertos y grandes mapas. Theodore despejó dos sillas cerca de un escritorio grande y desordenado que había junto a la ventana, y tomamos asiento. Lejos de la presencia de los chiquillos, Theodore pareció adoptar un aire alicaído, lo cual me resultó extraño, dados los acontecimientos que tenían lugar en jefatura aquellos días: el alcalde Strong había pedido a uno de los principales enemigos de Theodore en la Junta de Comisarios que dimitiera, y aunque el hombre se había negado a marcharse sin ofrecer batalla, la impresión general era que Roosevelt estaba ganando por puntos. Le felicité por ello, pero él se limitó a quitarle importancia y apoyó un puño en la cadera.

—No estoy muy seguro de hasta dónde conducirá esto, John —dijo con tristeza—. Hay momentos en que pienso que la misión que nos hemos propuesto no se puede llevar a cabo sólo a nivel metropolitano. La corrupción en esta ciudad es como la bestia mítica, sólo que en vez de siete cabezas le nacen mil por cada una que le cortan. No sé si esta Administración tiene la fuerza necesaria para realizar un cambio auténticamente significativo... —Pero éste no era un estado de ánimo que Roosevelt tolerara durante mucho rato, así que cogió un libro, lo soltó con estrépito encima del escritorio, y luego nos miró cómicamente a través de sus quevedos—. De todos modos, esto no es asunto vuestro... Bueno, ¿qué hay de nuevo?

No resultó fácil informarle de nuestras noticias. En cuanto hubimos finalizado, Theodore se hundió lentamente en su sillón y se reclinó en el respaldo, como si acabáramos de confirmar la razón de su melancolía.

—Me preocupaba cuál pudiera ser la reacción de Kreizler ante semejante atrocidad —dijo con voz queda—. Pero confieso que no pensé que abandonara el empeño.

En este punto decidí contarle a Theodore toda la historia de la relación entre Kreizler y Mary Palmer, en un intento por hacerle entender el efecto descorazonador que la muerte de Mary había tenido en Lazlo. Me acordé de que Theodore también había padecido la trágica y temprana muerte de un ser muy querido —su primera esposa—, y confié en que reaccionaría con simpatía, como así fue. Sin embargo, en su frente se veía una sombra de duda.

—¿Y decís que deseáis seguir sin él? —preguntó—. ¿Os parece que podréis salir adelante?

—Ya sabemos lo suficiente —se apresuró a responder Sara—. Es decir, sabremos lo suficiente cuando el asesino vuelva a actuar.

Theodore la miró desconcertado.

—¿Y cuándo será eso?

—Dentro de dieciocho días. El veinticuatro de junio.

Con las manos entrelazadas detrás de la cabeza, Roosevelt empezó a mecerse lentamente adelante y atrás mientras estudiaba a Sara. Luego se volvió hacia mí.

—No es sólo la pena lo que le ha obligado a retirarse, ¿verdad?

Negué con la cabeza.

—No. Está lleno de dudas sobre su criterio y capacidad. Nunca en mi vida me había dado cuenta de cuán torturado está por esa... inseguridad. La ha mantenido oculta todo el tiempo, pero ahora ha aflorado...

—Sí —dijo Roosevelt, asintiendo y meciéndose—, su padre...

Sara y yo intercambiamos miradas y negamos con la cabeza para indicar que no habíamos divulgado aquella historia. Theodore sonrió amablemente.

—Moore, ¿te acuerdas de mi pelea con Kreizler en el Gimnasio Hemenway, y de la velada que siguió? Hubo un momento en que ambos reanudamos la discusión sobre el libre albedrío, amigablemente, todo sea dicho..., y él me preguntó cuándo había aprendido a boxear. Le dije que mi querido padre me había construido un pequeño gimnasio cuando yo era un niño, y que me había enseñado que el ejercicio vigoroso era la mejor posibilidad que tenía para vencer la enfermedad y el asma. Kreizler me preguntó si, como experimento, sería capaz de vivir una existencia sosegada... Le contesté que todo cuanto había aprendido y me gustaba me inducía a ser un hombre de acción. En un primer momento no lo capté, aunque luego entendí lo que quería decir. Entonces, por simple curiosidad, le pregunté por su padre, de quien a menudo había oído hablar en Nueva York. Su expresión cambió, drásticamente. Nunca la olvidaré. Se volvió al otro lado, como si tuviera miedo de mirarme a la cara, sujetándose de pronto ese brazo malo que tiene. Lo hizo de un modo tan instintivo, en cuanto mencioné a su padre, que empecé a sospechar la verdad. No hace falta decir que me quedé absolutamente espantado ante la idea de lo que debía haber sido su existencia. Pero también fascinado..., fascinado por lo distinta que había sido su vida de la mía. A menudo me pregunto cómo es el mundo para un joven cuyo padre es su enemigo...

Ni Sara ni yo podíamos responderle a eso. Durante unos segundos, los tres nos limitamos a permanecer sentados en silencio. Y entonces, desde el otro lado de la puerta, oímos que Alice gritaba con vehemencia:

—¡Me tiene sin cuidado que sea un *Strix varia varia*, Theodore! ¡No se va a comer mi serpiente!

Esto nos hizo sonreír y nos devolvió al asunto que nos había llevado allí.

—Bien —exclamó Theodore con otro golpe de libro sobre su escritorio—. La investigación. Decidme una cosa... Ahora que tenemos un nombre y aproximadamente una descripción, ¿por qué no organizo una búsqueda normal y hago que mis hombres pongan la ciudad patas arriba?

—¿Y qué haríamos cuando lo encontraran? —replicó Sara—. ¿Arrestarlo? ¿Con qué pruebas?

—Es demasiado listo para eso —convine—. No tenemos testigos, ni ninguna prueba admisible en un tribunal. Especulaciones, huellas dactilares, una carta sin firmar...

—La cual ofrece algunos indicios de escritura engañosa...
—intervino Sara.

—Y Dios sabe lo que sería capaz de hacer si le capturaran y luego lo soltasen —añadí—. No, los Isaacson han dicho desde el principio que éste tenía que ser un caso de flagrante delito... Hay que cogerle con las manos en la masa.

Theodore iba aceptando la idea con lentos gestos de asentimiento.

—Bien —dijo al fin—, me temo que esto nos enfrenta a otra serie de retos. Tal vez os sorprenda saber que el abandono de la investigación por parte de Kreizler no me facilita las cosas. El alcalde Strong se ha enterado del interés con que he estado buscando a Connor, y de los motivos. Contempla esta búsqueda como otra forma de que se pueda relacionar a este departamento con Kreizler, y me ha pedido que no arriesgue mi posición al permitir que mi amistad con el doctor me vuelva exageradamente agresivo. También le han llegado rumores de que los hermanos Isaacson están llevando a cabo una investigación independiente sobre los asesinatos de los muchachos que se prostituyen, y me ha ordenado que, si los rumores son ciertos, no sólo les obligue a suspenderla sino que proceda con gran cautela respecto a este caso en general. Es probable que hayáis oído que anoche se produjeron disturbios.

—¿Anoche? —pregunté.

Roosevelt asintió.

—Hubo alguna reunión en el Distrito Once, al parecer para protestar por cómo se lleva este asunto de los asesinatos. Los organizadores eran un grupo de alemanes, y afirmaban que éste era un caso político... Pero lo cierto es que allí había whisky como para mantener a flote a una pequeña embarcación.

—¿Kelly? —preguntó Sara.

—Es posible —contestó Roosevelt—. Lo que sí es seguro es que estaban a punto de desmandarse cuando se les obligó a que se dispersaran. Las implicaciones políticas de este caso se van agravando de día en día. Y me temo que el alcalde

Strong ha llegado a ese deplorable estado en que la preocupación por las consecuencias de la acción conducen a la parálisis. No quiere que se den pasos precipitados en este asunto. —Theodore se interrumpió para dirigir a Sara una mirada breve, ligeramente ceñuda—. También le han llegado rumores, Sara, de que has estado colaborando con los Isaacson... Como sabes, hay mucha gente que pondría el grito en el cielo si descubrieran que hay una mujer participando activamente en una investigación de asesinato.

—Entonces redoblaré mis esfuerzos para ocultar esta participación —dijo Sara, sonriendo recatadamente.

—Ya —murmuró Theodore, indeciso; luego nos observó unos segundos y asintió—. He aquí lo que os ofrezco... Tomaros estos dieciocho días y averiguad lo que podáis. Pero cuando llegue el veinticuatro quiero que me informéis de todo cuanto hayáis averiguado para que pueda apostar agentes de mi confianza en cada posible lugar de asesinato, o ruta de escape. —Roosevelt golpeó su potente puño en la palma de la otra mano—. No quiero tener otro de estos crímenes sanguinarios.

Me volví a Sara, quien consideró rápidamente el trato y luego asintió con decisión.

—¿Podemos conservar con nosotros a los sargentos detectives? —pregunté.

—Por supuesto.

—Entonces trato hecho. —Le tendí mi mano. Roosevelt se quitó los quevedos de la nariz y me la estrechó.

—Sólo confío en que hayáis aprendido lo suficiente —dijo mientras estrechaba la mano a Sara—. La idea de abandonar mi puesto sin haber solucionado este caso no me resultaba muy atractiva.

—¿Acaso piensas dimitir, Roosevelt? —bromeé—. ¿Es que al final Platt te ha puesto las cosas difíciles?

—Nada de eso —replicó con rudeza, y luego le llegó a él el turno de enseñar tímidamente su legión de dientes—. Pero las convenciones se acercan, Moore, y luego las elecciones. McKinley va a ser el hombre de nuestro partido, si no me equivoco, mientras los demócratas sean tan estúpidos como para nominar a Bryan. ¡La victoria será nuestra este otoño!

Asentí.

—¿Vas a meterte en campaña?

Theodore se encogió de hombros, modestamente.

—Me han dicho que puedo ser de utilidad, tanto en Nueva York como en los estados del Oeste.

—Y si McKinley se muestra agradecido por tu apoyo...

—Vamos, John —me amonestó Sara, sarcásticamente—. Ya sabes lo que el comisario opina de tales especulaciones.

Roosevelt puso mirada de asombro.

—Tú, jovencita, has pasado demasiado tiempo lejos de jefatura. ¡Menuda desfachatez! —Luego se relajó y señaló la puerta—. Vamos, largaos. Esta noche tengo que revisar un montón de documentos oficiales, en vista de que alguien me ha robado la secretaria.

Eran casi las ocho cuando Sara y yo volvimos a salir a la avenida Madison, pero entre la alegría de que se nos hubiese autorizado a seguir con nuestra investigación y la tibieza de la noche claramente primaveral, ninguno de los dos tenía muchos deseos de volver a casa. Tampoco estábamos de humor para encerrarnos en el cuartel general a la espera de que aparecieran los Isaacson, a pesar de que estábamos ansiosos por hablar con ellos en cuanto volvieran. Al empezar a caminar hacia el centro se me ocurrió un arreglo bastante afortunado: podríamos cenar en una de las mesas de la terraza del hotel St. Denis, frente al 808 de Broadway, y desde allí estar pendientes del regreso de los sargentos detectives. Esta idea satisfizo por completo a Sara y, mientras proseguíamos la marcha avenida abajo, me pareció más encantadora que nunca. Quedaba muy poco de la brusquedad de sus modales, aunque su mente seguía absolutamente centrada, de modo que sus ideas continuaban siendo agudas y pertinentes. La explicación a todo esto —que se me ocurrió durante la cena— no era especialmente complicada: a pesar de lo que Roosevelt había dicho respecto a la posible reacción oficial y ciudadana ante la participación de Sara en la investigación, en aquellos momentos ella era una detective profesional; si no de palabra, sí de obra. En los días venideros íbamos a enfrentarnos a duras pruebas y frustraciones, y yo tendría muchos motivos para estar agradecido al creciente buen humor de Sara, dado que sería ella, sobre todo, la que se convertiría en la fuerza impulsora para seguir con nuestro trabajo.

Fue tanto el vino que consumí aquella noche que, al finalizar la cena, el seto que separaba la acera de nuestra mesa en la terraza del St. Denis demostró ser insuficiente para contener mis ardorosos galanteos a las encantadoras mujeres que, inocentemente, se sentían atraídas por los aún iluminados escaparates de McCreery's. Sara se impacientó con mi comportamiento y estaba a punto de abandonarme a mi propia suerte cuando algo llamó su atención al otro lado de la avenida. Siguiendo su indicación, me giré para ver un carruaje que se había detenido frente al número 808 y del que descendieron Marcus y Lucius Isaacson con gesto de cansancio. Tal vez fuera el vino, los acontecimientos de los últimos días, o incluso el tiempo, pero me sentí contentísimo de verlos, así que salté por encima del seto y me apresuré a atravesar Broadway para saludarles efusivamente. Sara me siguió a un paso mucho más racional. Al parecer los dos hermanos habían visto mucho sol durante su estancia en las altas praderas pues su tez aparecía extraordinariamente bronceada, lo que les daba un aspecto saludable. Parecían muy satisfechos de haber vuelto, aunque yo no estaba muy seguro de que siguieran estándolo cuando se enterasen de la dimisión de Kreizler.

—Aquello es asombroso —explicó Marcus mientras sacaba el equipaje del cabriolé—. Ofrece una perspectiva totalmente distinta a la vida en esta ciudad, os lo aseguro. —Olisqueó al aire—. Y también huele mucho mejor.

—Nos dispararon durante un viaje en tren —añadió Lucius—. ¡Una bala me atravesó el sombrero! —Pasó un dedo por el agujero para enseñárnoslo—. Marcus dice que no eran indios...

—No eran indios —replicó Marcus.

—Él dice que no eran indios, pero yo no estoy muy seguro, y el capitán Miller de Fort Yates afirmó...

—El capitán Miller solamente pretendía ser educado —volvió a interrumpirle Marcus.

—Bueno, es posible, pero...

—¿Qué es lo que dijo sobre Beecham? —preguntó Sara.

—Dijo que si bien las bandas de indios más numerosas habían sido derrotadas...

Sara le sujetó del brazo.

—Lucius, ¿qué es lo que dijo sobre Beecham?

—¿Sobre Beecham? —repitió Lucius—. Oh, bueno... En realidad explicó muchas cosas.

—Muchas cosas que se reducen a una sola —intervino Marcus, mirando a Sara; luego hizo una pausa, y sus enormes ojos castaños se llenaron de significado y determinación—. Es nuestro hombre... Tiene que serlo.

38

Achispado como estaba, las noticias que los Isaacson nos dieron cuando los llevábamos a comer algo al St. Denis me espabilaron muy pronto.

Según parece, al capitán Frederick Miller, que en aquellos momentos rondaría los cuarenta y que a finales de 1870 era un joven teniente muy prometedor, lo habían destinado al centro de operaciones del Ejército del Oeste, en Chicago. Pero se sentía asfixiado bajo las estrictas formas de vida de los oficiales de la Administración, así que había solicitado que lo enviaran al lejano Oeste, donde confiaba en desarrollar un servicio más activo. Le concedieron la petición y fue destinado a los Dakotas, en donde le hirieron dos veces, perdiendo un brazo en la segunda. Regresó a Chicago pero rechazó volver a ocupar su antiguo puesto en la Administración, eligiendo en cambio comandar parte de las fuerzas de reserva que se mantenían a punto para emergencias de tipo civil. En 1881, mientras desempeñaba este cargo, conoció al joven soldado de caballería llamado John Beecham.

En el momento de alistarse, Beecham le había dicho al oficial de reclutamiento de Nueva York que tenía dieciocho años, aunque Miller dudaba que eso fuera cierto pues seis meses después, cuando Beecham llegó a Chicago, no parecía que tuviera dieciocho años. A menudo los muchachos mentían respecto a su edad para entrar en el ejército, y a Miller esto no le preocupó demasiado pues Beecham dio muestras de ser un buen soldado: disciplinado, extremadamente atento, y lo bastante eficiente como para ser ascendido a cabo dos años más tarde. Es cierto que sus frecuentes peticiones para que le enviaran al Oeste a luchar contra los indios habían inquietado a sus superiores en Chicago, los cuales no se mostraban particularmente impacientes por perder a sus mejores oficiales en la frontera. Pero, en conjunto, el teniente Miller se había mostrado satisfecho del comportamiento del joven cabo. Hasta 1885.

Aquel año, una serie de incidentes en algunos de los barrios más pobres de Chicago habían puesto al descubierto una inquietante faceta de la personalidad de Beecham. Hombre de pocos amigos, solía visitar durante sus horas libres los barrios de inmigrantes, en donde ofrecía sus servicios a organizaciones benéficas para ocuparse de los niños, sobre todo huérfanos. Al principio pareció admirable que un soldado invirtiera su tiempo de este modo —mucho mejor que las habituales juergas y peleas con los habitantes de la ciudad—, y al teniente Miller no le preocupó. Pero al cabo de unos meses advirtió un cambio en el carácter de Beecham, que se volvió más hosco. Cuando Miller le preguntó al respecto no obtuvo ninguna explicación satisfactoria; pero poco después se presentó en el puesto uno de los responsables de aquellas organizaciones benéficas, exigiendo hablar con un oficial. Miller escuchó mientras el hombre exigía que se prohibiera al cabo Beecham acercase de nuevo a su orfanato. Cuando le preguntó el motivo de tal demanda, el hombre se limitó a argumentar que Beecham había «trastornado» a varios de los chiquillos. Miller habló inmediatamente con Beecham, quien al principio se mostró indignado. Dijo que el tipo del orfanato estaba celoso porque los chicos le querían y confiaban más en él que en el director. Sin embargo, el teniente Miller vio que en aquella historia había algo más, y presionó con mayor intensidad a Beecham. Al final el cabo se mostró terriblemente inquieto y acusó a Miller y al resto de sus superiores por lo ocurrido. (Miller nunca averiguó la naturaleza exacta de los incidentes.) Todos aquellos problemas se habrían podido evitar, aseguraba

Beecham, si los oficiales hubiesen aceptado sus solicitudes para que le destinaran al Oeste. Durante esta conversación, el teniente Miller había encontrado la actitud de Beecham lo suficientemente alarmante como para concederle un largo permiso, que el cabo aprovechó para practicar el montañismo en Tennessee, Kentucky y en Virginia Occidental.

Cuando se reincorporó a su unidad, a comienzos de 1886, Beecham parecía muy mejorado. De nuevo era el soldado obediente y responsable que Miller había conocido al principio. Pero esta imagen se hizo añicos durante los actos violentos que siguieron a la revuelta de Haymarket en aquella zona de Chicago, durante la primera semana de mayo. Sara y yo ya sabíamos que a Beecham lo habían enviado al hospital St. Elizabeth después de que Miller lo encontrara «apuñalando» (según constaba en las anotaciones de los médicos) el cadáver de un huelguista muerto durante los enfrentamientos del 5 de mayo en los suburbios de la zona norte. Ahora supimos por los Isaacson que aquel «apuñalamiento» tenía una semejanza escalofriante con las mutilaciones sufridas por los padres de Japheth Dury y los chiquillos asesinados en Nueva York. Asqueado y horrorizado al descubrir a Beecham empapado en sangre y agachado junto a un cadáver al que le había sacado los ojos con un enorme cuchillo, Miller no había dudado en relevar de sus obligaciones al cabo. A pesar de que en el Oeste el teniente había visto hombres empujados a cometer actos sanguinarios, semejante conducta se basaba en muchos años de enfrentamientos con las tribus indias. En cambio, Beecham carecía de ese historial, y por tanto de esta justificación para sus acciones. Cuando el médico del regimiento examinó a Beecham después del incidente, se apresuró a declararlo inútil para el servicio, y Miller estuvo de acuerdo con este diagnóstico, aconsejando que fuera inmediatamente enviado a Washington.

De este modo finalizaba la historia que los Isaacson habían traído de Dakota. Los dos hermanos la habían narrado sin interrumpirse y sin probar bocado, así que se dedicaron a comer vorazmente mientras Sara y yo les informamos de todo lo que habíamos averiguado durante su ausencia. Entonces llegó el momento de las desagradables noticias sobre Kreizler y Mary. Afortunadamente, al llegar a este punto Marcus y Lucius ya habían engullido la mayor parte de su cena, pues la noticia arruinó el apetito que pudiera quedarles. Los dos se mostraron obviamente recelosos por lo que se refería a proseguir la investigación sin la dirección de Laszlo, pero Sara intervino con un discurso aún más acalorado que el que me había soltado a mí, y a los veinte minutos había convencido a los detectives de que no había otra opción que seguir adelante. La historia que ellos habían traído le había proporcionado más motivos para proseguir la lucha, pues en aquellos momentos nos quedaban muy pocas dudas sobre la identidad y la historia de nuestro asesino. La cuestión era si podríamos idear un plan para encontrarlo, y llevarlo a cabo.

Cuando abandonamos el pequeño restaurante, a eso de las tres de la madrugada, estábamos convencidos de que lo conseguiríamos. De todos modos la labor que aún quedaba por hacer era enorme, y no la podríamos poner en marcha hasta que hubiésemos dormido un poco. Nos fuimos directamente a nuestros domicilios respectivos, pero a las diez de la mañana del martes ya estábamos de nuevo en el 808 de Broadway, dispuestos para planear nuestra estrategia. Marcus y Lucius parecieron algo desorientados al ver cómo se había reducido el círculo de nuestros escritorios al pasar de cinco a cuatro, y al descubrir una nueva escritura en la enorme pizarra. Pero a fin de cuentas eran unos detectives experimentados, y cuando volvieron a dedicar su atención al caso, todos los temas ajenos a éste perdieron su importancia.

—Si nadie más tiene pensado un punto de partida —anunció Lucius, familiarizándose de nuevo con el material que tenía en su escritorio—, me gustaría sugerir uno. —Todos expresamos nuestro asentimiento, y a continuación Lucius señaló el lado derecho de la pizarra, específicamente la palabra AZOTEAS—. ¿Te acuerdas, John, de lo que dijiste sobre el asesino después de que tú y Marcus visitarais por primera vez el Golden Rule?

Repasé mis recuerdos de aquella visita.

—Lo controla —dije, repitiendo la expresión que con tanta nitidez se me había presentado la noche en que estábamos en la azotea del miserable tugurio de Scotch Ann.

—Es cierto —terció Marcus—. Es en las azoteas donde actúa persistentemente, con absoluta tranquilidad.

—Sí —dijo Lucius, poniéndose en pie para acercarse a la pizarra—. Bueno, mi idea es ésta: hemos pasado mucho tiempo intentando comprender las pesadillas de ese hombre, la auténtica pesadilla que fue su pasado y las pesadillas mentales que ahora le acosan. Pero cuando planea y comete estos asesinatos no se comporta como un ser atormentado o asustado. Es agresivo, consciente. Está en acción, no sólo reaccionando. Y, como ya vimos en su carta, se halla bastante convencido de su propia habilidad. ¿Dónde ha logrado esto?

—¿El qué? —pregunté, algo desconcertado.

—Esta seguridad —contestó Lucius—. La habilidad es fácil de explicar; en realidad ya lo hemos hecho.

—Por su carácter furtivo —dijo Sara—. Como el que a menudo desarrollan los que molestan a los niños.

—Exacto —dijo Lucius, haciendo oscilar con rapidez su cabeza calva; y luego sacó un pañuelo para el imprescindible secado del cráneo y de la frente, siempre húmedos por el sudor: me sentí feliz al ver de nuevo aquel pequeño gesto de nerviosismo—. Pero ¿y la seguridad en sí mismo? ¿En dónde consigue esto un hombre con su pasado?

—Bueno, el ejército podría haberle ayudado un poco —contestó Marcus.

—Sí, un poco —admitió Lucius, reanudando su papel de conferenciante, cada vez con mayor satisfacción—. Pero a mí me parece que debemos ir más atrás... John, ¿no te dijo Adam Dury que el único momento en que los espasmos faciales de su hermano se calmaban era cuando estaba cazando en las montañas? —Confirmé que Dury nos había dicho esto—. Escalando y cazando —prosiguió Lucius—. Parece que sólo es capaz de aliviar su tormento y su dolor a través de estas actividades. Ahora lo está consiguiendo por las azoteas...

Marcus estaba mirando a su hermano, al tiempo que sacudía la cabeza.

—¿Vas a decirnos a qué diablos te estás refiriendo? Una cosa era jugar al gato y al ratón con el doctor Kreizler, pero...

—Te agradecería enormemente que me concedieras un minuto —le interrumpió Lucius, alzando un dedo—. Lo que quiero decir es que la forma de averiguar qué es lo que está haciendo ahora con su vida es siguiendo el rastro de lo que le hace sentirse tan seguro, en vez del rastro de sus pesadillas. Está cazando y matando en las azoteas, y sus víctimas son chiquillos, todo lo cual sugiere que lo más vital en su vida es mantener el control sobre cada situación. Sabemos de qué procede esta obsesión por los chiquillos. Sabemos lo de la caza y las trampas. ¿Por qué las azoteas? Hasta el ochenta y seis no había pasado mucho tiempo en una gran ciudad. En cambio, ahora ejerce un dominio absoluto ahí, hasta el punto de habernos «atrapado» a nosotros. Se precisa algún tiempo para desarrollar este tipo de familiaridad.

—Espera un momento —intervino Sara, asintiendo reflexivamente—. Empiezo a comprender tu punto de vista, Lucius. Él abandona el St. Elizabeth y quiere ir a un sitio donde pasar bastante desapercibido. Nueva York es una ciudad idónea. Pero cuando llega aquí descubre un mundo nuevo en las calles: la gente, el ruido, el ajetreo... Todo le resulta muy extraño, tal vez incluso intimidatorio. Luego descubre las azoteas. Ahí arriba hay un mundo totalmente distinto: más silencioso, pausado, menos gente... Se parece mucho a lo que él está acostumbrado. Y descubre que hay gran cantidad de trabajos que exigen pasar mucho tiempo en estas azoteas. Apenas hace falta bajar a la calle.

—Excepto de noche —se apresuró a añadir Lucius, de nuevo levantando un dedo—, cuando la ciudad está mucho menos poblada y puede familiarizarse con ella a su propio ritmo. Recordad que aún no ha matado a nadie a la luz del día. Seguro que durante el día está por ahí arriba la mayor parte del tiempo. —A Lucius le seguía sudando la frente cuando se acercó apresuradamente a su escritorio para coger algunas notas—. Después del asesinato de Alí ibn-Ghazi, ya discutimos la idea de un trabajo diurno que le mantuviera en las azoteas, pero no volvimos a insistir en ello. Así que he vuelto a repasarlo todo y me parece que es la mejor forma de seguirle el rastro hasta ese punto.

Expresamente, dejé escapar un gemido.

—¡Oh, Dios, Lucius! ¿Te das cuenta de lo que estás sugiriendo? Tendríamos que escudriñar cada sociedad benéfica y cada misión, cada empresa que utilice vendedores, repartidores de periódicos o servicios médicos. Tiene que haber algún medio para reducir esta labor.

—Y lo hay —dijo Marcus, cuyo tono sonó sólo ligeramente más animado que el mío—. Pero aun así implicaría una enorme cantidad de trabajo de calle... —Se levantó y cruzó hasta el gran plano de la isla de Manhattan, señalando las agujas que habíamos clavado en él para marcar los sitios de los secuestros y de los asesinatos—. Ninguna de sus actividades se ha desarrollado más arriba de la calle Catorce, lo cual sugiere que está más familiarizado con el Lower East Side y Greenwich Village. Puede que no sólo trabaje sino que también viva en una de estas dos áreas. Nuestra teoría de que no dispone de mucho dinero encajaría en esto. Así que podemos reducir nuestra búsqueda a gente que trabaje en estos barrios.

—De acuerdo —dijo Lucius, volviendo a señalar la pizarra—. Pero no olvidemos todo el trabajo que ya hemos hecho. Si estamos en lo cierto, y nuestro asesino empezó su vida como Japheth Dury para luego convertirse en John Beecham, no habrá podido solicitar cualquier trabajo. Dado su carácter y sus circunstancias, algunas cosas le resultarán más atractivas que otras. Por ejemplo, has mencionado empresas que utilizan vendedores, John, pero ¿de veras piensas que el hombre que hemos estado investigando querría hacer de vendedor o intentaría siquiera buscar un trabajo como tal?

Estaba a punto de protestar diciendo que cualquier cosa era posible, pero de pronto hubo algo que me convenció de que Lucius tenía razón. Habíamos pasado meses imputándole detalles de personalidad y de comportamiento a la imagen imprecisa de nuestro asesino, y «cualquier cosa» era con toda claridad imposible. Con un extraño sentimiento de miedo y de excitación me di cuenta de que ahora conocía a aquel hombre lo bastante como para asegurar que no habría buscado un trabajo que le exigiera congraciarse con los inmigrantes que habitaban los bloques de apartamentos, ni vender productos inútiles de fabricantes o dueños de tiendas, a los que sin duda consideraría menos inteligentes que él.

—Muy bien —le dije a Lucius—, pero esto aún deja un amplio margen de gente... Trabajadores para la Iglesia, asociaciones benéficas y sociales, periodistas, servicios médicos...

—Si sigues reflexionando, John, aún conseguirás reducir más este campo —replicó Lucius—. Cojamos a los periodistas que cubren la información de estos edificios. Tú mismo conoces a la mayoría. ¿De veras te imaginas a Beecham formando parte de este grupo? En cuanto a los servicios médicos... ¿Con el historial de Beecham? ¿Cuándo pudo haber hecho las prácticas?

Consideré todo aquello y me encogí de hombros.

—Muy bien, de acuerdo... Así que todas las apuestas están en que se halla involucrado en algún tipo de trabajo relacionado con las misiones o con asociaciones benéficas.

—Sería lo más fácil para él —dijo Sara—. De sus padres obtuvo todos los fundamentos religiosos y la terminología. A fin de cuentas, su padre era un excelente predicador.

—Perfecto —admití—. Pero aunque lo reduzcamos hasta este punto, todavía nos espera un duro trabajo para comprobarlos todos hasta el veinticuatro de junio... Marcus y yo invertimos una semana y sólo revisamos una pequeña parte. ¡Es totalmente impensable!

Puede que fuera impensable, pero no había modo de evitarlo. Pasamos el resto del día acumulando una lista de todas las organizaciones benéficas y religiosas que operaban en el Lower East Side y en Greenwich Village, luego dividimos esa lista en cuatro grupos por zonas, y cada uno de nosotros cogió una de estas sublistas para empezar a la mañana siguiente, ya que no era práctico viajar en parejas si deseábamos comprobar las docenas de organizaciones que aparecían en cada una de nuestras listas. En los primeros sitios que visité aquel viernes, no recibí lo que podría calificarse de una recepción muy cordial; y aunque no había esperado nada distinto, la experiencia me llenó de aprensión hacia los días, o tal vez semanas, que nos aguardaban. Pese a que me repetía continuamente que aquel tedioso trabajo de calle constituía gran parte de la labor de un detective, no me consolaba en absoluto: en nuestra investigación ya había pasado antes por este ejercicio (un esfuerzo que había implicado visitas a esos lugares que ahora iba a investigar, aunque por distintos motivos), y tener que recorrer otra vez las atestadas aceras sólo hacía que centrara mi atención, de un modo bastante pesimista, en el reloj que marcaba los segundos que faltaban para la festividad de San Juan Bautista, de la que únicamente nos separaban dieciséis días.

De todos modos, un aspecto de esta búsqueda hizo que me sintiera optimista: no parecía que nadie me estuviera siguiendo. Y cuando regresé a nuestro cuartel general, al final de la jornada, descubrí que nadie del equipo había advertido que algún tipo de presencia sospechosa le hubiera seguido los pasos. Claro que tampoco podíamos estar seguros, pero la explicación lógica parecía ser que nuestros enemigos, sencillamente, no creían que pudiéramos tener éxito sin Kreizler. Durante todo el fin de semana no vimos ni rastro de Connor, de sus compinches ni de nadie que pareciera trabajar para Byrnes o Comstock. Si había que llevar a cabo una labor tediosa y exasperante, sin duda era preferible realizarla sin tener que mirar por encima del hombro; aunque no creo que ninguno de nosotros dejara de hacerlo en ningún momento.

Aunque confiábamos en que en algún momento, durante los últimos diez años, John Beecham habría trabajado para alguna de las sociedades benéficas que aparecían en nuestras listas, no creíamos que de manera oficial hubiese visitado necesariamente alguna de las casas de mala fama involucradas en los asesinatos. A mi modo de ver, era mucho más probable que se hubiese familiarizado con aquellos sitios como cliente. Por eso, aunque mi asignación incluía las organizaciones que tenían por objetivo los pobres y descarriados del West Side, entre las calles Houston y Catorce, no investigué en los burdeles del barrio especializados en muchachos. En cambio sí hice una visita al Golden Rule, sólo el tiempo imprescindible para pasar a mi joven amigo Joseph la información que habíamos reunido sobre el asesino. Cuando llegué se produjo un momento de tensión pues en realidad nunca había visto al muchacho desempeñando su trabajo. Al verme, Joseph se metió inmediatamente en una habitación vacía, y por un momento pensé que tal vez no volviera a salir; pero al final apareció, después de haberse quitado el maquillaje de la cara. Sonrió y me saludó alegre con la mano, escuchando atentamente mientras le facilitaba la información y le pedía que la hiciera circular entre sus amigos. Después de informarle, y ansioso por seguir con las múltiples oficinas de la zona que me había propuesto visitar ese día, me despedí y me dispuse a marchar. Sin embargo, Joseph me siguió hasta la salida y me preguntó si alguna vez podríamos volver a jugar a los billares. Asentí sinceramente ante su propuesta, y con ese tenue vínculo cada vez más fuerte entre nosotros, el muchacho volvió a entrar en el Golden Rule, dejándome con los habituales remordimientos respecto a su oficio. Pero me marché enseguida, consciente de que tenía mucho trabajo por hacer y poco tiempo para perderlo en reflexiones inútiles.

En Nueva York, al parecer, cada posible vicio disponía de una sociedad para prevenirlo. Algunas de éstas tenían un enfoque generalizado, como por ejemplo la Sociedad para la Prevención del Crimen, o las distintas sociedades misioneras, católicas, presbiterianas, baptistas y demás. Algunas, como la Misión de Toda la Noche, preferían hacer de su perenne accesibilidad el centro de sus discursos y de los folletos que sus agentes itinerantes distribuían en los guetos; otras, como la Misión del Bowery, tenían un enfoque puramente zonal. Unas pocas, como la Sociedad de Ayuda al Caballo y la Sociedad para la Prevención de la Crueldad con los Animales, no se preocupaban en absoluto de los seres humanos. (Al dar con este tipo de nombres, me vino a la memoria las torturas y mutilaciones que Japheth Dury infligía a los animales, y me pareció que unas sociedades que proporcionaban un estrecho contacto con las bestias indefensas, aunque no utilizaran las visitas por las azoteas, podían resultar atractivas a la naturaleza sádica de nuestro hombre. No obstante, las entrevistas con los responsables no dieron ningún resultado.) Luego estaba la infinidad de orfanatos, todos los cuales empleaban a gente entusiasta que iba constantemente a la búsqueda de niños abandonados. Cada una de estas instituciones tenía que investigarse con sumo cuidado, dadas las preferencias que John Beecham había demostrado por tales sitios en Chicago.

Era un trabajo que rápidamente nos absorbió horas, y luego días, sin que nos proporcionara ninguna profunda satisfacción o seguridad de que estuviésemos haciendo todo lo posible para prevenir otro asesinato. ¿A cuántos beatos o beatas dependientes de la Iglesia tuvimos que entrevistar Sara, los Isaacson y yo, y durante cuántas horas? Sería imposible decirlo, aunque tampoco tendría mucho sentido que reveláramos las cifras si las tuviéramos pues no averiguamos absolutamente nada. Y durante la semana que siguió, cada uno de nosotros nos obligamos a pasar una y otra vez por un procedimiento similar: íbamos a las oficinas o a la central de alguno de aquellos organismos benéficos y, a la pregunta de si un tal John Beecham, o alguien de apariencia y conducta parecidas, había trabajado allí, se nos contestaba con una prolongada y piadosa declaración sobre los loables empleados y objetivos de la organización. Sólo entonces se comprobaban los archivos y se nos facilitaba una respuesta rotundamente negativa, momento en que el desafortunado miembro de nuestro equipo podía por fin escabullirse de aquel lugar.

Si parezco hostil o cínico al recordar esta fase de nuestro trabajo, tal vez se deba al convencimiento que se apoderó de mí al llegar al final de aquella segunda semana de junio: que el único grupo de marginados de la ciudad que al parecer carecía de varias fundaciones privadas o sociedades de noble denominación dedicadas a su cuidado y reforma, era el que en aquellos momentos corría un grave peligro: los niños que se prostituían. A medida que esta ausencia era cada vez más evidente para mí, no podía dejar de pensar en Jack Riis —un hombre celebrado en los círculos filantrópicos de Nueva York— y en su negativa ciega a admitir o informar de los hechos que habían conducido al asesinato de Georgio Santorelli. La deliberada miopía de Riis era compartida por cada uno de los funcionarios con quienes yo hablaba, un hecho que me provocaba una mayor irritación a medida que se iba repitiendo. A última hora de la tarde del lunes, al regresar alicaído al 808 de Broadway, me sentía tan asqueado de los fatuos hipócritas que constituían la comunidad benéfica de Nueva York que no paraba de vomitar un chorro continuo de violentas maldiciones. Pero de pronto me volví sorprendido al oír la voz de Sara, pues pensaba que no había nadie en nuestro centro de operaciones.

—Un lenguaje encantador, John. Aunque debo admitir que describe perfectamente mi estado de ánimo en estos momentos. —Estaba fumando un cigarrillo y mirando alternativamente el plano de Manhattan y la pizarra—. Seguimos un camino equivocado —decidió irritada, lanzando la colilla del cigarrillo por una ventana abierta.

Me dejé caer en el diván.

—Eres tú la que quiere ser detective —dije—. Deberías saber que podemos seguir así varios meses antes de encontrar un resquicio.

—No disponemos de meses —replicó Sara—. Tenemos sólo hasta el domingo. —Continuó mirando el plano y la pizarra, al tiempo que hacía oscilar la cabeza—. ¿Se te ha ocurrido pensar, John, que ninguna de estas organizaciones parece saber gran cosa de la gente a la que trata de ayudar?

—¿Qué quieres decir exactamente con eso? —pregunté, apoyándome en un codo.

—No estoy muy segura. Sólo que no parecen... conocerlos. Y esto no concuerda.

—¿No concuerda con qué?

—Con él. Con Beecham. Mira lo que hace. Se introduce en la vida de estos muchachos y los convence para que confíen en él... Y pienso que se trata de chiquillos bastante desconfiados y escépticos.

Pensé de inmediato en Joseph.

—Tal vez por fuera —dije—. Pero por dentro piden a gritos un auténtico amigo.

—Muy bien —contestó Sara, concediéndome el punto—. Y Beecham da los pasos precisos para establecer esa amistad; como si supiera lo que necesitan... En cambio, esta gente de las sociedades benéficas no posee esa cualidad. Te aseguro que vamos por un camino equivocado.

—Sara, sé realista —dije, incorporándome y acudiendo a su lado—. ¿Qué organismo que va llamando de puerta en puerta, y que trata con gran cantidad de gente, dispone de tiempo para descubrir ese tipo de información person...

Y entonces me quedé helado, literalmente helado. La sencilla verdad, recordé con una aturdidora precipitación, era que había un organismo que sí se tomaba el tiempo necesario para averiguar ese tipo de información que Sara acababa de describir. Un organismo ante cuya sede yo había pasado diariamente durante la última semana, sin siquiera haberlo relacionado en lo más mínimo. Un organismo cuyos centenares de empleados era bien sabido que se desplazaban por las azoteas del vecindario.

—¿Cómo diablos no se me había ocurrido? —murmuré.

—¿El qué? —inquirió Sara con apremio, dándose cuenta de que había descubierto algo—. John, ¿qué es lo que has averiguado?

Mis ojos saltaron hacia el lado derecho de la pizarra, en especial a los nombres BENJAMIN Y SOFIA ZWEIG.

—Por supuesto... —musité—. El noventa y dos tal vez fuera algo tarde... Pero pudo conocerlos en el noventa. O volver durante las revisiones, dado que todo el asunto fue una auténtica chapuza...

—¡Maldita sea! ¿Pero de qué diablos estás hablando?

—¿Qué hora es? —pregunté, cogiendo a Sara de la mano.

—Cerca de las seis. ¿Por qué?

—Todavía tiene que haber alguien allí. ¡Vámonos!

Arrastré a Sara hacia la puerta sin mayores explicaciones y ella siguió lanzando preguntas y protestas, pero yo me negué a contestárselas mientras bajábamos a la calle en el ascensor y luego seguíamos por Broadway hasta la calle Ocho. Giré a la izquierda y guié a Sara hasta el número 135. Al tirar de la puerta de la escalera que conducía a los pisos primero y segundo del edificio, solté un suspiro de alivio al descubrir que todavía estaba abierto. Me volví hacia Sara y descubrí que sonreía mientras contemplaba una pequeña placa de bronce atornillada a la fachada del edificio, justo al lado de la entrada:

OFICINA DEL CENSO DE ESTADOS UNIDOS
Charles H. Murray, Director

39

Y entramos en un mundo de legajos.

Los dos pisos que ocupaba la Oficina del Censo estaban atiborrados de armarios de madera que llegaban hasta el techo, bloqueando todas las ventanas. Escaleras móviles recorrían sobre rieles las paredes de las cuatro salas de cada piso, y en el centro de cada sala había un escritorio. Del techo colgaba una bombilla eléctrica de pantalla metálica y luz inclemente que lanzaba su resplandor sobre unos suelos de madera desnuda. Era un sitio sin ningún tipo de calor ni personalidad: en resumen, un hogar digno de las estadísticas más frías e inhumanas.

El primer escritorio ocupado que descubrimos estaba en el segundo piso. Ante él se sentaba un hombre bastante joven, con visera de banquero y un traje barato aunque notablemente bien planchado, cuya chaqueta colgaba del respaldo de la silla. Unos manguitos cubrían la parte inferior de las mangas de su camisa blanca y almidonada, protegiendo aquel fragmento de indumentaria del que sobresalían unas delgadas manos que removían dentro de una carpeta repleta de formularios.

—Usted perdone —dije, acercándome lentamente al escritorio.

El joven me miró con severidad.

—Ya no son horas para consultas oficiales.

—Por supuesto —me apresuré a contestar, pues reconocía a un burócrata incorregible en cuanto le echaba el ojo encima—. De tratarse de un asunto oficial, habría venido a una hora más apropiada.

El joven me miró de arriba abajo. Luego se volvió hacia Sara..

—¿Y bien?

—Trabajamos para la prensa —contesté—. Para el *Times*, en realidad. Mi nombre es Moore, y ella es la señorita Howard. ¿Todavía se encuentra aquí el señor Murray?

—El señor Murray nunca sale de la oficina hasta las seis y media.

—Ah, entonces todavía se encuentra aquí.

—Es posible que no quiera verles —replicó el joven—. No es que los miembros de la prensa nos hayan sido precisamente de mucha ayuda en estos últimos tiempos.

Consideré el comentario y luego pregunté:

—¿Se refiere al mil ochocientos noventa?

—Por supuesto —contestó el hombre, como si todas los sociedades del mundo operaran según el esquema de diez años atrás—. Hasta el *Times* formuló imputaciones ridículas. Al fin y al cabo no podemos ser responsables de todos los sobornos y falsificaciones que se produzcan, ¿no cree?

—Naturalmente —dije—. ¿No podría el señor Murray...?

—De hecho —prosiguió el joven, mirándome con ojos dolidos, acusadores—, el señor Porter, nuestro jefe nacional, se vio obligado a dimitir en el noventa y tres. ¿No lo sabía?

—La verdad es que soy periodista especializado en temas policiales.

El hombre se despojó de los manguitos.

—Sólo lo he mencionado —contestó, los ojos ardiendo en el centro de la sombra que la visera de oficinista extendía sobre su rostro— para demostrarle que los principales problemas residían en Washington, no aquí. Nadie de esta oficina tuvo que dimitir, señor Moore.

—Lo siento —dije, intuyendo que se aproximaba una labor aún más ardua—, pero tenemos algo de prisa, así que si pudiera indicarnos dónde encontrar al señor Murray...

—Yo soy Charles Murray —contestó el hombre, llanamente.

Sara y yo nos miramos de soslayo, y luego dejé escapar

un suspiro tal vez no muy educado pues sin duda con aquel individuo tendríamos que enfrentarnos a serias dificultades.

—Bien, señor Murray, ¿podría usted comprobar en los archivos de sus empleados si aparece el nombre de un hombre al que intentamos localizar?

Murray me examinó por debajo de su visera.

—¿Identificación?

Le entregué un carnet, que él elevó a pocos centímetros de su cara, como si intentara comprobar si se trataba de un billete falso.

—Hummm. Supongo que es correcto. Aunque no puedo ser demasiado confiado. Cualquiera puede entrar por ahí y asegurar que es periodista. —Me devolvió la identificación y se volvió hacia Sara—. ¿Señorita Howard?

Sara puso cara inexpresiva mientras ideaba una respuesta.

—Me temo que no puedo acreditarme, señor Murray. Yo trabajo como secretaria.

Murray no pareció del todo satisfecho con la explicación, pero asintió y volvió a mirarme.

—¿Y bien?

—El hombre a quien estamos buscando se llama John Beecham —dije, y el nombre no produjo ningún cambio en la expresión impasible de Murray—. Medirá sobre el metro ochenta y pico, con poco pelo y un pequeño tic facial.

—¿Un pequeño tic? —inquirió Murray finalmente—. Si sólo se trata de un pequeño tic, señor Moore, no me gustaría ver uno «grande».

De nuevo sentí aquella sensación que me había asaltado en el establo de Adam Dury: la impaciencia galopante, triunfal, que acompañaba el doble descubrimiento de que estábamos tras sus huellas, y que éstas eran todavía recientes. Lancé a Sara una rápida mirada y observé que su primera experiencia con esta sensación le resultaba tan difícil de controlar como a mí.

—¿Entonces conoce a Beecham? —pregunté, y mi voz se estremeció ligeramente.

Murray asintió.

—Es decir, lo conocía.

Un chorro de agua fría cayó de pronto sobre mi ardiente sensación de triunfo.

—¿No trabaja para usted?

—Trabajaba —contestó Murray—. Lo despedí. En diciembre pasado.

Las esperanzas renacieron.

—¿Y cuánto tiempo estuvo trabajando aquí?

—¿Está metido en algún problema? —inquirió Murray.

—No, no —me apresuré a contestar, comprendiendo que con mi entusiasmo no me había preocupado de inventar una historia verosímil para justificar mis preguntas—. Yo... Es decir, se trata de su hermano. Puede que esté metido en un..., en un escándalo sobre especulación de terrenos... He pensado que el señor Beecham podría ayudarnos a encontrarle, o al menos hacer unas declaraciones...

—¿Un hermano? —inquirió Murray—. Nunca mencionó a ningún hermano. —Me disponía a replicar con otra mentira a su observación, cuando Murray prosiguió—: No es que esto signifique nada. John Beecham no era un hombre muy hablador. Nunca supe gran cosa de él, y menos aún sobre sus asuntos privados. Siempre fue una persona muy correcta y respetable. Por eso me pareció sorprendente... —La voz de Murray se fue apagando, y tamborileó con un dedo sobre la silla durante unos segundos, mientras me examinaba primero a mí y luego otra vez a Sara. Al final se levantó, se dirigió a una de las escaleras móviles y, con un fuerte y repentino empujón, la envió sobre sus rieles al otro extremo de la estancia—. Se le contrató en la primavera del noventa —dijo Murray, siguiendo la escalera y luego subiendo por ella, para tirar de un cajón próximo al techo y remover en él en busca de una carpeta—. Beecham solicitó trabajo como empadronador.

—¿Cómo dice?

—Empadronador —contestó Murray, bajando de la escalera con un sobre grande en la mano—. Los que cuantifican y entrevistan para el censo. Contraté a novecientos entre junio y julio del noventa. Dos semanas de trabajo, a veinticinco dólares la semana... Cada hombre tenía que llenar una solicitud. —Murray abrió el sobre y sacó un papel doblado, que me entregó—. Es la de Beecham.

Repasé el documento, tratando de disimular mi ansiedad, mientras Murray lo resumía:

—Estaba perfectamente cualificado... Justo el tipo de hombre que andábamos buscando. Estudios universitarios, soltero, buenas referencias... Excelentes recomendaciones.

Excelentes si hubieran sido remotamente auténticas, pensé mientras estudiaba el documento. La información que tenía ante mis ojos suponía una letanía de mentiras y una impresionante serie de invenciones; a menos, por supuesto, de que hubiera dos John Beecham con espasmos faciales crónicos deambulando por Estados Unidos... (Por un momento me pregunté cómo consideraría el sistema de antropometría de Alphonse Bertillon semejante probabilidad.) Sara examinaba por encima de mi hombro la solicitud, y cuando me volví para mirarla asintió, como si reconociera que también había sacado la misma conclusión: que en 1890, lo mismo que antes y después de esta fecha, Beecham había agudizado su talento para idear supercherías.

—Puede ver usted su dirección en el encabezamiento del impreso —añadió Murray—. Aún vivía en la misma casa en el momento de su despido.

En la parte superior de la hoja, con la letra que reconocí de la nota que habíamos estudiado semanas atrás, habían escrito «Bank Street 23». Cerca del centro de Greenwich Village.

—Sí —dije, reflexivo—. Sí, ya veo. Muchas gracias.

Algo sorprendido ante el interés que tanto Sara como yo demostrábamos por el formulario, Murray nos lo quitó de las manos y volvió a meterlo en el sobre.

—¿Algo más? —preguntó.

—¿Algo más? —repetí—. Oh, no, creo que no. Nos ha sido usted de gran utilidad, señor Murray.

—Entonces buenas tardes —dijo, volviendo a sentarse mientras se ponía los manguitos.

Sara y yo nos dirigimos hacia la salida.

—Ah —exclamé, haciendo todo lo posible para que pareciera que se me había ocurrido de pronto—. Ha dicho usted que había despedido a Beecham, señor Murray. ¿Podría preguntarle por qué motivo, teniendo en cuenta que era una persona tan cualificada?

—Yo no comercio con habladurías, señor Moore —replicó Murray, fríamente—. Además, su asunto está relacionado con el hermano de él, ¿no?

Intenté otro plan de acción.

—Confío en que no hiciera alguna cosa deplorable mientras trabajaba en el Distrito Trece.

Murray soltó un gruñido.

—De ser así, no le habría ascendido de empadronador a administrativo, manteniéndolo en el puesto durante otros cinco años... —De pronto se interrumpió, alzando la cabeza—. Un momento... ¿Cómo sabe usted que estuvo destinado en el Distrito Trece?

—No tiene importancia. Muchas gracias, señor Murray, y buenas tardes.

Cogí a Sara de la muñeca y empecé a bajar con paso rápido las escaleras. Oí que la silla de Murray se arrastraba hacia atrás, y luego éste apareció en el umbral.

—¡Señor Moore! —llamó irritado—. ¡Deténgase, señor! ¡Exijo que me diga cómo ha obtenido esta información! Señor Moore, ¿oye lo que...?

Pero nosotros ya salíamos a la calle. Seguía cogiendo fuertemente a Sara de la muñeca mientras nos dirigíamos hacia el oeste, aunque no era necesario que tirara de ella pues avanzaba con paso rápido, radiante, riendo con ganas cuando llegamos a la Quinta Avenida. Y de pronto, al detenernos y aguardar a que se hiciera un claro en el tráfico, Sara me echó los brazos al cuello.

—¡John! —exclamó sin aliento—. ¡Él es real! ¡Está aquí! ¡Dios mío, sabemos dónde vive!

Le devolví el abrazo, pero hubo cierta cautela en mi voz cuando le dije:

—Sabemos dónde «vivía»... Ahora estamos en junio, y a él lo despidieron en diciembre. Seis meses sin un trabajo pueden haber cambiado muchas cosas... La posibilidad de pagar un alquiler en un barrio decente, por ejemplo.

—Pero puede haber encontrado otro trabajo —replicó Sara, aunque su entusiasmo se apaciguó ligeramente.

—Esperemos que así sea —contesté, mientras el tráfico se aclaraba un poco frente a nosotros—. Vamos.

—¿Pero cómo ha sido? —inquirió Sara, al tiempo que cruzábamos la avenida—. ¿Cómo lo has sabido? ¿A qué ha venido todo eso del Distrito Trece?

Mientras seguíamos nuestra marcha hacia el oeste, rumbo a Bank Street, le expliqué cuál había sido mi línea de razonamiento. El censo de 1890, recordaba haberles oído contar a amigos míos que se habían encargado de la información, había sido efectivamente motivo de gran escándalo en Nueva York (y en la nación en general) cuando se llevó a cabo en el verano y el otoño de aquel año. Los principales causantes de tal escándalo habían sido —sin sorpresa para nadie— los líderes políticos de la ciudad, cuyo poder podía verse alterado por los resultados de la cuantificación, y que por tanto pretendían influir en todas las etapas del proceso. Muchos de aquellos novecientos hombres que en julio de 1890 se habían presentado en las oficinas de Charles Murray en la calle Ocho, para solicitar una plaza como empadronadores, eran agentes de Tammany Hall o de Boss Platt, instruidos por sus jefes para que alteraran los resultados a fin de asegurarse que los distritos leales a sus respectivas políticas no cambiaran, lo cual podría repercutir en una pérdida de poder tanto en los asuntos del estado como a nivel nacional. A veces esto suponía tener que hinchar los números en un distrito determinado, labor que implicaba tener que inventar los datos vitales y el historial de ciudadanos inexistentes. Los empadronadores, al parecer, eran algo más que simples contadores: su trabajo implicaba cuidadosas entrevistas con una muestra representativa de los residentes para determinar no sólo cuántos ciudadanos tenía la nación sino también el tipo de vida que llevaban. Tales entrevistas incluían preguntas de tipo privado que «en otras circunstancias —según expresó en un artículo uno de mis colegas en el *Times*— hubieran parecido del todo impertinentes». El flujo de falsa información que había llegado hasta las oficinas del director Murray por parte de los agentes, tanto del Partido Demócrata como del Republicano, tenía que ser forzosamente imaginativo y a menudo imposible de distinguir de las declaraciones auténticas. Semejante fraude no se había limitado a Nueva York, como ya he dicho, aunque aquí había alcanzado extremos absurdos. Como consecuencia, la labor de unificar el informe final en Washington se había retrasado enormemente. El director de todo el proyecto (el tal Porter al que Murray se había referido) se había visto obligado a dimitir en 1893, y el censo fue completado por su sucesor, C. D. Wright, aunque ni qué decir tiene lo poco fiable que resultaba el producto final, pese al cambio de director.

Los empadronadores habían recibido sus asignaciones de acuerdo con los distritos electorales al congreso, que en Nueva York se habían subdividido en distritos ciudadanos. Mi pregunta a Murray sobre Beecham y el Distrito Trece, le dije a Sara, había sido una pura suposición: yo sabía que Benjamin y Sofia Zweig habían vivido en aquel distrito, de modo que había supuesto que Beecham los habría conocido mientras trabajaba en aquella zona, tal vez incluso cuando entrevistaba a la familia de los muchachos para el censo. Por fortuna mi suposición había dado resultado, aunque todavía estábamos a oscuras respecto a por qué Murray había despedido a nuestro hombre.

—No parece probable que Beecham estuviese metido en la falsificación de declaraciones —comentó Sara mientras nos apresurábamos por la avenida Greenwich hacia Bank Street—. No es de los que suelen meterse en política. Además, el censo ya se había completado... Pero si no es por eso, ¿entonces por qué lo despidió?

—Mañana podemos enviar a los Isaacson para que lo averigüen —contesté—. Murray es uno de esos tipos que responderá ante una insignia. Aunque apostaría doce contra uno a que tiene algo que ver con los chiquillos. Tal vez alguien presentara al fin una queja... No forzosamente por algo violento, pero sí censurable a pesar de todo.

—Parece probable —dijo Sara—. ¿Recuerdas la observación que ha hecho Murray al comentar lo respetable que Beecham parecía, y que precisamente por eso hubo algo que le pareció «sorprendente»?

—Exacto... Yo diría que por ahí hay alguna pequeña historia desagradable.

Cuando llegamos a Bank Street giramos a la izquierda. Una serie de típicas manzanas de Greenwich Village aparecieron ante nosotros, árboles y casas adosadas alineándose hasta cerca del río Hudson, en donde eran sustituidas por agencias de transportes y almacenes. Los escalones de las entradas y los aleros de las casas adosadas eran una imagen monótonamente pintoresca, y al pasar ante cada vivienda podíamos ver las relativamente modestas salitas de estar de las desahogadas familias de clase media que habitaban el barrio. El número 23 de Bank Street se encontraba a tan sólo una manzana y media de la avenida Greenwich, y mientras cubríamos aquella distancia nuestras esperanzas tuvieron tiempo de ir creciendo. Sin embargo, cuando llegamos ante la casa, la decepción se abatió sobre nosotros.

En una esquina de la ventana de la sala había un pequeño cartel, escrito con elegancia: SE ALQUILA HABITACIÓN. Sara y yo intercambiamos una seria mirada y subimos los peldaños que llevaban a la estrecha puerta de la entrada. En la parte derecha del marco había un pequeño pomo de bronce para la campanilla y tiré de él. Silencio... Sara y yo aguardamos unos minutos. Por fin oímos unos pasos que se arrastraban y la voz de una anciana:

—No, no, no. Fuera... Vamos, largaos.

Era difícil saber si la orden iba dirigida a nosotros, pero cuando oímos el ruido de varios cerrojos de la puerta pensamos que no. Cuando finalmente se abrió nos enfrentamos a una vieja pequeña y de pelo cano, con un vestido

azul descolorido, a la moda de los años setenta. Le faltaban varios dientes, y en algunos puntos de la barbilla le salían disparados unos pelos hirsutos y blancos. Sus ojos
eran muy vivaces, aunque no demostraban una mente demasiado lúcida. Se disponía a decirnos algo cuando un ga-
tito de color panocha apareció entre sus pies. De un pequeño puntapié, la mujer envió a la criatura al interior de
la casa.

—¡No, he dicho! —le increpó la anciana—. Esta gente no
tiene nada que deciros. ¡A ninguno de vosotros! —En ese
instante fui consciente de que del interior llegaban algunos
maullidos bastante fuertes, por lo que supuse que eran obra
de al menos media docena de gatos. La mujer me miró con
viveza—. ¿Sí? ¿Vienen a preguntar por la habitación?

La pregunta me dejó momentáneamente sin saber qué
decir. Por fortuna, Sara aprovechó para hacer las presentaciones y preguntar:

—¿Por la habitación, señora? No exactamente... Más
bien por su anterior inquilino. ¿Debo entender que el señor
Beecham se ha mudado?

—Oh, sí —contestó la anciana, al tiempo que un gato gris
listado aparecía por la puerta y lograba salir hasta el descansillo—. ¡Ven aquí! —gritó la vieja—. ¡Peter! Oh, señor
Moore, ¿quiere hacerme el favor de cogerlo? —Me agaché,
recogí al gato y le rasqué ligeramente bajo la barbilla antes
de devolvérselo a la mujer—. ¡Gatos! ¿Cree usted que están
ansiosos por marcharse?

Sara carraspeó.

—En realidad yo diría que sí, señora...

—Piedmont —dijo la anciana—. Y eso que sólo dejo entrar a ocho en la casa. A los otros quince les obligo a estar en
el patio trasero, y si no lo hacen me enfado con ellos...

—Por supuesto, señora Piedmont —añadió Sara—. Sólo
a ocho... Un número perfectamente razonable. —La señora
Piedmont asintió satisfecha, y entonces Sara le preguntó—:
¿Y respecto al señor Beecham?

—¿El señor Beecham? —repitió la mujer—. Oh, sí. Muy

educado. Y muy dispuesto. Nunca borracho. No era muy aficionado a los gatos, desde luego... Ni muy amante de los animales, en realidad, pero...

—¿Y por casualidad no le dejó su nueva dirección? —la interrumpió Sara.

—No pudo —contestó la señora Piedmont—. No tenía idea de adónde iba a ir. Pensaba que tal vez a México, o a Sudamérica. Comentó que allí había oportunidades para un hombre con iniciativa... —La mujer se interrumpió, abriendo algo más la puerta—. Lo siento, deben ustedes perdonarme. Entren, por favor.

Seguí a Sara a través de la puerta, sabiendo que cada fragmento de información útil que pudiéramos sonsacarle a la encantadora señora Piedmont probablemente iría acompañado por cinco o diez minutos de cháchara inútil. Mi entusiasmo se hundió al instante cuando nos hizo pasar a la salita de estar, repleta de muebles modestos pero antiguos y cubiertos de polvo. Todo en aquella estancia, desde las sillas y canapés hasta una amplia colección de chucherías victorianas, parecía a punto de desintegrarse en silencio hasta convertirse en polvo. Además, el inconfundible hedor a orines y heces de gato impregnaba toda la casa.

—Gatos —exclamó alegremente la señora Piedmont al sentarse en un sillón de respaldo alto—. Maravillosos compañeros, pero se escapan. ¡Desaparecen por completo, sin decir ni una palabra!

—Señora Piedmont —la interrumpió Sara, condescendiente—, la verdad es que estamos ansiosos por encontrar al señor Beecham. Somos... viejos amigos suyos, ¿sabe?

—Oh, pero esto no es posible —contestó la señora Piedmont frunciendo el entrecejo—. El señor Beecham no tiene amigos... Él mismo lo decía. No dejaba de repetirlo. «Viaja más rápido el que viaja solo», me decía por las mañanas, y luego se iba a la empresa naviera.

—¿Empresa naviera? —inquirí—. Pero si...

Sara me tocó la mano para que callara y sonrió, al tiempo que varios gatos entraban en la estancia desde el pasillo.

—Claro —dijo Sara—, la empresa naviera. Un hombre realmente emprendedor.

—Así es —contestó la señora Piedmont—. ¡Oh, ahí está Lysander! —añadió, señalando uno de los gatos, que maullaba sin parar—. No le veía desde el sábado. ¡Gatos! Todos desaparecen...

—Señora Piedmont —insistió Sara, todavía dando muestras de una gran paciencia—, ¿cuánto tiempo vivió con usted el señor Beecham?

—¿Cuánto tiempo? —La anciana empezó a morderse un dedo, como si reflexionara—. Bueno, cerca de tres años en total. Y nunca ni una queja, siempre puntual con el alquiler. —Frunció el entrecejo—. Pero a decir verdad, un hombre algo taciturno. ¡Y nunca comía! Es decir, nunca lo vi comer. Siempre trabajando, día y noche... Aunque imagino que algo debía comer, ¿no les parece?

Sara volvió a sonreír y asintió.

—¿Y sabe usted por qué se marchó?

—Bueno —se limitó a decir la señora Piedmont—. La quiebra.

—¿La quiebra? —inquirí, con la esperanza de haber encontrado una pista.

—Su empresa naviera —contestó la anciana—. La gran tempestad en la costa de China. Oh, esos pobres marinos. El señor Beecham entregó a sus familias todo el dinero que poseía, ¿saben? —Una huesuda mano se elevó en tono confidencial—. Si ve asomar por ahí una gata manchada, señorita Howard, avíseme. No ha bajado a desayunar, y todos desaparecen...

Por muy despreciable que pueda parecer, estaba a punto de retorcerle el pescuezo a la señora Piedmont y a todos sus asquerosos gatos. Pero Sara persistió, preguntando con amabilidad:

—¿Le pidió entonces al señor Beecham que se fuera?

—Puedo asegurarle que no —replicó la señora Piedmont—. Se marchó por propia voluntad. Me dijo que no tenía dinero para pagar el alquiler y que no le interesaba quedarse donde no podía pagar sus gastos. Le ofrecí concederle varias semanas a crédito, pero él no aceptó. Recuerdo muy bien ese día; fue una semana antes de Navidad. Más o menos cuando desapareció Jib.

Solté un gruñido casi inaudible, mientras Sara formulaba la pregunta:

—¿Jib? ¿Un gato?

—Así es —contestó la señora Piedmont con tono ausente—. Desapareció. Nunca volví a saber de él. Los gatos tiene sus propios asuntos que atender...

A medida que mi vista recorría el suelo, advertí que varios pupilos más de la señora Piedmont habían entrado silenciosamente en la estancia, y que uno de ellos estaba atendiendo a sus propios asuntos en un oscuro rincón. Con el codo empujé a Sara, indicándole hacia arriba con gesto de impaciencia.

—¿Le importaría que echáramos un vistazo a la habitación? —preguntó.

La señora Piedmont regresó de su ensoñación con una sonrisa y nos miró como si acabásemos de entrar.

—¿Entonces es la habitación lo que les interesa?

—Es posible.

Esto provocó otra andanada de cháchara mientras salíamos de la sala y subíamos la escalera, cuyo empapelado verde de la pared aparecía despegado y roto. La habitación que Beecham había alquilado se encontraba en el segundo piso, y llegar allí, subiendo al paso de la señora Piedmont, nos costó una eternidad. Cuando por fin lo conseguimos, los ocho gatos ya se habían reunido en torno a la puerta y no paraban de maullar. La anciana abrió la puerta y entramos.

Lo primero que me sorprendió fue que los gatos no nos siguieran allí dentro. Tan pronto como se abrió la puerta cesaron los maullidos, y todos los gatos se detuvieron en el umbral, momentáneamente, desconcertados antes de salir corriendo escaleras abajo. Me volví para inspeccionar la estancia e inmediatamente capté el rastro de algo en el aire: olor a descomposición. No se parecía en nada al hedor a heces de gato, ni a los familiares olores a vejez y a antigüedades que se percibían en la sala de estar. Aquél era más penetrante... Un ratón muerto o algo por el estilo, decidí finalmente, y cuando Sara arrugó con una mueca la nariz, supe que ella también lo había notado. Procuré no pensar en aquello y finalmente centré todo mi atención en la estancia.

No necesitaba haberme molestado. Era una habitación austera, vacía, con una ventana que daba a Bank Street. No había más muebles que una antigua cama de cuatro pilares, un armario igualmente antiguo y una cómoda. Encima de ésta, sobre un gran tapete, había una jofaina con un jarrón a juego. Aparte de esto, la habitación estaba completamente vacía.

—La dejó tal como la encontró —dijo la señora Piedmont—. Así era el señor Beecham.

Con la excusa de si queríamos o no alquilar la habitación, Sara y yo abrimos el armario y los cajones de la cómoda, sin hallar ningún rastro de actividad humana. Sencillamente, en el espacio de tres metros por seis de aquella habitación no había nada que hiciera creer que alguna vez la hubiera habitado alguien, y mucho menos un espíritu torturado, del que sospechábamos que había liquidado como mínimo a una docena de criaturas de un modo extraño y brutal. El tufo a descomposición que flotaba en el ambiente sólo contribuía a reforzar esta idea. Al final le dijimos a la señora Piedmont que la habitación era encantadora, pero que resultaba demasiado pequeña para nuestros propósitos. Seguidamente nos volvimos para regresar abajo.

Sara y nuestra anfitriona, que nuevamente había empezado a explicar cosas sobre sus gatos, habían alcanzado ya la escalera cuando distinguí algo junto a la puerta de la habitación de Beecham: unas pequeñas manchas sobre el insulso papel a rayas de la pared. Eran de un color amarronado, y la distribución de aquella sustancia —que muy bien podría ser sangre— indicaba que había chocado contra la pared mediante una fuerte salpicadura. Siguiendo el rastro de las manchas llegué hasta la cama y, tras comprobar que la señora Piedmont no podía verme en aquellos instantes, me dispuse a levantar el colchón para echar un vistazo.

El hedor me asaltó repentinamente y con dureza. Era idéntico al que había notado al entrar en la habitación, sólo que con una intensidad que de inmediato me obligó a cerrar los ojos y a cubrirme la boca para controlar los deseos de vomitar. Estaba a punto de soltar el colchón cuando mis ojos se abrieron lo bastante para captar la imagen de un pequeño esqueleto. Un peludo pellejo estaba tensado sobre los huesos, aunque en algunas partes se había corrompido, dejando al descubierto los restos resecos de los órganos internos. Un podrido cordel aparecía atado a las cuatro patas del esqueleto, y al lado de las patas traseras había varios fragmentos de hueso a los que habían juntado, como diminutas vértebras... Una cola a la que habían cortado a trozos, llegué a la conclusión. El cráneo de aquella criatura, cubierto apenas por unos pocos restos de piel y de pelos, yacía a unos veinte centímetros del resto del esqueleto. Tanto en el colchón como en el somier que había debajo se veían grandes manchas del mismo color que las salpicaduras de la pared.

Al final solté el colchón, salí precipitadamente al pasillo y saqué un pañuelo para darme unos leves toques en la cara. Aguanté otro ataque de náuseas, respiré hondo varias veces y me detuve en lo alto de la escalera, considerando si me sentía lo bastante recuperado para decidirme a bajarla.

—¿John? —me llamó Sara desde abajo—. ¿Vienes?

El primer tramo de la escalera me resultó un poco inestable, pero al segundo ya me sentía mucho mejor, y cuando llegué a la puerta principal, donde la señora Piedmont aguardaba de pie entre sus maullantes gatos a la vez que estrechaba la mano de Sara, incluso conseguí simular una sonrisa. Me apresuré a dar las gracias a la señora Piedmont y salí a la noche sin nubes, cuya atmósfera me pareció especialmente pura teniendo en cuenta el aire que había estado respirando allí dentro.

Sara me siguió al tiempo que se despedía de la anciana, pero entonces salió al descansillo el mismo gato gris listado de antes.

—¡Peter! —lo llamó la señora Piedmont—. ¿Señorita Howard, podría...? —Sara ya había cogido al animal entre sus brazos y se lo tendió a la anciana con una sonrisa—. ¡Gatos! —exclamó una vez más la señora Piedmont, que volvió a despedirse antes de cerrar la puerta.

Sara bajó los peldaños de la entrada y se reunió conmigo. La sonrisa se le encogió al verme la cara.

—¡John! —exclamó—. Estás pálido, ¿qué te pasa? —Se detuvo a mi lado y me cogió del brazo—. Has encontrado algo ahí arriba... ¿Qué es lo que has visto?

—A Jib —contesté, secándome de nuevo la cara con el pañuelo.

El rostro de Sara se tensó.

—¿A Jib? ¿El gato? ¿Y eso qué diablos significa?

—Deja que te lo exponga de otro modo —dije, cogiéndola del brazo e iniciando el camino de regreso hacia Broadway—. Independientemente de lo que pueda afirmar la señora Piedmont, los gatos no sólo desaparecen.

40

Regresamos al 808 de Broadway sólo con unos minutos de adelanto sobre los Isaacson, cuyo estado de ánimo era algo mejor de lo que había sido el nuestro varias horas antes. Apresuradamente explicamos a los detectives nuestras aventuras de aquella tarde, mientras Sara anotaba en la pizarra los detalles de los encuentros. A Lucius y a Marcus les animó grandemente que al menos hubiéramos conseguido seguir los movimientos de John Beecham, a pesar de que las visitas tanto a la Oficina del Censo como a la casa de la señora Piedmont nos habían dejado sin duda —al menos bajo mi punto de vista— en el mismo sitio donde nos encontrábamos aquella mañana: sin la más mínima idea de dónde vivía Beecham en aquellos momentos, ni de lo que estaba haciendo.

—Es cierto, John —dijo Lucius—, pero ahora sabemos mucho más sobre lo que «no» está haciendo. Nuestra idea de que tal vez se sintiera inclinado a hacer uso de los conocimientos que adquirió gracias a que su padre fue un pastor protestante parece errónea, y es posible que exista una razón para ello.

—Tal vez el rencor sea demasiado intenso —comentó Marcus, considerando la cuestión—. Quizá no pueda simular que está de acuerdo con lo que su padre defendía, ni tan siquiera para conseguir un trabajo.

—¿Debido a la hipocresía que había en su familia? —inquirió Sara, que aún seguía anotando en la pizarra.

—Exacto —contestó Marcus—. Puede que el solo hecho

de pensar en la Iglesia o en trabajar para una misión le haga instintivamente violento, que no pueda dedicarse a ello porque no podría confiar en sí mismo para mantener las apariencias.

—Excelente —dijo Lucius, asintiendo con la cabeza—. De modo que solicita trabajo en la Oficina del Censo porque no parece que le ponga en peligro de delatarse, ya sea accidentalmente o por cualquier otro motivo. A fin de cuentas, muchos de los hombres que consiguieron trabajo como empadronadores mentían al rellenar su solicitud, sin que nadie lo descubriera.

—Y este trabajo le satisface además un gran anhelo —añadí—. Le permite entrar en las casas de la gente, estar cerca de sus chiquillos, de quienes puede averiguar cosas sin que parezca interesado, a pesar de que al final siempre le cause problemas.

—Porque al cabo de un tiempo empieza a experimentar impulsos que no puede controlar —intervino Marcus—. Pero ¿qué ocurre con los muchachos? Beecham no los encuentra en esos hogares, dado que ellos ya no viven con sus familias. Y en todo caso eso ya no importa puesto que le han despedido.

—Es cierto —dije—. Éste es un interrogante que queda abierto. Pero después de la etapa en la Oficina del Censo habrá querido seguir teniendo acceso a los asuntos privados de la gente, y seguramente habrá seguido visitando a las familias en sus casas para investigar sobre sus víctimas. De este modo, aunque los muchachos vivan en lo burdeles, puede comprender y compadecerse de sus situaciones específicas, lo cual no deja de ser una forma muy efectiva de lograr que confíen en él.

—Aparte de ser el elemento ausente en los trabajadores de las sociedades benéficas a los que hemos entrevistado —terció Sara, apartándose de la pizarra.

—Exacto —dije, abriendo las ventanas para permitir que el aire de la noche penetrara en nuestro centro de operaciones y despejara el ambiente cargado.

—De todos modos —intervino Marcus—, todavía no estoy muy seguro de si esto nos ayudará a descubrir dónde se encuentra ahora. No quisiera parecer ansioso, amigos, pero sólo estamos a seis días de su próxima intervención.

Esto provocó unos momentos de silencio durante los cuales los ojos de todos nosotros se volvieron hacia el montón de fotografías que había sobre el escritorio de Marcus. Éramos conscientes de que si fracasábamos ahora, aquella pila se iba a incrementar. Al final fue Lucius quien habló, y lo hizo con voz seria y decidida.

—Tenemos que limitarnos a lo que tenemos aquí; seguir su vertiente segura, agresiva. Beecham no ha dado pruebas de que se deje dominar por el pánico, ni en la Oficina del Censo ni con la señora Piedmont. Ha ideado complicadas mentiras y ha vivido según ellas durante largos períodos sin perder el control. Si estuvo matando continuamente durante este tiempo, o si el despido del trabajo provocó en él una nueva oleada de violencia, es algo que ignoramos. Pero apostaría a que aún no ha perdido la confianza en sí mismo, a pesar de que una parte de él quiera que lo detengan. Al menos demos esto por sentado... Supongamos que ha sido capaz de encontrar otro tipo de trabajo que le proporciona lo que él desea: utilizar las azoteas y un medio para moverse entre la población de esos bloques de apartamentos sin tener que ayudar o recurrir a esta gente. ¿Se os ocurre alguna idea?

Era duro ver cómo se extinguía una racha de ideas creativas y de buena suerte, pero la nuestra estaba muerta en aquel preciso momento... Tal vez todos necesitábamos distanciarnos del problema durante unas horas, o quizá nos intimidara extraordinariamente el recuerdo de que estábamos a menos de una semana del plazo final, con todo lo que esto suponía. En cualquier caso, nuestras mentes y nuestras bocas se quedaron paralizadas. Cierto que aún nos quedaba una carta por jugar en la Oficina del Censo: Marcus y Lucius visitarían a Charles Murray a la mañana siguiente y tratarían de obtener una idea más exacta de lo que había provocado el despido de Beecham en diciembre. Pero aparte de esto, sin embargo, resultaba difícil discernir cuáles iban a ser los próximos pasos a dar. Así que cuando concluimos aquella larga jornada, a eso de las diez de la noche, nuestro ánimo estaba dominado por una enorme indecisión.

El martes, durante su entrevista con Murray, los Isaacson averiguaron (según nos informaron a Sara y a mí cuando aquella tarde volvieron al número 808) que a Beecham lo habían despedido por prestar excesivas y turbadoras atenciones a una niña llamada Ellie Leshka, que vivía en una casa vecinal de Orchard Street, justo encima de Canal. La dirección estaba dentro del Distrito Trece, no lejos de donde habían vivido los Zweig. Sin embargo, nada de aquello cambiaba el hecho de que perseguir a una niña que no se dedicaba a la prostitución (si efectivamente era esto lo que había estado haciendo con Ellie Leshka) fuera una actividad a la que Beecham no se había dedicado desde el asesinato de Sofia Zweig, que nosotros supiéramos. Marcus y Lucius habían confiado en obtener mayor información sobre el tema visitando a Ellie y a sus padres, pero dio la casualidad de que la familia se había marchado de Nueva York, precisamente para irse a vivir a Chicago.

Según Murray, los Leshka nunca se habían referido a ningún acto violento al formular sus quejas contra Beecham. Aparentemente, nunca había amenazado a Ellie; en realidad se mostraba amable con ella. Pero la niña acababa de cumplir los doce años, y en sus padres se había despertado una preocupación perfectamente comprensible respecto al hecho de que su hija pasara tanto tiempo con un hombre desconocido y solitario a esta edad. Charles Murray informó a los Isaacson que no habría considerado necesario despedir a Beecham de no ser porque éste había conseguido acceder a la casa de los Leshka con la excusa de que se trataba de un asunto oficial de la Oficina del Censo, cuando lo cierto era que la familia no había sido elegida para una entrevista. Eran tantas las experiencias por las que Murray había pasado que estaba decidido a evitar cualquier asunto que pudiera oler a escándalo.

Aparte de que Ellie Leshka fuera una muchacha de buena reputación, Sara destacó otro aspecto inusual en el caso: que hubiera logrado sobrevivir a su relación con Beecham. Teniendo en cuenta tales circunstancias, Sara creía posible que Beecham nunca hubiera pretendido matarla. Tal vez esto fuera un ejemplo de que por su parte había un intento real de crear un vínculo con otro ser humano; de ser así, era el primero en su vida de adulto del que nosotros tuviéramos noticia, salvo por lo que se refería a su oscuro comportamiento en los orfanatos de Chicago. Quizá también la insistencia de los Leshka para que no se acercara a su hija, unido a la marcha de la familia de la ciudad, habían contribuido a la ira de Beecham; nuevamente, teníamos que recordar que los recientes asesinatos de los muchachos que se prostituían habían empezado poco después de los acontecimientos de diciembre.

De todos modos, ésta era toda la información que habíamos podido obtener de la Oficina del Censo. Completamos este proceso a eso de las cinco y media del martes, y luego Sara y yo ofrecimos a los Isaacson los resultados de nuestra jornada de trabajo: una breve lista de trabajos que Beecham podía haber desempeñado después de que le despidieran. Teniendo en cuenta todos los factores que considerábamos fiables —el resentimiento de Beecham hacia los inmigrantes, su aparente incapacidad para relacionarse con la gente (o al menos con los adultos), su necesidad de permanecer en las azoteas y su hostilidad hacia los organismos religiosos de cualquier tipo—, Sara y yo habíamos reducido nuestro conjunto inicial de posibilidades a dos áreas básicas de trabajo: cobrador de recibos y portador de citaciones. Ambas ocupaciones seculares no sólo mantendrían a Beecham en las azoteas (las puertas de entrada estaban cerradas para esos individuos no deseados), sino que también le proporcionarían una cierta sensación de poder, y de control. Tales trabajos le facilitarían al mismo tiempo un acceso continuo a información privada sobre gran cantidad de gente extranjera, así como una razón de peso para acercarse a ellos en sus propios domicilios. Finalmente, a última hora de la tarde, Sara había recordado algo que todos coincidimos en que confirmaba nuestra especulación: cuando habían admitido a Beecham en el hospital St. Elizabeth, éste había declarado que la sociedad necesitaba leyes y hombres que las hicieran cumplir. Los acreedores y aquellos que estaban implicados en actividades ilegales (aunque sólo fuera de manera esporádica) sin duda provocarían su desdén, y la perspectiva de acosarlos probablemente le resultara atractiva.

Marcus y Lucius estuvieron de acuerdo con este razonamiento aunque sabían, al igual que Sara y yo, que esto significaría una nueva serie de investigaciones puerta por puerta. Aun así, teníamos motivos para estar esperanzados: la lista de oficinas gubernamentales y agencias de cobro que empleaban agentes del tipo que habíamos descrito sería mucho más manejable que la extensa lista de sociedades benéficas que ya habíamos abordado. Conscientes de que una secretaria de la policía como Sara, o un periodista como yo, nunca conseguiríamos información de los alguaciles de la ciudad o de cualquier otra entidad gubernamental, los Isaacson se encargaron de la tarea de visitar tales centros de la burocracia. Entretanto, Sara y yo nos dividimos una lista de agencias de cobro independientes y nos centramos de nuevo en aquellas que por lo general operaban en el Lower East Side y en Greenwich Village, y en particular en el Distrito Trece. A primera hora de la mañana del miércoles, todos estábamos de nuevo en la calle.

Escudriñar las sociedades benéficas de la ciudad había sido una labor que nos enfurecía moralmente; enfrentarnos con los jefes de las agencias de cobro resultó una labor físicamente intimidatoria... Tales agencias, situadas por lo general en unos despachos pequeños, sucios y en los últimos pisos, estaban dirigidas generalmente por hombres que habían tenido experiencias desagradables en algún campo vagamente afín: trabajos con la policía o de tipo legal, extorsiones, o incluso —en un caso— cazadores de recompensas. No eran una casta que proporcionara información fácilmente, y sólo la promesa de una recompensa hacía que se les aflojaran las mandíbulas. Sin embargo, a menudo exigían por adelantado tal «recompensa», a cambio de la cual se obtenía información flagrantemente falsa, o tan inútil para nuestro trabajo que sólo el propio autor habría sido capaz de interpretarla.

Una labor tediosa nos volvió a consumir horas enteras (y el jueves por la mañana parecía como si nos hubiera llevado días enteros) sin dar ningún resultado. Los Isaacson averiguaron que el ayuntamiento conservaba cuidadosos archivos de aquellos hombres a los que empleaba como portadores de citaciones, pero ningún John Beecham aparecía en los que habían revisado durante aquellas primeras veinticuatro horas. El primer día y medio de trabajo de Sara con las agencias de recaudación no le había aportado otra cosa que proposiciones vulgares; en cuanto a mí, la tarde del jueves regresé a nuestro centro de operaciones habiendo finalizado la lista de agencias que tenía asignada y sin saber qué hacer a continuación. A solas, y mientras miraba hacia el río Hudson desde las ventanas del número 808 de Broadway, de nuevo me consumía la ya familiar sensación de miedo, que me decía que no íbamos a llegar a tiempo. Se acercaba la noche del domingo y Beecham, consciente ahora de que probablemente vigilábamos aquellos burdeles que trataban con muchachos, elegiría su víctima en un nuevo local, se la llevaría a algún lugar desconocido y de nuevo pondría en práctica aquel ritual repugnante. Todo cuanto necesitábamos —no paraba de pensar— era una dirección, un trabajo, algo que nos permitiera tomarle la delantera, para que en el instante crucial pudiéramos intervenir y acabar con su barbarie y su miseria, con el incesante tormento que le impulsaba a actuar. Después de todo lo que yo había visto y por lo que había pasado, resultaba extraño que pensara en su tormento; pero más extraño era aún advertir que sentía una vaga compasión por aquel hombre. Sin embargo el sentimiento estaba en mí, y era el hecho de comprender el contexto de su vida lo que lo había puesto allí: de los múltiples objetivos que

Kreizler había trazado al comienzo de la investigación, al menos éste lo habíamos conseguido.

El repiqueteo del teléfono me devolvió al asunto que teníamos entre manos. Descolgué y oí la voz de Sara:

—¿John? ¿Qué estás haciendo?

—Nada. He terminado con la lista y no tenía ningún sitio a donde ir.

—Entonces vente al nueve seis siete de Broadway. El segundo piso. Rápido.

—¿Nueve seis siete? Eso es por la calle Veinte.

—Entre la Veintidós y la Veintitrés, para ser exactos.

—¡Pero eso está fuera de la zona que tenías asignada!

—Sí. Y por si te interesa saberlo, a veces tampoco rezo mis oraciones al acostarme. —Suspiró con fuerza—. Hemos sido unos estúpidos con esto. Tendría que haber sido obvio. ¡Y ahora ponte en marcha!

Colgó sin darme tiempo a replicar. Me puse la chaqueta y escribí una nota para los Isaacson, por si regresaban antes que nosotros. Al disponerme a abrir la puerta, el teléfono volvió a sonar. Descolgué y me contestó la voz de Joseph.

—¿Señor Moore? ¿Es usted?

—¿Joseph? —inquirí—. ¿Qué ocurre?

—Oh, nada; sólo que... —Parecía confuso—. ¿Está usted seguro de las cosas que me contó? Sobre ese hombre al que anda buscando, me refiero.

—Tan seguro como de cualquier otra cosa relacionada con este asunto. ¿Por qué?

—Bueno, es que anoche vi a un amigo mío... Él hace la calle, no trabaja en ninguna casa... Me contó algo que me hizo pensar en lo que usted me había dicho.

A pesar de mis prisas, me senté y cogí un lápiz y un papel.

—Adelante, Joseph.

—Me contó que un hombre le había prometido... En fin, lo que usted dijo, retirarlo y todo eso... Que iba a vivir en un gran..., no sé, en un castillo o algo así, desde donde podría ver toda la ciudad, y reírse de todos aquellos que alguna vez le hubieran hecho una mala pasada. Así que me acordé de lo que usted me había dicho y le pregunté si el hombre tenía algo raro en la cara. Pero me dijo que no. ¿Está usted seguro de lo de su cara?

—Sí. En este momento...

—Oh —me interrumpió Joseph—. Scotch Ann me está llamando; parece que me espera un cliente. Tengo que irme.

—Aguarda, Joseph. Dime sólo...

—Lo siento, no puedo hablar. ¿Cuándo nos vemos? ¿Qué le parece esta noche a última hora?

Hubiera querido presionarle para que me facilitara más detalles, pero conociendo como conocía su situación preferí no insistir.

—Está bien. En el sitio de siempre. ¿A las diez?

—De acuerdo. —Por el tono de voz parecía feliz—. Entonces hasta luego.

Volví a dejar el auricular en su sitio y abandoné presuroso nuestro centro de operaciones.

En cuanto salí del número 808 me agarré a la plataforma trasera de un tranvía que circulaba por Broadway, y en pocos minutos hice el trayecto hasta la calle Veintidós. Después de saltar sobre el empedrado que bordeaba las vías a lo largo de aquel tramo de la avenida, miré hacia la otra acera, al grupo triangular de edificios que aparecía cubierto con enormes letreros que anunciaban de todo, desde gafas a cirugía dental sin dolor, pasando por pasajes a ultramar. Embutido entre aquellos letreros, y pintado en una de las ventanas del número 967, había un elegante (y por tanto distinto) grupo de letras doradas: MITCHELL HARPER, COBRADOR DE MOROSOS. Después de esperar a que se abriera un claro en la circulación, crucé la avenida y me dirigí al edificio.

Encontré a Sara enzarzada en una conversación con el señor Harper, en el despacho de éste. Ni el hombre ni la habitación armonizaban con las letras doradas de las ventanas. Si el señor Harper tenía contratado algún tipo de servicio de limpieza era algo que podía deducirse fácilmente por la capa de hollín que cubría los escasos muebles de su despacho, en tanto que la zafiedad de sus ropas sólo la superaba la cara sin afeitar y el mellado corte de pelo. Sara hizo las presentaciones, pero Harper no me tendió la mano.

—He leído mucho sobre medicina, señor Moore —explicó con voz estridente, metiendo los dedos dentro del manchado chaleco—. ¡Microbios, señor! ¡Los microbios son responsables de las enfermedades y se transmiten por el tacto!

Por un momento pensé en decirle a aquel hombre que bañarse podía dar algo de preocupación a los microbios, pero me limité a asentir y me volví hacia Sara, preguntándole con la mirada para qué diablos me había hecho ir hasta allí.

—Desde un primer momento tendríamos que haber pensado en ello... —me susurró, antes de continuar en voz alta—: En febrero, el señor Harper fue contratado por el señor Lanford Stern, de Washington Street, para que se encargara de cobrar unos atrasos. —Sara comprendió que esto no me aclararía nada, y añadió confidencialmente—: El señor Stern es propietario de algunos edificios en la zona de Washington Market. Uno de sus inquilinos es un tal señor Ghazi.

«Gazhi —me dije—, podía ser el padre de Alí ibn-Ghazi.»

—Ah —me limité a exclamar—. ¿Por qué no me dijiste simplemente que...

Sara me interrumpió con un leve toque, decidida sin duda a que el señor Harper no se enterara de la auténtica naturaleza de nuestra visita.

—He visto al señor Stern esta mañana —dijo con intención, y por fin comprendí por qué hubiéramos debido ver al señor Stern desde un principio: el señor Ghazi debía ya varios meses de alquiler en el momento del asesinato de su hijo—. Le he hablado del hombre que deseábamos encontrar, el que creíamos que trabajaba como cobrador y cuya madre ha muerto, dejándole una gran fortuna...

Sonreí, reconociendo que Sara tenía talento para improvisar mentiras.

—¡Oh, sí! —me apresuré a contestar.

—El señor Stern me ha informado que remitía todas sus deudas impagadas al señor Harper —añadió Sara—. Y el...

—Y yo le digo aquí, al señor Moore —la interrumpió Harper—, que si hay algún dinero a cobrar en esta herencia, me gustaría saber cuál será mi parte, antes de revelar nada.

Asentí y me encaré directamente con el hombre: aquello iba a ser un juego de niños.

—Señor Harper —dije, con un amplio ademán—. Si usted nos informa del paradero del señor Beecham, puede confiar en un generoso tanto por ciento. Una comisión, como si dijéramos... ¿Le parece bien un cinco por ciento?

A Harper estuvo a punto de caérsele de la boca el puro mojado de saliva.

—¿Un cinco por...? Bueno, esto es ser generoso, señor. Sí, esto es ser generoso ¡El cinco por ciento!

—El cinco por ciento de todo lo que hay —repetí—. Le doy mi palabra. Pero, dígame, ¿conoce el paradero del señor Beecham?

El hombre pareció momentáneamente inseguro.

—Bueno... Es decir, lo conozco más o menos, señor Moore. En todo caso, sé dónde es probable que lo encuentre. Al menos cuando está sediento. —Le dirigí al hombre una dura mirada—. Yo mismo puedo conducirle allí... ¡Se lo juro por Dios! Se trata de una tabernucha del Mulberry Bend... Es donde lo conocí. Les diría que le esperaran aquí, pero lo cierto es que hará unas dos semanas tuve que despedirlo.

—¿Despedirlo? —exclamé—. ¿Por qué?

—Yo soy un hombre respetable —contestó Harper—. Y éste es un negocio respetable. Pero... En fin, señor, el hecho es que de vez en cuando hay que utilizar un poco los músculos. Hacer algo convincente. ¿Quién pagaría sus facturas sin ayuda de algo convincente? Contraté a Beecham porque es un tipo corpulento y fuerte. Dijo que se las sabría arreglar en una pelea. ¿Pero qué es lo que hacía? Les hablaba. Charlaba, eso es lo que hacía. ¡Mierda! Oh, disculpe señorita. Pero es que charlando con esa gente, sobre todo con los inmigrantes, no se consigue absolutamente nada. Como les des ocasión, te arrastran a la tumba. Ese tipo, Ghazi, era un buen ejemplo... Envié tres veces a Beecham a su casa, y nunca consiguió arrancarle un centavo al tipo.

Harper tenía más cosas que quería explicarnos, pero a nosotros no nos interesaba. Después de pedirle que nos anotara la dirección de la tabernucha que había mencionado, le dijimos que íbamos a comprobar su pista aquella misma noche, y que si ésta nos conducía hasta Beecham, podía estar seguro de que muy pronto recibiría su dinero. Irónicamente, aquel hombrecillo codicioso nos había proporcionado el primer fragmento de información gratis en dos días, el único además que estaba destinado a no costarnos nada.

41

Al salir del edificio de Harper nos encontramos con los Isaacson, que habían encontrado mi nota. En cuanto llegamos a Brübacher's Wine Garden, los cuatro nos pusimos a repasar lo que nos había dicho el cobrador de morosos. A continuación ideamos un plan para la noche. Nuestras opciones eran bastante limitadas: si localizábamos a Beecham no nos enfrentaríamos a él sino que telefonearíamos a Theodore para que enviara a unos cuantos detectives —hombres cuya cara fuera desconocida para Beecham—, los cuales seguirían los pasos a aquel hombre. Al mismo tiempo, si conseguíamos averiguar dónde vivía Beecham, pero por algún motivo no estuviese allí, procederíamos a registrar apresuradamente el lugar en busca de pruebas que nos permitieran un arresto inmediato. Después de tomar estos acuerdos, vaciamos nuestros vasos, y a eso de las ocho y media subimos a un tranvía para iniciar nuestra expedición al distrito de Five Points.

Siempre había sido difícil describir a los no iniciados el efecto que causaba este barrio legendario. Incluso en una agradable noche primaveral como la de aquel jueves, el lugar rezumaba una profunda sensación de amenaza mortal; sin embargo, esta amenaza no siempre se exteriorizaba —ni siquiera habitualmente— mediante voces o modales agresivos, como ocurría en otras zonas poco recomendables de la ciudad. En el Tenderloin, por ejemplo, reinaba un ambiente general de juerga provocativa que hacía que los encuentros con matones borrachos dispuestos a demostrar su valor fueran simples trámites. Pero por lo general esto no eran más que demostraciones ruidosas, y un asesinato en el Tenderloin todavía era un acontecimiento digno de mención. En cambio, el Five Points era un barrio totalmente distinto. Es cierto que podían oírse gritos y chillidos, pero solían proceder del interior de los edificios, y si se originaban fuera, pronto eran sofocados. En realidad creo que lo más desconcertante en la zona del Mulberry Bend (de la que varias manzanas eran demolidas en aquel entonces, gracias a la infatigable campaña de Jake Riis) era el nivel sorprendentemente bajo de actividad en el exterior. Los vecinos del barrio pasaban casi todo su tiempo metidos en las miserables chabolas y apartamentos que delimitaban las calles, y más frecuentemente en las tabernuchas que ocupaban la planta baja y el primer piso de muchos de aquellos escuálidos edificios. La muerte y la miseria hacían su trabajo sin gran ostentación en el Bend, y lo cierto es que trabajaban mucho: sólo con bajar por aquellas calles decrépitas y solitarias bastaba para que un espíritu alegre se preguntara por el valor primordial de la vida humana.

Observé que Lucius hacía precisamente esto al llegar a la dirección que Harper nos había dado: el 119 de Baxter Street. Al lado de la entrada del edificio, unos cuantos peldaños de piedra, sucios y mojados de orines, bajaban hasta una puerta que, a juzgar por las risas y gruñidos que salían de allí, era la entrada a la tabernucha que al parecer frecuentaba Beecham. Me volví hacia Lucius y vi que observaba aprensivo los oscuros escalones.

—Lucius, tú y Sara quedaos aquí —dije—. Alguien tiene que quedarse para vigilar.

Asintió y sacó un pañuelo para secarse la frente.

—Mejor —contestó—. Quiero decir que me parece bien.

—Y si surge algún problema, sobre todo no enseñes la placa —añadí—. Por aquí es una invitación a que te asesinen.
—Mientras Marcus y yo nos dirigíamos a los primeros peldaños, me volví a echar un último vistazo a Lucius y luego murmuré al oído de Sara—: Cuida de él, ¿quieres?

Sara me sonrió y, aunque hubiera jurado que también sentía cierta aprensión, sabía que su puntería sería firme ante cualquier eventualidad. Marcus y yo entramos en el local.

No sé muy bien cómo debían ser las cuevas que habitaban los hombres en la prehistoria, pero la mayoría de las tabernuchas del Five Points no serían comparativamente mejores, y la que visitamos aquella noche no se diferenciaba de la mayoría. El techo estaba a tan sólo dos metros y medio del sucio suelo pues el local había sido concebido originalmente para que fuera el sótano de la tienda de arriba. No había ventanas, y la luz procedía de las cuatro asquerosas lámparas de petróleo que colgaban sobre el mismo número de mesas largas y bajas, situadas en dos filas. En esas mesas se sentaba o dormía la clientela, cuya diferencia de edad, sexo e indumentaria únicamente se veía superada por el aspecto uniforme de su demencia alcohólica. Habría unas veinte personas en el local aquella noche, aunque sólo tres —un par de hombres y una mujer que no dejaba de gruñir ante los incomprensibles comentarios de los otros dos— daban auténticas señales de vida. Cuando entramos, los tres nos examinaron con miradas vidriosas por el odio, y Marcus inclinó la cabeza hacia mí.

—Sospecho que aquí lo esencial es moverse con lentitud —musitó.

Asentí y nos acercamos a la «barra», una tabla que se apoyaba sobre dos bidones al fondo del local. Inmediatamente aparecieron ante nosotros dos vasos llenos de la sustancia típica de aquellas tabernuchas: la cerveza rancia, una mezcla repelente y sin fuerza que se hacía con los restos de docenas de barrilitos procedentes de establecimientos algo más honorables. Pagué por las bebidas pero no hice el menor gesto de tocar la mía, y Marcus apartó su vaso a un lado.

El tabernero que teníamos delante mediría un metro sesenta y cinco, tenía el cabello leonado, un bigote del mismo color y en el rostro la típica mirada de resentimiento, algo desquiciada.

—¿No quieren la bebida? —inquirió.

Negué con la cabeza.

—Información. Sobre un cliente.

—Largo —espetó el hombre—. Esfúmense.

—Sólo un par de preguntas —dije, sacando algo más de dinero.

El hombre miró ansioso a su alrededor, y al ver que el trío de clientes relativamente cuerdos ya no nos miraba, se metió el dinero en el bolsillo.

—¿Y bien?

El nombre de Beecham no provocó ninguna reacción en el tabernero, pero cuando pasé a describirle que se trataba de un hombre alto y con un tic en la cara, en el brillo de los enfermizos ojos de aquel individuo advertí que nuestro amigo Mitchell Harper había jugado limpio con nosotros.

—Una manzana más arriba —murmuró el tabernero—. En el número ciento cincuenta y cinco. Último piso, al fondo.

Marcus me miró con recelo, y el tabernero lo captó.

—¡Yo mismo lo he visto! —insistió él—. ¿Son de la familia de la chica?

—¿La chica?

El tabernero asintió.

—Se llevó a una chica allí arriba. La madre pensaba que la había secuestrado. Pero no le hizo daño, aunque aquí de poco mata a un tipo por hacer un comentario.

Sopesé la información.

—¿Bebe mucho?

—Antes no. Al principio no entendí por qué venía aquí. Pero luego ya empezó a beber más.

Miré a Marcus, quien me contestó con una rápida inclinación de cabeza. Después de dejar algo más de dinero sobre la barra nos dispusimos a marchar, pero el tabernero me agarró del brazo.

—Yo no les he dicho nada —advirtió, con tono de apremio—. Con ese tipo no valen bromas. —Nos enseñó varios dientes, amarillentos y grises—. Menudo pico ése que lleva.

Marcus y yo nos pusimos nuevamente en marcha mien-

tras el tabernero daba cuenta de los dos vasos de cerveza rancia que nos había servido. Avanzamos con cuidado junto a
los cuerpos casi sin vida de las mesas, y aunque un hombre
se dio la vuelta en la entrada y empezó a orinar en el suelo,
indiferente a nuestro paso, no dio la impresión de que hubiera nada personal en el hecho.

—Entonces, ¿Beecham bebe? —inquirió Marcus, pasando por encima del charco.

—Sí —contesté, abriendo la puerta—. Recuerdo que
Kreizler comentó en una ocasión que nuestro hombre podía haber entrado en una fase final de autodestrucción.
Cualquiera que venga a beber a un sitio como éste tiene que
haber alcanzado forzosamente esa etapa.

Al salir a la calle encontramos a Sara y a Lucius tan inquietos como los habíamos dejado.

—Andando —me apresuré a decir, dirigiéndome hacia el
norte—. Tenemos una dirección.

El número 155 de Baxter Street era un vulgar edificio de
apartamentos; aunque en otro barrio las mujeres y los niños
que se hallaban asomados a las ventanas en una noche tan típicamente primaveral estarían riendo, o cantando, o como
mínimo gritándose unos a otros. Allí simplemente estaban
con la cabeza apoyada en las manos, los más jóvenes con aspecto tan hastiado como el de los mayores, y ninguno mostraba el más mínimo interés por lo que sucedía en la calle. Un
hombre a quien yo le hubiera calculado unos treinta años estaba sentado en el descansillo de entrada al edificio, haciendo
oscilar un palo que parecía una porra de policía. No era difícil imaginar, después de haber echado una ojeada a los rasgos hoscos y la mueca arrogante de aquel hombre, cómo había llegado a sus manos aquel trofeo. Subí los peldaños, y el
extremo de la porra se apoyó en mi pecho con la fuerza suficiente para impedirme seguir avanzando.

—¿Asunto? —inquirió el tipo con cara de rufián, y su
aliento soltó una vaharada a licor alcanforado.

—Venimos a ver a un vecino —contesté.

El tipo se echó a reír.

—No me busques las cosquillas, lechuguino. ¿Asunto?

Hice una pausa antes de responder.

—¿Se puede saber quién es usted?

Se echó a reír.

—Bueno, yo soy el tipo que vigila el edificio... para el casero. Así que no trates de burlarte de mí, a menos que quieras probar esta porra... —Hablaba con el acento del Bowery, inmortalizado hacía mucho tiempo por los matones de la ciudad: una manera de hablar a la que siempre era difícil tomar en serio. Sin embargo, no me gustaba aquella porra, así que volví a echar mano a mi billetero.

—Último piso —dije, tendiéndole unos billetes—. Al fondo. ¿Hay alguien en casa?

El tipo recuperó la sonrisa.

—Oh —exclamó, agarrando el dinero—, ¿quieres decir el tipo de...? —De pronto empezó a parpadear y a contorsionar cómicamente la mandíbula, la mejilla y el ojo. Al parecer insatisfecho con los resultados de su actuación, intensificó el efecto halando de la cabeza con las manos. Complacido con este esfuerzo adicional, se echó a reír en voz alta—. No, no está en casa —dijo al fin—. Nunca está por las noches. Por el día, a veces; pero por las noches no. Puedes mirar en la azotea, tal vez ande por allí... A ése le gusta andar por las azoteas.

—¿Y su apartamento? —inquirí—. Tal vez le esperemos allí.

—Puede que esté cerrado —contestó el individuo con otra sonrisa. Le tendí otro billete—. Aunque es posible que no. —Entró en el edificio—. No seréis polis, ¿verdad?

—No te pago para que me hagas preguntas —le contesté.

El tipo concedió a mis palabras algo parecido a una reflexión, y luego dijo:

—Vale. Venid conmigo. Pero en silencio, ¿eh?

Seguimos al hombre al interior. La larga y oscura escalera estaba impregnada con los habituales hedores a basura en descomposición y a deposiciones humanas, y al llegar al pie de ella dejé que Sara fuera delante.

—Muy lejos del mundo de la señora Piedmont —susurró al pasar.

Ascendimos los seis tramos de escalera sin ningún incidente, y luego nuestro guía llamó a una de las cuatro puertas que daban al pequeño rellano. Al no obtener respuesta, levantó un dedo.

—Esperad aquí un segundo —dijo, y luego subió el tramo final de escaleras hasta la azotea. Cuando a los pocos segundos regresó, su aspecto era más relajado—. Nadie —dijo. Acto seguido sacó un gran llavero del bolsillo trasero del pantalón y abrió la puerta a la que antes había llamado—. Hay que asegurarse de que no anda por los alrededores. Es un tío con malas pulgas, el... —En lugar de decir un nombre, empezó de nuevo a contorsionar la cara, lo cual fue preludio de otra carcajada. Finalmente entramos en el apartamento.

Encendí una lámpara de petróleo que había en un estante, junto a la puerta. La estancia, que poco a poco se fue haciendo visible, era básicamente un estrecho pasillo, quizá de unos nueve metros de longitud en total. En la mitad se había construido una pequeña partición y un portal con un dintel en la parte superior. Dos aberturas recientes, practicadas en las paredes laterales, eran el único contacto del apartamento con el mundo exterior. A través de un reducido patio de ventilación, permitían atisbar el desolado paisaje de otras aberturas similares en las paredes de los apartamentos vecinos. Había una pequeña cocina económica adosada a la partición, y no parecía que existiera más sanitarios que un cubo oxidado. Desde la puerta de entrada podían verse unos cuantos muebles: un escritorio viejo, una silla cerca de la partición y, tras ésta, los pies de una cama. Distintas capas gruesas de pintura barata se habían y desconchado de las paredes, dejando al descubierto una capa anterior, y creando en conjunto la impresión de una mancha marrón, como las que suelen verse al pie de los retretes.

En aquel lugar vivía el ser que en el pasado había sido Japheth Dury y que ahora era el asesino John Beecham. Y dentro de aquel reducido agujero tenía que haber pistas, por difíciles que fueran de encontrar. Sin decir nada, señalé a los Isaacson el extremo más alejado del apartamento. Éstos cruzaron la partición y entraron en aquella zona. Sara y yo avanzamos indecisos hacia el viejo escritorio, mientras nuestro guía permanecía alerta en la puerta de entrada.

El lugar era tan pequeño y el mobiliario tan escaso que el registro no nos llevaría más de cinco minutos. El viejo escritorio tenía tres cajones, que Sara empezó a registrar casi a oscuras, metiendo las manos en ellos para asegurarse de que no se le escapaba nada. Encima del escritorio, clavado con tachuelas sobre la desconchada pared, había una especie de plano. Al apoyarme sobre el mueble para estudiarlo experimenté una extraña sensación bajo las manos, y al retirarlas descubrí que el tablero había sido profundamente grabado mediante una serie de monótonas y nada decorativas muescas. Volví a apoyar las manos y me dediqué a estudiar el plano. Al instante identifiqué el perfil de Manhattan, pero las marcas que habían dibujado sobre aquel perfil me resultaron extrañas: una serie de líneas rectas que se entrecruzaban, con números y símbolos misteriosos anotados en varios puntos. Me disponía a estudiarlos más de cerca cuando de pronto oí a Sara, que me llamaba:

—Mira, John.

Bajé la vista y vi que del cajón de abajo sacaba una pequeña caja de madera. La depositó con bastante aprensión, sobre el tablero del escritorio y se apartó.

Pegado a la tapa de la caja había un viejo daguerrotipo, muy parecido en estilo y composición a las obras que el eminente fotógrafo Matthew Brady había hecho sobre la Guerra Civil. Basándome en lo vieja y gastada que estaba la imagen, juzgué que debía ser de la misma época que las de Brady. La imagen que aparecía en él era la de un hombre blanco muerto: le habían arrancado la cabellera, las vísceras y los genitales, y las flechas le sobresalían de brazos y piernas. También le faltaban los ojos. No había marcas identificativas en la imagen, pero era obvio que se trataba de una de las creaciones del reverendo Victor Dury.

La caja en que estaba pegado el daguerrotipo se hallaba fuertemente cerrada, pero de su interior parecía emerger cierto hedor... el mismo que había percibido en la habitación de Beecham en casa de la señora Piedmont: a carne de animal en descomposición. El corazón me dio un vuelco al coger la caja, pero antes de que pudiera abrirla, oí la exclamación de Marcus:

—¡Oh, no! ¡Dios! ¿Cómo...?

Hubo entonces un gran alboroto y Marcus avanzó dando traspiés hasta donde estábamos Sara y yo. Incluso bajo la luz de la lámpara pude ver su palidez, cosa realmente extraña pues le había visto fotografiar con enorme tranquilidad escenas que habrían revuelto el estómago al más pintado... Al cabo de unos segundos Lucius fue detrás, con algo entre sus brazos.

—¡John! —me llamó Lucius, tratando de controlar su excitación—. ¡John, es... una prueba! ¡Dios mío, creo que ahora sí estamos metidos de lleno en una investigación por asesinato!

—¡Oh, mierda! —exclamó el tipo de la puerta—. Así que sois polis...

No respondí. Me limité a encender una cerilla y, sosteniéndola en alto, me acerqué a Lucius. Al enfocarla en lo que éste sostenía entre sus brazos, Sara dejó escapar un chillido, que ahogó con la mano al tiempo que se volvía hacia el otro lado.

Lucius sostenía un enorme tarro de cristal en cuyo interior, y conservados en una sustancia que supuse sería formol, había gran cantidad de ojos humanos... De algunos todavía colgaba la maraña del nervio óptico, pero otros aparecían lisos y redondos; algunos eran de extracción reciente, otros de textura lechosa y obviamente antiguos; algunos de color azul, otros castaños, grises o verdes. Pero entonces comprendí que lo que había sorprendido a Marcus no había sido el descubrimiento o el estado de aquellos ojos, sino su cantidad. Aquéllos no eran los diez ojos de nuestros cinco muchachos asesinados, ni siquiera los catorce de los muchachos sumados a los de los hermanos Zweig; allí había muchos más —docenas de ellos—, pertenecientes a muchas otras víctimas. Y todos ellos nos miraban a través del curvado cristal con lo que parecía una muda acusación, suplicándonos patéticamente que les dijésemos por qué razón habíamos tardado tanto...

De pronto volví los ojos a la pequeña caja que Sara había encontrado, y procedí a abrirla lentamente. El hedor a descomposición que flotó hacia nosotros no fue tan intenso como había temido, permitiéndome estudiar sin dificultad el extraño contenido. Pero no pude identificar lo que estaba viendo: un trozo pequeño y de color rojo negruzco que parecía caucho reseco.

—¿Lucius? —inquirí en voz baja, tendiéndole la caja.

Después de dejar el tarro sobre el escritorio, Lucius se llevó la caja hasta la entrada y la sostuvo bajo la lámpara de petróleo. Nuestro guía miró por encima del hombro mientras el sargento detective estudiaba el contenido.

—¿Mierda? —preguntó el tipo de la porra—. No hay duda que huele como la mierda.

—No —contestó Lucius con voz tranquila, manteniendo los ojos fijos en la caja—. Creo que son los restos resecos de un corazón humano.

Esto era suficiente para cerrarle la boca incluso a un matón del Five Points, así que nuestro guía, con una mirada de total consternación, volvió la cabeza hacia el pasillo.

—¿Quién coño sois vosotros, tíos? —musitó.

Yo no apartaba mis ojos de Lucius.

—¿Un corazón? ¿De Lohmann?

Lucius negó con la cabeza.

—Demasiado viejo. Éste lleva aquí mucho tiempo. Incluso parece como si le hubiesen dado una capa de algo, tal vez barniz...

Me volví hacia Sara y vi que respiraba aceleradamente, con los brazos apretados en torno a la cintura. Apoyé una mano en su hombro.

—¿Te encuentras bien? —inquirí.

Ella asintió con firmeza.

—Sí. Estoy bien.

Volví los ojos hacia Marcus.

—¿Y tú?

—Creo que sí. Lo estaré, en todo caso.

—Lucius —me dirigí al más pequeño de los Isaacson—, alguien tiene que registrar este horno. ¿Te atreves tú?

Lucius asintió. Aunque en la calle se había mostrado aprensivo, en aquella situación actuaba como un auténtico profesional.

—Préstame una cerilla.

Le entregué la caja que llevaba en el bolsillo.

Los demás permanecimos expectantes mientras él se acercaba al mugriento bulto de hierro negro adosado a la partición. Al lado, en el interior de un cubo, había algunos trozos de leña medio carbonizados, y encima de la cocina una grasienta sartén. Al parecer, alguien había estado cocinando. Lucius encendió una cerilla. Respiró hondo, aunque con calma, y seguidamente abrió la puerta del horno. Cerré los ojos al ver que introducía la cerilla dentro de la oscura cavidad. A los pocos segundos oí que la puerta se cerraba de golpe.

—Nada —anunció Lucius—. Grasa, una patata carbonizada... Nada más.

Dejé escapar todo el aire que había retenido y di un golpecito en el hombro de Marcus.

—¿Qué opinas de eso? —pregunté, señalando el plano de Manhattan clavado en la pared.

Marcus lo estudió cuidadosamente.

—Manhattan —contestó sin pensar; luego añadió—: Parece un plano de algún tipo de vigilancia... —Hurgó en los sitios donde el plano estaba clavado en la pared y sacó las chinchetas—. El estuco aún no se ha descolorido. Yo diría que lo han clavado hace poco.

Lucius se unió a nosotros y nos quedamos formando un círculo cerrado lejos de la caja y del tarro, que permanecían sobre el escritorio.

—¿Esto es todo lo que había ahí detrás? —pregunté a los Isaacson.

—Es todo —contestó Marcus—. No hay ropas; nada. Si te interesa mi opinión, yo diría que se ha largado.

—¿Largado? —repitió Sara.

Marcus asintió, decepcionado.

—Quizá se haya dado cuenta de que nos estábamos acercando. Aunque lo que sí es seguro es que no parece que vaya a regresar.

—¿Pero por qué iba a irse dejando todas estas... pruebas? —inquirió Sara.

Marcus movió la cabeza.

—Tal vez no las considere pruebas... O puede que tuviera prisa. O tal vez...

—O tal vez quisiera que las encontráramos —dije, exteriorizando lo que todos estábamos pensando.

Mientras procurábamos digerir esta posibilidad, advertí que nuestro guía estiraba el cuello para poder ver el tarro que había sobre el escritorio, de modo que me moví para interceptar con mi cuerpo su visión.

—Puede que sea eso —dijo Lucius—. De todos modos, tendríamos que seguir vigilando este sitio, por si él decide regresar... Debiéramos avisar al comisario para que envíe otros agentes... Ya he dicho que ahora podemos considerar esto una investigación por asesinato.

—¿Crees que ya hay pruebas suficientes para obtener una orden de detención? —preguntó Sara con voz queda—. Ya sé que esto puede parecer terrible, pero estos ojos de ahí no tienen por qué ser forzosamente los de nuestras víctimas.

—No —contestó Lucius—. Pero al menos le costará sudor y lágrimas explicar de dónde proceden. Y pienso que cualquier jurado de la ciudad le condenará, sobre todo si completamos el historial con lo que sabemos.

—De acuerdo —dije—. Sara y yo iremos a Mulberry Street y le diremos a Roosevelt que asigne unos hombres para que vigilen este edificio día y noche. Lucius, tú y Marcus tendréis que quedaros aquí hasta que lleguen los refuerzos. ¿Lleváis armas? —Marcus se limitó a asentir, pero Lucius sacó el mismo revólver de reglamento que le había visto en Castle Garden, después del asesinato de Alí ibn-Ghazi—. Perfecto. Mientras esperáis, Marcus, mirad a ver qué conclusiones sacáis de este plano. Y recordad una cosa... —Bajé la voz hasta convertirla en un susurro—. Nada de placas; al menos hasta que obtengáis algún tipo de apoyo. No hace mucho ni la policía se atrevía a entrar en este barrio porque había muy pocas posibilidades de salir vivo de él.

Los Isaacson asintieron. Sara y yo salimos al pasillo, pero nos detuvimos al ver que el tipo de la porra se interponía en nuestro camino.

—¿Y si me dijerais qué es todo eso de la investigación? ¿Sois polis o no sois polis?

—Se trata de... un asunto privado —contesté—. Mis amigos se quedan, a esperar al inquilino. —Automáticamente saqué la cartera y extraje un billete de diez dólares—. Podrías actuar como si nada hubieras visto...

—¿Por diez pavos? —exclamó el tipo, asintiendo—. Por diez pavos me olvido de la cara de mi madre. —Rió a carcajadas—. Eso suponiendo que fuera capaz de reconocerla.

Sara y yo nos apresuramos a salir y empezamos a caminar con paso rápido en dirección oeste, con la esperanza de abordar sin problemas un tranvía en Broadway. Ésta iba a ser la parte más difícil de nuestra excursión, aunque no quería decírselo a Sara. Ahora sólo éramos dos, y uno de estos dos era una mujer. En las décadas de los sesenta y setenta, cualquier banda del Five Points digna de ese nombre me habría puesto fuera de combate y habría abusado de Sara antes de que nos hubiéramos alejado una manzana de Baxter Street. Sólo me quedaba rezar para que —teniendo en cuenta que en los últimos años la disipación había sustituido a la violencia como principal entretenimiento en el barrio— lográramos pasar desapercibidos.

Curiosamente, lo conseguimos. A las diez menos cuarto ya estábamos subiendo por Broadway, y pocos minutos después, cuando nuestro tranvía hubo cruzado Houston Street, nos bajamos. Sin importarnos que nos vieran juntos en jefatura, entramos presurosos en el edificio, subimos como una exhalación e irrumpimos en el despacho de Theodore, que encontramos vacío... Un detective nos informó de que el presidente se había ido a casa a cenar, pero que se esperaba que volviera pronto. La media hora de espera fue exasperante. Theodore llegó, se alarmó un poco al vernos, pero volvió a revivir al enterarse de la noticia y se puso a ladrar órdenes por el pasillo del primer piso. De pronto, mientras él se ocupaba del asunto, se me ocurrió una idea e hice señas a Sara, indicándole la escalera.

—La nota —le dije mientras bajábamos hacia la salida—. La carta a la señora Santorelli... Si logramos enfrentar a Beecham con su escrito, tal vez nos ayude a vencer su resistencia.

A Sara le gustó la idea, y una vez en Mulberry Street cogimos un carruaje hasta el número 808 de Broadway. Yo no calificaría de exuberante nuestro estado de ánimo mientras subíamos en dirección norte, pero éramos tan conscientes de las auténticas posibilidades del momento que nos pareció que el trayecto duraba una eternidad.

Era tal mi apresuramiento al entrar en nuestro centro de operaciones que no advertí un saco de arpillera bastante grande que alguien había dejado en el vestíbulo, y a punto estuve de tropezar con él. Me agaché y vi una etiqueta colgando de la atadura en la parte superior del saco: BROADWAY N.º 808 – 6.º PISO. Alcé la vista hacia Sara y vi que ella también examinaba el saco y la etiqueta.

—No habrás encargado hortalizas, ¿eh, John? —me preguntó con cierta ironía.

—No seas ridícula —repliqué—. Debe de ser algo para Marcus y Lucius.

Estudié el saco unos segundos más, y luego me encogí de hombros y me incliné para desatar el cordel que cerraba la abertura. Sin embargo, éste se hallaba atado con un complejo nudo, de modo que saqué una navaja y corté la tela del saco de arriba abajo.

Y entonces, sobre el suelo, como si fuera un pedazo de carne, cayó el cuerpo de Joseph. No había ninguna señal visible en su cuerpo, pero la palidez de su piel me hizo ver con toda claridad que estaba muerto.

42

Al forense del depósito de cadáveres del Bellevue le costó más de seis horas determinar que la vida de Joseph había concluido en el instante en que alguien le había clavado un cuchillo delgado como un estilete, o una larga aguja, en la base del cráneo, hasta penetrar en su cerebro. Una noche fumando cigarrillos y paseando por los pasillos del depósito de cadáveres no contribuyeron en nada a encontrar sentido a esta información, hasta que de pronto llegó: pensé brevemente en Biff Ellison y en la forma silenciosa y eficiente con que ajustaba sus cuentas mediante un arma parecida. Sin embargo, ni siquiera bajo los efectos aturdidores de mi dolor podía imaginarme a Biff como el responsable. Joseph no era uno de sus muchachos, y aunque Biff hubiera vuelto a obsesionarse con nuestra investigación, sin duda una clara advertencia habría precedido a semejante asesinato. Así que a menos que Byrnes y Connor hubieran obligado a Ellison a ayudarles (una opción tan improbable como imposible), sólo se me ocurría una explicación y un solo culpable: Beecham. De algún modo, y a pesar de todas mis advertencias, había encontrado la forma de acercarse al muchacho.

Mis advertencias. Mientras el cuerpo de Joseph desaparecía en una de la salas de autopsia del depósito de cadáveres, se me ocurrió por enésima vez que era el hecho de haberme conocido a mí lo que había conducido al muchacho a tan desgraciado final. Había intentado prepararle para cualquier posible peligro pero... ¿cómo podía intuir que el mayor de los peligros residía sobre todo en hablar conmigo? Y ahora me encontraba allí, en el depósito de cadáveres, diciéndole al forense que me haría cargo del funeral y de todos los detalles que debieran tomarse adecuadamente, como si importara que al cadáver del muchacho lo enterraran en un bonito cementerio de Brooklyn o lo lanzaran a la corriente del East River para que lo arrastrara al mar. Vanidad, arrogancia, irresponsabilidad... Durante toda la noche mi mente regresó a lo que Kreizler había dicho después del asesinato de Mary Palmer: que en nuestro empeño por derrotar al diablo sólo habíamos conseguido proporcionarle una pista más amplia en la que desarrollar su maldita carrera.

Cuando al amanecer salí del depósito de cadáveres, perdido en mis pensamientos sobre Kreizler, tal vez me sorprendí menos de lo esperado al ver a mi viejo amigo en su calesa, con el toldo bajado. En el asiento del cochero estaba Cyrus Montrose, quien al verme me saludó con una breve inclinación de cabeza, expresando sus simpatías. Laszlo me sonrió y, mientras yo me acercaba con paso indeciso, bajó del carruaje.

—Joseph... —musité, y mi voz se cuarteó a consecuencia de los cigarrillos y del reflexivo silencio de la noche.

—Lo sé —dijo Laszlo—. Sara me telefoneó. He pensado que podías necesitar un buen desayuno.

Asentí débilmente y entré con él en el carruaje. Con un chasquido de la lengua, Cyrus apremió a Frederick para que se pusiera en marcha, y no tardamos en subir por la calle Veintiséis hacia el oeste, con paso lento a pesar de que el tráfico era muy escaso a una hora tan temprana.

Al cabo de unos minutos me recosté en el asiento y apoyé la cabeza en el toldo plegado de la calesa, suspiré hondo y me quedé mirando el cielo medio iluminado, cubierto de nubes.

—Tiene que haber sido Beecham —murmuré.

—Sí —contestó Laszlo.

Volví la cabeza hacia él.

—Pero no ha habido mutilaciones. Había tan poca sangre que ni siquiera pude ver cómo lo habían matado... Tan sólo un pequeño pinchazo en la base del cráneo.

Los ojos de Laszlo se empequeñecieron.

—Limpio y rápido —dijo—. Éste no ha sido uno de sus rituales... Lo ha hecho por necesidad. Ha matado al muchacho para protegerse, y para enviar un mensaje.

—¿A mí?

Kreizler asintió.

—Por muy desesperado que esté, no quiere entregarse fácilmente.

Empecé a sacudir la cabeza, con movimientos lentos.

—¿Pero cómo...? ¿Cómo? Se lo dije a Joseph, le dije todo cuanto habíamos averiguado. Él sabía cómo identificar a Beecham. Incluso me llamó por la tarde para que le confirmara los detalles.

La ceja derecha de Kreizler se arqueó.

—¿De veras? ¿Por qué motivo?

—No sé... —repliqué con rabia, mientras sacaba otro cigarrillo—. Un amigo suyo le dijo que se le había acercado un hombre que pretendía llevárselo a un castillo desde el que se dominaba la ciudad..., o algo por el estilo. Parecía como si pudiera tratarse de Beecham, pero el hombre no padecía de espasmos faciales.

Laszlo miró hacia otro lado, y al hablar lo hizo con cautela.

—Ya. ¿Así que no te acuerdas?

—¿De qué?

—De lo que dijo Adam Dury. De que cuando Japheth estaba cazando, sus espasmos desaparecían. Tengo la sospecha de que cuando sigue el rastro a esos muchachos... —Al ver el efecto que sus palabras tenían en mí, Kreizler interrumpió bruscamente su explicación—. Lo siento, John.

Lancé a la calle el cigarrillo aún sin encender y me estrujé la cabeza con las manos. Él tenía razón, naturalmente. Cazar, rastrear, colocar trampas, matar..., todo esto calmaba el espíritu de Beecham, y esta calma se reflejaba en su rostro. Quienquiera que fuera el muchacho que hacía la calle, al que Joseph se había referido, podía efectivamente haber sido abordado por nuestro hombre... De hecho, éste incluso se había acercado al mismo Joseph. ¡Y todo porque yo había olvidado un simple detalle!

Kreizler apoyó una mano en mi hombro mientras la calesa seguía su marcha, y cuando volví a alzar los ojos nos habíamos detenido frente a Delmonico's. Sabía que aún faltaban un par de horas para que abriera el restaurante, pero también sabía que si existía un hombre capaz de concertar una comida fuera de horario, éste era Kreizler. Cyrus bajó del pescante y me ayudó a salir del carruaje.

—Ande, señor Moore —me dijo—. Coma usted algo.

Logré poner las piernas en funcionamiento y seguí a Laszlo hasta la puerta de entrada, que Charlie Delmonico nos abrió. Había algo en la mirada de sus grandes ojos que me informó de que ya estaba enterado de lo ocurrido.

—Buenos días, doctor —saludó con el único tono de voz que yo hubiera podido soportar en aquel momento—. Señor Moore... —añadió, y entramos al interior del local—. Espero que se encuentren cómodos, caballeros. Si hay algo que yo pueda hacer...

—Muchas gracias, Charles —dijo Kreizler.

Apoyé una mano en el codo de aquel hombre, y antes de entrar en el comedor musité:

—Gracias, Charlie.

Con infalible perspicacia psicológica, Kreizler había elegido para nuestro desayuno el único lugar de Nueva York donde yo podía serenarme o comer algo. A solas en el silencioso comedor principal de Delmonico's, con la luz que penetraba suavemente a través de las ventanas, mis destrozados nervios empezaron a serenarse y conseguí ingerir unas pocas rodajas de pepino frito, huevos a la Creole y pichón asado. Pero, más importante aún, descubrí que era capaz de hablar.

—¿Sabes en qué estuve pensando? —murmuré poco después de que nos sentáramos—. Creo que fue ayer... Pues pensé que aún era capaz de sentir cierta simpatía por ese hombre, pese a lo que ha hecho. Debido al contexto de su existencia... Pensaba que finalmente había llegado a conocerle.

Kreizler negó con un movimiento de cabeza.

—No es posible, John. No hasta ese punto. Quizá puedas aproximarte lo suficiente como para anticiparte a él, pero al final ni tú, ni yo, ni nadie puede ver lo que él ve cuando mira a esos muchachos, o sentir exactamente la emoción que le obliga a desenvainar el cuchillo. La única forma de averiguar tales cosas sería... —Kreizler, con la mirada ausente, atisbó a través de la ventana—, sería preguntándoselo a él.

Asentí débilmente.

—Hemos encontrado su apartamento.

—Sara me lo explicó —dijo, estremeciéndose ligeramente—. Has hecho un brillante trabajo, John. Todos vosotros.

—Brillante... —me burlé ante el comentario—. Marcus no cree que Beecham vuelva allí... Y en estos momentos estoy de acuerdo con él. Este cabrón sediento de sangre siempre ha ido un paso por delante de nosotros.

Kreizler se encogió de hombros.

—Es posible.

—¿Te habló Sara del plano?

—Sí —dijo Laszlo mientras un camarero nos servía dos vasos de zumo de tomate fresco—. Y Marcus lo ha identificado... Es un plano del sistema de distribución de agua de la ciudad. Parece ser que toda la red ha sido renovada en los últimos diez años. Lo más probable es que Beecham lo robara de la Oficina del Registro Civil.

Tomé un sorbo del zumo.

—¿El sistema de distribución de agua? ¿Qué diablos significa eso?

—Sara y Marcus tienen algunas ideas. —Kreizler se sirvió unas patatas salteadas, corazones de alcachofa y trufas—. Seguro que te las comentarán.

Miré fijamente aquellos ojos negros.

—Entonces... ¿tú no vuelves?

Kreizler se apresuró a mirar hacia otro lado, evasivo.

—No es posible, John. Todavía no. —Intentó sonreír mientras llegaban los huevos a la Creole—. Habéis ideado vuestro plan para el domingo, festividad de San Juan Bautista...

—Sí.

—Será una noche importante para él.

—Supongo.

—El hecho de que haya abandonado sus... «trofeos» indica que está pasando por alguna crisis. Por cierto, en cuanto al corazón de la caja..., sospecho que se trata del de su madre. —Me limité a encogerme de hombros—. Supongo que te acordarás de que la noche del domingo es la función benéfica para Abbey y Grau en el Metropolitan, ¿verdad?

Me quedé con la boca abierta de incredulidad.

—¿Qué?

—La función benéfica —repitió Kreizler, casi alegremente—. La quiebra ha destrozado la salud de Abbey, pobre muchacho... Aunque sólo sea por ese motivo, tenemos que asistir.

—¿Nosotros? —chillé—. Por el amor de Dios, Kreizler, vamos a estar persiguiendo a un asesino...

—Ya sé, ya sé, pero eso será más tarde... Hasta ahora, Beecham nunca ha actuado antes de medianoche; no hay motivos para pensar que lo haga el domingo. ¿Así que por qué no hacemos la espera lo más placentera posible, a la vez que ayudamos a Abbey y a Grau?

—Ya sé..., seguro que estoy delirando —dije, soltando a un lado el tenedor—. Seguro que no hablas en serio. No puedes...

—Maurel cantará a Giovanni —me interrumpió Kreizler con acento seductor, acercándose a la boca un trozo de pichón con huevos—. Edouard de Reszke será Leoporello, y apenas me atrevo a decirte quién está programada para hacer de Zerlina...

Resoplé indignado, pero luego inquirí:

—¿Frances Saville?

—La misma —asintió Kreizler—. Anton Seidl dirigirá la orquesta. Ah, y Nordica cantará el papel de Donna Anna.

No había ninguna duda al respecto: acababa de describirme una noche de ópera auténticamente memorable, y la perspectiva me distrajo por unos instantes. Sin embargo, cuando en mi mente se filtró la imagen de Joseph, noté una punzada en el estómago que borró todas mis fantasías sobre una agradable velada.

—Kreizler —dije fríamente—, no sé qué ha pasado para que te quedes ahí sentado, hablando despreocupadamente de ópera, como si gente a la que ambos conocíamos no hubiese...

—No hay ninguna despreocupación en lo que te estoy diciendo, Moore. —Los negros ojos siguieron sin vida, pero una especie de fría aunque feroz determinación le endureció la voz—. Voy a hacer un trato contigo... Ven conmigo a la representación de *Don Giovanni*, y yo me reincorporaré a la investigación. A ver si ponemos fin a este asunto.

—¿Te vas a reincorporar? —pregunté sorprendido—. ¿Pero cuándo piensas hacerlo?

—No antes de la gala en la Ópera —contestó Laszlo, y cuando me disponía a protestar, él alzó una mano con firmeza—. No puedo ser más explícito, John, así que no me hagas más preguntas... Dime tan sólo una cosa: ¿aceptas?

Por supuesto que acepté. ¿Qué otra cosa podía hacer? A pesar de todo lo que los Isaacson, Sara y yo habíamos conseguido en las últimas semanas, el asesinato de Joseph me había arrojado profundas dudas sobre nuestra capacidad para seguir adelante con la investigación. La idea de la reincorporación de Kreizler era un enorme incentivo para continuar, un incentivo que me permitiría comer un pichón entero antes de abandonar Delmonico's y dirigirnos al centro. Sin duda se estaba comportando de manera misteriosa, pero Laszlo no era caprichoso en estas cosas, y mi intuición me decía que tendría algún motivo para ocultar sus intenciones. Así que le prometí tener a punto mi traje de gala, y luego sellamos el pacto estrechándonos la mano. Pero cuando le dije lo ansioso que estaba por informar a los demás de su regreso al 808 de Broadway, Kreizler me pidió que no lo hiciera. Pero sobre todo que no le dijera nada a Roosevelt.

—No te pido esto por resentimiento —explicó Laszlo cuando bajé de la calesa en el lado norte de Union Square—.

Theodore ha sido muy honesto y considerado conmigo estos últimos días, y diligente en la búsqueda de Connor.

—Aun así todavía no hay señales de ese individuo —dije, pues lo sabía por el propio Roosevelt.

Con expresión extrañamente desinteresada, Lazlo se volvió a mirar a lo lejos.

—Ya aparecerá, imagino. —Cerró la portezuela del carruaje—. Mientras tanto, hay otras cosas a las que atender. Adelante, Cyrus.

Cuando la calesa se puso en marcha, yo seguí andando hasta el centro.

Al llegar a nuestro cuartel general encontré sobre mi escritorio una nota de Sara y los Isaacson diciéndome que habían marchado a casa para dormir unas horas, y que después pensaban reunirse con el grupo de detectives que Theodore había destinado a la vigilancia del piso de Beecham. Aproveché su ausencia para tumbarme en el diván e intentar disfrutar también del necesario descanso, aunque el estado en que caí apenas podría considerarse un sueño profundo. De todos modos, a mediodía me sentí lo bastante recuperado como para regresar a Washington Square y cambiarme de ropa. Luego telefoneé a Sara, quien me informó de que la cita en el 155 de Baxter Street se había concertado para el atardecer, y que el propio Roosevelt tenía intención de dedicar unas cuantas horas a la vigilancia de aquel lugar. Quedamos en que ella pasaría a recogerme con un carruaje, y decidimos seguir descansando un poco más.

Al final resultó que Marcus estaba en lo cierto respecto a Beecham: a las tres de la madrugada del sábado, el hombre aún no había dado señales de vida, y todos empezamos a comprender que sin duda no regresaría al apartamento. Informé a los demás sobre el comentario de Kreizler respecto a los «trofeos» de Beecham —que el hecho de haberlos abandonado indicaba que su carrera de asesino se aproximaba velozmente a una especie de crisis—, y esta idea subrayó para todos nosotros la importancia de trazar un plan para la noche del domingo. Debido al acuerdo que habíamos tomado varias semanas atrás, incluimos a Roosevelt en estas deliberaciones, que se llevaron a cabo la tarde del sábado en el número 808 de Broadway.

En realidad Roosevelt nunca había estado en nuestro centro de operaciones con antelación, y verle inspeccionar todas las curiosidades tanto intelectuales como decorativas del lugar me recordó profundamente la mañana en que yo me había despertado allí por primera vez, después de que Biff Ellison me drogara. Como siempre ocurría con Roosevelt, la perplejidad pronto dio paso a la curiosidad, y empezó a formular tantas preguntas pormenorizadas sobre cada objeto —desde la enorme pizarra hasta el pequeño fogón de la cocina—, que no pudimos empezar a trabajar hasta una hora después de su llegada. La sesión fue muy parecida a las muchas que la habían precedido: todos expusimos nuestras ideas para sopesarlas (y por lo general desestimarlas), tratando todo el rato de obtener hipótesis sólidas de especulaciones etéreas. Sin embargo, esta vez me di cuenta de que contemplaba el proceso a través de los ojos inicialmente perplejos y luego fascinados de Roosevelt, viéndolo por tanto desde una perspectiva absolutamente nueva. Y cuando él empezó a golpear con sus puños sobre los brazos de un sillón de la marquesa Carcano y a soltar exclamaciones de aprobación cada vez que nos convencíamos de que algún razonamiento era correcto, aprecié todavía más la labor que nuestro equipo había estado haciendo.

Todos estuvimos de acuerdo en un punto esencial: que el plano de Beecham sobre el sistema de distribución de agua de la ciudad de Nueva York tenía algún tipo de importancia, no en relación a los pasados asesinatos sino respecto al que estaba a punto de cometer... Mientras esperaba a los detectives de Theodore la noche en que descubrimos el apartamento de Beecham, Marcus, con sólo realizar un análisis comparativo del estuco en los distintos lugares del apartamento, había confirmado su teoría inicial de que hacía poco que habían clavado el plano en la pared. Teniendo en cuenta elementos tales como el calor, la humedad y el hollín adherido al estuco, Marcus tenía la absoluta seguridad de que el plano no estaba clavado aún en la pared en una fecha tan reciente como la noche del asesinato de Ernst Lohmann.

—¡Espléndido! —había juzgado Theodore, haciéndole el saludo militar a Marcus—. Precisamente por eso os incluí en el cuerpo, muchachos, por vuestros métodos modernos.

La conclusión de Marcus se vería corroborada posteriormente por diversos factores. En primer lugar, era difícil ver qué conexión podía haber entre Bedloe's Island, la estatua de la Libertad de Bartholdi, o cualquier otro escenario de alguno de los crímenes cometidos hasta el momento, con el sistema de distribución de agua de la ciudad. Por otro lado era fácil que en la mente de Beecham se relacionara metafóricamente la idea global de ese sistema —uno de cuyos propósitos principales era facilitar la posibilidad de bañarse— a la figura de Juan el Bautista. Si a todo esto se añadía el hecho de que al dejar aquel plano Beecham parecía querer provocarnos y a la vez suplicarnos, podíamos tener la relativa certeza de que aquello estaba de algún modo relacionado conceptualmente con el próximo asesinato... A medida que iban apareciendo todos estos detalles, Lucius los iba anotando en la pizarra.

—Fantástico —murmuró Theodore mientras Lucius escribía—. ¡Excelente! Así es como me gusta... ¡Un enfoque científico!

Ninguno de nosotros tuvo el valor de decirle a aquel hombre que esta parte del enfoque en particular era mucho menos científica de lo que pudiera parecer; en cambio cogimos todos los libros que poseíamos relacionados con obras públicas y edificios de Manhattan y nos embarcamos en un viaje por el sistema de distribución de aguas de la isla.

Todos los asesinatos cometidos por Beecham en 1896 se habían producido en la orilla de un río, por lo que habíamos deducido que la visión de una gran extensión de agua constituía un componente emocional imprescindible de sus asesinatos rituales. Era por tanto importante centrar nuestra atención en los elementos del sistema de distribución de agua situados cerca de las orillas. Esto nos dejaba con dos opciones. De hecho, en realidad sólo nos dejaba con una: el acueducto y la torre del High Bridge, cuya tubería de tres metros había traído agua potable a Manhattan —a partir de los años cuarenta y a través del East River— desde el norte del estado de Nueva York. Claro que si Beecham había seleccionado el High Bridge, eso supondría su primer asesinato más al norte de Houston Street. De todos modos, el hecho de que hubiese limitado su carnicería a la parte baja de Manhattan no significaba necesariamente que no estuviese familiarizado con el extremo norte de la isla. Quedaba además la posibilidad de que Beecham pretendiera visitar un sitio menos impresionante de su plano —una de las principales conexiones, o algún sitio así—, y esperara sencillamente que eligiéramos la interpretación más obvia y espectacular del High Bridge.

—¿Pero qué hay de la historia del muchacho? —preguntó Theodore, profundamente frustrado al no poder implicarse más en el proceso especulativo—. El castillo desde el que se domina la ciudad... ¿Por qué no? ¿No confirmaría esto vuestras hipótesis?

Sara señaló que, si bien podía confirmar efectivamente la hipótesis (dado que la torre del High Bridge, construida para compensar la presión del agua en los depósitos del interior de Manhattan, parecía efectivamente el torreón de un castillo), no significaba necesariamente que Beecham tuviera intención de llevar allí a su víctima... Nos enfrentábamos a una mentalidad tortuosa y excesivamente perversa, explicó Sara a Theodore, que era plenamente consciente de nuestras actividades y que disfrutaría haciendo todo lo posible para conducirnos por una pista falsa. No obstante, dudaba que Beecham fuera consciente de que habíamos averiguado su necesidad de estar cerca del agua... De hecho, era posible que ni él mismo se hubiese dado cuenta de eso, con lo cual la torre del High Bridge sería el sitio con mayores posibilidades.

Roosevelt había ido asimilando esta información con enorme interés, asintiendo y frotándose la mandíbula. Finalmente dio una sonora palmada.

—¡Espléndido, Sara! —exclamó—. No sé qué diría tu familia de haber escuchado esta exposición, pero te juro que me siento orgulloso de ti.

Había tal afecto y admiración en las palabras de Theodore que Sara olvidó su porte ligeramente defensivo y miró hacia otro lado con una sonrisa de satisfacción.

Roosevelt se involucró más íntimamente en la discusión cuando llegó el momento de planificar la distribución de las fuerzas de la policía el domingo por la noche. Quería escoger personalmente los hombres que vigilarían la torre del High Bridge, dijo, reconociendo que era una labor que exigía mucho tacto. Cualquier signo de actividad policial y podíamos tener la seguridad de que Beecham no se presentaría. Además de la vigilancia del High Bridge, Roosevelt pretendía mantener estrechamente vigilados los otros puentes y estaciones de transbordadores, mientras otros agentes patrullarían ambos márgenes, tanto el del este como el del oeste, a intervalos regulares. Finalmente, se asignarían otras unidades de detectives a todos los burdeles que habíamos estado vigilando la noche del asesinato de Lohmann, aunque teníamos buenos motivos para creer que secuestraría a su víctima en algún otro local.

Todo cuanto faltaba decidir era qué papel desempeñaríamos Sara, los Isaacson y yo en el drama. La elección más obvia era que nos reuniéramos con el grupo de vigilancia de la torre del High Bridge. En ese momento me vi en la necesidad de anunciar que no podría hacerlo hasta última hora, ya que mi intención era asistir a la Ópera con Kreizler. Esto provocó una súbita expresión de incredulidad en la cara de mis compañeros de equipo, pero como había prometido no revelar los términos exactos del trato que había hecho con Laszlo, no pude ofrecer una explicación verosímil a mi conducta.

Afortunadamente, antes de que Sara y los Isaacson empezaran a dar rienda suelta a lo que pasaba por su mente, recibí una ayuda inesperada de Theodore, quien al parecer también planeaba asistir a la gala benéfica. Explicó que era poco probable que el alcalde Strong consintiera que buena parte del cuerpo de policía se pusiera a trabajar de noche en el asesinato de los muchachos que se prostituían. Pero si a Roosevelt se le veía en una actividad social de la que se había hecho tanta publicidad, a la que también asistirían el alcalde y algún otro miembro de la Junta de Comisarios, esto contribuiría a que nuestras actividades nocturnas no se convirtieran en centro de atención. Theodore apoyó la idea de que yo también asistiera a la representación diciendo que esto ayudaría a desviar la vigilancia oficial. Además, añadió —repitiendo la lógica de Kreizler—, Beecham nunca había actuado antes de la medianoche, y no había razón para pensar que ahora lo hiciera. Roosevelt y yo podríamos incorporarnos sin problemas a la vigilancia en cuanto terminara la representación de la ópera.

Frente a esta actitud por parte de su superior en el departamento, los Isaacson accedieron de mala gana. Sara me miró desconfiada, llevándome aparte cuando los demás empezaron a discutir otros detalles sobre el despliegue policial.

—¿Acaso está tramando algo, John? —inquirió Sara, en un tono que indicaba claramente que no toleraría estupideces a aquellas alturas de la partida.

—¿Quién? ¿Kreizler? —pregunté, con la esperanza de que mi voz fuera más convincente de lo que a mí me parecía—. No creo... Hace ya tiempo que habíamos planeado asistir. —Y luego otra artimaña—: Si de veras crees que es una mala idea, Sara, puedo decirle que...

—No —se apresuró a contestar, aunque no parecía muy convencida—. Lo que Theodore dice tiene sentido. Y además estaremos todos en la torre. No creo que tu presencia sea imprescindible... —Me molestó ligeramente el comentario, pero la discreción me obligó a no exteriorizarlo—. De todos modos —añadió Sara—, parece extraño que después de tres semanas sin dar señales de vida elija mañana por la noche para reaparecer. —Sus ojos estudiaron la habitación al tiempo que su mente consideraba otras posibilidades—. Sólo te pido que si averiguas que él tiene otro plan nos lo hagas saber.

—Por supuesto. —Volvió a mirarme con escepticismo, y mis ojos se abrieron desmesuradamente—. ¡Sara! ¿Por qué no iba a decíroslo?

Ella no podía responder a la pregunta, y yo tampoco. Sólo una persona conocía toda una serie de razones para mi secreto, y no estaba dispuesta a revelarlas.

Aunque era importante que todos estuviésemos descansados para la misión del domingo por la noche, me parecía más importante aún que regresáramos una vez más a las calles la noche del sábado para hacer cuando menos un mínimo esfuerzo por localizar al joven que Joseph había mencionado. Había que admitir que las posibilidades de hallar a semejante muchacho sin poseer un nombre ni una descripción eran bastante escasas; y se redujeron todavía más a medida que fue transcurriendo la noche. Además de recorrer las zonas del Lower East Side, del Greenwich Village y del Tenderloin donde tales individuos solían desarrollar sus actividades, volvimos a visitar los burdeles que proporcionaban muchachos. Pero en cada uno de ellos nos encontramos con la misma respuesta atónita y por lo general de rechazo. Estábamos buscando a un muchacho, decíamos, un muchacho que hacía la calle, un muchacho que planeaba abandonar pronto la profesión (aunque sabíamos que si Beecham seguía sus hábitos le habría pedido al chico que no dijera nada sobre su marcha), un muchacho que había sido amigo de Joseph, del Golden Rule... Sí, el mismo al que habían asesinado. Cualquier pequeña posibilidad que hubiéramos tenido de encontrar alguna pista, por lo general desaparecía ante esta última declaración: todas las personas a las que entrevistábamos creían que andábamos buscando al asesino de Joseph, y nadie quería verse implicado o relacionado en ningún aspecto. A medianoche tuvimos que aceptar los hechos: si queríamos encontrar al muchacho tendríamos que hallarlo con Beecham, y ojalá fuera antes de que lo matara.

Esta conclusión nos tranquilizó lo suficiente como para enviarnos a todos a nuestras respectivas casas. Ahora estaba absolutamente claro que había algo muy distinto en esa última probabilidad de enfrentarnos a Beecham, y no era el simple hecho de que conociéramos su nombre y gran parte de su historia sino la inevitable sensación de que el enfrentamiento que estaba casi a punto de producirse —y que en gran parte había sido orquestado, incluso inconscientemente, por el propio Beecham— podía ser mucho más peligroso para nosotros de lo que habíamos imaginado.

Cierto que desde el principio habíamos sospechado que en la conducta de Beecham había un intenso deseo de que lo detuviéramos; pero ahora sabíamos que ese deseo tenía en sí una vertiente catastrófica, apocalíptica incluso, y que aquella «detención» acarrearía una gran violencia para quienes tuvieran que llevar a cabo el servicio. Claro que estaríamos armados, y que contando con los agentes auxiliares le superaríamos por diez contra uno, o tal vez cien contra uno, pero en muchos aspectos aquel hombre se había enfrentado a enormes dificultades a lo largo de la pesadilla de su vida y, por el simple hecho de sobrevivir, las había superado. Por otro lado, además, en cualquier carrera la llegada a la meta no está determinada simplemente por la puntuación estadística: hay que tener en cuenta también algo tan intangible como la crianza o el entrenamiento... Si uno solo de estos factores incidía en nuestra actual misión, las probabilidades cambiarían espectacularmente, incluso teniendo en cuenta nuestra superioridad tanto en el número de agentes como en armamento. Lo cierto era que si se calculaba de este modo, las probabilidades podían estar decididamente a favor de Beecham.

43

Nunca ha sido tan fácil entender la mentalidad de un anarquista cargado con una bomba como cuando uno se encuentra en medio de una aglomeración de damas y caballeros que poseen el dinero, y la osadía, de considerarse la «Alta Sociedad de Nueva York». Vestidas, trajeadas, enjoyadas y perfumadas, las familias de los Cuatrocientos Principales de la ciudad, junto con sus amistades y parásitos, podían empujar, tironear, chismorrear y atiborrarse con una despreocupación que un divertido espectador sin duda hallaría fascinante, pero que el desgraciado intruso juzgaría deplorable, como mínimo. La noche del domingo 24 de junio yo era uno de tales intrusos. Kreizler me había pedido (extrañamente, me pareció entonces) que nos encontráramos no en su casa de la calle Diecisiete sino en su palco del Metropolitan antes de que diera comienzo la gala benéfica, lo cual me había obligado a tomar un carruaje hasta la «Cervecería Amarilla» y luego a subir solo las estrechas escaleras del teatro. No había nada mejor que una gala benéfica para despertar el instinto asesino contra las capas superiores de la Alta Sociedad de Nueva York, y mientras me abría paso por el vestíbulo entre apretujones, tratando de desplazar a las «grandes damas» cuya indumentaria y proporciones físicas sólo eran adecuadas para actividades que no implicaran movimiento, de vez en cuando me encontraba con gente a la que había conocido en mi infancia, amigos de mis padres que ahora me volvían rápidamente la espalda al verme, o simplemente hacían una mínima inclinación de cabeza que inconfundiblemente declaraba: «Por favor, ahórrame la vergüenza de tener que hablar contigo.» Todo esto me parecía de perlas, pero el problema era que en estos casos no acostumbraban a apartarse a un lado para dejarme pasar. Cuando al fin conseguí llegar a la segunda fila de palcos tenía los nervios alterados, y los oídos me chirriaban con el clamor de miles de conversaciones absolutamente idiotas. Pero el remedio estaba al alcance de mi mano: me abrí paso hasta uno de los diminutos bares que había debajo de la escalera y me bebí apresuradamente una copa de champán. Luego cogí otras dos y me encaminé sin rodeos y con paso decidido al palco de Kreizler.

Allí encontré ya a Laszlo, sentado en una de las sillas del fondo y consultando el programa de la noche.

—¡Dios mío! —exclamé, dejándome caer en una silla a su lado, sin derramar ni una gota del champán—. ¡No había visto nada como esto desde la muerte de Ward McAllister! No habrá escapado de la tumba, ¿verdad?

(En honor a mis jóvenes lectores, debo decir que Ward McAllister había sido la eminencia gris de la señora Vanderbilt por lo que se refería a los temas de sociedad, el hombre que en realidad había inventado el sistema de los Cuatrocientos basándose en las personas que cabían cómodamente en el salón de baile de aquella gran señora.)

—Esperemos que no —dijo Laszlo con una sonrisa de bienvenida, que yo devolví—, aunque uno nunca puede estar seguro con criaturas como McAllister. ¡Bien, Moore! —Dejó el programa a un lado y se frotó las manos, con aspecto más risueño y saludable que el que había mostrado en las últimas entrevistas—. Parece que has venido bien preparado para pasar una velada entre los lobos —comentó al observar mi champán.

—Sí, han salido todos esta noche, ¿no te parece? —inquirí, examinando la «Herradura de Diamantes» y disponiéndome a alcanzar uno de los asientos de delante; pero Kreizler me retuvo en el fondo.

—Si no te importa, Moore, prefiero que nos sentemos atrás. —Y al ver mi expresión inquisitiva, añadió—: Hoy no estoy de humor para que me inspeccionen.

Me encogí de hombros y me senté nuevamente a su lado. Luego seguí estudiando la concurrencia, volviéndome enseguida al palco 35.

—Ah, veo que el señor Morgan ha traído a su esposa. Me temo que esta noche alguna pobre actriz se habrá quedado sin su brazalete de diamantes. —Miré entonces hacia el mar de cabezas que oscilaban abajo—. ¿Dónde diablos van a meter a toda esta gente que aún espera ahí fuera? La platea ya está a rebosar.

—Será un milagro que podamos escuchar la representación... —comentó Kreizler, riendo de una forma que me inquietó pues ese tipo de cosas no solían hacerle mucha gracia—. El palco de los Astor está tan lleno que parece que se vaya a venir abajo... Y a las siete y media los muchachos Rutherford ya estaban tan borrachos que no se sostenían en pie.

Había sacado mis prismáticos plegables y estaba examinando el otro lado de la «Herradura».

—En el palco de los Clews hay todo un rebaño de jovencitas —comenté—. Aunque no parece que hayan venido precisamente a escuchar a Maurel. Seguro que lo que les interesa es cazar un marido.

—Los guardianes del orden social... —murmuró Kreizler, tendiendo una mano hacia el teatro y suspirando—. ¡Mira qué fachas exhiben!

—Hoy tienes un humor bastante raro... No estarás borracho, ¿verdad? —inquirí, después de dirigirle una mirada socarrona.

—Más sobrio que un juez —contestó Laszlo—. Aunque no todos los jueces de por ahí están muy sobrios. Y en respuesta a esa mirada de preocupación que veo en tu cara, Moore, deja que te diga que tampoco he perdido la razón. Ah, allí está Roosevelt. —Kreizler levantó el brazo para señalar, y de pronto dio un leve respingo.

—¿Todavía te causa problemas? —pregunté.

—Sólo de vez en cuando. La verdad es que ni siquiera fue lo que podría calificarse de un tiro. Debería imputárselo al hombre que... —Kreizler pareció interrumpirse al mirarme, y luego sonrió forzadamente—. Ya te lo contaré algún día. Y ahora, dime, John... ¿Dónde están los otros miembros del equipo en estos momentos?

Podía percibir que la «mirada de preocupación» todavía estaba en mi rostro pero, ante esta pregunta, finalmente me encogí de hombros y dejé que se desvaneciera.

—Han ido al High Bridge con los detectives —expliqué—. Para tomar posiciones cuanto antes.

—¿Al High Bridge? —preguntó Kreizler, ansioso—. ¿Entonces creen que será en la torre del High Bridge?

Asentí.

—Así lo hemos interpretado nosotros.

Los ojos de Kreizler, rápidos y vivaces hasta este momento, centellearon sin duda con la excitación.

—Sí —murmuró—. Sí, claro... Era la otra elección inteligente.

—¿La otra? —inquirí.

Negó con la cabeza y se apresuró a responder:

—Déjalo, no tiene importancia. No les habrás hablado de nuestro acuerdo, ¿verdad?

—Les dije adónde iba a ir —contesté, un poco a la defensiva—. Pero no exactamente por qué.

—Magnífico. —Kreizler volvió a reclinarse en el respaldo del asiento, con expresión profundamente complacida—. ¿Así que no hay forma de que Roosevelt pueda saber...?

—¿Saber qué? —pregunté, empezando a experimentar aquella sensación, ya familiar, de haber entrado en el teatro equivocado y en plena representación.

—¿Qué? —murmuró Kreizler, como si apenas fuera consciente de mi presencia—. Oh, ya te lo explicaré luego. —De pronto señaló el foso de la orquesta—. Espléndido... Ahí está Seidl.

Sobre el podio apareció el noble perfil y la larga melena de Anton Seidl, antiguo secretario privado de Richard Wagner y en aquellos momentos el mejor director de orquesta de Nueva York. Con su nariz aguileña, adornada por unos quevedos que de algún modo lograban permanecer en su percha durante los vigorosos movimientos que caracterizaban su estilo de dirigir, Seidl ordenó instantáneamente silencio en el foso, y cuando volvió su severa mirada hacia el público, muchos de los miembros de aquella sociedad que seguían hablando se callaron y permanecieron temerosos durante algunos minutos. Pero entonces las luces del teatro se fueron extinguiendo y Seidl atacó la impresionante obertura de *Don Giovanni*, momento en que el ruido volvió a intensificarse en los palcos, alcanzando un nivel más molesto que nunca. Sin embargo, Kreizler siguió sentado con una expresión totalmente relajada en el rostro.

De hecho, durante dos actos y medio Laszlo soportó con desconcertante ecuanimidad la ignorancia de aquel público inculto respecto al milagro musical que se estaba desarrollando sobre el escenario. La voz y la interpretación de Maurel eran tan brillantes como siempre, y sus compañeros de reparto —en especial Edouard de Reszke en el papel de Leoporello— estaban espléndidos; no obstante, la única muestra de agradecimiento hacia ellos era alguna que otra salva de aplausos y la cada vez más irritante cháchara y el bullicio en todo el teatro. La Zerlina de Frances Saville fue una completa delicia, aunque el talento de su voz no impidió que los estúpidos muchachos Rutherford la jalearan como si se tratara de cualquiera de las bailarinas de un café concierto del Bowery. Durante los entreactos, la gente se comportaba en gran medida igual que antes de empezar la representación —como una gran manada de rutilantes bestias de la selva—, y cuando Vittorio Arimondi, en el papel del Commendatore, empezó a llamar a la puerta de Don Giovanni, yo ya estaba completamente asqueado del ambiente general, y absolutamente confuso respecto a por qué Kreizler me había pedido que asistiera.

Pero no tardé en advertir los inicios de una respuesta a esto. Justo cuando Arimondi aparecía en el escenario y apuntaba con su dedo de estatua a Maurel, y Seidl conducía a su orquesta a un crescendo que yo raras veces había escuchado —ni siquiera en el Metropolitan—, Laszlo se levantó tranquilamente, respiró hondo y, con expresión satisfecha, me tocó del hombro.

—Muy bien, Moore —me susurró—. Tenemos que irnos, ¿no?

—¿Irnos? —inquirí levantándome, y le seguí a la parte más oscura del palco—. ¿Adónde? ¿No teníamos que reunirnos con Roosevelt después de la representación?

En lugar de responder a mi pregunta, Kreizler se limitó a abrir la puerta que daba al salón, por la que entraron Cyrus Montrose y Stevie Taggert. Ambos vestían una indumentaria muy parecida a la que llevábamos Kreizler y yo. Me sorprendió gratamente verlos, y en especial a Stevie. El muchacho parecía recuperado de la paliza que le había dado Connor, aunque se le veía claramente incómodo con semejante atuendo, y no muy feliz de asistir a la ópera.

—No te preocupes, Stevie —le dije, dándole un manotazo en la espalda—. Que yo sepa, esto no ha matado nunca a nadie.

Stevie metió un dedo dentro del cuello de la camisa e intentó aflojárselo con varios tirones.

—Lo que daría por un cigarrillo... ¿No tiene usted alguno, señor Moore?

—Vamos, vamos, Stevie... —Kreizler le miró con severidad, al tiempo que cogía su gabán—. Ya hemos hablado sobre esto. —Luego se volvió hacia Cyrus—. ¿Ha quedado claro lo que hay que hacer?

—Sí, señor —contestó Cyrus, llanamente—. Al finalizar la representación, el señor Roosevelt querrá saber adónde han ido ustedes dos. Yo le diré que no lo sé. Entonces llevaremos el coche al sitio que usted nos ha ordenado.

—¿Cogiendo...? —le preguntó Kreizler, a modo de sugerencia.

—Cogiendo una ruta indirecta, por si alguien nos estuviera siguiendo.

Lazlo asintió.

—Bien. Vámonos, Moore.

Mientras Kreizler salía al salón, volví a mirar hacia el teatro y observé que nadie entre el público habría podido advertir el cambio que se había producido: quedaba claro el motivo por el que Laszlo había querido que nos sentáramos al fondo del palco. Luego, al ver cómo sufría Stevie bajo el yugo del traje de gala, comprendí otra cosa: aquellos dos, al sustituir a unas siluetas vagamente parecidas, tenían que dar la sensación de que Kreizler y yo seguíamos todavía en el teatro. Pero ¿con qué propósito? ¿Adónde se dirigía Laszlo con tantas prisas? Las preguntas se formulaban sin cesar en mi mente, pero quien tenía las respuestas ya estaba saliendo del teatro. Así que mientras Don Giovanni gritaba de horror en su descenso al infierno, yo seguí a Kreizler a través de las puertas del Metropolitan que daban a Broadway.

Cuando llegué a su altura, su ánimo destilaba una vivificante determinación.

—Iremos andando —le dijo al portero, quien ya hacía gestos a un grupo de ansiosos cocheros.

—¡Kreizler, maldita sea! —exclamé exasperado mientras le seguía hasta la esquina de Broadway—. ¿Te importaría decirme por lo menos adónde vamos?

—Pensaba que a estas alturas ya lo habrías imaginado —me contestó, haciéndome señas de que le siguiera—. Vamos en busca de Beecham.

Aquellas palabras me impactaron con tal fuerza que Laszlo tuvo que cogerme de la solapa y tirar de mí. Le seguí dando traspiés hasta la acera, y mientras aguardábamos a que el tráfico nos permitiera cruzar, mi amigo se echó a reír.

—No te preocupes, John —me dijo—, son sólo unas manzanas... Pero me dará tiempo a contestar a todas tus preguntas.

—¿Unas cuantas manzanas? —repetí, tratando de librarme de mi aturdimiento mientras zigzagueábamos entre los carruajes y las deposiciones de los caballos hasta que finalmente logramos cruzar Broadway—. ¿A la torre del High Bridge? Pero si está a varios kilómetros de aquí...

—Me temo que esta noche no vamos a ir al High Bridge, John. La vigilancia de nuestros amigos va a resultar frustrante.

Mientras bajábamos por la calle Treinta y nueve, el ruido de Broadway fue menguando y nuestras voces empezaron a resonar contra la oscura hilera de casas que se extendía hacia la Sexta Avenida.

—Entonces, ¿adónde diablos nos dirigimos?

—Puedes averiguarlo tú mismo —contestó Kreizler, cuyo paso había adquirido aún mayor celeridad—. ¡Acuérdate de lo que Beecham dejó en su apartamento!

—¡Laszlo! —le dije irritado, sujetándole del brazo—. ¡No he venido aquí para jugar a las adivinanzas! He abandonado a gente con la que he trabajado durante meses, e incluso he dejado a Roosevelt en la estacada... ¡Así que párate de una vez y dime qué diablos ocurre!

La expresión de Laszlo pasó por un momento del entusiasmo a la compasión.

—Lo siento por los demás, John... De veras. Si se me hubiese ocurrido otra forma... Pero no la hay. Entiéndelo, por favor. Si la policía interviniera en esto, significaría la muerte de Beecham... De eso estoy absolutamente convencido. Oh, no quiero decir que Roosevelt participara en ello, pero durante su traslado a Tombs, o donde se encontrara su celda, podría ocurrir cualquier accidente. Un detective, o un guardián, o algún otro prisionero, tal vez alegando legítima defensa, pondría fin a ese cúmulo de problemas al que conocemos como John Beecham.

—Pero ¿y Sara? —protesté—. ¿Y los Isaacson? Sin duda ellos se merecen...

—¡No podía correr ese riesgo! —exclamó Kreizler, siguiendo hacia el este con paso acelerado—. Ellos trabajan para Roosevelt, y a él le deben el puesto que ocupan. No podía correr el riesgo de que le informaran de lo que yo estaba planeando. Ni siquiera podía contártelo a ti, porque sabía que habías prometido informar a Roosevelt de todo cuanto averiguaras, y tú no eres un hombre que falte a su palabra.

Debo admitir que esto me apaciguó un poco, pero mientras apresuraba el paso para mantenerme a su lado, seguí presionándole para que me explicara los detalles.

—¿Pero se puede saber qué has planeado y cuánto tiempo llevas planeándolo?

—Desde la mañana siguiente a la muerte de Mary —contestó, sólo con un leve tono de amargura. Entonces volvimos a hacer un alto en la Sexta Avenida y Kreizler me miró, con sus negros ojos centelleando aún—. Al principio mi retirada de la investigación se debió a una simple reacción emocional, que tal vez habría reconsiderado con el tiempo. Pero aquella mañana me di cuenta de algo: dado que yo me había convertido en el principal foco de atención de nuestros enemigos, lo más probable era que mi retirada os proporcionara vía libre a los demás.

Guardé silencio mientras consideraba la posibilidad.

—Y así ha sido —corroboré al cabo de unos segundos—. No hemos vuelto a tener noticias de Byrnes.

—Yo sí —dijo Kreizler—. Y todavía los veo. Me lo he pasado de maravilla paseándoles por toda la ciudad. Era absurdo, lo sé, pero si seguía con eso confiaba en que los demás, combinando vuestras propias habilidades con lo que habíais aprendido durante el tiempo que habíamos trabajado juntos, seríais capaces de hallar una serie de pruebas que condujeran a una predicción definitiva de cuál iba a ser el siguiente paso que Beecham iba a dar. —Mientras pasábamos entre el tráfico de la Sexta Avenida, Lazlo desplegó la mano derecha para exponer sus consideraciones—. Yo ya había llegado a la misma conclusión por lo que se refería al veinticuatro de junio, festividad de San Juan Bautista. Esto dejaba en vuestras manos la determinación de la víctima y la localización. Tenía grandes esperanzas en que tu joven amigo Joseph nos ayudara en la primera de estas cuestiones...

—Y estuvo muy cerca de conseguirlo —dije, sintiendo un pinchazo, ahora ya familiar, de culpa y de dolor—. En realidad nos proporcionó la idea de quién «no» sería la víctima... Sabíamos que no procedería de alguno de los burdeles, sino que sería alguien que hacía la calle.

—Sí —dijo Laszlo, al tiempo que llegábamos al lado este de la avenida—. El muchacho nos hizo un gran servicio, y su muerte ha sido una tragedia... —musitó con profundo pesar—. Todo lo que entra de algún modo en contacto con la existencia de John Beecham parece destinado a un trágico final... —De pronto su determinación pareció menos firme—. En cualquier caso, lo que Joseph dijo sobre el «castillo» desde el que la presunta víctima iba a poder ver toda la ciudad, ha supuesto una ayuda incalificable; es decir, cuando lo consideramos junto a lo que se encontró en el apartamento de Beecham. Por cierto, éste fue un trabajo estupendo... Me refiero a lo de encontrar el lugar.

Me limité a asentir y sonreí agradecido; había abandonado definitivamente cualquier intento de poner en duda la actuación que Kreizler había planeado para esa noche. Por sorprendente que pueda parecer un cambio tan repentino de opinión, debo recordar que durante semanas yo había trabajado sin la amistad ni los consejos de Laszlo, y que a veces le notaba a faltar tremendamente. El hecho de volver a caminar a su lado, oírle diseccionar el caso de un modo tan firme y decidido, y sobre todo saber que Sara, los Isaacson y yo habíamos permanecido en su recuerdo durante todo el tiempo de la investigación que habíamos estado separados, me producía una gran alegría y a la vez un gran alivio. Sabía que de algún modo ahora trabajaba de espaldas al resto de nuestro equipo, y era fácil ver que su desaforado entusiasmo contenía un elemento impredecible y tal vez incontrolable; pero tales consideraciones fueron perdiendo su importancia mientras seguíamos bajando por la calle Treinta y nueve. Estábamos siguiendo la pista correcta, de esto me hallaba convencido, y mi propia excitación no tardó en acallar la débil y prudente voz que, en el fondo de mi mente, me decía que éramos sólo dos los que corríamos a efectuar una tarea que en principio se había pensado para mucha más gente.

Le dirigí a Kreizler una mirada conspiradora.

—Cuando Roosevelt descubra que nos hemos largado de la Ópera, pondrá la ciudad patas arriba para buscarnos.

Laszlo se encogió de hombros.

—Entonces será mejor que utilice la cabeza, porque tiene las pistas necesarias para determinar nuestro paradero.

—¿Las pistas? ¿Te refieres a lo que Beecham dejó en el apartamento? —De nuevo volvía a sentirme intrigado—. Pero si lo que encontramos allí fue precisamente lo que nos decidió por la torre del High Bridge... Esto y lo del castillo.

—No, John —replicó Kreizler, y de nuevo sus manos se agitaron al hablar—. Fue «una parte» de lo que encontrasteis en el apartamento de Beecham lo que os llevó a semejante conclusión. Piensa en ello. ¿Qué fue lo que él dejó allí?

Repasé mentalmente las cosas.

—La colección de ojos..., el plano... y la caja con el daguerrotipo pegado en la tapa.

—Correcto. Ahora piensa en qué consideraciones, conscientes o inconscientes, le llevaron a dejar únicamente estas cosas. Los ojos te dicen que sin lugar a dudas has encontrado al hombre que buscabas. El plano te da una idea general de dónde va a golpear la próxima vez. En cuanto a la caja...

—La caja nos dice lo mismo —le interrumpí—. El daguerrotipo nos hace saber que hemos encontrado a Japheth Dury.

—Cierto —admitió Kreizler, con énfasis—. Pero ¿y lo que había dentro de la caja?

No entendí qué pretendía decir.

—¿El corazón? —murmuré confuso—. Era un corazón viejo y reseco... Pensaste que era el de su madre.

—Sí. Ahora intenta juntar el plano y el contenido de la caja.

—El sistema de distribución del agua... y el corazón...

—Ahora añade lo que Joseph te dijo.

—Un castillo o un fuerte —dije, todavía sin captar el significado—. Un sitio desde donde podría contemplar toda la ciudad.

—¿Y...? —me incitó Kreizler.

En el instante de doblar la esquina y empezar a subir por la Quinta Avenida, la respuesta cayó sobre mí como una losa. El Embalse Croton se extendía unas dos manzanas en dirección norte y una hacia el oeste. Sus muros eran tan altos como los edificios de su entorno, y resultaba tan prodigioso como la fabulosa ciudad de Troya. Estaba construido en forma de mausoleo egipcio y realmente era una fortaleza parecida a un castillo, sobre cuyas murallas los neoyorquinos solían pasear a menudo, disfrutando de la espléndida vista panorámica de la ciudad (así como del estanque artificial que había en su interior) que ofrecía la altura de la edificación. Por otro lado, Croton era el principal depósito de distribución de agua de Nueva York: en resumidas cuentas, era el «corazón» del sistema de distribución de agua de la ciudad, el centro que todos los acueductos alimentaban y del que todas las tuberías y ramales obtenían su suministro. Atónito, me volví hacia Kreizler.

—Sí, John —dijo sonriente, mientras nos acercábamos a la construcción—. Es aquí... —Entonces tiró de mí hacia los muros del embalse, desiertos a aquellas horas de la noche, y bajó la voz—. Sin duda vosotros discutiríais la posibilidad de que Beecham comprendiera que nuestra primera decisión sería vigilar ambas orillas de la isla pero, en ausencia de una alternativa mejor, seguisteis centrándoos en estas áreas... —Laszlo miró hacia arriba y, por vez primera en la noche, exteriorizó cierta aprensión—. Si mi suposición es correcta, en estos momentos él se encuentra ahí arriba.

—¿Tan pronto? —exclamé—. Creía que habías dicho...

—Esta noche es distinto —me interrumpió Kreizler—. Esta noche él ha preparado antes la mesa; querrá tenerlo todo a punto para cuando lleguen los invitados... —Kreizler metió la mano en su gabán y sacó un revólver Colt—. Coge esto, Moore Pero no lo utilices a menos que sea necesario. Hay muchas preguntas que quiero hacerle a ese hombre.

Kreizler empezó a deslizarse hacia la voluminosa puerta y la escalera de entrada al embalse, el cual se parecía extraordinariamente a un templo funerario egipcio. Teniendo en cuenta cuáles eran nuestras intenciones esa noche, la comparación provocó un fuerte estremecimiento en todo mi cuerpo. Retuve a Laszlo cuando se acercaba ya a la entrada.

—Una cosa —susurré—. Has dicho que los hombres de Byrnes te habían estado siguiendo. ¿Cómo sabes que en estos momentos no nos están vigilando?

Me dirigió una mirada ausente, profundamente turbadora. Parecía un hombre que hubiese adivinado cuál iba a ser su destino y que no tuviera intención de esquivarlo.

—Oh, la verdad es que ignoro si nos están vigilando —contestó tranquilamente y en voz baja—. De hecho, en realidad cuento con que estén por aquí.

Dicho esto, Laszlo cruzó la puerta y se dirigió hacia las amplias y oscuras escaleras que subían por el enorme muro hasta el paseo de arriba. Ante lo misterioso de sus palabras, me limité a encogerme de hombros, impotente. De pronto, en algún punto al otro lado de la Quinta Avenida, un débil destello de bronce llamó mi atención... Me detuve en seco e intenté localizar el origen de aquel destello.

En la calle Cuarenta y uno, bajo un árbol de amplio ramaje cuyas hojas proporcionaban un seguro refugio contra el resplandor de las farolas de la avenida, había una elegante berlina cuyas lámparas relucían débilmente. Tanto el caballo como el cochero parecían estar dormidos. Por un momento, la sensación de aprensión que me había invadido ante la idea de escalar los muros del embalse se intensificó espectacularmente; pero luego me deshice de ella y me puse en movimiento para alcanzar a Kreizler, diciéndome que en Nueva York mucha gente poseía una elegante berlina negra, además de Paul Kelly.

44

Tan pronto como llegamos a lo alto de los muros del embalse, me di cuenta del error potencialmente desastroso que había cometido al permitir que Kreizler me convenciera para acudir a aquel sitio a solas con él. El pasillo de dos metros y medio de ancho que recorría lo alto de los muros del embalse estaba protegido a ambos lados por una reja de hierro de metro veinte de altura y a una distancia de varios pisos del suelo. Cuando miré desde lo alto hacia la calle, inmediatamente recordé los recorridos que en los últimos meses habíamos hecho por las azoteas. Este pensamiento ya resultaba lo suficientemente amenazador en sí mismo, pero al mirar mi entorno y ver las siluetas parduscas y las múltiples chimeneas de los edificios que rodeaban el embalse, tuve la seguridad de que no nos encontrábamos en una azotea propiamente dicha, aunque sentí no obstante que habíamos penetrado en los elevados dominios que John Beecham tan bien conocía. Una vez más estábamos en su mundo, sólo que esta vez habíamos llegado siguiendo una perversa invitación. Y mientras avanzábamos silenciosamente hacia el muro del lado de la calle Cuarenta, las aguas del embalse extendiéndose a nuestra derecha y reflejando la luminosa luna que había aparecido de repente y que aún ascendía por el despejado cielo nocturno, vi con claridad que nuestro papel de perseguidores se hallaba en serio peligro ya que estábamos a punto de convertirnos en presa.

Imágenes familiares, y aun así inquietantes, empezaron a

afluir en mi mente como las películas que había visto en el Koster y Bial con Mary Palmer: cada uno de los muchachos asesinados, atado y cortado a pedazos; el largo y terrible cuchillo que había realizado aquella carnicería; los restos del gato descuartizado en casa de la señora Piedmont; el desolado apartamento de Beecham en el Five Points y el horno en el que aseguraba haber cocinado el «tierno culo» de Georgio Santorelli; el cuerpo sin vida de Joseph; y por último una imagen del propio asesino, formada con todas las pistas y teorías que habíamos recopilado durante nuestra investigación, y que a pesar de todos nuestros esfuerzos no dejaba de ser una imagen muy vaga. El cielo infinitamente negro y las innumerables estrellas que planeaban sobre el embalse no proporcionaban tranquilidad ni protección contra estas horribles visiones, y la civilización, al mirar una vez más hacia las calles de abajo, parecía terriblemente lejana. Cada uno de nuestros cautelosos pasos nos transmitía el mensaje de que habíamos llegado a un lugar de muerte y sin ley, un lugar donde el invento mortal que empuñaba en mi mano probablemente sería una débil defensa, y donde las respuestas a misterios mayores que los que habíamos intentado aclarar en las últimas doce semanas se volverían brutalmente sencillas. Sin embargo, a pesar de todos estos angustiosos pensamientos, ni una sola vez pensé en volverme atrás: quizá la convicción de Laszlo, de que esa noche íbamos a concluir el caso en aquellos muros, resultara contagiosa. En cualquier caso no me aparté de su lado, aunque sabía, con toda la certeza de que era capaz, que teníamos excelentes posibilidades de no volver nunca más a las calles de allá abajo.

Oímos los sollozos antes de ver al muchacho. No había luces en el paseo, sólo la luna para guiarnos, y cuando nos volvimos hacia la parte de la plataforma que daba a la calle Cuarenta, apareció fantasmagórica a lo lejos la caseta de un piso de altura que se había construido para albergar los mecanismos de control del embalse. Los sollozos —agudos, desesperados, y en cierto modo amortiguados— parecían venir de algún lugar cercano a aquella construcción. Cuando llegamos a unos quince metros de la caseta, distinguí vagamente el brillo de un cuerpo humano bajo la luz de la luna. Nos acercamos unos pasos, y entonces vi claramente la figura de un muchacho desnudo y arrodillado. Tenía las manos atadas a la espalda y luego a los pies, lo cual le obligaba a mantener la cabeza apoyada contra la superficie de piedra del paseo. Llevaba una mordaza atada detrás de la cabeza, que le mantenía la boca abierta, en un ángulo doloroso. El rostro le brillaba a consecuencia de las lágrimas. Pero estaba vivo y, sorprendentemente, no había nadie con él.

Avancé cauteloso un paso en un intento por ayudar al muchacho, pero Kreizler me agarró del brazo y me obligó a retroceder, a la vez que me susurraba con apremio:

—¡No, John! Esto es exactamente lo que pretende que hagas.

—¿Qué? —repliqué, también susurrando—. ¿Cómo sabes que él está...?

Kreizler hizo un movimiento de cabeza, y sus ojos señalaron directamente a lo alto de la caseta de controles.

De pie sobre la azotea de la construcción, y reflejando la suave luz de la luna, se hallaba el mismo individuo calvo que yo había visto en lo alto del Black and Tan de Stephenson, la noche en que habían atacado a Cyrus. Sentí que el corazón me daba un vuelco, pero inmediatamente respiré hondo e intenté conservar la calma.

—¿Nos habrá visto? —le pregunté a Kreizler.

Los ojos de éste empequeñecieron, pero ninguna otra reacción traicionó que hubiera captado la presencia del otro.

—Por supuesto. La cuestión es si sabrá que nosotros le hemos visto a él.

Casi al instante vino la respuesta. La cabeza desapareció con sorprendente velocidad, como si perteneciera a un animal salvaje. En aquellos momentos el muchacho ya nos había visto, y sus ahogados sollozos se convirtieron en unos sonidos que, aunque incomprensibles como palabras, eran auténticas súplicas de ayuda. La imagen de Joseph apareció de nuevo en mi mente, redoblando mis violentos deseos de avanzar y ayudar al que estaba destinado a ser la siguiente víctima. Pero Kreizler mantuvo su presa sobre mi brazo.

—Aguarda, John —susurró—. Espera. —Kreizler señaló un pequeño portal que conducía del paseo al interior de la caseta de controles—. He estado aquí esta mañana. Hay sólo dos medios para salir de esta caseta. Al paseo, por detrás, o a la calle bajando por un tramo de escaleras. Si él no aparece...

Transcurrió otro minuto sin que hubiera señales de vida en el portal ni en la azotea de la caseta de controles. Kreizler parecía desconcertado.

—¿Será posible que haya huido?

—Quizás el riesgo de que lo atrapen haya sido superior a sus fuerzas —contesté.

Kreizler sopesó mis palabras y luego observó al sollozante muchacho.

—Está bien —decidió al fin—. Nos acercaremos, pero muy lentamente. Y mantén el revólver a punto.

Los primeros pasos que dimos por aquel trecho de paseo se hicieron tensos y difíciles, como si nuestros cuerpos fueran conscientes y rechazaran el peligro que nuestras mentes habían decidido aceptar. Pero después de avanzar unos tres metros sin atisbar a nuestro enemigo empezamos a movernos con mayor libertad, y llegué a convencerme de que, en efecto, Beecham se había asustado más de lo que imaginaba ante la posibilidad de que le capturásemos, y había huido hacia la calle. De pronto experimenté una fuerte sensación de alegría al pensar que realmente habíamos evitado que se cometiera un asesinato, e incluso me permití una leve sonrisa...

Pura arrogancia, como suele decirse. Justo en el momento en que la satisfacción me hizo aflojar un poco la presa sobre el revólver, una oscura silueta saltó por encima de la reja de hierro que daba al lado exterior del paseo (el que daba a la calle) y me asestó un potente puñetazo en la mandíbula. Percibí un estruendoso chasquido, que ahora sé eran los huesos del cuello y de la cabeza al girar, y a continuación todo fue oscuridad.

No pude permanecer inconsciente durante mucho más tiempo, pues las sombras no se habían desplazado significativamente cuando desperté. Sin embargo noté la cabeza tan atontada como si hubiese dormido durante días. A medida que la visión se iba despejando, advertí la presencia de varios dolores, algunos intensos y otros amortiguados, pero todos penetrantes. Estaba el de la mandíbula, por supuesto, y el del cuello. Pero las muñecas me quemaban, y los hombros me dolían espantosamente. Sin embargo, el único dolor realmente insoportable procedía de debajo de la lengua. Gemí mientras intentaba liberar algo de allí debajo, luego escupí sobre el paseo, expulsando un colmillo junto a una enorme cantidad de sangre y saliva. Sentía la cabeza como un sólido bloque de acero, y no podía levantarla más de unos pocos centímetros. Al final me di cuenta de que esto se debía a algo más que al golpe que había recibido: tenía las muñecas atadas a la parte superior de la reja de la parte interna del paseo, y los tobillos igualmente atados a la parte inferior, lo cual hacía que mi cabeza y la parte superior del cuerpo colgaran dolorosamente hacia el pasillo de piedra. Delante de mí, en el suelo del paseo, estaba el revólver que antes había empuñado.

Volví a gemir. Al final conseguí levantar la cabeza y pude distinguir a Kreizler. También estaba atado como yo, aunque parecía ileso y plenamente consciente. Me sonrió.

—¿Ya te has despertado, John?

—Sí —fue lo único que pude responderle—. ¿Dónde...?

Con cierta dificultad, Kreizler asintió hacia la caseta de los controles.

El muchacho atado yacía donde le habíamos visto al llegar, aunque en aquellos momentos sus gritos de apremio se habían transformado en unos asustados gimoteos. Frente a él, y de espaldas a Kreizler y a mí, se erguía una figura enorme, vestida con ropas negras que la ayudaban a pasar desapercibida. El hombre se estaba despojando poco a poco de sus prendas y las colocaba ordenadamente a un lado del paseo. En pocos minutos estuvo completamente desnudo, revelando más de metro ochenta de poderosa musculatura. A continuación avanzó hacia el muchacho, que aparentaba unos doce años, le agarró por el pelo y le levantó la maquillada cabeza sujetándole del cabello.

—¿Estás llorando? —le preguntó con voz grave, sin emoción—. Un muchacho como tú debería llorar...

El hombre soltó la cabeza del muchacho y luego se volvió hacia nosotros. Tenía la musculatura muy desarrollada y era sin duda un ejemplar físicamente extraordinario. Estiré el cuello para mirarle la cara, y al verle fruncí las cejas. No sé qué había esperado exactamente, pero es indudable que no estaba preparado para aquellos rasgos tan prosaicos. Había algo de Adam Dury en cómo se le tensaba la piel sobre el cráneo y en la escasez de cabello. Los ojos también eran como los de su hermano: demasiado pequeños para la cabeza grande y huesuda en la que se alojaban. El lado derecho de la cara le colgaba ligeramente, aunque en aquellos momentos no sufría espasmos, y la enorme mandíbula permanecía firme; pero en conjunto era un rostro bastante común, que no exteriorizaba ni pizca de la terrible confusión que se agitaba sin descanso en el interior de aquella gran cabeza. Daba la impresión de que el desarrollo de aquella horrible escena no se diferenciara gran cosa del trabajo de contar individuos para el censo.

De pronto me di cuenta de que esto era lo que más me impresionaba de John Beecham. Con gestos de total seguridad se agachó y sacó un enorme cuchillo de entre sus prendas, y luego se acercó a donde Kreizler y yo permanecíamos colgando. En su cuerpo cincelado había muy poco vello, de modo que la luz de la luna se reflejaba en su piel. Se irguió ante nosotros con las piernas abiertas y luego se inclinó hacia delante para mirarnos a la cara, primero a Kreizler y luego a mí.

—Sólo dos —dijo, sacudiendo la cabeza—. Esto es una estupidez... Una estupidez. —Entonces levantó el cuchillo, que de cerca se parecía al que Lucius nos había enseñado en Delmonico's, y presionó la hoja plana contra la mejilla derecha de Kreizler, dejando que resbalara morosamente por el perfil de la cara de mi amigo.

Laszlo observó los movimientos de la mano de Beecham, y luego, con tono cauteloso, murmuró:

—Japheth...

Beecham gruñó enfurecido, y con el dorso de la mano izquierda le cruzó la cara a Laszlo.

—¡No vuelvas a pronunciar ese nombre! —exclamó rabioso entre dientes, volviendo a colocar el cuchillo bajo uno de los ojos de Laszlo, y presionó con la fuerza suficiente como para que brotara una gotita de sangre de la mejilla de mi amigo—. No vuelvas a pronunciar ese nombre... —Beecham se incorporó y respiró hondo, como si considerara que su explosión había sido impropia—. Me habéis estado buscando... —dijo, y por vez primera sonrió, mostrando unos enormes dientes amarillentos—. Habéis intentado espiarme, pero era yo quien os espiaba. —La sonrisa se desvaneció tan rápidamente como había aparecido—. ¿Os gusta mirar? —Señaló al muchacho con su cuchillo—. Pues mirad. Él será el primero en morir. Limpiamente. Pero vosotros no. Vosotros sois estúpidos e inútiles. Ni siquiera habéis podido detenerme. Estúpidos e inútiles animales... Os voy a desollar vivos.

Al ver que retrocedía hacia el muchacho, le susurré a Kreizler:

—¿Qué piensa hacer?

Laszlo todavía estaba temblando bajo los efectos del golpe que había recibido.

—Creo que va a matarlo y que quiere que nosotros lo contemplemos. Luego...

Observé que por la mejilla y la mandíbula de mi amigo resbalaba un hilillo de sangre.

—¿Te encuentras bien? —pregunté.

—¡Bah! —exclamó, demostrando una sorprendente falta de interés hacia el destino que nos aguardaba—. Es la estupidez lo que más me duele. Damos caza a un hombre que es un experto montañero y luego nos dejamos sorprender cuando cruza un simple muro de albañilería para salir a nuestras espaldas...

En aquellos instantes, Beecham se había agachado sobre el muchacho.

—¿Por qué se ha quitado la ropa? —pregunté.

Laszlo estudió un momento a nuestro enemigo.

—Por la sangre —dijo al fin—. No quiere que le manche la ropa.

Después de dejar momentáneamente el cuchillo a un lado, Beecham empezó a deslizar las manos por el cuerpo del joven, que se retorcía ante él.

—¿Pero es éste realmente el único motivo? —añadió Laszlo, y su voz mostró cierta sorpresa.

El rostro de Beecham seguía sin delatar ninguna señal de ira ni de sentimiento alguno. Tanteó el torso y las extremidades del muchacho como hubiera podido hacer cualquier profesor de anatomía, demorándose tan sólo cuando sus manos se posaron en los genitales del muchacho. Después de manoseárselos unos minutos, se levantó y se situó detrás del muchacho, acariciando con una mano las nalgas vueltas hacia arriba, mientras con la otra se acariciaba el propio miembro.

Sentí náuseas ante lo que supuse iba a hacer a continuación, y miré hacia otro lado.

—Yo creía... —mi suave murmullo era casi un lamento—, yo creía que no los violaba...

Laszlo seguía observando.

—Pero eso no quiere decir que no lo intente —juzgó—. Éste es un instante muy complejo, John... En su nota afirmaba que no «mancillaba» a los muchachos. Pero... ¿lo intentaba?

Volví a levantar la cabeza y vi que Beecham seguía acariciando al muchacho y a sí mismo, sin conseguir la erección de su propio miembro.

—Bueno —dije con disgusto—, si quiere hacerlo, ¿entonces por qué...?

—Porque en realidad no quiere —replicó Kreizler, tensando su ya tenso cuello para asentir con la cabeza, comprendiendo lo que estaba pasando—. Siente una fuerza obsesiva que le empuja a hacerlo, del mismo modo que le empuja a matar. Pero no es su deseo. Y aunque consigue forzarse a cometer un asesinato, es incapaz de forzarse a cometer una violación.

Como en respuesta al análisis que Laszlo había hecho de la escena, de pronto Beecham soltó un aullido de profunda frustración, alzando los musculosos brazos al cielo al tiempo que todo su cuerpo se estremecía. De pronto volvió a bajar los ojos, se situó con movimientos rápidos delante del muchacho y deslizó sus largos dedos en torno al cuello de éste.

—¡No! —le gritó Kreizler, inesperadamente—. ¡No, Japheth! ¡Por el amor de Dios! No es lo que quieres...

—¡No pronuncies ese nombre! —volvió a exclamar Beecham mientras el muchacho chillaba y se retorcía entre sus manos—. ¡Te voy a matar, asqueroso...!

De pronto, a mi izquierda, una voz en cierto modo familiar surgió de entre la oscuridad:

—Tú no vas a matar a nadie, hijo de puta.

Giré rápidamente el cuello, por mucho que me doliera, a punto para ver a Connor que avanzaba por el paseo empuñando un impresionante revólver Webley 445. Tras él venían dos individuos que hasta entonces habían ostentado el título de viejos conocidos: los mismos matones que nos habían perseguido a Sara y a mí en el apartamento de los Santorelli, que nos habían seguido los pasos a Laszlo y a mí en nuestro viaje a la granja de Adam Dury, y a los que sin consideraciones yo había arrojado del tren que realizaba el trayecto Boston-Nueva York.

Los inquietos ojos de Connor se fruncieron al acercarse a Beecham.

—¿Me has oído? ¡Aparta tus asquerosas manos del chico!

Muy lentamente, Beecham aflojó la presa en torno al cuello del muchacho. Su rostro se quedó absolutamente inexpresivo, y luego cambió de forma espectacular: por vez primera se asomó a sus ojos desmesuradamente abiertos una emoción, la de un miedo espantoso. Y justo cuando parecía que aquellos ojos ya no podían abrirse más, empezaron a parpadear, rápida e incontroladamente.

—¡Connor! —exclamé, superando por fin mi aturdimiento. Me volví a Lazlo en busca de una explicación, y vi que éste miraba a nuestro aparente salvador con una mirada de odio a la vez que de satisfacción.

—Sí —dijo Laszlo con voz serena—. Connor...

—Baja a estos dos —le ordenó Connor a uno de sus hombres, al tiempo que se agachaba a recoger el Colt de Kreizler.

Siguió apuntando a Beecham con el Webley, mientras el tipo de su derecha se acercaba refunfuñando a liberar primero a Laszlo y luego a mí.

—Y tú —le dijo Connor al asesino, acurrucado junto a la pared—, ponte esas asquerosas ropas, maricón de mierda.

Pero Beecham no hizo el más ligero gesto de obedecer. Su expresión se volvió más temerosa, acurrucándose aún más..., y entonces se iniciaron los espasmos. Primero de forma débil, abarcando tan sólo el parpadeo de los ojos y un tirón en la comisura derecha de la boca; pero pronto todo el lado derecho de la cara se contrajo violentamente, con un rápido golpeteo, produciendo un patético efecto que, debo reconocerlo, me habría parecido cruelmente risible si lo hubiese visto en otras circunstancias.

Mientras Connor observaba cómo se producía semejante transformación, un gesto de evidente disgusto apareció en su barbudo rostro.

—Dios mío... —musitó—. Este hijo de puta... —Se volvió al individuo que tenía a su izquierda—. Mike, cúbrelo, por el amor de Dios.

El hombre se agachó, recogió las prendas de Beecham y se las lanzó. Beecham las apretó contra su cuerpo, pero no hizo ademán de vestirse.

Cuando Laszlo y yo estuvimos nuevamente de pie en el paseo intentamos desentumecer nuestros doloridos brazos y hombros, mientras los matones de Connor volvían a colocarse detrás de su jefe.

—¿No piensan desatar al muchacho? —preguntó Laszlo con voz todavía impregnada de áspera amargura.

Connor negó con la cabeza.

—Aclaremos primero unas cuantas cosas, doctor —dijo, como si a pesar del Webley tuviera miedo de lo que Kreizler pudiera hacer—. Nuestro asunto es con ése de ahí —señaló a Beecham—, y sólo con él. Así que lárguense y no se preocupen por eso. Esta noche acabará todo.

—Por supuesto —replicó Lazlo—. Pero no como ustedes han planeado.

—¿Qué quiere decir con eso? —preguntó Connor.

—Quiero decir que no se haga ilusiones con que nos vayamos —respondió Kreizler—. Usted lo hizo imposible ensuciando mi casa con su presencia asesina.

Connor se apresuró a negar con la cabeza.

—No, espere un momento, doctor... ¡Yo no quería que ocurriera todo aquello! Yo estaba haciendo mi trabajo, cumpliendo órdenes, cuando aquella pequeña zorra... —El rostro de Kreizler exteriorizó un odio incontenible al tiempo que se adelantaba un paso. Connor empuñó el Webley con firmeza—. No lo haga, doctor; no me dé una excusa. Ya le he dicho que estamos aquí para encargarnos de ése, pero usted sabe muy bien que me sentiría feliz liquidándoles a los tres. Puede que esto no gustara a mis jefes, pero si me da una excusa les dispararé.

Por vez primera, Beecham pareció centrar su atención en lo que ocurría a su alrededor. Con el rostro dominado aún por los espasmos, se volvió a mirar a Connor y a sus matones; luego, con sorprendente celeridad, corrió a acurrucarse junto a las piernas de Laszlo.

—Ellos... —dijo con voz trémula—, ellos van... ellos van a matarme.

Connor soltó una risa áspera.

—Sí, cuando te bajen de esta pared vas a estar muerto, maldito loco sanguinario. Tantos problemas por tu culpa y...

¿qué es lo que eres? Una pobre imitación de hombre, arrastrándote por ahí con tus gimoteos. —Connor empezó a fanfarronear delante de sus hombres—. Cuesta creerlo, ¿eh, amigos? Al final todo se reduce a ese..., a esa cosa de ahí. Sólo porque para pasárselo bien se dedica a joder muchachitos y a rajarlos después.

—¡Mentiroso! —aulló Beecham, de repente, apretando los puños aunque sin abandonar su postura acurrucada—. ¡Mentiroso de mierda!

Ante el estallido de rabia, Connor y sus hombres empezaron a reír, exacerbando el torbellino emocional que había en el interior de Beecham. Mientras proseguían las burlas estentóreas, y sin saber muy bien por qué, me acerqué a Beecham, me quedé de pie a su lado y dirigí una mirada desaprobatoria a los tres estúpidos que no paraban de reír. Pero no produjo efecto alguno. Luego, volviéndome hacia Kreizler con la esperanza de obtener alguna indicación, vi que estaba mirando por el paseo, más allá de Connor y sus hombres, con el rostro expectante. De pronto abrió la boca y, sin motivo alguno que yo pudiera adivinar, exclamó:

—¡Ahora!

Y entonces se desató un infierno. Con la celeridad y la precisión que sólo años de entrenamiento profesional pueden proporcionar, un hombre con aspecto de mono saltó por encima de la reja interna del paseo y, con una gruesa tubería de plomo, rompió la mano de Connor que empuñaba el arma. Antes de que los dos matones pudieran reaccionar, una serie de golpes relampagueantes con unos puños enormes los dejaron tendidos sobre el paseo, y el aullante Connor no tardó en correr la misma suerte. Luego, como para rematar la labor, el recién llegado —la cara oculta bajo un gorro de minero— se inclinó sobre la cabeza de cada uno de los hombres y les propinó unos golpes sonoros con el tubo de plomo. Fue todo un espantoso cursillo de violencia. Pero mi alegría ante el ataque se desvaneció considerablemente cuando el púgil se dio por fin a conocer.

Era *Cómetelos* Jack McManus, antiguo luchador y en la

actualidad encargado del mantenimiento del decoro en el Salón de Baile New Brighton, propiedad de Paul Kelly. Después de meterse el tubo de plomo bajo la cintura de los pantalones, McManus recogió el Colt y el Webley y avanzó hacia mí. Me puse a la defensiva, considerando razonablemente que Laszlo y yo íbamos a ser las próximas víctimas de su destreza pugilística. Sin embargo, McManus se enderezó la raída chaqueta, escupió con fuerza hacia las aguas del embalse y me entregó las armas. Apunté a Beecham con el Colt, mientras Jack se acercaba lentamente a Kreizler, levantaba una mano y se tocaba respetuosamente la visera de la gorra.

—Bien hecho, Jack —dijo Laszlo, y a punto estuve de desmayarme y dar de bruces contra el paseo—. Átales, si no te importa, y amordaza a los dos más corpulentos. Quiero hablar con el de mediana estatura cuando se despierte. —Laszlo estudió el cuerpo de Connor, evidentemente impresionado con el trabajo de McManus—. ¿O debería decir «si es que se despierta»?

McManus volvió a tocarse la gorra, sacó varios trozos de cuerda y dos pañuelos, y cumplió a cabo las instrucciones de Laszlo como si se tratara de un paciente y laborioso toro. Mientras tanto, Kreizler acudió rápidamente junto al muchacho y empezó a quitarle la mordaza de la boca y a desatarle pies y manos.

—Todo va bien —le tranquilizó, aunque el chiquillo siguió sollozando y gimoteando incontroladamente—. Todo va bien, ahora ya estás a salvo.

El muchacho miró a Lazlo, los ojos dominados por el terror.

—Él iba a...

—Lo que iba a hacer ya no importa —le contestó mi amigo, sonriéndole, y con un pañuelo empezó a limpiar la cara del muchacho—. Lo que importa ahora es que estás a salvo. Toma... —Laszlo recogió del suelo su arrugado gabán de gala y lo colocó sobre los hombros del tembloroso muchacho.

Ya con todo bajo control, al menos de momento, satisfice mi curiosidad acercándome a la reja del paseo que daba a la calle y eché un vistazo hacia abajo: allí, a tan sólo medio metro del paseo, atada a unas clavijas, había un largo trozo de resistente cuerda. Tal como Kreizler había sospechado, no había sido una tarea difícil para un escalador experimentado como Beecham dar la vuelta y pasar a nuestras espaldas. Me volví para contemplar a nuestro enemigo ahora derrotado, y sacudí la cabeza ante la forma repentina y desconcertante con que había cambiado el curso de los acontecimientos.

Jack McManus había acabado de atar y amordazar a los hombres de Connor, y se quedó mirando expectante a Kreizler.

—Bien, Jack —dijo Laszlo—. ¿Todo controlado? Excelente. Ya no te vamos a necesitar. Pero una vez más te doy las gracias.

McManus volvió a tocarse la gorra, dio media vuelta y se alejó por el paseo sin pronunciar palabra.

Kreizler se volvió al muchacho.

—Vayamos adentro, ¿quieres? Moore, voy a dejar a nuestro joven amigo en la caseta de controles.

Asentí, apuntando con el Colt a la cabeza de Beecham mientras mi amigo y el muchacho desaparecían allí dentro.

Beecham, todavía acurrucado y dominado por los espasmos, había empezado a emitir un leve gimoteo acelerado y gutural. No parecía que fuera a plantearme muchos problemas, pero no quería correr ningún riesgo. Examiné rápidamente la zona y descubrí su cuchillo tirado en el suelo. Me acerqué para recogerlo y me lo embutí en la cintura de la parte trasera de los pantalones. Al echar un vistazo al inconsciente Connor, advertí que tenía unas esposas colgando del cinturón. Las cogí y se las lancé a Beecham.

—Ten —le dije—. Póntelas.

Poco a poco, como ausente, Beecham se puso las esposas en torno a las muñecas, cerrando primero una y luego la otra con cierta dificultad.

Seguidamente registré los bolsillos de Connor en busca

de la llave de las esposas y descubrí una pequeña mancha de sangre en su camisa. Procedí a desabrocharle la sucia prenda y luego, al separársela —sin dejar de apuntar con el arma a Beecham—, observé que en el costado tenía una herida alargada, a medio curar, que al parecer Jack McManus había vuelto a abrir. Entonces comprendí que se trataba de la herida que Mary Palmer le había hecho antes de que él la tirara escaleras abajo en casa de Kreizler.

—Buen trabajo, Mary —dije con voz queda, apartándome de Connor.

En aquel momento Kreizler salía de la caseta de control. Mientras se pasaba una mano por el cabello contempló con evidente satisfacción, aunque con cierto asombro, el panorama que tenía ante sí. A continuación miró tímidamente hacia mí, como si supiera lo que se le avecinaba.

—Oye —le dije con voz tranquila, pero firme—, ahora mismo me vas a explicar qué diablos significa lo que ha ocurrido aquí.

45

Cuando Laszlo se disponía a abrir la boca para replicar, llegó hasta nosotros el agudo sonido de un silbido desde la calle Cuarenta.

Kreizler corrió a asomarse por encima de la reja que daba a la calle, y rápidamente acudí a su lado. Cyrus y Stevie estaban abajo, con la calesa.

—Me temo que las explicaciones van a tener que esperar, Moore... —dijo Kreizler, volviéndose de nuevo hacia Beecham—. La llegada de Cyrus y Stevie significa que como mínimo hace tres cuartos de hora que ha finalizado la ópera. En estos momentos las sospechas de Roosevelt se habrán visto confirmadas. Se habrá reunido con los otros en la torre del High Bridge y habrá descubierto nuestra desaparición...

—Pero ¿qué piensas hacer? —pregunté.

Kreizler se rascó la cabeza y sonrió ligeramente.

—No estoy muy seguro. Mis planes no habían tenido en cuenta esta situación. Lo cierto es que no estaba muy seguro de que a estas alturas yo aún siguiera con vida. Ni siquiera con la intervención de nuestro amigo McManus.

No me contuve lo más mínimo en mostrarle mi irritación.

—¡Ya! E imagino que yo también debería estar muerto, ¿no? —exclamé enojado.

—Por favor, Moore —protestó Kreizler, haciendo un gesto de impaciencia con la mano—. Éste no es precisamente el momento...

—¿Y qué me dices de Connor? —exigí, señalando la figura del ex detective en el suelo.

—Dejaremos a Connor para Roosevelt —replicó Laszlo con aspereza, acercándose adonde Beecham se hallaba acurrucado—. Aunque se merecería algo peor... —Se agachó para mirar a Beecham a la cara, respiró hondo para tranquilizarse y luego colocó una mano ante los ojos de nuestro prisionero y la deslizó de derecha a izquierda.

Beecham parecía completamente abstraído.

—El muchacho ha bajado de las montañas —musitó Kreizler al fin—. O al menos eso parece...

Entendí lo que Laszlo quería decir: si el hombre que habíamos encontrado sobre aquellos muros esa noche era la versión evolucionada del frío y sádico trampero que en el pasado había correteado por los montes Shawangunks, entonces la criatura aterrorizada que ahora teníamos ante nosotros era el heredero de todo el terror y el autodesprecio que Japheth Dury había experimentado en cada instante de su vida. Totalmente consciente de que había muy poco que temer de aquel hombre mientras estuviera en ese estado mental, Laszlo le cogió la chaqueta que estrujaba entre sus manos y se la colocó sobre los fuertes y desnudos hombros.

—Escúchame, Japheth Dury —dijo Kreizler, en un tono amenazador; Beecham dejó por fin de mecerse y de gimotear—. Tus manos están manchadas con la sangre de mucha gente. Y la de tus padres no es en absoluto la más insignificante. De llegar a conocerse tus crímenes, tu hermano Adam, que todavía vive y lleva una vida honesta y decente, sin duda vería arruinada su vida privada y sería objeto del acoso público... Aunque sólo fuera por eso, la parte de ti que sigue siendo humana debe prestarme mucha atención.

Los ojos de Beecham seguían siendo inexpresivos, pero asintió lentamente.

—Bien —dijo Lazlo—. La policía no tardará en venir, y es posible que te encuentren al llegar, o que no te encuentren; todo depende de lo honesto que seas conmigo. Ahora sólo te voy a hacer unas cuantas preguntas para determinar tu disposición e interés en cooperar. Responde sinceramente a estas preguntas y tal vez podamos arreglar un destino menos severo que el que la gente de esta ciudad exige para ti. ¿Entiendes lo que te quiero decir? —Beecham volvió a asentir, y Kreizler sacó su omnipresente bloc de notas y una pluma—. Pues muy bien. Los hechos básicos por lo que...

Entonces Laszlo inició una rápida, condensada y sin embargo tranquila revisión de la vida de Beecham, empezando por su infancia como Japheth Dury y repasando con cierto detalle el asesinato de sus padres. Mientras Beecham respondía a todas las preguntas, confirmando más o menos las hipótesis que habíamos formulado durante nuestra investigación, su tono fue haciéndose cada vez más débil e impotente, como si la presencia de aquel hombre que en cierto modo le conocía tan bien como él mismo no le permitiera otra salida que la total sumisión. Por su parte, Kreizler parecía cada vez más satisfecho ante los serios intentos de Beecham por cooperar con su investigación, descubriendo en ellos la prueba decisiva de que una parte oculta —aunque muy vigorosa— de la mente del asesino había anhelado efectivamente ese momento.

Imagino que yo también hubiera debido sentirme profundamente satisfecho ante los resultados de esta primera entrevista; sin embargo, mientras observaba a Beecham contestando a las preguntas de Lazlo —su voz cada vez más sumisa e incluso infantil, sin el tono arrogante ni amenazador que había utilizado mientras éramos sus prisioneros—, me sentía irritado hasta lo más profundo de mi ser. Y esta irritación no tardó en convertirse en furia, como si aquel hombre, después de todo lo que había hecho, no tuviera derecho a exteriorizar ninguna de las cualidades humanas dignas de compasión... ¿Quién era aquel grotesco hombretón, pensé, para estar allí sentado, confesando y gimoteando como uno de los chiquillos a los que había matado? ¿Dónde estaba toda la crueldad, la arrogancia y el talante arrollador que había demostrado las otras noches? Mientras éstas y otras preguntas parecidas martilleaban en mi cabeza, mi rabia fue creciendo rápidamente hasta que de pronto, incapaz de contenerme por más tiempo, me levanté gritando:

—¡Cállate! ¡Cierra esa miserable boca, maldito cobarde!

Tanto Beecham como Laszlo guardaron silencio y me miraron con asombro. Los espasmos faciales de Beecham se intensificaron espectacularmente, al tiempo que no apartaba la vista del Colt que yo sostenía en la mano. En cambio Kreizler pronto cambió su actitud de pasmosa sorpresa por la de represiva comprensión.

—Está bien, Moore —dijo, sin pedir ningún tipo de explicación—. Vete allí dentro con el muchacho.

—¿Y te dejo a ti con él? —inquirí, la voz todavía temblándome de rabia incontenible—. ¿Estás loco? Míralo, Kreizler. Es él, es este hombre el responsable de toda la sangre que hemos visto. Y tú te quedas aquí, tan tranquilo, dejando que te convenza de que es una especie de...

—¡John! —gritó Kreizler, interrumpiéndome—. Ya está bien. Vete allí dentro y espera.

Miré a Kreizler y luego a Beecham.

—¿Y tú? ¿De qué intentas convencerle? —Me incliné hacia él, apuntándole con el Colt a la cabeza—. Piensas que aún podrás escaparte de esto, ¿verdad?

—¡Maldita sea, Moore! —exclamó Kreizler, agarrándome la muñeca, aunque sin conseguir que desviara el arma—. ¡Deténte!

Me acerqué todavía más a la espasmódica cara de Beecham.

—Mi amigo cree que si uno no tiene miedo a morir es una prueba de que está loco. —Conseguí apretar la boca del cañón de mi revólver contra el cuello de Beecham, pese a que Laszlo aún intentaba desarmarme—. Tú tienes miedo a morir, ¿verdad? A morir como los chiquillos a los que has...

—¡Moore! —volvió a gritar Kreizler.

Pero yo era incapaz de oír nada. Luchando por mantener el pulgar sobre el martillo del Colt, me aparté de un tirón, permitiendo que Beecham soltara un gritito de desesperación y se alejara de mí como un animal atrapado.

—No —musité—. No, tú no estás loco... ¡Tú tienes miedo a morir!

Con aturdidora brusquedad, el aire a nuestro alrededor se consumió con el eco de un disparo. Fue una especie de impacto procedente de algún lugar por debajo de mi mano.

Y entonces, de repente, Beecham osciló con un estremecimiento hacia atrás, revelando un agujero negro carmesí en el lado izquierdo del pecho, que siseaba al tiempo que dejaba escapar el aire. Beecham fijó en mí sus pequeños ojos y dejó caer sus manos esposadas; la chaqueta le resbaló de los hombros.

«Lo he matado», pensé con claridad. No hubo ni alegría ni culpabilidad en ese descubrimiento, tan sólo el simple reconocimiento del hecho. Pero entonces, cuando Beecham se quedó encogido sobre el suelo de piedra del paseo, mi mirada se posó sobre el martillo del revólver: aún lo tenía sujeto con el pulgar. Antes incluso de que mi confusa mente pudiera entender nada de lo que estaba sucediendo, Laszlo se precipitó sobre el cuerpo de Beecham y efectuó un precipitado examen de la herida. Sacudió la cabeza ante el desagradable sonido del aire y de la sangre que seguían brotando del pecho herido, apretó el puño y levantó enfurecido los ojos. Pero aquella mirada iba dirigida más allá de donde yo estaba y, siguiendo su dirección, me volví lentamente.

Connor había conseguido librarse de sus ataduras y estaba de pie, en el centro del paseo. Mantenía la espalda encorvada debido al aturdimiento y al dolor, y mientras con la mano izquierda se apretaba el sangrante costado, con la derecha empuñaba una pequeña pistola de dos cañones. Una torva sonrisa apareció en su sangrante boca, y luego dio un par de pasos tambaleantes.

—Esta noche se acabará todo —dijo, manteniendo el arma en alto y apuntándonos—. ¡Suéltela, Moore!

Obedecí, lenta y cautelosamente, pero justo cuando el Colt tocaba el suelo del pasillo, otro disparo cortó el aire —éste desde más lejos—, y entonces Connor cayó hacia delante, como si le hubieran golpeado fuertemente por la es-

palda. Cayó boca abajo con un débil gruñido, y en su chaqueta apareció un agujero por el que enseguida empezó a
brotar la sangre. Aún no se había desvanecido el humo de la
pólvora del disparo de Connor contra Beecham, cuando una
nueva silueta se acercó por el oscuro paseo del embalse haciéndose visible bajo la luz de la luna.

Era Sara, con su revólver de cachas de nácar en la mano.
Bajó la mirada unos instantes hacia Connor, sin demostrar
emoción alguna, y luego se volvió hacia Kreizler y hacia mí.

—Pensé en este sitio tan pronto como ocupamos posiciones en la torre del High Bridge —dijo con voz tensa, al tiempo
que los Isaacson aparecían tras ella en la oscuridad—. En
cuando Theodore dijo que habíais abandonado la Ópera,
supe...

Dejé escapar un enorme suspiro.

—¡Pues gracias a Dios que se te ocurrió! —exclamé,
secándome la frente con la mano, antes de recoger el Colt.

Laszlo permaneció agachado junto a Beecham, pero alzó
la vista hacia Sara.

—¿Y dónde está el comisario?

—Por ahí, buscando... No le hemos dicho nada.

Laszlo asintió.

—Gracias, Sara. En realidad tienes pocos motivos para
mostrar tanta consideración.

Sara siguió impasible.

—Tiene usted razón.

De pronto Beecham dejó escapar una ensangrentada y
asfixiante tos, y Kreizler le pasó un brazo por debajo del
cuello, alzando la enorme cabeza.

—Sargento detective —llamó Laszlo, ante lo cual Lucius
corrió a ayudarle.

Después de echar un rápido vistazo a la herida del pecho
de Beecham, Lucius sacudió la cabeza de modo concluyente.

—No tiene muy buen aspecto, doctor.

—Sí, sí, ya lo sé —replicó Kreizler—. Sólo necesito...
Frótele las manos, ¿quiere? Moore, quítale esas malditas esposas. Sólo necesito unos minutos.

Mientras yo liberaba las manos del moribundo, Laszlo metió la mano en el bolsillo y extrajo una frasco de sales de amoníaco, que deslizó por debajo de la nariz de Beecham. Lucius empezó a golpetear y a frotar la palma de las manos del herido, mientras la expresión de Laszlo era cada vez más desesperada y sus movimientos más inquietos.

—Japheth —empezó a murmurar, con voz suave, pero suplicante—. Japheth Dury, ¿puedes oírme?

Los párpados de Beecham aletearon un instante, luego se abrieron, y los embotados ojos que había debajo rodaron irremediablemente hacia el interior de la cabeza. Finalmente logró fijarlos en el rostro que tenía cerca del suyo. Ahora ya no padecía espasmos, y su expresión era la de un chiquillo aterrorizado que pidiera ayuda a un desconocido, aunque de algún modo supiera que no iba a obtenerla.

—Yo... —boqueó, escupiendo un poco más de sangre—, voy... a morir...

—Escúchame, Japheth —pidió Laszlo, limpiando la sangre de la boca y la cara de aquel hombre, mientras seguía sosteniéndole la cabeza en su regazo—. Tienes que escucharme... ¿Qué es lo que veías, Japheth? ¿Qué es lo que veías cuando mirabas a los muchachos? ¿Qué es lo que te obligaba a matarlos?

Beecham empezó a sacudir la cabeza de un lado a otro, y un estremecimiento le recorrió todo el cuerpo. Volvió entonces la mirada aterrorizada hacia el cielo, y la mandíbula se abrió todavía más, exhibiendo unos dientes enormes, impregnados de sangre.

—¿Japheth? —le llamó Laszlo, sintiendo que el hombre se le escapaba de entre las manos—. ¿Qué es lo que veías?

Mientras la cabeza seguía negando, los ojos de Beecham se posaron en el suplicante rostro de mi amigo.

—Nunca... lo he sabido... —murmuró, en un tono de excusa y a la vez de súplica—. Nunca lo he... sabido... Yo no... Ellos...

Por un momento los espasmos de su cara se extendieron por todo el cuerpo, y agarró la camisa de Laszlo. Con el rostro dominado por un miedo espantoso, Beecham sufrió una última sacudida, escupió una mezcla de sangre y de vómito por la comisura de la boca y se quedó inmóvil. La cabeza rodó lejos de Kreizler, y los ojos perdieron por fin su expresión aterrorizada.

—¡Japheth! —gritó Kreizler una vez más, aunque comprendiendo que era demasiado tarde.

Lucius tendió la mano hacia los ojos de Beecham y se los cerró. Finalmente Kreizler depositó la cabeza del hombre muerto sobre la fría piedra.

Nadie dijo nada durante unos segundos. Luego se oyó algo: otro silbido procedente de abajo. Me levanté, me acerqué a la reja exterior del paseo y miré hacia Cyrus y Stevie, que con gestos apremiantes señalaban hacia el lado oeste. Les hice señas de que había comprendido y a continuación me acerqué a Kreizler.

—Laszlo —dije con voz queda—, tengo la impresión de que Roosevelt está al caer. Será mejor que te prepares para explicarle...

—No. —Aunque Kreizler no alzó la cabeza, su voz sonó firme—. Yo no voy a estar aquí. —Cuando por fin se sentó erguido y miró a su alrededor, vi que tenía los ojos húmedos y enrojecidos. Primero nos miró a Sara y a mí, luego a Marcus y por último a Lucius, asintiendo mientras lo hacía—. Vosotros me habéis dado vuestra ayuda y vuestra amistad... Quizá más de lo que yo merecía. Pero debo pediros que sigáis haciéndolo un poco más... —Se puso en pie y se dirigió a Lucius y a Marcus—. Sargentos, necesito su ayuda para llevarme el cadáver de Beecham. ¿Dices que Roosevelt se acerca por la calle Cuarenta, John?

—Eso pienso, a juzgar por los aspavientos que me hacían esos dos de ahí abajo.

—Bien —añadió Kreizler—. Cuando llegue, Cyrus lo enviará directamente aquí arriba. Los sargentos detectives y yo nos llevaremos el cadáver por la entrada de la Quinta Avenida, donde Stevie nos estará esperando. —Laszlo se acercó a la verja que daba a la calle e hizo señales con la mano para impartir una orden; luego se acercó a Sara y la cogió de los hombros—. Si te niegas a colaborar en esto no te lo voy a reprochar.

Sara le miró un momento, como si fuera a estallar con una acusación llena de resentimiento, pero luego se limitó a encogerse de hombros y depositó de nuevo la pistola entre los pliegues de su vestido.

—Usted no ha sido honesto en esta parte del trato, doctor... —dijo, aunque suavizando la dura mirada—. Pero de no haber sido por usted, nunca habríamos tenido esta oportunidad. Estoy dispuesta a hacer las paces.

Laszlo tiró de ella y la estrechó entre sus brazos.

—Gracias por todo esto —musitó, y luego se apartó de ella—. Bien, pues... En la caseta de los controles encontrarás a un muchacho bastante aterrorizado, envuelto con mi elegante gabán. Quédate con él y procura que Roosevelt no le haga demasiadas preguntas antes de que hayamos tenido tiempo de llegar a la parte baja de la ciudad.

—¿A la parte baja? —inquirí, mientras Sara se dirigía ya hacia la caseta—. Aguarda un segundo, Kreizler...

—No hay tiempo, John —dijo Laszlo, acercándose a Marcus y dirigiéndose a los dos hermanos—: ¿Sargentos detectives? El comisario es su superior, y lo entenderé si...

—No hace falta que lo pida, doctor —contestó Lucius, antes de que Laszlo pudiera terminar—. Creo que sé lo que está usted pensando. Siento curiosidad por ver cómo termina todo esto.

—Podrá verlo personalmente —le contestó Kreizler—, pues me gustaría que me ayudara. —Luego se volvió al mayor de los Isaacson—. ¿Marcus? Si desea no involucrarse en esto, lo comprenderé perfectamente.

Marcus sopesó unos instantes las palabras de Kreizler.

—En realidad es el único enigma que queda por resolver, ¿no, doctor? —preguntó.

Kreizler asintió.

—Puede que el más importante.

Marcus lo pensó un segundo más, y luego asintió.

—De acuerdo. ¿Qué importancia tiene una leve insubordinación contra el departamento frente a los intereses de la ciencia?

Laszlo le dio una palmada en el hombro.

—Es usted un buen hombre. —Luego, acercándose al cuerpo de Beecham, agarró al muerto por uno de los brazos—. Muy bien, pues... Pongámonos a ello, y rápido.

Marcus cogió a Beecham de los pies. Lucius, antes de agarrarlo del otro brazo, colocó sobre el torso del muerto algunas de sus prendas. Seguidamente levantaron el cadáver, y Kreizler dejó escapar un leve quejido de dolor a consecuencia del esfuerzo. Luego se alejaron por el paseo, en dirección a la Quinta Avenida.

La perspectiva de quedarme a solas en aquellos muros, con los matones inconscientes y el cadáver de Connor como única compañía, insufló vida nueva a mis movimientos y a mi boca.

—¡Esperad un momento! —le grité, siguiendo a los otros—. ¡Esperad un segundo! ¡Kreizler! ¡Sé lo que pretendes! ¡Pero no puedes dejarme aquí y esperar que yo...!

—¡No es el momento, John! —me contestó Kreizler, al tiempo que él y los esforzados Isaacson aceleraban el paso—. Necesito unas seis horas... y entonces todo se aclarará.

—Pero yo...

—¡Tú eres un auténtico incondicional, Moore! —me contestó Kreizler.

Al oír esto me detuve, observando cómo desaparecían en la profunda lejanía del paseo hasta desvanecerse hacia la oscuridad de la Quinta Avenida.

—Un incondicional... —murmuré, dando una patada en el suelo antes de volverme—. A los incondicionales no se les abandona así, para que expliquen esta clase de enredos...

Concluí mi pequeño monólogo al oír una gran algarabía dentro de la caseta de controles. Primero la voz de Sara, seguida de la de Theodore, intercambiando palabras acaloradas. Poco después, Roosevelt salió precipitadamente al paseo, seguido por Sara y varios hombres de uniforme.

—¡Vaya! —estalló Theodore al verme, y se me acercó apuntándome con su grueso dedo, acusador—. ¿Éste es el pago que recibo por pactar con los que yo consideraba erróneamente unos caballeros? ¡Por todos los infiernos que debería...! —De pronto, al ver a los dos matones atados y al cadáver, se interrumpió. Con incredulidad, miró dos veces seguidas primero al suelo y luego a mí, señalando con el dedo hacia abajo—. ¿Es Connor?

Asentí y me acerqué, dejando rápidamente a un lado mi rabia contra Kreizler y fingiendo gran ansiedad.

—Sí, y llegas justo a tiempo, Roosevelt. Hemos venido aquí en busca de Beecham...

Por un momento, la justa cólera reapareció en el rostro de Theodore.

—¡Sí, ya lo sé! —aulló—. Y si un par de mis hombres más fieles no hubieran seguido a los criados de Kreizler...

—Pero Beecham no se ha presentado —añadí—. Todo era una trampa ideada por Connor. En realidad estaba decidido a..., a matar a Stevie.

—¿A Stevie? —repitió Roosevelt, incrédulo—. ¿Al chico de Kreizler?

Le miré con profunda seriedad.

—Stevie era el único que podía atestiguar que Connor había matado a Mary Palmer.

Los ojos de Theodore mostraron una mirada comprensiva tras las gafas.

—Ah —exclamó, y su dedo apuntó hacia arriba—. ¡Por supuesto! —Pero de pronto volvió a fruncir el entrecejo—. ¿Se puede saber qué ha ocurrido?

—Por fortuna, comisario —dijo Sara, dándose cuenta oportunamente de que mis poderes de invención se estaban agotando—, los sargentos detectives y yo hemos llegado a tiempo. —Señaló el cadáver con mayor seguridad y entereza que las que sin duda experimentaba—. Es una bala mía la que hallará en la espalda de Connor.

—¿Tuya, Sara? —preguntó Theodore, incrédulo—. Pero..., no lo entiendo.

—Yo tampoco lo entendía —dijo Sara—, hasta que usted nos dijo lo que John y el doctor pretendían. Cuando se me ocurrió pensar en dónde podían estar, usted ya había abandonado la torre del High Bridge. De todos modos, yo de usted regresaría allí, comisario. El resto de sus detectives siguen vigilando, y el asesino aún no se ha presentado.

—Sí —dijo Theodore, reflexionando—. Sí, supongo que tienes razón sobre... —De pronto se enderezó, oliéndose la artimaña—. Un momento. Ya veo por dónde vais... Si todo lo que decís es cierto, entonces tened la amabilidad de explicarme quién es ese muchacho de ahí. —Con el dedo apuntó hacia la caseta de controles.

—La verdad, Roosevelt... —insistí—, sería mejor que...

—¿Y dónde están los demás? ¿Kreizler y los Isaacson?

—Comisario —intervino Sara—, yo puedo decirle...

—Oh, sí —replicó Theodore, rechazándonos—. Ya veo lo que está sucediendo. ¿Conspiración, eh? ¡Perfecto! Me encantará colaborar... ¡Sargento! —Uno de los agentes de uniforme hizo el saludo y se acercó—. Que uno de sus hombres se encargue del muchacho de allí, y luego ponga a estos dos bajo arresto. ¡Quiero que los lleven inmediatamente a Mulberry Street! —Antes de que Sara y yo pudiéramos responder, Theodore volvió a levantar el dedo y lo hizo oscilar frente a nuestras caras—. ¡Y a vosotros dos os voy a dejar un amargo recuerdo de quién es el que está al frente del Departamento de Policía en esta ciudad!

46

Todo era pura palabrería, por supuesto. Roosevelt nos condujo a Mulberry Street, en efecto, y nos encerró durante unas horas en su despacho, donde tuvimos que aguantar insoportables discursos sobre el honor, la confianza y el cumplimiento de la palabra dada. Al final le conté la verdad de lo ocurrido aquella noche, cuando calculé que Kreizler y los Isaacson ya habrían llegado a donde se dirigían. A Theodore le expliqué que en realidad no le había mentido, ya que ni yo mismo sabía qué iba a ocurrir hasta que me presenté en la Ópera; en realidad, le dije, aún carecía de explicaciones para muchas de las cosas que habían ocurrido en lo alto de los muros del embalse, aunque intentaría hallarlas. Y le prometí que en cuanto lo averiguara iría directamente a Mulberry Street para compartir con él la información. Esto le calmó bastante. Y cuando Sara señaló que lo más importante, sobre lo que no había ninguna duda, era que Beecham estaba muerto, Theodore empezó a ponerse de mejor humor. Tal como nos había advertido semanas antes, el hecho de haber concluido con éxito la investigación significaba mucho para él (aunque dadas las múltiples complejidades del caso nunca podría ufanarse de ello profesionalmente), y cuando por fin Sara y yo nos levantamos para abandonar su despacho, a eso de las cuatro, las críticas de Theodore respecto a lo sucedido aquella noche habían dado paso a sus efusivas y características alabanzas hacia todo nuestro equipo.

—Nada convencional, sin duda —dijo, haciendo chasquear la lengua al tiempo que apoyaba una mano sobre los hombros de cada uno y nos acompañaba hacia la salida—, pero, en conjunto, un magnífico esfuerzo. Magnífico. Si uno piensa en ello... Un hombre sin conexión con sus víctimas, un hombre que podía ser cualquiera en esta ciudad, identificado y atrapado... —Sacudió la cabeza con un suspiro de consideración—. Nadie lo hubiera creído. ¡Y se ha metido a Connor en el lote! —Vi que Sara daba un respingo ante el comentario, aunque se esforzó en disimular su reacción—. Sí, voy a disfrutar escuchando cómo a nuestro amigo Kreizler se le ocurrió esta última parte del plan. —Theodore se frotó la mandíbula y se quedó mirando al suelo unos segundos; luego se volvió hacia nosotros—. Bueno, ¿y qué es lo que pensáis a hacer ahora?

Era una simple pregunta, a pesar de que una de sus implicaciones era absolutamente desagradable, según descubrí de repente.

—¿Que qué pensamos hacer? —repetí—. Bueno, nosotros... La verdad es que no lo sé. Hay que... ligar algunos detalles.

—Por supuesto —contestó Roosevelt—. Pero a lo que me refiero es a que el caso ha concluido... ¡Y habéis ganado! —Se volvió hacia Sara, como si esperara que le agradeciera el comentario.

Ella asintió lentamente, pero pareció sentirse tan confusa e incómoda como yo.

—Sí —logró decir finalmente al ver la expresión expectante de Theodore.

Luego siguió una pausa larga, extraña, durante la cual se apoderó con fuerza de todos nosotros la ambigua e inquietante emoción que se había producido ante la idea de que el caso había concluido. En un intento por desterrarla, Theodore cambió deliberadamente de tema.

—En cualquier caso —dijo, dándose una palmada con las manos en el pecho—, ha sido un final dichoso aunque complicado... Y muy oportuno también porque mañana salgo para St. Louis.

—Ah, sí —exclamé, feliz de poder hablar de otra cosa—. La convención... Tengo entendido que saldrá McKinley.

—En la primera votación —contestó Theodore con placer—. La convención será una simple formalidad.

Le dirigí una mirada cargada de segundas intenciones.

—¿Todavía no has buscado casa en Washington?

Como siempre, Theodore se encolerizó ante la más mínima sugerencia de que actuaba por ambición. Pero entonces, acordándose de que yo era un viejo amigo que nunca cuestionaba sus verdaderos motivos, dejó pasar la tormenta.

—Todavía no. Pero, por todos los diablos, menuda oportunidad. Tal vez el Ministerio de Marina...

Sara dejó escapar una risa brusca, incontrolada, e inmediatamente se llevó la mano a la boca.

—Oh —exclamó—, lo siento, comisario. Ocurre que... En fin, nunca me lo he imaginado como un hombre de mar.

—Es cierto, Roosevelt —añadí—. Ahora que lo pienso, ¿qué diablos sabes tú de cuestiones navales?

—¿Que qué sé? —replicó indignado—. He escrito un libro sobre la guerra naval de mil ochocientos doce... ¡Y fue muy bien recibido!

—Ah, bueno —contesté, asintiendo—, así es distinto.

Theodore recuperó su sonrisa.

—Sí, la Marina es el sitio ideal. A partir de ahora podremos empezar a planear un arreglo de cuentas con esos malditos españoles, porque...

—Por favor —le interrumpí, levantando una mano—. No quiero saberlo.

Sara y yo nos dirigimos a la escalera mientras Theodore se quedaba en el umbral de su despacho, con las manos en las caderas. Como de costumbre, su energía parecía intacta después de una larga noche de actividad, y el brillo de su sonrisa todavía era visible cuando llegamos al final del oscuro pasillo.

—¿No os interesa? —preguntó Theodore alegremente a nuestras espaldas cuando ya empezábamos a bajar las escaleras—. ¡Pues podríais progresar! ¡Con el trabajo que habéis llevado a cabo, el imperio español no representaría ningún obstáculo! Ahora que lo pienso, se me ocurre una idea... ¡La psicología del rey de España! ¡Sí, traed vuestra pizarra a Washington y decidiremos el mejor medio para vencerle!

Al final su voz se hizo inaudible mientras abandonábamos el edificio.

Sara y yo recorrimos el breve trecho hasta Lafayette Place todavía en una especie de conmoción que nos impedía volver a cualquier detalle de la conclusión del caso. No es que no deseáramos aclarar muchas de las cosas que habían ocurrido en el embalse, pero ambos sabíamos que no poseíamos suficiente información para hacerlo por nuestra cuenta y que haría falta tiempo y sabiduría para abordar las terribles certezas que poseíamos. Y de éstas, ninguna tan cierta como que esa noche Sara había puesto fin a la vida de un hombre.

—Supongo que uno de nosotros estaba destinado a hacerlo —dijo con expresión de cansancio al doblar por Lafayette Place y empezar a caminar hacia el norte, la mirada fija en la acera—. Aunque nunca hubiese imaginado que iba a ser yo.

—Si había alguien que se lo merecía, éste era Connor —afirmé, tratando de tranquilizarla sin cometer el terrible error (según la forma de pensar de Sara) de protegerla.

—Oh, eso ya lo sé, John. De veras. Sin embargo... —Su voz se fue apagando. Luego se detuvo y respiró hondo, mirando la silenciosa calle a su alrededor. Sus ojos siguieron deambulando de un oscuro edificio a otro. Después, con un movimiento repentino que me sorprendió, me rodeó con sus brazos y apoyó la cabeza en mi pecho—. Realmente se ha terminado, ¿verdad, John?

—Parece como si lo lamentaras —dije, acariciándole el pelo.

—Un poco. No por nada de lo ocurrido... Pero nunca había tenido una experiencia como ésta, y me pregunto cuántas más se me permitirán.

Le levanté la cabeza, cogiéndola por la barbilla, y miré profundamente sus verdes ojos.

—Tengo la impresión de que tratas con personas que te permiten hacer cosas... Y no es que tú seas muy buena en este aspecto, si me permites que te lo diga.

Sonrió ante el comentario y se acercó al bordillo de la acera.

—Es posible que tengas razón. —Se volvió al oír los casos de un caballo—. ¡Oh, qué suerte! ¡Por allí viene un cabriolé!

Sara unió el índice y el pulgar y se los metió en la boca. Luego inspiró hondo y sopló con fuerza, soltando un silbido que casi me dejó sordo. Me tapé las orejas con las manos y la miré asombrado.

—He estado practicando —me dijo con una sonrisa, mientras el carruaje se aproximaba traqueteante y se detenía a su lado—. Stevie me ha enseñado. Lo hago bastante bien, ¿no crees? —Todavía sonriente, subió al cabriolé—. Buenas noches, John. Y gracias. —Luego dio unos golpes al techo del carruaje y ordenó—: ¡Cochero, a Gramercy Park!

Y desapareció.

A solas por vez primera esa noche, necesité unos instantes para decidir adónde dirigirme. Estaba terriblemente cansado, de eso no había la menor duda, pero dormir era algo impensable. Necesitaba pasear por las calles desiertas, no para intentar comprender todo lo ocurrido sino tan sólo para entender el hecho de que había sucedido. John Beecham estaba muerto. Por muy horroroso que fuera, había desaparecido el centro de mi existencia, y con el repentino dolor del miedo fui consciente de que el lunes por la mañana debería decidir si me reincorporaba o no a mi trabajo en el *Times*. La idea, por breve y pasajera que fuese, me pareció como mínimo espantosa: tener que pasar más días y más noches deambulando frente a la Jefatura de Policía, a la espera de que se materializara una pista o una noticia, y luego salir disparado para indagar los hechos de alguna disputa doméstica o de algún robo en la Quinta Avenida.

Sin darme cuenta me había detenido en la esquina con Great Jones Street, y al mirar a lo largo del trecho de manzana vi que las luces del Salón de Baile New Brighton aún estaban encendidas. A fin de cuentas, tal vez las explicaciones no se encontraran muy lejos, pensé. Y luego, antes de que de forma consciente decidiera ir allí, mis pies ya me llevaban hacia el local.

Todavía me encontraba a unos portales de la entrada cuando empecé a oír una música muy fuerte que salía del New Brighton (Paul Kelly tenía una orquesta mucho más numerosa y profesional que los habituales tres músicos que se veían en los cafés concierto). Pronto siguieron unas risotadas, unos cuantos gritos de borrachos, y finalmente al alboroto se unió el tintineo de vasos y botellas. No me gustó la perspectiva de entrar allí, de modo que experimenté un gran alivio al ver salir a Kelly por la puerta de cristales empañados cuando yo estaba a punto de llegar. Con él iba un sargento de la policía —vestido de uniforme—, que iba riendo y contando un fajo de billetes. Kelly se volvió, y al verme dio un leve codazo al sargento, indicándole que se largara. El sargento se alejó sin protestar en dirección a Mulberry Street.

—Vaya, Moore —exclamó Kelly, sacando una pequeña cajita de rapé del chaleco de seda y sonriéndome con su estilo encantador—. ¿Podrá olvidarse de eso que acaba de ver? —preguntó, inclinado la cabeza hacia el agente que se alejaba.

—No se preocupe, Kelly —dije, acercándome—. Creo que estoy en deuda con usted.

—¿Conmigo? —rió Kelly—. No sé por qué, gacetillero. De todos modos, veo que todavía está entero. Por los rumores que circulan por la ciudad, yo diría que ha sido usted muy afortunado.

—Vamos, Kelly, he visto su carruaje esta noche... Y su hombre, McManus, nos ha salvado el pellejo.

—¿Jack? —Kelly abrió la cajita de rapé, exhibiendo un montoncito de cocaína finamente pulverizada—. Vaya, no me ha dicho nada... De todos modos no parece típico de Jack ir por ahí haciendo buenas obras. —Kelly depositó un poco de cocaína sobre un nudillo de la mano, aspiró con fuerza y me tendió la cajita—. ¿Quiere un poco? Yo no acostumbro, pero estas últimas noches...

—No, gracias —rehusé—. Oiga, lo mejor que se me ocurre pensar es que ha hecho algún trato con Kreizler.

—¿Un trato? —repitió Kelly, cuya afectada ignorancia empezaba a irritarme.

Kelly aspiró un poco más de cocaína, apartándose a un lado cuando un tipo corpulento y bien vestido salió tambaleándose del New Brighton en compañía de dos mujeres ordinarias y vestidas ostentosamente con trajes de noche. Kelly dio amigablemente las buenas noches al individuo, y luego se volvió otra vez hacia mí.

—A santo de qué iba a hacer tratos con el bueno del doctor.

—¡Eso es lo que yo me pregunto! —repliqué exasperado—. La única explicación que se me ocurre es que en una ocasión dijo usted que sentía un gran respeto por él. Aquel día, en su carruaje, incluso dijo que había leído una monografía que él había escrito.

Kelly volvió a reír burlonamente.

—No creo que esto vaya en contra de mis propios intereses, Moore. Al fin y al cabo soy un hombre práctico. Lo mismo que su amigo, el señor Morgan... —Le miré sin entender, y su sonrisa se hizo más abierta—. Oh, vamos. Lo sé todo sobre su encuentro con el Narizotas.

Pensé en preguntarle cómo diablos estaba enterado, pero lo cierto es que me pareció inútil. No le veía dispuesto a cooperar, y yo sólo le servía de diversión.

—Bueno —anuncié, apartándome unos cuantos pasos—. He pasado por demasiadas cosas esta noche para quedarme ahora aquí jugando al «quién sabe qué» con usted, Kelly. Dígale a Jack que le debo un favor.

Dicho esto, me alejé rápidamente pero no había llegado a la mitad de la distancia que me separaba de la esquina cuando escuché la voz de Kelly:

—Oiga, Moore. —Me di la vuelta y le vi aún sonriente—.

Ya que al parecer dispone usted de mucho tiempo... —Se metió de nuevo la cajita de rapé en el chaleco e inclinó divertido la cabeza—. No voy a admitir que sepa nada sobre esto, desde luego... Pero en cuanto disponga de unos minutos, hágase esta pregunta: de toda la gente que había allí esta noche, ¿quién era en realidad el más peligroso para los chicos de la parte alta de la ciudad?

Me quedé allí de pie, mirando estúpidamente a Kelly, y luego al suelo, tratando de entender el sentido de su pregunta. Al cabo de medio minuto, una respuesta empezó a formarse en mi agotado cerebro, y la mandíbula se me aflojó ligeramente. Volví a levantar la vista con una especie de sonrisa, a punto de dar la respuesta..., pero Kelly ya no estaba allí. Se me ocurrió la idea de entrar en su busca, pero no tenía sentido y la abandoné al instante. Sabía lo que él había querido decir, y comprendía lo que había hecho. Paul Kelly, jefe hampón, jugador incorregible, filósofo aficionado y crítico social, había seguido una corazonada y, aunque probablemente ninguno de nosotros viviera lo suficiente para ver el resultado definitivo del juego, sospeché que su apuesta era la correcta.

Extrañamente reanimado, di media vuelta, subí a un coche que había aparcado frente al local de Kelly y casi le grité al cochero que me llevara a toda prisa por East Broadway. Mientras mi cochero fustigaba a su caballo por Lafayette Place y luego a la derecha por Worth Street, empecé a reír ahogadamente, e incluso a canturrear un poco.

—El enigma final —entoné, repitiendo las palabras que Marcus había pronunciado antes aquella noche. Y yo quería estar allí cuando lo solucionaran.

Mi carruaje llegó al Instituto Kreizler poco después de las cuatro y media y se detuvo detrás de la calesa de Laszlo. En la calle sólo se oía el llanto de un bebé, que salía de una ventana abierta en uno de los edificios de apartamentos que había delante de los dos edificios de Kreizler. Después de pagar al cochero y descender del vehículo divisé a Marcus, que estaba sentado en los escalones metálicos que conducían a la entrada del Instituto, fumando un cigarrillo y mesándose el cabello. Me saludó con un movimiento nervioso de la mano, y luego me aproximé a la calesa para atisbar en su interior. Stevie estaba tendido sobre el asiento, fumando, y al verme me saludó con su cigarrillo.

—Hola, señor Moore —dijo amigablemente—. No están nada mal esos que fuma el sargento detective. Debería probar uno.

—Gracias —dije, volviéndome hacia el edificio—. Creo que lo haré. ¿Dónde está Cyrus?

—Ahí dentro —contestó el muchacho, volviendo a tumbarse—. Haciéndoles un poco de café. Llevan horas con ello. —Dio una profunda chupada al cigarrillo y luego se quedó mirando el cielo—. ¿Sabe, señor Moore? Es difícil imaginar que en un apestoso agujero como esta ciudad pueda haber tantas estrellas ahí arriba. Parece como si el olor bastara para mantenerlas a raya.

Sonreí y me aparté de la calesa.

—Tienes razón, Stevie —dije mirando las ventanas de la planta baja del Instituto, que aparecían brillantemente iluminadas.

Me senté junto al más alto de los Isaacson.

—¿No estás ahí dentro?

Negó firmemente con la cabeza, al tiempo que dejaba escapar el humo por su larga y atractiva nariz.

—Estaba. Creí que podría soportarlo, pero...

—No hace falta que me lo expliques —dije, aceptando el cigarrillo que me ofrecía, y luego lo encendí—. No pienso entrar.

La puerta de entrada del Instituto se abrió con un crujido, y al volverme vi a Cyrus que asomaba la cabeza.

—Señor Moore. ¿Le apetece una taza de café?

—Si lo has preparado tú, desde luego.

Cyrus ladeó al cabeza y se encogió ligeramente de hombros.

—No le garantizo nada —dijo—. Llevo sin practicar desde que recibí el golpe en la cabeza.

—Correré el riesgo —contesté—. ¿Cómo van ahí dentro?

—A punto de acabar, creo. A punto de acabar...

Pero transcurrieron otros tres cuartos de hora antes de que hubiera alguna señal de que habían terminado en la sala de operaciones de Kreizler. Durante ese tiempo Marcus y yo fumamos, bebimos café y tratamos de acostumbrarnos, de un modo indirecto, a la conclusión de nuestra búsqueda y a la inminente disolución de nuestro equipo. Independientemente de cuáles fueran las respuestas que Kreizler y Lucius obtuvieran en la sala de operaciones, el hecho de que Beecham estaba muerto no iba a cambiar. A medida que la noche se transformaba en mañana, me di cuenta de cómo esta circunstancia se convertía en la fuerza condicionante de todas nuestras vidas.

Finalmente, a eso de la cinco y media, se abrió la puerta de la planta baja y Lucius hizo su aparición. Llevaba un delantal de cuero, manchado con múltiples fluidos olorosos, tanto corporales como de otro tipo, y parecía totalmente agotado.

—Bueno... —dijo, secándose las manos con una toalla manchada de sangre—. Eso es todo, supongo. —Se dejó caer sobre los escalones, a nuestro lado, sacó un pañuelo y se secó la frente, mientras Cyrus aparecía a sus espaldas por la puerta de entrada.

—¿Eso es todo? —inquirió Marcus, ligeramente irritado—. ¿Qué quieres decir con «eso es todo»? ¿Qué es lo que habéis averiguado?

—Nada —contestó Lucius, sacudiendo la cabeza y cerrando los ojos—. Según todas las apariencias, todo es perfectamente normal. El doctor Kreizler ha comprobado los más mínimos detalles, pero...

Me levanté y lancé la colilla del cigarrillo a la calle.

—Entonces él tenía razón... —dije con voz queda, y un estremecimiento me recorrió la espalda.

Lucius se encogió de hombros.

—Tenía razón hasta donde la medicina determina que la tenía.

Marcus siguió estudiando a su hermano.

—¿Es que intentas estropearlo? —exclamó—. Si él tenía razón, tenía razón, y no metas a la medicina en esto.

Lucius estaba a punto de subrayar el brillante razonamiento que subyacía en aquella afirmación, pero luego cambió de idea y asintió.

—Sí —suspiró—, él tenía razón. —Luego se levantó, se quitó el delantal y se lo entregó a Cyrus—. Y yo me voy a casa —añadió—. Él quiere vernos esta noche en Delmonico's. A las once y media. Tal vez para entonces ya me sienta capaz de comer algo.

Empezó a alejarse.

—¡Aguarda un segundo! —le llamó Marcus, y su hermano se detuvo—. No pretenderás dejar que vuelva solo a casa... Recuerda que eres tú quien lleva el arma. Adiós, John. Te veré esta noche.

—Hasta esta noche —asentí—. ¡Has hecho un buen trabajo, Lucius!

El más bajito de los Isaacson se volvió, levantando mecánicamente una mano.

—Sí, gracias, John. Tú también. Y Sara, y... Bueno, te veré luego.

Los dos hermanos se alejaron calle abajo, hablando y discutiendo hasta que se perdieron de vista.

La puerta de entrada se abrió de nuevo y apareció Kreizler, poniéndose la chaqueta. Su aspecto era incluso peor que el de Lucius: tenía la cara pálida y unas profundas ojeras. Pareció como si le costara un poco identificarme.

—Ah, Moore —dijo finalmente—. No te esperaba. Aunque me alegro, por supuesto. —Luego se volvió a Cyrus—. Hemos terminado, Cyrus. ¿Ya sabes lo que tienes que hacer?

—Sí, señor. El carretero estará aquí con el carromato dentro de unos minutos.

—¿Tendrá cuidado de que no le vean? —le preguntó Kreizler.

—Es un hombre del que podemos fiarnos, doctor —contestó Cyrus.

—Bien, entonces puedes hacer que te acompañe hasta la calle Diecisiete. Yo dejaré a Moore en Washington Square.

Kreizler y yo subimos a su coche y espabilamos al soñoliento Stevie, quien obligó a Frederick a dar la vuelta y le instó suavemente a seguir su camino. No apremié a Laszlo para que me informara, convencido de que lo haría en cuanto hubiera dispuesto de unos minutos para recuperarse.

—¿Te ha dicho Lucius que no hemos encontrado nada? —preguntó al fin, cuando avanzábamos lentamente por Broadway.

—Sí —contesté.

—No hay indicios de anormalidad congénita ni de traumas físicos —añadió Laszlo con voz pausada—. Tampoco existe ninguna de las peculiaridades físicas que pudieran indicar enfermedad o defecto mental. Se trata, en todos los aspectos de un cerebro perfectamente sano, normal. —Kreizler se recostó en el asiento, dejando que la cabeza se apoyara en el toldo plegado.

—No te sentirás decepcionado, ¿verdad? —pregunté, algo confuso por su tono—. A fin de cuentas, esto prueba que tenías razón... Que no estaba loco.

—Esto «indica» que yo tenía razón —me corrigió Kreizler, con suavidad—. Sabemos tan poco sobre el cerebro, Moore... —Suspiró, pero inmediatamente intentó animarse—. De todos modos, sí, basándonos en los mejores conocimientos tanto médicos como psicológicos de que disponemos en estos momentos, John Beecham no era un loco.

—En fin —dije, admitiendo a regañadientes que iba a ser difícil que Kreizler hallara alguna satisfacción en aquel acierto—. Cuerdo o no, ha dejado de ser un peligro. Y eso es lo que cuenta sobre todo.

Laszlo se volvió a mirarme, mientras Stevie doblaba a la izquierda por Prince Street para evitar la confluencia entre Houston y Broadway.

—¿De veras que al final no sientes compasión por él, Moore? —preguntó Laszlo.

—Bueno —exclamé, algo incómodo—. Si he de serte sincero, siento más compasión de la que me gustaría... Pero no hay duda de que tú sí te sientes trastornado por su muerte.

—No tanto por su muerte —corrigió Kreizler, sacando su pitillera de plata— como por su vida. Por la diabólica estupidez que le creó. Y por el hecho de que muriera antes de poderle estudiar a fondo. Todo el asunto me parece tremendamente inútil.

—Si lo querías vivo —pregunté, mientras Lazlo encendía un cigarrillo—, ¿entonces por qué has dicho que confiabas en que Connor nos hubiera seguido? Sin duda sabías que trataría de matar a Beecham.

—Connor... —musitó, carraspeando ligeramente—. Mira, debo confesar que eso es algo que no lamento de esta noche.

—Bueno... —intenté mostrarme juicioso—, ya sé que a fin de cuentas está muerto, pero sin él hubiésemos perdido la vida.

—Nada de eso —replicó Kreizler—. McManus hubiese intervenido antes de que Beecham pudiera hacernos auténtico daño... Había estado vigilando todo el rato.

—¿Entonces por qué esperó tanto tiempo? ¡He perdido un diente, por el amor de Dios!

—Sí —contestó Kreizler, nervioso, acariciándose la pequeña incisión en la cara—, apareció con el tiempo bastante justo. Pero le había ordenado que no interviniera hasta estar convencido de que el peligro era de muerte, porque quería observar todo lo posible la actitud de Beecham. Por lo que respecta a Connor, todo lo que esperaba de su aparición era que le detuvieran. Eso o...

Hubo una terrible sensación de final y una gran soledad en la voz de Laszlo, y comprendí que sería mejor cambiar de tema si quería que él siguiera hablando.

—Esta noche he visto a Kelly. Supongo que acudiste a él porque no te quedaba otro remedio. —Kreizler asintió, todavía con amargura en sus negros ojos—. Me ha explicado la razón por la que accedió a ayudarte. O mejor, lo ha insinuado. Cree que eres un auténtico peligro para la actual situación de nuestra sociedad.

Laszlo soltó un gruñido.

—Tal vez él y el señor Comstock debieran comparar notas. Aunque si yo represento un peligro para la sociedad, hombres como ellos deben representar la muerte. Sobre todo Comstock.

Doblamos a la derecha por MacDougal Street, pasando ante los pequeños y oscuros restaurantes y los cafés italianos, en dirección a Washington Square.

—Laszlo —insistí, después de que volviera a caer en el silencio—, ¿qué quisiste decir cuando le aseguraste a Beecham que le podías arreglar un destino menos severo? ¿Hubieras argumentado que estaba loco, sólo para mantenerle con vida y poderlo estudiar?

—No —contestó Kreizler—. Pero pretendía apartarle del peligro más inmediato, y luego abogar por una sentencia a condena perpetua en vez de la silla eléctrica o la horca. Hace algún tiempo se me ocurrió que la observación que él hacía de nuestros esfuerzos, su carta, incluso su asesinato de Joseph, todo indicaba un deseo de comunicarse con nosotros. Y cuando ha empezado a responder a mis preguntas esta noche, he comprendido que había encontrado algo que nunca más volvería a encontrar: un asesino dispuesto a hablar de sus crímenes. —Kreizler volvió a suspirar y levantó las manos débilmente—. Hemos perdido una formidable ocasión. Estos hombres no suelen hacerlo, ¿sabes? Me refiero a hablar de su comportamiento. Después de ser detenidos se muestran reacios a admitir sus acciones; y aunque lo hagan, no hablan de sus detalles más íntimos. Parece como si no supieran por qué lo hacen. Fíjate en las últimas palabras de Beecham... Sencillamente, nunca había sido capaz de averiguar qué era lo que le impulsaba a matar. Pero yo creo que con el tiempo le hubiera ayudado a encontrar las palabras adecuadas.

Contemplé detenidamente a mi amigo.

—Sabes que no te lo habrían permitido. —Kreizler se encogió de hombros con obstinación, negándose a concederme este punto—. Por las dimensiones políticas que ha adquirido este caso —insistí—. Habría tenido uno de los procesos más rápidos de los que se conserva memoria, y en cuestión de semanas habría colgado de una soga.

—Es posible —dijo Kreizler—. Pero ahora nunca lo sabremos. Ah, Moore, hay tantas cosas que nunca sabremos...

—Reconocerás al menos el mérito de haber encontrado a ese hombre. Es una hazaña realmente asombrosa.

Laszlo volvió a encogerse de hombros.

—¿Tú crees? Lo dudo. ¿Cuánto tiempo habría seguido ocultándose de nosotros, John?

—¿Cuánto tiempo? Bueno, supongo que mucho. Llevaba años ocupado en eso.

—Sí —admitió Laszlo—, ¿pero cuánto tiempo más? La crisis era inevitable; no podía seguir eternamente sin que la sociedad conociera su existencia. Él lo quería así, lo quería desesperadamente. Si el ciudadano medio tuviera que describir a John Beecham a la luz de sus asesinatos, diría que era un desecho de nuestra sociedad, pero nada sería más superficial ni más incierto... Beecham nunca habría podido dar la espalda a la sociedad; ni a ésta ni a sí mismo. ¿Que por qué? Pues porque se hallaba perversa y completamente ligado a esa misma sociedad. Era producto de ella, su mala conciencia: un recuerdo vivo de todos los crímenes ocultos que cometemos cuando cerramos filas para vivir entre los demás. Él ansiaba la sociedad de los humanos, anhelaba la posibilidad de enseñar a la gente lo que su «sociedad» le había hecho. Pero lo más curioso es que la sociedad también lo necesitaba a él.

—¿Lo necesitaba? —inquirí cuando avanzábamos por los tranquilos márgenes de Washington Square Park—. ¿Qué quieres decir? Le habrían sometido a una descarga eléctrica, de haber tenido la oportunidad.

—Sí, pero no antes de exhibirlo al mundo —replicó Kreizler—. Nos recreamos en hombres como Beecham; ellos son los depositarios de todo lo que hay de oscuro en nuestro mundo social. Pero ¿y las cosas que han contribuido a hacer de Beecham lo que era? Ésas las toleramos. Ésas incluso las disfrutamos.

Mientras Kreizler volvía a perder la mirada a lo lejos, la calesa se detuvo lentamente frente a la casa de mi abuela. El cielo empezaba a clarear por el este, pero ya había luz en las plantas superiores del número 19 de Washington Square. Cuando Kreizler volvió la cabeza para contemplar las calles a su alrededor y advirtió la luz, ésta provocó en su rostro la primera sonrisa de la mañana.

—¿Qué piensa tu abuela de que hayas intervenido en un caso de asesinato, Moore? —me preguntó—. Ella siempre ha demostrado un gran interés por lo macabro.

—No se lo he dicho. Cree simplemente que ha empeorado mi afición por el juego. Y, pensándolo bien, creo que voy a dejar que lo siga creyendo. —Bajé a la acera con un salto ligeramente rígido—. Tengo entendido que esta noche vamos a vernos en Delmonico's.

Kreizler asintió.

—Es el sitio apropiado, ¿no te parece?

—Indiscutiblemente. Avisaré a Charlie. Para que le diga a Ranhofer que nos prepare algo realmente excepcional. Nos lo merecemos, ¿verdad?

Kreizler sonrió.

—Por supuesto, Moore —dijo, cerrando la portezuela de la calesa y tendiéndome la mano. Se la estreché, y a continuación Lazlo se volvió al frente con un leve gruñido—. En marcha, Stevie.

El muchacho se volvió a saludarme, y luego el carruaje siguió su camino hacia la Quinta Avenida.

47

Casi veinticuatro horas después, cuando regresaba a casa tras una cena en Delmonico's que habría saciado a todo un regimiento, incluidos los caballos, me detuve en el hotel Fifth Avenue para comprar la edición matutina del *Times* correspondiente al martes. Al bajar por la avenida hojeando el periódico, de nuevo me encontré con el ojo vigilante de los encasquetados muchachos de la limpieza callejera del coronel Waring, los cuales estaban al acecho de que dejara caer algún trozo de periódico. Pero no les hice caso y continué mi búsqueda, hasta que por fin localicé lo que iba buscando: en la esquina inferior derecha de la primera página.

Aquella mañana, el vigilante del depósito de cadáveres del Bellevue había hecho un terrible descubrimiento... Envuelto en una lona, y depositado cerca de la puerta trasera del edificio, había el cadáver de un hombre adulto y musculoso que en vida habría medido algo más de metro ochenta. Dado que el cadáver estaba desnudo, no se habían encontrado documentos para identificarlo. La aparente causa de su muerte era una sola herida de bala en el pecho, aunque el cuerpo también había sufrido daños. Le habían abierto la parte superior del cráneo y le habían diseccionado el cerebro; según el personal forense, aquello sólo podía ser obra de un experto. En la lona se había hallado una nota asegurando que era el responsable de los asesinatos de los muchachos que se dedicaban a la prostitución; o, tal como especificaba el *Times*, «las muertes de varios jóvenes conocidos por haber trabajado en establecimientos demasiado sórdidos para nombrarlos en estas páginas». Unas preguntas al comisario Roosevelt (con quien yo había hablado aquella tarde por teléfono) habían confirmado que el asesino había sido abatido cuando trataba de continuar con sus horribles hazañas. Por varias razones importantes, que no había especificado, el comisario no estaba en condiciones de revelar el nombre del asesino ni los detalles de su muerte, pero los ciudadanos debían saber que en ella estaba involucrada la División de Detectives, y que el caso quedaba definitivamente cerrado.

Al finalizar el artículo, miré a mi alrededor y solté un prolongado aullido de satisfacción.

Aún experimento aquella sensación de alivio cuando miro casi veintitrés años atrás. Ahora Kreizler y yo somos unos viejos, y Nueva York una ciudad muy distinta... Tal como J. P. Morgan nos dijo la noche que le visitamos en su «Biblioteca Negra», la ciudad, como todo el país, estaba al borde de una tumultuosa metamorfosis en 1896. Gracias a Theodore y a muchos de sus aliados políticos, nos habíamos convertido en una gran potencia, y Nueva York era más que nunca la encrucijada de este mundo. El crimen y la corrupción, todavía firmes cimientos de la vida ciudadana, se han disfrazado más que nunca con adornos empresariales: Paul Kelly, por ejemplo, se ha convertido en un importante líder de un sindicato obrero. Es cierto que hay criaturas que siguen muriendo en manos de adultos depravados mientras comercian con su carne, y cuerpos sin identificar que de vez en cuando aparecen en extraños lugares; pero, que yo sepa, una amenaza como la de John Beecham no se ha repetido. Y mi esperanza sigue siendo que criaturas así no aparezcan muy a menudo; Kreizler, como es lógico, considera que esta esperanza es una manera de engañarme.

En estos últimos veintitrés años he visto con bastante frecuencia a Lucius y a Marcus, y todavía más a menudo a Sara. Todos ellos han continuado sus carreras en la investigación criminal, con auténtica devoción y brillantes resultados. En ocasiones hemos tenido la oportunidad de investigar juntos algún pequeño asunto, experiencias que colectivamente forman la cadena de mis recuerdos más memorables. Pero imagino que nada va a ser como la búsqueda de Beecham. Tal vez con la muerte de Roosevelt este éxito logre por fin la consideración oficial; servirá al menos como singular recordatorio de que, debajo de toda aquella violencia teatral, Theodore poseía un corazón y una mente lo bastante abiertos como para haber hecho posible una empresa sin precedentes como fue aquélla.

Ah, y una nota para quienes puedan sentir curiosidad respecto a los destinos de Cyrus Montrose y de Stevie Taggert: Cyrus finalmente se casó y llevó a su mujer a vivir a casa de Kreizler. La pareja tiene varios hijos, uno de los cuales actualmente se halla inscrito en la Escuela de Medicina de Harvard. En cuanto al joven Stevie, al llegar a la mayoría de edad pidió prestado algún dinero a Kreizler y abrió una tienda de tabacos frente al hotel Fifth Avenue, en el nuevo edificio Flatiron. Le ha ido bastante bien, y en los últimos quince años no creo que le haya visto ni una sola vez sin un cigarrillo en la boca.

Justo tres años después de la conclusión del caso Beecham, el Embalse Croton —que había quedado anticuado debido al nuevo sistema de distribución de agua que se construyó después de que Boss Platt consumara su proyecto del Gran Nueva York— fue demolido a fin de dejar espacio para la sede de la más maravillosa empresa filantrópica: la Biblioteca Pública de Nueva York. Tras leer en el *Times* el artículo que anunciaba su demolición, un día, aprovechando la hora del almuerzo, me acerqué a echar un vistazo a los trabajos. La tarea de echar abajo el embalse se había iniciado en el muro del lado sur, encima del cual nos habíamos enfrentado al reto final de nuestra investigación. En aquellos momentos era abatido para exponer un enorme cráter construido por la mano del hombre, de una manzana de ancho por dos de largo. Sin embargo, contemplada desde aquella perspectiva, completamente al descubierto, la construcción no parecía tan impresionante... Resultaba difícil creer que alguna vez hubiera sido tan resistente como para soportar la fantástica presión de millones de litros de agua.

ÍNDICE